DIE DIVINA COMMEDIA

DANTE ALIGHIERI

DIE DIVINA COMMEDIA

IN DEUTSCHE PROSA ÜBERSETZT
UND ERLÄUTERT VON
GEORG PETER LANDMANN

2. Auflage 1998

Königshausen & Neumann

Die Deutsche Bibliothek — CIP-Einheitsaufnahme

Dante <Alighieri>:
Die divina commedia / Dante Alighieri. In dt. Prosa übers. und erl. von Georg Peter Landmann. – Würzburg : Königshausen und Neumann, 1997
Einheitssacht.: La divina commedia <dt.>
ISBN 3-8260-1222-4

Gedruckt auf säurefreiem, alterungsbeständigem Papier
Umschlag: Hummel / Homeyer / Lang, Würzburg
Umschlagabb.: Dantes Profil (Palazzo del Bargello, Firenze)
Bindung: Rimparer Industriebuchbinderei GmbH

Printed in Germany
ISBN 3-8260-1222-4

Die Hölle

1. Gesang

In der mitte unseres lebensweges fand ich mich (wieder) in einem finstern wald, denn den rechten weg hatte ich verloren. Ach was für ein hartes ding ist es zu sagen, wie er war, dieser wilde, rauhe, dichte wald - nur dran zu denken weckt die angst aufs neue. Er ist so bitter, nur wenig bittrer ist der tod. Doch um von dem heil zu handeln, das ich dort fand, will ich auch von allem andren reden, das mir dort begegnete.

Ich weiss nicht mehr recht zu sagen, wie ich hineingeriet; so voller schlaf war ich zu jener zeit, dass ich von der wahren strasse abkam. Aber nachdem ich am fuss eines hügels angelangt war am ende jenes tales, das mir das herz mit angst durchstochen hatte, schaute ich empor und sah seine schultern schon bekleidet mit den strahlen des planeten, der einen allerwegen recht führt. Da beruhigte sich die furcht ein wenig, die auf dem see meines herzens nicht nachgelassen hatte während der nacht, die ich in solcher bängnis verbrachte. Und wie der, der keuchend aus dem meer ans ufer stieg und sich dem gefahrvollen wasser zukehrt und hinausschaut, so kehrte sich mein geist, immer noch auf der flucht, rückwärts, um noch einmal den pfad zu betrachten, dem noch nie ein lebender entging.

Der psalmist sagt (89,10): Unser leben währt siebzig jahre. Man darf Dante immer beim wort nehmen. Er war also 35 jahre alt, als die grosse besinnung über ihn kam, und da er im jahre 1265 geboren war, stehn wir im jahr 1300, was ein jubiläumsjahr der kirche war. Seelische vorgänge lassen sich kaum anders als bildlich, allegorisch darstellen. Der wald, das ist das in sünde verstrickte leben, das unser aller los ist; der hügel ist das gute leben, der planet ist die sonne als symbol alles göttlichen und guten.

Als ich den müden leib etwas ausgeruht hatte, setzte ich meinen weg fort an dem einsamen gestade, so dass immer der festere fuss der tiefere war *(also wohl steigend).* Und sieh, fast am beginn des hanges ein gepard, leicht und sehr flink, der mit geflecktem fell bedeckt war; der wich mir nicht vor meinem gesicht, sondern verlegte mir den weg so sehr, dass ich mich mehrmals zur umkehr wandte. Es war die zeit der morgenfrühe, und die sonne stieg empor mit jenen sternen, die mit ihr waren, als die göttliche liebe zuerst jene schönen dinge bewegte (*im frühlingspunkt mit der gleichen konstellation wie am tag der schöpfung*), so dass mir wegen jenes tieres mit dem fröhlichen fell die tagesstunde und die süsse jahreszeit grund zu gutem hoffen gaben. Doch nicht so, dass ich nicht angst bekommen hätte vor dem anblick, der sich mir nun zeigte, eines löwen. Der schien mir entgegenzukommen erhobnen hauptes und mit wütendem hunger - die luft selbst schien vor ihm zu beben. Und eine wölfin, die in ihrer magerkeit mit jeder gier beladen schien und schon vielen leuten ein kummervolles leben brachte. Die machte mir so viel beschwer mit der angst, die von ihrem anblick ausging, dass ich die hoffnung auf die höhe verlor. Und wie der, der freude hat am erwerb und es kommt die zeit, die ihm verlust bringt, der in all seinen gedanken weint und sich betrübt, so tat mir das friedlose tier, das mir entgegenkam und mich langsam, langsam dorthin zurückstiess, wo die sonne schweigt.

Wieder allegorisch zu verstehen: die tiere der sinnenlust, des stolzes und der habgier.

Indes ich so zur tiefe absank, bot sich meinen augen einer dar, der schien vom langen schweigen heiser. Als ich den sah in der grossen öde, „Erbarm dich meiner!“ schrie ich ihm zu, „wer du auch seist, ein schatte oder ein fester mensch.“ Er antwortete mir: „Nicht mensch, mensch war ich einst, und meine eltern waren Lombarden, alle beide aus Mantua. Geboren wurde ich unter Julius, wenn auch spät, und lebte in Rom unter dem guten Augustus zur zeit der falschen lügengötter. Ein dichter war ich und sang von Anchises’ frommem sohn, der aus Troia kam, als das stolze Ilion verbrannt war. Aber du, warum kehrst du um zu so grossem verdruss? Was steigst du nicht auf zu dem freudevollen berg, der grund und anfang jeder lust ist?“ - „So bist du Vergil und jene quelle, aus der ein so reicher strom der rede quillt?“ antwortete ich ihm mit beschämter stirne.

„O du, der andern dichter ehre und licht, nun lohne sich mir das lange bemühen und die grosse liebe, die mich nach deinem buche greifen liess. Du bist mein meister und mein geistiger vater, du bist der einzige, dem ich den schönen stil entnahm, der mir ehre einbrachte. Sieh das tier, dessentwegen ich mich umwandte; hilf mir vor ihm, ruhmreicher weiser, denn es macht mir venen und pulse zittern.“

Vergils lebenszeit, 70 - 19 v. Chr., reicht von derjenigen Julius Caesars bis in die des Augustus. Sein epos erzählt von dem Troer Aeneas, sohn des Anchises, der aus dem brande von Ilion, das ist Troia, entkam und nach Italien gelangte, hier wurde er stammvater der könige von Rom. Für Dante ist Vergil inbegriff aller irdischen weisheit, mithin der dem menschen aus eigener kraft erreichbaren vervollkommnung. So kann er Dante durch die Hölle und das Fegefeuer führen, nicht aber durch die christlichen himmel. Wenn Dante diesen alten heiden als retter aus aller niedrigkeit anruft und sein eigenes dichten mit so leidenschaftlichem bekenntnis von dem antiken dichter herleitet, so ist er, der mittelalterliche dichter, damit schon vorläufer der renaissance. Vergil antwortet:

„Du musst einen andern weg einschlagen“, antwortete er, als er mich weinen sah, „wenn du dieser wildnis entrinnen willst. Denn dieses tier, dessentwegen du schreist, lässt niemand seines weges gehen, sondern hindert ihn bis es ihn tötet, und ist von so böser, schlimmer natur, dass es seine gier nie stillt und nach der mahlzeit mehr hunger hat als vorher. Viele tiere sind’s, mit denen es sich gattet, und werden noch mehr sein, bis der Jagdhund kommt, der ihm einen qualvollen tod schafft. Dessen speise wird nicht land sein noch zinn, sondern weisheit, liebe und rechttun, und seine geburt wird sein zwischen Feltro und Feltro *(oder: zwischen filz und filz).* Er wird das heil sein für jenes arme Italien, für das die jungfrau Camilla starb, Euryalus, Turnus und Nisus an ihren wunden. Er wird sie von stadt zu stadt jagen, bis er sie in die hölle zurückgebracht hat, von wo scheelsucht sie zuerst losliess.

Ein gewiss absichtlich rätselhaftes orakel, das vielfach gedeutet worden ist. Zinn als legierungsmetall mit silber steht für geld und reichtum. Es gibt Feltre am Piave und Montefeltro in der Romagna. Ist Cangrande, „der grosse hund“ von Verona gemeint? Filzkappen tragen als beschützer der seeleute die beiden Dioskuren; im sternbild der Zwillinge, ende mai, ist Dante selbst geboren. Hofft er bekehrende wirkung von seinem werk? Camilla und die andern genannten sind gestalten aus der Aeneis.

Darum denke und erkenne ich für dein bestes, dass du mir folgst und ich dein führer bin. Ich ziehe dich von hier durch den ewigen ort, wo du die verzweiflungsschreie hören und die leiden der geister der vorzeit sehen wirst, die alle nach dem zweiten tode rufen. Dann schaust du jene, die in der glut zufrieden sind, weil sie hoffnung haben, wann auch immer, zu den seligen zu gelangen. Wenn du dann zu diesen aufsteigen willst, wird eine seele kommen würdiger als ich; mit dieser lasse ich dich bei meinem abschied. Denn jener kaiser, der dort oben herrscht, will nicht, weil ich mich gegen sein gesetz empörte, dass man durch mich in seine stadt gelange. Überall befiehlt er, aber dort herrscht er, dort ist seine stadt und sein hoher thron - o selig, wen er dorthin erwählt!" Und ich zu ihm: „Dichter, ich flehe dich an, bei jenem Gott, den du nicht kanntest, auf dass ich dieser not und schlimmerer entrinne, führe mich du dorthin, wo du eben sagtest, so dass ich das tor sankt Peters schaue und jene die, nach deinen worten, so traurig sind." Da brach er auf und ich hielt mich hinter ihm.

2. Gesang

Der tag ging zur neige und die düstre luft befreite die lebewesen von ihren mühen, und nur ich allein rüstete mich, den kampf zu bestehen, den mit der wanderung und den mit dem mitleid, den der sinn der nicht irrt (*das gedächtnis*) abschildern wird. Ihr Musen und du hoher geist, nun steht mir bei! Und du sinn, der aufschrieb was ich sah, hier wird sich dein hoher wert erweisen.

Ich begann: „Dichter, der du mich leitest, sieh mein wesen mit all seinen guten kräften an, ob es stark genug ist, eh du mich der steilen bahn anvertraust. Du sagst, dass der vater des Silvius, noch vergänglich, das unsterbliche reich betrat, und begreiflicherweise.

Silvius, der stammvater der könige von Alba Longa, der mutterstadt Roms, war sohn des Aeneas. Das sechste buch der Aeneis, weithin Dantes vorlage, berichtet, wie Aeneas in die unterwelt stieg, um sich bei seinem verstorbenen vater rat zu holen.

Denn wenn der Gegner jeden übels ihm freundlich war, die hohe wirkung bedenkend, die von ihm ausgehen sollte und das wer und wie, so scheint das einem manne von verstand nicht ohne guten grund, denn im höchsten himmel war er ausersehen zum ahn der mütterlichen Roma und ihres reiches, welche und welches, um die wahrheit zu sagen, zum heiligen ort bestimmt waren, wo der nachfolger des grossen Petrus thront. Auf dieser fahrt, mit der du ihm ruhm verleihst, vernahm er dinge, die die ursache wurden zu seinem sieg und zum päpstlichen ornat. Und dann ging das Gefäss der Wahl dorthin.

So nennt in der Apostelgeschichte IX 15 der Herr den Paulus. Dieser sagt von sich (2. Korinther 12,2), er sei im dritten himmel gewesen, und die legende weiss, dass er auch in der hölle war.

Dort holt er sich stärkung für jenen glauben, der der anfang ist zum weg des heiles. Aber ich, warum sollte ich dahin kommen, oder wer erlaubt das? Ich bin nicht Aeneas, bin nicht Paulus. Weder ich noch sonst wer hält mich dessen für würdig. Darum, wenn ich mich dieser fahrt überlasse, fürchte ich, es wird eine narrenfahrt. Du bist weise, du verstehst mich besser als ich es ausdrücken kann." Und wie der, der nicht will was er wollte und seinen vorsatz mit neuen gedanken vertauscht, so dass er sich von seinem ersten beginnen ganz weghebt, so tat ich an jener finstern küste, weil ich nachdenkend mein unterfangen aufgab, das beim beginn so rasch gewesen war. „Wenn ich dein wort recht begriffen habe," antwortete der schatten jener grossgesinnten seele, „so wurde dein herz von kleinmut befallen, der manches mal dem menschen den weg versperrt, so dass er ihn von einem ehrenvollen vorsatz abbringt, wie ein tier scheut, das im dunkeln falsch sieht. Damit du dich aus dieser furcht lösest, will ich dir sagen, warum ich kam und was ich vernahm, als ich zu allererst mit dir mitleid fühlte. Ich war bei jenen die in der schwebe hängen *(in der vorhölle, wo sie weder selig noch verdammt sind)*, da rief mich eine frau so selig und schön, dass ich sie bat mir zu befehlen. Ihre augen leuchteten heller als sterne, und sie begann mir zu reden, sanft und leise, mit engelsstimme, in ihrer eignen sprache: 'O gütige Mantuaner seele, deren ruhm noch in der welt dauert und dauern wird so lange wie die welt, mein freund, nicht der des schicksals, ist am öden gestade so behindert in seinem weg, dass er vor angst umdreht. Ich fürchte, er ist schon so verirrt, dass ich mich zu seiner hilfe zu spät erhob, nach dem, was ich im himmel über ihn hörte. Nun eile, und mit deinem erlesenen wort und mit dem was ihm zu seinem entrinnen not tut, hilf ihm so, dass ich mich trösten kann. Ich bin Beatrice, die dich gehen heisst.

Die edle Florentinerin Beatrice Portinari, die Dante, wie er in der Vita Nuova berichtet, schon als knabe liebte, die jungverheiratet schon 1290 starb und die für ihn zum inbegriff alles erleuchtenden und erhebenden geworden ist.

Ich komme von einer stelle, wohin ich zurückzukehren begehre; liebe bewog mich und heisst mich reden. Wenn ich wieder vor meinem Herrn bin, werde ich oft vor ihm deiner lobend gedenken.' Dann schwieg sie, und darauf begann ich: 'O Frau der Tugend, einzige um derentwillen das menschliche geschlecht alles übertrifft, was jener himmel mit dem engsten kreis umschliesst *(der mond als die niederste der himmelsphären)*: solche freude ist mir dein befehl, dass die erfüllung, und wäre sie sofort, mir schon langsam schiene. Weiter brauchst du mir dein verlangen nicht zu eröffnen. Aber sag mir den grund, warum du dich nicht hütest hier herabzusteigen in diesen mittelpunkt des weiten raums, wohin du zurückzukehren brennst.' - 'Da du so genau dies zu durchschauen wünschest, antwortete sie mir, will ich dir kurz sagen, warum ich mich nicht fürchte hier hereinzukommen. Fürchten muss man nur jene dinge, die macht haben jemand wehzutun, die andern nicht, die nicht fürchterlich sind. Ich bin von Gott, sei's ihm gedankt, so geschaffen, dass euer elend mich nicht berührt und die flamme dieser feuersbrunst mich nicht anfällt. Es ist eine edle frau im himmel, die mitleid hat mit dieser hemmnis, zu der ich dich sende, so dass sie hartes urteil dort oben bricht. Diese bat in ihrem verlangen Lucia und sagte: Dein getreuer bedarf jetzt deiner, ich empfehle ihn dir. Lucia, feindin jeder härte, machte sich auf und kam hin wo ich war, die ich neben der alten Rahel sass. Sie sprach: Beatrice, du wahrer lobpreis Gottes, was eilst du nicht dem zu helfen, der dich so sehr geliebt hat, dass er deinethalb sich vom gemeinen haufen schied? Hörst du nicht sein erbarmenswürdiges schluchzen, siehst du nicht den tod, der ihn bedrängt an dem wildstrom, der dem meer nicht nachsteht. *(Seinen untergang im sündigen leben)*. Nie waren in der welt leute so rasch, gewinn zu suchen oder verlust zu meiden, wie ich auf solche worte hin hier herab kam von meinem seligen sitz, im vertrauen auf dein ruhmvolles reden, das dich selber ehrt und die, die es vernahmen.'

Die jungfrau Maria, deren name in der hölle nicht genannt wird, bedeutet hier die allem menschlichen bemühen vorausgehende göttliche gnade, gratia praeveniens; Lucia, die patronin der augenleidenden, vielleicht darum auch Dantes, wäre die erleuchtung, gratia illuminans, Beatrice die helfende gratia perficiens. Drei stufen eines inneren weges, den Dante mit demut und dankbarkeit an sich erlebt.

Nachdem Beatrice mir so geredet hatte, wandte sie weinend ihre strahlenaugen, womit sie mir noch mehr eile machte zu kommen. Ich kam zu dir so wie sie es wollte, ich entzog dich jenem untier, das dir den kurzen aufstieg zum schönen berg verlegte. Was also ist? Warum, warum bleibst du stehen? Was verführst du dein herz zu soviel kleinmut? Was hast du nicht freiheit und kühnen mut, nachdem doch solche drei hochgepriesnen frauen am himmlischen hofe sich um dich sorgen und mein reden dir solches heil verheisst?“ Wie die blumen, die sich im nachtfrost neigten und schlossen, sobald die sonne sie beglänzt sich alle auf ihrem stengel offen aufrichten, so ging es mir mit meiner matten willenskraft, und soviel guter mut lief mir ins herz, dass ich ganz unbeschwert redete: „O sie, die mitleidvolle, die mir zu hilfe eilte, und du gütiger, der so rasch den wahren worten, die sie dir bot, gehorchte! Du hast mit deinen worten mir das herz so gefüllt mit der begier zu gehen, dass ich zu meinem ersten vorsatz umgekehrt bin. So geh, denn ein einziger wille ist in uns beiden, du bist der führer, du der herr, du der meister.“ So sagte ich ihm, und als er aufbrach, begann ich meinen weg auf der steilen, wilden strasse.

3. Gesang

„Durch mich geht es hinein zur stadt des leidens, durch mich geht es hinein zum ewigen schmerz, durch mich geht es zu den verlorenen. Gerechtigkeit bewog meinen hohen schöpfer; mich schuf die göttliche macht, die höchste weisheit und die erste liebe *(Gott Vater Sohn und Heiliger Geist)*. Vor mir wurde nichts geschaffen, nur ewiges, wie auch ich ewig dauere. Lasst alle hoffnung, die ihr eintretet." Diese worte sah ich in dunkler farbe über einem tor geschrieben, weshalb ich sagte: „Meister, der sinn ist mir hart." Und er zu mir, mich wohl verstehend: „Hier musst du jedes bedenken hinter dir lassen, hier musst du jeden kleinmut in dir ertöten. Wir sind angelangt am ort, von dem ich dir sagte, dass du die leidenden schauen wirst, die das gut der einsicht vertan haben." Und indem er mit heiterer miene seine hand auf meine legte, mir zum trost, leitete er mich hinein zu den geheimen dingen.

Seufzer, klagen und laute schreie ertönten dort in der sternlosen luft, worüber ich am anfang weinte. Mancherlei sprachen, fürchterliches gerede, schmerzrufe, wutgekreisch, schrille und heisere stimmen, dazu klatschen von händen, sie machten einen lärm, der in jener zeitlosen trüben luft immerzu kreist wie der sand im wirbelsturm. Und ich, das haupt von grausen ganz umschnürt, sagte: „Meister, was ist das was ich höre? und wer sind die, die der schmerz so überwältigt?" Und er zu mir: „In diesem elenden zustand sieh die jammervollen seelen derer, die ohne schmach und ohne lob lebten. Sie sind gemischt mit jenem üblen chor der engel, die weder empörer noch Gott treu waren sondern für sich blieben. Die himmel verjagen sie, um nicht an schönheit zu verlieren, und die tiefe hölle nimmt sie nicht auf, sonst hätten die sünder noch einigen ruhm durch sie."

Bei diesem aufruhr der engel, am beginn der schöpfung, wurde Luzifer, der schönste, von Michael besiegt und steckt nun, als der hässlichste, im tiefsten höllenschlund.

Und ich: „Meister, was macht ihnen solche beschwer, die sie so laut jammern lässt?" Er antwortete: „Ich will es dir ganz kurz sagen. Diese haben keine hoffnung auf den tod, und ihr blindes leben ist so niedrig, dass sie jedes andre los beneiden. Sie hinterlassen keinen namen in der welt; vom erbarmen wie von der gerechtigkeit sind sie verschmäht *(weder des fegefeuers noch der hölle sind sie gewürdigt)*; reden wir nicht von ihnen, schau und geh vorüber." Und wie ich schaute, sah ich eine fahne kreisend laufen, so rasch dass ihr keine rast gegönnt schien. Und hinter ihr kam ein so langer zug von leuten - nie hätte ich geglaubt, dass der tod schon so viele umgebracht hätte. Nachdem ich dort den einen oder anderen wiedererkannt hatte, sah und erkannte ich den schatten dessen, der aus niedrigem kleinmut den grossen verzicht tat. *(Dante geruht nicht seinen namen zu nennen; es ist wohl papst Coelestin V., der 1294 nach fünf monaten sein hohes amt niederlegte und sich fromm in seine klause zurückzog, so dass der von Dante gehasste Bonifaz VIII. zur macht kam)*. Alsbald begriff ich und war gewiss, dass dies die sekte der schlechten war, die Gott und seinen feinden gleich missfallen. Diese elenden, die nie gelebt haben, waren nackt und ganz zerstochen von mücken und wespen, die dort waren. Durch die wurde ihr gesicht streifig von blut, das, mit tränen vermischt, zu ihren füssen von ekelhaften würmern verzehrt wurde.

Als ich dann meine blicke weiter schweifen liess, sah ich leute am ufer eines grossen flusses, weshalb ich sprach: „Meister, nun erlaube mir zu wissen, wer die sind und nach welchem brauch sie es mit der überfahrt so eilig zu haben scheinen, soviel ich in dem fahlen licht unterscheiden kann.“ Und er zu mir: „Die dinge werden dir kund werden, wenn wir unsere schritte am düstern ufer des Acheron anhalten.“ Da senkte ich voller scham meine augen, sorgend, mein reden möchte ihm lästig gewesen sein, und bis zum fluss enthielt ich mich des sprechens.

Und siehe da, gegen uns kam zu schiff ein greis, weiss mit seinem alten haar, der schrie: „Weh euch, verkommene seelen! Hofft nie, den himmel zu schauen: ich komme, euch ans andere ufer zu führen, in ewige finsternis, in glut und eis. Und du dort, lebende seele, heb dich weg von diesen hier, die tot sind!“ Als er mich aber nicht weggehn sah, sprach er: „Auf andrem weg, aus andrem hafen, nicht hier, gelangst du zur überfahrt ans andre ufer. Dich muss ein leichteres holz tragen.“ *Nämlich ins Fegefeuer; Charon weiss, dass Dante nicht in die Hölle gehört.* Und mein führer zu ihm: „Charon quäl dich nicht. Man will es so dort, wo man kann was man will, mehr frage nicht.“ Darauf beruhigten sich die wolligen wangen des fergen auf dem fahlen sumpf, dem um die augen feurige räder standen. Aber jene matten, nackten seelen verfärbten sich und klapperten mit den zähnen, sobald sie seine rauhen worte vernahmen. Sie lästerten Gott und ihre eltern, das menschliche geschlecht und ort und zeit und samen ihrer zeugung und geburt. Dann drängten sie sich mit lautem weinen alle an dem ruchlosen strand zusammen, der jeden menschen erwartet, der Gott nicht fürchtet. Der dämon Charon mit seinen glutaugen sammelt sie alle ein mit seinen winken; mit dem ruder schlägt er jeden der säumt. Wie sich im herbst die blätter eins nach dem andern lösen, bis der zweig all seinen behang dem boden wiedergibt, ähnlich die böse brut Adams: sie stürzen sich vom gestade einer um den andern nach winken wie der vogel beim rückruf *(ein bild von der falkenjagd)*. So fahren sie hin über die braune flut, und eh sie drüben ausgestiegen sind, sammelt sich auch diesseits schon eine neue schar. „Mein sohn, sagte der gütige meister, alle die im zorne Gottes sterben, treffen sich hier, aus jedem land; sie sind bereit den fluss zu überqueren, weil die göttliche gerechtigkeit sie spornt, so dass die angst sich in begierde wandelt. Hier kommt nie eine gute seele vorbei; wenn also Charon sich deinetwegen beklagt, kannst du wohl denken was sein reden meint.“ Als dies geschehen war, bebte das finstere feld so stark, dass vor entsetzen mein geist mich heute noch in schweiss badet. Dem tränenland entfuhr ein sturm, den ein scharlachrotes licht durchblitzte, das mir jede besinnung überwältigte, und ich fiel wie einer, den der schlaf ergreift.

Nach der meinung der zeit wird das erdbeben durch unterirdische winde erregt. In seiner ohnmacht wird Dante, er sagt nicht wie, über den Acheron entrückt. Jenseits liegt die Hölle, ein trichter, der sich unter der oberfläche der Erde in neun stufen bis in den mittelpunkt der erdkugel hinabsenkt. Der obere rand berührt Florenz und den Ganges, der mittelpunkt liegt unter Jerusalem. Im auftrag der Florentiner Akademie hat Galilei die ausmaasse berechnet.

4. Gesang

Den tiefen schlaf in meinem kopf zerriss mir ein dumpfes dröhnen, so dass ich auffuhr wie jemand der gewaltsam geweckt wird. Ich liess das ausgeruhte auge kreisen, grad aufgerichtet, und spähte scharf, um den ort zu erkennen, wo ich wäre. Und das ist wahr: ich fand mich am rand des abgrundtiefen schmerzentals, das den ton endloser wehrufe in sich aufnimmt. Finster war es, tief und neblig so sehr, dass ich, den blick zum grunde heftend, dort nichts unterscheiden konnte. „Jetzt steigen wir hier hinab in die blinde welt, begann der dichter, ganz erloschen; ich werde erster sein und du zweiter." Und ich, der seine farbe bemerkt hatte, sprach: „Wie soll ich gehen, wenn du zitterst, der du mein zweifeln aufzurichten pflegst?" Und er zu mir: „Die beklemmung der leute, die hier unten sind, malt mir ins gesicht jenes erbarmen, das du als furcht empfandest. Gehen wir, der weg ist lang, der uns treibt."

So setzte er sich in bewegung, und so liess er mich eintreten in den ersten kreis, der den abgrund umgürtet. Hier gab es, soviel man hören konnte, keine klagen, nur seufzer, von denen die ewige luft zitterte. Das kam von leid ohne qualen, das die scharen dort trugen, viele grosse scharen von kindern, frauen und männern. Der gute meister zu mir: „Du fragst nicht, was für geister die sind, die du siehst? So möchte ich, dass du wissest, bevor du weiter gehst: diese haben nicht gesündigt, und hatten sie verdienste, so genügt das nicht, weil sie die taufe nicht hatten, die teil des glaubens ist, den du glaubst; und lebten sie vor dem christentum, so haben sie Gott nicht gebührend angebetet - von diesen bin ich selbst auch einer. Durch solchen mangel, durch keine andre schuld sind wir verloren, nur insofern leidend, als wir ohne hoffnung in verlangen leben." Grosser kummer griff mir ans herz, als ich das hörte; denn ich erkannte menschen von hohem wert, die in diesem saum in schwebe hingen. „Sag mir, mein meister, sag mir herr", begann ich, um mich des glaubens zu versichern, der über jeden irrtum ist, „ist je einer hier herausgekommen, sei's durch eignes verdienst, sei's durch einen andern, und ist nachher selig geworden?"

Dante fragt nach der wahrheit der höllenfahrt Christi, von der das apokryphe evangelium des Nikodemus ausführlich berichtet.

Und er, der mein verdecktes reden verstand, antwortete: „Ich war neu in diesem zustand, als ich einen mächtigen kommen sah, gekrönt mit dem zeichen des sieges *(der nicht beim namen genannte Christus mit der märtyrerpalme, etwa 50 Jahre nach Vergils tod)*. Den schatten des urvaters zog er hier heraus, den seines sohnes Abel, den Noahs, des gesetzgebers Mose, den gehorsamen patriarchen Abraham, könig David und Israel mit seinem vater und seinen söhnen und mit Rahel, für die er so viel tat, und viele andre, und machte sie selig. Und ich möchte dass du wissest, dass vor diesen keine menschenseele zum heil gelangte." Über seinem reden vergassen wir das gehen nicht, sondern durchquerten gleichwohl den dichten wald - den wald von geistern, meine ich. Seit meinem schlaf waren wir noch nicht lang gegangen, als ich ein feuer sah, das die finsternis besiegte in einer halbkugel. Wir waren noch ein stück weit davon entfernt, doch nicht so weit, dass ich nicht hätte unterscheiden können, einigermaassen, dass eine erlauchte gesellschaft diesen ort innehatte. „O du, du ehre jeder wissenschaft und kunst, wer sind diese, die solche ehre geniessen, die sie von der weise der übrigen absondert?“ Und er zu mir: „Die ehre, womit ihr name oben in deinem leben genannt wird, erwirkt ihnen im himmel die huld, die sie so heraushebt.“ Indessen vernahm ich eine stimme: „Ehret den höchsten dichter! Sein schatten kehrt zurück, der fortgegangen war.“

Als der ruf innehielt und still war, sah ich vier grosse schatten auf uns zukommen, sie schienen weder traurig noch froh. Der gute meister begann zu sagen: „Schau den an mit dem degen in der hand, der vor den dreien kommt wie ein fürst, das ist Homer, der erhabene dichter; der andere der kommt ist Horaz der satiriker; Ovid ist der dritte und der letzte ist Lukan. Obgleich sie sich mit mir in den namen teilen, der eben aus dem einen rufe tönte, erweisen sie mir ehre, und tun recht daran.“ So sah ich vereint die schöne schule jener herrn des höchsten sanges, der adlergleich über den andern fliegt. Als sie sich ein weilchen miteinander besprochen hatten, wandten sie sich grüssend mir zu; schon darüber lächelte der meister. Und noch viel größere ehre taten sie mir an, indem sie mich in ihre schar aufnahmen, so dass ich sechster wurde inmitten solchen geistes. So gingen wir dahin bis zum lichtkreis unter gesprächen, die zu verschweigen so schön ist wie an seinem orte das erzählen.

Wir kamen an den fuss einer stolzen burg, die siebenfach umringt war von hohen mauern und rings geschützt durch ein schönes flüsschen. Dieses überschritten wir wie feste erde, und durch sieben tore trat ich ein mit diesen weisen; wir erreichten eine wiese von frischem grün. Menschen waren da mit langsamen und schweren blicken, von grosser würde in ihrer erscheinung. Sie sprachen selten, mit sanfter stimme. Wir zogen uns von einer der ecken an eine offene, helle, erhöhte stelle, von wo alle miteinander zu sehen waren.

Die zwar ungetauften, aber von Dante so herausgehobenen, von der menge getrennten geister zeichneten sich aus durch klugheit, rechtlichkeit, mut, selbstzucht, verstand, wissen, weisheit; diesen sieben weltlichen tugenden entsprechen wohl die sieben mauern. Die sieben tore wären dann die freien künste grammatik, rhetorik, dialektik, musik, arithmetik, geometrie, astronomie. Aber der bach?

Dort über dem grünen schmelz stehend bekam ich die hohen geister gezeigt - dass ich sie sah, macht mich in mir selber stolz. Ich sah Elektra *(die urmutter Troias)* mit vielen genossen, unter denen ich Aeneas und Hektor erkannte und Caesar in waffen mit seinen falkenaugen; ich sah Camilla und die Penthesilea auf der andern seite und sah könig Latinus, der mit seiner tochter Lavinia sass. Ich sah jenen Brutus, der Tarquinius verjagte, Lucretia, Julia, Marcia und Cornelia, und allein für sich sah ich Saladin. Als ich dann die brauen etwas höher hob, sah ich den meister derer die wissen, sitzend inmitten der sippschaft der philosophen *(Aristoteles)*. Alle bewundern ihn, alle erweisen ihm ehre; dort sah ich Sokrates und Plato, die vor den übrigen näher bei ihm stehen, Demokrit, der die welt auf zufall baut, Diogenes, Anaxagoras und Thales, Empedokles, Heraklit und Zenon, und sah den trefflichen sammler der eigenschaften, Dioskorides meine ich *(der als arzt unter Nero ein pflanzenbuch verfasste: de materia medica)*. Und ich sah Orpheus, Cicero, Linos *(ein sänger der vorzeit. Für Dante sind gestalten der sage und der dichtung ebenso wirklich wie die historischen)*, Seneca den moralisten, Euklid den geometer und Ptolemäus, Hippokrates, Avicenna und Galen, Averroes, der den grossen kommentar schuf *(zu Aristoteles, im 12. jahrhundert, wie auch schon etwas früher Avicenna)*.

Ich kann nicht von allen vollständig berichten; denn so sehr jagt mich mein grosser gegenstand, dass sehr oft das wort der wirklichkeit nicht nachkommt. Die sechsergruppe schmilzt auf zweie. Auf andrem wege leitet mich mein weiser führer aus der ruhigen in die bebende luft und gelange ich hin, wo nichts mehr leuchtet.

5. Gesang

So stieg ich aus dem ersten kreis nieder in den zweiten, der weniger raum umgürtet und desto mehr schmerz, der zum wehgeschrei anstachelt. Dort steht Minos, grauenhaft, und fletscht; er prüft die sünden beim eintritt, richtet und verweist jenachdem er sich umwindet. Ich will sagen: wenn eine missgeborene seele vor ihn tritt, bekennt sie sich ganz, und er, der kenner der laster, sieht, welcher ort der hölle für sie ist; er umgürtet sich mit seinem schweif so viele male, wieviel stufen sie hinunter soll. Immer stehen ihrer viele vor ihm, gehen der reihe nach einzeln zum gericht, reden, hören und wenden sich zur tiefe. „Du dort, der da zur herberge der qualen kommt", sagte Minos zu mir, als er mich sah, und unterbrach sein wichtiges amt, „Sieh zu wie du hereinkommst und wem du dich vertraust. Lass dich die weite des eingangs nicht verführen!" *(Die antiken höllengestalten leben weiter als teufel. Das wort teufel - diabolus - heisst wörtlich: zwietrachtstifter)*. Und mein führer zu ihm: „Was schreist du nur? Hindre nicht seinen schicksalsgang! Man will es so dort, wo man kann was man will; frag nicht weiter."

Jetzt beginnen die klagelaute mir vernehmlich zu werden; ich bin dahin gelangt, wo lautes weinen mich niederschlägt. Ich kam an einen ort, wo alles licht verstummt, und der brüllt wie das meer im sturm, wenn wind und gegenwind es bekriegen. Der höllische biswind, der nie rastet, schwenkt die geister in seinem braus und dreht und stösst sie qualvoll hin und her. Wenn sie beim absturz angelangt sind, beginnt das geschrei, geheul und geschluchze; sie lästern dort Gottes allmacht. Ich begriff, dass zu solcher marter die fleischlichen sünder verdammt sind, die die vernunft ihrem hange opfern. *(Eine entsprechung zwischen sünde und strafe: die wollüstigen sind haltlos.)* Und wie die stare in der kalten jahreszeit in breitem vollem schwarm von ihren flügeln dahingetragen sind, so die schlechten seelen von jenem blasen: hierher dorthin aufwärts abwärts; keine hoffnung tröstet sie je auf ruhe, ja auch nur auf verminderte pein. Und wie die kraniche ihr klaglied singend in langer reihe durch die luft ziehen, so sah ich schatten unter wehgeschrei daherkommen, getragen von dem genannten ungemach, weshalb ich fragte: „Meister, wer sind die dort, die die schwarze luft so kasteit?" „Die erste von denen, über die du nachricht haben willst, antwortete er darauf, war kaiserin über viele sprachen. Im laster der wollust war sie so verderbt, dass sie in ihrem gesetz lüsten zu dürfen machte, um den schimpf zu heben, in den sie gefallen war. Es ist Semiramis, von der man liest, dass sie auf Ninos folgte und seine gattin war. Sie besass das land, das der sultan regiert. *(Semiramis war königin von Babylon, was an die sprachverwirrung erinnert; sie heiratete ihren sohn Ninos - den sie überlebte - und erliess ein gesetz, das den incest erlaubte. Der Sultan herrschte zwar über Aegypten, aber es gab an der stelle von Kairo auch dort ein Babylon. Nicht mit namen genannt folgt dann die aus der Aeneis bekannte Dido.)* Die andere ist die, die sich umbrachte in ihrer liebe und der asche des Sychäus die treue brach. Dann kommt Kleopatra, die verbuhlte. Sieh Helena, durch die so böse zeiten kamen, sieh den grossen Achilles, der am ende mit der liebe focht *(eine späte sage weiss von seiner liebe zu Polyxena, der tochter des Priamos)*. Sieh Paris, Tristan ..." und über tausend schatten zeigte er mir und wies sie mir mit dem finger, die die liebe aus unsrem leben schied.

Nachdem ich meinen lehrer die frauen des altertums und die ritter hatte nennen hören, überkam mich mitleid, und ich war wie verwirrt. Ich begann: „Dichter, gern spräche ich mit jenen beiden, die zusammen gehen und im winde so leicht scheinen." Und er zu mir: „Gib acht, wenn sie uns näher sind; dann bitte du sie bei jener liebe, die sie leitet, und sie werden kommen." Sobald der wind sie gegen uns herbog, hob ich die stimme: „Ihr kummervollen seelen, kommt mit uns zu reden, wenn es nicht einer verwehrt." Wie tauben auf den ruf des verlangens mit erhobnen ruhigen flügeln zum süssen nest kommen, durch die luft vom wunsch getragen, so lösten sie sich aus der schar wo Dido ist, und kamen auf uns zu durch die arge luft, so stark war der liebevolle ruf. „O wesen voll huld und güte, das uns in dieser purpurdunklen luft besucht, wir, die wir die welt blutrot färbten, wir würden gern den weltenkönig, wär er nur unser freund, um deinen frieden bitten, weil du dich unsres argen leidens erbarmst. Wovon du hören und reden magst, wollen wir hören und zu euch reden, solang der wind, wie jetzt eben, schweigt. Das land, wo ich geboren wurde, liegt am strand, wohin der Po niederfliesst, um mit seinem gefolge frieden zu finden. Liebe, die in edlen herzen rasch haftet, ergriff diesen hier zu meiner schönen gestalt, die mir geraubt wurde - noch verletzt mich die weise. Liebe, die keinem geliebten das lieben erlässt, ergriff mich zu seinem schönen anblick so stark, dass sie mich, wie du siehst, immer noch nicht verlässt. Liebe führte uns zu gemeinsamem tode. Kains reich erwartet den, der unser leben auslöschte." Diese worte reichten sie uns dar.

Die zeitgenossen merkten sofort, dass hier Francesca da Polenta von Ravenna spricht, die gattin des Guanciotto Malatesta von Rimini. Dieser war wild und ungeschlacht; deshalb war dessen schöner bruder Paolo als brautwerber nach Ravenna geschickt worden. Seither liebten sich die beiden. Guanciotto erfuhr's, überraschte sie und erschlug beide. In der Kainshölle zuunterst büssen die verwandtenmörder. In Ravenna fand Dante, der verbannte, seine letzte zuflucht.

Als ich jene geschlagenen seelen vernommen hatte, neigte ich mein gesicht und hielt es so tief, bis mich der dichter fragte: „Was denkst du?" Als ich antwortete, begann ich: „Ach wehe, wieviel süsse gedanken, wieviel verlangen führte diese beiden zum weg des leidens." Dann wandte ich mich wieder ihnen zu, zu antworten; ich begann: „Francesca, deine marter betrübt und rührt mich bis zum weinen. Doch sag mir: wobei und wie gewährte euch Amor, eure zweifelnden wünsche zu erkennen?" Und sie zu mir: „Kein grössrer schmerz, als sich im elend der glücklichen zeit zu erinnern. Das weiss dein lehrer. Aber wenn du dich so danach sehnst, die erste wurzel unserer liebe zu erfahren, so will ich tun wie der, der unter tränen redet. Wir lasen eines tages zum vergnügen von Lanzelot, wie die liebe ihn presste. Wir waren allein und ohne argwohn.

Lanzelot war einer der ritter von könig Artus' Tafelrunde. Ein französischer abenteuerroman des zwölften jahrhunderts erzählte von seiner liebe zur königin Ginevra. Der dort genannte Galehaut ermutigte die beiden liebenden, sich zu bekennen.

Mehrmals liess dies lesen uns die augen heben und entfärbte uns das gesicht; aber nur eine stelle war es, die uns besiegte: als wir lasen, wie jener liebende das sehnsuchtweckende lachen küsste, da hat er, der nie von mir geschieden sein wird, ganz bebend mich auf den mund geküsst; Galeot spielte das buch und sein verfasser. An jenem tag lasen wir nicht weiter.“ Während der eine geist dies sagte, weinte der andre so, dass mir vor mitleid die besinnung schwand, als ob ich stürbe, und ich fiel, wie ein toter körper fällt.

Dies äusserste an mitgefühl mit den sündern empfindet Dante nur hier bei den liebenden; je tiefer er hinabgelangt, umso härter wird er in verachtung und zorn.

6. Gesang

Bei der wiederkehr meiner sinne, die sich verschlossen hatten vor dem leid der beiden verwandten, als die trauer mich ganz betäubte, sehe ich neue qualen und neue gequälte rings um mich, wohin ich auch mich bewege, wohin ich mich wende, wohin ich spähe. Ich bin im dritten kreis, dem des regens, der ewig und verflucht, kalt und schwer fällt, unveränderlich nach maass und art. Grober hagel, trübes wasser und schnee ergiesst sich durch die finstre luft; die erde stinkt, die das aufnimmt. Cerberus, das grausame und sonderbare vieh, bellt hündisch aus drei rachen über dem dort versenkten volk. Mit roten augen, fettem, schwarzem bart, dickem bauch und krallenpfoten zerkratzt und schindet und zerfetzt er die geister. Der regen lässt sie heulen wie hunde; mit ihrer einen flanke schirmen sie die andere, und oft drehn sie sich, die unglückseligen weltkinder.

Als Cerberus, das grosse untier, uns bemerkte, riss er die mäuler auf und zeigte uns die hauer; kein glied an ihm, das nicht gebebt hätte. Und mein führer spreizte seine hände, ergriff erde und mit vollen fäusten warf er sie in die lechzenden röhren. Wie ein hund bellend giert und sich beruhigt, sobald er futter beisst, weil er nur ringt und sich abmüht es zu verschlingen, so taten die dreckigen schnauzen des dämons Cerberus, der die seelen so durchdröhnt, dass sie am liebsten taub wären. Wir schritten über die schatten, die der schwere regen niederwirft, und setzten unsere sohlen auf ihre menschengleiche nichtigkeit.

Sie lagen allesamt auf dem boden ausser einem, der sich rasch zum sitzen hob, sobald er uns vor sich vorübergehen sah. „Du da, den man durch diese hölle schleppt, sagte er mir, erkenne mich, wenn du kannst; du warst schon am leben bei meinem ableben." Und ich zu ihm: „Deine bedrängnis entzieht dich vielleicht meinem sinn; mir ist nicht, dass ich dich je gesehen hätte. Aber sag mir wer du bist, der du an so einen schreckensort verwiesen bist und zu solcher strafe - vielleicht sind andre schwerer, doch ist gewiss keine so widerlich." Und er zu mir: „Deine stadt, die so voll haders ist, dass der sack schon überquillt, beherbergte mich im heitern leben. Ihr bürger nanntet mich Ciacco. Für die zerstörende schuld des gaumens siehst du mich hier im regen bersten. Und ich bin nicht die einzige trauernde seele: denn diese alle hier stehn in gleicher pein für gleiche schuld." Mehr sprach er nicht.

Dieser Ciacco - sein spottname „das schweinchen" - war ein geistvoller mensch, wohl auch verfasser von gedichten, der sich zu allen schmausereien gern einladen liess oder selber einlud. Nun büsst er bei den schlemmern, denen als teufel mit sinnreichem bezug der dreimäulige Cerberus zugeordnet ist.

Ich antwortete ihm: „Ciacco, deine kümmernis bedrückt mich so, dass sie mich zum weinen lockt. Aber sage mir, wenn du es weißt: was wird aus unserer zerrissenen stadt? Ist einer dort gerecht? Und sag mir den grund, warum solche zwietracht sie befallen hat."

In allen italienischen städten bekämpften sich damals verfeindete adelsgeschlechter - man denke an Romeo und Julia, an die festen wohntürme in Bologna und San Gimignano. War die eine partei ghibellinisch, so die andere guelfisch. In Florenz nannten sich die ghibellinischen Donati die Schwarzen, die guelfischen Cerchi, zu deren partei auch die Alighieri gehörten, die Weissen. Nach einer ersten bluttat am 1. mai 1300 verfügten im juni die beiden prioren, von denen damals Dante der eine war, dass von beiden parteien die hitzigsten anführer verbannt wurden; doch kehrten sie bald zurück und im mai 1301 konnten die Weissen Cerchi, zugewanderte, grobschlächtige aber reiche leute, die Schwarzen verbannen. Aber papst Bonifaz VIII., der erst noch laviert hatte, rief Carl von Valois ins land, und unter dessen einfluss wurden im Jahre 1302 die Weissen, unter ihnen auch Dante, von den Schwarzen verbannt. Auch nach der rückkehr der Weissen blieb Dante verbannt, wohl weil er zusammen entweder mit seinem amtskollegen oder mit seinem freund Guido Cavalcanti, unparteiisch, also gerecht gewesen war.

Ciacco gab zur antwort: „Nach langem zerren kommt es zu blut, und die grobe partei wird die andere mit viel härte verjagen. Hernach, noch innerhalb von drei sonnen, muss diese fallen und die andere wird obenauf kommen durch die kraft dessen, der bislang noch schwankt. Hoch wird sie lange zeit die stirne tragen und die andere mit schweren gewichten untenhalten, wie sehr auch diese darob klagt und sich empört. Gerecht sind zwei, aber man hört nicht auf sie. Stolz, neid und habgier sind die drei funken, von denen die herzen entbrannt sind." Damit endete er seine jammervolle rede. Und ich zu ihm: „Noch möchte ich dass du mich belehrest und mich mit weiterem sprechen beschenkst. Farinata und Tegghiaio, diese ehrwürdigen, und Iacopo Rusticucci, Arrigo und Mosca und die anderen, die ihren geist an rechttun setzten, sag mir wo sie sind und lass mich sie finden: denn ein heftiges verlangen bedrängt mich zu wissen, ob sie der himmel versüsst oder die hölle verbittert." Und er: „Sie sind unter schwärzeren seelen; ganz andre schuld drückt sie tiefer zum grunde. Wenn du so weit hinabsteigst, kannst du sie sehen. Aber wenn du wieder in der süssen welt bist, bitte ich dich, mich bei anderen in erinnerung zu rufen. Mehr sag ich dir nicht und gebe dir nicht weiter antwort."

Die geraden blicke verdrehte er darauf in schräge, schielte mich ein weilchen an, neigte dann den kopf und schlug damit hin - da lag er gleich den anderen blinden. Mein führer sagte mir: „Jetzt wacht er nicht mehr auf bis zum schall der engelsposaune, wenn die gewalt ihres widersachers erscheint. Jeder wird dann sein düstres grab wiederfinden, sein fleisch und seine gestalt wieder aufnehmen und vernehmen, was ihm auf ewig nachdröhnt." So durchquerten wir den garstigen mischmasch der schatten und des regens, mit langsamen schritten, und kamen ein wenig auf das ewige leben zu sprechen, weshalb ich fragte: „Meister, diese martern, werden sie nach dem grossen spruch zunehmen oder abnehmen oder ebenso brennend bleiben?" Und er zu mir: „Wende dich an deine wissenschaft, die will, je vollkommener etwas sei, desto mehr empfinde es das gute und ebenso das leiden. *(So Aristoteles in der Nikomachischen Ethik, X 4).* So wahr dieses verdammte volk niemals zu wahrer vollkommenheit gelangt, erwartet es doch, danach mehr zu sein als zuvor." Wir bogen der strasse nach einwärts unter noch längeren gesprächen, die ich nicht wiederhole. Wir kamen zur stelle, wo man niedersteigt; dort fanden wir Plutus, den grossen feind. *(Plutus, der reichtum, zu unterscheiden vom griechischen unterweltgott Hades).*

7. Gesang

„Papä, Satan, papä, Satan, aleppe!" begann Plutus mit heiserer stimme; und der gütige weise, der alles wusste, sagte zu meinem trost: „Lass dich die furcht nicht anfechten; denn mit all seiner macht wird er dir den abstieg an diesem fels nicht wehren." Darauf wandte er sich zu jenem aufgeblasnen maul: „Schweig, verdammter wolf! Friss dich selber auf mit deiner wut! Nicht ohne grund geht dieser gang ins finstere: man will es in der höhe, dort wo Michael an der stolzen schandtat rache nahm." Wie die windgeschwellten segel verknäuelt fallen, wenn der mast splittert, so fiel das grausame untier zu boden. So stiegen wir nieder zum vierten bord; immer mehr gewannen wir von dem schreckensufer, das alles böse der welt einsackt. O weh, gerechtigkeit gottes! Wer stopft hier so viel neue mühe und not zusammen wie ich sah? Und warum zerstört unsre schuld uns so?

Wie sich dort über der Charybdis die eine woge bricht an der andern, auf die sie stösst, so einen reigen muss das volk hier tanzen. Hier sah ich allzu vieles volk wie nirgends sonst. Unter lautem geheul wälzten sie lasten mit der kraft ihrer brust nach rechts und nach links. Sie stiessen aufeinander, und eben dort wandte sich jeder zur umkehr und schrie: warum so festhalten? und: warum so streuen? So drehten sie um auf jeder seite des schauerlichen kreises bis zum gegenpunkt, wo sie sich wieder ihr schimpflied zuschrieen; dann wandte sich jeder, wenn er durch seinen halbkreis zum andern turnier gelangt war. Mir war das herz ganz durchstochen; ich sagte: „Mein meister, nun belehre mich, was für volk dies ist, und ob es lauter geistliche waren, die links von uns mit der tonsur." Und er zu mir: „Allesamt waren sie in ihrem geiste scheelsichtig im früheren leben, so dass sie bei keiner ausgabe maass hielten. Klar genug bellt es ihre stimme, wenn sie an den beiden punkten des kreises anlangen, wo der gegensatz ihrer laster sie scheidet. Die waren geistliche, die keinen haardeckel haben auf dem kopf, päpste und kardinäle, bei denen habgier ihre ganze übermacht beweist." „Und ich: „Meister, unter diesen, wenn sie so sind, sollte ich wohl einige wiedererkennen, die mit solchen übeln befleckt waren." Und er zu mir: „Da hegst du eitle gedanken. Das erkenntnislose leben, das sie besudelt hat, verdunkelt sie jetzt für jedes erkennen. Ewig werden sie so aufeinanderprallen; die steigen aus dem grab mit der geschlossnen faust und die mit dem gerupften haar. Schlecht geben und schlecht halten hat sie der schönen welt *(des paradieses)* beraubt und hat ihnen diese balgerei eingebrockt - wie sie ist, will ich nicht mit worten aufschönen. Jetzt siehst du, mein sohn, die kurze posse mit den gütern, die der Fortuna anvertraut sind, für die das menschliche geschlecht sich zerzaust. Denn alles gold, das unter dem monde ist oder je war, könnte von diesen müden seelen auch nicht eine befriedigen." „Meister, sagt' ich zu ihm, nun sag mir noch: diese Fortuna, die du mir eben erwähntest, was ist sie, die die güter der welt so zwischen ihren pranken hält?" Und er zu mir: „O ihr einfältigen kreaturen! Mit wieviel ahnungslosigkeit schlagt ihr euch herum! So will ich dich denn mit meinem wissen füttern. Er, dessen einsicht alles übersteigt, schuf die himmel und gab jedem einen lenker, so dass jeder teil jedem teil erglänzt und das licht sich gleichmässig verteilt. Ähnlich wies er dem, was in der welt glänzt, eine oberste verwalterin und führerin zu, die eitlen güter der welt beizeiten zu vertauschen von volk zu volk, von einem zum andern blute, über alle abwehr menschlichen geistes hinaus. Deshalb herrscht das eine volk, das andre siecht, gemäss dem urteil derer, die verborgen bleibt wie im gras die schlange. Eure weisheit findet keinen widerstand gegen sie; sie plant, richtet und schaltet in ihrem reich wie die andern götter in dem ihren.

Fortuna dreht ihre kugel wie Mercurius, Venus, Mars, christlich umbenannt in Intelligenzien oder engel, die planetensphären in bewegung setzen.

Ihr ewiges tauschen kennt keinen waffenstillstand; notwendigkeit treibt sie zur eile - so häufig geschieht es, dass ein wechsel folgt. Das ist sie, die so arg ans kreuz geschlagen wird gerade von denen, die ihr lob schulden und sie zu unrecht schelten und verfluchen. Aber sie ist selig in sich und hört das nicht; froh dreht sie ihre kugel mit den andern ersten kreaturen und freut sich ihrer seligkeit. Aber nun steigen wir nieder zu grösserem jammer: schon fällt jeder stern, der im steigen war als ich aufbrach - zu langes stehn verbietet sich."

Wir durchschnitten den kreis zum andern ufer, wo eine quelle sprudelt und überfliesst in einen graben, der aus ihr abzweigt. Das wasser war weit dunkler als purpurn, und wir, begleitet von den aschfarbnen wellen, drangen tiefer hinein auf einem grausigen pfad. Einen sumpf namens Styx bildet dieses traurige rinnsal, wenn es zum fuss des bösen, grauen ufers niederfloss. Wie ich dort stand und gespannt hinschaute, sah ich schlammige leute in jenem pfuhl, alle nackt und mit empörtem ausdruck. Die hieben auf sich ein, nicht nur mit den händen, sondern mit kopf, brust und füssen, und verstümmelten sich mit den zähnen, fetzen um fetzen. Der gute meister sprach: „Sohn, nun siehst du die seelen derer, die dem zorn erlagen. Und dann möchte ich, dass du es für gewiss nehmest, dass es unter dem wasser noch leute gibt, die seufzen und an die oberfläche blasen treiben, wie dir das auge sagt, so weit es kreist. Sie stecken fest im schlamm und sagen: 'Wir waren traurig in der süssen luft, die die sonne erheitert, im innern voll von verdrossenem rauch; nun vertrauern wir in dem schwarzen dreck.'

Solchen hymnus gurgeln sie in ihrer kehle, denn mit klaren worten reden können sie nicht." So kreisten wir in grossem bogen zwischen dem trocknen ufer des garstigen morastes und dem weichen teig, die augen auf die gerichtet, die vom schlamm schlucken; zuletzt kamen wir an den fuss eines turmes.

8. Gesang

Ich sage fortfahrend, dass längst bevor wir am fuss des hohen turmes waren, unsere augen hinauf zur zinne gingen wegen zweier flämmchen, die wir dort aufgesteckt sahen, und ein anderes erwiderte das zeichen von so weit her, dass das auge es kaum erfassen konnte. Ich wandte mich zum meere aller einsicht und sagte: „Was bedeutet das? Und was antwortet jenes andere feuer? Und wer sind die, die es angezündet haben?“ Und er zu mir: „Über den schmutzigen wellen kannst du schon das erwartete entdecken, wenn es der dunst des pfuhles dir nicht verbirgt.“ Nie schnellte eine sehne den flinken pfeil zum lauf durch die luft so von sich ab, wie ich augenblicks eine winzige barke durch das wasser auf uns zu schiessen sah, gelenkt von einem einzigen maat, der schrie: „Hab ich dich, du schurkenseele!“ - „Phlegyas, Phlegyas, diesmal kreischst du umsonst, sagte mein herr, du hast uns nicht länger als nur solang wir über den dreck fahren.“ Wie einer, der von schwerem betrug hört, der an ihm verübt wurde, dann aufgebracht ist, so Phlegyas in seiner aufgestauten wut. *Phlegyas, der vater der Koronis, die von Apollon mutter des heilgottes Asklepios, Aesculapius, wurde, war so erbost über die verführung seiner tochter, dass er nach Delphi ging und den damals noch hölzernen tempel Apollons anzündete. Vergil lässt ihn in der unterwelt ewigen hunger leiden und ausrufen: Lernet gerechtigkeit, also gewarnt, und die götter zu achten! Dante macht aus ihm den inbegriff des zornes und lässt ihn die zornmütigen in den stygischen sumpf werfen.*

Mein führer stieg hinab ins boot und liess mich nach sich einsteigen, und erst als ich drin war, schien es beladen. Sobald mein führer und ich im holz waren, schnitt der uralte bug tiefer ins wasser als er mit andern pflegt.

Während wir den toten flussarm durchliefen, hob sich vor mir einer voll von schlamm und sprach: „Wer bist du, der vor der zeit kommt?“ Und ich zu ihm: „Komm ich, so bleib ich nicht. Aber du, wer bist du du so entstellter?“ Er antwortete: „Du siehst, ich bin ein klagender.“ Und ich zu ihm: „Mit klagen und jammern, verfluchter geist, sollst du bleiben. Denn ich kenne dich, bist du auch ganz verdreckt.“ Da streckte er beide hände zum holz aus, aber der meister merkte es und stiess ihn zurück und sagte: „Weg da, zu den andern hunden!“ Darauf schlang er seine arme um meinen hals, küsste mein gesicht und sprach: „Du gross abweisende seele, gesegnet sei der schooss, der dich getragen hat. Der hier war in der welt ein hochfahrender mensch. Keine gute tat ziert sein andenken, so ist sein schatten auch hier voller wut. Wie viele halten sich jetzt dort oben für grosse fürsten, die hier wie schweine im kot stehen werden, nur greuliche verachtung von sich hinterlassend.“ Und ich: „Meister, ich wäre höchst begierig ihn in diese brühe tauchen zu sehn, bevor wir diesen see verlassen.“ Und er zu mir: „Bevor die lände in sicht kommt, wirst du befriedigt werden; du sollst deinen wunsch noch geniessen.“ Kurz darauf sah ich die schlammleute ein solches gemetzel mit ihm beginnen, dass ich heute noch gott dafür lob und dank sage. Alle schrieen: „Auf Filippo Argenti!“ Und der ungeberdige florentiner geist wandte sich gegen sich selbst mit den zähnen. Dort liessen wir ihn, denn mehr erzähle ich nicht von ihm.

Dieser Florentiner adlige Filippo war aufbrausend und ein solcher protz, dass er sein reitpferd mit silber beschlagen liess. Mit ihm endet die reihe der unbeherrschten, die in der oberen hölle ihr unmaass büssen. Dante ist kein kühler richter; wie Francesca sein mitleid erregte, so Filippo seinen zorn - denn es gibt auch edlen zorn.* **daher sein beiname.*

Denn nun schlug mir ein geheul in die ohren, weshalb ich gespannt die augen nach vorn aufsperrte. Der gute meister sagte: „Jetzt, mein lieber sohn, nähert sich die stadt mit namen Dis, mit ihren schweren sündern, mit ihrer starken mannschaft."

Dis, der lateinische name des Pluton, der herr der unterwelt, also gleich Luzifer. Die mauer umzirkt die untere hölle, wo die eigentlich bösen von teufeln gequält werden.

Und ich: „Meister, schon erkenne ich genau dort innen im tal ihre moscheen, so rot als ob sie aus dem feuer kämen." Er sagte mir: „Das ewige feuer, das sie drinnen erhitzt, lässt sie rot erscheinen, wie du es in dieser niedern hölle siehst." Wir liefen noch in die tiefen gräben ein, die die trostlose stadt umzogen - die mauern schienen mir eisen. Nicht ohne erst einen grossen bogen durchlaufen zu haben, kamen wir zu einer stelle, wo der ferge uns barsch zuschrie: „Steigt hier aus, hier ist der eingang."

Über den toren sah ich mehr als tausend der vom himmel geschneiten, die tobten: „Wer ist der da, der ohne tod durchs totenreich geht?" Mein weiser meister gab ihnen ein zeichen, dass er insgeheim mit ihnen reden wolle. Da verbargen sie ein wenig ihren abweisenden trotz und sagten: „Komm du allein, und der soll gehen, der so dreist dieses reich betrat. Er soll allein seinen tollen weg zurückfinden! Sehe er zu, ob er's kann - denn du bleibst hier, der ihm in so dunkle gegenden geleite gab." Denk, o leser, ob ich mich entsetzte beim klang der verfluchten worte! Denn ich glaubte, ich würde nie hierher zurückkehren. „Mein lieber führer, sagte ich, mehr als sieben mal gabst du mir die sicherheit wieder und zogst mich aus höchster gefahr, die mich bedrohte; überlass mich nicht der verzweiflung, und wenn uns verwehrt ist weiter vorzudringen, so lass uns gemeinsam rasch auf unsren spuren umkehren." *Sieben mal: die wölfin, Dantes unschlüssigkeit, Charon, Minos, Cerberus, Plutus, Phlegyas, Argenti.* Jener ehrwürdige, der mich hergeführt hatte, sagte mir: „Keine angst! Denn niemand kann uns unsre reise verwehren - ein solcher hat sie uns verliehen. Warte hier auf mich, stärke deine matte seele und nähre sie mit guter hoffnung: ich lasse dich nicht in der unterwelt." So geht er und lässt mich dort allein, mein lieber vater, und ich verharre im vielleicht, da „ob", „ob nicht" sich in meinem kopf streiten. Hören konnte ich nicht, was er ihnen dartat, aber er stand nicht lange mit ihnen dort, denn um die wette rannten sie alle hinein, diese unsere gegner, und schlossen meinem herrn die tore vor der brust zu: er blieb draussen und wandte sich mit zögernden schritten wieder mir zu. Die augen am boden, die brauen bar jeder zuversicht sprach er seufzend: „Wer versperrt mir die häuser des schreckens?" Und zu mir sagte er: „Ob meines zornes sei du nicht bestürzt, ich werde die probe bestehen, was sie auch drin zur abwehr anstellen mögen. Diese ihre widerspenstigkeit ist nichts neues: sie zeigten sie schon an einem weniger verborgnen tor, das noch jetzt ohne riegel steht - auf dem sahest du die totenschrift. Und schon steigt herwärts einer den hang herab durch alle kreise ohne geleit, einer von solcher art, dass durch ihn die stadt sich für uns auftun wird.“

Das obere höllentor liegt zerfallen, seit Christus es gegen den widerstand der teufel aufbrach, um die seelen der patriarchen herauszuholen. - Da im sechsten kreis, der stadt des Dis, die ketzerei gebüsst wird, eine sünde die Vergil nicht kennen konnte, ist seine irdische weisheit hier ohnmächtig. Sein vieles reden zeigt seine verlegenheit.

9. Gesang

Jene farbe, mit der feigheit mich aussen bemalte, als ich meinen führer umkehren sah, liess rasch die ungewohnte seinige sich ins innere zurückziehn. Aufmerksam blieb er stehn wie ein horchender, denn das auge trug nicht weit durch die schwarze luft und den geballten nebel. „Dennoch müssen wir in diesem streite siegen, begann er, es sei denn ... solche hilfe hat sich uns angeboten. Ach wie lange mir's dauert bis jemand erscheint!" Ich merkte wohl wie er seinen beginn zudeckte mit dem was dann folgte, was von den ersten worten verschieden war. Und doch machte mir sein reden angst, weil ich die abgebrochene rede vielleicht in schlimmerem sinn ergänzte als gemeint war. „Ist in diese tiefe des düstern schneckenhauses je einer niedergestiegen aus der ersten stufe, wo zerbrochne hoffnung die einzige strafe ist?" Diese frage tat ich, und er: „Selten kommt es vor, antwortete er mir, dass einer von uns den weg geht, den ich jetzt gehe. Aber es ist wahr, ich bin schon einmal hier unten gewesen, beschworen von jener unmenschlichen Erichtho, die die schatten in ihre leiber zurückrief. Seit kurzem war mein fleisch von mir entblösst, da liess sie mich diese festung betreten, um einen geist aus dem kreise des Judas herauszuziehen. *Lucan erzählt im sechsten buch der Pharsalia nur, dass die thessalische zauberin Erichtho mit ihren beschwörungen eine seele in ihren leib zurückzwang, um zu weissagen. Aber auch Vergils Sibylle, die Aeneas führte, kannte den weg schon.*

Das ist die tiefste und finsterste stelle, am weitesten entfernt von jenem himmel, der das all dreht. Ich kenne den weg gut, darum sei beruhigt. Dieser sumpf, der den grossen gestank aushaucht, umgürtet rings die schreckensstadt, in die wir auf gütlichem wege nicht mehr hineinkommen." Er sagte noch mehr, aber ich erinnere mich nicht, denn mein auge zog mich ganz zu dem hohen turm mit der feuerroten spitze, wo sich an einer stelle plötzlich drei höllische furien aufreckten, blutfarben, mit gliedern und bewegungen von weibern; mit leuchtend grünen hydern waren sie gegürtet, und als haar hatten sie schlänglein und hornvipern, mit denen ihre wilden schläfen umwunden waren. Und er, der sie wohl kannte, die mägde der königin des ewigen jammers, „Schau, sagte er, die grimmigen Erinyen. Die da ist Megära, an der linken ecke; die weinende rechts ist Alekto; Tisiphone ist in der mitte." Danach schwieg er. Mit den klauen zerriss sich eine jede die brust, sie schlugen sich mit den flachen händen und kreischten so laut, dass ich mich an den dichter drängte vor angst. „Medusa soll kommen, so versteinern wir ihn, riefen sie alle und schauten herunter; schade, dass wir Theseus für seinen angriff nicht bestraft haben."

Auch Theseus war in die unterwelt gedrungen, um Persephone, die totenkönigin, zu rauben. Aber er wurde zum sitzen genötigt und konnte nicht mehr aufstehen, bis Herakles ihn losriss, als er dort war um den Cerberus heraufzuholen.

„Dreh dich um und halte deine augen fest zu! Denn wenn das Gorgonenhaupt sich zeigt und du es sähest, dann wäre es aus mit der rückkehr nach oben." So sprach der meister, und er selber drehte mich um und meine hände waren ihm nicht genug, dass er nicht noch mit den seinen mich umschlossen hätte. O ihr mit eurem gesunden verstand, schaut auf die lehre, die sich unter dem schleier der sonderbaren verse verbirgt!

Ein hinweis auf die allegorische bedeutung der erzählung. Die deutungen sind vielfältig. Die Gorgone Medusa ist wohl inbegriff der ketzerei, die hinter jenen mauern gestraft wird, also des die seele ertötenden zweifels an der glaubenswahrheit, den die menschliche weisheit allein nicht überwinden kann - es bedarf dazu der göttlichen gnade.

Und schon kam über die strudelnden wellen ein getöse mit entsetzensvollem ton, wovon beide ufer bebten, nicht anders als ein wind, der aus glutheissen regionen herstürmend in den wald schlägt und ohne jeden widerstand die äste knickt, niederwirft und hinausträgt, stäubend und stolz fährt er daher und treibt tiere und hirten zur flucht. Er löste mir die augen und sprach: „Nun richte den nerv des sehens hinauf durch jenen uralten schaum dorthin wo jener rauch am herbsten ist." Wie die frösche vor ihrer feindin, der natter, sich durchs wasser hin alle zerstreuen, bis jeder sich ans land klammert, so sah ich über tausend zerstörte seelen fliehen vor einem, der am übergang den Styx überschritt mit trokkenen sohlen. Er schob die dicke luft sich vom gesicht weg, indem er mit der linken oft dazwischenfuhr, und nur von diesem ärgernis schien er belästigt. Ich merkte wohl, dass er vom himmel gesandt war, und wandte mich an den meister, und er bedeutete mich, ruhig zu stehn und mich vor ihm zu neigen. Ach wie abweisend sah er aus! Er kam zum tor, und mit einer gerte öffnete er es - da war keinerlei widerstand. „Ihr verjagten des himmels, verachtetes volk, begann er auf der furchtbaren schwelle, was verführt euch zu solcher widerspenstigkeit? Warum sperrt ihr euch gegen jenen willen, der nie stückwerk schafft und schon öfter eure qualen gemehrt hat? Was hilft es, gegen das schicksal zu bocken? Euer Cerberus, wenn ihr euch recht besinnt, hat davon heute noch an kinn und kropf den pelz verwetzt" *(von der kette des Herakles)*. Damit wandte er sich zurück zur schmutzigen strasse ohne ein wort an uns; er glich einem menschen, den eine andre sorge würgt und nagt als die dessen der vor ihm steht, und wir lenkten unsre schritte zu der stadt, ganz zuversichtlich nach jenen heiligen worten. Wir traten ein ohne jedweden krieg.

Mich verlangte zu schauen, was das war, was eine solche festung verschliesst, und wie ich drinnen war, sandte ich das auge im kreis und sehe auf jeder seite ein weites feld voller schmerz und arger marter. Wie bei Arles, wo die Rhone zum stehenden wasser wird, und wie bei Pola am Quarnaro, der Italien abschliesst und seine grenzen badet *(der grenzfluss zwischen Istrien und Kroatien. Dort standen römische sarkophage)* die gräber das ganze gelände sprenkeln, so taten sie hier nach allen seiten, nur mit mehr bitternis. Denn zwischen den särgen waren flammen verteilt, durch die sie so erhitzt waren, dass kein handwerk das eisen glühender braucht. Alle ihre deckel waren weggehoben, und heraus drangen so schwere schmerzensrufe, dass sie wohl von leidenden und gepeinigten sein mussten. Und ich: „Meister, was für leute sind es, die in diesen truhen begraben sind und so gequälte seufzer hören lassen?" Und er: „Hier sind die stifter jeder ketzerei mit ihren anhängern, alle sekten; und die grüfte sind viel beladener als du meinst. Gleiche sind hier beigesetzt mit gleichen, und die grabmäler sind mehr und weniger geheizt." Indem er sich darauf nach rechts wandte, schritten wir zwischen den martern und den hohen zinnen.

10. Gesang

Nun schreitet mein meister auf einem versteckten pfad zwischen der stadtmauer und den martern, und ich hinter seinen schultern. „Du gipfel von vollkommenheit, begann ich, der du mit mir die gottlosen ringe durchkreisest wie dirs gefällt, sprich mir und befriedige mein verlangen. Kann man das volk sehn, das in diesen grüften liegt? Schon sind alle deckel gehoben, und niemand steht wache." Er erwiderte: „Alle werden eingeschlossen sein, wenn sie von Josafat hierher zurückkehren mit den leibern, die sie dort oben gelassen haben. *Im tale Josafat wird nach der auferstehung der leiber, nach Joel 4,2, das Jüngste Gericht stattfinden.* Mit Epikur haben all seine anhänger auf dieser seite ihren friedhof, sie die die seele mit dem leibe sterben lassen. Darum wird der wunsch, den du tatest, hier innen bald in erfüllung gehen, und auch die frage, die du mir verschweigst." Und ich: „Mein guter führer, ich halte mein herz nicht vor dir verborgen, nur dass ich nicht viel reden will - dazu hast du mich ja selbst gebracht, und nicht erst eben."

So schon in der vorhölle. Dante möchte wissen, ob Farinata hier ist, und sein freund Guido Cavalcanti. Die Ghibellinen galten als ungläubige, wie kaiser Friedrich II., dem das wort von den drei grossen betrügern zugeschrieben wurde.

„Du Toskaner, der lebend durch die flammenstadt geht mit so ehrbarem reden, möchte es dir gefallen, an dieser stelle stehen zu bleiben. Deine sprache verrät dich als sohn der edlen heimat, der ich vielleicht zu schwer gefallen bin." Plötzlich kam dieser ton aus einer der truhen heraus, weshalb ich mich ängstlich etwas näher an meinen führer herandrängte. Er sagte mir: „Dreh dich um! Was tust du? Sieh dort Farinata, der sich aufgerichtet hat; vom gürtel aufwärts kannst du ihn ganz sehen."

Farinata degli Uberti, haupt der Ghibellinen, vertrieb 1248 die Guelfen und wurde von den rückgekehrten 1258 selbst verbannt. Von Siena aus besiegte er 1260 die Florentiner in der blutigen schlacht bei Montaperti an der Arbia, widersetzte sich aber im Ghibellinenrat der zerstörung von Florenz. Er starb vor der schlacht bei Benevent 1266, nach welcher die Ghibellinen heimkehrten. Von der nachfolgenden versöhnung der parteien blieben die Uberti ausgeschlossen.

Ich hatte schon meinen blick in den seinen geheftet, und er reckte sich auf mit brust und stirn, als hätte er für die hölle die tiefste verachtung. Herzhaft und rasch stiess mich der führer mit den händen zwischen den särgen zu ihm und sprach: „Deine worte seien wohlbedacht." Als ich am fuss seiner gruft war, schaute er mich ein wenig an und dann, fast abweisend, fragte er mich: „Wer waren deine ahnen?" Ich, eifrig ihm zu willfahren, verbarg es ihm nicht sondern eröffnete ihm alles, worauf er die brauen etwas hob und sagte: „Erbitterte gegner waren sie für mich, meine ahnen und meine partei, so dass ich sie zu zwei malen zerstreut habe." „Wurden sie verjagt, so kehrten sie von überall her zurück, antwortete ich ihm, das eine wie das andere mal; aber die eurigen verstanden sich nicht so gut auf diese kunst."

Da erhob sich zur ungedeckten öffnung neben diesem ein andrer schatten bis zum kinn - ich glaube er hatte sich knielings aufgerichtet. Er schaute rings um mich, als hätte er den wunsch zu sehen, ob noch ein andrer bei mir wäre. Als aber diese vermutung ganz erloschen war, fragte er weinend: „Wenn geisteshöhe dich durch diesen blinden kerker führt, wo ist mein sohn? warum nicht bei dir?“ Und ich zu ihm: „Ich komme nicht aus eigner kraft; er der dort wartet, führt mich hier hindurch, den vielleicht euer Guido weniger geschätzt hat.“

Guido Cavalcanti, Dantes freund, war philosoph und dichter provençalischer lieder.

Seine worte und die art seiner strafe hatten mir seinen namen schon kundgetan, darum war die antwort so genau. Plötzlich fuhr er hoch und schrie: „Wie sagtest du? er hat? Lebt er nicht mehr? trifft seine augen das süsse licht nicht mehr?“ Als er bemerkte, dass ich vor der antwort etwas zögerte, fiel er rücklings zurück und zeigte sich nicht wieder.

Aber jener andere hochgemute, auf dessen bitte ich stehen geblieben war, verzog keine miene, drehte den hals nicht, bog sich nicht zur seite. „Und wenn sie, sagte er in der ersten rede fortfahrend, sich auf diese kunst nicht so gut verstanden, so peinigt mich das mehr als dieses bett. Aber keine fünfzig mal mehr entbrennt das antlitz der herrin, die hier herrscht, so wirst du wissen, wie schwer diese kunst wiegt.

Vier jahre später, im sommer 1304, gab Dante das bemühen um eine rückberufung auf. Die unterweltsgöttin Hekate wurde auch mit der mondgöttin gleichgesetzt.

Doch so wahr du je in die süsse welt zurückkehren willst, so sag mir, warum jenes volk so ruchlos ist gegen die meinen in jedem seiner erlasse?“ Worauf ich zu ihm: „Das blutbad und das grosse gemetzel, das die Arbia rot färbte, bewirkt ein solches gebet in unserm tempel.“ *Versammlungen und volksbeschlüsse fanden in den kirchen statt.* Seufzend schüttelte er das haupt. „Dort war ich nicht allein dabei, und gewiss wäre ich nicht grundlos mit den andern entfernt worden; aber als jeder einverstanden war, Florenz auszutilgen, da war ich allein der, der es mit offenem visier verteidigte.“ - „Ach, bat ich ihn, so wahr euer same je einmal zur ruhe kommen möge, löst mir jenen knoten, in dem sich hier mein denken verfangen hat. Es scheint, wenn ich recht verstehe, dass ihr voraussehet, was die zeit mit sich bringt, aber mit dem gegenwärtigen haltet ihr es anders.“ - „Wir sehen, sagte er, wie der der schlechte augen hat, die dinge die fern von uns sind; soweit erleuchtet uns noch der höchste herr; wenn sie nahen oder schon sind, verflüchtigt sich unser erkennen, und wenn niemand uns nachricht bringt, wissen wir nichts von eurem menschenleben. Daraus kannst du entnehmen, dass unsere kenntnis völlig sterben wird an dem tag, der die pforte der zukunft schliesst.“ *Am jüngsten tag bricht die ewigkeit an. Es ist eine dichterische voraussetzung aller totengespräche seit Homer, dass die seelen weissagen aber die gegenwart nicht wissen.* Darauf sprach ich, wie zerknirscht wegen meiner schuld: „So sagt denn jenem, der zurückgefallen ist, dass sein sohn noch mit den lebenden verbunden ist. Und wenn ich vor der antwort stumm blieb, tut ihm zu wissen, dass es geschah, weil mir der irrtum zu denken gab, den Ihr mir aufgeklärt habt.“ Schon rief mein meister mich zurück, weshalb ich den geist hastiger bat mir zu sagen, wer mit ihm wohne. Er erwiderte: „Hier liege ich mit über tausend; hier innen ist der zweite Friedrich und der kardinal, und von den andern schweige ich.“ *Der kardinal Ottaviano degli Ubaldini, bischof von Bologna aber Ghibelline, soll gesagt haben: „Wenn es eine seele gibt, habe ich sie für die Ghibellinen verloren.“* Damit verbarg er sich, und ich lenkte meine schritte zurück zu dem dichter des altertums und überdachte jene worte, die mir feindlich schienen. Er brach auf, und so im gehen fragte er: „Was verwirrt dich so?“ und ich stillte sein verlangen. „Lass deinen geist bewahren, was du widriges gegen dich vernommen hast, befahl mir jener weise, und jetzt gib hier acht,“ und er reckte den finger. „Stehst du erst vor dem süssen strahl der einen, deren schönes auge alles sieht *(Beatrice)*, wirst du von ihr deine lebensreise erfahren.“ Darauf lenkte er seinen fuss linkerhand, wir liessen die mauer und gingen gegen die mitte auf einem pfad, der vorstiess gegen ein tal, das bis hier herauf uns anwiderte mit seinem gestank.

11. Gesang

Über dem bord einer tiefen böschung, das im kreis gestellte grosse felsbrocken bildeten, befanden wir uns nun hoch über einer noch qualvolleren rotte. Und dort, wegen des übermaasses des gestanks, den der tiefe abgrund ausstösst, drückten wir uns hinter den deckel eines grossen sarges. Da sah ich eine schrift, die besagte: „Papst Anastasius behüte ich, den Photinus vom graden wege abzog.“

Anastasius II., 496 - 498, war befreundet mit dem diakon Photinus aus Thessalonike, der mit einem bischof Acacius in Christus nur die menschennatur sah. So sind für Dante also auch päpste nicht vor irrtum gefeit.

„Unser abstieg muss langsam sein, damit sich unser sinn erst ein wenig an den widrigen hauch gewöhnt und nachher nicht mehr darauf achtet.“ So der meister. Und ich: „Finde, sagte ich ihm, einen ersatz, dass die zeit nicht ungenutzt vergeht.“ Und er: „Du siehst, dass ich daran denke. Mein sohn, begann er darauf zu sagen, innerhalb dieser felsen sind drei kreise, abgestuft wie die, die du verlassen hast. Alle sind voll verdammter geister. Aber damit dir nachher das blosse sehen genügt, vernimm, wie und warum sie hier zusammengestopft sind. Jede schlechtigkeit, die sich den hass des himmels erwirbt, hat ein unrecht zum ziel, und jedes solche ziel fügt anderen menschen schmerz zu, entweder mit gewalt oder mit betrug. Aber weil betrug ein nur dem menschen eigenes übel ist, missfällt er Gott mehr, und darum stehen die betrüger unterhalb, und heftigerer schmerz greift sie an. Der erste kreis gehört ganz den gewalttätern; aber weil man gewalt drei personen antun kann, ist er in drei getrennten ringen eingerichtet: gegen Gott, sich selbst und den nächsten kann man gewalt brauchen - ich meine gegen sie und ihr gut, wie du mit klaren gründen hören sollst. Gewaltsamen tod und schmerzhafte wunden fügt man dem nächsten zu, und seinem besitz: zerstörung, feuer und verlust durch raub, weshalb mörder und alle, die bös dreinschlagen, zerstörer und räuber, sie alle foltert der erste ring in getrennten scharen. Es kann der mensch hand anlegen an sich selbst und an seine güter, und darum muss im zweiten ring vergeblich bereuen, wer sich selbst eurer welt beraubt, seine habe verspielt und verstreut, und klagt wo er fröhlich sein sollte. Es kann der gottheit gewalt antun, wer sie im herzen leugnet und ihr flucht, wer die natur missachtet und ihre güte. Und darum drückt der kleinere ring sein siegel auf Sodom und Cahors und alle, die aus gottverachtendem herzen reden. *Sodom steht für widernatürliche unzucht, also gewalt gegen Gottes natur. Cahors (nördlich der Garonne) war sprichwörtlich für den wucher, der ein verstoss gegen Gottes güte ist, hier also auch zur gewalt gerechnet wird. Der kreis der betrüger, der zweite der hier besprochenen kreise, ist der achte höllenkreis.* Betrug, der immer das gewissen beisst, kann der mensch verüben gegen den der ihm vertraut oder aber gegen die, die keine treue bindet. Diese art scheint nur das band der natürlichen liebe *(d. h. der allgemeinen menschenliebe)* rücklings zu zerreissen; darum nisten sich im zweiten kreise ein heuchelei, schmeichelei und verhexung, falschheit, dieberei und simonie, kuppler, betrüger und ähnlicher unrat. Die andere art vergisst zu jener natürlichen liebe auch noch die, die dann noch dazukommt und die besonderes vertrauen schafft; weshalb im kleinsten kreis, dem punkt des universums auf dem Dis *(d. h. Luzifer)* thront, ein jeder der verrät auf ewig sich verzehrt." Und ich: „Meister, aufs klarste schreiten deine gedanken voran, und aufs beste unterteilst du diesen abgrund und das volk das ihn besitzt.

Aber sag mir: die von dem fettigen sumpf, die der wind treibt, die der regen peitscht, die sich mit so rauhen sprüchen begegnen, warum werden die nicht innerhalb der glutroten stadt gestraft, wenn Gott ihnen zürnt? Und tut er es nicht, warum sind sie in solchem zustand?" Und er zu mir: „Warum irrt dein geist so weit ab, gegen seine gewohnheit? Oder wo anders hin laufen deine gedanken? Erinnerst du dich nicht jener worte, mit denen deine Ethik die drei haltungen abhandelt die Gott nicht will: unmaass, bosheit und die tolle tierheit? Und wie unmaass Gott weniger beleidigt und minderen tadel heischt? Wenn du diesen satz wohl betrachtest und dir ins gedächtnis rufst, wer die sind, die droben ausserhalb busse ertragen, dann siehst du wohl, warum sie von diesen übeltätern getrennt sind, und warum die göttliche gerechtigkeit minder empört auf sie hämmert." - „O sonne, die jede getrübte sicht heilt, so sehr machst du mich froh mit deinen lösungen, dass mir der zweifel nicht weniger willkommen ist als das wissen. Aber wende dich, sagte ich, noch ein wenig zurück, dorthin wo du sagst, dass wucher die göttliche güte beleidigt, und löse mir den knoten." - „Philosophie, sagte er mir, bemerkt für den der auf sie achtet, und dies mehrfach, wie natur ihren lauf nimmt aus dem göttlichen geist und dessen wirken; und wenn du wohl in deiner Physik nachschaust, so findest du nach wenigen blättern, dass euer wirken so gut es kann jenem *(dem der natur)* folgt wie der lernende seinem lehrer, so dass eure tätigkeit gleichsam die enkelin Gottes ist. Aus diesen beiden, wenn du dir die Genesis ins gedächtnis rufst, musste ursprünglich die menschheit ihren lebensunterhalt finden und weiterschreiten. Und weil der wucherer einen andern weg einschlägt, höhnt er die natur selbst und ihre folgerin, wenn er doch seine hoffnung auf etwas anderes setzt.

„Die Ethik" und „die Physik" sind die des Aristoteles. Nach Aristoteles ist die kunst (und damit in weiterem sinn jede menschliche tätigkeit) nachahmerin der natur, beide schaffen also wie Gott schafft, der mensch „im schweisse seines angesichtes"; wenn der wucherer ohne zu arbeiten geld aus geld macht, bricht er also Gottes gebot.

Aber jetzt folge mir, ich möchte weitergehen, denn die Fische schnellen schon über den horizont und der Wagen liegt ganz über nordwest, und den absturz hinunter geht der abstieg ganz dort drüben." *Es ist also zwei stunden vor sonnenaufgang; die sonne steht im frühlingspunkt, im Widder, der auf die Fische folgt. Vergil weiss sternenstand und stunde.*

12. Gesang

Es war die stelle, zu der wir kamen um den abhang hinabzusteigen, alpenhaft und wegen dessen, der auch noch dort war, so dass jeder blick davor schaudern würde. Wie der bergsturz, der sei es wegen eines erdbebens, sei es wegen mangelnder stütze, diesseits von Trient die Etsch in die seite stösst, so dass der zerklüftete fels vom berggipfel, von wo er abbrach, bis zur ebene einem der oben stünde eine art weg böte, so war der abstieg von jenem abbruch. Und über der spitze jener felshalde lagerte der schandfleck von Kreta, der in der falschen kuh empfangen worden war.

Das ist der Minotaurus. Pasiphae, die frau des königs Minos von Kreta, begehrte, sich von einem stier begatten zu lassen. Der künstler Dädalus musste ihr eine künstliche kuh formen, in die sie hineinkroch. So empfing sie den Minotaurus, eine mischgestalt aus mensch mit stierkopf oder bei Dante eher stier mit menschenkopf. Minos sperrte das scheusal ins labyrinth und lieferte ihm jährlich sieben jünglinge und sieben jungfrauen aus, die die Athener als tribut schicken mussten. Aber Theseus, der einmal den zug anführte, brachte ihn um, und mit hilfe eines fadenknäuels, den ihm Minos' tochter Ariadne gegeben hatte, fand er den rückweg aus dem labyrinth. Der Minotaurus ist hier symbol der bestialität.

Wie der stier, der sich losreisst, derweil er schon den tödlichen streich empfing, nicht mehr zu gehen vermag, sondern hin und her hüpft, so sah ich den Minotaurus tun, und der meister, aufmerksam, rief: „Lauf zum durchgang! Solang er tobt, kommst du gut hinunter.“ So suchten wir einen weg durch das geröll jener steine, die sich oft unter meinen füssen bewegten wegen des neuen gewichtes. Ich ging nachdenklich, und er sagte: „Du denkst vielleicht an dieses trümmerfeld, das bewacht ist von jener tierischen wut, die ich eben dämpfte. Nun möchte ich, dass du wissest, dass damals als ich das erstemal hier zur tiefen hölle niederstieg, der fels noch nicht abgebrochen war. Aber gewisslich, wenn mir recht ist, kurz bevor jener kam, der im obern kreis dem Dis die grosse beute entriss, hat allerwärts dies tiefe wüste tal gebebt; so sehr, dass ich dachte, das weltall fühle liebe, durch die, wie manche glauben, die welt sich mehrmals in chaos verwandelte. *Christliche und heidnische elemente sind Dante gleich gegenwärtig. Das erdbeben bei Christi kreuzigung, also kurz vor Christi höllenfahrt, verband Vergil, da er die wahrheit noch nicht wusste, mit der lehre des Empedokles, derzufolge kosmisch in wiederholtem wechsel von hass und liebe zwietracht die vier elemente unserer welt sondert, während liebe sie ins ursprüngliche chaos zusammenführt, also welt-ende.*

Aber nun hefte die augen abwärts: schon nähert sich der blutstrom, in dem kocht, wer gewalttätig einem andern schadet.“ O blinde gier, o tolle wut, die uns im kurzen leben also stachelt und im ewigen so übel badet! Ich sah einen weiten graben, zum bogen gekrümmt entsprechend dem, den mein geleit mir beschrieben hatte, der das ganze rund umfängt. Und zwischen ihm und dem fuss des abhangs liefen in einer reihe pfeilbewehrte kentauren, wie sie in der welt auf die jagd zu ziehen pflegten. Als sie uns niedersteigen sahen, blieben sie alle stehen, und drei lösten sich aus der schar mit ihren bogen und mit schon ausgewählten pfeilen. Und einer schrie von weitem: „Zu welcher marter kommt ihr, die ihr den hang herabsteigt? Sagt es von dort, sonst spann ich den bogen." Der meister sprach: „Die antwort werden wir Chiron dort geben. Zu deinem unglück war dein begehren immer so rasch." Dann stiess er mich an und sagte: „Das ist Nessus, der um die schöne Deianira starb und die rache aus sich selbst bereitete; und der in der mitte, der sich auf die brust schaut, ist der grosse Chiron, der Achilles aufzog; jener andre ist Pholos, der so zornentbrannt war. Rings um den graben ziehn sie tausend und tausend und schiessen auf jede seele, die sich aus dem blut weiter herausreissen will als sie nach ihrer schuld erlost hat."

Drei kentauren sind namentlich bekannt. Chiron war der gütige, weise helden-erzieher; Pholos hatte im kampf der kentauren und Lapithen, bei der hochzeit des Peirithoos, die braut überfallen; Nessos sollte Herakles' braut Deianira über einen fluss tragen, wollte sie aber entführen, worauf Herakles ihn mit einem giftpfeil erlegte. Sterbend übergab er der jungen frau eine dose mit seinem blut und riet ihr, wenn sie je eifersüchtig sei, solle sie Herakles' gewand damit bestreichen. Sie tat's und Herakles' leib wurde von dem ätzenden gift verzehrt. Dante setzt bei seinen lesern die kenntnis der geschichte voraus, aber keine seiner quellen gibt so in einer zeile den inneren gehalt. - Die gewalttätigen stehen je nach dem maass ihrer schuld tiefer oder weniger tief im blut.

Wir kamen den behenden tieren näher. Chiron legte einen bolzen auf, und indem er ihn an der kerbe zurückzog, schob er seinen bart hinter die kinnbacken. Als er seinen grossen mund enthüllt hatte, sprach er zu seinen gefährten: „Habt ihr bemerkt, dass der hintere bewegt, was er berührt? So pflegen die füsse der toten nicht zu tun." Und mein guter führer, der ihm schon an der brust stand, wo die beiden naturen sich vereinen, antwortete: „Gewiss lebt er, und so ganz allein soll er von mir das finstre tal gezeigt bekommen; notwendigkeit führt ihn hier herein, nicht vergnügen. Eine solche frau trennte sich vom hallelujasingen, die mir dieses neue amt anvertraute. Er ist kein räuber, ich keine diebesseele. Aber bei jener hohen kraft, durch die ich meine schritte auf diese wilde strasse setze, gib uns einen der deinigen mit, dem wir zur seite gehen können und der uns die furt zeigt und diesen hier auf seiner kruppe trägt, denn er ist kein geist, der durch die luft geht." Chiron drehte sich in seiner rechten brust und sagte zu Nessus: „Kehr um und führ sie, und wenn ihr auf eine andre schar stosst, schau dass sie raum geben." Wir brachen auf mit dem treuen geleit, entlang dem gestade des scharlachroten sudes, wo die gesottnen laute schreie ausstiessen. Ich sah leute eingetaucht bis zur braue, und der grosse kentaur sprach: „Die sind tyrannen, die sich an blut und gut vergriffen. Hier beklagen sie ihre erbarmungslosen untaten. Hier ist Alexander und der wilde Dionysius, der Sizilien schmerzenreiche jahre brachte.

Vielleicht nicht Alexander der Grosse, sondern ein berüchtigter thessalischer tyrann des vierten jahrhunderts v. Chr. Nicht minder berüchtigt war der wüterich Azzolino da Romano (1194 - 1259) in Treviso und Obizzo d'Este, herr von Ferrara 1264 - 1293.

Und jene stirn, die so schwarzes haar hat, ist Azzolino, und jener andere blonde ist Obizzo von Este, der wahrhaftig oben in der welt von seinem entarteten sohn ausgetilgt wurde." Da wandte ich mich zum dichter, und der sagte: „Dieser sei dir jetzt der erste und ich der zweite."

Ein wenig weiter blieb der kentaur stehen bei leuten, die man bis zur kehle aus dem brodel herausragen sah. Er zeigte uns einen schatten, der allein abseits stand, und sagte: „Der spaltete in Gottes schooss das herz, das noch an der Themse verehrt wird."

Guido von Montfort erstach während der messe in einer kirche in Viterbo Heinrich von Cornwall, vetter Eduards I. von England, 1272. Das herz wurde in Westminster beigesetzt.

Dann sah ich volk, das den kopf und noch den ganzen brustkorb ausserhalb des flusses hielt, und von denen erkannte ich viele. So wurde jenes blut allmählich immer niedriger, so dass es nur noch die füsse kochte, und dort war unser übergang über den graben. „So wie du auf dieser seite den heissen sprudel immer abnehmen siehst, sagte der kentaur, so sollst du mir glauben, dass auf der andern seite er seinen grund allmählich immer tiefer senkt bis zur tiefsten stelle, wo die tyrannei stöhnen muss. Die göttliche gerechtigkeit sticht dort Attila, der eine geissel auf erden war, Pyrrhus und Sextus, und auf ewig melkt sie die tränen, die sie also kochend entfesselt in Rainer von Corneto und Rainer di Pazzo, die den strassen solchen krieg erklärten." Damit wandte er sich und überquerte wieder die pfütze.

Vermutlich Pyrrhus von Epirus, der Rom in so grosse gefahr brachte; aber Pyrrhos Neoptolemos hiess auch der grausame sohn des Achilles. Sextus, der sohn des grossen Pompeius, wurde zum seeräuber. Die beiden Rainer waren zu Dantes zeit berühmte wegelagerer.

13. Gesang

Noch war Nessus nicht drüben angekommen, als wir in einen wald eintraten, in dem kein pfad sich abzeichnete. Kein grünes laub, sondern dunkelfarbiges, keine glatten äste, sondern knorrige und verschlungene, keine früchte waren da, sondern giftige dornen. Kein so rauhes gestrüpp und dickicht behaust jene wilden tiere, die die bebaute flur zwischen Cecina und Corneto meiden *(die toskanische Maremme)*. Hier nisten die hässlichen Harpyien, die mit der düsteren ankündigung künftigen leidens die Troer von den Strophaden verjagten. Sie haben breite flügel, hals und gesicht von menschen, krallenfüsse und den bauch ganz voller federn; mit klagegeschrei sitzen sie auf den sonderbaren bäumen. *Wie bei uns menschen bibelfest sind (oder waren), so waren Dante und seine hörer Ovid - und Vergilfest -. Das erschwert uns die lektüre.*

Von diesen Harpyien erzählt die Aeneis, dass sie den Troern auf den Strophaden, kleinen inseln westlich von Messenien im ionischen meer, jede mahlzeit mit raub und besudelung verdarben, und eine von ihnen weissagte, die Troer würden dereinst in Italien vor hunger ihre tische anknabbern.

Ich hörte von allen seiten wehrufe und sah niemand der sie ausstiess, weshalb ich ganz verwirrt stehen blieb. Ich glaube, dass er glaubte, dass ich glaube, solche stimmen kämen von leuten, die sich zwischen den ästen uns verbargen. Darum sagte der meister: „Wenn du irgend ein zweiglein von einer dieser pflanzen abreissest, werden die gedanken, die du hast, ganz zu schanden werden." Da schob ich meine hand etwas vor und pflückte ein ästchen von einem grossen dornstrauch, und der strunk schrie: „Warum zerschlitzest du mich?" Und als er dann von blut dunkel geworden war, begann er von neuem zu schreien: „Was zerfetzest du mich? Hast du gar keinen hauch von mitleid? Wir waren menschen und nun sind wir gestrüpp. Wären wir schlangenseelen gewesen, deine hand hätte wohl mitleidiger sein dürfen." Wie ein grünes scheit, das am einen ende brennt, am andern tropft und zischt wegen des entweichenden dampfes, so kamen aus dem zerrissenen stumpf zugleich worte und blut, weshalb ich das reis fallen liess und stand wie einer der sich fürchtet. „Wenn er vorher hätte glauben können, antwortete mein meister, du verletzte seele, was er nur aus meinen versen sah, hätte er die hand nicht gegen dich ausgestreckt; aber wegen des unglaublichen bewog ich ihn zu tun, was mir selber schwer auf der seele liegt. Aber sag ihm, wer du warst, so dass er es einigermaassen wiedergutmachen kann, wenn er deinen namen auffrischt in der welt oben, wohin er zurückkehren darf."

Hier verrät uns Dante selbst, dass er eine szene aus Vergils Aeneis nachbildet. Wir sahen ihn ja immer wieder mit antikem sagengut schalten, und bis in seine ausdrucksweise begegnen wir auf schritt und tritt wendungen, deren herkunft aus der bibel oder aus der lateinischen literatur sich nachweisen oder wahrscheinlich machen läßt. Originalität, dass eine künstlerische, dichterische erfindung originell sein solle, ist eine moderne, wohl erst romantische forderung. Bis dahin galt es, ein gegebenes motiv neu zu wenden oder zu vertiefen. Man denke an die madonnenbilder. Vergleichen wir hier einmal Dante mit seiner vorlage. Aeneas erzählt, er habe einmal für ein opfer grüne zweige gebraucht.

„Ich trat an das gebüsch und versuchte, einen grünen schoss vom boden loszureissen, da sehe ich - erstaunlich zu sagen - ein entsetzliches wunder: denn der schoss, der zunächst von seiner wurzel losgerissen wird, aus dem fliessen tropfen schwarzen blutes und beflecken die erde mit fäulnis. Eisiger schauder schlägt mir die glieder und vor angst gerinnt mein kaltes blut. Aufs neue fahre ich fort, eine zweite rute abzureissen - auch der zweiten folgt schwarzes blut aus der rinde. Vieles im herzen bewegend bete ich zu den nymphen. Wie ich mit grösserer anstrengung einen dritten schaft ergreife und mit dem knie mich gegen den sand stemme - soll ich's sagen oder verschweigen? - da lässt sich aus der tiefe des hügels tränenvolles jammern vernehmen und eine stimme dringt an mein ohr: 'Was zerfleischst du mich, Aeneas? Schone den begrabnen, lass ab, deine frommen hände zu beflecken. Fliehe von hier! Ich bin Polydorus, von scharfen speeren zugedeckt.' Ich, von doppelter angst geschüttelt, erstarre, mein haar sträubt sich, und die stimme stockt in der kehle." Dies die vorlage. Dante konzentriert, aus den drei versuchen macht er einen, aus dem dreifachen, etwas rhetorisch gesteigerten entsetzen nur den einen schlichten vergleich: „wie einer der sich fürchtet"; blut und worte kommen bei ihm gleichzeitig, und dies veranschaulicht, intensiviert durch den vergleich mit dem so genau beobachteten brennenden scheit. Und die szene beseelt durch die cortesia in Vergils entschuldigendem wort. - Aber nun weiter bei Dante. Aus dem strunk spricht Petrus de Vinea, der kanzler Friedrichs II.; er spricht mit dem reichen faltenwurf seines hohen kurialen stils: Der strunk: „Mit deinem holden reden köderst du mich so, dass ich nicht schweigen kann. Sei es euch nicht beschwerlich, dass ich, mit euch zu reden, ein weilchen am leim hängen bleibe. Ich bin der, der beide schlüssel zum herzen Friedrichs hatte und sie schliessend und entriegelnd so sanft drehte, dass ich aus seinen geheimnissen fast jedermann verdrängte. Mein ruhmreiches amt versah ich so treu, dass ich darüber schlaf und pulse verlor. Die metze, die ihre geilen blicke nie von Kaisers wohnstatt abwendet *(der neid, invidia!)*, sie, allgemeiner tod und laster der königshöfe, entflammte alle geister gegen mich, und die entflammten entflammten so den Augustus, dass die frohen ehren sich in düstren kummer kehrten. In seinem verachtenden stolz meinte mein geist, durch tod der verachtung zu entrinnen und machte mich gerechten gegen mich selber ungerecht. Bei den neuen wurzeln dieses holzes schwöre ich euch, dass ich meinem herrn, der der ehre so würdig war, niemals die treue brach. Und wenn einer von euch in die welt zurückkehrt, stärke er mein angedenken, das noch darniederliegt von dem schlag, den scheelsucht ihm versetzt hat." Er hielt etwas inne, und „Da er schweigt, sagte der dichter zu mir, verlier die zeit nicht, sprich und frag ihn, wenn du noch mehr wissen möchtest." Worauf ich zu ihm: „Frag ihn du noch nach dem, was du meinst dass es mich befriedigen würde. Ich könnte es nicht, solches erbarmen greift mir ans herz." Darum begann er wieder: „Wenn man dir freimütig tun soll, worum dein reden bittet, du eingekerkerter geist, möge es dir gefallen uns noch zu sagen, wie die seele sich in diese knorren bindet, und sag uns, wenn du kannst, ob je eine sich solchen gliedern entzieht." Da blies der strunk gewaltig, und dann wandelte sich der wind in solche rede: „Kurz soll euch antwort werden. Wenn die wilde seele den leib verlässt, aus dem sie sich selbst losgerissen hat, schickt Minos sie in den siebten schlund. Sie fällt in

den wald, nicht an eine erwählte stelle, sondern wo der zufall sie hinschiesst, da keimt sie wie ein speltkorn, kommt hoch als schössling und wird ein strauch; die Harpyien weiden dann die blätter ab - so bereiten sie ihr schmerz und dem schmerz ein fenster. Wie die andern werden wir zu unsern hüllen zurückkehren, aber nicht dass eine sich damit bekleidet, denn es ist nicht recht zu haben, was man sich nahm. Wir schleifen sie hierher, und über den trauerwald hin werden unsre leiber dahängen, jeder als last für den dornbusch seines schattens.“

Wir wandten uns aufmerksam dem strunk zu, meinend, er wolle uns noch mehr sagen, als uns ein lärmen überraschte, ähnlich wie einer auf dem anstand den eber und die jagd auf sich zukommen hört, er hört die tiere und die zweige rascheln. Und siehe da, zweie von links, nackt und zerkratzt und in so hastiger flucht, dass sie jedes verhau des waldes durchbrachen. Der vordere: „Nun komm gelaufen, komm gelaufen, Tod!“ Und der andere, dem er zu säumig schien, schrie: „Lano, so behutsam waren deine beine nicht im turnier am Toppo!“, und vielleicht weil ihm der atem ausging, machte er einen knoten aus sich und einem strauch. Hinter ihnen war der wald voll von schwarzen hündinnen, die so gierig rannten wie von der kette losgelassene windhunde. In den, der sich versteckte, schlugen sie die zähne und zerfleischten ihn fetzen um fetzen und trugen die gequälten glieder mit sich davon.

Die beiden waren berüchtigte vergeuder; der eine hatte ein ihm gehörendes landhaus angezündet, um das schauspiel zu geniessen, und liess goldstücke übers wasser tanzen. Der Sienese Lano war in der schlacht am Toppo 1287 gegen die Aretiner gefallen. In dem strauch steckt ein unbenannter Florentiner.

Mein meister fasste mich an der hand und führte mich zu dem strauch, der wegen der blutigen brüche weinte, vergeblich. Der sagte: „Jakob von Sant'Andrea, was half es dir, dich durch mich abzuschirmen? Was für schuld habe ich an deinem sündigen leben?“ Als der meister über ihm stehen geblieben war, sagte er: „Wer warst du, der da aus soviel stichen mit blut die schmerzenslaute herausbläst?“ Und er zu uns: „Ihr seelen, die ihr hergelangt seid, die schändliche verwüstung zu schauen, die mein laub von mir abriss, sammelt es ein am fuss dieses unglücksbusches. Ich war aus der stadt, die ihren ersten patron *(den heidnischen Mars)* mit dem Täufer vertauschte, weshalb jener sie immer mit seinen künsten betrüben wird. Und wäre es nicht, dass am Arno-übergang noch etwas sichtbares von ihm blieb *(eine aus dem Arno geborgene und als palladium beim Ponte Vecchio aufgestellte Marsstatue)*, so hätten die bürger die die stadt über der von Attila *(gemeint ist der Gotenkönig Totila)* gebliebenen asche neu gründeten, vergebens gearbeitet. - Aus meinem haus machte ich mir meinen galgen.“

14. Gesang

Da die liebe zum geburtsort mein herz bedrängte, sammelte ich das zerstreute laub und gab es dem zurück, der schon verstummt war. Von da kamen wir zur grenze, wo der zweite ring sich vom dritten scheidet und wo sich die entsetzlichen künste der gerechtigkeit zeigen. Um das recht deutlich zu machen, sage ich, dass wir an eine dürre ebene kamen, die jeder pflanze ihr bett verwehrt. Der schmerzenswald umkränzt sie rings wie ihn der leidvolle graben. Dort am äussersten rand hielten wir an. Der boden war trockener dichter sand nicht anders als der den einst Cato mit seinen füssen trat *(eine anspielung auf Lukans beschreibung, wie Cato im bürgerkrieg sein heer, selber zu fuss marschierend, durch die libysche wüste führte)*.

O rache Gottes, wie muss jeder dich fürchten der liest, was sich meinen augen jetzt darbot! Von nackten seelen sah ich viele scharen, die alle ganz jammervoll wehklagten, aber unter verschiedenem gesetz standen: manche lagen rücklings auf dem boden, andere sassen in sich zusammengekauert, wieder andere mussten unablässig gehen. Die rings umhergehenden waren zahlreicher, die zur marter liegenden waren weniger, aber ihre zunge gelöster zum wehgeschrei. Über den ganzen sand regneten sachten falles breite feuerflocken, wie es in den alpen bei windstille schneit. Wie Alexander in jenen heissen gegenden Indiens flammen auf seinen heereszug fallen sah, dicht bis zu unterst, weshalb er seine schaaren auf den boden stampfen hiess, damit der dampf besser verlösche solang er noch vereinzelt war, so senkte sich die ewige glut herab.

Darob enzündete sich der sand wie zunder unterm stahl, den schmerz zu verdoppeln. Rastlos war der veitstanz der armen hände, die jetzt hier jetzt da den frischen brand auszuklopfen suchten. Ich begann: „Meister, der du alles überwindest, ausser jenen harten dämonen, die beim eintritt ins tor uns entgegen herauskamen, wer ist der grosse dort, der der feuersbrunst nicht zu achten scheint und so krumm und trotzig daliegt, dass dieser regen ihn offenbar nicht garkocht?“

Damit deutet Dante auf die seele des Kapaneus, dessen geschichte er aus der Thebais des Statius kannte. Kapaneus, einer der sieben könige die Theben belagerten, prahlte, auf der leiter zur stadtmauer stehend: Jetzt kann mich nicht einmal Zeus mehr hindern; da traf ihn Zeus mit seinem blitz, dass er verkohlt von der leiter stürzte. Die donnerkeile, Jupiters waffe, schmiedet Vulcanus mit den kyklopen auf seiner esse im grunde des Ätna (der im volk noch arabisch Mongibello heisst).

Und jener selbe, da er merkte, dass ich meinen führer nach ihm befragte, schrie: „Wie ich im leben war, so bin ich im tode. Mag Jupiter seinen schmied müd machen, von dem er in seiner pein den scharfen blitz bekam, der mich am letzten tag zerschlug, mag er auch die andern schmiede müd machen, schicht um schicht, in der schwarzen schmiede im Mongibello, und schreien ‘Guter Vulcan, zu hilfe zu hilfe!’ wie er es in der schlacht bei Phlegra tat

wo die götter die giganten niederschmetterten, die, sinnbild menschlichen aufbegehrens, den Olymp erstürmen wollten, und mag er mich mit all seiner kraft durchschiessen, so soll er doch nicht seiner rache froh werden.“ Da sprach mein führer mit solcher kraft wie ich ihn noch nie so stark hatte reden hören: „Kapaneus, darin dass dein hochmut nicht erlischt, bist du am meisten gestraft. Keine marter ausser deiner eignen wut wäre das volle leidensmaass für deine raserei.“ Dann wandte er sich mir zu mit milderer lippe und sagte: „Das war einer der sieben könige die Theben belagerten. Er höhnte Gott und scheint ihn noch zu höhnen und wenig zu schätzen; aber wie ich ihm sagte, sein verachten ist genau der ihm gebührende brustschmuck. Nun geh mir nach und sieh, dass du die füsse noch nicht auf den versengten sand setzest, halt sie immer dicht am wald.“

Schweigend kamen wir hin, wo aus dem wald ein kleines flüsschen austritt, dessen röte mir noch die haare kräuselt. Wie dem Bulicame *(der heissen schwefelquelle bei Viterbo)* das bächlein entströmt das dann die sünderinnen unter einander teilen *(das die dort ansässigen dirnen in ihre wannen leiten)*

so floss jenes durch den sand hinab. Sein grund und beide böschungen waren stein, auch die seitlichen ränder; daran merkte ich, dass hier der weg hinüberführte. „Unter allem andern, was ich dir gezeigt habe, seitdem wir eintraten durch das tor, dessen schwelle niemandem verwehrt ist *(das eingestürzte höllentor)* haben deine augen nichts so beachtliches geschaut wie den bach hier vor uns, der über sich alle flämmchen verlöscht.“ Das waren worte meines führers, weshalb ich ihn bat, mir die speise zu bescheren, nach der er mir das verlangen beschert hatte. „Mitten im meere sitzt ein wüstes land, sagte er darauf, das Kreta heisst, unter dessen könig einst die welt keusch war.

Dort herrschte Saturnus, der teils als der grausame Titan galt, der seine eigenen kinder frass, weshalb seine gattin Rhea ihr jüngstes, Jupiter, in einer höhle des Idagebirges versteckte und, damit es sich nicht durch sein schreien verriete, die umwohner zu lauten tänzen veranlasste, bis dann das jüngere göttergeschlecht die Titanen stürzte. Teils aber galt Saturnus als herrscher der urzeit, also des goldenen zeitalters, in dem es noch keine sünde gab. Auf das goldene zeitalter folgte, nach Ovid, das silberne, dann das eherne, d. h. kupferne, heute leben wir im eisernen.

Dort ist ein berg, einst lieblich mit wassern und laub, genannt Ida, jetzt ist er öd und verlassen wie ein altes ding. Rhea wählt ihn einst zur treuen wiege ihres söhnleins, und um ihn besser zu verbergen, wenn er weinte, veranlasste sie dort die schreie. Innerhalb des berges steht aufrecht ein grosser greis; die schultern wendet er gegen Damiette *(Ägypten)* und schaut gen Rom als in seinen spiegel. Sein kopf ist aus feinem gold gebildet, aus reinem silber sind arme und brust, dann ist er kupfern bis zur gabelung; von dort abwärts ist er von erlesenem eisen, nur dass der rechte fuss tönern ist; auf dem steht er aufrecht mehr als auf dem andern.

Das ist der traum Nebukadnezars, den Daniel deutet als abfolge der grossen reiche; Dante deutet ihn als abfolge der zeitalter, den niedergang der kultur von osten her, bis Rom die erlösung bringen soll; die beiden füsse sind wohl kaisertum und papsttum. Plinius berichtet, dass nach einem erdbeben in einem riss im Ida eine sechsundvierzig ellen hohe figur sich zeigte; so verschmilzt

Dante biblische und heidnische überlieferungen; aber seine eigne erfindung sind nun die tränen der sündigen menschheit.

Jeder teil ausser dem gold ist gespalten durch einen riss, der tränen ausgiesst, die aufgesammelt die höhle durchbohren. Ihr lauf stürzt von fels zu fels in dieses tal; sie bilden Acheron, Styx und Phlegethon; dann fliessen sie durch diese enge rinne abwärts bis dort, von wo kein tieferer abstieg ist, und bilden den Kokytos - was das für ein see ist, wirst du sehen, darum rede ich hier nicht davon." Und ich zu ihm: „Wenn das bächlein hier vor uns sich aus unserer welt ableitet, warum sehen wir es erst hier an diesem saum?" Und er zu mir: „Du weißt, dass dieser ort rund ist, und obgleich du immer nach links absinkend zum grund schon weit gegangen bist, hast du noch nicht den ganzen kreis durchschritten. Darum, wenn sich uns etwas neues zeigt, brauchte sich auf deinem gesicht kein erstaunen zu zeigen." Und ich abermals: „Meister, wo befinden sich Phlegethon und Lethe? denn vom einen schweigst du, und vom andern sagst du, dass er aus diesem regen entsteht." - „Mit allen deinen fragen gefällst du mir, gewiss, antwortete er; aber das kochen des roten wassers hätte die eine, die du tust, wohl lösen können. Lethe wirst du sehen, aber ausserhalb dieser grube, wo die seelen zum bade gehen, wenn die bereute schuld von ihnen genommen ist." Dann sagte er: „Jetzt ist es zeit, uns vom wald zu entfernen; schau dass du hinter mir gehst; die ränder bieten einen weg, weil sie nicht brennen und über ihnen jeder dunst erlischt."

15. Gesang

Jetzt trägt uns der eine der harten ränder; und der dampf des baches schattet so darüber, dass er das wasser und die dämme vor dem feuer bewahrt. Wie die flamen zwischen Brügge und Zuidzant *(dem damaligen hafen von Brügge: oder sind die deiche bis Wissant bei Calais gemeint?)* aus angst vor der flut die auf sie losstürmt, wälle errichten, damit das meer flieht, und die Paduaner dem Brenta entlang, um ihre güter und burgen zu schützen, bevor *(das schneebedeckte)* Kärnten die wärme spürt - nach solchem bild waren die geschaffen, nur dass der baumeister, wer es auch war, sie nicht so hoch und dick machte. Schon hatten wir uns von dem wald so weit entfernt, dass ich ihn nicht mehr entdeckt hätte, hätte ich mich auch umgedreht, als wir einer schar von seelen begegneten, die dem damm entlang kamen, und jede schaute auf uns wie abends unterm neumond einer auf den andern zu schauen pflegt; sie spitzten gegen uns die brauen so wie ein alter schneider zum nadelöhr blinzelt. So beäugt von solcher sippe, wurde ich erkannt von einem, der mich am saum fasste und rief: „Was für ein wunder!" Und ich, als er seinen arm gegen mich ausstreckte, heftete meine augen auf die verbrannten züge, sodass das versengte gesicht meinem geist das erkennen nicht mehr verwehrte; und meine hand zu seinem gesicht neigend *(weil Dante höher steht)* antwortete ich: „Seid Ihr hier, herr Brunetto?" Und er: „Mein sohn, möchte es dir nicht missfallen, wenn Brunetto Latini ein stück weit mit dir zurückgeht und die kameraden ziehen lässt."

Brunetto Latini war ein hochangesehener notar der stadt und politiker und gelehrter, verfasser des „Tesoro", eines kompendiums des ganzen wissens der zeit, auch er zeitweilig als Guelfe verbannt, vielleicht Dantes lehrer, jedenfalls sein mentor.

Ich sagte ihm: „So sehr ich kann, bitte ich Euch darum, und wenn Ihr wünscht, dass ich mich mit Euch setze, will ich's tun, wenn es ihm hier recht ist, mit dem ich gehe." - „Mein sohn, sagte er, wer von dieser herde einen augenblick stehen bleibt, liegt dann hundert jahre, ohne sich zu fächeln, wenn die flammen ihn treffen. Darum geh weiter und ich bleibe dir am rock. Hernach hole ich meine kumpanei wieder ein, die im gehen ihr ewiges unglück beweint." Ich wagte nicht, von der strasse hinunterzusteigen, um eben mit ihm zu gehen, aber ich hielt den kopf geneigt wie ein mensch der ehrerbietig schreitet. Er begann: „Welches geschick, welche bestimmung führt dich hier herunter vor dem letzten? Und wer ist der, der den weg zeigt?" - „Dort oben im heitern leben, antwortete ich ihm, verirrte ich mich in einem tal, bevor mein leben die höhe erreicht hatte. Erst gestern früh wandte ich ihm den rücken, als ich aber dorthin zurückkehrte, erschien mir dieser hier, er führt mich heim auf diesem pfad." Und er zu mir: „Folgst du deinem stern, so kannst du den ruhmreichen port nicht verfehlen, wenn ich im schönen leben richtig sah. Und wäre ich nicht so früh gestorben, ich hätte, da ich den himmel gegen dich so freundlich sah, dir zu deinem werke kraft gegeben. *(Vermutlich hatte Latini Dantes horoskop gestellt.)* Aber jenes undankbare böswillige volk, das voreinst von Fiesole herabstieg und immer noch etwas an sich hat von berg und bruch, wird dir wegen deines rechttuns feind werden. Und dies mit grund, denn zwischen den herben elsbeeren kann der süsse feigenbaum nicht wohl fruchten. Schon lange geht in der welt die rede, sie seien blind, ein geiziges, neidisches, hochmütiges volk - sieh zu, dass du dich von ihren sitten rein hältst. Dein schicksal hält so grosse ehre für dich bereit, dass die eine wie die andre partei nach dir hungern wird, doch weg mit dem kraut vom schnabel!

Sei's, dass die Weissen wie die Schwarzen Dante in ihrem bund haben wollten - aber er trennte sich bald von den andern verbannten, sei's dass beide ihn verderben wollten; doch in Verona war er in sicherheit.

Soll das vieh aus Fiesole sich selber zum futter machen und nicht an die pflanze rühren, wenn in seinem mist noch eine hochkommt, in der der heilige same jener Römer wieder auflebt, die dablieben, als das nest all dieser bosheit gebaut wurde."

Als Caesar, nach der sage, mit gebürtigen Römern Florenz gründete und das höher gelegene Faesulae zerstörte, kamen auch Fiesolaner nach Florenz und verdarben dort die rasse. Dante fühlte sich als abkömmling der römer.

„Wenn all mein wünschen erfüllt wäre, antwortete ich ihm, wäret Ihr noch nicht aus der menschlichen natur verbannt; denn im sinn haftet mir und noch geht mir zu herzen Euer liebes, gutes, väterliches bild, als Ihr in der welt von stunde zu stunde mich lehrtet, wie der mensch sich ewigt. Wie teuer mir das ist, solang ich lebe muss das aus meinem sprechen zu erkennen sein. Was Ihr von meiner bahn erzählt, schreibe und bewahre ich mit andrem text zur erläuterung für eine frau, die es wissen wird, wenn ich bis zu ihr gelange. Nur soviel, möchte ich, soll Euch unzweifelhaft sein, dass wenn mich nur mein gewissen nicht zankt, ich zu jedem schicksal bereit bin, bringe es was es wolle. Für meine ohren ist solches handgeld nichts neues.

Die prophezeiungen von Ciacco und Farinata waren schon gleichsam anzahlungen für sein künftiges schicksal.

Drehe Fortuna nur ihr rad, wie's ihr beliebt, und der bauer seinen karst." Mein meister wandte sich da nach seiner rechten wange zurück und schaute mich an; dann sagte er: „Ein guter hörer, wer sich's merkt."

In der Aeneis (V 710) steht der vers: Komme was wolle, du siegst über jedes geschick das du aushältst.

Nichts desto weniger rede ich im gehen weiter mit herrn Brunetto und frage, wer die bekanntesten und bedeutendsten seiner gefährten seien. Und er zu mir: „Von einigen zu wissen ist gut; von den andern empfiehlt es sich zu schweigen; denn die zeit wäre zu kurz für soviel redens. Im ganzen wisse, dass sie alle geistliche und grosse, hochberühmte gelehrte waren, von einer und derselben sünde in der welt befleckt.

Priscian wandert dort dahin mit jener bekümmerten schar und Francesco d'Accorso, und wenn du begier gehabt hättest nach solcher krätze, konntest du den sehen, den der knecht der knechte vom Arno an den Bacchiglione versetzte, wo er den übel gereckten nerv dahinten liess. *Wohl nicht der römische grammatiker Priscian, von dessen biographie man nichts weiss, sondern ein Bologneser jurist der zeit wie Francesco d'Accorso. Den bischof Andrea dei Mozzi hatte papst Bonifaz VIII. von Florenz nach Vicenza versetzt.*

Ich würde noch von manchen reden, aber mein gehen und sprechen kann nicht länger dauern; denn ich sehe dort neuen rauch vom sand aufwirbeln. Leute kommen da, mit denen ich nicht zusammensein darf. Sei dir mein „Schatzhaus" empfohlen, in dem ich noch lebe - mehr verlange ich nicht." Darauf wandte er sich und schien einer von denen, die in Verona ums grüne tuch über das feld laufen, und von denen glich er mehr dem sieger als dem verlierer. *(Ein wettlauf am ersten fastensonntag.)*

16. Gesang

Schon war ich an einer stelle, von wo man das brausen des wassers vernahm das in den nächsten kreis stürzte, ähnlich dem gesumse eines bienenkorbs, als drei schatten sich im laufen mit einander von einer schwadron lösten, die unter dem regen der bittern marter daherging. Sie kamen auf uns zu und jeder schrie: „Bleib du stehn, nach deiner tracht scheinst du einer aus unsrer verderbten stadt zu sein."

Weh, was für wunden sah ich auf ihren gliedern, frische und alte von den flammen eingebrannt - noch schmerzt es mich, wenn ich nur daran denke. Auf ihre schreie wurde mein lehrer aufmerksam, er wandte sein gesicht mir zu und „Warte jetzt, sagte er, vor diesen ist höflichkeit geboten; und wären nicht nach der art dieses ortes die feuerpfeile, ich würde sagen, eile stünde eher dir wohl an als ihnen." Als wir stehen blieben, begannen sie wieder ihr altes lied *(ihre klagen)*, und als sie uns erreicht hatten, machten alle drei aus sich ein rad. Wie die wettkämpfer zu tun pflegen, die nackt und gesalbt ihren griff und vorteil erspähen, bevor es zwischen ihnen schläge und stiche setzt, so richtete jeder kreisend seine blicke auf mich, so dass der hals immer entgegengesetzt zu den füssen wanderte. „Ach du, wenn das elend dieses mürben ortes uns und unsere bitten verächtlich macht, begann der eine, und unser russiges und lumpiges aussehen, so möge unser ruhm deinen sinn beugen, uns zu sagen wer du bist, dass du so sicher die lebendigen füsse durch diese hölle schleifst. Der hier, dessen spuren du mich bestapfen siehst, so nackt und gerupft er geht, war von höherem rang als du glaubst: er war ein enkel der guten Gualtrada und hiess Guidoguerra; in seinem leben vollbrachte er gar viel mit seinem geist und seinem degen.

Er war ein Florentiner edelmann, führer der Guelfen, der in der schlacht bei Benevent 1266 den sieg Carls von Anjou über Manfred mitentschieden haben soll. Seine ahnfrau Gualtrada war als mädchen berühmt für ihre schönheit und sittsamkeit.

Der andre der hinter mir den sand zerreibt ist Tegghiaio Aldobrandi, dessen stimme oben in der welt hätte gern gehört sein sollen.

Er widerriet den Florentinern den zug gegen Siena, der mit der schweren niederlage bei Montaperti an der Arbia durch Farinata (1260) endete.

Und ich, der mit ihnen ans selbe kreuz genagelt bin, war Iacopo Rusticucci, und fürwahr, mehr als andres schadet mir mein trotziges weib." *Da er nicht mit ihr zusammenleben konnte, verfiel er dem laster der knabenliebe, das in diesem kreis als gewalt gegen Gottes ordnung gesühnt wird.*

Hätte ich mich gegen das feuer decken können, ich hätte mich zwischen sie hinuntergeworfen, und ich glaube, mein lehrer hätte es gelitten; aber weil das feuer mich gebrannt und gebacken hätte, besiegte die angst meinen guten willen, der mich gierig gemacht hatte nach ihrer umarmung. Dann begann ich: „Nicht verachtung sondern schmerz heftet euer zustand in mich so tief, dass er sich nur spät auflösen kann, seit dieser mein herr mir worte sagte die mich denken liessen, es kämen leute wie ihr seid. Ich bin aus eurer stadt, und euer werk und eure ehrenvollen namen habe ich von je mit zuneigung vernommen und wiederholt. Ich lasse die galle und suche die süssen früchte, die mir der wahrhafte führer versprochen hat, aber zuvor muss ich kopfüber zur mitte hinunter." - „Wenn die seele noch lange deine glieder lenken soll, antwortete er da, und dein ruhm noch nach dir leuchte, sag, ob anstand, wert und würde noch in unsrer stadt verweilen wie sie pflegten, oder ob sie sie schon ganz verliessen? Denn Wilhelm Borsiere, der seit kurzem mit uns leidet und mit seinen genossen dort geht, martert uns sehr mit seinen worten." - „Das neue volk und die plötzlichen gewinne erzeugten hochmut und unmaass, Florenz, in dir, so dass du es schon zu beklagen hast!" so rief ich aus mit erhobenem gesicht, und die drei, die das als antwort verstanden, blickten einander an wie man auf die wahrheit blickt. „Wenn es zu andern malen dich so wenig kostet, antworteten sie alle, einen zu befriedigen, dann glückselig du, dass du so freimütig reden magst!

Doch wohl eine vordeutung, dass Dante sich mit seinen äusserungen über Florenz die heimberufung verscherzt hat.

Drum, wenn du dieser finsternis entrinnst und zurückkehrst, die schönen sterne wiederzusehn, wenn es dich freuen wird zu sagen: 'ich war', so sieh zu dass man unter den leuten von uns rede." Darauf zerbrachen sie das rad, und flügeln glichen im entfliehen ihre schnellen beine. Kein amen hätte man so schnell sagen können, wie sie entschwunden waren, weshalb es dem meister gut schien aufzubrechen.

Die begegnung mit diesen drei Florentiner edelleuten der vorigen generation ist die letzte der höllenszenen, in denen ein schönes menschliches verhalten sichtbar wird. Die harte gerechtigkeit, mit der Dante das laster ahndet, hindert ihn nicht, verehrten gestalten mit höflichkeit, dankbarkeit, inbrünstiger ehrfurcht zu begegnen. Die ganze schilderung der kreise und der strafen gibt den rahmen, innerhalb dessen er den grossgesehenen figuren ihren ort anweist. Da gibt es kein „vor Gott sind wir allzumal sünder", und wie es einmal ein buch gab „Rembrandt als erzieher", so könnte man eines schreiben „Dante als erzieher", so tadellos und vorbildlich ist sein gefühl, sein wort und sein benehmen, und jedesmal wieder anders, abgestuft und nuanciert.

Der Phlegethon stürzt vom siebten zum viel tieferen achten kreis nieder in einem wasserfall vergleichbar dem des Montone, der im unterschied zu allen nördlichen abflüssen des Apennin nicht in den am Monteviso entspringenden Po fliesst, sondern bei Ravenna seine eigene mündung hat. Montone heisst er von Forlì an, vorher Acquacheta, oberhalb der abtei von San Benedetto. Es scheint dass ein plan bestand, auf dem hochplateau ein kastell oder eine siedlung für tausend menschen zu errichten, was aber nicht geschah.

Ich folgte ihm, und wir waren noch nicht weit gegangen, als das geräusch des wassers uns so nah war, dass wir sprechend uns kaum gehört hätten. Wie jener fluss, der von allen die vom Monviso ostwärts von der linken seite des Apennins abfliessen, als erster seinen eigenen lauf hat und der oben Acquacheta heisst, bevor er talwärts in sein tieferes bett abfällt und bei Forlì jenes namens ledig wird - wie der dort über San Benedetto delle Alpe rauscht, wo tausend aufnahme finden sollten, weil er in einem einzigen fall niederstürzt, dem gleich fanden wir jenes finstre wasser von einem steilen rand hinunterbrausend, so dass es in kurzer zeit das ohr verletzt hätte.

Ich trug ein seil um mich gegürtet, mit dem ich einst den gepard mit dem bunten fell zu fangen dachte. Nachdem ich es ganz von mir gelöst hatte so wie der führer mir befohlen hatte, reichte ich es ihm zum knäuel aufgewickelt. Darauf wandte er sich nach der rechten seite, und in einigem abstand vom ufer warf er es in jenen tiefen abgrund. Es muss doch wohl, sagte ich bei mir selbst, etwas neues dem neuen zeichen antworten, das der meister so mit dem auge begleitet. Ach wie vorsichtig müssen die menschen sein in der nähe derer, die nicht nur die tat sehen, sondern in die gedanken schauen mit dem geist! *(Vergil hat Dantes gedanken erraten.)* Er sagte mir: „Bald kommt nach oben, was ich erwarte, und was dein gedanke träumt, muß bald klar vor deine augen treten.“ Dem wahren das das gesicht der lüge hat, soll der mensch immer seine lippen verschliessen solang er kann, denn ohne seine schuld bringt es ihm schande. Aber hier kann ich nicht schweigen, und bei den tönen dieser komödie, leser, schwöre ich dir, sowahr sie langer gunst nicht ermangeln möge, dass ich durch jene dicke dunkle luft eine gestalt schwimmend hochkommen sah - ein wunder für jedes gefasste herz - so wie bisweilen einer wiederkommt, der tauchte um den anker zu lösen, den ein riff oder sonst etwas im meer verborgenes umklammert hat, wie der sich nach oben streckt und die füsse anzieht.

17. Gesang

„Sieh da die bestie mit dem spitzen schwanz, die berge übersteigt und mauern und waffen bricht, sie die die ganze welt mit ihrem gestank verpestet“, so begann der führer mir zu sagen und winkte ihr, ans ufer zu kommen nah ans ende des marmornen gehsteiges. Und jenes garstige bild des betruges kam an und landete mit kopf und brust, zog aber den schwanz nicht zur kante hoch. Sein antlitz war das antlitz eines gerechten, und voller güte war sein fell nach aussen, aber der ganze übrige rumpf war der einer schlange. Es hatte zwei pranken, behaart bis zu den achseln; rücken, brust und beide seiten waren bunt von tupfen und rädchen, mit mehr farben für untergrund und auflage haben nie Türken oder Tartaren tuch gewoben noch zog Arachne solches leinen auf.

Diese kunstvolle weberin forderte Athene zum wettkampf heraus, siegte mit allerlei eingewobenen anzüglichen darstellungen und wurde von der erzürnten göttin in die spinne verwandelt.

Wie manchmal die barken am ufer stehn, teils im wasser teils am land, und wie drüben bei den deutschen fressern der biber sich für seinen krieg zurechtsetzt, so stand die gemeine bestie auf dem rand, der steinern den sand umschliesst. Der ganze schwanz zappelte im leeren und richtete die giftige gabel hoch, die nach skorpions art die spitze bewehrte. Der führer sagte: „Jetzt muss notwendig sich unser weg ein wenig drehen bis zu jenem bösen vieh, das sich dort gelagert hat.“ Darum stiegen wir nach unsrer rechten brust zu abwärts und machten zehn schritte ganz zu äusserst, um besser den sand und die flämmchen zu vermeiden. Als wir zu ihm gelangt waren, sehe ich ein wenig weiter auf dem sande leute sitzen nah am abbruch. Dort sagte mir der meister: „Damit du ganz volle kenntnis dieses rings mit dir nimmst, geh jetzt und betrachte ihr gehaben. Deine reden dort seien kurz. Bis du zurückkommst, rede ich mit dem da, dass er uns seine starken schultern leiht.“ So ging ich noch ganz allein auf der alleräussersten stirn dieses siebten kreises, wo das betrübte volk sass. Durch die augen brach ihr leiden hervor, und bald hier bald da halfen sie sich mit den händen jetzt gegen die dämpfe, jetzt gegen den heissen boden. Nicht anders tun des sommers die hunde nun mit der schnauze, nun mit dem fuss, wenn sie von flöhen, mücken oder bremsen gestochen sind. Als ich meine augen ins gesicht von einigen derer wandte, zwischen die das schmerzende feuer fällt, erkannte ich keinen, aber ich bemerkte, dass jedem vom halse eine tasche hing von bestimmter farbe und mit bestimmtem zeichen, woran ihr auge sich zu weiden schien. Und wie ich schauend unter sie trat, sah ich auf einem gelben beutel etwas blaues, das hatte gestalt und haltung eines löwen. Wie dann der lauf meines blickes weiterrückte, sah ich einen andern blutrot mit einer gans so weiss wie butter. Und einer, der sein weisses säckchen gezeichnet hatte mit einer blauen trächtigen sau, sagte mir: „Was tust denn du in dieser grube? Mach dich fort, und da du noch lebst, so wisse: mein nachbar Vitaliano wird hier zu meiner linken sitzen. Als Paduaner sitze ich unter diesen Florentinern. Oftmals durchdröhnen sie mir die ohren mit dem schrei: Er soll kommen, der erlauchte herr, der die tasche mit den drei böcken bringt.“ Darauf zog er den mund schief und streckte die zunge heraus wie ein rind, das seine nase leckt. Ich fürchtete, längeres stehn möchte den kränken, der mich zu kurzem stehn ermahnt hatte; so kehrte ich zurück von jenen elenden seelen.

Es sind die bankiers und wucherer; auch sie üben gewalt gegen die natur, insofern das zinsnehmen, das geldverdienen ohne arbeit, gegen die natürliche gottgewollte ordnung verstösst. Dante verachtet sie zu sehr um sie mit namen zu nennen, und beschreibt nur die wappen der berüchtigsten adligen geldmenschen. Die kommentatoren haben ihre namen ausfindig gemacht. Die sau, scrofa, ist das wappen der Scrovegni in Padua; das erwucherte geld diente dem sohn zum bau der durch Giottos fresken berühmten kapelle.

Ich fand meinen führer schon auf die kruppe des böswilligen tieres aufgestiegen; er sagte zu mir: „Jetzt sei stark und kühn. Nunmehr steigt man auf solcherart stufen hinab. Sitz vorne auf, denn ich will in der mitte sein, so dass der schwanz dir nichts tun kann.“ Wie einer, dem der anfall des wechselfiebers so nah ist, dass sich seine nägel schon entfärben und der ganz zittert wenn er nur kühlen schatten sieht, so wurde mir bei den vernommenen worten; doch scham schreckte mich mit ihren drohungen, die vor einem guten herrn den knecht stark machen. Ich setzte mich auf jene riesenschultern. Und dies wollte ich sagen - aber die stimme kam nicht so wie ich meinte: „Sieh dass du mich umfassest.“ Doch er, der mir schon zu andren malen bei andrer bedrohlichkeit geholfen hatte, sobald ich aufsass, umschlang er mich mit den armen, stützte mich und sprach: „Geryones, nun rühr dich, nimm die kreise weit und sinke sacht, denk was du für neue bürde trägst!“

Aus dem dreileibigen riesen der Herakles-sage hat Dante den drachen des betruges gemacht.

Wie ein boot von seinem platz herauskommt, rückwärts, rückwärts, so stiess er von dort ab, und nachdem er völlig freies spiel gewonnen hatte, drehte er den schwanz hin wo die brust gewesen war, streckte und bewegte ihn wie der aal, und mit den pranken raffte er die luft an sich heran. Grösser als meine angst, glaube ich, war weder die Phaethons, als er die zügel preisgab, worob der himmel, wie man heut noch sieht, kochte,

Phaethon, Helios' sohn, wollte einen tag lang den sonnenwagen lenken, konnte aber die rosse nicht bändigen, der wagen schleuderte bald zu hoch, woraus die milchstrasse entstand, bald zu tief, wodurch die neger schwarz wurden.

noch die angst des armen Ikarus, als er seine lenden sich entfiedern fühlte wegen des erhitzten wachses, da der vater ihm zuschrie: „Dein weg führt irr!“

Ikarus flog zu hoch, so daß in der sonnenhitze das wachs der flügel schmolz und er ins meer stürzte.

Denn nun sah ich mich von allen seiten in der luft, und jeder anblick war erloschen ausser dem auf die bestie. Sie schwimmt davon, langsam langsam, kreist und sinkt, aber ich merke es nicht, nur dass es mich ins gesicht und von unten anweht. Schon hörte ich, wie rechterhand unter uns der strudel fürchterlich rauschte, weshalb ich den kopf mit den augen vorbeugte. Da wurde ich noch ängstlicher bei dem loseren sitz, denn ich sah feuer und hörte klagen, weshalb ich zitternd die schenkel wieder andrückte. Und dann sah ich, was ich vorher nicht gesehen hatte, wie wir sanken und kreisten, an den schweren leiden, die uns von verschiedenen winkeln näher kamen. Wie der falk, der lang genug auf seinen flügeln stand und, ohne federspiel oder vogel zu sehen, den falkner sagen lässt: „O weh, du gehst schon nieder!“, wie der müde absinkt, von wo er sich so rasch erhoben hatte, und in hundert kreisen weitab von seinem meister aufbaumt, enttäuscht und tückisch, so setzte uns Geryones auf den grund, hart am fuss der lotrechten fluh, und als er unsere personen abgeladen hatte, stob er davon wie die kerbe von der kordel.

So hat Dante das erlebnis des fliegens in seiner phantasie aufs genaueste vorweggenommen. Auch im Paradiso schweben und fliegen die seelen, aber dort mit der lust des aufschwungs, nicht mit dem grauen des sturzes. Die ausführlichkeit der schilderung gibt uns die illusion eines langen fluges, anfangs ohne orientierung, dann helfen die wechselnden blickwinkel. Es dauert lang, bis die tiefe der untern hölle erreicht ist, die dauer gewinnt Dante durch die zehn vergleiche: Geryon sieht aus wie türkische tücher und landet, wie barken am ufer stehn oder biber den schwanz eintauchen, stösst rückwärts ab wie eine barke, schlängelt wie ein aal. Dante schaudert wie einer vor einem anfall der malaria oder wie Phaethon oder Ikarus. Geryon sinkt wie der enttäuschte falke und entfliegt wie ein pfeil. - Lüge ist luftig und macht umschweife.

Mit diesem ende des siebzehnten gesanges haben wir genau die mitte des Inferno erreicht. Nun ändert die stimmung. Die innigen töne, die Dantes innerstem wesen entsprechen, von der Vita Nuova des jünglings bis zum Paradiso des reifen mannes, sie müssen für den rest der höllenwanderung verstummen, das mitleid erstirbt angesichts all der gemeinheiten, die im achten und neunten kreis gebüsst werden. Und auch die sünder, die sich ja ihrer sünde und der göttlichen gerechtigkeit sehr wohl bewusst sind, bitten Dante nicht mehr, für ihren nachruhm zu sorgen, sondern trachten eher sich zu verstecken, um nicht erkannt zu werden.

18. Gesang

Ein ort ist in der hölle, heisst Teufelstaschen, ganz steinern und eisenfarb wie der ring, der ihn umschliesst. Genau in der mitte dieses schlimmen gefildes gähnt ein sehr breiter und tiefer brunnenschacht, von dessen einteilung ich an gegebenem ort reden werde. Der gürtel, der zwischen dem brunnen und dem harten steilufer verbleibt, ist also rund und sein grund zerfällt in zehn rillen. Wie es dort aussieht, wo zum schutz der mauer ein graben nach dem andern die burg umgürtet, so ein bild boten sie. Und wie bei solchen festungen von ihrer torschwelle zum äussern ufer brückchen führen, so entsprangen vom grund der felswand klippen, die die gräben und dämme unterteilen bis zum brunnenschacht, der sie abschneidet und versammelt. Das war der ort, an dem wir, von Geryones' kruppe abgeschüttelt, uns befanden; der dichter wandte sich nach links und ich hielt mich hinter ihm. Zur rechten sah ich neuen jammer, neue martern, neue auspeitscher, von denen die erste tasche voll war. In der tiefe waren nackte sünder; von der mitte herwärts gingen sie auf unser gesicht zu, die drüben in unserer richtung, aber mit grösseren schritten. Wie die Römer im jubiläumsjahr *(1300)* wegen des grossen heeres *(der pilger)* ein mittel erfanden, um auf der brücke die leute vorbeizulassen: dass auf der einen seite alle mit der stirn gegen das kastell *(die Engelsburg)* gingen auf dem weg nach Sankt Peter, am andern geländer gegen den berg *(der niedrige Monte Giordano am linken Tiber-ufer)*. Diesseits und jenseits sah ich über den wüsten fels hin gehörnte dämonen, die sie mit grossen geisseln grausam von hinten schlugen. Weh, wie liessen sie sie die fersen heben beim ersten streich, und keiner erwartete mehr den zweiten noch den dritten.

Indem ich ging, trafen meine augen auf einen, sodass ich alsbald sagte: dieses anblicks bin ich nicht mehr nüchtern. Ich heftete den fuss, um sein bild recht zu fassen, und der traute führer blieb mit mir stehn und war einverstanden, dass ich ein stück zurückging. Jener gestäupte glaubte sich zu verbergen, indem er das gesicht senkte, aber es half ihm wenig. Denn ich sagte: „Du mit dem aug am boden, wenn die züge, die du trägst, nicht täuschen, bist du Venedigo Caccianemico. Aber was führt dich in so scharfe lake?“ Und er zu mir: „Ich sag's sehr ungern, aber deine klare rede zwingt mich, die mich an die alte welt erinnert. Ich bin der, der die schöne Gisela dazu brachte, den willen des Marchese *(Obizzo da Este)* zu tun, wie auch immer das garstige gerücht tönen mag. Und ich bin nicht der einzige aus Bologna, der hier schreit; vielmehr ist dieser ort so voll von ihnen, dass jetzt zwischen der Savena und dem Reno nicht soviel zungen das sipasagen gelernt haben *(mehr als heute im gebiet von Bologna leben, wo man sipa sagt für sì)*. Und wenn du dafür beweis oder zeugnis brauchst, so denk an unsern habgierigen sinn.“ *(Die Bolognesen waren verschrieen für ihre habgier, und mit kuppelei kann man ja gut verdienen.)* Bei diesen worten versetzte ihm ein teufel einen geisselhieb und rief: „Weg da, kuppler, hier gibt's keine weiber mit geldeswert.“

Ich schloss mich wieder meinem geleit an, dann kamen wir mit wenig schritten hin, wo eine felsrippe vom rand vorsprang. Ganz leicht erstiegen wir sie, und oben auf der klippe nach rechts gewandt verliessen wir die ewige ringmauer. Als wir dort waren, wo unterhalb das leere beginnt als durchlass für die gestäupten, sagte der führer: „Gib acht und sieh, dass der blick dieser andern übelgeborenen auf dich trifft, denen du noch nicht ins gesicht sahst, weil sie mit uns in gleicher richtung gingen.“ Von der alten brücke herab betrachteten wir den zug, der von der andern seite gegen uns kam und von der peitsche gleicherweise gescheucht war. Der gute meister, ohne dass ich gefragt hätte, sagte mir: „Schau den grossen, der dort kommt, und den du in seinem schmerz keine träne vergiessen siehst. Welch königliches gehaben hat er immer noch an sich! Das ist Jason, der mit herz und geist die Kolcher des vliesses beraubte. Er kam an der insel Lemnos vorbei, nachdem die kühnen weiber erbarmungslos alle ihre männer umgebracht hatten; mit winken und schönen redensarten betrog er die junge Hypsipyle, die vorher alle andern betrogen hatte *(sie hatte mit einer list aus dem allgemeinen männermord ihren vater gerettet)* und liess sie schwanger und verlassen zurück. Solche schuld verurteilt ihn zu solcher marter, und auch Medea wird so ihre rache zuteil. Mit ihm geht, wer solcherweise betrügt. Und das genüge dir, von diesem ersten tal zu wissen und von denen, in die es seine zähne schlägt.“

Schon waren wir dort, wo der enge pfad sich mit dem zweiten damme kreuzt und aus diesem die schulter macht für den nächsten bogen. Von dort vernahmen wird das ächzen von leuten in der andern tasche, die mit schnaubenden schnauzen sich selber mit den flachen händen schlagen. Die borde waren verkrustet mit einem schimmel wegen des dunstes, der sich daran niederschlägt und augen und nasen anrempelt. Der grund ist so finster, dass keine stelle die sicht hinunter freigibt, ausser man steigt auf den rücken des bogens, wo die felsrippe am höchsten darübersteht. Dorthin kamen wir und von dort sah ich unten leute in kot getaucht, der aus den menschlichen aborten geholt schien. Und als ich dort unten mit dem auge suchte, fand ich einen mit soviel dreck auf dem kopf, dass man nicht sah, ob er laie oder kleriker war, und der schrie mich an: „Warum bist du so darauf versessen mich anzuschauen mehr als die andern scheuel?“ Und ich: „Weil ich, wenn ich mich recht erinnere, dich schon mit trockenem haar gesehen habe, und bist Alessio Interminei aus Lucca, darum beäuge ich dich mehr als alle andern.“ Und er darauf, sich auf seinen kürbis hauend: „Hier herunter haben mich die schmeicheleien versenkt, von denen meine zunge nie genug hatte.“ Darauf der führer: „Sieh, sagte er, deinen blick noch etwas weiter vorzuschieben, dass du mit den augen das gesicht jener schmutzigen, struppigen dirne fassest, die sich dort mit den kotigen krallen kratzt und bald niederhockt bald auf den füssen steht. Es ist die nutte Thais, die ihrem buhlen antwortete, als er fragte: Hab ich viel gunst bei dir? - ‘Sogar ungeheure!’ Und damit seien jetzt unsere blicke gesättigt.“

19. Gesang

In der Apostelgeschichte (VIII 9) lesen wir: Philippus hatte die stadt Samaria zum neuen glauben bekehrt und viele lahme geheilt. Es war aber in der stadt ein mann namens Simon, der trieb zauberei und das volk sagte: Dieser ist die grosse kraft Gottes. Er wurde ebenfalls gläubig. Nun kamen Petrus und Johannes nach Samaria und beteten, dass auch die Samariter den heiligen geist empfangen möchten; sie legten ihnen die hände auf, und so empfingen diese den heiligen geist. Da brachte Simon ihnen geld und bat: Gebt auch mir diese macht, dass jeder dem ich die hände auflege, den heiligen geist empfängt. Petrus aber sprach: Dein geld fahre mit dir ins verderben, weil du gemeint hast, die gabe Gottes durch geld erkaufen zu können. - Nach diesem Simon Magus heisst die simonie, die zu Dantes zeit so tief eingerissene unsitte, dass päpste für geld oder politische vorteile sich das papsttum erkauften und dann bistümer und pfründen verkauften oder ihrer familie, in ermangelung von söhnen meist ihren nepoten, den neffen zuhielten. Innozenz IV. auf dem totenbett: „Was schreit ihr nur, hab ich euch nicht alle reich gemacht?" Der weltliche besitz der kirche, auch schon von Franz von Assisi beklagt, begann mit der konstantinischen schenkung an papst Silvester, deren fälschung erst der humanist Lorenzo Valla nachwies. - Nicolaus III. war zwanzig Jahre vor Dantes höllenfahrt, 1280, gestorben und erwartete den 1303 gestorbenen Bonifaz VIII.

O Simon Magus, o ihr seine unseligen nachfolger, die ihr Gottes eigentum, das in treuen sollte geehlicht werden, ihr räuber, für gold und silber verkuppelt, jetzt muss wohl für euch die drommete dröhnen, weil ihr in der dritten tasche steckt. Schon waren wir zur folgenden grube aufgestiegen an den punkt des riffs, der lotrecht über der mitte des grabens steht. O höchste Weisheit, wie grosse kunst zeigst du im himmel, auf erden und in der schlimmen welt, und wie gerecht weist deine macht jedem das seine zu! Ich sah an den hängen und im grunde den fahlen stein voller löcher, alle von einerlei umfang, und alle waren rund. Sie schienen mir nicht minder weit und nicht grösser als die in meinem schönen San Giovanni, die als standplatz für die taufenden eingelassen sind.

Im Battistero von Florenz zu Dantes zeit kleine schächte am rand des vertieften taufbeckens. Einmal war ein knabe hineingefallen und drohte zu ersticken - eingeklemmt oder war wasser eingelaufen? - Dante, als prior, rettete ihn, indem er die wandung zertrümmerte. Das wurde ihm dann als sakrileg vorgeworfen.

Eines davon, es ist noch nicht viele jahre her, zertrümmerte ich für einen, der drin am ersticken war; und das sei ein siegel, das jedermann den irrtum behebe. - Aus jeder mündung ragten von einem sünder die füsse und die beine bis ans dicke, der rest steckte drinnen. Ihnen allen brannten beide fusssohlen, weshalb sie mit den gelenken so stark zappelten, dass sie stricke und seile zerrissen hätten. So wie die flämmchen auf geölten dingen sich nur auf der äussersten haut bewegen, so dort von den fersen bis zu den zehenspitzen.

Das genaue gegenbild zu den flämmchen des Heiligen Geistes, die sich im pfingstwunder den aposteln aufs haupt senkten.

„Wer ist der dort, meister, der sich strampelnd mehr als seine andern gefährten quält, sagte ich, und an dem eine noch rötere flamme saugt?" Und er zu mir: „Möchtest du, dass ich dich hinuntertrage an jener böschung, die niedriger ist, so belehrt er dich über sich und seine untaten."

Da der achte kreis im ganzen der mitte zu absinkt, liegt jedes tal tiefer als das vorhergehende, die dämme sind also bergseits niedriger als talseits.

Und ich: „Alles freut mich, was dir gefällt. Du bist der herr und weißt, dass ich mich nicht von deinem willen trenne, und weißt auch das verschwiegene." Dann kamen wir auf den vierten damm, wandten uns linkerhand und stiegen nieder zu dem löchrigen und engen grund. Der gute meister setzte mich noch nicht von seiner hüfte ab, bis er mich hingebracht hatte zum spalt dessen, der mit den hacken weinte. „Wer du auch bist, traurige seele, begann ich zu reden, du eingerammt wie ein pfahl, das oberste zu unterst, wenn du kannst, so sag ein wort!" Ich stand, wie der beichtiger eines gemeinen mordbuben, der, schon versenkt, noch nach dem mönch ruft, um den tod aufzuschieben.

Der beichtiger musste den kopf tief zu boden senken, denn die gedungenen mörder wurden damals köpflings in eine grube versenkt, die dann zugeschüttet wurde.

Und er schrie: „Bist du schon hier bereit, bist du schon hier bereit, Bonifaz? Um etliche jahre hat mich mein buch belogen. Bist du so bald der güter überdrüssig, um die du dich nicht gescheut hast, die schöne frau mit trug zu ergattern und dann zu schänden?"

Die schöne frau ist die kirche, der papst als ihr gatte. Im buch der zukunft können die verdammten ja lesen. In der röhre steckt Nicolaus III., gestorben 1280, also zwanzig Jahre vor Dantes höllenfahrt. Da jeder neuankömmling seinen vorgänger tiefer in die röhre hinunterstösst, wartet er auf den 1303 gestorbenen Bonifaz VIII. und meint, der sei zu früh gekommen, Dante sei der. Daher Dantes ratlosigkeit.

Mir war wie einem von denen, die nicht verstehen, was ihnen geantwortet wurde, die wie verhöhnt dastehn und nichts zu sagen wissen. Da sprach Vergil: „Sag ihm schnell: Ich bin nicht der, bin nicht der, für den du mich hältst." Und ich antwortete wie geheissen, worob der geist die füsse ganz verdrehte; seufzend und weinerlich sagte er: „Was also willst du von mir? Ist's dir so heiss zu wissen wer ich bin, dass du dafür das ufer herabliefst, so wisse: ich war mit dem grossen mantel bekleidet und war wirklich ein sohn der bärin, so beflissen die bärlein zu fördern, dass ich oben geld und gut und hier mich selber in die tasche steckte. *Er war aus dem römischen adelsgeschlecht der Orsini; orsa bärin.* Unter meinen kopf sind die andern gezerrt, die mir in der simonie vorangingen, in den felsenritzen flachgestreckt. Dort unten werde ich ebenfalls hinfallen, wenn der kommt, für den ich dich hielt, als ich meine voreilige frage tat. Aber seit ich mir die füsse brate und so halsüberkopf stehe, ist schon mehr zeit vergangen, als er dann mit roten füssen hingepflanzt sein wird; denn nach ihm kommt mit noch hässlicherem tun ein gesetzloser hirte aus westlicher gegend, der muss dann ihn und mich zudecken. Ein neuer Jason wird er sein, von dem man im Makkabäerbuch liest, und wie diesem sein könig nachsichtig war, so ihm der, der Frankreich regiert."

Bonifaz musste nur elf jahre braten, denn schon 1314 starb Clemens V., der Gascogner. Wie der hohepriester Josua (graecisiert Jason) (Makkabäer II 4,7) sein amt dem syrischen könig Antiochos Epiphanes verdankte, so Clemens sein papsttum Philipp IV., dem Schönen, von Frankreich, wofür er in die aufhebung des Templerordens einwilligte und 1309 die päpstliche residenz nach Avignon verlegte und so die babylonische gefangenschaft der kirche einleitete. Dante hat das alles miterlebt.

Ich weiss nicht, ob ich hier allzu toll war, dass ich ihm nur in diesem ton antwortete: „Du da, sag mir doch, welchen schatz unser Herr von sankt Peter zuerst forderte, eh er die schlüssel in seine gewalt gab? Gewiss verlangte er nichts als: Folge mir nach. Weder Petrus noch die andern nahmen von Matthias gold oder silber, als das los ihn an den platz berief, den die sündige seele freigab.

Apostelgeschichte I 13: Um nach dem ausscheiden des Judas die zwölfzahl wieder voll zu machen, wurde durchs los Matthias dazugewählt.

Darum bleib wo du bist, du bist recht gestraft, und gibt gut acht auf das schlimm erworbene geld, das dich gegen Karl so kühn gemacht hat.

Nicolaus trieb eine gegen Karl von Anjou gerichtete politik.

Und verböte es mir nicht immer noch die verehrung vor den beiden heiligen schlüsseln, die du im heiteren leben trugst, ich brauchte wohl noch härtere worte. Denn eure habgier macht die welt so kummervoll, weil sie die guten mit füssen tritt und die schlechten erhebt. Euch hirten hatte der evangelist im auge, als er sie, die über den wassern sitzt, mit den königen buhlen sah, sie die mit den sieben häuptern zu welt kam und nach den zehn hörnern ihr denken richtete, solang ihrem gatten die tugend wohlgefiel.

Eine neue deutung von Apokalypse XVII: aus der grossen hure Babylon, mit der die könige buhlen, wird die Kirche, aus ihrem gatten der papst, aus den sieben häuptern die sieben hügel Roms oder die sieben sakramente, aus den zehn hörnern die zehn gebote.

Ihr habt gold und silber zum gott gemacht. Was treibt ihr damit anderes als götzendienst, nur dass sie einen anbeteten und ihr hundert! Weh Konstantin, wie grossen unheils mutter wurde - nicht deine bekehrung, aber die mitgift, die der erste reiche vater von dir bekam!“ Während ich ihm solche töne sang, war's zorn oder schlechtes gewissen, was ihn biss, er schlenkerte heftig seine beiden sohlen. Ich glaube wohl, dass es meinem führer gefiel: mit so zufriedener lippe gab er immer acht auf den klang der wahren worte, die ich aussprach. Darum fasste er mich mit beiden armen, und als er mich ganz an seine brust gehoben hatte, stieg er den weg wieder hinauf, den er herabgekommen war, und wurde nicht müde mich fest an sich zu drücken, bis er mich auf den scheitelpunkt des bogens trug, der vom vierten zum fünften damm übersetzt. Dort setzte er seine last sanft ab, sanft wegen der rauhen, steilen klippe, die selbst für ziegen ein schwieriger übergang wäre. Dort bot sich meinem auge ein anderes weites tal.

20. Gesang

Von neuartiger pein muss ich nun verse dichten und dem zwanzigsten gesang der ersten cantica, die von den versunkenen handelt, seinen stoff geben. Ich war schon völlig bereit, in den jetzt entdeckten grund zu schauen, der nass war von beklommenem weinen, und ich sah durch das runde tal leute kommen stumm und weinend und mit dem schritt, mit dem sie in dieser welt ihre litaneien singen. Als mein blick tiefer zu ihnen hinabdrang, bemerkte ich - o wunder - dass jeder zwischen kinn und brustkorb verdreht war; denn sein gesicht war den nieren zugekehrt und sie mussten rückwärts gehen, weil ihnen das vorwärtsschauen benommen war. Mag sein, dass durch die gewalt eines schlaganfalls einer schon so ganz umgedreht wurde, aber gesehen habe ich das nicht und glaube nicht, dass es das gibt. So wahr dir, o leser, Gott dein lesen fruchten lasse, so denk nun bei dir selber, wie ich mein auge trocken halten konnte, als ich unser bild so verrenkt sah, dass die tränen aus den augen das gesäss benetzten durch den spalt. Ja, ich weinte, an einen der felsen der harten klippe gelehnt, so dass mein geleit mir sagte: „Bist du noch immer einer von all den toren? Hier lebt das mitleid, wenn es ganz erstirbt. *(Hier beweist sich echtes gefühl, pietà, wenn du jetzt kein mitleid hast).* Welch schlimmeres verbrechen als wenn einer beim urteil Gottes mit gefühlen kommt! Heb deinen kopf, heb ihn, und sieh Amphiaraos, vor dessen augen sich die thebanische erde auftat, weshalb alle ihm zuschrieen: Wohin stürzest du, Amphiaraos, was lässest du den kampf? und er stürzte unaufhaltsam nieder bis zu Minos, der einen jeden festhält. *(Amphiaraos war ein seher und war einer der Sieben gegen Theben; Statius erzählt von ihm; auf der flucht, die er vorausgesehen hatte, versank er, ein echter höllensturz, in einer erdspalte, die späterhin zur orakelstätte wurde. Da dem menschen der blick in die zukunft verwehrt ist, sind die wahrsager und astrologen, wie die zauberer und hexen, sünder, die in diesem tal, wiederum mit einem genauen gegenbild zu ihrer sünde, gestraft werden.)*

Schau, wie er die schulterblätter zur brust gemacht hat: weil er zu weit voraussehen wollte, schaut er zurück und schreitet hinter sich. Und sieh Teiresias der seine gestalt vertauschte, als er vom mann zum weib wurde, alle seine glieder verwandelnd, und erst die beiden umschlungenen schlangen mit seiner gerte schlagen musste, um sein männliches gefieder wiederzuerlangen *(den bart).*

Von dem thebanischen seher Teiresias berichtet Ovid in den Metamorphosen (III 324), dass er einst zwei kopulierende schlangen mit seinem zauberstab schlug, wodurch er zur frau wurde, und erst sieben jahre später, als sich derselbe vorgang wiederholte, zurückverwandelt wurde.

Aruns ist jener, dem sich der rücken baucht, der in den bergen von Luni, wo der unterhalb hausende Carrarese jätet, zwischen weissem marmor seine höhle bewohnte, von wo ihm der blick auf die sterne und das meer unbehindert war.

Von diesem etruskischen wahrsager berichtet Lucan, er habe Caesars sieg vorausgesagt.

Und jene die ihre brüste - die du nicht siehst - mit den aufgelösten zöpfen deckt und all ihre behaarung auf jener seite hat, *(kopf- und schamhaare auf der gleichen, dem dichter abgewandten seite)* das war Manto, die viele länder durchirrte; dann liess sie sich nieder dort wo ich zur welt kam; darum wäre es mir lieb, wenn du mir ein weilchen zuhören wolltest. Nachdem ihr vater *(Teiresias)* aus dem leben ging und Bacchus' stadt zur sklavin wurde *(in Theben wurde Kreon alleinherscher)*, durchwanderte sie lange zeit die welt. Oben im schönen Italien liegt ein see am fuss der alpen, der oberhalb von Tirol *(einer burg bei Meran)* Deutschland abriegelt und Benaco heisst *(der Gardasee)*. Aus tausend quellen, glaub ich, und noch mehr netzt sich der Penninus zwischen Garda und der Val Camonica mit den wassern, die im genannten see stehend werden. Ein ort ist in der mitte, wo der oberhirte von Trient, der Brescianer und der von Verona segnen könnte, wenn er des weges käme *(auf der insel Lechi mit einer Margaretenkirche stiessen die drei bistümer aneinander)*. Dort liegt Peschiera, eine schöne und starke burg, um Brescia und Bergamo die stirn zu bieten, wo das ufer am tiefsten absinkt. Dort muss alles wasser hinunterfallen, das nicht im schooss des Benaco bleiben kann, und wird niederwärts zum fluss durch grüne weiden. Sobald das wasser anhebt zu laufen, heisst es nicht mehr Benaco sondern Mincio, bis nach Governolo, wo es in den Po fällt. Nach kurzem lauf findet es eine au, in der es sich ausbreitet und einen sumpf bildet und im sommer bisweilen ungesund wird.

Als hier *(am Mincio)* die hartherzige jungfrau vorbeikam, sah sie inmitten des sumpfes unbebautes und unbewohntes land, und um jeder menschlichen gemeinschaft zu entfliehen, nahm sie dort ihren wohnsitz mit ihren dienern, betrieb da ihre künste, lebte und liess dort ihre leere leibeshülle. Dann sammelten sich die ringsumher verstreuten menschen an diesem ort, der stark war wegen des sumpfes, der ihn von allen seiten umgab. Sie bauten eine stadt über jenen toten gebeinen, und weil sie den ort zuerst erlesen hatte, nannten sie ihn Mantua, ohne weiteres orakel.

Schon war das volk drinnen zahlreicher geworden, bevor die dummheit Casalodis sich von Pinamonte betrügen liess. *(Graf Pinamonte dei Bonaccolsi überredete den stadtherrn Alberto da Casalodi, eine anzahl der verhassten adligen aus der stadt zu entfernen, bemächtigte sich dann der so geschwächten stadt und räumte unter den adligen auf.)*

Darum belehre ich dich, wenn du je den ursprung meiner stadt anders herleiten hörst, damit keine lüge die wahrheit fälsche."

In der mittelalterlichen legende lebte Vergil als zauberer weiter. Demgegenüber machte ihn Dante zum feind aller orakelkunst und magie, wie er es selbst ist; daher Vergils verachtung für die in dieser tasche büssenden wahrsager und zauberer und sein bemühen, den ursprung seiner vaterstadt Mantua, entgegen seiner eigenen darstellung in der Aeneis (X 198) möglichst von der hexe Manto zu trennen.

Und ich: „Meister, deine darlegungen sind mir so gewiss und nehmen meinen glauben so fest ein, dass die andern mir nur erloschne kohlen wären. Aber sag mir, ob von den leuten, die daherkommen, du jemand siehst, der beachtung verdient; denn nur darauf ist jetzt mein sinn wieder gespannt." Darauf sagte er: „Jener, der von der wange den bart auf die dunkle schulter streckt, war damals, als Griechenland von allem männlichen so leer war, dass kaum etwas für die wiegen zurückblieb *(weil das ganze aufgebot zur belagerung von Troia ausfuhr)* der seher, der mit Kalchas in Aulis den zeitpunkt angab, das erste tau zu kappen. Eurypylos hiess er, und so besingt ihn mein hohes gedicht an einer stelle *(Aeneis II 114)* - du weißt es gut, denn du kennst es um und um. Jener andere mit den so schmächtigen flanken war Michael Scotus, der sich auf das spiel allen zaubertrugs wahrlich gut verstand.

Als astrolog prophezeite Scotus dem kaiser, er werde in der blumenstadt sterben, weshalb Friedrich II. Florenz mied - um im apulischen Florentino zu sterben! Als zauberer bereitete er seine gastmähler nicht vor, sondern wenn die gäste sassen, brachten ihm seine geister das gesottene aus der küche des königs von Frankreich, das gebratene aus der küche des königs von England usw. Aber als gelehrter übersetzte er den Aristoteles aus dem arabischen. - Bonatti ein astrolog derselben zeit, Asdente ein schuster aus Parma, der sich ganz auf wahrsagerei verlegt hatte.

Sieh Guido Bonatti, sieh Asdente, der jetzt sich gern seinem leder und zwirn gewidmet hätte, aber er bereut zu spät. Sieh die unglücklichen, die nadel, spule und spindel liessen und hexen wurden, die mit kräutern und wachspuppen zauberten. Aber komm jetzt: Kain und sein dornbusch sind schon an der grenze der beiden hemisphären und berührt die wellen unterhalb Sevilla

Der vollmond versinkt am westrand des horizontes von Jerusalem; auch in der unterwelt weiss Vergil die zeit: es ist 7 uhr morgens.

und schon gestern nacht war der mond rund, du wirst dich gut daran erinnern, denn im tiefen wald hat er dich nicht im stich gelassen.“ So sprach er mir, indessen wir weitergingen.

21. Gesang

So kamen wir von brücke zu brücke unter anderen gesprächen, die mein gedicht nicht besorgt ist zu besingen. Wir hatten die höhe gewonnen, als wir stehen blieben, um die nächste rille der teufelstaschen zu betrachten und andre eitle klagen. Mir schien es dort unten ganz sonderbar dunkel. Wie im arsenal von Venedig zur winterszeit, wenn man nicht segeln kann, das zähe pech kocht, um die kranken hölzer zu kalfatern; derweilen baut sich der ein neues schiff und jener verstopft dem seinigen, das schon mehr reisen gemacht hat, die planken mit werg, der klopft herum am bug und der am heck, einer schnitzt ruder und einer wickelt taue und wieder einer näht flicke auf besan oder fock - so, nicht durch feuer sondern durch göttliche kunst kochte dort unten ein dickes pech, das das ufer über und über verklebte. Ich sah es wohl, aber nichts darin ausser den blasen, die das brodeln hochtrieb und ganz aufblähte, bis es wieder in sich zusammensank. Während ich gebannt dort hinunterstarrte, rief der führer: „Schau, schau!" und riss mich an sich vom ort wo ich stand. Da wandte ich mich wie einer, der noch rasch sehen möchte, was er doch fliehen muss, den der plötzliche schreck lähmt und der über dem hinschauen nicht versäumt fortzustürzen. Ich sah hinter uns einen schwarzen teufel in raschem lauf die klippe heraufkommen. Weh! wie wild war er anzuschauen, wie grausam schien mir seine gebärde mit den offnen flügeln und den behenden füssen. Auf seiner spitzen hohen schulter lastete mit beiden hüften ein sünder, den er an den sehnen der füsse gepackt hielt. Von unserer brücke herab rief er: „Teufelskrallen, da bring ich einen von den senatoren der heiligen Zita, schafft ihn unter, ich geh noch mehr holen in jener stadt, die wohl mit solchen versehn ist; jedermann ist dort bestochen, nur nicht Bontura. Aus nein macht man für geld dort jawohl." Damit warf er ihn hinunter und wandte sich auf der harten klippe, und nie war ein losgebundener hofhund so schnell hinter einem dieb her.

Die erst 1272 gestorbene Zita war die stadtheilige von Lucca. Wie Bologna für Dante die kupplerstadt war, später Pistoia die der diebe, so nimmt er hier Lucca aufs korn wegen der bestechlichkeit seiner beamten, von denen Bontura gewiss einer der schlimmsten war. Unter der falschen anklage der korruption, des unterschleifs, ist Dante selbst verbannt worden - das mag die besonderen ängste erklären, die er unter der bedrohung durch die teufel dieser tasche auszustehen hatte. - Lucca am Serchio barg in San Martino das „heilige antlitz", ein völlig schwarzes byzantinisches Christusbild, der legende nach ein werk des Nikodemus und auf einem schiff ohne ruder und segel von Jaffa nach Lucca gelangt.

Jener versank und tauchte verschmiert wieder auf. Aber die dämonen von der brücke verdeckt, schrieen: „Hier ist kein ort für das heilige antlitz, hier schwimmt sich's anders als im Serchio. Wenn's dich also nicht nach unsern kratzern gelüstet, so komm aus dem pech nicht obenauf." Darauf angelten sie ihn mit mehr als hundert haken und sagten: „Zugedeckt wird hier getanzt, so dass du dein teil, wenn du kannst, im verborgenen ergattern musst." Nicht anders stellen die köche ihre burschen an, das fleisch mitten im kessel mit den gabeln hinabzudrücken, damit es nicht obenauf schwimmt. Der gute meister: „Damit man nicht merkt, dass du hier bist, sagte er mir, duck dich hinter einer zacke, dass du einen schutz hast, und wenn sie mir auch bös kommen, *du* musst keine angst haben, ich kenne mich hier aus; ich war schon einmal bei solchen falschspielern." Dann überschritt er die höhe der brücke, und als er das sechste ufer erreicht hatte, war ihm wohl eine sichere stirne vonnöten. Mit der wut und mit dem ungestüm, mit dem die hunde hervorbrechen und sich auf den ärmsten stürzen, der alsbald stehn bleibt und von da aus bettelt so stürzten jene unter der brücke hervor und schwangen all ihre haken gegen ihn. Er aber schrie: „Sei ja keiner von euch tückisch! Bevor eure zange mich packt, trete einer von euch vor, mich zu hören, und dann mögt ihr beratschlagen, ob ihr mich zwackt." Alle riefen: „Teufelsschwanz soll gehen!", worauf einer sich rührte und die andern stehen blieben. Er kam heran und sagte: „Was soll's ihm helfen?" - „Meinst du, Teufelsschwanz, sagte mein meister, du sähest mich hier schon so gefeit gegen all euer gefechte herunterkommen, ohne göttlichen willen und gunst des schicksals? Lass uns gehen, denn im himmel hat man gewollt, dass ich einem diesen rauhen pfad zeige." Da war ihm sein übermut so geknickt, dass er den haken sich vor die füsse fallen liess und zu den andern sagte: „Jetzt bleibe der ungehauen!" Und der führer zu mir: „Du dort, der zwischen den zacken der brücke ganz geduckt kauert, jetzt kannst du getrost zu mir zurückkommen." So rührte ich mich und lief rasch zu ihm, und die teufel bewegten sich alle vorwärts, sodass ich fürchtete, ob sie den pakt halten würden.

So sah ich einst die soldaten sich fürchten, die gegen freien abzug Caprona verliessen und sich von soviel feinden umringt sahen. *(Im jahre 1289 hatten die Guelfen, Dante unter ihnen, das pisanische Caprona nach achttägiger belagerung zur übergabe gezwungen).*

Ich schmiegte mich in meiner ganzen länge an meinen führer und verwandte kein auge von ihrem anblick, der nichts gutes verhiess. Sie zückten ihre zinken und sagten einer zum andern: „Soll ich ihm eine aufs kreuz versetzen?" und antworteten: „Ja, verpass ihm eine!" Aber jener teufel, der mit meinem führer gesprochen hatte, drehte sich schleunigst um und sagte: „Ruhig, ruhig, Zauser!" Dann sagte er zu uns: „Auf dieser klippe geht's nicht weiter, denn der sechste bogen liegt ganz zerborsten auf dem grund. Ist es aber euer wunsch, doch weiterzugehn, so geht oben auf diesem grat. Nicht weit kommt ein anderes riff, wo ein weg ist. Gestern, fünf stunden später als jetzt, vor genau 1266 jahren ist hier die brücke eingestürzt.

Also um die mittagsstunde des jahres 34, der todesstunde Christi, nach Lukas 23,44, bei dem erdbeben, das auch den einsturz des höllentors und den bergsturz vom sechsten zum siebten höllenkreis ausgelöst hatte. Aus dieser stelle ergibt sich die genaue chronologie: es ist jetzt samstag vor ostern 1300 um 7 uhr früh; karfreitag abend hatten die beiden ihre reise angetreten.

Ich schicke in der richtung ein paar von den meinigen, zu schauen ob einer sich lüften will. Geht mit ihnen, sie werden euch nichts böses tun." - „Vorgetreten, Halunk, begann er zu sagen, und Stapfimreif, auch du, Bulldock; und Krausebart soll eure zehnschaft führen. Wirbelsaus geht mit und Drach, Eberle mit seinen hauern und Kratzekralle, Irrwisch und der närrische Wütrich. Sucht ringsum den kochenden leim ab, und diese da bleiben unversehrt bis zum nächsten riff, das noch unbeschädigt über den graben führt." - „Weh mir, meister, was muss ich sehn, sagte ich. Komm, lass uns allein gehn ohne geleit, denn ich von mir aus verlange nicht danach, wenn du den weg weißt. Wenn du so aufmerksam bist wie sonst, siehst du denn nicht, wie sie die zähne fletschen und mit den brauen uns ein leid androhen?" Und er: „Ich will nicht, dass du zitterst. Lass sie nur fletschen nach belieben, sie machen das für die leidenden gesottnen." Sie wandten sich auf dem damm nach links doch erst hatte noch jeder zum salut für ihren führer die zähne gefletscht und die zunge gestreckt, und er hatte aus seinem hintern die trompete gemacht.

22. Gesang

Ich sah schon berittene aufbrechen und attacke reiten, auch zur musterung antreten oder auch etwa sich zur flucht wenden, aufklärer sah ich in eurem land, Aretiner, und streifzüge, sah turnieren mit tjost und buhurt, bald mit trompeten bald mit glocken, mit trommeln oder zeichen von der burg, bald mit heimischen oder auch fremdländischen instrumenten; aber nie sah ich nach so sonderbarer schalmei reiter sich in bewegung setzen noch fussvolk oder ein schiff nach einem zeichen vom land oder nach einem stern. Wir gingen mit den zehn teufeln - eine trotzige bande! Aber in der kirche mit den heiligen und in der kneipe mit den schlemmern! Immer dem pech galt mein augenmerk, um alle umstände dieser tasche zu sehn und der leute die darin brannten. Wie die delphine mit dem rückenbogen den seeleuten zeichen geben, dass sie darauf denken ihr holz zu retten *(vor aufziehendem sturm)*, so zeigte bisweilen dort einer der sünder seinen rücken, um seine pein zu lindern, und verbarg ihn wieder schneller als es blitzt. Und so wie am rand eines wassergrabens die frösche stehn, nur die schnauzen draussen, so dass sie die füsse und das andere dicke verstecken, so standen allenthalben die sünder, aber als Krausebart nahte, zogen sie sich ebenso unter das gebrodel zurück. Ich sah - und noch schaudert mein herz - einen noch warten, wie es ja vorkommt, dass der eine frosch noch bleibt während der andere schon abhüpft, und Kratzekralle, der ihm zunächst gegenüberstand, häkelte seinen verpichten schopf und zog ihn hoch - er sah aus wie ein fischotter. Ich kannte schon alle ihre namen, so hatte ich sie mir gemerkt, als sie ausgewählt wurden, und wenn sie sich riefen, gab ich acht, wie. „Wütrich, schlag ihm nur tüchtig die krallen in den rücken, dass du ihn häutest!“ riefen die verfluchten alle miteinander. Und ich: „Meister, wenn du kannst, schau doch zu erfahren, wer der unglückliche ist, der da in die hand seiner feinde fiel.“ Mein führer trat ihm zur seite und fragte ihn, wo er her wäre, und der antwortete: „Ich bin aus dem königreich Navarra; meine mutter gebar mich einem tunichtgut, der sich und sein hab und gut zugrunderichtete. Sie brachte mich unter als knecht eines hohen herrn. Dann ward ich vertrauter des guten königs Thibaut, da verlegte ich mich aufs schwarzgeld - dafür geb ich jetzt rechenschaft in dieser hitze.“

Den zeitgenossen genügten diese angaben, um zu merken, dass von einem gewissen Ciampolo die rede ist. Dante würdigt ihn nicht einmal der nennung seines namens.

Eberle, aus dessen mund rechts und links je ein hauer hervorkam wie beim schwein, liess ihn fühlen, wie so einer schlitzte. Unter böse katzen war da das mäuslein geraten. Krausebart umschloss ihn mit den armen und sagte: „Bleibt dort stehn, solang ich ihn in der zange habe!“ Und zu meinem meister gewandt: „Frag ihn, wenn du noch mehr von ihm wissen möchtest, eh einer ihn zerfetzt.“ So fragte denn der führer: „So sag also, kennst du von den andern bösewichtern unter dem pech einen Lateiner?“ Und er: „Noch nicht lang trennte ich mich von einem, der dort aus der nachbarschaft war. Wär ich doch noch mit ihm zugedeckt, dann brauchte ich krallen und haken nicht zu fürchten!“ Und Wirbelsaus: „Das haben wir schon zu lang geduldet!“ und schlug ihm seine zinke in den arm, so dass er ihm in fetzen einen unterarm abriss. Oberdrach wollte ihm noch unten eine ans bein hauen, aber ihr korporal wandte sich rund herum mit finsteren blicken. Als sie ein wenig besänftigt waren, fragte mein meister unverweilt ihn, der immer noch seine wunde beschaute: „Wer war der, von dem du sagst, du habest dich so unglücklich von ihm getrennt, um hier ans ufer zu kommen?“ Und er antwortete: „Das war bruder Gomita von Gallura, ein krug voll trug. Der hatte die feinde seines seigneurs in der hand und behandelte sie so, dass jeder voller lobes war. Geld nahm er und nannte das gütliche einigung, und auch in seinen andern pflichten liess er sich schmieren, nicht kleinlich sondern meisterhaft. Mit ihm plaudert signor Michel Zanche von Logodoro, und ihre zungen werden nicht müde von Sardinien zu sprechen. O weh! Seht den andern dort fletschen! Ich würde weiter reden, aber ich fürchte, er schickt sich schon an, mir den grind zu kratzen.“ Und ihr grosser vorgesetzter, zu Irrwisch gewandt, der die augen verdrehte um zu hauen: „Dorthin mit dir, du loser vogel!“ - „Wenn ihr, begann dann der verängstigte wieder, Toskaner oder Lombarden sehn oder hören wollt, lass ich welche kommen. Aber die teufelskrallen sollen etwas abseits stehn, damit jene nicht angst haben müssen vor strafe, und ich will grad von hier aus wo ich sitze, ich einer, euch sieben solche herschaffen, wenn ich pfeife, wie es unser brauch ist zu tun, sooft einer sich aussen hinsetzt.“ Bulldock hob auf dies wort hin seine schnauze, schüttelte den kopf und sagte: „Hör was er sich für eine bosheit ausgedacht hat, um sich hinunterzuwerfen!“ Worauf der, überreich an schlichen wie er war, antwortete: „Boshaft bin ich allzu sehr, wenn ich den meinigen grösseres leid zufüge.“ Halunk hielt da nicht an sich, und im widerspruch zu den andern sagte er: „Wenn du türmst, brauch ich dir nicht nachzugaloppieren, ich schlage die flügel überm pech. Lassen wir den kamm, der abhang sei unser schild, dass wir sehn, ob du allein mehr vermagst als wir.“ Der du dies liesest, nun vernimmst du ein neues spiel: Jeder wandte die augen nach der andern seite, und der zuerst, der sich am meisten dagegen gesträubt hatte. Der aus Navarra nahm sein tempo wahr: die sohlen fest auf dem boden sprang er augenblicks ab und löste sich von ihrem chef. Worob jeder schuldbewusst und zerknirscht war, aber der am meisten, der den verlust verursacht hatte. Darum stürzte er los und schrie: „Dich hab ich!“ Aber wenig half es ihm: die angst vermochte mehr als seine flügel; der tauchte ab und jener richtete fliegend seine brust wieder auf.

Nicht anders geht die ente, wenn der falke naht, im nu unters wasser und der kehrt um, verzweifelt und ganz geknickt. Wütend über den possen flog Stapfimreif hinter ihm drein, vergnügt dass das entweichen des andern ihm die balgerei bescherte, und wie der betrüger verschwunden war, schlug er schnell die pranken in seinen gesellen und war mit ihm über dem graben verknäuelt. Aber der andere war recht ein wildfang von einem sperber, krallte sich fest in ihn ein, und alle beide fielen mitten in den brodelnden pfuhl. Die hitze hatte sie im augenblick entknäuelt, aber mit dem hochkommen war es doch nichts, so hatten sie ihre flügel verklebt. Krausebart, mit den andern seinigen bekümmert, liess vier mit all ihren haken ans andere ufer fliegen, und schleunigst stiegen sie hüben und drüben hinunter, jeder an seinen posten. Sie streckten ihre zinken den festgeleimten entgegen, die unter der kruste schon gesotten waren, und wir überliessen sie ihrem missgeschick.

Nur in dieser langen szene am pechgraben nimmt Dante die volkstümliche vorstellung vom teufel auf: der teufel holt die seele eines sünders und schleppt sie in die hölle (so auf den bildern vom Jüngsten Gericht); er lügt (die verheissene brücke gibt es nämlich gar nicht) und er ist so dumm, dass man ihn betrügen kann. Dante erfindet für seine teufel klangvolle namen, die zum teil an damalige familiennamen anklingen und nicht alle deutbar sind: Scarmiglione, Malacoda, Alichino, Calcabrina, Cagnazzo, Barbariccia, Libicocco, Drahgignazzo, Ciriatto, Graffiacane, Farfarello, Rabicante. Ausnahmsweise - das gehört zum kompositionsprinzip der variatio - zeigt Dante hier humor, womit er sich von seinen ängsten befreit. Humor nimmt abstand, nimmt die dinge nicht ganz ernst, so hier die korruption, die ihm angelastet wurde und die ihn nicht berührt. Im ganzen aber kennt Dantes leidenschaftliche pathetische seele ingrimm, verachtung, mitgefühl, demut, ehrfurcht, aufschwung, beseeligung, nie die gemütliche lustigkeit.

23. Gesang

Schweigsam, allein, ohne geleit gingen wir weiter, einer vorn, der andere dahinter, so wie die minderen brüder des weges gehen. Meine gedanken waren wegen der rauferei von vorhin mit der fabel Aesops beschäftigt, wo er vom frosch und der maus erzählt. Denn „nun“ und „jetzt“ sind einander nicht gleicher als das eine dem andern, wenn man anfang und ende in aufmerksamem denken recht verknüpft.

Die maus wollte über ein wasser und bat den frosch um hilfe. Der verband mit einem faden sein hinterbein mit ihrem vorderfuss; so schwammen sie, aber in der mitte tauchte der frosch plötzlich tückisch zum grunde, um die maus zu ertränken. Sie strampelte heftig, da flog ein weih vorbei, packte sie, zog damit auch den frosch heraus und frass beide.

Und wie aus dem einen gedanken der andere entspringt, so entstand nun aus jenem ein neuer, der mir die vorige angst verdoppelte. Ich dachte so: diese sind unseretwegen mit soviel schaden und schabernack übertölpelt worden, dass ich wohl glaube wie sie's ärgert. Wenn sich jetzt mit ihrem bösen willen auch noch wut verzwirnt, so werden sie hinter uns herjagen grausamer als der hund hinter dem hasen den er reissen will. Schon spürte ich, wie sich mir vor entsetzen alle haare sträubten; nach hinten gespannt stand ich und sagte: „Meister, wenn du nicht dich und mich schleunigst versteckst, hab ich angst vor den teufelskrallen; wir haben sie schon hinter uns, mir ist, ich höre sie schon.“ Und er: „Wäre ich verbleites glas, würde ich dein äusseres bild nicht schneller in mich aufnehmen als ich dein inneres ergreife. Grad eben mischten sich deine gedanken unter meine, so ähnlich von gebärde und angesicht, dass ich aus beiden einen einzigen plan machte: wenn sich der rechte abhang an einer stelle so neigt, dass wir in die andere rille absteigen können, so entkommen wir der gefürchteten jagd.“ Noch hatte er seinen plan nicht fertig erklärt, als ich sie heranfliegen sah mit ausgespannten flügeln, nicht sehr weit, um uns zu packen. Sofort fasste mich mein führer, wie eine mutter, die vom lärm erwacht und schon nahe die flammen züngeln sieht, ihr kind ergreift und flieht und, mehr in sorge um das kleine als um sich, keine zeit verliert um auch nur ein hemd anzuziehen. Und nieder vom kamm des rauhen ufers liess er sich rücklings über die hängenden felsen herab, die die nächste tasche auf der einen seite absperren. Nie lief wasser, um am land eine mühle zu treiben, durch eine holzrinne da, wo es den schaufeln am nächsten kommt, so schnell wie mein meister über diesen saum glitt, mich auf seiner brust als wäre ich sein kind, nicht ein gefährte. Kaum waren seine füsse im bett des grabens unten angekommen, als jene auf dem grat über uns waren. Aber da war nichts zu fürchten: die hohe Vorsehung, die sie zu dienern der fünften grube eingesetzt hatte, nahm ihnen allen die macht, sich von dort zu entfernen.

Dort unten fanden wir übermalte leute. Sie wandelten einher mit höchst langsamen schritten, weinend und im aussehn müd und geschlagen. Sie trugen kutten mit niederen kapuzen vor den augen, im schnitt wie die der mönche von Cluny. Von aussen sind sie vergoldet, dass es gleisst, aber innen ganz aus blei und so schwer, dass Friedrich dagegen in stroherne zu stecken pflegte.

Man glaubte, dass Friedrich II. majestätsverbrecher in dicke bleikutten zu stecken pflegte, die er dann über einem feuer schmelzen liess - vermutlich eine der gehässigen verleumdungen. - Hier büssen die gleisner, die scheinheiligen. Das wort hypokrisie ist griechisch und heisst schauspielerei; aber Dante kannte eine herleitung aus hypo und chrysos, also „vergoldung".

O dieser auf ewig beschwerliche mantel! Wir wandten uns weiter, immer nur linkerhand, mit ihnen zusammen, und gaben acht auf ihre trüben klagen; aber wegen des gewichtes kam dieses müde volk so langsam voran, dass wir mit jeder hüftbewegung wieder in neuer gesellschaft waren. Darum ich zu meinem führer: „Sieh dass du einen findest, den man nach seiner tat oder seinem namen kennt, und lass im gehen deine augen schweifen." Und einer, der mein toskanisch verstand, rief hinter uns her: „Hemmt euren fuss, die ihr so durch die finstre luft rennt; mag sein, dass du von mir haben kannst, was du verlangst." Da wandte sich der führer und sagte: „Warte, und richte dann deinen schritt nach seinem." Ich blieb stehn und sah zwei, die im gesicht innerlich grosse eile bezeigten, bei mir zu sein, aber die last und der enge weg zwang sie zur langsamkeit. Als sie uns erreicht hatten, schielten sie mich eine weile an, wortlos, dann drehten sie sich zueinander und sagten: „Der scheint lebendig, nach der bewegung seiner kehle. Und wenn sie tot sind, nach welchem sonderrecht gehen sie unbedeckt von der schweren stola?" Darauf sagten sie mir: „Du Toskaner, der du in dies kollegium der düstern hypokriten kamst, verschmähe nicht zu sagen, wer du bist."

Matthäus VI 16: „Wenn ihr fastet, blickt nicht finster wie die heuchler; sie verfinstern ihre gesichter, damit die menschen sie fasten sehn. Sie haben ihren lohn dahin."

Und ich zu ihnen: „Ich bin geboren und aufgewachsen über dem schönen Arnofluss in der grossen stadt und bin hier mit dem leib, den ich immer hatte. Aber wer seid ihr, aus denen, wie ich sehe, so schwerer schmerz über die wangen tropft, und welche strafe leidet ihr, die so funkelt?" Und der eine antwortete mir: „Unsere orangenen kutten sind aus blei und so dick, dass unter den gewichten ihre wage knirscht. Wir waren Fröhliche Brüder, aus Bologna, ich Catalano und der da Loderingo geheissen und von deiner stadt gemeinsam gewählt, wozu sonst nur ein einzelner mann genommen wird, um ihren frieden zu bewahren, und waren so, dass man's noch heute beim Gardingo sieht."

Frati Godenti nannte man den ritterorden der cavalieri di Maria Vergine Gloriosa, der sich zur aufgabe gesetzt hatte, in Bologna und anderwärts die parteifehden beizulegen und den übergriffen der mächtigen zu wehren. Aber diese beiden, 1266 zu bürgermeistern von Florenz gewählt, missbrauchten ihre macht so parteiisch, dass nach der niederlage Manfreds bei Benevent die heimgekehrten Guelfen die Ghibellinen vertreiben und deren häuser in schutt legen konnten. Am Gardingo, einem alten Langobardenturm, hatten die Uberti gewohnt.

Ich begann: „O brüder, eure leiden ..." aber mehr sagte ich nicht, denn mein auge fiel auf einen, der mit drei pfählen am boden gekreuzigt lag. Als er mich sah, verdrehte er sich ganz und blies seufzend in seinen bart, und bruder Catalan, der es bemerkte, sagte mir: „Dieser festgenagelte, den du anschaust, riet den

Pharisäern, man müsse für das volk einen menschen den martern preisgeben. Quer liegt er nackt über dem weg, wie du siehst, und muss von jedem, der vorübergeht erst noch fühlen, wie schwer er ist. Und in gleicher weise streckt sich in diesem graben sein schwäher aus und die andern des rats, aus dem den Juden so böse saat aufging."

Der hohepriester Kaiphas (Johannes XI 50), der nach der auferweckung des Lazarus vorgab zu fürchten, das ganze volk möchte Jesus anhangen und dann kämen die Römer und würden das ganze volk vernichten, darum sei es besser, den einen zu töten. Seinem schwiegervater Annas (Johannes XVIII 13) wurde der gefangene Jesus zuerst vorgeführt.

Da sah ich Vergil voller staunen über den, der da im ewigen exil zum kreuz ausgespannt war. Darauf richtete er an den bruder ein solches wort: „Sei es euch nicht missfällig, wenn es euch erlaubt ist, uns zu sagen, ob rechter hand irgend eine mündung ist, wo wir beide hier herauskommen können, ohne welche von den schwarzen engeln zu zwingen, dass sie kommen und uns aus diesem talgrund heraushelfen." Darauf antwortete er: „Näher als du wohl glaubst kommt ein fels, der von der grossen ringmauer ausgeht und alle diese bösen mulden überspannt, ausser dass er bei dieser hier zerbrochen ist und sie nicht überdeckt. Ihr könnt über die trümmer aufsteigen, die am hang liegen und sich am grund häufen." Der führer stand ein wenig gesenkten hauptes, dann sagte er: „Übel sorgte der für unser bedürfen, der die sünder drüben anhakt." Und der bruder: „Ich hörte schon in Bologna vom teufel nicht viel gutes sagen, darunter auch dies, er sei ein schwindler und vater der lüge." Darauf ging der führer mit grossen schritten weiter, sichtlich etwas erregt vor zorn, worauf ich mich von den beladenen trennte, den spuren der teuren füsse folgend.

24. Gesang

In jenem teil des jungen jahres, wo die sonne ihre haare im Wassermann erwärmt und die nächte sich schon dem halben tag nähern *(das sternbild des Wassermanns regiert von ende januar bis februar)*, wenn der reif auf der erde dem bild seines weissen bruders gleicht, aber die malerei seiner feder dauert nur kurz, da erhebt sich der bauer, dem der heuvorrat ausging, schaut und sieht das feld ganz weiss, worob er sich auf die hüfte schlägt - er kehrt ins haus zurück und lamentiert umher wie der arme tropf der sich nicht zu helfen weiss, dann geht er noch einmal und heimst wieder hoffnung ein, wenn er die welt in kurzer stunde verwandelt sieht, ergreift seinen hirtenstab und hinaus jagt er seine schäfchen zur weide; so machte mich der meister bestürzt, als ich seine stirne so verwirrt sah, und ebenso schnell kam für die wunde das pflaster.

Das breit ausgeführte bild lässt fühlen, wie innig Dante mit Vergil verbunden ist, dass dessen unmut wegen des betrugs der teufel auch ihn bestürzt macht. Solche vergleiche gehören wie bei Homer zu den dichterischen kostbarkeiten, es sind fenster die aus dem geschlossenen raum der erzählung den blick freigeben in die weite der natur und des lebens.

Denn als wir zur eingestürzten brücke kamen, wandte sich der führer zu mir mit jenem gütigen blick, den ich zuerst am fuss des berges an ihm sah. Nachdem er erst die trümmer genau angeschaut und einen plan bei sich erwählt hatte, öffnete er die arme und ergriff mich. Und wie wohl einer hand anlegt und zugleich überlegt und immer wie ein vorausdenkender aussieht, so hob er mich auf die höhe eines felsbrockens, fasste dann eine andere zacke ins auge und sagte: „Klammre dich dann an die, aber versuch erst, ob sie fest genug ist dich auszuhalten.“ Das war kein weg für einen der kuttenträger, denn nur mit mühe konnten wir beide, er gewichtlos und ich geschoben, von stutz zu stutz steigen, und wäre nicht der abhang dieser barriere niedriger gewesen als der andere, ich weiss nicht ob er, aber ich wäre gewiss unterlegen; aber weil die teufelstaschen gegen die öffnung des tiefsten schachtes ganz abfallen, bringt es die lage jedes tales mit sich, dass die eine flanke (weniger) steigt (als) die andere sinkt. Wir kamen endlich doch zu dem grat, von wo der letzte stein abbricht. Der atem war mir von der lunge so ausgemolken, als ich oben war, dass ich nicht weiter konnte, vielmehr kaum angekommen mich setzte. „Jetzt ist's nötig, dass du dich aufrappelst, sagte der meister; denn in den daunen und unter der decke kommt man nicht zum ruhm; wer ohne den sein leben verbraucht, lässt auf erden nicht mehr spur von sich als rauch in der luft und im wasser schaum. Und darum erhebe dich, besiege deine atemnot mit dem geist, der in jedem kampf siegt, wenn er sich nicht mit seinem schweren leib fallen lässt. Eine noch längere stiege ist zu erklimmen; es genügt nicht, sich von diesen hier zu trennen. Verstehst du mich, so mach dir's zu nutze.“

Eine vordeutung auf den fegefeuerberg, die blosse befreiung von sünde genügt noch nicht für den aufschwung zur seligkeit. Die kletterei (eine freude aller bergsteiger) malt die seelische leistung auch der höllenfahrt.

Da erhob ich mich und zeigte mich besser bei atem als ich mich fühlte und sagte: „Geh, denn ich bin stark und mutig.“

Aufwärts über das riff nahmen wir unsern weg, der felsig, eng und schwierig war und sehr viel steiler als der frühere. Ich sprach im gehen, um nicht schwach zu scheinen, worauf aus dem andern graben eine stimme herauskam, nicht geschaffen um worte zu bilden. Ich weiss nicht, was sie sagte, obgleich ich schon auf dem rücken des bogens war, der hier übersetzt, aber der sprechende schien von zorn erregt. Ich neigte mich hinunter, aber die lebendigen augen konnten wegen des dunkels nicht zum grunde dringen. Darum ich: „Meister, schau dass du den andern gürtel erreichst, und steigen wir die mauer herab; denn wie ich von hier höre und nicht verstehe, so schaue ich hinab und erkenne nichts.“ - „Andre antwort, sagte er, geb ich dir nicht als durchs tun; denn einer anständigen bitte muss man schweigend willfahren durch die tat.“ Wir stiegen die brücke nieder bis zum kopf, wo sie sich mit dem achten damm vereinigt, und dann wurde mir die tasche deutlich. Ich sah dort innen ein so fürchterliches gewühl von schlangen, von so sonderbarem tun, dass mir noch in der erinnerung das blut gerinnt. Mehr rühme Libyen sich nicht mit seinem sand, mag es auch hornvipern, kreuzottern und ringelnattern hervorbringen und würg- und klapperschlangen, nie hat es so viel und so böses gezücht hervorgebracht mit ganz Aethiopien noch mit dem was jenseits des Roten Meeres liegt.

Natürlich war Dante kein schlangenkenner; es ist die angelesene naturkenntnis des mittelalters. Im altertum war Afrikas schlangenreichtum sprichwörtlich, und der barocke dichter Lukan schwelgt in den namen wie Chelydren, Iaculi, Phareen, Kenchriden und Amphisbänen, die Dante übernimmt. Dazu kommt das urgrauen des menschen vor der schlange, das schon die geschichte vom sündenfall begründet.

Inmitten dieser rohen, fürchterlichen masse rannten leute nackt und entsetzt, ohne hoffnung auf schlupfwinkel oder talisman. Mit schlangen waren ihnen die arme auf den rücken gebunden. Die steckten ihnen durch die lenden kopf und schwanz und verknäuelten sich vorne. Und siehe, auf einen, der nah an unserm ufer stand, schoss eine schlange los und durchstach ihn da, wo der hals sich an die schultern fügt. Kein o und kein i hat man je so schnell geschrieben wie er feuer fing und brannte, und niederfallend musste er ganz asche werden, und als er so vernichtigt am boden lag, sammelte sich der staub von selbst und wurde alsbald wieder zu derselben gestalt. So bezeugen die grossen weisen, dass der Phönix stirbt und wieder auflebt, wenn er an das fünfhundertste jahr kommt. Nicht von kraut und korn nährt er sich in seinem leben, nur von weihrauchtränen und kardamom, und narde und myrrhe sind sein leichentuch. Und wie einer fällt und weiss nicht wie, zieht ihn kraft eines dämons zu boden oder sonst ein epileptischer verschluss, der den menschen fesselt, wenn er sich erhebt umherschaut, noch ganz verwirrt von der schweren beklemmung die er erlitten, und im schauen seufzt, so war der sünder nach seinem aufstehn. O macht Gottes, wie ist sie streng, die solche racheschläge niederprasseln lässt! Der führer fragte ihn danach, wer er sei, worauf er antwortete: „Noch nicht lang tropfte ich aus der Toskana in diesen bösen schlund. Ein viehisches leben war mir lieb, kein menschliches, gleich einem maultier, wie ich eines war. *(Er war bastard eines herrn aus Pistoja)*. Ich bin Vanni Fucci das Vieh, und Pistoja war für mich der rechte stall.“ Und ich zum führer: „Sag ihm, er soll nicht weglaufen, und frag, welche schuld ihn hier herabstösst, denn ich sah ihn schon als einen mann des blutes und des zornes." Und der sünder, der mich verstand, wich nicht aus; mir zu wandte er den geist und das gesicht, in dem finstere scham sich malte. Dann sagte er: „Dass du mich hier gepflückt hast in dem elend, in dem du mich siehst, das schmerzt mich mehr als dass ich aus dem leben genommen wurde. Ich kann dir dein verlangen nicht verweigern. So tief wurde ich herabversetzt, weil ich dieb des schönen geräts in der sakristei war, und fälschlich wurde ein anderer untergeschoben. Aber damit du dieses anblicks nicht froh wirst, wenn du je aus dieser finsternis herauskommst, öffne deine ohren meiner verkündigung und vernimm: erst magert Pistoja ab von Schwarzen, dann erneuert Florenz volk und art. Mars zieht im tal der Magra dünste zusammen, in wirbelwolken eingehüllte, und in grellem sturmgewitter kommt es auf dem picenischen feld zur schlacht, worauf sie plötzlich den nebel zerreissen, so dass jeder Weisse davon seine wunde empfängt. Und das habe ich gesagt, damit es dir weh tut."

Vanni Fucci büsst bei den dieben in der siebten rille, weil er 1292 aus der sakristei des doms von Pistoja das heilige gerät gestohlen hatte; er verbrachte es ins haus eines andern und gab im lauf der hochnotpeinlichen untersuchung diesen als den dieb an. Er starb 1300. Im mai 1301 wurden in Pistoja die Schwarzen, zu denen er gehörte, vertrieben, im jahr darauf in Florenz die Weissen, zu denen Dante gehörte. So erfährt Dante abermals sein schicksal. Die letzte zuflucht der Weissen, Pistoja, vernichtete ein sieg der Schwarzen, in dunklem orakelton: der aus wolken niederfahrende blitz. Mit dem gleichnis des eingangs rahmt das gewitterbild den 24. gesang.

25. Gesang

Zum beschluss seiner worte machte der dieb mit beiden händen die feige *(daumen zwischen zeige- und mittelfinger durchgesteckt - eine obszöne hohngebärde)*, hob sie empor und schrie: „Da nimm, Gott, die hab ich dir genau zugemessen!" Seither hab ich die schlangen gern. Denn eine umwand ihm jetzt den hals, als wollte sie sagen: Ich will nicht dass du weitersprichst, und eine andre die arme und fesselte ihn, sich vorne vernietend, so dass er keinen ruck mehr tun konnte. - Wehe, Pistoia, Pistoia, was beschliessest du nicht, dich einzuäschern, so dass du nicht länger dauerst, da du doch deinen samen immer weiter ins übeltun treibst!

Die Pistoiesen galten als abkömmlinge der horden des römischen rebellen Catilina. Dante hasst Pistoia als Florentiner, aber auch, weil von dort die spaltung der Weissen und der Schwarzen ausgegangen war. - Der andere trotzige gegen Gott war der im 14. gesang genannte Kapaneus.

Durch alle dunkeln höllenkreise sah ich keinen geist so trotzig gegen Gott, nicht einmal den, der von den mauern Thebens fiel. Und ich sah einen Kentauren voller wut kommen, der rief: „Wo, wo ist der bitterling?" Die Maremme hat glaub ich nicht so viel nattern wie er auf der kruppe hatte bis dort wo unsere gestalt beginnt. Über seinen schultern hinter dem nacken lag ihm mit offenen flügeln ein drache, der feuer speit gegen jeden der nahekommt. Mein meister sagte: „Das ist Kakus, der unter dem fels des Aventins oftmals einen see von blut anrichtete. Er geht nicht gleichen wegs mit seinen brüdern *(den kentauren des 12. gesanges)* wegen des diebstahls den er arglistig beging an der rinderherde in seiner nähe, womit seine schiefen taten zu ende waren unter den keulenschlägen des Herkules, deren er ihm vielleicht hundert versetzte und der fühlte kaum die zehn."

Vergil erzählt (Aeneis VIII), Herakles sei mit den erbeuteten rindern des Geryones vorbeigekommen, habe am Aventin ausgeruht, und der in einer höhle wohnende halbmensch Kakus habe einige rinder entwendet und, damit die spuren ihn nicht verrieten, die tiere am schwanz, rückwärts in seine höhle gezogen.

Während er so sprach, lief jener vorüber. Nun nahten sich unter uns drei geister, die weder ich noch mein führer bemerkt hatte, bis sie riefen: „Wer seid denn ihr?" Weshalb unsere geschichte stecken blieb und wir nur noch auf sie achteten. Ich kannte sie nicht; aber es trat der fall ein wie er zufällig vorzukommen pflegt, dass einer den namen eines andern nennen musste und fragte: „Wo mag Cianfa geblieben sein?", weshalb ich, um den meister aufmerksam zu machen, den finger aufwärts vom kinn an die nase legte. Wenn du jetzt, o leser, zögerst zu glauben, was ich sagen werde, wär es kein wunder; denn ich, der ich's sah, kann mir's kaum selber zugeben. Als ich meine brauen gegen sie gehoben hielt, da schnellt eine sechsfüssige schlange gegen den einen los und umklammert ihn ganz. Mit den mittelfüssen umschlang sie seinen bauch und mit den vordern fasste sie seine arme, dann schlug sie ihm ihre zähne in die eine und in die andere wange. Ihr hinterteil stützte sie auf seine schenkel, schob ihm den schwanz zwischen beiden durch und streckte ihn wieder hinten bei den nieren. Efeu schlug nie so wurzeln an einem baum, wie das schauderhafte untier seine glieder um die des andern rankte. Darauf verschmolzen sie, als wären sie von heissem wachs gewesen, und vermischten ihre farben. Weder der eine noch der andere schien mehr der er war. Wie vor der flamme in einem papier die braune farbe aufwärts steigt, noch ist es nicht schwarz, und das weisse stirbt. Die beiden andern schauten zu und jeder rief: „Weh Agnello, wie du dich verwandelst! Sieh, schon bist du weder zwei noch einer!" Schon waren die beiden köpfe eins geworden und zweierlei züge schienen gemischt in dem einen gesicht, worin zwei sich verloren hatten. Die arme wurden zwei aus vier streifen; die schenkel mit den beinen, bauch und brustkorb wurden glieder, wie man sie nie gesehen hat. Jede ursprüngliche form war da zunichte geworden, zweie und keiner schien das unnatürliche bild, und so ging es davon, langsamen schrittes.

Wie eine eidechse unter der schweren fuchtel der hundstage von hecke zu hecke blitzschnell den weg überquert, so schoss ein hitziges schlänglein auf den bauch der beiden andern zu, blaugrau und schwarz wie ein pfefferkorn. Es durchstach dem einen den teil, mit dem wir unsre erste nahrung aufnehmen, dann fiel es hin und streckte sich vor ihm aus. Der durchstochene starrte es an, ohne ein wort zu sagen; reglos stehend vielmehr gähnte er, als ob schlaf oder fieber ihn anfiele. Er schaute die schlange an und sie ihn. Ein starker rauch stieg ihm aus der wunde und ihr aus dem maul, und die räuche begegneten sich. Nun sei Lukan ganz still, wo er auf den armen Sabellus und auf Nassidius zu reden kommt, und gebe acht, zu hören, was jetzt abschnellt, und ganz still sei Ovid von Kadmos und Arethusa; denn wenn er dichtend jenen in eine schlange und sie in eine quelle verwandelte, neid ich's ihm nicht.

Lukan erzählt in den Pharsalia (IX) dass in Libyen, von schlangen gestochen, Sabellus zu einer handvoll asche wurde, während Nassidius zu einer unförmlichen masse aufschwoll. In Ovids Metamorphosen, mit denen sich Dante hier in einen wettstreit einlässt, wird Kadmos, der gründer von Theben, zur schlange, und die vom flussgott Alpheios verfolgte Arethusa zu der quelle in Syrakus.

Nie hat er stirn gegen stirn zwei naturen verwandelt, so dass beide gestalten ihren stoff zu vertauschen begannen. Gemeinsam entsprachen sie einander nach solchem gesetz, dass die schlange ihren schwanz zur gabel spaltete und der verwundete seine füsse zusammenschloss; seine beine mit den schenkeln verschmolzen so ineinander, dass binnen kurzem die fuge kein sichtbares zeichen mehr liess. Der gespaltene schwanz nahm die form an, die dort verlorenging, und seine haut erweichte sich wie jene drüben sich verhärtete. Ich sah, wie die arme sich an den achseln einzogen, während die beiden kurzen beine des tieres sich um so viel verlängerten, wie jene sich verkürzten. Darauf verflochten sich die hinterbeine und wurden zu dem glied, das der mann verbirgt, und dem unglücklichen streckte sich das seinige in zweie. Indes der rauch den einen und den andern mit neuer farbe umhüllte, und dem einen oben haar erzeugte, den andern enthaarte, erhob sich der eine, und der andere fiel zu boden, ohne doch die verruchten blicke von einander zu verwenden, unter denen jeder seine fratze vertauschte: der aufgerichtete zog sie gegen die schläfen, und aus dem überschuss an stoff, der dorthin gelangte, kamen die ohren hervor aus den abgezehrten wangen. Was nicht nach hinten lief und übrig blieb von jenem überschuss, formte die nase und verdickte die lippen wie es sein musste. Der liegende treibt seine fratze nach vorn und zieht die ohren am kopf ein, wie die schnecke mit den hörnern tut, und die zunge, die ihm vorher einheitlich und flink zur rede war, spaltet sich, und die gegabelte im andern schliesst sich zusammen. Die seele, die zum tier geworden war, entweicht zischend durch das tal und der andere spuckt im reden hinter ihm aus. - *(seit je ein zauber gegen schlangen)*.

Dann wandte er ihm den neuen rücken und sagte zum dritten: „Jetzt soll Buoso, wie ich's tat, auf allen vieren diese strasse laufen." So sah ich diesen siebten abschaum sich verwandeln und vertauschen, und hier entschuldige mich die neuheit, wenn meine feder etwas stümpert. Und obgleich meine augen ziemlich verwirrt waren und mein geist ausser fassung, konnten jene doch nicht so unentdeckt fliehen, dass ich nicht Puccio Sciancato wohl bemerkt hätte; er war von den drei erst gekommenen gefährten der einzige, der nicht verwandelt wurde. Der andre war der, dessentwegen du, Gaville, klagst.

Der von der schlange zum menschen gewordene geist, Francesco Cavalcanti, wurde von den einwohnern des kastells Gaville am Arno erschlagen, wofür seine genossen grausame rache an dem ort nahmen. - Die schlangen, weil diebe schleichen. Einer verbrennt zu asche und aufersteht, einer vermischt sich mit dem tier, zwei verwandeln sich gegenseitig ineinander - in dieser mannigfaltigkeit und fülle der beobachtungen zeigt sich Dante als der artist, der er auch war.

26. Gesang

Freu dich, Florenz, dass du so gross bist und über meer und land deine flügel schlägst und deinen namen bis in die hölle verbreitest! Unter den dieben fand ich fünf deiner angesehenen bürger, ich muss mich schämen und dir bringt es wenig ehre. Aber wenn die träume gegen morgen wahr sind, wirst du binnen kurzem fühlen, was Prato und erst recht die andern *(feindlichen städte)* sehnlichst wünschen. Und wär es jetzt, es wäre nicht zu früh. Wär es doch jetzt schon, wenn es schon sein muss, denn für mich wird es drückender, je älter ich werde.

So persönlich spricht hier der alternde verbannte, der das vorausgesehene unglück seiner vaterstadt ersehnt, weil ein strafgericht ihm vielleicht die heimkehr ermöglichen würde, und fürchtet, weil er nicht aufhören kann, sie zu lieben. - Als die Florentiner hundert jahre später Pisa erobert hatten, zitierten sie voll stolz: Freu dich, Florenz, wie bist du gross und mächtig, Schlägst deine flügel über land und meer, Dass ganz Toscana vor dir zittern muss!

Wir trennten uns von dort, und über die freitreppe, die uns die felsbrocken beim abstieg geboten hatten, stieg mein führer wieder hinauf und zog mich nach. Den einsamen weg fortsetzend zwischen den zacken und klötzen des riffs kam der fuss ohne hilfe der hand nicht voran. Da litt ich und leide noch heute, wenn ich den sinn auf das zurücklenke was ich sah, und mehr als sonst zügle ich meinen geist, dass er nicht davonläuft ohne die leitung zum guten, und wenn mir ein freundlicher stern oder eine höhere macht heil verhiess, dass ich mir's nicht selbst verscherze.

Wohl eine vordeutung auf die achte tasche, wo die schlimmen ratgeber büssen, die ihren geist zum bösen gebraucht haben. Schon die höllenwanderung ist für Dante ein weg der läuterung.

Wie der bauer, der sich am abhang ausruht zur zeit da sie, die die welt erhellt, ihr gesicht uns weniger verborgen hält *(also im sommer)* wenn die fliege der mücke weicht *(also gegen abend)*, wieviel so einer glühwürmchen sieht unten im tal, vielleicht dort, wo er zu pflügen oder weinlese zu halten pflegt, von soviel flammen erstrahlte die ganze achte rille, wie ich bemerkte, sobald ich dort war, von wo der grund sich zeigte.

Das zweite Buch der Könige (2,11) berichtet, dass als Elia im feurigen wagen gen himmel fuhr, Elisa nur noch den feuerschein sah, ihn selbst aber nicht mehr erkennen konnte. Als er dann von knaben als kahlkopf verspottet wurde, fluchte er ihnen und alsbald kamen zwei bärinnen und zerrissen zweiundvierzig kinder.

Und wie der, der sich mit den bären rächte, Elias wagen entschwinden sah, als sich die rosse steil zum himmel hoben, und mit den augen nicht so folgen konnte, dass er noch andres gesehen hätte als nur die flamme, die gleich einem wölkchen emporstieg, so bewegte sich jede flamme im schlund des grabens so dass jede einen sünder verbarg und keine ihren raub zeigte. Ich stand aufgerichtet auf der brücke, und hätte ich nicht eine zacke ergriffen, ich wäre auch ohne stoss hinabgefallen. Und der führer, der mich so aufmerksam sah, sprach: „Innerhalb der feuer stecken die geister; jeder ist von seinem eignen brand umwunden." - „Mein meister, antwortete ich, was du mir sagst, bestärkt mich in meiner annahme; aber ich hatte mir schon gedacht, dass es so wäre, und wollte dich schon fragen: wer ist in dem feuer dort, das sich oben so zerteilt, als stiege es aus dem scheiterhaufen, auf den Eteokles mit seinem bruder gelegt wurde?"

Statius erzählt, dass im kampf der Sieben gegen Theben die beiden feindlichen brüder Eteokles und Polyneikes sich im zweikampf gegenseitig umbrachten und auf einen gemeinsamen scheiterhaufen gelegt wurden, dass aber ihr fortwirkender hass die flamme spaltete. Hier aber sind es zwei freunde in der doppelflamme, Odysseus und Diomedes. Die beiden schlichen sich als bettler in die stadt Troia und stahlen das Palladion, das alte hölzerne schnitzbild der Pallas Athene, an dessen besitz, so glaubte man, der bestand der stadt hing. Odysseus war auch der erfinder des hölzernen pferdes - und von den geflüchteten Troianern stammten ja die Römer ab. Und Odysseus entdeckte auch den jungen Achilleus, den seine mutter unter den mädchen versteckt hatte: Odysseus liess alarm blasen, die mädchen kreischten, nur Achilleus stürzte zu den waffen - und war entdeckt. Er zog in den krieg und liess die eine, Deïdamia, schwanger zurück. Nach der geburt eines sohnes starb sie vor gram. - Es ist Vergil, der Odysseus nach seinem ende fragt, wie denn durchgehend Vergil mit antiken gestalten (und den ungeheuern), Dante selbst mit den zeitgenossen das gespräch führt. - Während die hier gebüssten ränke des Odysseus in zwei terzinen gerafft sind, wird der bericht über sein ende zu einem kunstvollen gedicht, für das es keine antike quelle gibt. Dante scheint nicht einmal von der heimkehr des Odysseus etwas gewusst zu haben.

Vergil antwortete mir: „Hier drin martern sich Odysseus und Diomedes. So gemeinsam gehen sie hier zur strafe wie einst zur untat. Innerhalb ihrer flamme wird geseufzt um das hinterhältige pferd, das in die mauer das tor brach, aus dem dann der edle same der Römer auszog. Und hier innen beweint sich die list, durch die Deïdamia im tod noch um Achilleus leidet, und erträgt man die strafe für das Palladium." - „Wenn sie innerhalb dieser gluten reden können, sagt' ich, meister, so bitte ich dich inständig und bitte dich so, dass diese bitte tausend bitten gilt, schlag mir's nicht ab zu warten, bis die gehörnte flamme hierher kommt. Sieh wie ich mich vor verlangen zu ihr neige." Und er zu mir: „Deine bitte verdient grosses lob, drum nehme ich sie an, aber sieh zu, dass deine zunge an sich hält. Lass das reden mir - ich habe begriffen, was du möchtest. Vielleicht, weil sie Griechen waren, könnte sie dein wort verdriessen." Als die flamme hergekommen war, wo ort und augenblick meinem führer recht schienen, hörte ich ihn folgendermaassen reden: „O ihr, ihr zwei in einem feuer, wenn ich's um euch verdient habe in meinem leben, wenn ich mir um euch grosses oder kleines verdienst erwarb, als ich in der welt die erhabnen verse schrieb, bleibt stehn und einer von euch sage, wohin er zu sterben sich hinverirrte." Das grössere horn der alten flamme begann murmelnd sich zu schütteln ganz wie eine die der wind quält; sie zuckte mit der spitze hin und her, als wäre das die zunge die redete, brach aus in sprache und sagte: „Als ich von Kirke schied, die mich länger als ein jahr dort bei Gaeta festhielt, bevor Aeneas den ort so benannte, da konnte weder die süssigkeit meines kindes noch das erbarmen mit dem alten vater noch die schuldige liebe, mit der ich Penelope hätte froh machen sollen, in mir die glut besiegen, die ich empfand, die welt und menschenlaster, menschenwert zu erfahren. Aufs hohe offne meer wagte ich mich hinaus mit einem einzigen holz und jener ganz kleinen schar die mich nie im stich liess. Ich sah das eine und das andere gestade bis nach Spanien, bis Marocco, die sardinische insel und die andern, die das meer rings netzt. Ich und die gefährten waren alte schleicher geworden, als wir zu jenem engen schlund kamen, wo Herkules seine zielsäulen bezeichnet hatte, dass der mensch sich nicht weiter hinaus begebe. *Für die alten war die meerenge von Gibraltar, „die säulen des Herakles", die grenze der schiffahrt.*

Rechts liess ich Sevilla hinter mir und links hatte Ceuta mich entlassen. 'Brüder, sagte ich, nun seid ihr durch hunderttausend gefahren zum westen gelangt; missgönnt der neige eures lebens, dieser kurzen wache eurer sinne nicht die erfahrung von der menschenleeren welt hinter der sonne. Bedenkt eüer erbteil, ihr seid nicht geschaffen zu leben wie das vieh, sondern für bewährung und erkenntnis.' Mit dieser so kurzen rede machte ich meine gefährten so begierig nach der fahrt, dass ich sie nachher nur mit mühe zurückgehalten hätte. Wir wandten unser heck gen morgen und machten aus unsern rudern flügel zum tollen flug; immer mehr gewannen wir von der linken küste. Alle sterne des andern pols sah ich schon des nachts und der unsrige war so tief versunken, dass er sich nicht mehr über die meeresfläche erhob. Fünf mal war aufgeflammt und ebenso oft erloschen das licht von der unterseite des mondes, seit wir die kühne bahn betreten hatten, als uns ein berg erschien, dunkel in der entfernung und so hoch wie ich noch keinen gesehen hatte. Wir freuten uns, doch die freude verkehrte sich bald in klage: denn vom neuen land brach ein wirbelwind los und zerschmetterte die vorderkante des schiffs; dreimal liess er es kreisen mit allen wassern, beim viertenmal das heck sich heben und den bug versinken, nach dem willen eines andern, bis das meer sich über uns wieder schloss."

Nach dem willen eines andern: Gottes, der nicht will, dass der mensch lebend die andere welt erreicht. Denn jener berg kann nach Dantes geographie nur der fegefeuerberg sein, der sich der hölle gegenüber auf der andern hemisphäre erhebt. Es ist wie eine antike hybris-geschichte wie die von Ikarus, der fliegen, von Phaethon, der den sonnenwagen lenken wollte. Aber auch Adam ist ja verboten, vom baum der erkenntnis zu essen. Aber nur wegen seiner ränke büsst Odysseus in der hölle, nicht wegen seines „tollen fluges". Dante scheint ihn im gegenteil zu verherrlichen. In ihm regen sich bereits die kräfte, die seelischen möglichkeiten, die im altertum gebändigt waren, im mittelalter schliefen - ora et labora. Die entdeckungsfahrten kündigen sich an. (Übrigens brauchte auch Vasco da Gama viereinhalb monate bis zum kap der Guten Hoffnung.) 1291 waren zwei Genuesen, Vivaldi und Doria, auf der suche nach Indien im ozean verschollen, 1295 gelangte Marco Polo nach China. Dante empfindet auch seine eigene fahrt als einen vorstoss in unbetretenes gebiet.

27. Gesang

Nach dem antiken helden kontrastierend eine zeitgenössische gestalt - so zeitgenössisch, dass es sich empfiehlt, die bezüge vorweg zu erklären: Guido da Montefeltro aus der Romagna, dem gebiet zwischen Bologna, Rimini und dem meer, war ein grosser kriegsmann, ein eifriger Ghibelline und wegen seiner verschlagenheit so gefürchtet, dass die Florentiner, wenn er gegen sie heranzog, flüchteten und riefen: Der fuchs, der fuchs! Aber zwei Jahre vor seinem tod, 1296, bereute er und wurde Franziskaner, versöhnt mit der Kirche. Papst Bonifaz VIII. führte damals krieg - er nannte es kreuzzug! - gegen das römische adelsgeschlecht der Colonna, deren palast nah am Lateran lag, und belagerte deren bollwerk Palestrina, lange vergeblich. Und wie einst kaiser Konstantin, an der lepra erkrankt, sich um hilfe und heilung an papst Silvester wandte, der sich wegen der christenverfolgung am berg Sorakte nahe Rom in einer klause versteckt hatte, und, geheilt, zum dank sich taufen liess und dem papst Rom schenkte, so wandte sich Bonifaz an den mönch Guido um hilfe und rat gegen Palestrina. Guido sträubte sich, aber als der papst ihm zum voraus völlige absolution erteilte, gab er den trügerischen rat, wonach der papst scheinbar frieden schloss und dann die feste dem erdboden gleich machte. Guido ist in der hölle der einzige, der nicht nur körperlich büsst, sondern auch seelisch leidet. - Ein lebensgrosses erzbild eines stieres, mit einer klappe auf dem rücken, hatte ein erzgiesser dem sizilischen tyrannen Phalaris von Agrigent geschenkt: „Wenn du deine feinde da hineinwirfst und darunter feuer machst, wirst du hören, wie natürlich der stier brüllt. „Phalaris machte die probe aufs exempel mit dem erfinder dieses marterinstrumentes.

Schon stand die flamme ruhig empor, um nicht weiter zu reden, und schon ging sie von uns mit dem abschiedsgruss des teuern dichters, als eine andere, die hinter ihr kam, durch wirre laute, die sie von sich gab, unsere augen auf ihre spitze lenkte. Wie der sizilische ochs, der zuerst - und das war nur recht! - mit dem jammer dessen brüllte, dessen feile ihn geformt, wie der mit der stimme des gequälten brüllte, so dass es klang, obgleich er doch aus kupfer war, als wäre er selbst vom schmerz durchbohrt, so wandelten sich die wehen worte, weil sie zunächst im feuer keinen weg und durchlass hatten, in feuers sprache. Als sie danach ihren pfad gefunden hatten durch die spitze und ihr dieselben zuckungen mitteilten, die die zunge bei ihrem durchgang machte, da hörten wir sagen: „Du, an den ich mein wort richte, weil ich dich eben lombardisch sagen hörte: 'Itzt geh nur, ich will dich nit länger heizen', wenn ich vielleicht auch etwas spät kam, lass dich's nicht gereuen zu warten und mit mir zu reden - du siehst, dass es mich nicht gereut, der ich doch brenne. Wenn du erst eben in diese blinde welt gefallen bist aus jenem süssen land Italien, von wo sich meine ganze schuld herschreibt, so sag mir, ob die Romagna krieg hat oder frieden. Denn ich war von den bergen dort zwischen Urbino und dem kamm, aus dem der Tiber hervorbricht." Ich war noch ganz gespannt zur tiefe gebeugt, als mein führer mich in die rippe stiess und sagte: „Sprich du, der ist ein Lateiner!" Ich hatte die antwort schon bereit und sagte unverweilt: „Du seele, dort unten verhüllte, deine

Romagna ist nicht und war nie ohne krieg im herzen ihrer beherrscher; aber offnen kampf liess ich dort oben nicht zurück.

Ravenna steht, wie es viele Jahre stand; der adler von Polenta nistet dort so, dass er noch Cervia mit seinen fittichen bedeckt. Die stadt, die lang schon proben bestand und aus Franzosen blutige haufen machte, befindet sich jetzt unter den grünen pranken. *(Grüne löwentatzen waren das wappen der Ordelaffi, die sich kurz vor 1300 der stadt Forlì bemächtigt hatten. Guido da Montefeltro hatte 1282 die stadt gegen ein päpstliches heer von Italienern und Franzosen verteidigt.)*

Der alte fleischerhund und der neue von Verrucchio, die mit Montagna so übel verfuhren, machen dort, wie gewohnt, aus ihren zähnen bohrer. *(Malatesta und sein sohn Malatestino - daraus mastino, der fleischerhund - hatten sich 1295 Riminis bemächtigt und die Ghibellinen grausam verfolgt; einen von ihnen, Montagna, brachten sie im gefängnis um.)* Die städte am Lamone und am Santerno leitet das löwlein aus dem weissen nest, das von sommer zu frühjahr die partei wechselt. *(Faenza und Imola beherrschte der zwischen den parteien lavierende Maghinardo, sein wappen ein löwe im weissen feld.)* Und jene, deren flanke der Savio bespült, wie sie zwischen ebene und berg liegt, so lebt sie zwischen tyrannei und freiheit. *(Cesena wurde 1300 von einem maassvollen podestà regiert.)*

Und jetzt bitte ich dich uns zu berichten, wer du bist. Sei nicht spröder als andre waren, sofern dein name in der welt die stirn hoch tragen soll.“ Nachdem die flamme eine weile nach ihrer art geprasselt hatte, bewegte sie die scharfe spitze nach rechts, nach links und gab dann solchen hauch von sich: „Wenn ich glauben müsste, ich antwortete einem, der je zur welt zurückkehrte, würde diese flamme unbeweglich stehen; aber weil aus diesem abgrund nie einer lebend umkehrte, wenn ich recht berichtet bin, so geb ich dir antwort ohne angst vor schande. Ich war ein mann der waffen und dann war ich minorit und meinte, so gegürtet busse zu tun. Und gewiss hätte sich mein glaube erfüllt, wäre nicht der hohe priester gewesen - fahr er zur hölle! - der mich in meine früheren sünden stürzte. Wie und warum, das sollst du von mir hören: solang ich eine gestalt war mit bein und mark, die meine mutter mir gab, waren meine werke nicht löwenhaft sondern füchsisch. Schlaue pläne und verdeckte wege kannte ich alle und übte diese kunst so, dass der ruf davon bis ans ende der welt ertönte. Als ich mich in jenem teil meines lebens angelangt sah, wo jeder die segel reffen und die taue aufrollen sollte, da ward mir leid, was mir zuvor lieb gewesen war. Ich bereute, beichtete und wurde mönch. Weh mir armem, es hätte mir geholfen. Aber der fürst der neuen pharisäer, der krieg führte beim Lateran und nicht mit Sarazenen noch mit Juden, denn jeder seiner feinde war Christ, und keiner hatte geholfen, Akkon zu besiegen und keiner trieb in sultans landen handel *(Akkon, die letzte feste der kreuzfahrer, war 1291 gefallen, worauf der papst jeden handel mit den Muslims verbot.)*, der achtete für sein teil weder seines höchsten amtes noch der heiligen regeln, noch für mein teil jenes gürtels, der seine träger magerer zu machen pflegt, sondern wie Konstantin Silvester vom Sorakte herausholen liess, dass er ihn von der lepra heile, so verlangte der da von mir, dass ich als doctor ihn heile von seinem hoffahrtsfieber. Er fragte mich um rat und ich schwieg, seine worte dünkten mich die eines trunkenen. Dann sagte er mir: 'Dein herz befürchte nichts. Gleich jetzt schon spreche ich dich frei, und du lehre mich, wie ich Palestrina zu boden werfe. Den himmel kann ich verschliessen und auftun, wie du weisst; darum sind es zwei schlüssel, die mein vorgänger nicht zu schätzen wusste.' *(Wieder eine hindeutung auf Coelestin V. der „aus niedrigkeit des herzens" abdankte, und so erst Bonifaz VIII. zur papstkrönung verhalf.)*

Mich bedrängten seine schweren gründe, so dass mir das schweigen als das schlimmere erschien, und ich sagte: 'Vater, da du mich reinwäschst von der sünde, in die ich jetzt wieder fallen soll: viel versprechen und wenig halten lässt dich auf deinem hohen thron triumphieren.' Als ich dann tot war, kam Franziskus meinetwegen, aber einer der schwarzen cherubim sprach zu ihm: 'Trag ihn nicht weg, tu mir kein unrecht, er muss dort hinab unter meine knechte, weil er den trügerischen rat gab; seither hab ich ihn an den haaren. Denn freisprechen kann man den nicht, der nicht bereut, noch kann man gleichzeitig bereuen und doch wollen, wegen des widerspruchs, der das nicht zulässt.' O wehe mir, wie schauderte ich, als er mich ergriff und sagte: 'Vielleicht dachtest du nicht, dass ich so logisch wäre.' Zu Minos schleppte er mich, und der schlang seinen schwanz achtmal um seinen harten rücken, biss in grosser wut selbst hinein und sagte dann: 'Der gehört zu den sündern des hehlenden feuers.' Darum bin ich hier wo du mich siehst, verloren, und in solchem kleid gehe ich daher voller gram." Als er sein reden so geendet hatte, entfernte sich die flamme, wehklagend, und zuckte und flackerte mit dem spitzen horn. Wir gingen weiter, mein führer und ich, das riff hinauf bis zur höhe des nächsten bogens, der sich über den graben spannt, wo man denen den lohn zahlt, die sich ihre last aufbürden als zwietrachtstifter.

28. Gesang

Wer könnte auch nur in ungebundnen worten hinlänglich reden von all dem blut und den wunden, die ich jetzt sah, und versuchte er's auch mehrmals. Jede zunge müsste hier gewiss versagen, weil unsre sprache und unser geist so viel zu fassen nicht gerüstet sind. Wollte man alles volk vereinen, das je auf dem schicksalsschweren boden von Apulien mit seinem blut zu leiden hatte, wegen der Trojaner und dem langen krieg, der so reiche beute an ringen brachte, wie der untrügliche Livius berichtet,

Trojaner sind deren abkömmlinge, die Römer, von denen Hannibal 216 v. Chr. bei Cannae in Apulien so viele erschlug, dass er mit den goldringen der gefallenen ritter drei scheffel füllen konnte.

mit jenem, das die schmerzhaften schläge fühlte im widerstand gegen Robert Guiskard,

den Normannenkönig, der in der mitte des 11. jahrhunderts Sizilien und Süditalien eroberte,

und jenen andern, deren gebeine man noch am Ceperan zusammenliest dort wo jeder Apulier zum lügner wurde

Über die brücke am Liris gewährten die Apulier Karl I. von Anjou einlass ins Napolitanische und verrieten damit den Staufer Manfred, der bald darauf bei Benevent fiel - dies war die blutige schlacht an die Dante denkt.

und jenseits von Tagliacozzo, wo der alte Alard ohne waffen siegte,

Die schlacht, die 1266 das ende der Hohenstaufen besiegelte, verlief erst für Konradin günstig, aber auf den rat Alards hatte Karl I. eine reserve im versteck gehalten, die vorbrach, als sich die Staufischen plündernd zerstreut hatten.

und wenn der seine glieder durchbohrt und der sie verstümmelt zeigte, es wäre nichts im vergleich zum grausen der neunten tasche. Ein fass, das mittelstück oder möndchen *(seines bodens)* verliert, ist nicht so leck wie ich da einen sah, zerschlitzt vom kinn bis dorthin wo man farzt. Zwischen den beinen hingen die gedärme, das eingeweide wurde sichtbar und der leidige sack, der kot macht aus allem was man verschluckt. Während ich mich ganz an seinen anblick heftete, sah er mich an, öffnete sich mit der hand die brust und sagte: „Da sieh nun, wie ich zerfleischt bin, sieh den verstümmelten Mahomet. Vor mir weint im gehen Ali, im gesicht gespalten vom kinn zum schopf *(der erste kalif, begründer der schiitischen sekte)*. Und alle andern die du hier siehst säten im leben ärgernis und zwietracht, darum sind sie hier so zerschlitzt. Ein teufel ist dort hinten, der uns so grausam zubereitet: jeden von dieser rotte legt er aufs neue unter die schneide seines schwertes, wenn wir die schmerzensstrasse einmal durchlaufen haben, denn die wunden schliessen sich wieder, bevor einer abermals vor ihn tritt. Aber du, wer bist du, der dort oben auf dem riff gafft, vielleicht nur um den gang zu deiner strafe zu verzögern, die über deine vergehen verhängt ist?" - „Weder hat tod ihn schon erreicht noch führt ihn schuld zur marter, antwortete mein meister; aber um ihm die volle erfahrung zu geben, muss ich toter ihn durch die hölle hier herunterführen von kreis zu kreis - und das ist wahr, so wahr ich mit dir rede." Es waren mehr als hundert, die, als sie das hörten, im graben stehen blieben um mich anzusehn, vor staunen ihre marter vergessend. „Nun sag noch Fra Dolcin, du der vielleicht die sonne bald wiedersieht, er soll, wenn er nicht in kurzem mir hierher folgen will, sich so mit lebensmitteln eindecken, dass nicht schneemassen dem Novaresen den sieg geben, der anders nicht leicht zu gewinnen wäre." Als er schon den einen fuss zum gehen gehoben hatte, sagte mir Mahomet dies wort; dann streckte er ihn auf den boden und schied von uns.

Fra Dolcin war haupt der „apostolischen brüder", einer oberitalienischen sekte, die im protest gegen die entartete kirche in güter- und weibergemeinschaft lebte und liebe predigte. Es wurde ein kreuzzug gegen ihn eröffnet, er hielt sich lange wohl verschanzt in den bergen des Sesia-tals, wurde aber bei einem starken schneefall mit seinen 5000 anhängern im märz 1307 ausgehungert, musste sich ergeben und wurde hingerichtet. Auch er also ein spalter.

Ein anderer, dem die kehle durchstochen und die nase bis unter die brauen verstümmelt war und der nur noch ein einziges ohr hatte, und der mit den andern vor staunen stehen geblieben war um zu schauen, der öffnete vor den andern seine röhre, die aussen ringsum blutrot war, und sagte: „O du, den keine schuld verdammt, und den ich oben im italischen land gesehen habe, wenn mich zu grosse ähnlichkeit nicht täuscht, erinnere dich an Pier da Medicina, wenn du je umkehrst, um die teure ebene zu schauen, die sich von Vercelli *(im Piemont)* nach Marcabò *(an der Po-mündung)* neigt. Und lass die beiden besten von Fano wissen, herrn Guido und auch Angiolello, dass, wenn das voraussehen hier nicht nichtig ist, sie aus ihrem schiff geworfen und ersäuft werden bei Cattolica durch verrat eines gemeinen tyrannen. Zwischen der insel Zypern und Maiorca sah Neptun niemals ein so schweres verbrechen, weder von piraten noch von alten Griechen. Jener verräter, der nur mit dem einen auge sieht und die stadt beherrscht, deren anblick einer, der hier mit mir ist, am liebsten nie genossen hätte, wird sie zu verhandlungen zu sich kommen lassen und wird dafür sorgen, dass sie zu den winden von Focara keine gelübde und gebete mehr nötig haben."

Dieser Pier da Medicina war ein zwischenträger und zwietrachtstifter überall, besonders zwischen den Polenta von Ravenna und den Malatesta von Rimini. Malatestino, herr 1312 - 1317, war von geburt auf einem auge blind. Er liess die von Fano zu schiff kommenden beiden unterhändler auf der höhe von Focara, zwischen Pesaro und Cattolica, ertränken. Dort wehen die winde so stürmisch, dass die fischer nur unter gelübden ausfahren.

Und ich zu ihm: „Zeig mir und erkläre, sofern du wünschst, dass ich nachricht von dir nach oben bringe: wer ist der, dem der anblick bitter war?" da legte er seine hand einem seiner gefährten an den kiefer, öffnete ihm den mund und schrie: „Das ist er, und er redet nicht. Der, ein verjagter, erstickte in Caesar das zögern mit dem argument, dass der gerüstete immer nur zu seinem schaden sich hinhalten lasse."

Curio, aus Rom verbannt, überredete Caesar in Ariminum, den Rubico zu überschreiten und damit den bürgerkrieg zu entfesseln.

O wie schien mir Curio bestürzt, die zunge in der gurgel abgeschnitten, er, der so beherzt im reden war.

Und einer, dem die eine wie die andre hand abgehackt war, hob seine stummel in die finstre luft, so dass das blut sein gesicht besudelte, und schrie: „Du wirst dich auch an Mosca erinnern, der ich sagte, ich ärmster: 'Ist's vollbracht, hat's ein gesicht!', was der schlimme same war für das volk der Toscana." Und ich ergänzte: „Und tod für deine sippschaft!", worauf er mit schmerz gehäuft auf schmerz davonging wie ein trauriger und ausser sich.

Als im jahre 1215 ein Buondelmonte eine Amidei, mit der er verlobt war, sitzen liess, um eine Donati zu heiraten, berieten die beleidigten Amidei, ob sie ihn verprügeln oder töten wollten. Da gab Mosca dei Lamberti den bösen rat, „Geschehnes ding hat einen kopf!", womit in Florenz der lange streit zwischen Guelfen und Ghibellinen ausbrach, in dem die familie der Lamberti unterging.

Ich aber blieb noch, um den zug zu schauen, und ich sah etwas, was ich zögern würde einfach so zu erzählen ohne weitere beweise. Aber das gewissen gibt mir sicherheit, dieser gute geselle, der den menschen frei macht unter der halsbeuge des sich-rein-fühlens. Ich sah gewisslich, und mir ist ich säh es noch, einen rumpf ohne kopf einhergehen, wie die andern jener elenden herde gingen, und den abgeschlagenen kopf hielt er am schopf, aufgehängt in der hand wie eine laterne. Und der schaute uns an und sagte: „Weh mir!" Aus sich selber machte er sich eine leuchte, und waren zwei in einem, eins in zweien. Wie das sein kann, mag der wissen, der es so lenkte. Als er genau am fuss der brücke war, hob er den arm mitsamt dem ganzen kopf hoch, um uns seine worte näher zu bringen, die lauteten: „Da sieh nun die schwere pein, du der da atmend geht, die toten zu schauen, und sieh ob eine härter ist als diese. Und damit du von mir nachricht bringen kannst, wisse; ich bin Bertrand de Born, der dem jungen könig bösen zuspruch gab; ich empörte vater und sohn zum gegenseitigen krieg. Ahitofel tat nicht ärger an Absalom und David mit seinen verruchten stacheln.

Bertrand de Born mag manchem noch aus Uhlands ballade bekannt sein. Er war in der zweiten hälfte des XIII. jahrhunderts ein bedeutender provençalischer troubadour, dichter von politischen liedern und schlachtgesängen, die Dante schätzte, und ein naher freund Heinrichs, des sohnes von könig Heinrich II. von England. Er büsst in der hölle, dass er den sohn zum krieg gegen seinen vater aufhetzte. Nach dem tod des „jungen königs" wurde er belagert und gefangen, aber vom könig wegen seiner freundschaft mit dem sohn begnadigt. Er starb als mönch. - Ahitofel (Samuel II,17) gab Absalom ratschläge, wie er seinen vater David besiegen könne. - Das gleiche wunder berichten heiligenlegenden (aber wohl im sinn des triumphs über den tod) von Saint Denis in Paris, San Miniato in Florenz, Albanus von Mainz, Felix und Regula in Zürich.

Weil ich so nah verbundene personen trennte, darum trage ich armer mein hirn getrennt von seinem ursprung, der in diesem rumpfe steckt. So stellt sich an mir die genaue vergeltung dar."

29. Gesang

Von all den leuten und den mannigfachen wunden waren meine augen so übernommen, dass es mir nur ums stehn und weinen zumute war. Aber Vergil sagte mir: „Was schaust du nur? Was haftet dein blick nur immer auf den elenden zerhauenen schatten dort unten? So tatest du nicht bei den andern rillen. Vergiss nicht, wenn du vorhast sie zusammenzuzählen, dass dieser talbogen sich über zweiundzwanzig meilen erstreckt, und schon ist der mond zu unsern füssen. Die uns noch gewährte zeit ist kurz, und es gibt noch andres zu sehn, was du nicht siehst.“

Von hier an gibt Dante genaue maasse, die es Galilei ermöglichten, die höllentopographie zu vermessen. - In der hölle wird die zeit nach dem mond, nicht nach der sonne gemessen; Vergil weiss immer, wo der mond steht, obgleich er ihn nicht sieht; es ist inzwischen ein uhr des ostersamstags geworden.

„Wenn du, antwortete ich danach, auf den grund geachtet hättest, warum ich schaute, hättest du mir vielleicht das längere stehen nachgesehen.“ Während mein führer schon ging, gab ich, ihm nachfolgend, diese antwort, und ich fügte bei: „Innerhalb jener grube, wohin ich meine augen so geflissentlich geheftet hielt, beklagt, glaube ich, ein geist von meinem blute die schuld, die dort unten so teuer zu stehen kommt.“ Darauf sagte der meister: „Zerbrich dir jetzt nicht länger den kopf seinetwegen. Gib auf andres acht und lass ihn dortbleiben. Ich sah ihn am fuss des brückleins auf dich zeigen und dir heftig mit dem finger drohen, und hörte seinen namen nennen: Geri del Bello. Du warst so völlig aufgehalten von jenem, der einst Hautefort besass, dass du nicht hinschautest, bis er verschwunden war.“ - „O mein meister, sagte ich, sein gewaltsamer tod, den noch keiner gerächt hat von allen, die seine schande mitbetrifft, hat ihn empört: darum, vermute ich, ging er davon ohne mit mir zu sprechen, und damit hat er erst recht mein mitgefühl erregt.“

Geri del Bello, ein vetter von Dantes vater, war offenbar ein streitbarer mann, dass er bei den zwietrachtstiftern büsst und in händeln umkam. Diese begegnung ist nur indirekt gegeben, nur im gespräch zwischen Dante und Vergil - ein beispiel für Dantes kunst der abwechslung. Geris schweigen ist ausdrucksstark - er zürnt wegen der immer noch nicht vollzogenen blutrache. Dante scheint die pflicht zu empfinden, die dem ehrbegriff seiner zeit entsprach, und doch nimmt er abstand: das bedeutet wohl die erzählung, dass Vergil ihn weitertrieb und seine gedanken von Geri abzulenken sucht. Mit reinerer religiosität und feinerer empfindung stellt er sich in gegensatz zu seiner zeit - wie beim hexenglauben, mit seinem zweifel an der geistlichen allgewalt des papstes, bei der alchimie.

So sprachen wir bis zu der stelle, die zuerst vom riff herab das nächste tal bis in seine tiefe gezeigt hätte, wenn mehr licht dagewesen wäre. Als wir über dem letzten kreuzgang der Malebolge waren, so dass dessen laienbrüder unsern blicken sichtbar wurden, trafen mich mannigfache jammerlaute wie mit pfeilen, deren eisenspitzen von erbarmen beschwert waren, so dass ich mir die ohren mit den händen verschloss. Wie wenn aus den spitälern in der Val di Chiana zwischen juli und september, in der Maremme und in Sardinien die kranken alle miteinander in einem graben versammelt wären, so war der schmerz dort, und ein gestank stieg auf, wie er aus eiternden gliedern zu kommen pflegt. Wir stiegen nieder auf das letzte ufer des langen riffs, immer linkerhand, und jetzt belebte sich für mein auge das bild im talgrund, wo die dienerin des Höchsten Herrn, die untrügliche gerechtigkeit, die fälscher straft, die sie in ihrem buch verzeichnet hat. Ich glaube nicht, dass auf Aegina das ganze kranke volk einen traurigeren anblick bot, als dort so böse luft war, dass die lebewesen, bis zum kleinen wurm alle vergingen und schliesslich das volk, nach dem was die dichter für sicher halten, sich aus ameisenbrut wiederherstellte, wie ich in jenem finstern tal die geister garbenweise hinsiechen sah.

Ovid erzählt in den Metamorphosen (VII 523), dass auf der insel Aegina wegen eines götterzorns sämtliches leben erlosch und dann aus ameisensamen (myrmekes) ein neues volk (die Myrmidonen) erwuchs.

Hier lag einer auf dem bauch, dort einer auf den schultern eines andern, einer bewegte sich auf allen vieren auf dem freudlosen pfad. Schritt für schritt gingen wir ohne gespräch, augen und ohren den kranken zugewandt, die ihre gestalten nicht erheben konnten. Ich sah zwei aneinander gestützt sitzen, wie man zum erhitzen ziegel an ziegel lehnt; die waren von kopf zu fuss von schorf gefleckt, und nie sah ich einen burschen so schnell den striegel führen, wenn sein herr ihn erwartete oder wenn er gern schlafen gegangen wäre, wie hier jeder seine beissenden nägel oft über sich führte wegen des rasenden juckens, gegen das nichts anderes half; die nägel zogen die krätze so ab wie ein messer die schuppen der brachse - oder wenn ein fisch noch breitere hat. „Du dort, begann mein führer zu einem von ihnen, der sich mit den fingern auftrennt und manchmal daraus zangen macht, sag uns, wenn dir der nagel ewig zu solcher arbeit vorhalten soll, ist irgend ein Italiener bei denen hier drinnen?" - „Italiener sind wir beide, die du hier so verwüstet siehst", antwortete der eine weinend, „aber wer bist du, dass du nach uns fragst?" Der führer sprach: „Ich bin einer der niedersteigt mit diesem lebenden von bord zu bord; meine absicht ist, ihm die hölle zu zeigen." Da löste sich das gegenseitige stützwerk, zitternd wandte sich jeder mir zu, mit noch anderen, die es nur erst hatten sagen hören. Der gute meister wandte sich ganz mir zu und sagte: „Sag ihnen, was du möchtest." Und ich begann, da es ja sein wunsch war: „Soll euer gedächtnis in der ersten welt sich aus den menschlichen sinnen nicht ganz verflüchtigen, soll es noch leben unter manchen sonnen, so sagt mir, wer ihr seid und von welchem volk; eure widerliche und ekelhafte strafe soll euch nicht abschrecken, euch mir kundzutun." - „Ich war von Arezzo, antwortete der eine, und Albero von Siena brachte mich auf den scheiterhaufen; aber was mich hierher bringt, ist nicht das worum ich starb. Gewiss, ich sagte zu ihm in scherzhaftem gespräch, ich könnte mich fliegend durch die luft erheben, und er voller verlangen und mit wenig verstand, wollte dass ich ihm die kunst zeige, und nur weil ich ihn nicht zum Dädalus machte, liess er mich verbrennen durch den, der ihn sohn nannte. Aber zur letzten der zehn rillen verurteilte mich Minos, dem irrtum nicht erlaubt ist, wegen der alchimie, die ich in der welt betrieb."

Nur aus den kommentaren weiss man, dass hier Griffolino spricht; Albero war ein natürlicher sohn des bischofs von Siena, dem offenbar das eitle verspre-

chen des fliegens schon als ketzerei galt. Der alchimist, der aus geringen stoffen gold machen will, gehört zu den fälschern.

Und ich sagte zum dichter: „Gab es je ein so eitles volk wie das von Siena? Die Franzosen sind es gewiss bei weitem nicht so sehr!" Auf meine worte versetzte darauf der andere aussätzige, der mich gehört hatte: „Ausgenommen Stricca, der sich beim ausgeben so wohl zu mässigen verstand, und Niccolò, der zuerst den reichen brauch der nelken erfand in dem garten, wo solcher same wurzeln schlägt, und ausgenommen die kompanie, in der Caccia d'Ascian weinberg und den grossen laubwald durchbrachte und Abbagliato seinen geist offenbarte. Aber dass du wissest, wer dir gegen die Sienesen so beistimmt, schärfe gegen mich dein auge, so dass mein gesicht dir gut die antwort gibt. So wirst du sehn, dass ich der schatte Capocchios bin, der mit schwarzkunst die metalle fälschte, und du musst dich erinnern, wenn ich dich recht ins auge fasse, dass ich ein guter affe der natur war."

In Siena hatten zwölf reiche junge leute die „aufwendige kompanie" gegründet, um ein fröhliches leben zu geniessen. Niccolòs erfindung: fasanen und rebhühner mit nelken zu würzen. Capocchio soll ein studiengefährte Dantes gewesen sein; er konnte täuschend alle menschen imitieren und eben auch gold vortäuschen. Scimia affe reimt auf alchimia.

30. Gesang

Damals als Juno Semeles wegen gegen das Thebanerblut erbittert war, wie sie schon das eine und andere mal gezeigt hatte, wurde Athamas wahnsinnig: wie er seine frau kommen sah mit zwei kindern, jedes auf einem arm, schrie er: „Die netze gespannt! dass ich die löwin mit ihren jungen am durchlass fange", reckte seine unbarmherzigen krallen, ergriff den einen, der Learchos hiess, wirbelte ihn herum und zerschmetterte ihn an einem felsen; und sie mit der andern bürde ertränkte sich.

Die Thebanerin Semele war von Zeus mutter des Dionysos, die Thebanerin Alkmene von Zeus mutter des Herakles, den Hera in ihrer eifersucht mit ihrem hass verfolgte. Semeles schwester Ino war gattin des Athamas, über den (nach Ovid IV 513) Hera den wahnsinn sandte. Ino rettete sich durch einen sprung ins meer, wo sie zur meergöttin Leukothea wurde.

Und als das schicksal Troia von seiner vermessenen höhe zur tiefe gestürzt hatte, so dass der könig mitsamt seinem reich unterging, und als die unglückliche Hekabe, trauernd und gefangen, Polyxena tot sah und am meeresstrand zu ihrem schmerz Polydoros entdeckte, verfiel sie in raserei und bellte wie ein hund - so sehr hatte der schmerz ihr den verstand verdreht.

Die königin von Troia wurde nach der eroberung in gefangenschaft abgeführt, ihre tochter Polyxena auf dem grabmal Achills geopfert und ihr sohn Polydor war in Thrakien von einem verräterischen gastfreund des goldes wegen (Ovid XIII 590) umgebracht worden.

Aber weder thebanische noch troische tollwut sah man je in irgendwem so grausam, auch nicht tiere anstachelnd, geschweige menschenglieder, wie ich jetzt zwei schatten sah, fahl und nackt, die beissend so rannten wie der eber wenn er aus dem kofen stürmt. Der eine erreichte Capocchio und schlug ihm seine hauer ins genick, so dass er ihn niederriss und der harte grund ihm den bauch kratzte. Und der Aretiner, der noch zitternd dastand, sagte mir: „Der irrwisch da ist Gianni Schicchi, der in seinem wütenden lauf andere so zurichtet." - „O, sagte ich ihm, wenn der andere dir nicht die zähne in den leib hauen soll, sei es dir nicht zu mühsam zu sagen, wer es ist, bevor er von hier abschnellt." Und er zu mir: „Das ist eine seele aus dem altertum: die ruchlose Myrrha, die, ausserhalb der rechten liebe, ihres vaters freundin wurde.

Diese königstochter aus Zypern (Ovid X 298) nahm gestalt und gehaben einer fremden an, um sich so zu ihrem vater zu legen.

Sie kam zur sünde mit ihm, indem sie sich in fremde gestalt fälschte, so wie der andere, der dort davongeht, es fertig brachte, um die königin des gestüts zu ergattern, sich in Buoso Donati zu fälschen, als der er testierte und dem testament gültige form gab."

Von Simon Donati bestochen mit dem versprechen der schönsten stute, legte er sich ins bett des eben intestat verstorbenen Buoso und diktierte dem notar mit verstellter stimme ein für Simon günstiges testament.

Nachdem die beiden tollen vorbei waren, auf die ich mein auge geheftet hatte, wandte ich es weiter, um die andern missschaffenen zu schauen. Ich erblickte einen, der sah aus wie eine laute, wären nur seine lenden verstümmelt gewesen nach der seite wo der mensch sich gabelt. Die schwere wassersucht, die die glieder mit den übel verwandelten säften so entstellt, dass das gesicht der leibesfülle nicht entspricht, liess ihn die lippen aufsperren wie der schwindsüchtige tut, der vor durst die eine gegen das kinn, die andere nach oben stülpt. „Ihr dort, die ihr, ich weiss nicht warum, ganz ohne pein durch diese welt des grames geht, sagte er uns, schaut und achtet auf das leiden meister Adams.

Dieser Adam aus Brescia wurde von den drei grafen von Romena im Casentino beauftragt, die florentiner goldmünze, die das lilienwappen (daher fiorino) und das bild des Täufers zeigte, in schlechterer legierung nachzuprägen. Er wurde gefasst und endete auf dem scheiterhaufen.

Im leben hatte ich reichlich von allem was ich begehrte, und jetzt ich ärmster, giere ich nach einem tröpfchen wasser. Die bächlein, die von den grünen hügeln des Casentino zum Arno niederfliessen und ihre betten kalt und weich machen, stehen mir immer vor augen - und nicht ohne grund; denn ihr bild dörrt mich weit mehr aus als das leiden, das mein gesicht abzehrt. Die starre gerechtigkeit, die mich stachelt, nimmt ihren anlass von dem ort wo ich sündigte, um meine seufzer rascher hintereinander herzujagen. Dort liegt Romena, wo ich die legierung für das prägbild des Täufers fälschte, weshalb ich oben meinen leib im feuer liess. Aber sähe ich hier die trauernde seele Guidos oder Alexanders oder ihres bruders, für die quelle Branda gäbe ich den anblick nicht her.

Die starke Fonte Branda in Siena. Der eine bruder, Guido, war 1300 schon tot.

Die eine ist schon hier unten, wenn die hier kreisenden tobsüchtigen schatten die wahrheit sagen; aber was hilft mir das mit meinen gefesselten gliedern? Wäre ich nur um so viel noch beweglich, dass ich in hundert jahren einen zoll gehen könnte, ich hätte mich schon auf den weg gemacht, ihn unter diesem so entstellten volk zu suchen, mag es auch elf meilen umkreisen und nicht weniger als eine halbe meile durchqueren. Ihretwegen bin ich in dieser sippschaft, sie verleiteten mich, fiorinen zu schlagen, die um gut drei karat nur abfall waren."

Je tiefer wir kommen, umso mehr steigert sich in der hölle der hass, so wie umgekehrt im himmel die liebe.

Und ich zu ihm: „Was sind das für zwei kümmerlinge, die da rechts an dich angrenzen und die dampfen wie eine nasse hand im winter?" - „Ich fand sie hier vor, antwortete er, als ich in dies geklüft herabtropfte; sie haben sich seither noch nicht umgedreht und werden es, glaub ich, in ewigkeit nicht tun. Die eine ist die falsche die Josef verklagte, der andre der falsche Grieche Sinon vor Troia.

Sinon, ein von den Troern gefangener Grieche, der mit seiner lügenrede, die Vergil (Aeneis II 149) raffiniert gestaltet hat, die Troer dazu brachte, das hölzerne pferd in ihre stadt hineinzuziehen.

In hitzigem fieber dünsten sie all den fettgestank aus." Und der eine von ihnen, den es vermutlich verdross, sich so schändlich nennen zu hören, hieb ihm mit der faust auf den gespannten wanst. Der dröhnte, als wär's eine trommel, und meister Adam schlug ihm ins gesicht mit dem arm, der nicht minder hart schien, und sagte ihm: „Ist mir auch die fortbewegung versagt mit meinen schweren gliedern, mein arm ist mir doch geschickt zu solchem dienst." Worauf jener antwortete: „Als du zum feuer gingst, war er dir nicht so flink *(er war ja gefesselt worden)*, aber ebenso und noch flinker beim prägen." Und der wassersüchtige: „Da sprichst du wahr; aber ein so wahrhaftiger zeuge warst du nicht, als man dich bei Troia nach der wahrheit fragte." - „Sprach ich falsch, auch du fälschtest die prägung, sagte Sinon; und ich bin hier für nur einen trug und du für mehr als irgend sonst ein teufel." *Jede falsche münze eine sünde!* - „Erinnere dich, meineidiger, an das pferd, antwortete der mit dem aufgequollenen wanst, und das sei deine strafe, dass alle welt es weiss." - „Und dir sei strafe der durst, von dem deine zunge rissig wird, sagte der Grieche, und das faulige wasser, das dir den bauch zum hag vor deinen augen aufrichtet." Darauf der münzer: „So reissest du dein maul auf, schmähsüchtig wie immer. Denn hab ich durst und bin von den säften ausgestopft, du hast deinen brand und den schmerzenden kopf, und um dich einzuladen, den spiegel des Narziss zu lecken, *(Der in sich selbst verliebte Narziss spiegelte sich in einer quelle)* bedürfte es nicht vieler worte." Völlig gebannt hörte ich ihnen zu, als der meister zu mir sagte: „Da schau einer an! es fehlt nicht viel, so muss ich noch mit dir zanken." Als ich ihn so zornig zu mir reden hörte, wandte ich mich zu ihm so voller scham, dass es mir immer noch im gedächtnis umgeht. Und wie einer, der von verlust träumt und im traume wünscht, er träume, so dass er das was ist herbeisehnt als wäre es nicht, so ging es mir, da ich nicht reden konnte, wo ich mich zu entschuldigen wünschte, meinend, ich täte es nicht, und eben damit mich entschuldigte. „Schlimmeren fehl, sagte der meister, wäscht mindere scham als die deine war. Darum tu die schwere traurigkeit von dir ab und halte dir vor augen, dass ich dir immer zur seite bin, wenn es wieder vorkommt, dass dich das schicksai unter leute mit solcherart händeln bringt. Denn da zuhören wollen ist ein niedriges gelüst."

31. Gesang

Dieselbe zunge stach mich erst so, dass sie mir die eine und die andere wange färbte, und brachte mir dann die arznei.

So hörte ich, dass die lanze Achills und seines vaters immer erst trauer schuf und dann freude spendete.

Bei der überfahrt der Griechen nach Troia war es versehentlich zu einem nächtlichen kampf mit den Mysern gekommen und Achilleus mit seiner väterlichen waffe hatte dem könig Telephos eine wunde geschlagen, die nicht heilen wollte, bis nach einem orakelspruch „Der verletzer heilt" der von der gleichen lanze abgeschabte rost darauf gestreut wurde.

Wir wandten dem unglückstal den rücken und durchquerten oben den uferdamm, der es rings umgürtet, ganz ohne gespräch. Hier war weniger als nacht und weniger als tag, so dass mein blick nicht weit vorwärts drang; aber ich hörte ein horn blasen, so laut, dass jeder donner dagegen nur heiser getönt hätte. Dem schall entgegen auf dem weg wo er herkam folgend richtete ich meine augen ganz auf eine stelle. Nach der leidvollen niederlage Karls des Grossen, da ihm sein heiliger zug misslungen war, hürnte Roland so entsetzlich nicht. *(Das horn Olifant, mit dem Roland in Ronceval um hilfe blies, drang über berg und tal.)* Ein Stück weit trug ich meinen kopf dorthin gewandt, als mir war, ich sähe viele hohe türme, worauf ich: „Meister, sag, was ist das für eine stadt?" Und er zu mir: „Weil du die dunkelheiten von zu weit her durchdringst, kommt es, dass du in deiner vorstellung irregehst. Wenn du dort nahekommst, wirst du gut sehen, wie sehr sich der sinn von weitem täuscht. Drum sporne dich selbst noch etwas weiter." Dann nahm er mich liebevoll bei der hand und sprach: „Bevor wir weiter vorn sind, und damit dir die sache weniger befremdlich scheint, wisse: Es sind nicht türme sondern riesen. Sie stehn vom nabel abwärts allesamt im brunnenschacht rings um den rand." Wie der blick, wenn der nebel sich zerteilt, langsam langsam unterscheidet, was der aus luft geballte dunst verbirgt, so durchbohrte ich die dicken dunklen schwaden, und je näher ich dem bord kam, so mehr entfloh mir der irrtum und wuchs mir die angst. Denn wie Montereggioni auf seinem mauerrund sich mit türmen krönt, so betürmten den rand rings um den schacht mit ihrem halben leib die entsetzlichen giganten, die Jupiter im himmel immer noch bedroht, wenn er donnert.

Die griechische sage erzählt von einem aufruhr der Giganten, der söhne der Erde, gegen die olympischen götter. In einer gewaltigen schlacht wurden sie besiegt und gefesselt in den Tartarus geworfen, den abgrund unter der erde - für Dante also in die unterste hölle.

Schon konnte ich von einem das gesicht, schultern und brust wahrnehmen, vom bauch einen grossen teil und an den seiten niederhängend beide arme. Natur tat wahrlich sehr wohl, als sie die kunst aufgab, dergleichen wesen zu schaffen, und dem Mars solche handlanger entzog. Und wenn sie's nicht gereut, elefanten und walfische zu schaffen, so wird, wer scharfsinnig prüft, sie darob nur umso gerechter und vernünftiger erfinden. Denn wo die denkende kraft sich mit dem bösen willen und der macht verbindet - dawider gibt es für die menschen keinen schutz. Sein gesicht schien mir so lang und dick wie der pinienzapfen Sankt Peters in Rom.

Ein antiker pinienzapfen aus bronze, 3 ½ m hoch, ursprünglich ein brunnenstock, der aus jeder schuppe wasser sprudelte, steht heute noch im Cortile della Pigna im Vatikan.

Und die übrigen gliedmaassen waren entsprechend, so dass der rand des schachtes von der mitte abwärts sein schurz war und nach oben so viel zeigte, dass, um von da bis zum schopf zu reichen, drei Friesen sich schwerlich hätten brüsten dürfen.

Drei der höchstgewachsenen menschen, übereinandergestellt - das zeigt, wie überlebensgross der Nimrod ist.

Denn ich sah dreissig grosse spannen von der stelle abwärts, wo der mensch die mantelspange trägt *(also 6 m von der schulter zum nabel)*. „Raphel may amech zabi almi" begann der trotzige mund zu schreien, dem süssere melodieen nicht anstanden. Und mein führer zu ihm: „Alberne seele, halt dich an dein horn und schaff dir damit luft, wenn zorn oder sonst eine leidenschaft dich überkommt. Such dir am hals, so findest du die kordel, mit der es angebunden ist, du verworrene seele, dann siehst du diese daube um deine breite brust." Dann sagte er zu mir: „Er verklagt sich selbst. Das ist Nimrod, dessen schlimmer gedanke schuld ist, dass man auf der welt nicht nur Eine sprache spricht.

Die Bibel (Genesis 10) nennt Noahs urenkel Nimrod einen gewaltigen jäger (daher sein hifthorn) und herrn über ganz Babylonien, erbauer von Ninive; spätere tradition sieht in ihm den erbauer des turms von Babel. Die sprachverwirrung verstört auch seinen geist so sehr, dass er nicht einmal sein horn ohne handleitung finden würde!

Lassen wir ihn stehn und reden wir nicht vergebens; denn jede sprache ist für ihn wie für andre die seinige, die niemand kennt." Wir gingen also noch eine strecke voran, immer linkshin, und einen pfeilschuss weiter fanden wir den nächsten noch viel wilderen und grösseren riesen. Wer ihn so meisterhaft gegürtet hat, wüsste ich nicht zu sagen; aber ihm war der eine arm vorn, der rechte nach hinten gefesselt mit einer kette, die ihn vom hals abwärts so umwand, dass sie sein sichtbares noch mit der fünften schleife umschlang. „Dieser hochmütige wollte seine macht wider den höchsten Jupiter erproben, sagte mein führer; dafür hat er jetzt solchen lohn. Ephialtes heisst er und vollbrachte seine grosstaten, als die giganten den göttern angst einjagten. Die arme die er schwang bewegt er jetzt nie wieder." Und ich zu ihm: „Wenn es sein kann, möchte ich wohl, meine augen erlebten den anblick des ungeschlachten Briareus." Worauf er antwortete: „Du wirst hier nahebei Antäus sehn, der reden kann und ungefesselt ist; der wird uns auf dem grund alles bösen niedersetzen. Der den du sehn willst ist viel weiter drüben; er ist gefesselt und sieht aus wie dieser, nur dass er noch grimmiger dreinschaut." Nie war ein erdbeben so gewaltig, dass es einen turm so stark erschüttert hätte, wie alsbald Ephialtes sich schüttelte. Mehr als je zitterte ich vor dem tod, und hätte ich ihn nicht umschnürt gesehen, es hätte nicht mehr als dieser angst bedurft.

Briareus war einer der hundertarmigen riesen; Antäus war beim gigantenkampf nicht dabei; darum ist er ungefesselt und Vergil darf ihm schmeicheln. Er hauste in Nordafrika, nicht weit von Zama, wo Scipio Hannibal besiegte, nährte sich von löwen und wurde im ringkampf mit Herakles, sooft er fiel, von seiner mutter Erde neu gestärkt, bis Herakles ihn vom boden hob und pressend erstickte. Erdgeborene giganten sind auch Tityos und Typhon.

Wir schritten dann weiter voran und kamen zu Antäus. „Du aus dem glücklichen tal, wo Scipio ruhm erbte, als Hannibal mit den seinen den rücken wandte, und wo du schon tausend löwen erbeutet hast, wenn du bei dem grossen krieg deiner brüder dabei gewesen wärest, so hätten, das glaubt man wohl, die söhne der Erde gesiegt: lass dich's nicht verdriessen, uns dort unten abzusetzen, wo frost den Kokytos gerinnen lässt. Lass uns nicht zu Tityos oder Typhon gehen. Der da kann schenken, wonach man hier lechzt, drum bück dich und mach keine solche grimasse. Er kann dir in der welt noch ruhm verleihen, denn er lebt und erwartet noch ein langes leben, wenn Gnade ihn nicht vor der zeit zu sich ruft." So sprach der meister, und Antäus streckte eilig seine hand aus, deren festen griff Herkules einst fühlte, und fasste meinen führer, und Vergil, als er sich gefasst fühlte, sagte zu mir: „Hierher jetzt, damit ich dich fasse." Und dann machte er aus sich und mir ein einziges bündel.

In Bologna stehen noch zwei von den geschlechtertürmen, wie man sie aus San Gimignano kennt. Der eine, schiefstehende, heisst La Garisenda.

Wie die Garisenda, wenn man unter ihrem überhang hinaufschaut und eine wolke darüber hingeht, sich entgegengesetzt zu neigen scheint, so ging es mir mit Antäus, als ich darauf wartete, ihn sich bücken zu sehen, und das war so, dass ich lieber eine andere strasse gezogen wäre. Aber leicht setzte er uns nieder auf dem grund, der Luzifer und Judas verschlungen hat, aber er verweilte nicht, so gebückt, sondern hob sich wieder wie in einem schiff der mast.

32. Gesang

Hätte ich die rauhen, heisern reime, die zu diesem höllenloch passen, auf welches sich all die andern felsen abstützen, ich würde den saft meines entwurfs voller ausdrücken; da ich sie nicht habe, bringe ich mich nicht ohne furcht zum reden. Denn es ist kein scherz, den tiefsten grund des weltalls zu beschreiben, kein unterfangen für eine zunge, die mama und papa ruft. Möchten jene hohen frauen meinem verse helfen, die einst Amphion halfen, Theben zu umschliessen, so dass mein wort der wirklichkeit entspreche.

Amphion, könig von Theben, entlockte, ein zweiter Orpheus, seiner leier so wunderbare harmonien, dass sogar die steine sich bewegten und (harmonia heisst klammer, verbindung) sich zur stadtmauer zusammenfügten.

O ihr mehr als alle missgeschaffnen seelen an diesem ort, von dem zu reden hart ist, besser ihr wäret als schafe oder geissen zur welt gekommen!

Als wir unten im brunnen waren zu den füssen des riesen und noch sehr viel tiefer und ich noch die hohe mauer betrachtete, hörte ich sagen: „Achte auf deine schritte! Schau dass du nicht mit deinen sohlen auf die köpfe der elenden armen brüder trittst!" Ich wandte mich daher um und sah vor mir und unter meinen füssen einen see, der wegen des frostes wie glas aussah, nicht wie wasser. Mit so dickem schleier überzieht des winters weder die Donau in Oesterreich ihren lauf noch der Don dort unter dem kalten himmel, wie es hier war. Denn wenn der Tambernik darauf gefallen wäre oder Pietrapiana, es hätte nicht einmal am rande krick gemacht.

Zwei hohe berge, wohl Tambura und Pania in den Apuaner alpen. Dem nun doch rauhen reim zuliebe sagt Dante hier für Austria Osterick! - Nach unsrer populären vorstellung brennt in der tiefe das höllische feuer; dies motiv verwandte Dante aber nur bei den ketzern, simonisten und falschen ratgebern. Nach dem missbrauch der körperlichen und dem missbrauch der geistigen kräfte straft sich zu unterst der verrat an der natürlichen liebe, der aus der herzenskälte kommt. Wie im höchsten himmel alles licht und liebe ist, so starrt der mittelpunkt der erde und damit des weltalls in ewigem eis. In konzentrischen ringen folgen sich in unmerklichem übergang Caina (nach dem ersten brudermörder), Antenora mit den verrätern ihres vaterlandes oder ihrer partei (Antenör soll nach späterer sage Troia an die Griechen verraten haben); Ptolemäa straft vertrauensbruch, schliesslich Giudecca die verräter ihrer wohltäter.

Wie die frösche zum quaken ihr maul übers wasser halten zu der zeit, da oft die bäuerin vom ährenlesen träumt, so standen die leidenden schatten blau im eis bis dahin, wo die schamröte sich zeigt, und ihre zähne machten die musik der störche. Ein jeder beugte sein gesicht nach unten; durch ihren mund bezeugt sich der frost und durch ihre augen das trauernde herz.

Als ich ein weilchen rings umhergeschaut hatte, sah ich abwärts und erblickte zu meinen füssen ihrer zwei so eng aneinander, dass ihre kopfhaare sich vermischten. „Sagt mir, ihr so brust an brust gepressten, sprach ich, wer seid ihr?" Sie bogen ihre hälse, und als sie die gesichter zu mir aufgerichtet hatten, tropften ihre erst nur innen weichen augen durch die lider nach oben und der frost verfestigte die tränen zwischen ihnen und schloss sie wieder zu. Nie umklammerte eine zwinge holz mit holz so fest. Und sie wie zwei böcke stiessen stirn gegen stirn, solcher zorn übermannte sie. Und ein anderer, dem beide ohren abgefroren waren, immer mit dem gesicht abwärts, fragte: „Warum spiegelst du dich nur so sehr in uns? Wenn du wissen willst, wer die beiden sind: das tal aus dem der Bisenzio abfliesst, gehörte ihrem vater Albert und ihnen; aus einem und demselben leibe kamen sie; die ganze Caina kannst du durchsuchen und findest keinen schatten würdiger, in dieser gelatine zu stecken, auch den nicht, dem Artus mit einem einzigen stoss brust und schatten zugleich durchbohrte, auch Focaccia nicht und den, der mich mit seinem kopf so verbaut, dass ich nicht darüber hinaussehen kann; er hiess Sassolo Mascheroni - bist du Toskaner, so weißt du jetzt gut, wer das war. Und damit du mich nicht zu längerem reden verführst, wisse, ich bin Camicion dei Pazzi und erwarte Carlino, dass er mich freispreche."

Es sind lauter verwandtenmörder, die hier so dicht gepackt sind. Die grafen Alessandro und Napoleone degli Alberti brachten sich im streit um ihr land gegenseitig um; Mordrec hatte sich gegen könig Artus, seinen oheim, empört, weshalb ihm dieser die lanze so gewaltig in die brust stiess, dass sie auch den rücken noch durchbohrte und durch das loch die sonne scheinen konnte - so war auch sein schatten durchbohrt. Während Camicion nur einen verwandten erschlagen hatte, lieferte Carlino (erst 1302) ein kastell der Weissen an die Schwarzen aus. Er ist der einzige, der sich selber nennt. Anders als die ruhmbegierigen sünder der oberen kreise schämen sich die verräter, möchten unerkannt bleiben und verpetzen sich gegenseitig.

Ich sah noch tausend gesichter, schwarzblau angelaufen von der kälte, weshalb mich schaudert und immer schaudern wird vor den gefrorenen pfützen. Während wir der mitte zustrebten, zu der hin alles sich vereint, was schwere hat, und ich in der ewigen schattenlaube schlotterte, da, ich weiss nicht war es absicht oder schicksal oder zufall, aber im schlendern zwischen den köpfen stiess ich einen mit dem fuss hart ins gesicht. Weinend schrie er mich an: „Was zerstampfst du mich? Und wenn du nicht kommst, die rache für Montaperti noch zu steigern, was plagst du mich?"

Bei Montaperti hatte 1260 der Ghibellinenführer Farinata von Siena aus den Florentiner Guelfen eine schwere niederlage beigebracht. Sie begann damit, heisst es, dass Bocca degli Abati dem neben ihm reitenden Florentiner bannerträger die hand abschlug. Dante will unbedingt wissen, ob dies gerücht wahr ist.

Und ich: „Mein meister, warte hier auf mich, damit ich durch den hier einen zweifel los werde; nachher magst du mich so sehr du willst zur eile treiben." Der führer blieb stehn und ich sagte zu dem, der immer noch gewaltig fluchte: „Wer bist du, der da einen so beschimpft?" - „Und wer bist du, antwortete er, der da durch Antenora geht und einem die backen zerstampft, so dass ich, wenn ich lebte, es nicht dulden würde?" - „Lebend bin ich, gab ich zur antwort, und wenn du ruhm begehrst, kann es dir lieb sein, wenn ich deinen namen mit den andern in töne setze." Und er: „Das gegenteil ist mein ganzes verlangen. Heb dich von hinnen und mach mir nicht mehr beschwerde. Aufs schmeicheln verstehst du dich schlecht in diesen niederungen." Da packte ich ihn am schopf und sprach: „Es geht nicht anders, du musst dich nennen oder es bleibt dir kein haar auf dem kopf.“ Und er zu mir: „Und magst du mich kahl raufen, ich sag dir nicht, wer ich bin, und zeig dir’s auch nicht, wenn du auch tausendmal mir über den kopf purzelst.“ Ich hatte schon seine haare um meine hand geschlungen und hatte ihm mehr als eine strähne ausgerissen, ihm der bellte und die augen fest abwärts heftete, als ein anderer schrie: „Was hast du nur, Bocca? Genügt dir nicht das kieferklappern, mußt du noch bellen? Welcher teufel reitet dich?“ - „Jetzt , sagte ich, brauchst du mir nichts mehr zu sagen, schändlicher verräter; zu deiner schmach werde ich über dich wahren bericht nach oben bringen.“ - „Geh weg, sagte er, und erzähle was du willst, aber schweig auch nicht, wenn du von hier herauskommst, von dem der eben eine so flinke zunge hatte, der weint hier um das französische geld. Ich sah, kannst du dann sagen, den von Duera dort wo die sünder kühlgestellt sind.

Wenn du gefragt würdest, wer sonst noch dort war: seitlich von dir hast du den von Beccheria, dem Florenz die gurgel abschnitt; Gianni dei Soldanieri ist, glaub ich, weiter drüben mit Ganelon und mit Tebaldello, der Faenza öffnete, als man schlief.“ *Buoso da Dovera hatte von Manfred geld empfangen, um in der Lombardei truppen auszuheben gegen Karl von Anjou und liess sich stattdessen von den Franzosen bestechen und gewährte ihnen den durchmarsch; der abt Tesauro di Beccaria sollte im auftrag des papstes in Florenz vermitteln, galt aber den Florentinern als Ghibellinenfreund und wurde vom volk geköpft. Gianni dei Soldanieri, ein Florentiner Ghibelline, der seine eigene partei verriet. Ganelon, der Roland an die Sarazenen verriet - für Dante stehn biblische, mythische, literarische gestalten und zeitgenossen alle auf der gleichen ebene, er sieht nur auf das moralische. Tebaldello Zambrasi, Ghibelline aus Faenza, verriet wegen eines ärgers die vaterstadt an die Guelfen von Bologna.*

Wir hatten uns schon von ihm entfernt, als ich in einem loch zwei gefrorene sah, so dass des einen kopf des andern hut war und wie man aus hunger ins brot beisst, so schlug der obere seine zähne in den untern dort wo das hirn sich mit dem nacken verbindet. Nicht anders verbiss sich Tydeus voller wut in die schläfen des Melanippos, als jener tat mit dem schädel und allem übrigen. *(Aus Statius kannte Dante die episode, dass einer der Sieben gegen Theben, Tydeus, zu tode verwundet, noch seinen gegner Melanippos umbrachte und aus dem abgeschlagenen kopf das hirn saugte.)*

„Du dort, der mit so bestialischem zeichen hass bezeugt auf den, an dem du herumbeissest, sag mir warum, sagte ich, mit der absprache, dass, wenn du dich mit recht über ihn beklagst und ich weiss, wer ihr seid und was er verbrochen hat, ich dir’s in der welt oben noch vergelte, wenn die mit der ich spreche nicht verdorrt“ *(die zunge)*.

33. Gesang

Graf Ugolino della Gherardesca, ursprünglich Ghibelline wie die andern in Pisa herrschenden geschlechter, hatte sich nach der vernichtung der pisanischen flotte durch die Genuesen, um sich an der macht zu halten, an die Guelfen angeschlossen und hatte zwei pisanische kastelle den guelfischen Lucchesen ausgeliefert - darum steckt er als verräter in der Antenora. Aber vertrauensbruch beging auch der erzbischof Ruggieri, der ihm freundlich tat und doch die Ghibellinen unterstützte, die in einer strassenschlacht 1288 Ugolino und die seinen gefangen nahmen - die flucht über den Monte S. Giuliano in das nahe Lucca war ihm missglückt - in den turm der Lanfranchi sperrten und dort verhungern liessen.

Der sünder hob den mund von seiner grimmen speise und wischte ihn ab an den haaren des kopfes, den er von hinten zerfleischt hatte. Dann begann er: „Du willst, dass ich die qualvolle verzweiflung auffrische, die mir, wenn ich nur dran denke, das herz presst, bevor ich noch davon rede. Aber wenn meine worte der same werden sollen, der dem verräter, den ich benage, zur schmach fruchte, so wirst du reden und weinen gleichzeitig sehn. Ich weiss nicht, wer du bist noch wie du hier herunterkamst, aber du musst wohl, wenn ich dich höre, ein Florentiner sein. Du sollst wissen, dass ich graf Ugolino war und der da der erzbischof Ruggieri, und jetzt will ich dir sagen, warum ich ihm ein solcher nachbar bin. Dass ich als folge seiner bösen anschläge, weil ich mich auf ihn verliess, gefangen wurde und dann starb brauch ich nicht zu sagen; aber was du nicht gehört haben kannst, wie grausam mein tod war, das vernimm, dann weißt du, was er mir angetan hat. Eine schmale ritze in dem käfig, der meinetwegen der hungerturm heisst und in dem man gewiss noch andere einsperren wird, hatte mir durch ihre öffnung schon mehrere monde gezeigt, als ich den bösen traum hatte, der mir den schleier der zukunft zerriss. Der da erschien mir als der anführer und herr, der wolf und wölflein zu dem berg jagte, der den Pisanern den blick auf Lucca verwehrt; magre, gierige, abgerichtete hündinnen hatte er vor sich angesetzt, die Gualandi, Sismondi und Lanfranchi. Nach kurzem lauf schienen mir vater und söhne müde, und ich glaubte zu sehen, wie sie ihnen mit den spitzen hauern die flanken aufrissen. Als ich vor morgen aufgewacht war, hörte ich meine söhne, die bei mir waren, im schlafe weinen und um brot bitten. Du bist wohl grausam, wenn dich's nicht jetzt schon schmerzt zu denken, was sich meinem herzen ankündigte, und weinst du nicht, worüber pflegst du zu weinen? Sie waren aufgewacht, und die stunde nahte, wo uns gewöhnlich die speise gebracht wurde, und jeder war ob seines traumes voller bangen. Da hörte ich den ausgang des fürchterlichen turmes unten vernageln, weshalb ich meinen söhnen ins gesicht sah, ohne ein wort zu sagen. Ich weinte nicht, so war ich innen versteint, sie weinten und mein Anselmichen fragte: „Du schaust so, vater, was hast du?“ Darum weinte ich nicht und antwortete auch nicht jenen ganzen tag und die nacht darauf, bis die sonne in der welt hervorkam. Als ein schwacher strahl in den schmerzenskerker fiel und ich auf vier gesichtern meine eigne miene bemerkte, da biss ich mir im schmerz in beide hände, und sie, meinend, ich täte das aus begier zu essen, erhoben sich sofort und sagten: „Vater, es tut uns viel weniger weh, wenn du von uns issest: du hast uns mit diesem armen fleisch bekleidet, nimm du es wieder." Da beruhigte ich mich, um sie nicht mehr zu betrüben. Diesen tag und den nächsten blieben wir ganz stumm - ach, harte erde, was tatest du dich nicht auf! Als wir zum vierten tag gekommen waren, warf sich Gaddo ausgestreckt vor meine füsse und rief: „Mein vater, warum hilfst du mir nicht?" So starb er, und wie du mich siehst, sah ich die drei einen um den andern fallen am fünften und sechsten tag. Darauf begann ich, schon blind, über jeden hinzutasten, und zwei tage lang rief ich sie noch, als sie schon tot waren, dann vermochte mehr als der schmerz das fasten." Als er das gesagt hatte, verdrehte er die augen und fasste den unglückseligen schädel wieder mit den zähnen, die am knochen hart waren wie hundszähne. - Weh, Pisa, du schmach allen volkes in dem schönen land, wo das sì ertönt, wenn schon deine nachbarn zu träge sind dich zu strafen, so sollen doch *die beiden inseln* Caprara und Gorgona sich aufmachen und die mündung des Arno dämmen, so dass er jedermann in dir ertränkt! Denn mochte es auch von graf Ugolino heissen, er habe dich verräterisch um die kastelle gebracht, aber so durftest du doch nicht seine söhne martern, du ein neues Theben *(das geht auf die stadt der familiengreuel - Athamas, Oedipus!)*, unschuldig machte sie ihr jugendliches alter, Uguccione und Brigata und die beiden andern, die mein lied oben nannte.

Wir gingen weiter bis dorthin, wo die vereisung grausam ein andres volk fesselt, das sich nicht niederbeugt sondern ganz hingegossen rücklings liegt. Das weinen selber verhindert dort das weinen, und der schmerz, der auf den augen eine sperre findet, kehrt sich nach innen und steigert die beklemmung; denn die ersten tränen bilden einen knorren und füllen wie eine kristallbrille unter der braue die ganze augenschale. Und obgleich wie bei einer schwiele wegen des frostes jedes gefühl aufgehört hatte in meinem gesicht zu wohnen, war mir doch als spürte ich schon einigen wind, weshalb ich fragte: „Mein meister, wer erregt das? Ist hier unten nicht jeder dunst erloschen?" Und er zu mir: „Du wirst ehestens dort sein, wo dein auge dir darauf die antwort geben wird, wenn du die ursache siehst woraus dies blasen abströmt."

Und einer der leidenden in der kalten kruste schrie uns zu: „Ihr seelen, so grausam, dass euch der unterste ort angewiesen ist, hebt mir die harten schleier vom gesicht, dass ich den schmerz ein weilchen entlade, der mir das herz durchtränkt, bis die tränen wieder neu gefrieren." Darauf ich zu ihm: „Wenn ich dir helfen soll, sag mir wer du bist, und wenn ich deiner not nicht abhelfe, sei es mir pflicht, bis zum grund des eises zu gehen."

Das muss der sünder als feierliches versprechen verstehen, aber Dante verpflichtet sich zu nichts, denn er geht ja ohnedies bis zum tiefsten grund. Wir sind unvermerkt in die Ptolemäa gelangt, wo die büssen, die vertrauen missbraucht und das gastrecht geschändet haben. Der ort heisst nach einem Ptolemäus, von dem das Makkabäerbuch (I 16) erzählt, er habe seinen schwiegervater Simon und dessen söhne Mattathias und Judas festlich bewirtet und, als sie trunken waren, umgebracht. So hatte Frate Alberigo aus Faenza in der Romagna seine verwandten, mit denen er zerstritten war, zu einem versöhnungsmahl eingeladen, und auf seinen ruf am schluss „Jetzt noch das obst!" überfie-

len verabredungsgemäss seine diener die gäste und machten sie nieder. „Bruder Alberichs obst" wurde seither sprichwörtlich für solche meintat.

So antwortete er denn: „Ich bin bruder Alberich, ich bin der mit den früchten des schlimmen gartens, der hier datteln für feigen empfängt." „O, sagte ich zu ihm, bist du denn auch schon gestorben?" Und er zu mir: „Wie sich mein körper in der welt oben befindet, davon hab ich kein wissen. Den vorzug hat diese Ptolemäa, dass öfters die seele hierher fällt, bevor noch Atropos *(die dritte Parze)* ihr das aufbruchszeichen gibt. Und damit du mir desto lieber die verglasten tränen aus dem gesicht kratzest, wisse, dass sobald deine seele verrät, wie ich es tat, ein teufel von ihrem körper besitz ergreift, und ihn so lange lenkt, bis seine zeit ganz um ist. Sie aber stürzt in diesen brunnenschacht, und vielleicht zeigt sich oben noch der körper des schattens, der hier hinter mir überwintert; du musst es wissen, wenn du eben erst hier herunterkamst, es ist herr Branca d'Oria, und es sind schon mehrere jahre verflossen, seit er so eingesperrt wurde." - „Ich glaube, sagte ich ihm, dass du mich belügst, denn Branca d'Oria ist niemals gestorben, er isst und trinkt und schläft und zieht kleider an." - „Im graben oben, sagte er, bei den teufelskrallen, dort wo das zähe pech siedet, war Michel Zanche noch nicht angekommen, als jener den teufel an seiner statt in seinem leibe liess und in dem seines nächsten verwandten, der den verrat zusammen mit ihm beging. Aber strecke jetzt endlich deine hand aus und öffne meine augen." Und ich öffnete sie ihm nicht, und es war ehrbarkeit, gegen ihn gemein zu sein.

Branca d'Oria hatte 1290 seinen schwiegervater Michel Zanche beim mahl ermordet, um ihn zu beerben; er hat Dante überlebt; darum wird erzählt, dass Dante sich nicht mehr nach Genua trauen durfte. Michel Zanche kam schon im 22. gesang vor als der von könig Enzio in Sardinien eingesetzte statthalter; nach Enzios niederlage hatte er sich das lehen angeeignet.

Weh, Genueser, ihr von jeder sitte geschieden, von jedem makel befleckt, warum seid ihr nicht aus der welt verschwunden? Denn bei dem schlimmsten geist aus der Romagna fand ich von euch einen, der wegen seiner tat seelisch schon im Kokytos badet und körperlich noch oben am leben scheint.

34. Gesang

Der letzte gesang des Inferno führt in den tiefsten grund, den mittelpunkt der erde und der welt, wo Luzifer selber steckt. Der name Luzifer heisst wörtlich lichtbringer, es ist ursprünglich der morgenstern, der hellste der sterne, dann der schönste der engel, der es nicht ertrug, nach Gott nur der zweitschönste zu sein, sich mit seinem anhang gegen Gott empörte und vom schwertbewehrten erzengel Michael besiegt und in den abgrund geworfen wurde. Michael bezeugt schon durch seinen namen die dienende treue, er heisst „Wer ist wie Gott". All das ist nicht biblische aber christliche legende, der urmythos vom kampf der guten gegen die bösen mächte wie bei den Persern Zarathustras, die himmlischen heerscharen Babylons, der griechische gigantenkampf, die germanische Völuspa.

Als am 19. november 568 in Poitiers zur einweihung einer kirche ein stück vom heiligen kreuz in feierlicher prozession abgeholt wurde, dichtete der bischof der stadt, der dichter Venantius Fortunatus das prozessionslied: Vexilla regis prodeunt, Fulget crucis mysterium: Das königliche banner naht, Geheimnisreich erstrahlt das kreuz. Darum gehört der hymnus nun zur karfreitagsliturgie. Mit einer abwandlung dieses verses, im selben latein, aber nun bezogen auf die flügel Luzifers, beginnt Dante den letzten gesang des Inferno:

„Des höllenkönigs banner nahn uns entgegen; darum schau gradaus, sagte mein meister, ob du ihn erkennst." Wie beim wehen eines dicken nebels, oder wenn unsere halbkugel einnachtet, von weitem eine mühle aussieht, die der wind dreht, so glaubte ich jetzt ein solches gebäude zu sehen; dann schmiegte ich mich wegen des windes hinter meinen führer, denn da war kein andrer schutzwall. Schon war ich - und mit beben setze ich es in verse - dort wo die schatten völlig bedeckt waren und durchschienen wie splitter im glas, die einen in liegender haltung, andre stehn senkrecht, teils mit dem kopf teils mit den sohlen unten, wieder einer biegt wie ein bogen das gesicht zu den füssen.

Als wir so weit gekommen waren, dass es meinem meister gefiel, mir das geschöpf zu zeigen, dessen erscheinung so schön war, da zog er sich vor mir weg, hiess mich stehn bleiben und sagte: „Das ist der Dis und das ist der ort, wo du dich mit tapferkeit wappnen musst." Wie ich da vereiste und erschlaffte, musst du nicht fragen, leser, das schreib ich nicht, denn jedes wort wäre zu wenig. Ich starb nicht und blieb nicht lebend - nun denke bei dir selbst, wie ich wurde, des einen wie des andern bar. Der kaiser des schmerzenreiches ragte mit der mitte der brust aus der vereisung; und eher darf ich mich mit einem giganten vergleichen als die giganten mit seinen armen: nun sieh, wie gross das ganze sein muss, wenn es zu derartigen gliedern passen soll. Wenn er so schön war wie er jetzt hässlich ist, und gegen seinen schöpfer die brauen erhob, so muss er wohl der ursprung allen jammers sein. O was für ein grosses wunder erschien mir da, als ich an seinem kopf drei gesichter sah: eines vorn, und das war rötlich, die beiden andern schlossen sich an dieses an, genau über der mitte jeder schulter, und vereinigten sich oben am kamm; das rechte hatte ein aussehen zwischen weiss und gelb, das linke war so anzuschauen wie sie von dort kommen wo der Nil niederfliesst.

Also ein zerrbild der dreieinigkeit, das gegenteil von weisheit, macht und liebe. Sechs flügel wie er haben auch die Seraphim.

Unter jedem kamen zwei flügel hervor, wie sie zu so einem riesenvogel passen - segel auf dem meer sah ich nie so grosse. Sie hatten keine federn sondern waren wie die der fledermaus. Die schlug er auf und ab, so dass drei winde von ihm ausgingen. Dadurch gefror der ganze Kokytos zu eis. Mit sechs augen weinte er und über drei kinne träufelten die tränen und blutiger geifer. In jedem maule zermalmte er mit den zähnen einen sünder nach art einer flachsbreche, so dass er damit drei zugleich derart peinigte. Dem vorne war das beissen noch nichts gegen das zerkratzen, so dass manchmal das rückgrat ganz von haut entblösst blieb. „Jene seele dort oben, die grössere pein leidet, sagte der meister, ist Judas Ischariot, der den kopf drinnen hat und die beine herausstreckt. Von den beiden andern, die den kopf unten haben, ist der, der aus der schwarzen schnauze herunterhängt, Brutus. Sieh wie er sich windet und kein wort sagt, und der andre ist Cassius, der so starkgliedrig aussieht.

Nach Judas heisst der unterste höllenring Giudecca. Mit keinem der dort eingefrorenen sünder gab es ein gespräch. Sind es die verräter ihrer wohltäter? die verräter am geist? Die ordnung der welt beruht auf kirche und kaisertum, den beiden gleichberechtigten stiftungen Christi und Julius Caesars; darum war der verrat an ihnen die grösste aller sünden.

Aber die nacht steigt wieder, jetzt heisst es aufbrechen, wir haben alles gesehen.“ Wie er es wünschte, umschlang ich seinen hals, er nahm die gelegenheit von ort und zeit wahr, und als die flügel weit genug offen standen, heftete er sich an die zottigen rippen; von zotte zu zotte stieg er abwärts zwischen dem dichten pelz und der vereisten kruste. Und als wir dort waren, wo der schenkel sich genau am breitesten der hüfte dreht, beugte der führer mit mühe und keuchen den kopf dorthin wo er die zehen hatte und klammerte sich an das fell wie einer der steigt, sodass ich meinte, ich kehrte noch einmal in die hölle zurück. „Halt dich gut fest, sagte der meister atemlos und erschöpft, denn auf solcher stiege muss man sich von all dem bösen trennen.“ Durch die öffnung eines felsens kam er dann heraus und setzte mich oben auf dem rande ab; darauf kam er mir nach mit behutsamem schritt. Ich hob die augen und meinte, ich würde Luzifer sehen wie ich ihn verlassen hatte, aber ich sah ihn die beine nach oben strecken. Wie mich das durcheinander brachte, mag sich das plumpe volk denken, das nicht merkt, was das für ein punkt ist, den ich überquert hatte. „Heb dich, sagte der meister, auf deine füsse; der weg ist weit und der pfad ist schlecht, und schon erreicht die sonne wieder die halbe terz.“

Die terz ist die stunde zwischen 6 und 9 uhr morgens, es ist also halb sieben.

Das war nicht der kaminsaal eines palastes, wo wir waren, sondern ein natürlicher höhlengang mit rauhem boden und dürftigem licht. „Bevor ich mich aus dem abgrund losreisse, sagte ich, als ich aufrecht stand, rede mir noch ein weniges, um mich aus dem irrtum herauszuziehen: Wo ist das eis? Und wieso ist der da kopfüber gestellt? Und wie gelang der sonne in so kurzer zeit die überfahrt von abend zu morgen?“ Und er zu mir: „Du stellst dir vor, du wärest noch jenseits des mittelpunktes, wo ich ins fell des sündenwurmes griff, der die welt durchbohrt. Drüben warst du, solange ich abstieg; als ich mich drehte, überschrittest du den punkt, zu dem von allerwärts die gewichte niederziehn. Jetzt bist du unter die andere halbkugel gelangt, der gegenüber, die die weite trockenheit bedeckt und unter deren scheitelpunkt der mensch sich vollendete, dessen geburt und leben frei von sünde war.

Der name Christi wird im Inferno nie genannt, hier wird er umschrieben, um Jerusalem zu bezeichnen, den mittelpunkt des erdkreises zwischen Florenz und Babylon. Die andere hemisphäre dachte man sich meerbedeckt, aber als insel ragt dort der Fegefeuerberg empor.

Deine füsse stehn auf der kleinen kugel, die die gegenseite zur Giudecca bildet. Hier ist es morgen, wenn es drüben abend ist. Und der da, dessen pelz uns zur leiter diente, steckt noch genau so fest wie zuerst. Auf dieser seite fiel er vom himmel herunter, und die erde, die sich vordem hier ausdehnte, zog aus angst vor ihm das meer als schleier vor und kam auf unsere halbkugel, und vielleicht hat das land, das diesseits erscheint, nur auf der flucht vor ihm die stelle hier leer gelassen und schoss empor." Ein ort ist dort unten, so weit von Belzebub entfernt wie seine gruft sich dehnt, den man nicht durchs auge erkennt, nur durch den schall eines bächleins, das hier in sanfter schräge niederfällt durch eine höhlung im felsen, die es selber in gewundnem laufe eingefressen hat." Mein meister und ich betraten diesen geheimen pfad, um in die helle welt zurückzukehren, und ohne gedanken an irgend ein ausruhen stiegen wir aufwärts, er erster und ich zweiter, bis ich durch ein rundes loch die schönen dinge sah, die der himmel trägt. Dann traten wir hinaus und sahen wieder die sterne.

Das Fegefeuer

1. Gesang

Wir lasen das INFERNO. Diese ganze unerbittliche ordnung des grauens wäre unerträglich, wenn sie mehr wäre als das gerüst der handlung, die der dichter beseelt mit der nicht abreissenden kette von einzelszenen. Mit welch tiefem mitleid hat er die gestraften liebenden Paolo und Francesca begleitet, den hungerturm Ugolinos mitgelitten, mit welcher ehrfurcht begegnet er hervorragenden männern, auch wenn er sie verurteilen muss, wie seinem lehrer Brunetto Latini und dem parteiführer Farinata; mit welcher meisterschaft umreisst er in wenigen zeilen von rede und gegenrede das wesentliche eines charakters, eines schicksals. Dann ist da die unerschöpfliche fülle seiner vergleiche und metaphern, die anschaulichkeit seiner bilder, die er allen bereichen des lebens und dem schatz seiner belesenheit entnimmt. Was unsre blosse nacherzählung nicht vermitteln kann, ist der glanz, die spannkraft, der reichtum und die musik seiner sprache. Wenn wir uns nun dem Fegefeuer zuwenden, werden wir die genannten dichterischen schönheiten wiederfinden, nur lassen wir das finster der ewigen strafen hinter uns und finden alles ins licht der versöhnung getaucht; statt in den verengenden trichter abzusinken, ersteigen wir die freie höhe eines berges; statt der flüche erschallen segensworte, gesang und musik. Viele leser empfinden daher das Fegefeuer und erst recht dann den Himmel als matt gegenüber der Hölle - das Inferno ist entschieden berühmter. Das hängt damit zusammen, dass läuterung und seligkeit sich nicht so dramatisieren lassen; sie gehören einem seelischen bereich an, der im leser oder hörer mitschwingen muss. - Während das Altertum sich die seelen, die vergangenen leben (psyche heisst hauch) in der dumpfen abgeschiedenheit der unterwelt dachte und nur für ganz einzelne tote eine ewige strafe oder ein elysium kennt, ist der gedanke eines zwischenreiches der läuterung christlich; er knüpft an an die seelenwanderungslehre der Orphiker, die auch Platon kennt und die Vergils sechstem buch zugrundeliegt: mit feuer, wasser oder wind werden dort die seelen gereinigt, um dann im Lethestrom ihr vergangenes leben ganz zu vergessen, eh sie in neuen körpern neugeboren werden.

Das Purgatorio ist anders aufgebaut als das Inferno; es ist dreiteilig. Die ersten neun gesänge gelten dem vorgelände, wo sich die seelen sammeln und eine wartezeit verbringen müssen, wenn sie sich zu spät auf busse und reue besonnen haben. Und die letzten sechs gesänge spielen im garten Eden auf der hochfläche des Fegefeuerberges, im irdischen paradies. Nur der mittelteil enthält den stationenweg der eigentlichen reinigung. Wie der trichter der Hölle, so weist auch der kegel des Läuterungsberges sieben borde auf; nur folgt die einteilung nicht dem aristotelischen system, sondern der christlichen lehre von den sieben todsünden; die schwersten werden zuunterst gebüsst, hochmut, neid, zorn dann die trägheit des herzens, schliesslich, wie in der Hölle, die drei unmässigkeiten habsucht und verschwendung, schlemmerei, wollust.

Auch im Fegefeuer ist Vergil Dantes führer. Zwar ist der heidnische dichter noch nie selbst dort gewesen, während er nach Dantes fiktion die Hölle schon kannte: eine totenbeschwörerin hatte ihn einmal mit ihren zaubersprüchen gezwungen, eine seele aus der tiefe heraufzubringen. Im Fegefeuer muss auch

Vergil fragen, die beiden dichter suchen ihren weg gemeinsam; aber durch seine grössere weisheit und einsicht gibt Vergil seinem schutzbefohlenen doch als führer einen seelischen halt - schon das ist bezeichnend für den innerlicheren ton des Fegefeuers. Die verehrung für Vergil ist gut mittelalterlich, man dachte und schrieb ja in ganz Europa lateinisch und las in allen lateinschulen die römischen dichter und schriftsteller als klassiker der eigenen sprache. Aber Dantes verhältnis zu Vergil hat eine besondere inbrunst: er fühlt, dass sein eigenes gedicht über das jahrtausend weg an die grosse römische tradition anknüpft - das ist schon ein vorklang der renaissance - und so ruft er auch zu beginn seiner zweiten Cantica, des zweiten teiles der Commedia, ganz heidnisch naiv die Musen um beistand an:

Zur fahrt auf besserem gewässer hisst nun das schifflein meines geistes die segel, das ein so grausames meer hinter sich lässt. Nun singe ich von jenem zweiten reich, wo der menschliche geist sich läutert und des aufstiegs zum himmel würdig wird. Doch hier muss die tote dichtung auferstehen, o heilige Musen, da ich euer bin, und Kalliope hebe sich etwas höher und begleite meinen sang mit ihrem ton von dem die unglückseligen elstern sich so geschlagen fühlten, dass sie auf keine vergebung mehr hofften.

Ovid erzählt in den Metamorphosen (V 302, 662), dass die neun töchter des Pierios die Musen zu einem wettsingen herausforderten, aber unterlagen und zur strafe in die geschwätzigen elstern verwandelt wurden. Eine der sagen bestrafter überheblichkeit wie die von Niobe, Marsyas, Arachne. „Keine hoffnung auf vergebung": das motiv hat Dante zu Ovids erzählung hinzugedichtet, wohl nicht ohne absicht, weil ja im Fegefeuer im gegenteil die seelen durch busse vergebung erlangen.

Süsse farbe von orientalischem safir, die sich im anblick der reinen luft verdichtete bis zum höchsten himmelskreise, sie erneuerte meinen augen die lust, sobald ich dem toten dunst entstiegen war, der mir augen und herz verdüstert hatte. Unter dem schönen planeten, der uns zur liebe stärkt, lachte der ganze osten und verhüllte die Fische, die ihn geleiteten.

Zunächst wieder eine astronomische zeitangabe. Es ist jetzt ostersonntag früh, die sonne steht im sternbild des Widders. Wenn Venus die Fische, das östlich anschliessende sternbild, als morgenstern überglänzt, so wird in ein oder zwei stunden die sonne aufgehen. Aber über der astronomie vergessen wir nicht: Venus ist ja der stern der liebe, die diese reiche beherrscht.

Ich wandte mich rechterhand und richtete meinen sinn auf den andern pol und erblickte vier sterne, die ausser den ersten menschen niemand je sah.

Die südliche hemisphäre, wo sich der Fegefeuerberg erhebt, dachte sich Dante unbewohnt; nur Adam und Eva im paradies konnten diese vier sterne sehen. Ob Dante, vielleicht durch Marco Polo, kenntnis vom Kreuz des Südens hatte? Es ist denkbar; wichtiger ist die allegorische bedeutung: die vier sterne sind die vier heidnischen kardinaltugenden rechtlichkeit, klugheit, mut und zucht.

Der himmel schien von ihren flämmchen beglückt - ach wie verwaist bist du, unser norden, dass dir verwehrt ist sie zu schauen! Als ich mich von ihrem anblick getrennt und ein wenig dem andern pol zugedreht hatte, wo der Wagen schon verschwunden war

In unsern breiten gehört der Wagen oder Grosse Bär zu den zirkumpolarsternen, die nie untergehn; je weiter südlich, desto kürzer hebt er sich über den horizont.

da sah ich nicht weit von mir einen greis, allein, in seiner erscheinung solcher verehrung würdig, dass mehr kein sohn seinem vater schuldet. Sein bart war lang und mit weiss untermischt ähnlich seinem haupthaar, von dem zwei strähnen auf die brust fielen. Die strahlen der vier heiligen lichter zierten sein gesicht so mit licht, dass ich es sehen konnte wie wenn die sonne vor ihm stünde.

Zum wächter des Fegefeuerberges macht Dante einen alten heiden, den Römer Cato. Dieser war inmitten einer korrupten adelsgesellschaft von unbestechlicher sittenstrenge und gesetzestreue; als im jahre 46 v. Chr. das republikanische heer in Nordafrika die letzte schlacht gegen Julius Caesar verloren hatte, mochte er den untergang der freiheit nicht überleben und nahm sich in Utica das leben. Berühmt ist Lucans vers: „Für die siegreiche sache / Nahmen die götter partei, doch Cato für die besiegte." „Res victrix divis placuit sed victa Catoni." Seine frau Marcia hatte Cato in allseitigem einverständnis dem redner Hortensius abgetreten, nach dessen tod sie zu ihrem früheren gatten zurückkehrte. Seine tochter Porcia hat in Shakespeares Julius Caesar eine unvergessliche szene. Dantes verehrung für so unbedingte moralische kraft stösst sich weder an Catos kampf gegen Caesar noch an der mangelnden taufe noch am selbstmord; in Catos antlitz widerstrahlen die vier sterne, d. h. alle tugenden so als ob ihm schon die christliche offenbarung, die sonne, zuteil geworden wäre.

„Wer seid ihr, dass ihr, dem verborgenen fluss entgegen, dem ewigen kerker entronnen seid?", so sagte er und schüttelte jenes ehrwürdige gefieder.

Dante und Vergil waren ja vom erdmittelpunkt durch eine schmale schlucht, dem bach entgegen, bei den antipoden wieder herausgekommen.

„Wer führte euch? oder wer war eure leuchte beim ausstieg aus der tiefen nacht, die das höllental ewig schwärzt? Sind die gesetze des abgrunds so zerbrochen? Oder hat man sich im himmel umbesonnen, dass ihr, die verdammten neuerdings zu meinen klüften kommt?"

Mit Catos erstaunen wird uns sein rechtsgefühl, aber auch das unerhörte von Dantes ganzem entwurf bewusst.

Da griff mein führer nach mir: mit worten und mit händen und mit winken machte er mir die beine und die brauen ehrerbietig. Und er war es, der die antwort gab: „Nicht von mir aus kam ich; eine frau stieg vom himmel, auf deren bitten ich diesem hier als geleiter zu hilfe kam. Doch da es dein wunsch ist, von unseren umständen näheres zu erfahren, wie sie in wahrheit sind, kann es der meine nicht sein dir das zu verweigern. Dieser hier hat seinen letzten abend noch nicht erlebt; aber durch seine tollheit war er ihm so nah, dass sehr wenig zeit zur umkehr blieb. Darum, wie ich sagte, wurde ich zu ihm gesandt, für sein entrinnen, und es gab keinen andern weg als diesen den ich eingeschlagen habe: ich habe ihm das sündige volk gezeigt, und jetzt gedenke ich ihm jene geister zu zeigen, die sich in deiner vogtei reinigen. Wie ich ihn herbrachte, wäre zu lang dir zu erzählen. Von der höhe steigt eine kraft hernieder, die mir hilft ihn zu führen, dass er dich sehn, dich hören kann. Sei es dir nun gefällig, sein kommen zu genehmigen. Es ist freiheit was er sucht, die so kostbar ist, wie der weiss, der ihretwegen das leben verschmäht. Du weißt das, denn um ihretwillen war dir der tod in Utica nicht bitter, wo du das kleid liessest, das am grossen tag so strahlen wird. Die ewigen gesetze sind durch uns nicht umgestossen: denn der hier lebt und mich hat Minos nicht gebunden, sondern ich bin aus dem kreis, wo aus den keuschen augen deiner Marcia immer noch die bitte spricht, o heiliges herz, dass du sie als die deine ansehest. So neige dich uns; lass uns durch deine sieben reiche gehen. Den dank werde ich ihr von dir überbringen, wenn du dort unten noch erwähnt zu werden geruhst." - „Marcia hat meinen augen so gefallen, solange ich drüben war, erwiderte er, dass ich ihr jeden gefallen tat, um den sie bat. Jetzt, da sie jenseits des argen flusses verweilt, kann sie mich nicht länger rühren nach jenem gesetz, das erlassen wurde als ich von dort herauskam. Aber wenn eine frau des himmels dich gehen heisst und leitet, wie du sagst, bedarf es keiner schmeicheleien; sei's dir genug, in ihrem namen mich zu bitten. Geh also und schau, dass du den hier mit glatter binse umwindest und ihm das gesicht wäschst, um alle schmutzfarbe daraus wegzuwischen. Denn es wäre nicht geziemend, mit dunstverhangenem auge vor jenen ersten diener zu treten, der denen des himmels angehört. Dort unten, wo die welle anschlägt, trägt dieses inselchen an seinem tiefsten rand ringsum binsen auf dem weichen schlamm. Keine andere pflanze, die sich belaubt oder verholzt, kann dort leben, weil sie den stössen nicht nachgibt. Nachher gehe euer rückweg nicht hier vorbei: die sonne, die eben aufgeht, wird euch den weg zu sanfterem anstieg zeigen." Damit verschwand er, und ich erhob mich, ohne zu sprechen, und schloss mich ganz an meinen führer an und richtete meinen blick auf ihn. Er begann: „Sohn, folge meinen schritten. Wenden wir uns rückwärts; denn hier neigt sich die ebene zu ihrem tiefsten rand." Das morgenrot besiegte eben die stunde der frühmette, die weiterfloh, so dass ich von weitem das zittern und zucken des ufersaums wahrnahm.

Wunderbar klangvoll der italienische vers: Conobbi il tremolar della marina.

Wir überquerten den einsamen plan so wie einer zum verlorenen weg umkehrt und bis dahin vergebens zu gehen meint. Als wir dort waren, wo der tau mit der sonne kämpft und im kühleren schatten nur wenig verdunstet, da legte mein meister sanft seine beiden gespreizten hände auf das kraut, und ich, der sein vorhaben bemerkte, hielt meine verweinten wangen hin. Da legte er mir jene farbe wieder ganz frei, die die Hölle mir zugedeckt hatte. Wir kamen darauf an den verlassenen strand, der nie einen menschen seine wasser befahren sah, der nachher die rückkehr erlebt hätte. Hier umkränzte er mich, wie es einer richtig gefunden hatte. O wunder: wie er die demütige pflanze erlas, so erstand sie alsbald neu dort wo er sie losriss.

2. Gesang

Der zweite gesang beginnt wieder mit einer astronomischen zeitangabe. Gewiss gab es zu Dantes zeit auch schon uhren. Gelegentlich kann Dante auch die einzelnen stunden personifizieren. Aber seiner jenseitsfahrt angemessener ist die verknüpfung mit den ewigen kreisen.

Für Dantes geographie liegt Jerusalem in der mitte der nördlichen hemisphäre, zwischen Ganges und Ebro. Jerusalems horizont wäre unser aequator, der die beiden erdhälften scheidet; Jerusalems meridian steht bei den antipoden über dem läuterungsberg. Wenn die sonne, die jetzt im Widder steht, für uns im westpunkt untergeht, geht sie den antipoden gerade auf, und gleichzeitig muss die nacht, im sternbild der Waage, gegenüber, dem Ganges entsteigen. Wenn ein halbes jahr später die nächte wieder länger werden als der tag, wird die sonne im sternbild der Waage stehn und deren sterne verdecken.

Schon hatte die sonne den horizont erreicht, dessen meridian mit seinem höchsten punkt Jerusalem überdeckt, und die nacht, die ihr gegenüber kreist, kam vom Ganges hervor, zusammen mit der Waage, die ihr aus der hand fällt, wenn sie wieder überwiegt, sodass dort wo ich stand die weissen und rosigen wangen der schönen Aurora, vor zu viel alter, orangen wurden. Wir standen immer noch am ufersaum wie leute die ihren weg bedenken und die mit dem herzen wandern und mit dem leib verweilen. Und sieh, wie beim nahen des morgens Mars durch die dichten dünste rot schimmert tief im westen über der meeresfläche, so zeigte sich mir - möchte ich es noch einmal sehen! - ein licht das so schnell über das meer kam, dass kein flug seiner bewegung gleichkommt, und als ich mein auge kurz davon abgezogen hatte, um meinen führer zu befragen, und wieder hinsah, war es bereits noch leuchtender und grösser geworden. Dann sah ich zu seinen beiden seiten ein ich wusste nicht was weisses, und unter ihm kam ganz allmählich noch etwas anderes weisses hervor. Mein führer sprach noch kein wort, während die ersten weissen sich als flügelpaar erwiesen. Als er dann den fergen wohl erkannte, rief er: „Schnell, schnell, hinunter mit den knieen, das ist der engel Gottes, falte die hände. Von jetzt an wirst du derartige offizianten erleben. Sieh wie er menschliches geräte verschmäht, so dass er kein ruder braucht noch ein andres segel als seine flügel zwischen so entfernten gestaden. Sieh wie er sie gegen den himmel aufrichtet und die luft bewegt mit dem gefieder, das sich nicht mausert wie sterbliches federkleid.“ Als dann der göttliche vogel uns näher und näher kam, erschien er immer lichter, weshalb das auge ihn von nahem nicht aushielt. Ich senkte den blick, und er kam zur lände mit einer barke so schlank und leicht, dass das wasser nichts davon verschluckte. Am heck stand der ferge, dessen blosse beschreibung beseligen könnte; und über hundert geister sassen darin. „Beim auszug Israels aus Aegypten“ sangen sie alle miteinander einstimmig mit allem, was nachher in diesem psalm geschrieben steht.

In exitu Israel de Aegypto, Als Israel aus Aegypten zog, das haus Jakobs aus dem stammelnden volk, ward Juda sein heiligtum, Israel sein reich. Diesen psalm 114 (113) pflegte man zu singen, wenn eine leiche aus dem sterbehaus in die kirche getragen wurde. - Dante unterscheidet in seinem „Gastmahl“ (II 1) vier stufen der textdeutung. Hinter dem buchstäblichen sinn verbirgt sich der allegorische, eine wahrheit unter der schönen lüge; wenn Orpheus mit seiner leier tiere, bäume, ja sogar steine bewegt, so heisst das, dass der weise mit seinem wort harte und grausame herzen sänftigt. Der moralische sinn: Christus nimmt zur transfiguration nur drei seiner jünger mit, das bedeutet: zu den geheimsten dingen soll man nur wenige begleiter haben. Viertens der „anagogische", übersinnliche sinn: die buchstäbliche wahrheit bleibt bestehen, weist aber darüber hinaus auf etwas ewiges. Der psalm sagt, dass Israel mit dem auszug aus Aegypten heilig oder frei wurde; aber nicht minder wahr ist die geistige deutung, dass die seele, aus der sünde heraustretend, heilig und frei und ihrer selbst mächtig wird.

Darauf machte er ihnen das zeichen des heiligen kreuzes, worauf sie sich alle auf den strand stürzten, und er entschwand, rasch wie er gekommen war. Die schar die hier blieb schien des ortes fremd und blickte umher wie einer der prüfend neue dinge kostet. Allenthalben beschoss die sonne den tag und hatte mit ihren hellen pfeilen schon den Steinbock von der himmelsmitte verjagt,

Der Steinbock geht als das zehnte tierkreiszeichen dem Widder, wo jetzt die sonne steht, um 90° voraus, steht also bei sonnenaufgang im meridian.

als die neuen leute die stirn gegen uns hoben und uns sagten: „Wenn ihr's wisst, zeigt uns den weg, der zum berg führt." Und Vergil antwortete: „Ihr glaubt vielleicht, dass wir dieses ortes kundig seien, aber wir sind fremde wie ihr seid. Eben erst kamen wir, kurz vor euch, auf einem andern weg, so rauh und hart, dass das steigen uns von jetzt an ein spiel scheinen wird." Die seelen, die an meinem atem bemerkten, dass ich noch lebte, erbleichten vor erstaunen. Wie zu einem boten, der den olivenzweig trägt, die leute hinstürzen, um die neuigkeit zu vernehmen, und keiner sich scheut andere zu treten, so hingen jene beglückten seelen allesamt an meinem gesicht, als vergässen sie hinzugehen sich zu verschönen.

Ich sah eine von ihnen vortreten um mich zu umarmen mit so grosser liebe, dass sie mich bewegte, desgleichen zu tun. O schatten! leer ausser für den anblick! Dreimal verflocht ich hinter ihr meine arme, und dreimal kehrte ich damit zu meiner brust zurück. Vor staunen, glaube ich, verfärbte ich mich, worob der schatte lächelte und zurücktrat, und ich folgte ihm und drängte nach; aber sanft hiess er mich ablassen. Da erkannte ich, wer er war, und bat ihn, ein weilchen stehn zu bleiben, mit mir zu reden. Er antwortete mir: „Wie ich im sterblichen leib dich liebte, so lieb ich dich, davon gelöst. Darum bleib ich stehen. Aber was führt dich des wegs?" - „Mein Casella, um hierher, wo ich bin, ein andermal wiederzukehren, darum mach ich diese reise, sagte ich. Doch was hat dich soviel zeit gekostet?" Und er zu mir: „Mir ist kein unrecht geschehen, wenn der der zulässt wann und wen er mag, mir die überfahrt mehrmals verweigert hat; denn den gerechten willen macht er zu dem seinigen. Jedoch seit drei monaten hat er in allem frieden jeden aufgenommen, der einlass begehrte. Darum wurde ich, der schon dem strand zugekehrt war, wo sich das Tiberwasser versalzt, gnädig von ihm aufgelesen. Jetzt hat er seine flügel wieder zu jener mündung gerichtet, denn dort sammelt sich alles was nicht zum Acheron niedersinkt."

Dieser Casella war ein sänger und komponist, und Dante, ein grosser freund der musik, war mit ihm befreundet. Er war schon länger gestorben, aber da er, ein lebensgeniesser, die nötige reue auf spät verschob, liess ihn der engel, in übereinstimmung mit Gottes ratschluss, auf die überfahrt warten. Schon homerisch ist der glaube, dass die seelen der unbegrabenen hundert jahre ruhelos umherflattern müssen, eh sie einlass in die unterwelt finden - ein theologem, dem wohl die seelische erfahrung zugrundeliegt, dass ein unbegrabener die hinterbliebenen beunruhigt - aber eben nur solang als hinterbliebene sich seiner erinnern. Bei Dante sammeln sich alle seelen, die nicht zur Hölle verdammt sind, an der Tibermündung - weil der weg zum heil durch die römische kirche führt - und bleiben dort, wenn sie zu spät bereuten, dreissigmal ihre lebenszeit; aber zu weihnachten 1299 hatte Bonifaz VIII. das Jahr 1300 zum jubiläumsjahr erklärt, womit allen sündern diese wartezeit erlassen wurde.

Und ich: „Wenn dir kein neues gesetz erinnerung und übung des liebesgesanges nimmt, der mir alle meine wünsche zu stillen pflegte, so sei's dir gefällig, damit ein wenig meine seele zu trösten, die sich mit ihrem leibe so mühsam hierherschleppt.“ - „Liebe, die mir im herzen redet“ begann er darauf so süss, dass die süssigkeit mir noch im innern nachklingt. Mein meister und ich und jenes volk das mit ihm war schienen davon so beglückt, als ob keinem etwas anderes den sinn beschäftigte.

Casella intoniert eine canzone von Dante selbst. Ausser den sonetten an die jugendgeliebte Beatrice, die Dante in der Vita Nuova zusammengestellt hat, gibt es von ihm die Canzonen, gedichte in langen gereimten strophen, teils minnesang, teils gedankenlyrik, von denen er einige in einem eigenen werk, dem Convito, dem Gastmahl, selber kommentiert hat. Mit dieser beginnt buch III:

Amor che nella mente mi ragiona Della mia donna disiosamente Move cose di lei meco sovente Che l'intelletto sovr'esse disvia. ... Però se le mie rime avran difetto Di ciò si biasmi il debole intelletto E il parlar nostro che non ha valore Di ritrar tutto ciò che dice Amore.

Amor der voll verlangen mir im innern herzen von meiner herrin redet, regt oft in mir gedanken an so dass der geist sich nicht mehr zurechtfindet. Sein reden tönt so süss, dass die seele klagt: Ach ich arme, dass ich nicht stark genug bin zu sagen was ich über meine herrin höre. ... Wenn darum meine reime mangelhaft sind, so tadle man darum den schwachen geist und unsere sprache, die nicht kraft hat alles zu berichten was Amor spricht. ... Die sonne die die ganze welt umkreist sieht nichts so edles. Wo ihre schönheit strahlt, wenden aller augen zum sehnsuchtsvollen herzen boten, die an die luft treten und zu seufzern werden. In ihr steigt die göttliche kraft hernieder wie auf den engel der Gott schaut. Ihre schönheit regnet feuerflämmchen, beseelt von einer edlen kraft, die lauter gute gedanken schafft, sie zerschmettern die eingeborenen sünden die uns niedrig machen.

Wir waren alle gebannt und seinen tönen hingegeben, und da, siehe, der ehrwürdige greis, der rief: „Was ist das, ihr trägen geister! Welche achtlosigkeit, was für ein stehn ist das! Eilt zum berg, euch von der rinde zu befreien, die euch verwehrt Gott zu erkennen!“ Wie die tauben beim pflücken von korn oder trespe auf der weide vereint und ruhig, ohne dass man sie wie sonst stolzieren sähe, wenn etwas erscheint wovor sie angst haben, plötzlich ihr futter stehn lassen, weil eine grössere sorge auf sie eindringt, so sah ich jenen trupp von neulingen den gesang verlassen und dem abhang zustreben wie jemand der geht und nicht weiss wo er herauskommt. Und auch unser aufbruch war nicht minder rasch.

Immer wieder bricht der gegensatz auf zwischen kunst und schönheit, die uns hinreisst, und den forderungen der religion. Der künstler Dante überwindet in sich die spannung, durch sein religiöses kunstwerk, aber der spannung bleibt er sich bewusst und gestaltet sie in dieser szene.

3. Gesang

Während diese plötzliche flucht die übrigen über das feld zerstreute zu dem berg hin, wo einsicht uns stachelt, heftete ich mich an mein treues geleit - und wie hätte ich ohne ihn laufen können? Wer hätte mich an dem berge emporgezogen? Er schien mir sich selbst vorwürfe zu machen. O ehrwürdiges und feines gewissen! Wie wird dir ein kleiner fehl schon zum bitteren biss!

Auch in Vergil streiten offenbar Dantes beide seelen: der künstler ist hingerissen vom gesang und der bussfertige muss eilen zur läuterung - kunst gilt dem sittenstrengen Cato wie dem frommen christen als eitles spiel.

Als seine füsse von der hast abliessen, die jeder bewegung ihre würde nimmt, konnte mein eingeengtes bewusstsein sich wieder ausweiten und ringsum aufmerken. Ich richtete meinen blick auf den gipfel, der himmelwärts dem gewässer am höchsten entsteigt. Die sonne, die hinten feuerrot flammte, schien vor meiner gestalt gebrochen, weil sie für ihre strahlen in mir einen widerhalt fand. Ich wandte mich zur seite voller angst, verlassen zu sein, da ich nur vor mir den boden dunkel sah. Und mein trost: „Warum nur so misstrauisch? begann er mir zu sagen, ganz mir zugewandt; glaubst du nicht, dass ich mit dir bin und dich führe? Abend ist es schon drüben, wo der leib begraben liegt, in dem ich war und schatten warf; Neapel birgt ihn und aus Brundisium wurde er geholt. Wenn also vor mir kein schatten ist, wundere dich nicht mehr als über die himmel, die einer des andern strahlen nicht versperren.

Die sieben planetensphären und darüber der fixsternhimmel sind konzentrische kugelschalen um die erde als mittelpunkt. Lichtdurchlässig wie sie sind die seelen der verstorbenen.

Zum ertragen von martern, hitze und frost, schafft die Höchste Kraft scheinleiber - wie sie das tut, soll sich nach ihrem willen uns nicht enthüllen. Ein tor der hofft, dass unser verstand den unendlichen weg durchlaufen könne, der eine wesenheit in drei personen umgreift. Gib dich zufrieden, menschenvolk, mit dem Dass. Hättet ihr alles sehen können, so hätte Maria nicht schwanger zu gehen brauchen. Ihr saht die fruchtlose sehnsucht von geistern solcher art, dass ihre sehnsucht gestillt worden wäre, die ihnen nun für ewig als trauer gegeben ist. Ich spreche von Aristoteles und Plato und vielen andern“ - und hier neigte er die stirn, sprach nicht weiter und blieb verstört.

Wie sonderbar dieser ausbruch aus der glatten erzählung! Dante staunte, dass er auf seinem weg westwärts vor sich seinen schatten sieht, aber keinen von Vergil. Wenn die seelen der verstorbenen körperlos sind, wie können sie dann im jenseits körperlich martern erdulden? Ein theologisches problem, das später noch einmal behandelt wird. Wir würden sagen: das ist ein rest der naivität, die den jenseitsvorstellungen schon der Ägypter und primitiver völker, aber auch uns unausrottbar anhaftet; so sehr sind wir leibliche wesen, dass wir uns eine leiblose existenz der seele eigentlich nicht vorstellen können. So erfindet Dante hier die scheinleiber, simili corpi, die sich nicht fassen und umarmen lassen und den sonnenschein durchlassen - im dunkel der hölle war das noch nicht zu beobachten - und doch für die strafenden und läuternden qualen empfindung haben. Wie das möglich ist, bleibt ein rätsel - und nun plötzlich ein blick auf das viel grössere rätsel der dreieinigkeit. Hätten wir menschen von anfang an das geheimnis Gottes erfasst, wir hätten nicht gesündigt und der erlöser hätte nicht zu kommen brauchen. Aber die grössten geister der menschheit haben sich um dies geheimnis vergebens bemüht. Dem modernen wissens- und forschungsstolz steht bei Dante, der ja das ganze wissen seiner zeit beherrschte, immer wieder das gefühl des letzten nichtwissens gegenüber, die fromme mahnung zur bescheidenheit im wissen. Und nun ergreifend die persönliche wendung: so schmerzlich ist die leidenschaftliche und unerfüllbare sehnsucht nach dem anschaun des höchsten, dass Vergil, der wie Plato und Aristoteles nie zur schau Gottes ins paradies aufsteigen darf, betroffen abbricht. So weitet sich bei Dante ein kleineres theologisches problem zu einem menschlichen grunderlebnis.

Der berg ist unten am steilsten: der beginn jeder läuterung ist das schwerste.

Wir gelangten indessen an den fuss des berges. Dort fanden wir den fels so steil, dass die beine sich vergebens darangewagt hätten. Zwischen Lerici und Turbia *also an der ganzen Riviera zwischen La Spezia und Monaco* ist der verlassenste und zerklüftetste weg eine leichte und offene treppe im vergleich zu hier. „Wer mag jetzt wissen, auf welcher seite der abhang sich neigt, sagte mein meister, seinen schritt hemmend, so dass auch einer hinaufkommt, der keine flügel hat?“ Und während er sein gesicht gesenkt hielt und wegen des pfades seinen geist befragte und ich rings am felsen emporschaute, erschien mir linkerhand eine schar von seelen, die ihre füsse gegen uns zu bewegten, aber so langsam dass man es kaum merkte.

Im Fegefeuer ist auch Vergil ratlos; er kann beistand leisten aber nicht mehr führen. - Die schleichenden seelen müssen noch im vorgelände verweilen, weil sie im kirchenbann gestorben sind.

„Hebe, sprach ich, meister, deine augen: hier kommt wer uns rat geben kann, wenn du ihn in dir selbst nicht findest.“ Da schaute er mich an und antwortete mit freiem blick: „Gehen wir dorthin, denn sie gehn langsam, und du stärke deine hoffnung, lieber sohn.“ *Dante darf auf die ewige seligkeit hoffen, die Vergil versagt ist.* Wir mochten wohl schon tausend schritte gegangen sein und noch war jenes volk einen guten steinwurf entfernt, als sie sich alle an die harten massen des hohen abhangs drückten und enggedrängt stillstanden, wie einer, der im zweifel ist, um zu schauen stehn bleibt.

Die seelen wundern sich, dass da zwei, das ist bedeutsam, in der falschen richtung gehen.

„O ihr wohl heimgegangenen, o ihr schon erwählten geister, begann Vergil, bei jenem frieden, den ihr, so denk ich, alle erwartet, sagt uns wo der berg sich neigt, wo es möglich ist aufzusteigen, denn zeitverlust ist ärgerlich, und dem am meisten der am meisten weiss.“ Wie schafe aus dem gehege drängen, einzeln, zu zweit, zu dritt, und die andern stehn ängstlich, aug und schnauze am boden, und was das erste tut, das tun auch die andern, rücken an rücken gedrängt wenn jenes stehnbleibt, schlicht und still und ohne das warum zu kennen, so sah ich jetzt die spitze jener beglückten herde sich gegen uns bewegen, schamhaften angesichts und ehrbaren ganges. Als nun die vordersten das licht auf dem boden zu meiner rechten sich brechen sahen, so dass mein schatten auf das geklüfte fiel, stutzten sie und zogen sich etwas zurück, und alle andern die dahinter kamen, ohne zu wissen warum, taten desgleichen. „Ohne dass ihr fragt, bekenne ich euch, dass dies ein menschenleib ist den ihr seht, weshalb das sonnenlicht am boden gespalten ist. Wundert euch nicht, glaubt dass er nicht ohne eine kraft die vom himmel kommt diese wand zu erklimmen sucht." So der meister, und jene würdigen seelen: „Kehrt also um und geht vor uns her" und gaben uns zeichen mit den handrücken.

Und einer von ihnen begann: „Wer du auch sein magst, dreh so im gehen dein gesicht her und überleg, ob du mich drüben je gesehen hast". Ich wandte mich ihm zu und schaute ihn fest an: er war blond und schön und von edlem aussehn, aber die eine braue war von einem hieb gespalten. Als ich bescheidentlich verneinte, dass ich ihn je gesehen hätte, sprach er: „Nun sieh" und zeigte mir eine wunde oben auf der brust. Dann sagte er lächelnd: „Ich bin Manfred, enkel der kaiserin Konstanze.

Der Staufenkaiser Heinrich VI. war vermählt mit Konstanze, der tochter des Normannenkönigs Roger, die ihm die herrschaft über Sizilien zubrachte. Ihr sohn war kaiser Friedrich II., und dessen natürlicher sohn war Manfred, der nach Friedrichs tod Neapel und Sizilien gütig und tüchtig regierte, bis er 1266 in der schlacht bei Benevent gegen Karl von Anjou den tod fand. Hinter Karl stand der papst Clemens IV., der über Manfred den kirchenbann verhängte. So wurde Manfred nicht in geweihter erde bestattet, sondern mit gelöschten kerzen auf dem schlachtfeld am brückenkopf, und jeder soldat warf einen stein auf das grab. Clemens aber beauftragte den kardinallegaten Pignatello, erzbischof von Cosenza, die leiche auszugraben und in den fluss zu werfen, die wellen schwemmten sie über die grenzen des königreichs Neapel. So weit reicht aber nach Dante die macht des papstes nicht, dem reumütigen sünder die hoffnung auf die ewige seligkeit zu nehmen, daher Manfreds lächeln. Manfred hatte einen strahlenden blick und ein gefälliges betragen, war ein geniesser und dichterisch bewegt wie die Staufer überhaupt. Seine tochter nannte er nach der grossmutter wiederum Konstanze. Diese war verheiratet mit Peter von Aragon, der 1282 mit der sizilischen Vesper die verhassten Franzosen wieder aus Sizilien vertrieb, und ihre söhne waren die guten könige Friedrich von Sizilien und Jakob von Aragon.

Darum bitte ich dich, wenn du zurückkehrst, geh zu meiner schönen tochter, der mutter der ehre Siziliens und Aragons, und sag ihr die wahrheit, wenn man anders behauptet: als mir mein leib von zwei tödlichen streichen zerschlagen war, ergab ich mich weinend dem der gern verzeiht. Grässlich waren meine sünden, aber die unendliche güte hat so weite arme, dass sie ergreift was sich ihr zuwendet. Hätte der hirte von Cosenza, den Clemens auf meine fährte gesetzt hat, in Gottes antlitz dieses wohl gelesen, so wären die gebeine meines körpers noch am brückenkopf bei Benevent unter der obhut der schweren steinschütte. Nun netzt sie der regen und treibt sie der wind aus dem reich hinaus dem Verdefluss entlang, wohin er sie mit verlöschten lichtern schaffen liess. Durch ihren fluch verliert man nicht so sehr, dass die ewige liebe nicht wiederkehren könnte, solange noch ein hauch von hoffnung grünt. Wahr ist, wer im trotz gegen die heilige kirche stirbt, muss, auch wenn er am ende bereut, ausserhalb dieses randes bleiben dreissigmal so lang wie er in seinem dünkel verharrte, wenn solche verfügung nicht gekürzt wird durch gute gebete. Nun sieh, wie du mich froh machen kannst, wenn du meiner guten Konstanze enthüllst wie du mich fandest, und auch jenes verbot. Denn hier kommt man durch jene drüben sehr voran."

Fürsprache der lebenden kann Gott bewegen, die busszeit der sünder abzukürzen - ein inbrünstiges anliegen der hinterbliebenen, ein theologem, das dem ablassgedanken zugrunde liegt.

4. Gesang

Wenn unsere seele an einer lust oder einem schmerz, der eine ihrer kräfte ergreift, ganz gesammelt haftet, scheint es, dass sie auf keine andere ihrer fähigkeiten mehr aufmerkt. Und das spricht gegen jenen irrtum der meint, dass in uns mehrere seelen, eine über der anderen, entbrennen.

Dante liebt die peinlich genaue beobachtung seelischer vorgänge. Hier richtet er sich gegen die seit Platon geläufige seelenlehre, die drei seelen in uns unterschied: die vegetative oder pflanzliche seele in der leber, die sensitive wahrnehmende und fühlende im herzen, und die rationale seele, intellekt und geist im gehirn. Aber gäbe es drei seelen, so müsste ja jede für sich gesondert bewegt sein können, das ist aber nicht der fall, sondern es ist Eine seele mit den drei kräften.

Und darum, wenn man etwas hört oder sieht, was die seele stark auf sich lenkt, vergeht die zeit, ohne dass der mensch sich dessen versähe. Denn eine andere kraft ist es, die auf diese achtet, eine andere, die die seele ganz in besitz nimmt. Diese ist gleichsam gefesselt, jene frei. Davon machte ich die vollkommene erfahrung, als ich jenen geist anhörte und bewunderte; denn gut um fünfzig grad war die sonne gestiegen *(also über drei stunden seit sonnenaufgang)* und ich hatte es nicht wahrgenommen, als wir hinkamen, wo jene seelen einstimmig uns zuriefen: „Hier ist euer begehr." Oft mag wohl ein mann vom lande, wenn sich die traube bräunt, mit einer gabel voll gedörn eine grössere öffnung zustopfen als der schlupf war, durch den jetzt mein führer und hinter ihm ich aufstiegen, allein, da die schar sich von uns trennte. Mit den blossen beinen erreicht man Sanleo, steigt man nieder nach Noli, erklettert man den gipfel der Bismantova

steile orte bei San Marino, an der westlichen Riviera und bei Reggio

aber hier müsste der mensch fliegen - ich meine mit den flinken flügeln und federn des starken begehrens, der führung folgend, die mir hoffnung und erleuchtung gab. Wir stiegen innerhalb des zerborstenen felsens, von beiden seiten beengten uns die ränder und der boden unter uns verlangte fuss und hände. Als wir auf dem obersten rand des steilen ufers standen, an offnem strand,

(Der fegefeuerberg ist wie der höllentrichter von schmalen ebenen borden umgeben), da sagte ich:

„Mein meister, welchen weg schlagen wir ein?" Und er zu mir: „Keiner deiner schritte sinke! Immer mehr an höhe des berges musst du gewinnen, mir nach, bis sich uns ein kundiges geleit zeigt." Der gipfel war so hoch, dass der blick nicht hinreichte, und die flanke noch weit abweisender als der streif von der mitte des viertelskreises zum zentrum. *D. h. steiler als 45°. Wie transparent diese erzählung ist! es geht ja um den beginn der busse; Dante bekommt das jenseits nicht nur gezeigt, er erfährt es am eigenen leibe.*

Ich war erschöpft, als ich begann: „Mein teurer vater, kehr dich um und schau her, wie ich allein zurückbleibe, wenn du nicht stehn bleibst." - „Mein sohn, sprach er, zieh dich bis hier herauf" - und sein finger wies mir einen vorsprung, etwas höher, der auf dieser seite den kegel ganz umzieht. So sehr spornten mich seine worte, dass ich mich anstrengte, ihm nach, auf allen vieren, bis das gesims unter meinen füssen war. Dann liessen wir uns beide nieder und sassen, nach osten gewandt, von wo wir heraufgestiegen waren - ein anblick, der den menschen zu erfreuen pflegt. Ich richtete meine augen zunächst auf die gestade unten, dann hob ich sie zur sonne und staunte, dass sie uns von links traf. Der dichter bemerkte wohl, dass ich ganz ausser fassung war vor dem wagen des lichtes, der dort zwischen uns und nord daherkam.

Worauf er zu mir: „Wenn Kastor und Pollux im geleit jenes spiegels wären, der sein licht aufwärts und hinab führt, würdest du den erleuchteten tierkreis näher bei den Bären kreisen sehen, falls er von seinem alten weg nicht abweicht. Wie das ist, wenn du wünschest es denken zu können, in dir selbst gesammelt, so stelle dir vor, dass Zion und dieser berg so auf erden stehn, dass beide den gleichen horizont haben und getrennte hemisphären, weshalb du sehn wirst, dass die bahn, die Phaethon so unglücklich nicht zu fahren wusste, für diesen auf die eine seite führen muss, wenn sie für jenen nach der andern fährt, wenn dein geist es wohl betrachtet." - „Gewiss, mein meister, nie sah ich so klar wie ich erkenne, wo mein geist zu versagen schien, dass der mittlere kreis der oberen bewegung, der in einer gewissen kunst Aequator genannt wird und der immer zwischen sonne und winter liegt, aus dem grund den du nennst nach norden geht, wenn die Hebräer ihn in richtung zur heissen gegend sahen.

Die sonne steht jetzt im zeichen des Widders, im frühlingspunkt, da sich ekliptik und himmelsaequator schneiden. Stünde sie, die der spiegel Gottes ist, schon im zeichen der Zwillinge, ein vierteljahr später, so würdest du den erleuchteten teil des tierkreises, den sonnenstand, weiter nördlich bei den Bären sehen. Denn Jerusalem und der fegefeuerberg stehn antipodisch; die sonnenbahn verläuft auf der südlichen halbkugel von ost nach west in nördlicher richtung, die schatten fallen also nach süden, auf der nördlichen halbkugel umgekehrt. Von der unglücksfahrt Phaethons war schon im 17. höllengesang die rede. So belehrt hat Dante noch eine weitere frage:

Wenn es dir gefällig ist, wüsste ich gern wie weit wir zu gehen haben; denn der hügel steigt höher als meine augen steigen können." Und er zu mir: „Dieser berg ist so, dass er immer zu beginn unten beschwerlich ist und je mehr der mensch aufsteigt desto weniger weh tut. Darum, wenn er dir so lieblich scheinen wird, dass das aufwärtsgehen dir leicht fällt wie flussabwärts zu treiben im schiff, dann wirst du am ende dieses pfades sein; dort magst du, zähle darauf, von deiner anstrengung ausruhn. Mehr antworte ich nicht, aber das weiss ich gewiss."

Als er sein wort gesprochen, tönte eine stimme von nahem: „Vielleicht wirst du schon früher dich setzen müssen." Auf diesen ton hin wandten wir uns beide um und sahen linkerhand einen grossen felsklotz, den weder ich noch er vorher bemerkt hatten. Wir zogen uns dorthin. Da waren leute, die hinter dem stein im schatten ruhten wie menschen die sich nachlässig hinlagern. Einer von ihnen, der mir müde schien, sass und umarmte seine kniee, wobei er das gesicht dazwischen tief hängen liess. „Mein teurer herr, sagte ich, betrachte einmal den, der sich noch nachlässiger zeigt als wenn frau Faulheit seine schwester wäre." Da wandte er sich uns zu, merkte auf, hob den blick nur gerade dem schenkel entlang hoch und sagte: „So geh doch du hinauf, wenn du so stark bist." Da erkannte ich ihn, und jene beklemmung, die mir immer noch etwas den atem jagte, hinderte mich nicht zu ihm zu gehen, und als ich ihn erreicht hatte, hob er kaum den kopf und sprach: „Hast du jetzt gut begriffen, wieso die sonne ihren wagen an unsrer linken schulter vorbeiführte?“ Seine träge haltung und seine kurzen worte bewegten meine lippen ein wenig zum lachen; dann begann ich: „Belacqua, jetzt hab ich keinen kummer mehr um dich. Aber sag mir, warum sitzest du gerade hier? Wartest du auf begleitung oder hast du nur deine alte gewohnheit wieder aufgenommen?“

Belacqua war ein instrumentenbauer, dessen schön geschnitzte schnecken man rühmte, und wohl von der musik her trotz seiner trägheit Dante sympathisch. Ist er im fegefeuer, so ist er gerettet.

Und er: „Bruder, das aufwärtsgehn, was bringt es? Denn der engel Gottes, der auf der schwelle sitzt, würde mich zu den martern nicht zulassen. Erst muss der himmel mich ausserhalb des tores so oft umkreisen wie er in meinem leben tat, weil ich die guten seufzer bis ans ende verschob, wenn mir nicht vorher ein gebet hilft, das aus einem in der gnade lebenden herzen steigt. Was nützt ein andres das im himmel nicht gehört wird?“ Und schon stieg der dichter vor mir aufwärts und sprach: „Komm jetzt! du siehst, die sonne trifft den meridian und am ufer bedeckt die nacht schon mit ihrem fuss Marokko.“

5. Gesang

Die dichter waren zuerst unten am strand den frisch angekommenen seelen mit Casella begegnet, dann an der wand den im kirchenbann gestorbenen mit Manfred, auf dem ersten sims den trägen mit Belacqua. Nun befinden sie sich um die mittagsstunde an der nordflanke des berges, haben also die sonne rechts.

Ich hatte mich schon von jenen schatten getrennt und folgte den spuren meines führers, als einer von hinten mit dem finger auf mich weisend rief: „Guck, links von dem unteren sieht man die strahlen nicht leuchten! Er bewegt sich scheint's wie ein lebender." Ich wandte die augen zurück nach dem klang dieses wortes und sah, wie sie voll staunen auf mich, immer nur auf mich starrten und auf das zerbrochene licht. „Warum verfängt sich dein geist so sehr, sagte der meister, dass du deinen gang verlangsamst? Was kümmert's dich, was hier getuschelt wird? Komm hinter mir her und lass die leute reden! Steh fest wie ein turm, der nie, wie auch die winde blasen, seine spitze schüttelt. Denn der mensch, in dem gedanke nach gedanke aufquillt, entfernt sich von seinem ziel, weil der eine das feuer des andern schwächt." Was konnte ich erwidern wenn nicht: „Ich komme"? Das sagte ich, ziemlich übergossen von der farbe, die manchmal den menschen der verzeihung würdig macht.

Ein beispiel für den „anagogischen" sinn der erzählung - Dante als erzieher! Hier lehrt er unbeirrbarkeit und konzentration.

Derweile kamen quer zum hang leute ein wenig vor uns, die sangen vers um vers das Miserere.

Psalm Davids (51), als der prophet Natan zu ihm kam, nachdem er zu Bathseba gegangen war: Miserere mei Deus, secundum magnam misericordiam tuam. Gnade mir, Gott, nach deiner grossen barmherzigkeit; nach der fülle deines erbarmens vernichte meine schuld. Wasche mich ganz rein von meiner schuld und reinige mich von meiner sünde. Denn ich erkenne meine schuld, und meine sünde steht immer vor mir.

Als sie bemerkten, dass ich mit meinem leib den strahlen nicht durchlass gab, wandelten sie ihren gesang in ein langes heiseres Oo, und zwei von ihnen, gleichsam als boten, liefen uns entgegen um zu fragen: „Gebt uns bescheid, was mit euch ist." Und mein meister: „Ihr könnt gehen und denen die euch sandten berichten, dass der leib meines begleiters wahres fleisch ist. Wenn sie stehn blieben, weil sie seinen schatten sahen, wie ich vermute, ist ihnen mit dieser antwort gedient. Mögen sie ihm ehre erweisen, das kann ihnen noch lieb sein." Entzundene dünste sah ich nie so schnell die heitere, noch bei sinkender nacht augustwolken zerspalten, dass jene nicht rascher nach oben zurückgekehrt wären

Sowohl die sternschnuppen wie die blitze bei sommerabendlichen gewittern galten seit Aristoteles als aufgestiegene dünste, die sich in der feuerregion entzündet hatten.

und dort angelangt kehrten sie sich mit den andern gegen uns wie eine schwadron die ohne zügel rennt. „Die leute die da an uns herandrängen sind viele, und sie kommen dich zu bitten, sagte der dichter; darum geh nur zu und hör im gehen." - „Du seele, die du, um froh zu werden, mitsamt den gliedern gehst, mit denen du zur welt kamst, so riefen sie im kommen, hemme ein wenig deinen schritt. Schau, ob du einen von uns je gesehen hast, so dass du drüben von ihm kunde geben könntest. Ach du! warum gehst du? ach du, was bleibst du nicht stehen? Wir sind alle einst gewaltsam umgekommen und waren sünder bis zur letzten stunde. Da erleuchtete uns des himmels licht, so dass wir bereuend und vergebend aus dem leben schieden, versöhnt mit Gott, der unsre herzen füllt mit der sehnsucht, ihn zu schauen." Und ich: „So sehr ich in euern gesichtern spähte, ich erkenne keinen. Aber wenn es euch gefällig ist, ihr wohl geborenen geister, sagt ihr an, was ich für euch tun kann, und ich will es tun, bei jenem frieden, der mich in den fussstapfen eines solchen führers von welt zu welt nach sich suchen lässt." Und einer begann: „Jeder vertraut auf deine wohltat auch ohne schwur, soweit nicht unvermögen deinen willen zurückstutzt.

Weshalb ich, der allein vor den übrigen spricht, dich bitte: wenn du je die gegend siehst, die zwischen Karls land und der Romagna liegt, sei mir freundwillig mit deinen bitten in Fano, dass man dort gut für mich bete, damit ich mich von den schweren missetaten reinigen kann. Von dort war ich, aber die tiefen wunden, aus denen das blut trat, das mein sitz war, wurden mir im schooss der Antenore geschlagen, wo ich am sichersten zu sein glaubte. Der von Este liess sie mir schlagen, denn er hatte einen zorn auf mich weit über das hinaus was das recht verlangte. Wäre ich gegen La Mira geflüchtet, als ich bei Oriago überfallen wurde, so wäre ich noch dort wo man atmet. Aber ich lief zum sumpf, und in röhricht und schlamm verfing ich mich so, dass ich fiel; dort sah ich, wie sich aus meinen adern am boden ein see bildete."

Blut ist der sitz der seele. Offenbar war das schicksal des Jacopo del Cassero den zeitgenossen so bekannt, dass Dante seinen namen nicht zu nennen braucht. Er war aus Fano in den Marche, also zwischen der Romagna und dem königreich Neapel, und war bürgermeister von Bologna, als die bürger die parteigänger ihres feindes Azzone von Este aus der stadt vertrieben; Jacopo erging sich in schmähungen gegen Azzone. Als er dann zum podestà von Mailand berufen wurde und von Venedig aus hinreisen wollte, wurde er im gebiet von Padua, der von dem Troianer Antenor gegründeten stadt, von den meuchelmördern Azzones überfallen.

Darauf sprach ein anderer: „Ach du, wenn jene sehnsucht sich erfüllen soll, die dich zum hohen berge zieht, so hilf der meinigen mit gutem erbarmen. Ich war von Montefeltro, ich bin Buonconte. Giovanna oder sonst jemand sorgt sich nicht um mich; drum geh ich zwischen diesen mit gesenkter stirn."

Alle diese seelen bitten um fürsprache der lebenden, die ihnen die dauer der läuterung verkürzen könnte. Buonconte war ein sohn jenes Guido da Montefeltro, der in der achten rille des achten höllenkreises (XXVII 118) als böser ratgeber büssen muss, weil Franziskus seine seele dem teufel nicht abgewinnen konnte. Im streit der mächte hat der sohn mehr glück. Buonconte war anführer der aus Florenz verbannten Ghibellinen, die im bund mit Arezzo im juni 1289 gegen die guelfischen Florentiner die schlacht von Campaldino verloren. Damals kämpfte auch Dante als reiter auf Florentiner seite mit. - Der Archiano, ein nebenfluss des Arno, entspringt im ödland um Camaldoli. Casentino heisst das obere Arnotal.

Und ich zu ihm: „Welche gewalttat oder welches geschick hat dich so von Campaldino entführt, dass man nie von deinem grab erfuhr?“ - „O antwortete er, den fuss des Casentino durchquert ein wasser, heisst Archiano, das über der einöde im Apennin entspringt. Dort wo sein name sich verliert, kam ich hin, die kehle durchbohrt, auf der flucht zu fuss, die ebene überblutend. Dort verlor ich die sehkraft und endete mein sprechen mit dem namen der Maria. Dort fiel ich hin und mein fleisch blieb allein zurück. Nun sag ich dir die wahrheit, und du sag sie weiter unter den lebenden: der engel Gottes fasste mich, und der aus der hölle schrie: ‘Du, der vom himmel, was beraubst du mich? du trägst sein ewiges mit dir davon wegen eines tränleins, das ihn mir nimmt! Aber ich, ich werde mit seinem andern anders schalten!’ Du weißt gut, wie in der luft sich jener feuchte dunst ansammelt, der zu wasser wird, sobald er aufsteigt wo ihn die kälte aufnimmt. Jener böse wille, der nur böses begehrt, verband sich mit dem verstand und erweckte rauch und wind durch jene kraft die natur ihm gab, und als der tag erlosch, bedeckte er das tal von Pratomagno bis zum hohen bergjoch mit nebel und machte den himmel darüber so prall, dass die trächtige luft sich in wasser verwandelte. Der regen fiel, und was davon die erde nicht ertrug kam zu den gräben, und wie es sich zu den grossen bächen sammelte, stürzte es so reissend zum königlichen fluss, dass nichts es aufhalten konnte. Meinen erstarrten leib fand der mächtige Archiano an seiner mündung und schob ihn in den Arno. Er löste auf meiner brust das kreuz, das ich aus mir gemacht hatte, als der schmerz mich übermannte. Er wälzte mich an den ufern hin und am grunde, darauf bedeckte und umhüllte er mich mit seiner beute.“ *(dem geschiebe).*

„Ach du, wenn du zur welt zurückgekehrt bist und ausgeruht von dem weiten weg, so folgte der dritte geist dem zweiten, gedenke mein - ich bin die Pia. Siena gab mir das leben, die Maremme nahm mir's. Das weiss der, der mich erst beringte und mit seiner gemme geehlicht hatte.“

Pia dei Tolomei war gattin des Nello Panocchieschi. Als dieser eine andere, eine reiche schöne erbin heiraten wollte, brachte er Pia auf sein kastell in der Maremme, der sumpfigen niederung zwischen Pisa und Massa, und liess sie, als sie am fenster stand, von einem diener an den beinen packen und hinauswerfen. Der fels unten hiess noch spät il salto della contessa.

6. Gesang

Wenn man sich vom würfelspiel trennt, bleibt der verlierer betrübt zurück, wiederholt die würfe und lernt traurig; den andern begleiten alle leute: der geht vor ihm, der fasst ihn von hinten und jener ruft sich von der seite in erinnerung. Er bleibt nicht stehn und hört bald dem bald jenem zu; wem er die hand reicht, der bedrängt ihn nicht länger, und so erwehrt er sich des trubels. Nicht anders erging es mir in jener dichten schar, dass ich ihnen mein gesicht bald hier- bald dorthin zukehrte, und mit versprechungen löste ich mich heraus.

Da war der Aretiner, der durch die grausamen arme des Ghino di Tacco den tod fand, und der andere ertrank beim hitzigen nachjagen. Hier flehte mit ausgestreckten händen Federigo Novello und der von Pisa, durch den der gute Marzucco sich so tapfer erwies. Ich sah graf Orso und die seele, die durch neid und missgunst von ihrem leibe getrennt ward, wie er sagte: nicht wegen begangener schuld - ich meine Pier dalla Broccia, und hier sehe sich die dame von Brabant vor, solang sie diesseits ist, dass sie deswegen nicht der schlimmeren herde angehöre.

Die alten erklärer wissen hier allerlei namen zu nennen und geschichten zu erzählen. Marzucco von Pisa war minorit und bewies seine seelenstärke, als er beim mörder seines sohnes die bestattung erwirkte oder ihm gar, sagen andere, die hand küsste. Pierre de la Brosse war kanzler Philipps des Schönen von Frankreich, und die von seinen neidern aufgestiftete königin, Maria von Brabant, verleumdete ihn wie Potiphars weib oder indem sie verräterische briefe fälschte; nun sehe sie zu durch rechtzeitige reue, dass sie nicht in die hölle kommt.

Als ich mich all dieser schatten entledigt hatte, die nur baten dass andere bäten, damit ihre heiligung sich beschleunige, begann ich: „Du scheinst, o mein licht, in einem deiner texte mir ausdrücklich zu bestreiten, dass gebet einen beschluss des himmels umbiegen könne, und doch bitten diese leute nur um dies. Wäre also ihre hoffnung eitel? Oder verstehe ich dein wort nicht richtig?“

Das geht auf eine stelle in der Aeneis (VI 376), wo Aeneas beim gang in die unterwelt von einem ertrunkenen und darum unbegrabenen freund gebeten wird, ihn mit gewalt mit sich über den Styx zu nehmen, worauf die Sibylle: Desine fata deum flecti sperare precando - Lass von der hoffnung die sprüche der götter zu beugen durch bitten! - ein ausdruck männlicher, stoischer frömmigkeit, des amor fati, der sich nicht auflehnt gegen das beschiedene, als notwendig erkannte schicksal. Aber hier antwortet Vergil nicht als heide sondern christlich. - Die seelen, die erst in letzter stunde bereuten, müssen hundert jahre warten, eh sie einlass ins Fegefeuer finden.

Und er zu mir: „Meine schrift ist klar, und die hoffnung dieser leute trügt nicht, wenn man mit gesundem sinne recht schaut. Denn dem höchsten urteilsspruch geschieht kein abbruch, wenn liebesfeuer in einem augenblick die pflicht erfüllt, der jeder genügen muss, der hier wohnung nimmt. Und dort wo ich jenen satz aufstellte, liess sich kein fehl durch gebet bessern, weil das gebet Gott nicht erreichte *(in der unterwelt, also in der Hölle)*. Aber halte dich nicht auf bei so tiefen fragen, wenn sie es dir nicht sagt, die dir eine leuchte sein wird zwischen der wahrheit und deinem geist. Ich weiss nicht, ob du verstehst - ich meine Beatrice. Oben auf der kuppe dieses berges wirst du sie sehen, lachend und glücklich."

Für eine so theologische frage ist die menschliche vernunft, ist Vergil nicht zuständig. Die antwort gibt der Adler, Himmel XX 94.

Und ich: „Herr, lass uns mit grösserer eile gehen. Schon bin ich nicht mehr so erschöpft wie vorhin, und du siehst ja, wie der kegel schon schatten wirft." - „Wir werden mit dem tag, antwortete er, so weit vorwärts gehen wie wir noch können. Aber die wirklichkeit ist in ihrem wesen anders als du wohl denkst. Bevor du oben bist, wirst du die wiederkehren sehen, die sich schon hinter dem abhang verbirgt, sodass du ihre strahlen nicht mehr brichst. Aber sieh dort eine seele, die an ihrer stelle ganz einsam und allein zu uns herschaut, die wird uns den schnellsten weg lehren." Wir kamen zu ihr - o lombardische seele! Wie standest du stolz und abweisend und in der bewegung der augen ehrwürdig und langsam. Sie sagte uns kein wort, sondern liess uns gehen und schaute nur, nach art eines löwen, wenn er sich niederlässt. Trotzdem begab sich Vergil zu ihr hin und bat sie, uns den besten aufstieg zu zeigen. Doch sie antwortete nicht auf seine frage, sondern erkundigte sich nach unserm land und unserm leben, und mein teurer führer begann: „Mantua ..." und der ganz in sich gekehrte schatte hob sich ihm entgegen von der stelle wo er erst stand, und sagte: „O Mantuaner, ich bin Sordello, aus deiner stadt!" und sie umarmten einander.

Sordello aus Mantua, ein dichter des 13. jahrhunderts, dichtete wie die troubadours in provençalischer sprache liebeslieder, aber auch politische mahnrede an die fürsten seiner zeit; er war ein angesehener hofmann Karls von Anjou. - An edler plötzlichkeit will Nietzsche die grosse seele erkennen.

O magd Italia, du herberge der schmerzen, schiff ohne fergen in schwerem sturm nicht herrin von provinzen, ein einziges bordell! Nur beim süssen klang ihrer vaterstadt war jene edle seele so rasch, ihren mitbürger hier festlich zu empfangen, und jetzt sind die, die in dir leben, nie ohne krieg, und jeder nagt an jedem, die doch eine mauer und ein graben umschliesst. Such doch, unglückliche, alle ufer deiner küsten ab und schau dir dann in dein inneres, ob irgend ein teil von dir frieden geniesst. Was hilft's, dass Justinian dir die zügel ordnete, wenn der sattel leer ist? Ohne ihn wäre die schmach geringer.

Es gibt doch das Corpus juris; umso empörender die allgemeine gesetzlosigkeit.

Weh, du volk, du solltest unterwürfig sein und Caesar im sattel sitzen lassen, wenn du wohl acht hast auf das, was Gott dir kundtut.

Gegen die päpstliche politik zitiert Dante Matthäus XII 21: Gebet dem kaiser was des kaisers ist ...

Schau, wie dies biest störrisch geworden ist, weil es von keinen sporen gebändigt wird, seit du die hand auf die zügel gelegt hast. O deutscher Albrecht, was lässest du es im stich, das unbeherrschte, wildgewordene, du müsstest dich doch zwischen seine sattelbögen klemmen. Gerechtes urteil falle von den sternen auf dein blut, das sei ein neues sichtbarliches zeichen, so dass dein nachfolger furcht bekommt.

Albrecht von Habsburg und sein vater Rudolf hatten sich nicht mehr um Italien gekümmert, wo nun die städte, die kirche, die Anjou und die Aragon sich bekriegten; für Dante war es aber immer noch ein teil des Reichs. Albrecht wurde 1308 von Johannes Paricida ermordet, so ging Dantes fluch in erfüllung, als ein vaticinium ex eventu. Da kaiser Heinrich VII., der 1310 nach Italien zog, nicht erwähnt ist, dürfte der gesang also zwischen 1308 und 1310 gedichtet sein.

Was ist euch widerfahren, dir und deinem vater, dass habgier euch dort drüben festhält und der garten des reiches verlassen liegt? Komm und sieh nach den Montecchi und Cappelletti, Monaldi und Filippeschi, du achtloser mensch; jene sind schon in trauer und diese bangen. Komm, grausamer, komm und sieh die bedrängnis deiner edlen und heile ihre gebresten, und du wirst Santafiore in sicherheit sehen.

Die Ghibellinengeschlechter von Verona (die bekannten Montagu und Capulet) und von Orvieto hatten einen schweren stand gegen die Guelfen; die Aldobrandeschi mussten ihr kastell Santafiore 1300 an Siena abtreten.

Komm und sieh nach deiner Roma, die weint, eine einsame witwe, und tag und nacht ruft: „Mein Caesar, warum bist du nicht bei mir?“ Komm und sieh, wie das volk sich liebt, und wenn kein mitleid mit uns dich bewegt, so komm um der schande deines namens willen. Und wenn es mir erlaubt ist, o höchster Jupiter, der du auf erden für uns gekreuzigt wurdest: sind deine gerechten augen anderswohin gewandt? Oder ist das vorbereitung, die du in deinem abgründigen rat beschlossen hast, für irgend ein heil, unsrer wahrnehmung völlig unerreichbar?

Dante ist überzeugt, dass auch die alten heiden in ihrem himmelskönig Gottvater angebetet haben.

Denn die städte Italiens sind alle voller tyrannen, und als parteimann wird jeder flegel zu einem Marcellus

zu einem hochgeachteten staatsmann, gleichviel, welcher römische Marcellus dabei gemeint ist.

Mein Florenz, du kannst wohl zufrieden sein mit dieser abschweifung, die dich nicht berührt, dank deinem volk, das so klug ist. Manche haben gerechtigkeit in ihren herzen, aber um den bogen nicht unbesonnen zu ergreifen, schnellen sie den pfeil nur zögernd ab; aber dein volk hat sie auf der zungenspitze. Viele sträuben sich gegen ein öffentliches amt, aber dein volk antwortet ungerufen und schreit eilfertig: „Ich übernehm's!“ So freue dich, du hast wohl grund, du reiche, du friedliche, du vernünftige. Ob ich recht habe, zeigt sich an der wirkung. Athen und Sparta, die im altertum mit solchem bürgersinn die gesetze machten, gaben zum rechten leben nur einen schwachen schimmer gegen dich - deine maassnahmen sind so fein ausgetüftelt, dass, was du im oktober spinnst, die novembermitte nicht erreicht.

Im besonderen ist hier daran zu denken, dass die beiden prioren - einer war Dante - die am 15. oktober 1301 nach Rom zum papst gingen, am 8. november auf betreiben Karls von Valois vor ablauf ihrer amtszeit abgelöst wurden und es vorzogen, nicht mehr heimzukehren.

Wie oft, nur in der zeit deren du dich erinnerst, hast du gesetz und münze, amt und gewohnheit verändert und deine glieder erneuert!

Deine bevölkerung vertauscht, weil bei den ständigen parteikämpfen immer wieder die einen verbannt wurden, die andern rückkehrten.

Und wenn du dich recht erinnerst und hell siehst, wirst du dich jener kranken ähnlich sehen, die keine ruhe finden kann in ihren federn und sich wälzt, um sich gegen die schmerzen zu schirmen.

Die historiker haben nachgezählt: siebzehn umstürze und verfassungsänderungen von 1213 bis 1307. Ein sprichwort der zeit: Legge Fiorentina, fatta la sera, guasta la mattina - Gesetz von Florenz, am abend erlassen, am morgen verlassen. Es ist das erstemal, dass Dante den faden seiner erzählung so lange fallen lässt - der ingrimm schafft sich luft. Aber diese leidenschaftliche invektive gegen Italien und Florenz spricht nicht gegen seine vaterlandsliebe. Die dichter sind das gewissen ihrer nation. Solche mahn- und strafreden finden sich bei den propheten des Alten Bundes, bei Horaz, bei Hölderlin und George - nicht zu reden von den kulturkritikern seit Rousseau und Nietzsche.

7. Gesang

Nachdem die ehrenvollen und freudigen begrüssungen sich drei oder viermal wiederholt hatten, trat Sordell zurück und fragte: „Und ihr, wer seid ihr?" - „Bevor die seelen, die des aufstiegs zu Gott würdig sind, sich diesem berge zuwandten, wurden meine gebeine von Oktavian begraben. Ich bin Vergil, und durch keine andere schuld verlor ich den himmel, als weil ich den glauben nicht hatte", so antwortete jetzt mein führer. Wie einer der plötzlich vor sich etwas sieht was ihn erstaunt - er glaubt, und nicht, und spricht: es ist, nein es ist nicht - so schien jener; dann senkte er die brauen, kehrte demütig zu ihm zurück und umarmte ihn dort, wo der geringere sich anschmiegt. „Du ruhm der Lateiner, sagte er, durch den unsere sprache zeigte, was sie vermag, du ewiger preis des ortes, von dem ich stamme, welches verdienst oder welche gnade zeigt dich mir? Wenn ich würdig bin, deine worte zu vernehmen, sag mir, ob du aus der Hölle kommst und aus welchem bezirk." - „Durch alle kreise des schmerzensreiches, antwortete er, bin ich hierher gekommen. Kraft des Himmels hiess mich gehen und begleitet mich. Nicht durch tun, durch nichttun verlor ich den anblick der hohen sonne, die du ersehnst und die ich zu spät erkannte. Ein ort ist dort unten, traurig nicht von martern, nur von finsternis, wo die klagen nicht tönen wie wehgeschrei - es sind nur seufzer. Dort weile ich mit den unschuldigen kleinen, in die der tod seine zähne schlug, eh sie der menschenschuld enthoben waren *(durch die taufe)*. Dort weile ich mit denen, die sich nicht in die drei heiligen tugenden kleideten, aber ohne laster die andern kannten und allesamt befolgten.

Dem alten heiden fehlt es an glaube, liebe und hoffnung, nicht aber an gerechtigkeit, klugheit, mut und zucht.

Aber wenn du's weißt und kannst, gib uns irgend einen hinweis, dass wir bälder hingelangen, wo das Fegefeuer seinen richtigen eingang hat." Er antwortete: „Uns ist kein bestimmter platz angewiesen; es ist mir erlaubt, aufwärts und umher zu schweifen; soweit ich gehen kann, begleite ich dich als führer. Aber sieh, wie der tag sich schon neigt, und steigen bei nacht ist unmöglich. Drum wär es gut, auf einen schönen rast-ort zu denken. Seelen sind hier zur rechten etwas abseits; ist es dir recht, so führe ich dich zu ihnen - es wird dich freuen sie kennen zu lernen." - „Wie ist das, war die antwort, wer des nachts steigen wollte, würde er von jemand gehindert, oder wäre es darum nicht, weil er nicht könnte?" Und der gute Sordell strich mit dem finger über den boden und sprach: „Schau, bloss diese linie würdest du nicht überqueren nach sonnenuntergang. Nicht dass etwas anderes sich deinem aufstieg widersetzte als nur die nächtliche finsternis; nur sie fesselt den willen durch das nichtkönnen. Wohl könnte man derweile abwärts kehren und ziellos rings um den hang schweifen, solang der horizont den tag verschlossen hält."

Das muss allegorisch gedeutet werden: die sonne ist ja das symbol der göttlichen erleuchtung, ohne die es keinen aufstieg gibt. Daher Vergils erstaunen.

Da sagte mein herr wie verwundert: „So führe uns denn dorthin, wo, wie du sagst, ein erfreulicher aufenthalt wäre".

Wir hatten uns nicht weit von dort entfernt, als ich bemerkte, dass der berg sich einbuchtete, wie bei uns weite täler sich einbuchten. „Dort, sagte jener schatte, wollen wir hingehen, wo der abhang aus sich einen schooss macht, und dort den tag erwarten.“ Zwischen steil und eben war ein schräger pfad, der uns in die flanke jener mulde führte, dort wo der saum schon mehr als zur hälfte wegstirbt. Gold und feinsilber, scharlach, bleiweiss, indischer hell-heiterer karfunkel, frischer smaragd, grad eben gebrochen - jedes davon wäre an farbe übertroffen worden von dem kraut und den blumen, die sich innerhalb jener senke fanden, wie das geringere von seinem stärkeren übertroffen wird. Doch hatte natur hier nicht nur gemalt: aus der lieblichkeit von tausend düften schuf sie da etwas unbekanntes, unbestimmtes.

„Salve regina“ singend sah ich auf dem grün und auf den blumen dort seelen sitzen, die wegen des talgrundes von aussen nicht sichtbar waren.

Salve regina wird in der kirche nach der vesper gesungen: Gegrüsst sei, Königin, mutter des erbarmens, du unser leben, süssigkeit und hoffnung, sei gegrüsst, zu dir rufen wir verbannten kinder Evas, zu dir seufzen wir stöhnend und weinend in diesem tränental; also denn, du unsre fürsprecherin, wende deine barmherzigen augen auf uns und lass uns nach dieser verbannung Jesum, die gesegnete frucht deines leibes, schauen, du gütige, fromme, süsse jungfrau Maria. - So singen jetzt die einst grossen dieser erde.

Farben, düfte und gesang, das hat jene dolcezza, die zu Dante ebenso gehört wie in seinen urteilen und strafreden seine terribilità. Seine seele vereinigt die beiden pole, die etwa in Raffael und Michelangelo so deutlich auseinandertreten. Dolce ist eines von Dantes lieblingswörtern, während uns das wort „süss“ oft unerträglich ist; für dolce maestro, dolce figlio sagen wir lieber: mein teurer lehrer, lieber sohn.

„Bevor die spärliche sonne jetzt ihr nest sucht, begann der Mantuaner, der uns hierhergelenkt hatte, verlangt nicht, dass ich euch mitten unter sie führe. Von diesem vorsprung erkennt ihr besser ihrer aller gebärden und mienen, als wenn ihr im talgrund unten unter sie gemischt wäret.

Zum verständnis der folgenden fürstenschau mag es hilfreich sein, einiges über die dynastien des dreizehnten jahrhunderts vorauszuschicken. Die meisten figuren waren noch Dantes zeitgenossen. Paarweis sitzen beieinander, die im leben sich bekriegt hatten, so zuoberst Rudolf von Habsburg und Ottokar von Böhmen. Rudolf heisst ihm kaiser, obgleich er es verschmäht hatte, in Italien sich krönen zu lassen und ordnung zu schaffen. In Frankreich herrschten die Capetinger. Ludwig IX., der Heilige (1226 - 1270), hatte einen bruder, Karl I. von Anjou, der offenbar durch eine starke nase auffiel. Durch heirat mit einer gräfin Beatrice wurde er herr der Provence; nach deren tod heiratete er eine Margherita von Burgund. Durch seine siege über Manfred bei Benevent 1266 und Konradin bei Tagliacozzo 1268 gewann er Neapel und Sizilien. Sizilien ging ihm 1282 durch die sizilianische Vesper verloren und fiel an Aragon. Dieser Karl I. starb 1285; sein sohn Karl II. von Anjou behielt Neapel und die Provence, verwaltete sie aber so schlecht, dass beide länder darunter zu leiden hatten.

Auf Ludwig IX. folgte sein sohn Philipp III., der Kühne (1270 - 1285), dessen nase eher kurz geraten war. In einer seeschlacht unterlegen, musste er gebiete an Aragon abtreten. Seine söhne wiederum, beide von Dante gründlich gehasst, waren Philipp IV., der Schöne (1285 - 1314), und Karl von Valois, den der papst als friedensstifter nach italien rief, wo er, parteiisch, urheber von Dantes verbannung wurde. Verheiratet war Philipp mit einer Giovanna, tochter Heinrichs I. von Navarra. - In Aragon herrschte der hochgerühmte Peter III. (1276 - 1285), gatte von Manfreds tochter Konstanze; von seinen söhnen erbte der jung verstorbene Alfons III. (1285 - 1291) mit dem thron auch die väterlichen tugenden, nicht so die beiden andern, von denen Jakob II. (1291 - 1327) Aragon behielt, Friedrich Sizilien übernahm.

In England folgte auf den schlichten Heinrich III. (1216 - 1272) sein tüchtigerer sohn Eduard I. (1272 - 1307).

Wilhelm VII. von Montferrat, ein leidenschaftlicher vorkämpfer der Ghibellinen, wurde vom empörten volk von Alessandria gefangen und in einen eisernen käfig gesperrt in dem er starb; der rachefeldzug seines sohnes verlief so unglücklich, dass seine beiden gebiete, das Canavese (nördlich von Turin) und Montferrat (zwischen Grenoble und Chambéry) die folgen zu spüren bekamen. - Sordell also erklärt:

Der dort, der höher oben sitzt und aussieht, als hätte er versäumt zu tun was er sollte, und der den mund nicht bewegt zum singen der andern, war kaiser Rudolf, der die wunden hätte heilen können, an denen Italien vergeht, so dass es erst spät durch andere sich erholt. Der andere, der allem anschein nach ihn tröstet, beherrschte das land, wo das wasser entspringt, das die Moldau in die Elbe und die Elbe ins meer trägt. Ottokar hiess er und war schon in den windeln weit besser als sein sohn Wenzeslaus bärtig, der sich von ausschweifung und müssiggang nährt. Und die stumpfnase dort, die sich dicht an dicht zu beraten scheint mit dem der so gütig aussieht, starb auf der flucht und entblätterte die lilie. Schaut hin, wie er sich an die brust schlägt. Seht den andern, der seufzend seine wange in die hohle hand bettet. Vater und schwäher sind sie des fluchs von Frankreich; sie kennen sein lasterhaftes, schmutziges leben; davon kommt der schmerz, der sie so durchbohrt. Der dort, den man so gliederstark sieht und der im gesang einstimmt mit dem mit der männlichen nase, war mit allen tugenden umgürtet, und wenn der jüngling der hinter ihm sitzt nach ihm könig geblieben wäre, so wäre die trefflichkeit von gefäss in gefäss übergegangen, was man von denn andern erben nicht sagen kann: Jakob und Friedrich haben die königreiche, aber keiner besitzt etwas von der besseren erbschaft. Selten steigt menschentugend bis ins gezweig - so will es der, der sie verleiht, damit man ihn als ihren urheber erkenne. Auch auf den grossnasigen gehen diese meine worte, nicht weniger als auf den andern, Peter, der mit ihm singt; weshalb Apulien und die Provence schon zu leiden haben. Soviel geringer als ihr same ist die pflanze, je höher Konstanze mehr als Beatrice und Margherita sich ihres gatten rühmen darf. *Mit den frauennamen spielend ein komplizierter vergleich: Peter von Aragon ist um so viel besser als Karl I. von Anjou, wie dieser besser ist als sein sohn.* - Seht dort allein für sich den könig des einfachen lebens sitzen, Heinrich von England; dem kamen seine zweige besser heraus. - Jener der zwischen ihnen tiefer auf dem boden sitzt und aufwärts schaut, ist der markgraf Wilhelm, dessetwegen Alessandria und sein krieg Montferrat und dem Canavese die tränen brachten.“

8. Gesang

Es war schon die stunde, die den seefahrern ihre sehnsucht rückwendet und ihr herz erweicht am tag, dass sie ihren trauten freunden lebewohl sagten, und da dem neuen pilger liebe ans herz greift, wenn er von weitem eine glocke hört, die den sterbenden tag zu beweinen scheint, als ich begann, mein ohr nicht weiter zu gebrauchen, und auf eine der seelen zu schauen, die sich erhob und mit der hand gehör heischte; sie legte beide handflächen aneinander und hob sie, die augen gen osten heftend, als spräche sie zu Gott: andres berührt mich nicht. „Te lucis ante“ kam es so fromm aus ihrem munde und mit so süssen tönen, dass ich darüber ganz ausser mir geriet. Die andern folgten sanft und fromm vom anfang bis zum ende des hymnus, die augen auf die obern kreise gerichtet.

Te lucis ante terminum - das in der Kirche zur complet gesungene gebet Gregors: Dich vor des lichtes niedergang / Schöpfer der dinge, bitten wir / Dass du uns mit gewohnter huld / Auch diesmal führest und bewachst. / Fern weiche schlimmer traum zurück / Und nachtgebornes spukgebild. / Du unterdrücke unsern feind / Dass sich der körper nicht befleckt. / Allmächtiger Vater, gib uns dies / Durch Jesus Christus unsern herrn, / Der herrscht in alle ewigkeit / Mit dir und mit dem Heilgen Geist.

Nacht ist die zeit der geschlechtlichen anfechtungen, auf die der hymnus deutlich genug anspielt und die den Christen - ein paulinisches erbstück - vor allem bedrängen. Zwar sind die seelen im jenseits den körperlichen versuchungen nicht mehr ausgesetzt, aber Dante übergeht diese schwierigkeit, um in dieser ersten nacht im Fegefeuer seine vision der schlange und der himmlischen helfer, des gnadenvollen friedens zu gestalten. Wenn die beiden engel „aus dem schoosse der Maria“ kommen, heisst das nicht, dass sie gleich Christus seien, zwei als die göttliche gerechtigkeit und barmherzigkeit, sondern dass sie aus dem höchsten himmelskreis niederschweben, wo Maria thront. Ihre schwerter flammen wie die, mit denen die Cherubim Adam und Eva aus dem paradies trieben, sind aber zerbrochen und stumpf, weil seit der erlösung der weg zum paradies wieder offen ist.

Schärfe hier, leser, deine augen gut für die wahrheit; denn der schleier ist jetzt so fein gewoben, dass er gewiss leicht zu durchschauen ist. Ich sah darauf jenes edle heer schweigsam emporschauen, gleichsam wartend, bleich und demütig, und sah der höhe entschweben und niedersteigen zwei engel mit flammenden klingen, zerbrochenen und ohne spitze. Grün wie eben entsprossne blättchen waren ihre kleider, die, von grünen federn durchbohrt und durchweht, hinter ihnen nachflatterten. Der eine blieb ein wenig über uns stehn, der andere liess sich nieder am rand gegenüber, so dass die leute zwischen ihnen blieben. Wohl unterschied ich an ihnen das blonde haupt, aber in ihren gesichtern verwirrte sich mein auge, wie jede kraft vor dem übermaass versagt. „Beide kommen aus dem schoosse der Maria, sagte Sordell, zum schutz des tales, wegen der schlange die gleich gleich kommen wird.“ Worauf ich, der nicht wusste, welchen weges, mich ganz umwandte und, ganz vereist, mich den vertrauten schultern anschmiegte. Und Sordell weiter: „Nunmehr steigen wir doch noch zu tal zwischen die grossen schatten und wollen mit ihnen reden. Euch zu sehn wird ihnen höchst erfreulich sein." Nur drei schritte, glaub ich, stieg ich nieder und war unten und sah einen, der immer nur mich anschaute, als wollte er mich erkennen. Es war schon die zeit da die luft sich schwärzte, doch noch nicht so, dass sie nicht zwischen seinen und meinen augen erhellt hätte, was erst verschlossen war. Er trat zu mir hin und ich trat zu ihm. Edler richter Nino, wie froh war ich, als ich dich nicht unter den sündern sah!

Dieser ausruf verrät Dantes liebe zu seinem freund Nino Visconti aus Pisa, der nach vielen kämpfen auf guelfischer seite richter im sardinischen Gallura geworden war und 1296 starb. Seine witwe, eine Beatrice von Este, heiratete wieder, 1300, einen Galeazzo Visconti von Mailand, und teilte seit 1302 dessen verbannten-schicksal.

Kein schöner gruss blieb zwischen uns verschwiegen; dann fragte er: „Wie lang ist's her, dass du über die weiten wasser zum fuss des berges kamst?" - „O, sagte ich ihm, durch die traurigen bereiche kam ich heut früh und bin noch im ersten leben, wenn ich auch das andere mit diesem gang erwerben will." Kaum war meine antwort vernommen, als Sordell und er hinter sich traten wie leute in plötzlicher verwirrung. Der eine wandte sich zu Vergil, der andere zu einem der dort sass, und rief: „Auf, Konrad, komm zu sehen, was Gott in seiner gnade wollte!" Dann, zu mir gewandt: „Bei der einzigartigen gunst, die du dem dankst, der sein erstes Warum so verbirgt, dass keine furt hinüber führt: wenn du jenseits der endlosen wellen bist, sag meiner tochter Giovanna, sie möge dort für mich rufen, wo den unschuldigen antwort wird. Ich glaube nicht, dass ihre mutter mich noch liebt, seit sie die weissen binden vertauscht hat, nach denen sie sich in ihrem unglück einst noch sehnen wird. Durch sie begreift man gar leicht, wie lang in einem weib liebesfeuer währt, wenn auge und berührung es nicht immer wieder entfacht. Die viper, die die Mailänder ins feld führt, wird ihr grab nicht so zieren, wie es der hahn von Gallura getan hätte."

Schwarze kleider und weisses kopftuch waren damals die tracht der witwe. Die viper war das wappen der Visconti von Mailand, wie der hahn, gallo, das von Gallura. Als Beatrice 1334 starb, wurden alle beiden wappen auf ihrem grabstein angebracht - vielleicht eine nachwirkung von Dantes vers!

So sprach er, in seinem anblick gezeichnet vom stempel jenes gerechten eifers, der im rechten maasse in einem herzen glüht.

Meine augen gingen begierig immer nur zum himmel und nur dorthin, wo die sterne langsamer sind so wie ein rad dichter an der nabe. Und mein führer: „Mein sohn, was schaust du dort hinauf?" Und ich zu ihm: „Zu jenen drei fakkeln, von denen der hiesige pol über und über brennt." Und er zu mir: „Die vier hellen sterne, die du heut früh sahst, sind tief dort drüben, und diese sind aufgestiegen, wo jene waren."

Eine erfindung Dantes, dass am himmels-südpol die sterne des glaubens, der liebe und der hoffnung leuchten.

Während er sprach, zog Sordell ihn an sich und sagte: „Sieh dort unsern widersacher!" und wies mit dem finger, dass er dorthin schaue. Von jener seite, wo das kleine tal keinen wall hatte, war da eine natter, vielleicht wie jene, die Eva die bittere speise gab. Zwischen dem gras und den blumen kam der böse streif daher, sie bog ihren kopf wieder und wieder zum rücken und leckte wie ein tier das sich putzt. Ich sah's nicht und kann darum nicht sagen, wie die himmelshabichte sich aufschwangen, aber ich sah wohl den einen wie den andern in bewegung. Als sie die luft von den grünen flügeln gespalten fühlte, entfloh die schlange, und die engel kehrten wieder in gleichem flug empor zu ihren posten.

Während dieses ganzen angriffs hatte der schatte, der sich auf des richters ruf an diesen angeschlossen hatte, keinen augenblick abgelassen mich zu betrachten. „So wahr die leuchte, die dich zur höhe führt, in deinem geist soviel wachs finden soll wie es braucht bis zum obersten lichten schmelz, begann sie, wenn du wahre nachricht von der Valdimagra oder der nachbarschaft hast, so sag sie mir - einst war ich dort ein grosser. Ich hiess Konrad Malaspina, ich bin nicht der alte, aber stamme von ihm ab. Zu den meinigen hegte ich die liebe, die sich hier läutert."

Die geistige kraft des menschen ist das wachs, das die leuchte der himmlischen gnade zum brennen braucht. - Den Malaspina der Valdimagra in der gegend von Luni war Dante zu dank verpflichtet: 1306, also sechs Jahre nach der jenseitsfahrt, gewährten sie ihm gastfreundschaft, verwendeten ihn auch zu diplomatischen aufträgen. Im Castell Mulazzo zeigte man noch eine torre di Dante. Auch die troubadours rühmten die freigebigkeit und kriegerische tugenden der familie. Der hier sprechende Konrad, gestorben 1294, enkel eines älteren Konrad, mag sich im leben und in seinem testament allzu sehr um die güter seiner familie gesorgt haben.

„O, sagte ich ihm, in euern gebieten war ich noch nie; aber wo in Europa kann man verweilen, dass sie nicht allbekannt wären? Der ruhm, der euer haus ehrt, verkündet laut die herren und verkündet die gegend, so dass, wer noch nicht dort war, doch davon weiss. Und ich schwöre euch, so wahr ich nach oben gelangen möchte, dass euer hochgeehrtes geschlecht den lobpreis des beutels und des degens noch nicht verloren hat. Gewohnheit und natur gibt ihm das vorrecht, während das schuldhafte haupt die welt verdreht, allein geradeaus zu gehen und den schlimmen pfad zu verschmähen." Und er: „Nun geh! Denn die sonne lässt sich nicht siebenmal nieder in dem bett, das der Widder mit allen vier füssen bedeckt und einklemmt, so wird diese noble meinung dir mit stärkeren nägeln in den kopf genagelt als mit dem gerede der leute, wenn das gericht ungehindert seinen lauf nimmt."

9. Gesang

Wie der visionär Dante zum eingang der hölle über den Acheron entrückt wird, so wird er in der dritten nacht seiner wanderung von Lucia, der gratia illuminans, an die pforte des eigentlichen fegefeuers entrückt. Das steht im neunten gesang, wie im neunten gesang der Hölle der himmelsbote den eingang in die stadt des Dis und damit in die unteren höllenkreise erzwingt und wie im Paradiso neun gesänge den drei unteren himmelssphären gelten. Gewiss sind das bewusst geplante entsprechungen. Die entrückung erlebt Dante als traum bei sonnenaufgang; er erhöht die darstellung ins feierliche durch eine ausführliche astronomische zeitangabe und durch gehäufte rückgriffe auf die antike mythologie, die ihm so viel gelten wie die biblischen reminiszenzen, und die ich, um nicht dauernd unterbrechen zu müssen, zusammenfassend hier vorwegnehme.

In Florenz ist es die zeit der morgenröte, bei den antipoden wären zweieinhalb nachtstunden vergangen (was ich nicht verstehe: zwei stunden vor sonnenaufgang müssten drüben doch zwei stunden vor einbruch der nacht sein. Und noch eine schwierigkeit: wenn die sonne im Widder steht, befindet sich Aurora vor ihr, also in den Fischen; aber Dante nennt statt dessen „das kalte tier, das mit dem schwanz sticht", also den Skorpion, in welches zeichen die sonne ende oktober eintritt. Die verschiedensten erklärungen sind versucht worden; wäre es unerlaubt zu meinen, Dante habe für einmal zuviel an seinem globus gedreht?)

Aurora, die griechische Eos, hatte sich in den troischen königssohn Tithonos verliebt und ihn entführt - auch das eine entführungsgeschichte wie die von seinem bruder Ganymedes, den der adler des Zeus als liebling des Zeus auf den Olymp entführte, wo er der mundschenk der götter wurde - auch Goethe verwendet die sage als sinnbild der sehnsucht nach vereinigung mit dem göttlichen. - Der Thrakerfürst Tereus hatte die athenische königstochter Prokne geheiratet und danach deren schwester Philomele geschändet. Damit sie den frevel nicht verriete, schnitt er ihr die zunge aus. Philomele aber wob die geschichte der untat in ein kunstvolles gewebe, das sie ihrer schwester schickte. Prokne, um sich an Tereus zu rächen, tötete ihren gemeinsamen sohn Itys. Die götter endeten den jammer, indem sie Philomele in die nachtigall, Prokne in die schwalbe verwandelten, die nun ewig um ihren Itys Itys Itys klagt. - Der junge Achilleus lebte als zögling bei dem weisen Kentauren Chiron; aber als der troische krieg drohte, entführte - entführte! - ihn seine mutter Thetis und versteckte ihn als mädchen unter den töchtern des Lykomedes in Skyros. Der listige Odysseus entlarvte ihn, indem er alarm schlagen liess, worauf die mädchen davonstoben, während Achilleus zu den waffen griff.

Das liebchen des altberühmten Tithonos erschimmerte schon am balkon des ostens, den armen ihres süssen freundes entwunden, ihre stirn leuchtete von edelsteinen, die die gestalt des kalten tieres bildeten, das die menschen mit dem schwanz trifft, und die nacht hatte am orte wo wir waren von ihren steigenden schritten zwei vollendet und der dritte senkte schon die flügel, als ich, der jenes teil Adams mit mir trug, vom schlaf besiegt, mich auf das gras neigte, wo wir schon alle fünf sassen.

Zur stunde, wo die schwalbe ihr trauriges lamento beginnt beim nahen des morgens, vielleicht ihrer ersten schmerzen gedenkend, und wo unser geist, dem fleische fremder und von gedanken weniger gefangen, mit seinen gesichten beinah göttlich ist, war mir im traum, ich sähe einen adler im himmel schweben mit goldnen federn und offnen flügeln, bereit sich herabzulassen, und mir war, ich wäre dort wo Ganymedes die seinigen zurückliess, als er in die höchste ratsversammlung entrafft wurde. Ich dachte bei mir: vielleicht stösst er aus gewohnheit nur hier zu und verschmäht es vielleicht, raub von wo anders in seinen fängen emporzutragen. Dann war mir, nach kurzem kreisen führe er nieder schrecklich wie ein blitz und risse mich empor bis zum feuer. Dort war es, als ob er und ich brennten; und der eingebildete brand versengte mich so, dass der schlaf zerbrechen musste. Nicht anders fuhr Achilleus zusammen, als er die erwachten augen kreisen liess und nicht wusste, wo er wäre, als ihn im schlaf seine mutter in ihren armen von Chiron nach Skyros flüchtete, wo ihn später die Griechen wegholten, wie ich auffuhr, als mir vom gesicht der schlaf entfloh. Ich wurde leichenblass, wie einer der vor entsetzen vereist. Zur seite war mir nur mein trost; die sonne stand schon mehr als zwei stunden hoch, und mein blick war dem strande zu gedreht.

„Hab keine angst, sagte mein Herr, sei gewiss, dass wir am rechten ort sind. Du musst all deine kraft nicht zusammenziehn, sondern weit auftun, du bist jetzt beim Fegefeuer angelangt. Schau hier die steilwand, die es rings umschliesst, und schau hier den eingang, wo sie unterbrochen scheint. Vor kurzem, im frühschimmer der dem tag vorausgeht, als deine seele innen schlief über der blumenzier dort unten, kam eine frau und sagte: 'Ich bin Lucia. Lasst mich diesen schlafenden ergreifen, so will ich ihm seinen weg erleichtern.' Sordello blieb zurück und die andern edeln gestalten. Sie hob dich auf, und wie der tag sich erhellte, ging sie aufwärts und ich in ihren spuren. Hier legte sie dich nieder, und erst zeigten mir ihre schönen augen dort den offenen eingang, dann entschwanden gleichzeitig sie und dein schlaf."

Wie in der Hölle Dante während einer ohnmacht über den Acheron entrückt wurde, so trägt ihn jetzt Lucia im schlaf ans Fegefeuer; so ist der aufstieg nicht sein eigenes verdienst. Lucia, vielleicht seine besondere heilige, schon im zweiten höllengesang von Beatrice zu Vergil ausgesandt, ist auch hier die gracia illuminans, wie ja schon ihr name an lux, das licht, anklingt. Ihre „schönen augen" wurden ihr nach der legende anstelle der ausgerissenen von der Madonna verliehen.

Nach art eines menschen, der aus zweifeln gewissheit gewinnt und seine angst mit zuversicht vertauscht, nachdem sich ihm die wahrheit eröffnete, so war ich verwandelt, und als mein führer mich unbesorgt sah, begann er den anstieg gegen die wand, und ich hinter ihm der höhe zu.

Leser, du siehst gut, wie ich meinen gegenstand steigere, wundere dich darum nicht, wenn ich mit noch grösserer kunst ihm aufhelfe.

Das geht vielleicht auf die kunst, mit der Dante Lucias helligkeit, den sonnenaufgang und eine vorahnung der reinigenden flammen in einen traum transponiert hat, vielleicht aber auch schon auf das folgende.

Wir kamen näher, und an der stelle wo mir zuerst ein spalt erschien, nur wie ein riss der eine mauer zertrennt, erblickte ich eine türe und darunter, um hinanzusteigen, drei stufen von verschiedener farbe und einen pförtner, der noch kein wort sprach. Wie ich nach und nach mein auge dorthin aufschlug, sah ich ihn über der obersten stufe sitzen mit solchem antlitz, dass ich es nicht ertrug. Einen blossen degen hielt er in der hand, der die strahlen so gegen uns zurückwarf, dass ich den blick oft vergebens hinwandte. „Sagt, gleich von dort aus, was wollt denn ihr? begann er zu sprechen. Wo ist die begleitung? Seht zu, dass euer heraufkommen euch nicht schade!"

Er führt das schwert der gerechtigkeit, stellt die ankömmlinge wie eine schildwache und warnt sie; denn nach einem misslungenen versuch, nach einem rückfall steht es schlimmer als vorher.

„Eine frau des himmels, die in solchen dingen bescheid weiss, antwortete ihm mein meister, sagte uns eben vorhin: Geht dorthin, da ist das tor." - „Und sie fördere eure schritte zum guten, begann wieder der gütige pförtner, tretet also vor an unsere stufen." Wir kamen hin, und der erste block war weisser marmor, so geglättet und gefegt, dass ich mich darin spiegelte, ganz wie ich aussehe. Der zweite, von dunkelstem purpur, war aus einem rauhen und ausgedörrten gestein, längs und quer voller risse. Der dritte, zu oberst hingeschichtet, dünkte mich porphyr, so flammend wie blut das aus der ader spritzt. Auf diesem hielt der engel Gottes beide sohlen; er sass auf der schwelle, die dem demantstein glich.

Das kirchliche sakrament kennt die drei stufen zerknirschung, beichte und tätige busse; aber beichten wird Dante erst oben vor Beatrice. Deuten wir also eher die drei als selbsterkenntnis, zerknirschung und vielleicht heiligen eifer. Immerhin schlägt er sich dann dreimal auf die brust - mea culpa, mea culpa, mea maxima culpa!

Über die drei stufen zog mich mein führer bereitwillig hoch und sprach: „Bitte demütig, dass er den riegel löse." Ergeben warf ich mich nieder vor den heiligen füssen und flehte um erbarmen, dass er mir öffne; aber zuvor schlug ich mir dreimal an die brust. Sieben P ritzte er mir mit der spitze seines degens auf die stirn und sagte: „Sieh, wenn du drinnen bist, diese wunden wegzuwaschen!"

Die sieben P für peccavi, sind die sieben todsünden, die auf den sieben borden des Fegefeuerberges abgebüsst werden - stolz, neid, zorn, herzensträgheit, habgier, schlemmerei, wollust. Während die Hölle nach der aristotelischen sittenlehre eingeteilt war, gilt hier die christliche sündenlehre. Es wird deutlich, dass Dante sein jenseits nicht nur beobachtet, sondern seine wanderung als eigene läuterung versteht. - Wie der büssende in sack und asche geht, gibt er auch dem engel das aschfarbne kleid, denn auch der beichtiger hat seines amtes in demut zu walten, und er gibt ihm die zwei schlüssel Petri, weil mit dem einlass ins Fegefeuer auch schon der weg zur ewigen seligkeit freigegeben ist. Zwei schlüssel sind es nach einer antiken konstruktion, bei der ein schlüssel den mechanismus löste, erst ein zweiter den riegel fasste und zurückschob oder vorzog. In christlicher deutung bedeutet der eine schlüssel einsicht und urteilskraft des beichtigers, der andere seine vollmacht zur absolution.

Asche oder erde, die man trocken aufgräbt, wäre von einerlei farbe gewesen mit seinem kleid, und darunter zog er zwei schlüssel hervor; der eine war von gold, der andere war von silber; erst mit dem weissen, dann mit dem gelben verfuhr er an der türe so, dass ich's zufrieden war. „Wenn je der eine dieser schlüssel versagt, dass er sich nicht gerade im schloss dreht, sagte er uns, öffnet sich dieser durchlass nicht. Kostbarer ist der eine, aber der andere verlangt gar viel kunst und geist, eh er aufschliesst; denn das ist der, der den knubben durchdrückt. Von Petrus hab ich sie, und er sagte mir, eher sollte ich irren beim öffnen als dass ich die tür verschlossen hielte, wenn nur die leute sich vor meinen füssen zu boden werfen." Dann stiess er den eingang der heiligen pforte auf und sprach: „Tretet ein, doch mache ich euch aufmerksam, dass nach aussen umkehrt, wer hinter sich schaut."

Man denkt an Orpheus oder Lots weib. - Rückfällig darf man nicht werden.

Und als sich in den pfannen die starken, metallisch dröhnenden zapfen drehten, erknirschten sie.

Antike türen, wie sie hier nach einem Vergilischen vorbild vorschweben, hingen nicht in angeln, sondern mit metallenen zapfen drehten sie sich in metallisch ausgeschlagenen pfannen im türsturz und in der schwelle.

So laut und widerspenstig zeigte sich nicht einmal das tarpeische tor, als der gute Metellus daraus weggehoben wurde, wonach es abgemagert zurückblieb.

Am tarpeischen fels des Capitols war das römische aerarium untergebracht. Als Caesar sich des staatsschatzes bemächtigen wollte, stellte der tribun Metellus seinen stuhl in die türe. Tribunen waren sakrosankt: Caesar liess ihn mitsamt seinem stuhl beiseitetragen, worob, wie Lucan in den Pharsalia berichtet, der ganze fels erdröhnte.

Ich wandte mich, aufmerksam auf den ersten klang, und Te deum laudamus glaubte ich zu vernehmen von stimmen, die sich mit dem beglückenden ton mischten. Was ich hörte, erweckte mir genau den eindruck, den man zu empfangen pflegt, wenn zur orgel gesungen wird und man die worte bald ja bald nicht verstehen kann.

Mit dem ambrosianischen lobgesang wird der neuankömmling begrüsst.

10. Gesang

Kaum waren wir innerhalb der schwelle jenes tors, von dem die böse begierde der seelen so wenig gebrauch macht, weil sie ihnen den krummen weg als den graden vortäuscht, als ich am klang merkte, dass es sich wieder schloss. Und hätte ich meine augen zu ihm hingewendet, was wäre für den fehl hinlängliche entschuldigung gewesen?

Der engel hatte ja das rückwärtsschauen verboten, und Dante gehorcht. Gehorsam gehört zu jeder frömmigkeit. Schon Achilleus in der Ilias: Wer den göttern gehorcht, der wird auch erhört von den göttern.

Wir stiegen durch einen felsspalt, der bald rechts bald links ausbog, wie eine welle naht und flieht. „Hier heisst es einige kunst anzuwenden, begann mein führer, um sich bald hier bald dort an die zurückweichende seite anzuschmiegen." Und das machte unsere schritte so sparsam, dass die verblasste seite des mondes eher sein bett erreichte, sich niederzulegen, eh wir aus diesem nadelöhr draussen waren.

Schon in der Hölle (XX 127) hatte es geheissen: „Gestern nacht war der mond rund"; bei abnehmendem mond ist die unbeleuchtete seite die westliche, die zuerst den horizont erreicht. Es mag also gegen zehn uhr vormittags sein. Der gewundene steile weg beim beginn des aufstiegs entspricht einer menschlichen grunderfahrung. Hesiod im siebten jahrhundert vor Chr. (Erga 287):

Nicht ohne schweiss aber kommst du zu männlichem wert und zu ehre.
Weit und steil ist der weg bis dahin und steinig am anfang,
Aber gelangst du zur höhe, dann wird der weg immer leichter.

Aber als wir im freien und offenen waren, dort wo der berg sich rückwärtig wieder vereinigt, ich erschöpft und beide unsres weges ungewiss, blieben wir stehen auf einer fläche, die war noch einsamer als wege in der wüste.

Das motiv der einsamkeit treffen wir im Fegefeuer schon mehrfach: ein einsamer plan dehnte sich zwischen Cato und dem meer; wenig gebraucht war das tor. In der Hölle dagegen wimmelte es von gestalten. Ähnlich beginnt die eben zitierte Hesiod-stelle:

Feige, faule und niedrige art, das findest du leichtlich
Haufenweise auf ebenem weg und ganz in der nähe.

Gewiss ist der gegensatz von Dante bewusst durchgeführt, wenn er auch, als dichter, den gedanken nicht eigens ausspricht. Jeder wille zu geistiger führung des lebens, der christliche nicht anders als die von Sokrates und Platon, von Laotse oder Buddha gewiesenen wege, löst den menschen aus der naturgegebenen gemeinschaft, jedenfalls aus der menge, macht ihn mündig und stellt ihn auf sich. Vielleicht ist einsamkeit der preis für persönlichkeit, charakter, individualität. Da die christliche seele so auf sich allein gestellt ist, verantwortlich für sich selbst, ist sie doppelt empfänglich für jede begegnung mit einer gleichgestimmten; daher der ton von innigkeit und achtung, mit dem Dantes menschen einander begrüssen.

Von der böschung, wo das leere angrenzt, bis zum fuss des steilufers das immer weiter ansteigt, mässe der abstand dreimal einen menschenleib. Und soweit mein blick die flügel schlagen konnte, jetzt nach der linken, jetzt nach der rechten seite, schien mir dieser sims immer gleich.

Noch hatten sich unsere füsse dort oben nicht bewegt, als ich bemerkte, dass jene wand, wo es an einem graden aufstieg fehlte, ringsum von leuchtendem marmor war, mit figuren so geziert, dass nicht nur Polyklet, dass die natur selbst dort beschämt wäre. Der engel, der zur erde kam mit dem friedenspakt, der nach vielen durchweinten jahren den lang versagten himmel wieder aufschloss, der zeigte sich vor uns so wahr hier eingemeisselt in so lieblicher gebärde, dass er keinem schweigenden bild glich. Man hätte geschworen, dass er Ave sagte; denn dort war sie dargestellt, die zur öffnung der hohen Liebe den schlüssel drehte, und in ihrer gebärde drückte sich ihr wort aus: Ecce ancilla Dei, so genau wie sich beim siegeln eine gestalt in wachs drückt.

Eine verkündigungsszene. Seit der vertreibung aus dem paradies klagte die menschheit um den verlorenen himmel, den erst der Erlöser wieder auftat: das ist der von Gabriel verkündete friede.

„Richte deinen sinn nicht nur auf die eine stelle“, sagte mein teurer meister, der mich auf der seite stehn hatte, wo menschen das herz haben, weshalb ich mich mit dem blick bewegte, und ich sah hinter Maria auf der seite, wo ich den hatte der mich gehen hiess, eine andere geschichte in den felsen eingelassen, weshalb ich an Vergil vorbei näher hintrat, damit sie sich meinen augen darböte. Dort waren in den marmor selbst eingemeisselt der wagen und die ochsen, die die heilige lade zogen, deretwegen man sich fürchtet einen dienst ohne auftrag zu leisten.

Das geht auf Usa (Samuel II 6), der trotz des verbotes die bundeslade auf dem schwankenden wagen seitlich mit der hand anfasste und dafür vom Herrn erschlagen wurde.

Davor zeigte sich volk, die ganze menge geteilt in sieben chöre, die von zweien meiner sinne den einen sagen liessen: nein, den andern: doch, sie singen. Und ebenso waren beim weihrauchqualm, der dort dargestellt war, augen und nase mit ihrem ja und nein unter sich uneins. Dem geweihten gefäss voran schritt dort tanzend und hochgeschürzt der demütige psalmist; mehr und weniger als könig war er in dem augenblick. Gegenüber im ausblick eines grossen palastes wunderte sich Michal wie eine frau voll verachtung und trübsal.

Ich hob den fuss vom ort wo ich stand, um von nahem eine andere geschichte zu betrachten, die mir hinter Michal blinkte. Erzählt war da der hohe ruhm der römischen majestät, deren hoher wert Gregor zu seinem grossen sieg bewog. Ich rede vom kaiser Trajan, und eine kleine witwe griff ihm in den zügel, in der gebärde des weinens und des schmerzes. Rings um ihn war ein gestampf und alles voll von reitern, und über ihnen flatterten sichtbarlich die goldenen adler im winde. Inmitten von all diesen schien die ärmste zu sagen: „Herr, schaffe mir rache für meinen sohn der tot ist - es greift mir ans herz.“ Und er schien ihr zu antworten: „Warte jetzt solang bis ich zurück bin.“ Und sie in der ungeduld des schmerzes: „Mein Herr, wenn du nicht zurückkehrst?“ Und er: „Wer da sein wird wo jetzt ich, wird sie dir schaffen.“ Und sie: „Was schiert dich fremde guttat; wenn du die eigene vergissest?“ Worauf er: „So sei getrost, es geht nicht anders als dass ich meine pflicht erfülle, bevor ich aufbreche. Gerechtigkeit will es und mitleid hält mich zurück." Er der nie etwas neuartiges sah schuf dieses sichtbare sprechen, neuartig für uns, weil es hier nicht vorkommt.

Die legende hat die begebenheit weiter ausgeschmückt: der kaiser habe bei der untersuchung gefunden, dass sein eigener sohn der mörder war, und habe der witwe die wahl gelassen zwischen der hinrichtung des mörders oder ihn statt des toten als sohn anzunehmen; sie wählte das zweite. Papst Gregor der Grosse war von der erzählung so ergriffen, dass er betete, Gott möge den kaiser Trajan aus der Hölle befreien, und sein gebet wurde erhört; im Himmel (XX 44) wird uns Trajan wieder begegnen.

Da auf diesem ersten bord die stolzen büssen, erscheinen hier bilder der entgegengesetzten tugend, der demut, humilitas, ein beispiel aus dem leben der Maria, eines aus dem Alten Testament und ein heidnisches.

Während ich mit lust die bilder so vieler demut beschaute, auch wegen ihres künstlers ein kostbarer anblick, „Sieh daher, aber sie setzen ihre schritte spärlich, murmelte der dichter, viele leute - die werden uns zu den hohen stufen den weg weisen." Meine augen, ganz versunken in der betrachtung, aber immer darauf aus, neue dinge zu sehen, wandten sich ungesäumt ihm zu. Ich möchte aber doch nicht, leser, dass du dich von gutem vorsatz entmutigen lässest, wenn du hörst wie die schuld nach Gottes willen bezahlt wird. Achte nicht auf die art der marter, denk an ihre folgen, denk dass sie schlimmstenfalls nicht über den grossen spruch hinaus dauern kann.

Das Fegefeuer dauert nur bis zum Jüngsten Tag; danach bleibt nur der ewige tod in der Hölle oder im Himmel das ewige leben. - Wie in der Hölle redet Dante auch im Fegefeuer den leser genau siebenmal an. Hier wird die erzieherische, nein, aufrüttelnde absicht der Commedia deutlich.

Ich begann: „Meister, was ich auf uns zukommen sehe, scheinen mir keine menschen, ein ich weiss nicht was, so verwirrt mich der anblick." Und er zu mir: „Die schwere art ihrer marter krümmt sie zu boden, sodass auch meine augen erst zu kämpfen hatten. Aber schau fest hin und entwirre mit dem blick, was unter jenen steinen kommt; gleich kannst du entdecken, wie ein jeder sich quält."

O stolze christen, elende, ärmste, dass ihr, schwach an den augen des geistes, euch verlasst auf lauter rückwärtsschritte! Bemerkt ihr nicht, dass wir raupen sind, geschaffen um den engelsschmetterling zu bilden, der schutzlos auf die gerechtigkeit zufliegt?

Die vom körper befreite seele, die sich dem Jüngsten Gericht stellt.

Weshalb nur schwimmt euer geist auf der oberfläche? Da ihr doch fast nur missglückte insekten seid, so wie raupen in denen die formkraft versagt!

Wie man manchmal zur stütze eines balkons oder daches als konsole eine gestalt sieht, die die kniee bis an die brust zieht, was, selber unwahr, wahren kummer erregt in dem, der sie sieht, solchergestalt sah ich jene, als ich wohl achtgab. Freilich waren sie mehr oder weniger gekrümmt, jenachdem sie mehr oder weniger auf dem buckel hatten; aber der in seiner haltung noch am meisten ausdauer zeigte, schien weinend zu sagen: Ich kann nicht mehr.

Auch hier entspricht die strafe dem laster: die hochfahrenden werden gebeugt.

11. Gesang

„O Vater unser, der du im himmel wohnst, nicht in umgrenztem ort, sondern wegen der grösseren liebe, die du zu deinen ersten werken dort oben fühlst; gelobt sei dein name und deine kraft von jeder kreatur, wie sich's geziemt deiner hohen ausstrahlung dank zu sagen. Zu uns komme der friede deines reiches, denn wir gelangen von uns aus mit all unserm geist nicht hin, wenn er nicht zu uns kommt. Wie deine engel ihren willen dir zum opfer bringen, Hosanna singend, so mögen die menschen mit dem ihren tun. Gib uns heute das tägliche manna, ohne das in dieser rauhen wüste nur rückwärts geht, je mehr einer vorwärts strebt. Und wie wir das erlittene unrecht jedem vergeben, so vergib auch du gütig und sieh nicht auf das was wir verdient haben. Unsere kraft, die so schnell versagt, stelle nicht auf die probe mit dem alten feind, sondern befreie uns von ihm, der sie so peitscht. Diese letzte bitte, lieber Herr, tun wir nicht mehr für uns, es ist keine not, sondern für die die hinter uns blieben." Mit diesem guten reisewunsch für sich und uns gingen jene schatten unter ihrer last, ähnlich der, die uns manchmal im traum bedrückt, im bogen oben auf dem ersten gesims, unterschiedlich gepresst sie alle und erschöpft, sich reinigend vom qualm der welt. Wenn die drüben immer für uns beten, was kann diesseits für sie gesagt oder getan werden von denen, deren wille gut verwurzelt ist? Wohl muss man ihnen helfen, die mäkel abzuwaschen, die sie von hier mit sich trugen, so dass sie rein und leicht zu den gestirnten kreisen heraussteigen können.

„Ihr dort, wenn gerechtigkeit und erbarmen euch bald entlasten möge, so dass ihr euern flügel regen könnt, der euch nach euerm wunsche hebe, zeigt uns, nach welcher seite man am kürzesten zur treppe geht, und wenn es mehr als einen durchlass gibt, zeigt uns den, der am wenigsten steil abfällt; denn der, der mit mir geht, ist wegen der bürde des fleisches Adams, das ihn umkleidet, ganz gegen seinen wunsch ein träger steiger." Die worte, die auf diese erwiderten, die der dem ich folgte gesprochen hatte - von wem sie kamen war nicht deutlich, aber sie lauteten: „Kommt rechterhand dem ufer entlang mit uns, so findet ihr den übergang, auf dem einem lebenden der aufstieg gelingen kann. Und wäre ich nicht gehindert von dem stein, der meinen stolzen nacken bändigt, weswegen ich mein gesicht tief tragen muss, so würde ich den anschaun, der noch lebt und sich nicht nennt, um zu sehn ob ich ihn kenne und um sein mitleid mit dieser bürde anzurufen. Ich war Lateiner, sohn eines grossen Toskaners; mein vater war Wilhelm Aldobrandesco - ich weiss nicht, ob sein name je zu euch gelangte. Das alte blut und rittertum meiner ahnen machten mich so hoffärtig, dass ich, ohne an unsre gemeinsame mutter zu denken, jedermann verachtete in solchem grad, dass ich drum starb, wie die Sienesen wissen und in Campagnatico jedes kind weiss. Ich bin Hubert, und nicht nur mir bringt der stolz schaden; denn alle meine gesippen hat er mit sich ins elend gezogen. Und hier muss ich seinetwegen so lange dieses gewicht schleppen, bis Gott genüge geleistet ist, da ich's unter den lebenden nicht tat, nun hier bei den toten."

Dieser Hubert von Santafiore war aus einer altadligen, um Grosseto herum reich begüterten familie - sie prahlten, sie könnten jede nacht auf einer andern burg schlafen. Hubert schädigte die stadt Siena wie ein raubritter, bis einige

Sienesen sich verkleidet in sein kastell von Campagnatico einschlichen und ihn in seinem bett erstickten.

Zuhörend neigte ich mein gesicht tief herab, und einer von ihnen, nicht der der sprach, wand sich unter dem gewicht, das sie beengt. Er sah mich, erkannte mich und rief, die augen mit mühe fest auf mich richtend, der ich ganz gebückt neben ihnen ging,

Wie im gespräch mit Brunetto Latini (Hölle XV) ist Dantes gebückter gang ganz durch die situation gegeben und doch beidemal ausdruck einer haltung: dort der ehrfurcht vor dem lehrer, hier der dem ort gemässen demütigung.

„O, sagte ich ihm, bist du nicht Oderisi, die ehre Gubbios und die ehre jener kunst, die in Paris illuminieren heisst?"

Ein zu seiner zeit berühmter, heut in der tat vergessener miniaturenmaler, von dem nicht viel erhalten ist. In Rom malte er für den papst messbücher aus und starb dort 1299.

„Bruder, sagte er, mehr lachen die papiere, die Franco von Bologna pinselt; die ehre ist jetzt ganz sein und meine steht dahinten. Gewiss wäre ich so freundlich nicht gewesen, solang ich lebte, wegen des heissen wunsches, als der erste zu gelten, worauf mein herz ganz versessen war. Für solchen hochmut zahlt man hier den lehenszins, und noch wäre ich nicht hier, wäre es nicht, dass ich mich, solang ich noch sündigen konnte, Gott zuwandte. O eitler ruhm alles menschlichen könnens, wie kurz dauert grünes auf dem wipfel, wenn darauf nicht plumpere zeiten folgen. Da glaubte Cimabue in der malerei das feld zu behaupten, und jetzt ist Giotto in aller munde, so dass Sein name verdunkelt ist. So hat ein Guido dem andern den ruhm der sprachkunst abgejagt, und vielleicht ist der schon geboren, der den einen wie den andern aus dem nest wirft.

Während Cimabue (1240 - 1302) noch in der byzantinischen tradition steht, beginnt mit Dantes freund Giotto (1266 - 1337) die grosse italienische malerei. Auch mit Dante befreundet war der dichter Guido Cavalcanti - wir kennen ihn aus dem Farinata-gesang (Hölle X) - der den älteren Guido Guinizelli aus dem ruhm gedrängt hat; der dritte kann kaum ein anderer sein als Dante selber - grosse künstler wissen wer sie sind, dies selbstbewusstsein ist etwas anderes als der eitle hochmut.

Das gerede der welt ist nichts anderes als ein windhauch, der jetzt von hier, jetzt von dorther bläst und seinen namen ändert, weil er die richtung ändert. Welch grösseren namen hast du, ob du im alter dein fleisch von dir abstreifst, oder ob du gestorben wärest eh du über das pap und dindi hinaus warst, bevor tausend jahre um sind, was doch vor der ewigkeit kürzere zeit ist als ein wimpernschlag vor dem kreis, der sich am himmel am langsamsten dreht. Der der vor mir so kurze schritte nimmt, von dem widerhallte ganz Toskana, und jetzt wispert man kaum von ihm in Siena, wo er herr war damals als die tollheit von Florenz gebrochen wurde, das zu jener zeit so stolz war wie es heut dirne ist. Der glanz eures namens ist farbe des grases, das kommt und schwindet, und dieselbe sonne entfärbt es, durch die es erst jung und herb der erde entsprosste." Und ich zu ihm: „Dein wahres wort senkt gute demut in mein herz, das hochgeschwollene verflachst du mir. Aber wer ist der, von dem du eben sprachst?" - „Das ist, antwortete er, Provenzan Salvani, und er ist hier, weil er sich vermaass, ganz

Siena sich untertan zu machen. Seit er starb, ging er so und so geht er, ruhlos. Mit solcher münze begleicht seine schuld, wer drüben sich zu sehr erkühnte."

Dieser Provenzan Salvan war haupt der Ghibellinen in Siena und nach dem grossen sieg über Florenz 1260 bei Montaperti in ganz Toscana allmächtig. In der schlacht von Tagliacozzo 1268 geriet ein freund von ihm in die gefangenschaft Karls I. von Anjou, und Karl verlangte 10000 florinen als lösegeld, sonst würde er ihn töten. Soviel besass Provenzan nicht; da setzte er sich auf dem berühmten Campo von Siena, ein tischchen vor sich, und bat seine mitbürger demütig um einen beitrag; das rührte sie und sie halfen. Ein jahr später fiel er in einer schlacht gegen die Guelfen von Florenz, und sein abgeschnittener kopf wurde im triumph auf einer stange herumgetragen. So erfüllte sich ihm die tückische prophezeiung des teufels, der ihm gesagt hatte: „Siegen wirst du nicht sterben wirst du und dein haupt wird im felde das höchste sein." Vincerai no morrai - er hatte vincerai herausgehört statt vincerai no.

Und ich: „Wenn jeder geist, der, eh er bereut, auf den rand seines lebens gewartet hat, dort unten verweilen muss und, es sei denn dass gutes gebet ihm hülfe, nicht hier heraufsteigt, bevor soviel zeit verstreicht wie er gelebt hat, wieso wurde ihm das heraufkommen jetzt schon gewährt?" - „Als er im höchsten glanze lebte, antwortete er, entschlug er sich aller scham, nahm seinen platz auf dem Campo von Siena, freimütig, und um seinen freund aus der not zu ziehn, die er im gefängnis Karls erduldete, vermochte er es zu tun, worob ihm alle pulse zitterten. Mehr sag ich nicht und weiss, dass ich dunkel rede; aber wenig zeit wird vergehen, da werden deine mitbürger so handeln, dass du es kommentieren kannst. Diese tat enthob ihn jenen gefilden."

Auch Dante musste seinen stolz überwinden und betteln lernen.

12. Gesang

Gleich zu gleich wie ochsen, die im joch gehen, schritt ich neben jenen beladenen seelen, solang es mein teurer lehrmeister duldete. Aber als er sprach: „Lass ihn jetzt und geh ihm vorüber; denn hier ist gut, mit segel und rudern, soweit es einer kann, die barke voranzutreiben“, da richtete ich mich wieder grad auf, wie es das gehen erfordert - mit meinem leibe, wenn auch meine gedanken gebeugt und beschnitten blieben. Schon schritt ich aus und folgte gern meines meisters schritten, und beide zeigten wir, wie leicht wir waren, als er mir sagte: „Wende deine augen abwärts! Es wird für dich gut sein, um dich über deine bahn zu beruhigen, wenn du das bett deiner sohlen betrachtest.“ Wie über den begrabenen zur erhaltung ihres gedächtnisses ihre erdgräber die darstellung tragen von dem was sie früher waren (weshalb dort oftmalen geweint wird wegen der stiche der erinnerung, die nur frommen seelen die sporen gibt), so sah ich dort, nur schöner in der erscheinung, der höheren kunst entsprechend, den ganzen weg, soweit er vom berg nach aussen vorspringt, mit figuren geschmückt.

Entsprechend den in die wand gemeisselten bildern der demut zeigen die zwölf reliefs im boden beispiele bestraften hochmuts. Dabei zeigt sich, wie anders Dantes bildungswelt und wie anders seine betrachtungsweise ist: er kennt und setzt voraus die ganze biblische geschichte und die antike mythologie, sodass seine konzentrierenden andeutungen und anspielungen dem leser genügten, und er schaut nicht kunstverständig oder gar kunsthistorisch, sondern inhaltlich auf den moralischen sinn hin, wie ja auch die skulpturen und glasfenster der kathedralen als Biblia pauperum gelesen wurden. - Wie die künstler verwandelt auch der dichter Dante ganze vorgänge in bilder.

Ich sah auf der einen seite den, der mehr als jede andere kreatur edel geschaffen war, wie er vom himmel blitzend niederfuhr.

Luzifer (d. h. „lichtbringer“), der schönste der engel, ertrug es nicht, nach Gott nur der zweitschönste zu sein, rebellierte mit andern engeln und wurde von Michael zur hölle niedergeschmettert. Christus sagte (Lukas X 18): „Ich sah Satan wie einen blitz vom himmel fallen.“

Ich sah gegenüber Briareos, vom himmlischen geschoss durchbohrt, wie er in todesstarre schwer am boden lag. Ich sah Apollon, sah Athene und Mars noch in waffen um ihren vater geschart, wie sie die verstreuten glieder der giganten bestaunten.

Das heidnische gegenbeispiel zum sturz Luzifers: die Hundertarmigen, Giganten und Titanen erhoben sich gegen die olympischen götter und wurden auf den phlegräischen feldern mit Zeus' donnerkeilen und mit Herakles' hilfe besiegt. Zwei terzinen verwendet Dante nur diesmal für ein beispiel.

Ich sah Nimrod am fuss seines grossen werkes, wie er ganz verwirrt auf die leute schaute, die in Babel mit ihm so vermessen waren.

Nimrod, der gewaltige jäger der Genesis (X 8) galt den kirchenvätern auch als der erbauer des babylonischen turms. Schon in der Hölle (XXXI 77) liess Dante ihn kauderwelschen.

O Niobe, mit wie leidenden augen sah ich dich auf dieser strasse dargestellt zwischen deinen sieben und sieben hingestorbnen kindern!

Wieder ein heidnisches gegenbild: Niobe hatte ihrer freundin Leto gegenüber, der mutter Apollons und der Artemis, höhnisch geprahlt mit ihren sieben söhnen und sieben töchtern, worauf die beiden götter, zur bestrafung des hochmuts, mit ihren pfeilen alle diese kinder umbrachten.

O Saul, wie warst du hier zu schauen, tot über dem eignen degen in Gilboa, das seither nicht regen noch tau mehr fühlte.

Saul wurde von den Philistern besiegt (I. Samuel 28,18); um nicht in ihre hand zu fallen, stürzte er sich auf dem berg Gilboa ins eigene schwert. In seiner totenklage fluchte David den bergen (II. Samuel 1,21): "Nicht tau noch regen falle auf euch."

O tolle Arachne, dich sah ich schon halb als spinne, verzweifelt über den fetzen des werkes, das dir zum unglück geriet.

Die weberin Arachne war so stolz auf ihre kunst, dass sie sogar die göttin Athene zum wettstreit herausforderte. Dabei wob sie höhnisch in ihr tuch lauter liebesgeschichten des Zeus, worauf Athene im zorn das gewebe zerriss und die weberin in eine spinne („arachne") verwandelte.

O Rehabeam, dein bild hier scheint nicht mehr zu drohen, sondern voll entsetzen trägt es ein wagen davon, eh jemand ihm nachjagt.

Salomons sohn Rehabeam hatte dem volk gedroht: „Mein vater hat euch mit peitschen gezüchtigt, ich werde euch züchtigen mit skorpionen (d. h. eisendurchflochtenen peitschen)". Da erhob sich das volk und Rehabeam konnte sich gerade noch mit einem wagen nach Jerusalem retten (I. Könige 12,18). Das war der anfang der trennung von Juda und Israel.

Noch zeigte der harte boden, wie Alkmaion seiner mutter den unglückseligen schmuck teuer erscheinen liess.

Ein von Hephaistos geschmiedetes halsband erbte in der thebanischen königsfamilie bis auf Polyneikes; als dieser den zug der Sieben gegen Theben zusammenbrachte, wollte der seherkönig Amphiaraos sich entziehn, weil er seinen tod vorauswusste, und versteckte sich, aber Polyneikes bestach mit dem köstlichen geschmeide seine frau, das versteck zu verraten. Alkmaion rächte durch muttermord den tod des vaters; so merkte sie, wie teuer sie den schmuck erkauft hatte.

Er zeigte, wie im innersten des tempels die söhne sich über Sanherib warfen und ihn tot dort liegen liessen.

Der Assyrer könig Sanherib (II. Könige 18,19) hatte Hiskias gottvertrauen mit prahlerischen reden verhöhnt; aber (680 v. Chr.) Gottes engel erschlug in einer nacht 185000 mann des belagerungsheeres, Sanherib ging zurück nach Ninive und wurde, als er im tempel betete, von seinen söhnen erschlagen.

Er zeigte den untergang und die grausame verstümmelung des Kyros, als Tomyris zu ihm sprach: „Nach blut hast du gedürstet, und mit blut will ich dich sättigen!"

Kyros, der begründer des persischen reiches, eroberer von Lydien und Babylon, fiel (529 v. Chr.) in Südrussland im kampf gegen die Massageten-königin Tomyris. Sie liess seinen kopf abschlagen und in einen blutgefüllten sack stekken.

Er zeigte, wie die Assyrer hals über kopf flüchteten nach dem tod des Holophernes, und auch die reliquien seiner marter.

Das buch Judith berichtet die prahlreden des assyrischen feldherrn Holophernes und die haltlose flucht seines heeres, nachdem man ihn tot daliegen fand mit abgeschlagenem kopf.

Ich sah Troia in asche und höhlen zerfallen. O Ilion, wie erniedrigt und armselig zeigte dich das bild, das dort zu erkennen war!

Das waren in dreizehn terzinen zwölf beispiele bestraften stolzes, abwechselnd je ein biblisches und ein heidnisches. Die ersten vier beginnen mit V - vedea, die folgenden vier mit dem ausruf O, die letzten vier mit M - mostrava, die drei zeilen der letzten terzine mit V, O, M = UOM, uomo, mensch! Die ersten vier beispiele zeigen auflehnung gegen Gott und götter, die nächsten überheblichkeit, die letzten kriegerische siegesgewissheit, wobei Alkmaions mutter und Sanherib durch ihre kinder, Kyros und Holophernes durch frauen umkamen.

Welcher meister des pinsels oder des stiftes hätte die gestalten und die bewegungen so wiedergeben können, wie sie dort auch einen feinen geist zum staunen brächten. Tot schienen die toten und lebendig die lebenden. Wer die wirklichkeit sah, sah nicht besser als ich all das, was meine füsse traten, solange ich gebückt ging. Nun stolziert nur immer weiter, erhobnen hauptes, ihr kinder Evas, und neigt ja euer gesicht nicht, ihr sähet sonst euern schlimmen weg.

Schon einen grösseren bogen hatten wir um den berg geschlagen und von der sonnenbahn weit mehr verbraucht, als mein geist, der nicht frei war, abgeschätzt hätte, als er, der immer aufmerksam mir voranging, so begann: „Nun heb das haupt, es ist nicht mehr die zeit, so vornüberzuhängen. Sieh dort einen engel, der sich beeilt uns entgegenzukommen, sieh wie vom dienst des tages die sechste magd heimkehrt. *Dienerinnen des tages sind die stunden. Es ist mittag vorbei.* Schmücke deine miene und gebärde mit ehrfurcht, so dass es ihn freut uns nach oben zu leiten. Denk, dass dieser tag dir nie wieder tagt.“ Ich war mir sein ermahnen wohl gewohnt, nur ja keine zeit zu verlieren, so dass er in dieser sache mir nicht verhüllt reden konnte. Das schöne geschöpf kam zu uns, weiss gewandet und im gesicht wie der flimmernde morgenstern. Seine arme öffnete er, und dann öffnete er die flügel und sprach: „Kommt, hier nahebei sind die stufen; jetzt wird der aufstieg leicht.“ Solcher einladung folgen sehr wenige. O menschenvolk, zum höhenflug geboren, was musst du beim geringsten wind so stürzen! Er führte uns hin, wo der fels eingeschnitten war; dort schlug er mir die flügel vor die stirn, dann verhiess er mir gefahrlosen gang. Wie rechterhand beim aufstieg zum berg, wo die kirche sitzt, die die wohlregierte über der Rubaconte-brücke beherrscht, wie dort das kühne ungestüm der steige gebrochen ist durch die stufen, die man baute zu der zeit, da heft und daube noch sicher waren, so sänftigt sich dort der abhang, der ganz steil vom andern kreis abfällt; aber von rechts und links ripst der hohe fels.

Eine ganz schmal in den fels eingehauene treppe vergleicht Dante mit der treppe, die in Florenz den aufstieg rechts zur kirche von San Miniato erleichtert; diese thront über dem Ponte delle Grazie, der vom podestà Rubaconte 1237 erbauten brücke, und auch die stufen sind älter als die beiden skandale von 1299 und 1283, als im protokoll der bericht über eine falsche zeugenaussage ausra-

diert wurde, und als ein salzmeister das scheffelmaass bei der einlieferung vergrösserte und beim ausmessen verkleinerte.

Dorthin wandten wir uns mit unsern leibern. „Selig die armen im geiste" sangen stimmen so, dass es in worten nicht zu fassen wäre. Ach wie verschieden sind diese durchlässe von jenen in der Hölle; denn hier tritt man unter gesängen ein und dort unten unter wildem wehgeschrei. Schon stiegen wir über die heiligen stufen empor, und mir war, ich wäre um vieles leichter als auf der ebene zuvor, weshalb ich: „Meister, sag, welches gewicht ist von mir genommen, dass ich im gehen fast gar keine mühe spüre?" Er antwortete: „Wenn die P, die beinahe verblasst auf deiner stirne noch verblieben, erst ganz ausgewischt sind, so wie jetzt das eine, wird der gute wille sich deiner füsse so bemeistern, dass sie nicht nur keine mühe fühlen, ja dass es ihnen zur lust wird emporzudrängen." Darauf tat ich wie solche, die im gehen etwas auf dem kopf haben, was sie nicht wissen, bis winke von andern ihren verdacht wecken, weshalb die hand ihnen hilft sich zu vergewissern, sucht und findet und erfüllt die aufgabe, die das auge nicht erfüllen kann, und mit den blossen fingern meiner rechten fand ich nur sechs der buchstaben, die der mit den schlüsseln mir über den schläfen eingeritzt hatte. Als er das sah, musste mein meister lächeln.

Dante hatte also nicht gemerkt, dass der engel ihm mit seinem flügelschlag das erste P, peccavi, zum abschied vom ersten büsserkreis ausgestrichen hatte - die läuterung vollzieht sich unmerklich. Auch die andern P waren schon blasser - vielleicht weil der hochmut, hybris, das selbstsichere wesen die wurzel aller andern laster ist.

13. Gesang

Wir waren auf der höhe der treppe, wo zum zweitenmal der berg sich zurückstuft, der im steigen uns entsündigt. Dort umwindet ein rahmen rings den kegel wie der erste, nur dass sein bogen rascher umbiegt. Gestalten sind dort keine zu sehen und keine zeichen; die böschung ebenso wie der weg sind glatt und von der fahlen farbe des gesteins. „Wenn wir hier warten, um leute zu fragen, redete der dichter, fürchte ich wohl, dass unsre entscheidung zu langen aufschub leidet." Darauf richtete er die augen fest auf die sonne, machte aus seiner rechten seite das zentrum der bewegung und drehte seine linke. „O süsses licht, auf das ich traue beim eintritt in den neuen pfad, führ uns du, wie hier innen geführt sein muss. Du wärmst die welt, du leuchtest über ihr. Wenn ein andrer grund nicht zum gegenteil antreibt, müssen immer deine strahlen führer sein."

Die sonne als symbol des göttlichen lichtes. Zu Gott selber kann der heide Vergil ja nicht beten um erleuchtung.

Soweit man hienieden eine meile rechnet, so weit waren wir drüben schon gegangen in kurzer zeit, vom willen gespornt, da hörten wir, ohne sie doch zu sehen, geister uns entgegenfliegen, die sprachen gütige einladungen an den tisch der liebe. Die erste stimme die vorüberflog, sprach laut: „Vinum non habent", *sie haben keinen wein,* und entschwand hinter uns, die worte wiederholend.

Wie im ersten kreis und allen folgenden bietet das leben der Maria immer das erste beispiel der jeweiligen tugend, hier der nächstenliebe. Denn invidia, die zweite todsünde, was wir mit neid übersetzen, ist ja in weiterem sinn jeder böse blick - in-vidia - das malocchio des italienischen aberglaubens, gehässigkeit, neid, schadenfreude. Maria aber sorgte sich um das wohl der gäste bei der hochzeit von Kana, wenn sie mahnte: es fehlt an wein. Vorbilder sind der sporn zum guten, strafen der zaum des lasters. Und wieder ein heidnisches beispiel: Die freunde Orestes und Pylades wurden beim versuch, Iphigenie zu befreien, miteinander gefangen genommen, und Orestes sollte vom barbarenkönig den göttern geopfert werden, worauf Pylades rief, er sei Orestes, und Orestes widersprach: Ich bin Orestes. Das drama des Euripides kannte Dante nicht, nur eine kurze erwähnung bei Cicero.

Und bevor man sie, je weiter sie sich entfernte, gar nicht mehr hörte, kam eine andere vorbei mit dem ruf: „Ich bin Orestes!" und blieb auch nicht stehen. „O, sagte ich, vater, was sind das für stimmen?" Und wie ich fragte, siehe schon die dritte, die sprach: „Liebt die, von denen euch übles widerfuhr." *(aus der bergpredigt).*

Und der gute meister: „Dieser gürtel geisselt die schuld des neides, und darum sind die schnüre der geissel aus liebe gemacht. Der zaum muss vom gegenteiligen klang sein. Ich denke du wirst ihn vernehmen, meiner meinung nach, eh du am tor der vergebung anlangst. Aber hefte deine augen ganz fest durch die luft, so wirst du leute vor uns sitzen sehen, alle dem wall entlang aufgereiht." Da öffnete ich die augen weiter als vorher, schaute nach vorne und sah schatten in mänteln, nicht verschieden von der farbe des steines. Und als wir etwas weiter vorn waren, hörte ich schreien: „Maria, bete für uns!" Sie riefen Michael und Petrus und alle heiligen an. Ich glaube nicht, dass auf erden heute ein so harter mensch einhergeht, der nicht von mitleid durchstochen würde bei dem was ich nun sah: denn als ich so nah zu ihnen hingekommen war, dass ihre gebärden mir deutlich wurden, ward ich durch die augen von schwerem leid gemolken. Von härenen hemden schienen sie mir bedeckt, und einer stützte den andern mit der schulter, und alle lehnten sich an die felswand. So stehn die blinden, denen es an allem mangelt, bei den grossen festen, um ihre notdurft zu erbetteln, und einer beugt den kopf über den andern, damit sich in den leuten mitleid rasch rege, nicht nur durch den klang der worte, sondern durch den anblick, der nicht minder fleht. Und wie bei den blinden die sonne nicht ankommt, so will den schatten am ort, wo ich eben sagte, das himmelslicht keinen anteil von sich spenden; denn allen durchbohrt ein draht das lid und näht es zu, wie man dem wildgefangnen sperber tut, weil er sonst nicht ruhig bliebe.

Die sünder des giftigen blicks werden zur strafe geblendet. Daher ja auch die vorüberhuschenden stimmen.

Mir schien es beleidigend, wenn ich im gehen andere sähe ohne gesehen zu sein, weshalb ich mich an meinen weisen rat wandte. Er wusste wohl, was ich stumm sagen wollte, drum wartete er meine frage nicht ab, sondern sagte: „Sprich, und sei kurz und sinnreich.“ Vergil ging neben mir an dem rand der borte, von wo man fallen kann, weil kein geländer sie umgittert; auf der andern seite hatte ich die frommen schatten, die durch die schreckliche naht die tränen so durchdrückten, dass sie die wangen netzten. Ich wandte mich zu ihnen und begann: „Ihr leute, die ihr gewiss seid, das hohe licht zu schauen, das eures sehnens einzige sorge ist, so wahr gnade bald den schaum auf euerm gewissen auflöse, so dass der strom des geistes geklärt durchfliesse, sagt mir, es wäre mir zu dank und lieb, ob unter euch eine lateinerseele ist; vielleicht wird es für sie gut sein, wenn ich es erfahre.“ - „O mein bruder, jede ist bürgerin der einen wahren stadt; aber du willst sagen, dass sie als fremdlingin in Italien lebte.“ Dies hörte ich, so dünkte mich, als antwort etwas weiter vorne als wo ich stand, weshalb ich näher hinging, zu hören. Unter den andern sah ich einen schatten, der offensichtlich wartete, und wollte mich einer fragen: „Wie?“ er hob nach weise der blinden das kinn. „Geist, sprach ich, der sich hier demütigt um zu steigen, wenn du der bist der mir geantwortet hat, tu dich mir kund nach ort und namen.“ - „Ich war von Siena, war die antwort, und mit diesen andern hier reinige ich mein schuldiges leben mit tränen zu dem, der sich uns schenken möge. Weise war ich nicht, wenn ich auch Sapìa, die Weise hiess, und war über die schäden anderer weit froher als über eignes glück. Und dass du nicht glaubst ich täusche dich, hör, ob ich, wie ich dir sage, von sinnen war. Als sich der bogen meiner jahre schon senkte, trafen meine mitbürger im feld bei Colle auf ihre gegner, und ich betete zu Gott um das, was auch er wollte. Da wurden sie geschlagen und zu den bittern schritten der flucht gezwungen, und als ich die jagd sah, ergriff mich jubel, mit keinem andern zu vergleichen, so dass ich mein kühnes gesicht hob und Gott zurief: 'Jetzt fürchte ich dich nicht mehr!', wie die amsel tut, wenn es kurz aufheitert.

Bei Colle in der Val d'Elsa wurden 1269 die Sienesen von den Florentinern besiegt in jener schlacht, in der auch der aus dem vorigen gesang bekannte Provenzan Salvani fiel. Sapìa glaubt sich durch das erlebte glück ihrer scha-

denfreude vor allem künftigen unglück gefeit. Amseltage nennt das italienische sprichwort die milden tage ende januar, wo die amsel glaubt, der winter sei überstanden.

Frieden suchte ich mit Gott am ende meines lebens, und meine schuldigkeit wäre durch reue noch nicht gemindert, wäre es nicht dass Peter der kammacher in seinen heiligen gebeten mein gedachte, dem ich in seiner nächstenliebe leid tat.

Das war ein frommer Sienese; wenn er in Pisa kämme en gros eingekauft hatte, ging er auf die brücke und warf alle rissigen stücke in den arno: er wolle nicht, dass jemand durch ihn zu schlechter ware käme. Nach seinem tod 1289 wurde er in Siena ein lokalheiliger.

Aber du, wer bist du, dass du auf deinem weg nach unsern umständen fragst und, wie ich glaube, die augen offen trägst und beim reden atmest?" - „Die augen, sagte ich, werden mir hier erst noch genommen, aber nur für kurz; denn durch scheelblick haben sie nur wenig gefehlt. Weit grössere furcht hält meine seele in bangen vor der unteren marter; denn schon lastet auf mir die bürde von dort unten." Und sie zu mir: „Wer also hat dich hier herauf zu uns geführt, wenn du hinunterzukehren meinst?" Und ich: „Er hier, der bei mir ist und kein wort redet. Ich lebe, und darum bitte mich, erlesener geist, wenn du wünschst, dass ich drüben noch die sterblichen füsse für dich rege." - „Nein! antwortete sie, das zu hören ist wirklich etwas neues und ein deutliches zeichen, dass Gott dich liebt. Drum hilf mir du bisweilen mit deinem gebet, und ich bitte dich bei deiner grössten sehnsucht, wenn du je wieder den boden Toskanas trittst, dass du bei meinen verwandten meinen guten ruf wiederherstellst. *(Das heisst: berichte, dass ich unter den geretteten bin.)*

Du findest sie unter jenem eitlen volk, das auf Talamona hofft und dabei noch mehr von seiner hoffnung verliert als bei der suche nach der Diana; aber noch mehr verlieren dabei die admiräle."

Die Sienesen erwarben 1303 den hafen von Talamona und bauten ihn mit grossem aufwand aus, um einen guten hafen zu haben und seemacht zu werden, was nicht geriet, so wenig wie die kostspielige bemühung, einen angeblich unterirdischen fluss namens Diana zu finden, um dem wassermangel abzuhelfen. Hiessen die bauunternehmen Ammiraglio, oder sahen sich die kapitäne schon als künftige admiräle?

14. Gesang

„Wer ist denn der, der unsern berg umkreist, bevor der tod ihm den flug gab, und der die augen nach seinem belieben öffnet und schliesst?" - „Ich weiss nicht, wer es ist, ich weiss nur, dass er nicht allein ist. Frag ihn du, du bist ihm näher, und begrüsse ihn freundlich, so dass er spricht." So sprachen dort rechterhand zwei geister von mir, einer an den andern gelehnt; dann reckten sie, um mit mir zu reden, ihre gesichter aufwärts, und der eine sprach: „Du seele, die da noch im körper steckt und doch gen himmel geht, bei aller nächstenliebe tröste uns und sag uns, woher du kommst und wer du bist; denn dein gnadenstand lässt uns erstaunen wie etwas noch nie dagewesenes." Und ich: „Mitten durch die Toscana ergeht sich ein flüsschen, das an der Falterona entspringt, und ein lauf von hundert meilen macht es noch nicht satt. Über dem gewann ich mir diesen meinen leib. Euch zu sagen, wer ich sei, hiesse vergebens reden, denn mein name hat noch keinen grossen klang."

Auch Giotto malt blinde mit aufgereckten kinn. - Im jahre 1300 war Dante noch nicht berühmt, weder politisch, noch als dichter. In der ganzen Commedia nennt er sich - und entschuldigt sich - nur ein einziges mal: im Irdischen Paradies, wo Beatrice ihn anredet.

„Wenn sich in deine meinung mein geist recht verbeisst, antwortete mir da, der zuerst geredet hatte, so sprichst du vom Arno." Und der andere sagte zu ihm: „Warum versteckte der den namen dieses flusses, ganz wie man mit schrecklichen dingen tut?"

Gefürchtete oder verhasste namen werden auch bei uns gemieden, umschrieben oder entstellt: Jehova statt Jahwe, parbleu, sapperment, der gottseibeiuns; denn der name evoziert. So sehr hasst der verbannte Dante den heimischen fluss.

Und der also befragte schatte löste seine schuld so ein: „Ich weiss es nicht; aber es ist schon recht, dass der name eines solchen flusses untergehe; denn von seinem anfang an, wo das rauhe gebirge, von dem das Cap Peloro sich abspaltet, dermassen aufschwillt, dass es nur an wenigen orten diese marke übersteigt, bis dorthin wo er sich ergibt zum ersatz dessen, was der himmel vom meeresspiegel verdunstet, wovon die flüsse alles haben was sie begleitet,

Nebenbei der ganze kreislauf des wassers! Der Monte Falterona, wo der Arno entspringt, reicht mit seinen 1650 m freilich nicht an die Abruzzen heran. Cap Peloro, der nördlichste zipfel Siziliens, ist der letzte ausläufer des Apennins. Der Arno fliesst erst südlich durchs Casentino (wo die grafen von Porciano wegen ihres wüsten lebens - porco schwein! - berüchtigt waren) und wendet sich bei Arezzo nordwestlich, um von Florenz aus westlich Pisa zu erreichen.

dort überall wird die tugend von allen als eine feindin gemieden wie eine natter, sei's wegen der unglücklichen natur des ortes, sei's wegen übler gewohnheit, die sie anstachelt, worob die bewohner des unglückseligen tales ihre natur so verändert haben, als hätte Kirke, so scheint es, sie auf ihrer weide. Zuerst nimmt es seinen dürftigen lauf zwischen schmutzigen schweinen, die eher eicheln verdienen als zu menschlichem gebrauch geschaffne speise. Kläffer findet es dann im tieferkommen, zähnefletscher weit über ihre macht, und voll verachtung wendet es von ihnen die schnauze weg. Es fällt weiter, und je mehr der verfluchte unselige graben schwillt, desto mehr sieht er die hunde zu wölfen werden. Absteigend dann durch manche ausgehöhlten tiefen findet er die füchse, so voll betrug, dass sie keine klugheit fürchten, die sie finge. Ich lasse mich nicht abhalten zu reden, ob auch ein anderer mich hört, und für den hier wird es gut sein sich noch einmal zu erinnern an das, was wahrer geist mir entwirrt.

Ich sehe deinen neffen, der am ufer des grimmen flusses zum jäger jener wölfe wird und sie alle in schrecken setzt. Er verkauft ihr fleisch, das noch lebende, dann erschlägt er sie wie altes vieh; vielen raubt er das leben und sich selbst den ehrenvollen namen. Blutig verlässt er den jammervollen wald und lässt ihn so, dass er in tausend jahren nicht wieder zum ursprünglichen stand ergrünt."

Der geblendete, der so seherisch spricht, ist der Ghibelline Guido del Duca; er spricht zum Guelfen Riniero da Calboli. Dessen neffe war 1303 podestà von Florenz; bestochen von den Neri räumte er blutig auf unter den ghibellinischen Bianchi.

Wie bei der ankündigung eines schmerzhaften verlustes das gesicht des hörenden sich verzerrt, von wo auch immer die gefahr ihn anfällt, so sah ich die andere seele, die sich zum hören ihm zugedreht hatte, sich verwirren und betrüben, als sie die worte in sich aufgenommen hatte. Die rede des einen und die miene des andern machten mich begierig, ihre namen zu erfahren, und ich tat die frage, nicht ohne bitten, worob der geist, der zuerst mit mir geredet hatte, wieder anhub: „Du möchtest, dass ich es über mich bringe, dir zu tun was du mir nicht tun willst. Aber da Gott wünscht, dass seine grosse gnade in dir durchscheine, will ich dir nicht kargen. Drum wisse: ich war Guido del Duca. Mein blut war so entbrannt von neid - hätte ich einen menschen fröhlich gesehen, du hättest mich bläulich übergossen gesehn. Aus meiner saat ernte ich solches stroh! O menschenvolk, was wirfst du dein herz auf dinge, die keinen teilhaber dulden! - Dieser hier ist Riniero, der ist der ruhm und die ehre des hauses Calboli, in dem danach keiner zum erben seines wertes wurde. Aber sein blut war nicht das einzige zwischen dem Po, dem berg, dem strand und dem Reno, das sich der tugenden entblösste, deren es bedarf zur wahrheit wie auch zum spiel.

Auch Guido und Rinieri gehören zu den adelsgeschlechtern der Romagna, die einst edel und tüchtig waren im leben und die schönen künste pflegten.

Denn innerhalb dieser grenzen ist alles voll giftigem gestrüpp, so dass es jetzt durch roden kaum weniger würde. Wo sind der gute Lizio und Arrigo Manardi, Pier Traversaro und Guido di Carpigna? Ach, ihr Romagnolen, wie seid ihr bastarde geworden! Wann mag in Bologna wieder ein Fabbro entsprossen? Wann in Faenza ein Bernardin di Fosco, dies edle reis aus dürftigem strunk? Wundre dich nicht, du Toskaner, dass ich klagend mit Guido da Prata auch an Ugolin d'Azzo denke, der unter uns lebte, an Federigo Tignoso und seine genossen, das haus Traversara und die Anastago - das eine wie das andere geschlecht ist erbenlos - an all die damen und hohen herren, die mühen und die musse, wozu liebe und edelsinn uns einluden dort, wo jetzt die herzen so böse geworden sind. O Brettinoro, warum entfliehst du nicht, nachdem deine familie davonging und viele leute, um nicht in schuld zu fallen. Wohl tut Bagnacavallo, dass er keine söhne zeugt, und übel tut Castrocaro, noch übler Conio, die sich nur mehr verstricken, wenn sie solche grafen hecken. Wohl werden die Pagani tun, wenn erst ihr teufel weg ist - nicht dass deswegen je ihr ruf rein bliebe. O Ugolino dei Fantolini, dein name ist sicher, da keiner mehr zu erwarten ist, der ihn, aus der art schlagend, verdunkeln könnte.

Ihr teufel: der auch in der Hölle XXVII erwähnte Maghinardo dei Pagani, tyrann von Faenza, der letzte der Pagani, die zum glück keine söhne mehr zeugten. Aus dem munde der Romagnolen von altem schrot und korn hören wir Dantes fluch, wie erst auf die städte des Arnotales, so nun auf die entarteten adelsgeschlechter der Romagna. Ihre namen sind heut verschollen, aber auch die alten kommentatoren wissen nur wenig von den einzelnen zu berichten, was zu wiederholen nicht lohnt. Guido bricht jäh ab:

Aber geh jetzt, Toskaner; mir ist viel mehr ums weinen zumut als ums reden, so hat unser gespräch mir das herz gepresst."

Wir merkten dass diese lieben seelen uns gehen hörten; darum gaben sie uns mit ihrem schweigen zuversicht für unsern gang.

Wären wir falsch gegangen, so hätten sie uns zurückgerufen.

Als wir im weiterschreiten wieder allein waren, war mir, als ob ein blitz die luft zerrisse, dass eine stimme uns entgegenkäme und spräche: „Wer immer mich trifft, wird mich erschlagen," und entfloh wie ein blitz vergeht wenn er plötzlich die wolke spaltet.

Es sind die worte Kains, der aus neid seinen bruder Abel erschlagen hatte.

Als unser gehör wieder ruhe von ihr hatte, siehe da die nächste mit so grossem getöse ähnlich einem donner, der alsbald folgt: „Ich bin Aglauros, die zu stein wurde."

Herse, die tochter des Athenerkönigs Kekrops, war die geliebte des Hermes. Ihre schwester Aglauros setzte sich voll eifersucht auf die schwelle, um dem gott den eintritt zu verwehren und wurde dafür in stein verwandelt. Die beiden und als dritte Pandrosos sind die im Parthenongiebel dargestellten „Tauschwestern".

Da setzte ich, um mich an den dichter anzuschmiegen, meinen schritt nach rechts, nicht geradeaus. Schon war die luft ringsum still, und er sagte zu mir: „Das ist der harte kappzaum, der den menschen innerhalb seiner bahn halten sollte. Aber ihr schnappt nach dem köder, so dass der haken des alten feindes euch an sich zieht; darum sind zügel und lockruf machtlos. Euch ruft der himmel und kreist um euch und zeigt euch seine ewige pracht, und euer auge schaut immer nur zu boden. Darum schlägt euch der Allwissende."

15. Gesang

Beim übergang vom zweiten zum dritten bord des Fegefeuerberges folgt wieder eine astronomische zeitbestimmung: es ist etwa drei uhr nachmittags, drei stunden vor sonnenuntergang, wäre also in Jerusalem, das zum Fegebeuerberg antipodisch liegt, drei uhr morgens, und da Dante den abstand Jerusalem Florenz zu klein, mit nur 45° annimmt, in Florenz mitternacht. - Die sonne ist wie das spielende kind in unablässiger bewegung.

Soviel wie zwischen dem ende der terz und dem tagesbeginn von jener sphäre erscheint, die nach art eines kindes immer spielt, soviel schien, schon gegen abend, der sonne von ihrem laufe übrig; dort war es vesperzeit und hier mitternacht, und die strahlen trafen uns mitten auf die nase, weil wir den berg soweit umkreist hatten, dass wir schon gradeaus nach westen gingen.

Da fühlte ich mir die stirne von glanz beschwert weit mehr als zuvor, und staunen musste ich über so unbekannte dinge; deshalb hob ich die hände zur höhe meiner brauen und machte mir den schirm, der den überschuss des sichtbaren abfeilt. *Manchmal sind so kühne metaphern hervorgerufen durch den reim: Lima feile reimt auf prima und cima (höhe).* Wie wenn vom wasser oder vom spiegel der strahl zur seite gegenüber springt in gleicher weise aufsteigend wie er fällt, und sich vom fall des steines in gleichem abstand entfernt, was uns erfahrung und wissenschaft zeigen, so war mir, ich würde getroffen von licht das sich vor mir brach, weshalb mein auge sich in die flucht stürzte. „Was ist das, teurer vater, wovor ich mein auge nicht so abschirmen kann, dass es hülfe, sagte ich, und das sich uns zu nähern scheint?" - „Wundere dich nicht, wenn dich das himmlische gesinde noch blendet, antwortete er mir: es ist ein bote der kommt, zum steigen einzuladen. Nicht lang, so wird der anblick dieser dinge dir nicht beschwer sondern freude machen, soweit die natur dich geschaffen hat sie zu fühlen."

Der vergleich mit dem spiegelgesetz Euklids (ausfallwinkel gleich einfallwinkel) deutet darauf hin, dass es das licht Gottes ist, dessen strahl sich im engel bricht. Erst am ende seiner wanderung ist Dante stark genug, das ungebrochene licht zu sehen; hier ist er noch vom blossen abglanz geblendet - in ganz anderer weise geblendet als die büsser dieses zweiten bords. - So baut er stufen für eine steigerung.

Als wir bei dem gebenedeiten engel angelangt waren, sprach er mit heiterer stimme: „Tretet hier ein, die treppe ist weit weniger steil als die andern." Wir stiegen und hatten uns schon von dort getrennt, als hinter uns gesungen wurde: „Selig die barmherzigen" und „Freu dich du deines sieges."

Des sieges über neid und scheelsucht. Wie in der Hölle störrische teufel, so gibt es im Fegefeuer hilfreiche engel. - Am ende der seligpreisungen (Matthäus V 12) heisst es: Freut euch und jubelt, denn ihr habt reichen lohn im himmel. So vernehmen wir nun eine seligpreisung nach der andern, so wie wir schon (VII 82) Salve regina singen hörten, Te lucis ante terminum (VIII 13), das Vaterunser (XI 1), das Tedeum (IX 140), Ora pro nobis (XIII 49). Es ist wie in einer kirche, ein rechter gegensatz zur Hölle, aber auch anders als im Himmel.

Zu zweit stiegen nun mein meister und ich allein aufwärts und ich dachte im gehen gewinn zu ziehen aus seinen worten und wandte mich an ihn mit der frage: „Was meinte der geist aus der Romagna, wenn er von dingen sprach, die keinen teilhaber dulden?“ - Und er zu mir: „Er kennt die bösen folgen seines grössten makels. Kein wunder dass er uns vermahnt, damit wir weniger zu klagen haben. Weil eure begierden dort hinzielen, wo der anteil durch mitbesitzer verkümmert, darum tritt neid die bälge zu euern seufzern. *Die seufzer derer, die im Fegefeuer ihren neid büssen. Ein bild vom orgelspiel.* Aber wenn liebe zur höchsten sphäre euer verlangen nach oben drehte, so hättet ihr im herzen diese furcht nicht. Denn je mehr seelen dort sagen „unser“, desto mehr des gutes besitzt jeder und desto mehr liebe brennt in jenem kloster.“ - „Ich hungere nach befriedigung noch mehr, sagte ich, als wenn ich vorhin geschwiegen hätte, und noch mehr zweifel häuft sich in meinem geist. Wie kann das sein, dass ein auf mehr besitzer verteiltes gut mehr bereichert als wenn es besitz von wenigen ist?“ - Und er zu mir: „Weil du deinen sinn nur an die irdischen dinge heftest, holst du dir finsternis aus wahrem licht. Jenes unendliche und unsagbare gut dort oben eilt so zur liebe hin *(d. h. Gott zu einer gott-liebenden seele)* wie ein strahl auf einen hellen körper trifft; in dem maasse wie es glut findet, so gibt es sich, sodass das ewige vollkommene in ihr in dem maasse wächst, soweit ihre liebe reicht, und je mehr seelen da oben sich verstehen, umso mehr des gutes bietet sich der liebe, umso mehr wird da geliebt, und wie ein spiegel gibt es eins weiter an das andere. Wenn meine erklärung deinen hunger nicht stillt - du wirst ja Beatrice sehen, und sie wird vollends dies und jedes andere verlangen von dir nehmen. Jage nur weiter, damit bald, wie schon die zweie, die fünf wunden erlöschen, die sich schliessen wenn sie schmerzen.“

Die vielen reflektierten strahlen (Dante bleibt bei diesem bilde) steigern sich; geteiltes geistiges gut ist doppelte freude. - Dante trägt auf der stirn noch fünf der sieben P; reue vermag die seele zu läutern, indem sie schmerzt.

Als ich sagen wollte „du hast mir genüge getan“, sah ich mich oben im andern kreis angelangt, sodass die schweifenden augen mich verstummen liessen. Da war mir, es risse mich plötzlich in eine exstatische vision und ich sähe in einem tempel mehrere gestalten, und eine frau am eingang mit sanfter mütterlicher gebärde spräche: „Mein sohn, warum hast du uns das angetan? Sieh, mit schmerzen haben dein vater und ich dich gesucht.“ Damit schwieg sie, und was zuerst erschienen war, verschwand.

Auf dem dritten bord reinigen sich die zornmütigen. Nach den reliefs und den stimmen erlebt Dante hier in visionen die beispiele der gegenteiligen tugend, hier also der sanftmut, wieder zuerst eines von Maria, die (Lukas II, 48) nicht schimpfte, als sie endlich den zwölfjährigen sohn im tempel fand.

Darauf erschien mir eine andere mit jenen wassern die wangen herab, die der schmerz einer schweren entrüstung abträufelt, und sie schien mir zu sagen: „Bist du herr der stadt, über deren namen es bei göttern solchen streit gab und aus der jede erkenntnis funkelt, so räche dich an jenen frechen armen, die unsere tochter umarmten, Peisistratos!“ und der herrscher schien mir mild und gütig und mit gelassener miene zu antworten: „Was sollen wir mit dem tun der uns übel will, wenn wir den verdammen der uns liebt?“

Das heidnische beispiel spielt in Athen. Dante umschreibt den namen der stadt: Poseidon und Athene hatten um die stadt gestritten; Poseidon liess mit seinem dreizack auf der akropolis eine quelle aufspringen, aber Athene pflanzte den ölbaum (im giebel des Parthenon ist das dargestellt). Und von Athen sagt Cicero: Omnium doctrinarum inventrices Athenae. Es ist als ob Dante, wie sein lehrer Brunetto Latini, alles wissen seiner zeit, das in ihm präsent ist, in seinem werk zusammenfassen wollte. Aber immer werden auch kurze erwähnungen bei ihm lebendiger, farbiger; aus inventrices, erfinderin, werden absprühende funken. - In Athen war im sechsten jahrhundert Peisistratos tyrann, d. h. ein usurpator, kein bösewicht. Bei einem fest rannte einmal ein junger mann auf seine tochter zu und küsste sie auf offener strasse! Statt ihn zu töten gab Peisistratos ihm das mädchen zur frau.

Darauf sah ich leute von loderndem zorn entbrannt einen jüngling mit steinen umbringen, indem sie sich immerfort laut zuschrieen: Martere, martere! Ich sah ihn schon vom tode beschwert zu boden sinken, aber aus seinen augen machte er immer noch pforten zum himmel und bei all seiner not betete er zum hohen Herrn, er möge seinen verfolgern verzeihen, mit jenem ausdruck der das mitleid entriegelt.

Vom heiligen Stephanus erzählt die Apostelgeschichte (VII 55): Erfüllt vom heiligen Geiste heftete er die augen gen himmel und erblickte die herrlichkeit Gottes und Jesus zur rechten Gottes stehen. Da er das aussprach, führten sie den lästerer vor die stadt und steinigten ihn; er aber, ins knie gesunken rief: „Herr, wäge ihnen diese sünde nicht zu." Dante hat, verknappend, zwei episoden in eine zusammengezogen und mit dem „martere!" dramatisiert. Das wort morte gab ihm als reimwort porte ein, das George in seiner übertragung ersetzte durch „brücken", reimend auf „sich bücken".

Als meine seele von ausserhalb zurückkehrte zu den dingen, die ausser ihrer wahr sind, erkannte ich meine doch nicht falschen irrtümer. Mein meister konnte sehen, dass ich tat wie einer der sich dem schlaf entwindet, und sagte: „Was hast du, dass du dich nicht halten kannst, sondern bist mehr als eine halbe meile dahergekommen mit verhüllten augen und verkreuzten beinen ganz wie einer, den wein oder schlaf zusammenfaltet?" - „Mein teurer vater, willst du mir zuhören, so sag ich dir, was mir erschien, als mir das gehen so genommen war." Und er: „Hättest du hundert masken vor dem gesicht, mir wären deine gedanken nicht verschlossen, soviel dir erschienen ist. Was du sahest, geschah, damit du ohne ausflüchte dein herz den wassern des friedens öffnest, die der ewigen quelle entströmen. 'Was hast du?' fragte ich nicht aus dem grunde, aus dem einer fragt der nur schaut mit dem auge das nicht sieht, wenn der körper entseelt liegt *(der nicht Vergils blick ins innere hat sondern nur körperlich sieht),*

sondern ich fragte, um deinen fuss zu kräftigen. So muss man die faulen stacheln, die zu träg sind ihre wiederkehrende wache zu nutzen."

Wir gingen weiter durch den abend, aufmerksam soweit die augen hinlangen mochten, den abendlichen hellen strahlen entgegen. Und siehe, langsam langsam hob sich ein rauch gegen uns, dunkel wie die nacht, und da war kein raum auszuweichen; der nahm uns sicht und reine luft.

16. Gesang

Die finsternis der hölle und die einer nacht ohne alle sterne unter armem himmel, so wolkenverhangen wie sie nur sein kann, zogen nie vor mein auge einen so dichten schleier, so rauhhaarig anzufühlen wie jener rauch der uns dort bedeckte. Das auge ertrug es nicht offen zu stehn, weshalb mein weises und treues geleit sich an mich drängte und mir die schulter bot. Wie ein blinder hinter seinem führer geht, um nicht zu verirren oder an etwas anzustossen das ihm weh täte oder gar den tod brächte, so ging ich einher durch die bittre, verschmutzte luft und hörte meinen führer immer wieder sagen: „Schau, dass nichts dich von mir losreisst!"

Also ausser der tuchfühlung auch noch der hör-kontakt!

Ich hörte stimmen, und jede, so schien mir, betete um frieden und barmherzigkeit zum lamm Gottes, das die sünden aufhebt.

So wiederholt das messgebet zweimal: Agnus Dei qui tollis peccata mundi, miserere nobis, und beim dritten anruf: dona nobis pacem.

Immer wieder setzten sie ein mit Agnus Dei, Ein wort war in ihnen allen und Eine melodie, so dass zwischen ihnen lauter eintracht offenbar wurde. „Sind das geister, meister, was ich höre?", so sagte ich, und er zu mir: „Das hast du recht begriffen. Sie sind dabei, den knoten des jähzorns aufzulösen." - „Du dort, wer bist denn du, dass du unsern rauch spaltest und von uns ganz so redest, als ob du die zeit noch nach dem kalender einteiltest?", so ward von einer stimme gesprochen, worauf mein meister mir sagte: „Antworte, und frag, ob es von hier hinaufgeht." Und ich: „Du kreatur, die du dich reinigst, um schön zu deinem schöpfer heimzukehren, du wirst wunder hören, wenn du mich begleitest." - „Ich will dir folgen, antwortete er, soweit mir erlaubt ist, und wenn der rauch das sehen nicht erlaubt, wird uns statt dessen das hören verbunden halten." Darauf begann ich: „Noch in den binden, die der tod löst, steig ich zur höhe und kam hierher durch die beklemmung der hölle. So wahr mich Gott in seine gnade einschloss, so sehr, dass ich seinen hofstaat schauen soll - so ganz gegen allen heutigen gebrauch -

noch einmal eine erinnerung an Aeneas und Paulus, vielleicht auch Ganymedes

verbirg mir nicht, wer du vor dem tode warst, sag mir's, und sag ob ich hier recht gehe zum durchgang. Deine worte seien unsre führer." - „Ich war Lombarde und hiess Marco. Ich verstand mich auf die welt und liebte jene tugenden, nach denen heut keiner mehr den bogen spannt. Ja, du gehst gradewegs zum aufstieg." So antwortete er und fügte bei: „Ich bitte dich für mich zu bitten, wenn du oben bist." Und ich zu ihm: „Hoch und heilig verpflichte ich mich zu tun, worum du mich bittest. Aber ich berste in einem zweifel, wenn ich mich ihm nicht entwinde. Erst war er einfach, jetzt hat er sich verdoppelt durch deinen satz, der mich genau wissen lässt, wo, hier und wo anders, ihn anknüpfen.

Woher kommt das böse? Schon Guido del Duca im vorigen gesang hatte offen gelassen, ob am moralischen niedergang die schlechtigkeit der menschen schuld trägt oder der sternenstand.

Die welt ist gewiss so ganz von jeder tugend verlassen wie dein wort mir tönt, mit bosheit schwanger und bedeckt; aber bitte, weise mir den grund, dass ich ihn sehe und andern zeigen kann; denn der eine sieht ihn in den sternen und der andre hienieden." Einen tiefen seufzer, den schmerz in ein uih presste, gab er von sich; dann begann er: „Die welt ist blind, und du kommst wirklich aus der welt. Ihr lebenden schreibt immer nur alle schuld oben dem himmelslauf zu, gleich als ob er alles mit sich mitbewegte nach notwendigkeit. Wäre es so, so wäre in euch der freie wille vernichtet, und es wäre nicht gerecht, für das gute freude und für das böse jammer zu empfangen. Der himmelslauf leitet eure bewegungen ein, ich sage nicht: alle, aber gesetzt auch, ich sagte es, so ist euch doch ein licht gegeben zum guten und zur bosheit und ein freier wille, der, wenn er in den ersten kämpfen mit dem himmelslauf die mühen übersteht, dann alles besiegt - er muss nur die rechte nahrung finden. Einer höheren kraft und besseren natur seid ihr in freiheit unterworfen, die schafft in euch den geist, auf den der himmel keinen einfluss hat. Darum, wenn die heutige welt vom wege irrt, so liegt der grund in euch, bei euch muss man ihn suchen. Dessen will ich dir jetzt ein verlässlicher kundschafter sein. Die seele, entstiegen den händen dessen, der sie lieb hat bevor sie da ist, spielt lachend und weinend nach art eines einfältigen kleinen mädchens und weiss von nichts, ausser dass sie, vom frohen schöpfer ausgegangen, sich gern dem zuwendet was sie ergötzt. Zunächst schmeckt sie den geschmack geringer güter; dabei täuscht sie sich und läuft diesen nach, wenn kein führer oder kein zaum sie zurechtbiegt. Daher bedarf es eines gesetzes, ihr angelegt als zaum, bedarf es eines königs, der von der wahren stadt wenigstens den turm erkennte.

Der wenigstens von weitem die gerechtigkeit als turm im himmlischen Jerusalem erspähte.

Die gesetze sind, aber wer handhabt sie? Niemand, weil der hirte der vorangeht, zwar wiederkäuen kann, aber die hufe nicht gespalten hat.

Nach dem mosaischen gesetz sind wiederkäuer mit gespaltenen hufen die reinen tiere, von denen man essen darf. Das wird nun allegorisch gedeutet: wiederkäuen ist die geistliche meditation, die reine lehre, die der papst allerdings verkündet; die gespaltenen hufe bedeuten die unterscheidung von gut und böse oder von geistlich und weltlich, worin der machtgierige papst versagt.

Weshalb das volk, das seinen führer nur auf jenes gut zielen sieht, wonach es selber giert, sich von diesem nährt und nichts andres verlangt. Leicht erkennst du, dass die üble führung der grund ist, der die welt sündig machte, und nicht eure natur, die etwa verdorben wäre. Es pflegte Rom, das die gute welt einrichtete, zwei sonnen zu haben, die die eine und die andere strasse zeigten, die der welt und die Gottes.

Das Rom der frühen christenheit mit der trennung von kaisertum und papsttum.

Nun haben sie sich gegenseitig ausgelöscht, das schwert ist mit dem hirtenstab verbunden, und das eine muss mit dem andern, es kann nicht anders sein, übel zusammengehn, weil sie, verbunden, einander nicht fürchten. Glaubst du mir nicht, so achte auf die ähre; denn jedes kraut erkennt man an seinem samen.

In dem land, das Etsch und Po bewässern, pflegte man tüchtige und edle art zu finden, bevor Friedrich unruhe stiftete.

Für valore und cortesia hat das deutsche keine entsprechung mehr; auch das wort tugend wurde zu weich und verzichtend und ist ausgestorben. In der sprache spiegelt sich die moderne krise. „Kein ding sei wo das wort gebricht."

Jetzt kann sich dort unbesorgt ergehen, wer aus scham vermeidet, guten männern zu begegnen und mit ihnen zu reden. Wohl leben ihrer noch drei, mit denen die alte zeit die neue ausschilt; sie warten nur darauf, dass Gott sie in ein besseres leben holt:

Corrado da Palazzo und der gute Gherardo und Guido da Castello, der besser auf französische art der schlichte Lombarde hiesse.

Sie werden in chroniken lobend erwähnt. Lombarden hiessen in Frankreich damals alle Italiener, und sie galten durchweg als gerissene händler. Ein schlichter Lombarde ist also eine rühmliche ausnahme. Der streit zwischen kaisertum und papsttum spielte sich hauptsächlich zwischen den guelfischen und ghibellinischen städten Oberitaliens ab.

So sag von jetzt an, dass die kirche von Rom, weil sie in sich zwei regimente vermischt, in den kot fällt und sich mitsamt ihrer last besudelt." - „Mein Marco, sagte ich, deine gedanken sind schlüssig; und jetzt erkenne ich, warum die söhne Levis vom erbteil ausgeschlossen wurden.

Bei der landnahme bekamen die Leviten kein stammesgebiet und lebten von ihren anteilen an den opfern.

Aber welcher Gherardo ist der, den du als beispiel nennst, dass er übrig geblieben sei von dem ausgelöschten geschlecht zum schimpf für das verwilderte jahrhundert?" - „Entweder ist dein reden trügerisch, antwortete er mir, oder es versucht mich, dass du, Toskaner der sprache nach, nie vom guten Gherardo gehört zu haben scheinst. Unter einem andern beiwort kenne ich ihn nicht, ich müsste es denn nehmen von seiner tochter Gaia.

Gherardo da Camino, herr von Treviso, war nah befreundet mit den Donati von Florenz. Es ist strittig, ob seine tochter Gaia berühmt sittenstreng oder berüchtigt sittenlos war; vermutlich das zweite, als weiteres beispiel des niedergangs, und darum bricht Marco jäh ab:

Gott sei mit euch; weiter komme ich nicht mit euch. Sieh, wie der schimmer, der durch den rauch strahlt, schon weiss wird und ich muss von euch gehn, der engel ist dort, bevor er mich sieht." Damit kehrte er um und wollte mich nicht länger hören.

Es ist Dantes kompositorische kunst, dass er in diesem mittleren gesang des Fegefeuers, d. h. in der mitte der ganzen Commedia, die frage nach dem ursprung des bösen, und das bedeutet: die frage nach der willensfreiheit erörtert. Denn der glaube an die freiheit der menschlichen entscheidung ist der tragende pfeiler seines ganzen gebäudes. Für ihn ist der gottgeschaffenen seele der freie wille von anfang an mitgeschenkt. Die gegenposition hiess zu seiner zeit der glaube an die macht der sterne, zu andern zeiten geschlechterfluch, fatum, praedestination, kausalität, instinkt, milieu, die seit tierzeiten in uns angelegte genstruktur. Wie sollen wir das alles wissen oder wägen, die wir ja selbst nur in der begrenzten helle unseres bewusstseins leben! So ist auch die frage nach der herkunft des bösen unlösbar; vermutlich ist sie auch falsch gestellt. Fruchtbarer ist die frage nach der herkunft und nach der ermöglichung des guten. Und da gibt Dante seine antwort: die neugeborene seele ist zunächst noch indifferent und muss zum guten gelenkt werden, zum guten reifen, durch die gesetze und durch eine regierung, die diese gesetze durchsetzt. So sah auch die antike staatslehre den sinn des staates in der erziehung der bürger zum guten. Dante erkennt das übel in der vermischung der beiden gewalten, die sich gegenseitig lähmen. Gerade damals erhob der papst die forderung, die weltliche gewalt habe sich völlig der kirche unterzuordnen. Dagegen verfasste Dante seine lateinische schrift De Monarchia (die bis ins neunzehnte jahrhundert auf dem index blieb), wo er mit dem ganzen aufwand scholastischer philosophie und methode, trotz seiner guelfischen herkunft, die selbständigkeit des kaisertums verficht.

17. Gesang

Erinnere dich, leser, wenn du je in den Alpen im nebel stecktest, durch den du nicht anders sehen konntest als der maulwurf durch das häutchen *(die membran, die das maulwurfsauge überzieht)*, sobald sich dann die feuchten, dichten dünste zu lichten beginnen, wie da die kugel der sonne sie ganz schwach durchdringt, so wird es deiner vorstellung leicht gelingen zu sehen, wie ich die sonne zuerst wiedersah, die schon zur rüste ging. So im gleichschritt mit den treuen schritten meines meisters trat ich aus solcher wolke heraus an die strahlen, die an den tieferen gestaden schon erloschen waren.

O innere bildkraft, wenn du uns manchmal der umgebung entraffst, dass wir es nicht beachten, mögen auch um uns tausend posaunen dröhnen, was regt dich an, wenn dir die sinne nichts bieten? Dich erregt ein licht, das sich im himmel gestaltet, entweder von sich aus oder nach einem willen, der es niederwärts geleitet.

Dante empfindet die kraft der phantasie, die er wahrlich im höchsten maasse besass, als eingebung von oben, von den sternen, so wie die antiken dichter die Muse anriefen: sie alle wissen sich als gefässe, als empfangende, als inspirierte, die nicht aus eigner kraft schaffen, was sie schaffen. In der form innerer gesichte wirken hier im dritten kreis die vorbildlichen und abschreckenden beispiele; zwei heidnische umrahmen ein biblisches. Von Prokne und Philomele war schon im neunten gesang die rede gewesen: Prokne hatte in ihrem maasslosen zorn auf den gatten ihr gemeinsames kind getötet und das fleisch dem gatten vorgesetzt. Ovid erzählt, wie sie in eine nachtigall verwandelt wurde. - Aus dem buch Esther kennen wir den bösen Haman, der an dem für Mordechai errichteten galgen selbst gehenkt wurde. Schliesslich die selbstmörderin Amata, eine figur aus der Aeneis. Sie widersetzte sich der verbindung ihrer tochter Lavinia mit dem ankömmling Aeneas - sie war doch schon dem einheimischen fürsten Turnus versprochen. Amata erregte krieg, und als im kampf Turnus gefallen war, nahm sie sich das leben.

Von der ruchlosigkeit jener frau, die ihre gestalt in den sangesfreudigsten aller vögel wandelte, erschien mir in meiner vorstellung ein umriss, und hier zog sich mein sinn so in sich selbst zusammen, dass nichts von aussen kam, was er in sich aufgenommen hätte. Dann tropfte in meine enthobene phantasie ein gekreuzigter, verachtungsvoll und grausam sein ausdruck, und als solcher starb er. Rings um ihn der grosse Ahasver, seine gattin Esther und der gerechte Mordechai, der im reden und handeln so untadlig war. Und als dieses bild in sich selber zerplatzte, wie eine blase, die nicht mehr genug wasser über sich hat, da stieg vor meinem inneren auge ein mädchen auf, laut weinend, und sagte: „Ach königin, warum hast du vor zorn nicht mehr sein wollen? Du hast dich getötet um Lavinia nicht zu verlieren - nun hast du mich verloren und ich bin die die klagt, mutter, um deinen hingang noch mehr als um den eines andern.“

Wie der schlaf zerbricht, wenn auf einmal neues licht auf das geschlossene auge auftrifft, und zerbrochen noch zappelt bis er ganz stirbt, so sank mein bildersehen zu boden, sobald ein licht an mein gesicht schlug weit stärker als das, woran wir gewohnt sind. Ich wandte mich um, zu sehen wo ich wäre, als eine stimme sprach: „Hier geht es nach oben.“ Sie entzog mich jedem andern anliegen und weckte in mir eine begierde, zu sehen, wer das war der sprach, so heftig wie solche, die keine ruhe finden, eh sie nicht vor ihrem ziel stehn. Aber wie vor der sonne, die unsern blick niederdrückt und durch übermaass ihre form verschleiert, so versagte hier meine kraft. „Dies ist ein göttlicher geist, der ohne unsre bitte uns den aufstieg weist und mit seinem licht sich selbst verbirgt. So tut er mit uns, wie der mensch mit sich selber tut.

„Liebe deinen nächsten wie dich selbst“, also voller nächstenliebe.

Denn wer auf bitten wartet und die not sieht, hat böswillig schon halb nein gesagt. Stimmen wir also den fuss zu solcher ladung, steigen wir schleunig höher, ehe es eindunkelt, denn nachher könnte man nicht, bis der tag wiederkehrt.“ So sprach mein führer, und er und ich, wir lenkten unsere schritte zu einer treppe. Und kaum war ich auf der ersten stufe, spürte ich mir nah etwas wie flügelschlag der mir ins gesicht fächelte, und eine stimme: „Selig die friedfertigen, die frei von bösem zorn sind.“

So unmerklich tilgt der engel der sanftmut das dritte P von Dantes stirn.

Schon hatten sich die letzten strahlen, denen die nacht folgte, über uns soweit gehoben, dass da und dorten die sterne erschienen. „Ach meine kraft, warum entschwindest du so,“ sprach ich zu mir selbst, denn ich fühlte das vermögen meiner beine ausser gefecht gesetzt. Wir waren, wo die treppe nicht höher stieg, und waren festgebannt ganz wie ein schiff, das am strand angekommen ist. Ich lauschte ein weilchen, ob ich im neuen kreis etwas hörte; dann wandte ich mich wieder meinem meister zu und fragte: „Mein geliebter vater, von welchem verstoss reinigt man sich hier in dem ring wo wir sind? Müssen die füsse ruhen, so ruhe doch nicht deine rede.“ Und er zu mir: „Die liebe zum guten, der es an ihrer pflicht gebrach, wird hier aufgefrischt; hier legt man sich in die arg verspäteten riemen. Aber damit du das alles noch klarer verstehst, merk auf, so ziehst du noch etwelche gute frucht aus unserer rast.“

Vergil, der schon immer wieder zur eile trieb, wirkt auch hier, im kreis der trägen, dem hang zur trägheit entgegen, indem er jede freie minute ausnützt. Weit ausholend erläutert er, auf der halben höhe des berges, in der mitte des werkes, den aufbau des Fegefeuers. In der nach aristotelischem system geordneten Hölle wurden die seelen für ihre begangnen schlechten taten gestraft; hier läutern sie sich, christlich, innerlicher, von ihren missleiteten gefühlen, den sieben todsünden. Unten waren es stolz, neid, zorn, oben folgen geiz, schlemmerei, wollust. Allem zugrunde liegt amor; das ist nicht nur, was wir liebe nennen, sondern überhaupt jedes begehren, wollen, streben. Wie die liebe, die liebe zu Gott, die himmel in bewegung setzt (sehr anders als unser urknall!), so hat jede bewegung ziel und richtung, eine natürliche, die dem moralischen urteil nicht unterliegt - die instinkte, der stein muss fallen, das feuer steigen - oder eine geistige. Dante bekämpft nicht die leidenschaften an sich; es geht ihm nicht um ein orientalisches nirwana, um die stoische gemütsstille. Wie Platon wusste, dass nur feurige seelen die tugenden verwirklichen, wie Aristoteles als ziel der ethik nennt: richtig sich zu freuen, richtig zu hassen, richtig zu lieben, so lässt Dante den amor, unser stetes, unstillbares begehren gelten (denken wir auch an

Faust!), aber sünde entsteht, wenn dieses begehren sich irrt im ziel oder sich irrt im maass. So ergibt sich eine scholastisch systematische sündenlehre.

„Weder schöpfer noch geschöpf, so begann er, mein sohn, war je ohne liebe und begehren, sei es natürliches oder geistiges - das weißt du ja. Das natürliche ist immer frei von irrtum, aber das andere kann irren, entweder durch schlechten gegenstand oder durch ein zuwenig oder zuviel an leidenschaft. Solang es im ersten recht geleitet ist und bei den beiden andern das rechte maass trifft, kann es keinen grund zu falschem trachten geben. Aber wenn es sich zum schlechten verbiegt oder dem guten mit mehr eifer als es sollte oder mit weniger nachjagt, dann handelt das geschöpf gegen seinen schöpfer. Danach kannst du begreifen, dass das begehren in euch der same sein muss für jede tugend und jede strafwürdige tat.

Das ziel des missleiteten trachtens ist entweder der mensch selbst oder Gott oder der nächste.

Weil nun das begehren nie den blick vom heil seines subjektes abwenden kann, sind die dinge gegen selbsthass gefeit; und weil kein ding sich denken lässt als auf sich selbst stehend, getrennt vom urgrund, ist vom hass gegen Gott jedes gefühl abgeschnitten. Bleibt, wenn ich beim einteilen richtig vorgehe, dass das üble, das man begehrt, das des nächsten ist. Und dieses begehren entsteht in euerm erdenstaub auf drei arten: Da ist der, der durch unterdrückung seines nächsten für sich einen vorrang erhofft, und sein ganzes sinnen und trachten ist, dass jener von seiner grösse herabgestürzt werde. Da ist der, der macht, gunst, ehre und ruhm zu verlieren fürchtet, wenn ein anderer hochkommt, was ihn so betrübt, dass er - für diesen - das gegenteil begehrt. Und da ist der, der sich durch ein unrecht so beschimpft fühlt, dass er nach rache dürstet; auch ein solcher muss das unglück anderer betreiben. Dieses dreifache begehren wird hier unter uns beweint. Nun möchte ich, dass du das andere verstehst, das zwar zum guten hinläuft, aber verkehrt in der ordnung. Undeutlich erfasst jeder ein gut, bei dem das herz sich beruhige und wünscht es, weshalb jeder strebt, es zu erlangen. Wenn ein mattes begehren euch zieht, es zu schauen oder zu erwerben, so peinigt euch, nach rechter reue, dieser sims. Andres gut ist solches, das den menschen nicht glücklich macht, kein glück ist, nicht jenes wesentlich gute, aller güter frucht und wurzel. Ein begehren, das sich an jenes zu sehr verliert, beweint man über uns in drei kreisen. Aber wie es sich dreigeteilt darstellt, verschweige ich, damit du es für dich selber suchst."

18. Gesang

Der achtzehnte gesang enthält, wie man sagt, Dantes liebeslehre. Die stelle ist kaum zu übersetzen; denn das deutsche wort liebe ist untrennbar von reinheit und hingabe; aber wie Venus die sinnliche liebeserfüllung ist, die göttin der wonne, so ist Amor der Eros, der in Platons Gastmahl vom sinnlichen begehren zu immer höheren stufen der erkenntnis trachtet, und noch für Dante ist amore nicht nur minne, nicht nur agape, sondern das jedem leben innewohnende unausweichliche streben, begehren, verlangen.

Der hohe lehrer hatte seinen darlegungen ein ende gesetzt und spähte aufmerksam in meinem gesicht, ob ich befriedigt schiene. Und ich, den ein neuer durst immer noch aufstöberte, äusserlich schwieg ich und innen sprach ich: vielleicht ist ihm mein allzu vieles fragen beschwerlich. Aber er als ein echter vater ward meines zagen wünschens inne, das sich nicht eröffnete, und gab mir sprechend die kühnheit zu sprechen. So sagte ich: „Meister, mein sehen belebt sich so in deinem licht, dass ich klar erkenne, wieviel deine erörterung behauptet und beschreibt. Darum bitte ich dich, lieber, teurer vater, dass du mir die liebe erklärst, das verlangen, auf das du jedes gute tun und auch sein gegenteil zurückführst.“ - „Richte auf mich, sprach er, die scharfen augen des geistes, so durchschaust du den irrtum der blinden, die sich zu führern machen. Die seele mit ihrer angeborenen bereitschaft zum verlangen ist rege für alles was gefällt, sobald das gefallen diese bereitschaft weckt, sich auszuwirken. Aus dem wahrhaft seienden zieht eure wahrnehmung eine vorstellung und entfaltet sie in euch, sodass sie die seele darauf hinlenkt, und wenn die so gelenkte sich ihr zuneigt, so ist diese hinneigung liebe, ist die natürliche anlage, die durch das gefallen sich in euch erst einmal bindet. Und wie das feuer sich seinem wesen nach zur höhe bewegt, weil es geschaffen ist dorthin zu steigen, wo es mehr im eignen stoff verweilt *(über wasser erde luft liegt die himmlische feuersphäre, die heimat des feuers)* so tritt die ergriffene seele ins begehren, was geistige bewegung ist, und stillt sich nie als bis sie das was sie liebt geniessen lässt. Nun kann dir deutlich werden, wie verborgen die wahrheit den leuten ist, die versichern, jedes begehren sei in sich etwas lobenswertes. Darum, mag auch vielleicht sein stoff *(eben die ursprüngliche kraft)* gut scheinen, aber nicht jedes siegel ist gut, wenn auch das wachs gut ist.“

„Deine worte und mein folgsamer geist, antwortete ich ihm, haben mir liebe und verlangen erklärt; aber nun gehe ich mit zweifeln erst recht schwanger. Denn wenn die liebe sich uns von aussen bietet und die seele nicht noch mit einem andern fuss geht, so ist es nicht ihr verdienst, ob sie gerade oder krumm läuft.“

Epikur, der begründer des materialismus, hatte gelehrt: Folge der führung der natur, so wirst du nie irrgehn. Damit wird unser handeln bestimmt von den trieben und unser letztes ziel ist der genuss. Wenn also, in Dantes sprache, die letztlich nicht ableitbare kraft des begehrens (der liebe) einer inneren notwendigkeit entspricht und ein äusserer eindruck (das gefallen) diese kraft aktiviert, so wird der mensch ein spiel des zufalls, wo bleibt da die eigene entscheidung, wo die moral? Diese frage bestimmt von je das bild des menschen, unser urteil über menschen, heut noch unsere rechtsprechung; sie ist auch die grundlage für Dantes ganzen jenseitsbau mit strafe, läuterung und lohn. Mit gutem grund stellt er darum die frage nach der verantwortung des menschen hier in die mitte seines ganzen gedichtes, zunächst philosophisch scholastisch mit den von Platon und Aristoteles geschaffenen begriffen von potentiell und aktuell; im fünften gesang des Paradiso erklärt dann Beatrice theologisch die willensfreiheit als das höchste von Gott dem menschen gegebene gut.

Und er zu mir: „Soweit vernunft hier sieht, kann ich dir's sagen; was darüber hinaus ist, erwarte nur von Beatrice, denn es ist werk des glaubens. Das allem sein zugrundeliegende wesen, das vom stoff verschieden ist und doch mit ihm vereint, befasst in sich die sonderkräfte, die ohne ihr tätigwerden nicht fühlbar sind und sich nur durch ihre wirkung zeigen, wie durch grünes laub das leben in einer pflanze. Daher weiss der mensch nicht, woher das begreifen der ersten wahrnehmungen kommt, noch woher die erregung durch die ersten begehrnisse; beides ist in euch wie in der biene der drang honig zu machen, und dieser urwille *(sowohl die erkennende wie die liebende, begehrende kraft)* ist nichts von der art was lob oder tadel verdiente. Damit nun an diesen jedes andere wollen sich anschliesse, ist euch eingeboren die beratende kraft, die die schwelle der zustimmung hüten muss. Das ist der ursprung; ihm entnimmt verdienst in euch seine ursache; jenachdem *(diese kraft)* gute oder schlechte liebe und strebung aufnimmt oder wegworfelt. Jene die denkend den dingen auf den grund gingen, bemerkten diese angeborene freiheit; so vermachten sie der welt die sittlichkeit. Gesetzt also auch, dass jedes begehren, das sich in euch entzündet, aus notwendigkeit aufsteigt, so steht es doch in eurer macht, es auch zu behalten. Diese edle kraft versteht Beatrice unter dem freien urteil, und darum sieh zu, dass du das im sinne bewahrst, wenn sie mit dir darauf zu reden kommt."

Diese erörterung ist viel kommentiert worden und ist, wie einer bemerkt hat, „nicht jedermanns brot, aber um ihrer poetischen schönheiten auch dem geniessbar, der nicht die rinde durchstösst und zum saft des marks durchdringt". Ich gestehe, dass auch ich nicht ganz zu folgen vermag. Gewiss hat schon Platon eine geistige seelenkraft erkannt, die die leidenschaften leiten soll, und so ist sie auch Dante geläufig. Aber wie nun plötzlich diese „beratende kraft" die aufgabe haben soll, die einzelnen regungen des begehrens an die eben als wertfrei erklärte disposition zum begehren anzuschliessen - da scheint mir doch ein riss in der gedankenkette - der glaube an den freien willen ist eben unentbehrlich. Nach diesen langen belehrungen nimmt Dante die erzählung wieder auf, zunächst wie schon öfter mit einer astronomischen zeitangabe. Astronomie gehörte im Mittelalter zu den artes liberales, den freien künsten, der grundlage jeder bildung; auf das trivium grammatik rhetorik dialektik folgte das quadrivium arithmetik geometrie musik und astronomie. Da heute der tierkreis nicht jedem geläufig ist, schicke ich voraus: Der mond geht jede nacht etwa fünfzig minuten später auf, entfernt sich also nach dem neumond von der sonne ostwärts, dem himmelslauf entgegen; etwa alle 2 ½ tage tritt er in ein anderes sternbild. Da die ganze wanderung mit der frühlingstagundnachtgleiche begonnen hatte und bei vollmond, als der mond also um 6 uhr abends im sternbild der Waage aufging, und da jetzt die fünfte nacht ist, geht der mond zwischen 10 und 11 uhr auf („gegen mitter-

nacht") und steht vielleicht schon im Schützen, Das ist das sternbild, in das die sonne ende november eintritt, und da im winterhalbjahr der tagbogen der sonne bis weihnachten immer kürzer wird, geht sie dann beinah westsüdwestlich unter; das ist die richtung der linie, die von Rom aus, nicht fürs auge aber auf der karte, gerade zwischen Sardinien und Corsica durchläuft. Lesen wir also:

Der mond, beinah bis mitternacht verspätet, liess die sterne uns spärlicher erscheinen und sah aus wie ein ganz glühender kessel. Er lief dem himmel entgegen auf jenen strassen, die die sonne dann entflammt, wenn sie der Römer zwischen Sardern und Korsen sieht bei ihrem untergang. Und jener edle schatten, um dessentwillen man Pietola mehr nennt als irgend ein Mantuanisches dorf

- Vergil, dessen geburtsort Andes bei Mantua die Italiener im dorf Pietola wiedererkennen wollten -

hatte sich der bürde entledigt, mit der ich ihn beladen hatte, weshalb ich, der die offenen und klaren gedanken zu meinen fragen in mich aufgenommen hatte, dastand wie ein mann der schlaftrunken träumt. Aber diese schläfrigkeit vertrieb mir plötzlich ein volk, das hinter unsern schultern schon uns zugedreht war. Und wie einst Ismenos und Asopos nachts ihrem lauf entlang rasende haufen sahen, wenn die Thebaner etwa der hilfe des Bacchus bedurften

Zwei flüsse bei Theben, der geburtsstadt des Dionysos, zu dessen nächtlichen feiern die Thebanerinnen scharenweise im freien herumtollten

so krümmten ihren schritt in jenem kreis, soviel ich sehen konnte, die herankommenden, die guter wille und das rechte begehren reitet. Bald waren sie auf unsrer höhe, weil jene grosse schar sich im laufschritt bewegte, und zwei zuvorderst riefen weinend: „Maria lief eilend zum gebirge" und: „Caesar, um Ilerda zu unterjochen, mit einem stich auf Marsilia eilte nach Spanien."

In diesem vierten kreis büssen die die trägen herzens waren und zu wenig taten für das gute. Wieder werden ihnen gegenbeispiele vorgeführt, diesmal nur durch rasche rufe, das erste wieder aus dem leben der Maria, die sich beeilte mit ihrem besuch bei Elisabeth (Lukas I 39); das heidnische beispiel Julius Caesar, der im bürgerkrieg, um ja keine Pompeianer in seinem rücken zu lassen, die belagerung von Marseille einem unterfeldherrn überliess und selbst nach Spanien eilte, wo der feind bei Lerida stand. - (Ilerda rief nach dem reimwort verde, grün)

„Rasch rasch, dass keine zeit verloren geht durch matte liebe, riefen die andern dahinter, damit durch eifervolles rechttun die Gnade wieder ergrünt." - „Ihr leute, in denen scharfe glut jetzt vielleicht das nachlässige zaudern ergänzt, womit ihr aus lauheit das rechttun versäumtet, dieser hier, der lebt - das ist wahrlich nicht gelogen - will aufwärts steigen, wenn nur erst die sonne wieder leuchtet; darum zeigt uns wo hier in der nähe der spalt ist." Das waren worte meines führers. Und einer jener geister sprach: „Komm hinter uns her, so findest du das loch. Wir sind so voll des willens uns zu rühren, dass wir nicht stehenbleiben können; darum verzeih, wenn unsere gerechtigkeit dir als grobheit vorkommt.

Ich war abt von San Zeno in Verona unter der herrschaft des guten Barbarossa, von dem Mailand immer noch mit schmerzen spricht. Und einer hat schon den einen fuss im grab, der bald über dies kloster weinen wird und traurig sein wird dass er darüber macht hatte, weil er seinen sohn, den mit dem verdorbenen leib und verderbten sinn, den übelgeborenen, an die stelle des wahren hirten eingesetzt hatte."

Barbarossa hatte in seinem kampf gegen das aufkommende städtewesen Mailand nach zweijähriger belagerung im Jahre 1162 zerstört. - In Verona war Dante gast des Cangrande della Scala; dessen illegitimer bruder, ein verwachsener und sittenloser mensch, war von seinem vater, der 1301 starb, als abt von San Zeno eingesetzt worden. Von dessen nachfolger, der hier spricht, ist weiter nichts bekannt.

Ich weiss nicht, ob er noch mehr sprach oder verstummte, so weit war er schon an uns vorbeigelaufen; aber das verstand ich und hab es gern behalten. Und er, der meine hilfe war, sooft mir etwas fehlte, sagte: „Dreh dich hierher, sieh da zwei kommen, die beissen nach der trägheit." Hinter ihnen allen her sagten sie: „Erst war das volk gestorben, dem das meer sich öffnete, eh der Jordan seine erben sah." und: „Jenes volk, das die mühen mit Anchises' sohn nicht bis zum ende ertrug, bot sich selbst einem ruhmlosen leben."

Nach den beiden vorbildlichen beispielen zwei beispiele des hier gebüssten lasters, wieder so knapp wie es der eile dieser büsser entspricht, eines das auf Israel und eines das auf Rom bezug hat: Sowohl unter den Israeliten auf ihrem zug ins Gelobte Land wie unter den Troern, denen Italien versprochen war, gab es die murrenden, die nicht durchhielten: Troer, die in Sizilien hängen blieben, und die Israeliten, die erst nach vierzig jahren der wüstenwanderung in der zweiten generation ihr land in besitz nahmen.

Als dann jene schatten so weit von uns getrennt waren, dass sie nicht mehr zu sehen waren, stieg ein neuer gedanke in mir auf, aus dem wieder andere verschiedene entstanden, und so taumelte ich vom einen in den andern, dass ich in solchem hin und her die augen zuschloss und das denken in traum umwandelte.

Wie Dante hier das einschlafen schildern kann! Das ist seine kunst, das uns selbstverständliche und unbeachtete ins bewusstsein, ins wort zu heben. - Die vorige nacht hatte er im tal der könige geschlafen; in der ewigen nacht der hölle kam er ohne schlaf aus. Das andere bedürfnis unserer natur, essen und trinken, bleibt in der ganzen Commedia ausser betracht.

19. Gesang

Der traum von der Sirene, mit dem der neunzehnte gesang anhebt, ist recht an seiner stelle vor dem aufstieg zu den oberen drei kreisen, die, in umgekehrter reihenfolge dem vierten, dritten und zweiten höllenkreis entsprechen, weil da keine bosheit gebüsst wird, auch nicht die falschen ichsüchtigen begierden stolz, neid und zorn, sondern nur das unmaass, die mangelnde beherrschung der an sich natürlichen begierden nach besitz, gutem essen und liebeslust - freuden der welt.

Neben dem portal des Basler Münsters, ähnlich auch in Strassburg und Freiburg, steht die figur des verführers, einer der törichten jungfrauen einen apfel hinreichend; sieht man aber von der seite an seinem rücken hinauf, wimmelt es da von kröten und schlangen. Das ist die mittelalterliche darstellung der verführung der Welt. Die entsprechende antike gestalt ist die Sirene. Die beiden aus der Odyssee bekannten Sirenen sind grosse raubvögel mit geierkrallen und mädchenköpfen; mit ihrem unwiderstehlichen gesang locken sie die schiffer an den strand ihrer insel, wo sie sie zerfleischen und verzehren. Nur Odysseus, gewarnt, entging ihnen, indem er seiner mannschaft die ohren mit wachs verstopfte und sich selber am mast festbinden liess, sodass er hören und geniessen aber nicht hinsteuern konnte. Sirenen hiessen in der neuzeit die dampfpfeifen der dampfschiffe, vermutlich weil man spielerisch ihre mündungen als Sirenenköpfe gestaltet hatte. Dante verschmilzt die mittelalterliche mit der antiken vorstellung. Die antiken fabelwesen hatte er in der hölle leibhaftig angetroffen: Kerberos, Minos, Kentauren und Giganten; im fegefeuer aber gibt es nur engel. So greift er hier zur form des traumes. Gegen morgen stellen sich die wahrträume ein. Gegen morgen hat sich die wärme des vorhergehenden tages so weit abgekühlt, dass es da empfindlich kalt wird.

Zur stunde da der mondesfrost durch die tageshitze nicht länger erwarmen kann, weil Erde oder manchmal Saturn sie besiegt, und wenn die erdpropheten im osten kurz vor der dämmerung ihr Grosses Glück aufsteigen sehen auf der bahn, die ihnen nur kurz im dunkel bleibt,

Die sogenannten geomanten stiessen wahllos löcher in den sand, und wenn eine achterfigur dann aussah wie die letzten sterne des Wassermanns und die ersten der Fische, nannten sie sie das Grosse Glück. Da die sonne im Widder steht, geht diese konstellation erst gegen morgen auf und verblasst mit sonnenaufgang.

da erschien mir im traum ein weib, das stotterte, mit den augen schielte, mit den beinen hinkte, mit stummelarmen und an farbe wie getüncht. Ich schaute sie an, und wie die sonne die kalten, nachtbeschwerten glieder stärkt, so machte mein blick ihr die sprache behend und dann richtete er sie in kurzer frist ganz auf und färbte ihr so wie liebe es will die irre miene. Als ihr so die zunge gelöst war, begann sie zu singen, und so, dass ich nur mit mühe mein so offenes ohr von ihr weggewendet hätte. „Ich bin, sang sie, ich bin die süsse Sirene, die die seeleute mitten auf dem meer irreführt, so lustvoll bin ich anzuhören. Ich zog Odysseus von seiner ziellosen fahrt zu meinem gesang. Wer mit mir vertraut wird, zieht selten weiter, so stille ich all sein verlangen.“

Dante kannte Ciceros nachbildung der verse Homers, die lauten: Näher heran, gepriesner Odysseus, du ruhm der Achaier, / Lenke dein boot zum strand und lausche dem göttlichen sange. / Keiner ist je hier im schnittigen schiffe vorübergesegelt, / Dass er nicht unserer stimmen unendliche süsse vernommen. / Froh gesättigt kehrt er dann heim und hat vieles erfahren. / Denn wir wissen von allem was war und was wird auf der erde.

Noch war ihr mund nicht geschlossen, da erschien mir zur seite eine frau, heilig und eilig, um jene zu beschämen. „O Vergil, Vergil, wer ist die?" sagte sie empört, und er kam, die augen ganz auf jene ehrwürdige geheftet. Er fasste die andere, und indem er die tücher auseinanderschlug, legte er ihre vorderseite offen und zeigte mir ihren bauch. Das weckte mich mit dem gestank, der da herauskam.

Die beiden allegorischen frauen stammen aus der höchst moralischen geschichte von Herakles am scheidewege, die der sophist Prodikos erfunden hat: dem seinen weg suchenden jüngling erscheinen zwei frauen und streiten um seine seele: laster und tugend, genüsslichkeit und heldentum. Bei Dante erinnert die ehrwürdige an Beatrice, die ja schon im zweiten gesang der Hölle Vergil, die menschliche vernunft, zu hilfe gerufen hatte.

Ich wandte die augen, und der gute Vergil: „Mindestens dreimal habe ich dir zugerufen, sagte er; steh auf und komm, lass uns die öffnung finden, durch die du eintreten kannst." Auf hob ich mich, und schon waren alle kreise des heiligen berges erfüllt vom hohen tag und wir gingen, die neue sonne auf den nieren. Ihm folgend trug ich meine stirne so wie einer, dem sie von gedanken beladen ist und der aus sich einen halben brückenbogen macht. Da hörte ich: „Kommt, hier ist der durchgang" so sanft und gütig sagen, wie man es in unserer sterblichen gemarkung nie vernimmt. Mit offenen flügeln, die denen des schwanes glichen, lenkte uns der, der so gesprochen hatte, aufwärts zwischen den beiden wänden des harten mauerwerks. Dann schlug er das gefieder und fächelte uns, versichernd, selig seien die da trauern, denn ihre seelen sollen trostes herrinnen werden.

Dante verteilt die sieben seligpreisungen auf die sieben ringe des fegefeuers, ohne dass die einzelnen genau den jeweiligen sünden zuzuordnen wären. Mit dem fächeln tilgt der engel wieder eines der sieben P auf Dantes stirn. Dantes gebückter gang ist zwar anders begründet, aber als gebärde schon wie eine vordeutung auf das folgende bild. Übrigens weiss die biographie zu berichten, dass der dichter im gang sich vornüber geneigt hielt.

„Was hast du nur, dass du nur immer zu boden schaust", begann mir mein führer zu sagen, als wir beide über den engel etwas höher gestiegen waren. Und ich: „Mit so vielerlei bedenken gehe ich wegen eines neuen gesichtes, das mich an sich fesselt, sodass ich mich vom nachdenken nicht lösen kann." - „Sahst du, sagte er, jene zauberin aus alten zeiten, die von jetzt an als einzige weiter oben sich beklagt? Sahst du wie der mensch sich ihr entwindet? Lass dir's genügen und schlag auf den boden deine fersen, die augen hebe zu dem federspiel, das der ewige könig mit den grossen rädern kreisen lässt."

Ein federspiel, einen lockvogel, eine vogelattrappe schwingt sich der falkenier um den kopf, um den aufgestiegenen falken zurückzulocken. Wieder ein neues bild für den gotischen drang zur höhe, wie er sich auch in den kathedralen ausdrückt.

Wie der falke erst auf seine füsse schaut, dann auf den zuruf hin sich wendet und ausstreckt in der begier nach der mahlzeit, die ihn dorthin zieht, so tat ich und so ging ich, soweit der fels klafft um den aufsteigenden durchzulassen, bis dorthin wo man den rundgang wiederaufnimmt.

Als ich in den fünften kreis entlassen war, sah ich ihm entlang leute, die weinten, alle bäuchlings am boden liegend. „Am fussboden klebte meine seele" hörte ich von ihnen mit so tiefen seufzern, dass die worte kaum zu verstehen waren.

Adhaesit pavimento anima mea: die seelen zitieren auf lateinisch psalm 119,26.

„O ihr erwählten Gottes, denen gerechtigkeit und hoffnung die leiden lindern, lenkt uns hin zu den hohen steigen." - „Kommt ihr bewahrt vom daliegen und wünscht ihr den weg bälder zu finden, so sei eure rechte immer aussen." So fragte der dichter und so wurde ein wenig vor uns geantwortet, weshalb ich bei dem reden nach dem zweiten, verborgenen, spähte. Ich wandte meine augen zu den augen meines herrn, und er gewährte mir mit frohem wink, worum der verlangende blick bat. Als ich nach meinem sinne mit mir verfahren konnte, zog ich mich hin über jenes geschöpf, dessen worte mich zuerst aufmerken liessen, und sagte: „Du geist, in dem die tränen das reifen, ohne das es keine rückkehr zu Gott gibt, unterbrich für mich ein weilchen deine hauptsorge und sag mir, wer du warst und warum ihr die rücken nach oben kehrt - wenn du möchtest dass ich etwas für dich erreiche dort, von wo ich lebend aufbrach." Und er zu mir: „Weshalb der himmel unsre rückseiten sich zukehrt, sollst du erfahren, aber erst wisse quod ego fui successor Petri.

Der papst, der hier lateinisch spricht, Hadrian V., war ein geborener Ottobono dei Fieschi, graf von Lavagna, ein mann von ungewöhnlichem reichtum; er wurde 1276 gewählt und starb schon vierzig tage später.

Zwischen Sestri und Chiavari fällt ein schöner flusslauf ab, und in dessen namen gipfelt der titel meines geschlechtes. Einen monat und wenig länger erprobte ich, wie schwer der grosse mantel wiegt für den, der ihn vor dem kot in acht nimmt - nur federn scheinen dagegen alle andern lasten. Meine bekehrung, weh mir, geschah spät; aber als ich römischer hirte geworden war, da erst durchschaute ich das trügerische leben. Ich sah, dass das herz dort doch keine ruhe fand und dass man in jenem leben nicht noch höher steigen konnte, weshalb in mir die sehnsucht nach dem hiesigen entbrannte. Bis zu jener zeit war ich eine armselige, von Gott getrennte seele, ganz und gar habgierig; jetzt bin ich, wie du siehst, hier dafür bestraft. Was habsucht tut, weist sich hier in der läuterung der umgewendeten seelen - der berg hat keine bitterere pein: so wie unser blick sich nicht zur höhe emporrichtete und an den irdischen dingen haftete, so versenkt ihn Gerechtigkeit hier an die erde. Wie habgier unsere liebe zu allem guten auslöschte, womit unsere werke verloren gingen, so hält Gerechtigkeit uns hier an füssen und händen eng gebunden und gefangen. Solang es dem gerechten Herrn gefallen wird, so lange bleiben wir unbeweglich hingestreckt." Ich war niedergekniet und wollte sprechen; aber als ich begann und er, nur durchs hören, meiner ehrfurcht inne ward, „Was für ein grund, sagte er, drehte dich so tief herab?“ Und ich zu ihm: „Aufrecht fühlte ich die bisse meines gewissens wegen eurer würde.“ - „Streck deine beine und steh auf, bruder, antwortete er, lass dich’s nicht irren: mitsklave derselben macht bin ich mit dir und den andern.

Johannes in der Apokalypse (19,10): Ich fiel dem engel zu füssen und betete ihn an; er aber sagte: Nicht doch; mitsklave bin ich dir und den brüdern; bete du Gott an.

Verstandest du je, wie es im heiligen evangelium tönte, wo es heisst: Weder heiraten sie, so kannst du gut sehen, warum ich so rede.

Jesu antwort auf die fangfrage der Sadduzäer, die nicht ans jenseits glaubten: Wenn eine frau sieben männer hatte, mit welchem wird sie dann zusammensein? Und er „Neque nubent neque nubentur, sie werden sein wie die engel des himmels.“ Das gilt also auch für die ehe des papstes mit seiner braut, der Kirche. Wie die geschlechtlichkeit, so fallen im jenseits auch die irdischen rangunterschiede dahin.

Geh jetzt deines wegs, ich möchte nicht, dass du länger bleibst; dein verweilen stört meine klagen, mit denen ich das reife, wovon du sprachst. Eine nichte habe ich drüben mit namen Alagia, an sich eine gute frau, wenn nur unser haus durch sein beispiel sie nicht verdirbt; nur sie allein ist mir von drüben geblieben.“

20. Gesang

Gegen besseren willen hat wille einen schweren stand, weshalb ich wider mein wünschen nach seinem wunsch meinen noch nicht satten schwamm aus dem wasser zog. Ich ging weiter, und mein führer ging hart dem fels entlang an den freien stellen, wie man auf einer mauer sich dicht an die zinnen hält. Denn die leute, denen tropfen um tropfen durch die augen das laster schmilzt, das die ganze welt unterjocht, kommen auf der andern seite zu nah nach aussen. Fluch über dich, alte wölfin, die du mit deinem endlos hohlen hunger mehr erbeutest als alle andern tiere. O himmel, dessen kreisen, wie man scheint's glaubt, die veränderungen hienieden bewirkt, wann kommt einer, vor dem diese zurückweicht?

Wir gingen mit langsamen und sparsamen schritten, und ich aufmerksam auf die schatten, die ich erbärmlich weinen und klagen hörte. Und zufällig vernahm ich: „Süsse Maria" vor uns rufen mit solchem gejammer wie eine frau in den wehen tut, und fortfahren: „Arm warst du, so sehr wie man sehen kann an jener herberge wo du deine heilige bürde niederlegtest." Und anschliessend verstand ich: „Guter Fabricius, mit armut wähltest du lieber die tugend als grossen reichtum zu besitzen lasterhaft."

Diesmal vernimmt Dante die beispiele und gegenbeispiele der hier gebüssten sünde aus dem munde eines einzelnen, wieder zunächst eins aus dem leben der Maria. Fabricius, einst ein armer pflüger, dann wegen seiner rechtschaffenheit römischer konsul und, 280 v. Chr., unterhändler mit dem griechischen abenteurerkönig Pyrrhus, der in Italien eingefallen war, liess sich auch für einen beutel gold nichts von seinen bedingungen abmarkten. Er kehrte später zu seinem pflug zurück, während Pyrrhus nach einem weiteren treffen - „Noch ein solcher sieg und ich bin verloren!" - Italien wieder verliess.

Da avaritia sowohl raffgier wie geiz bedeutet, sind die gegentugenden nicht nur die zufriedene armut, sondern auch freigebigkeit. Daher das nächste beispiel:

Diese worte hatten mir so gefallen, dass ich mich weiterschob, um jenen geist kennen zu lernen, von dem sie zu kommen schienen. Er sprach noch von der freigebigkeit die Nikolaus den jungfräulein erwies, um ihre jugend zur ehrbarkeit zu führen.

Diese drei mägdlein waren so arm, dass sie schon bereit waren, ihre ehre zu verkaufen, um mit ihrem vater nur leben zu können. Da warf ihnen der heilige Nikolaus nachts drei goldene kugeln durchs fenster, womit sie sich eine aussteuer kaufen konnten. In der vatikanischen pinakothek ist die geschichte von Gentile da Fabriano reizend dargestellt. Der Nicolò ist in Oesterreich heut noch der geschenktag für die kinder.

„O seele die so wohl redet, sag mir wer du warst, sagte ich, und warum du allein all dies gebührende lob auffrischst. Dein wort soll nicht unbelohnt bleiben, wenn ich zurückkehre, um den kurzen pfad jenes lebens zu vollenden, das seinem ende zueilt." Und er: „Ich will dir's sagen nicht um trostes willen, den ich von drüben erwartete, aber weil so grosse gnade in dir leuchtet, bevor du gestorben bist. Ich war die wurzel jener übeln pflanze, die das ganze christenland verschattet, so dass man selten von ihm gute frucht abreisst. Aber wenn Douai, Gent, Lille und Brügge könnten, die rache wäre bald geschehen, und ich flehe darum zu ihm der alles richtet. Ich hiess dort drüben Hugo Capet. Von mir stammen die Philippe und Ludwige, von denen neuerdings Frankreich regiert wird.

Diesem älteren Hugo legt Dante nun das ganze sündenregister der französischen lilie in den mund, womit der blick über die italienischen händel hinaus ins zeitgenössische Europa geht. Dantes leser hatten im gedächtnis, was wir erst aus den geschichtsbüchern lernen müssen: Hugo der Grosse, gestorben 956, war der sage nach, was Dante nicht ohne hintersinn erwähnt, sohn eines fleischers aus Paris, in wirklichkeit graf von Paris, herzog von Burgund und Aquitanien; er hinterliess seinem sohn Hugo solche macht, dass dieser 987, als Ludwig V. starb, dessen neffen Karl, den letzten Karolinger, gefangen setzte und selber den thron bestieg. Karl starb im gefängnis; wenn Dante ihn zum mönch macht, verwechselt er ihn mit Chilperich, dem letzten Merowinger, der 752 ins kloster ging. Mit einem sprung über fast drei jahrhunderte nennt Dante die Normandie und die Gascogne, die Frankreich am anfang und am ende des 13. jahrhunderts den Engländern abgewann. Der bruder Ludwigs des Heiligen, Karl von Anjou, sicherte sich 1245 durch heirat die erbschaft der Provence, besiegte in Italien 1266 Manfred, 1268 bei Tagliacozzo Konradin und nahm so Neapel, Apulien und Sizilien in besitz. Dass er auch fürst von Achaia wurde, liegt ausserhalb von Dantes gesichtskreis. Sizilien freilich befreite sich von den Franzosen am ostermontag 1282 durch die sizilianische Vesper. Das alles fällt schon in Dantes lebenszeit. Unbewiesen ist die behauptung, Karl von Anjou habe 1274 Thomas von Aquino, der zum konzil von Lyon reiste, unterwegs vergiften lassen. 1299, ein jahr vor Dantes jenseitsfahrt, hatten der französische könig Philipp IV. der Schöne und sein bruder Karl von Valois dem englischen könig Edward I. durch lug und trug die flandrischen städte weggenommen, aber schon 1302 mit der schweren niederlage von Courtray dafür gebüsst. Diesen anderen Karl rief papst Bonifaz VIII. angeblich als friedensstifter nach Italien. Der kam, entpresste der stadt Florenz 190000 goldstücke und begünstigte so parteiisch die partei der Schwarzen, dass Dantes exil davon die folge war. Ein versuch Karls, in Italien ein land für sich zu erobern, schlug fehl. Bonifaz aber überspannte den bogen mit seiner bulle Unam sanctam vom dezember 1302, in der er die vollendete theokratie begründete: kaiser und könige hätten sich dem papst zu fügen, ansonsten sie als ketzer ihr seelenheil verscherzten. Das ist die these, die Dante in einer eigenen lateinischen schrift De monarchia leidenschaftlich und mit dem ganzen rüstzeug scholastischer gelehrsamkeit bekämpft. Dabei war der papst selber gar nicht so gläubig. Im anschluss an Averroes, den arabischen philosophen aus Cordoba (1126 - 1190) zweifelte er an der unsterblichkeit der einzelseele, an der auferstehung des leibes, an jenseits und vorsehung. Solche aufklärung gab es also schon im 13. jahrhundert. So erweist sich die Divina Commedia nicht als problemlose darstellung eines geschlossenen, anerkannten, eben des mittelalterlichen weltbildes; vielmehr ist sie aus der krise geboren, rechtfertigung und reinigung des alten glaubens, wie sie vor Dante die ordensstifter, nach ihm die reformatoren versucht haben. Gegen den machtanspruch des papstes gab es auch weltlichen widerstand: bald erklärten sich die deutschen fürsten als unabhängig vom papst, und schon im september 1303 wagte könig Philipp der Schöne einen gewaltstreich: sein abgesandter Nogaret drang zusammen mit einem Römer Colonna in den papstpalast in Anagni ein, der 86-jährige Bonifaz wurde vom thron gerissen, geohrfeigt und als gefangener nach Rom geschleppt, wo er einen monat später starb. So heftig Dante diesen papst immer wieder wegen seiner politik verurteilt und hasst, so sehr empört ihn doch diese missachtung der päpstlichen würde. Philipp aber geht noch weiter: er besteuert in Frankreich den klerus, lässt über fünfzig tempelritter hinrichten und konfisziert das riesige vermögen des ordens. So sah Dante in seiner eigenen lebenszeit an gehäuften beispielen die schwächung des kaisertums, das erstarken der nationalstaaten und ihre expansionsgelüste, mit denen in den kommenden jahrhunderten Europa sich aufrieb. Noch weiss er nichts von nationalismus und staatsraison, mit der die moral ausser kraft gesetzt wird: avaritia heissen ihm die politischen annexionen ebenso wie die privaten sünden, wie die des Anjou-königs Karl II. von Neapel, der 1305 seine blutjunge tochter um ein heidengeld an den greisen Azzo von Este verschacherte und einst nach einer seeschlacht gefangener Peters von Aragon gewesen war.

Vielleicht lässt dieser überlange historische exkurs nun ermessen, wie Dante soviel stoff dichterisch bewältigt, mit der leidenschaft des betroffenen - wie der satiriker Juvenal sagt: facit iracundia versus - und mit aller rhetorischen kunst der ironie, der ausrufe, der wortwiederholungen. Der alte Capetinger hatte - ex eventu - die niederlage von Courtray herbeigewünscht und fährt nun fort:

Ich war sohn eines fleischers von Paris. Als es mit den alten königen zu ende ging, allen ausser dem einen, der in die grauen tücher gesteckt wurde, fand ich den zügel der reichsregierung so straff in meinen händen, und soviel macht durch neuen erwerb, und war so reich an freunden, dass zu der verwaisten krone das haupt meines sohnes erhoben wurde, und mit ihm begannen die geweihten gebeine all derer.

Nach dem vorbild von Samuel und Saul wurden ja die französischen könige in Reims gesalbt und also geweiht.

Solang die grosse provençalische mitgift meinem blut die scham noch nicht benommen hatte, war es nicht viel wert, tat aber doch nichts böses. Dort begann mit gewalt und mit lüge ihre räuberei, und dann nahmen sie Ponthieu, die Normandie und Gascogne - zur sühne. Karl kam nach Italien, und, zur sühne, opferte er Konradin und stiess Thomas in den himmel zurück - zur sühne. Ich sehe eine andere zeit - nicht so gar lang danach, die führt einen andern Karl aus Frankreich heraus, damit man ihn und die seinen besser kennen lerne; ohne waffen zieht er aus, allein und mit der lanze, mit der Judas turnierte; damit sticht er so, dass Florenz darob der wanst platzt. Darauf wird er nicht land, sondern sünde und schande gewinnen - für ihn umso schwerer zu tragen je leichter er selber den schaden rechnet.

Er wird nicht bereuen und also in der hölle büssen.

Den nächsten, der einst als gefangener dem schiff entkam, seh ich seine tochter verkaufen und vermarkten wie die korsaren mit irgendwelchen sklavinnen tun. Weh, o geiz! was kannst du uns noch mehr antun, wenn du mein blut so an dich gefesselt hast, dass es des eigenen fleisches nicht acht hat! Damit künftiges und geschehenes übel geringer scheine, sehe ich die lilie in Anagni eindringen und Christus in seinem statthalter als gefangenen, sehe ihn ein weiteres mal verhöhnt, sehe abermals essig und galle und ihn zwischen lebendigen räubern getötet, ich sehe den neuen Pilatus so grausam, dass auch dies ihm nicht genügt: ohne ergangenes urteil fährt er mit gierigen segeln in den tempel ein. O mein Herr, wann werde ich die freude haben die rache zu sehen, die, verborgen in deinem geheimnis, deinen zorn versüsst!

Freilich kam das ende der Bourbonen, die ja auch Capetinger waren, erst mit der französischen revolution! Das zu erwartende strafgericht wird befriedigung gewähren, weil es verdient ist. Ein griechisches sprichwort: Langsam mahlen die mühlen der götter, doch mahlen sie feinmehl.

Im kreis der habgierigen sind es die büsser selbst, die sich die beispiele der gegenteiligen tugend (zunächst Marias) und die des lasters in erinnerung rufen, wobei sich aus dem gemurmel bald diese bald jene stimme heraushebt, so wie man es etwa im gemeinsamen gebet in der synagoge, der „judenschule" kennt. Indem Dante abermals die ganze antike und biblische geschichte auf beispiele hin durchmustert, setzt er mehr an kenntnissen voraus, als uns geläufig ist; ich schicke wieder den kommentar voraus: P y g m a l i o n hieß der aus der Aeneis bekannte bruder der Dido, der ihrer beider oheim, ihren geliebten gatten, um seines reichtums willen erschlug; doch konnte Dido mitsamt den geretteten schätzen entfliehen. - Dem Phrygerkönig M i d a s hatte Dionysos einen wunsch freigestellt, und der tor wünschte sich, dass alles was er berühre zu gold würde. Als dann auch alles, was er essen wollte, zu gold wurde, musste er flehen um die befreiung von dieser gabe. - Die gesamte beute von Jericho lag als eigentum des Herrn unter bann, aber A c h a n unterschlug einige stücke, wurde durch gottesurteil herausgefunden und gesteinigt. - In der urchristengemeinde war aller besitz gemeinsam, aber A n a n i a s und S a p h i r a behielten einen teil des erlöses von einem verkauften acker; von Petrus zur rede gestellt fielen sie tot nieder. - H e l i o d o r u s wollte als schatzmeister des Seleukos die tempelschätze in Jerusalem rauben, als ein goldgepanzerter reiter auf wildem ross ihn niederritt (Die geschichte, Makkabäuer II 3, hat Raffael in den Stanzen dargestellt, zur abschreckung des sakrilegs). - Priamos hatte die reichtümer Troias während der belagerung mit seinem sohn P o l y d o r in sicherheit gebracht zum Thrakerkönig P o l y m n e s t o r, der nach Troias fall den knaben erschlug. Auri sacra fames, ruft darüber Vergil (III 57) aus, verfluchter goldhunger, wozu zwingst du nicht die menschlichen herzen! - Schliesslich der Römer Crassus, der dritte im triumvirat, der meinte, reich sei eigentlich nur, wer mit den zinsen eine privatarmee besolden könne; er fiel gegen die Parther, und der Partherkönig, um ihn satt zu machen, liess ihm geschmolzenes gold in die kehle giessen. - Diesmal sind es sieben beispiele, drei biblische umrahmt von je zwei heidnischen; so variiert Dante das gleichbleibende thema; er variiert auch, indem er diese beispiele sich erzählen lässt und indem er die eine geschichte ausschmückt, eine andere nur antippt. Hugo Capet also fährt fort:

Was ich von jener einzigen braut des Heiligen Geistes sagte, weshalb du dich um eine erläuterung mir zukehrtest, ist die antwort auf all unsere gebete so lange wie der tag währt; aber beim einnachten greifen wir stattdessen zu den gegenteiligen klängen. Dann nennen wir immer aufs neue Pygmalion, den sein gieriges gelüste nach gold zum verräter, räuber und verwandtenmörder machte, und das unglück des habsüchtigen Midas, das die folge seiner begehrlichen bitte war - ein gelächter für alle zeiten! Dann gedenkt ein jeder des sinnverwirrten Achan, wie er die beute stahl, so dass Josuas zorn ihn hier wohl immer noch zernagt. Darauf klagen wir Saphira mit ihrem gatten an und rühmen die huftritte, die Heliodor empfing. Und um den ganzen berg kreist die schande Polymnestors, der Polydor erschlug. Schliesslich ertönt hier der ruf: O Crassus, sag uns, wie schmeckt gold? Bisweilen reden wir einer laut, der andere leise, nach dem gefühl, das bald zu grösserem, bald zu kleinerem schritt spornt. Darum war ich vorhin nicht allein mit dem guten, das hier tagsüber geredet wird; aber hier in der nähe hatte kein anderer die stimme erhoben."

Wir hatten uns schon von ihm entfernt und mühten uns, die strasse so weit zu überwinden wie unserer kraft erlaubt war, als ich den berg beben fühlte, als ob etwas fiele. Mich überlief es eiskalt, wie es dem geschieht der zum tode geht. Gewiss schüttelte sich Delos nicht so stark bevor Leto dort ihr nest bereitete, um die beiden augen des himmels zu gebären.

Hera missgönnte ihrer nebenbuhlerin Leto einen ort, wo sie gebären könne, und hatte alle länder in pflicht genommen; aber Delos war damals noch eine schwimmende insel gewesen, war ihr entgangen, und dort konnte Leto gebären, Apollon, der die sonne, Artemis, die der mond ist. Delos aber wurzelte so fest, dass es seither von erdbeben verschont bleibt.

Darauf erhob sich von allen seiten ein so lautes rufen, dass der meister sich mir zudrehte mit den worten: „Sei unbesorgt, solang ich dich führe." - „Gloria in excelsis Deo" sagten alle, soviel ich aus der nähe erfasste, von wo aus der ruf verständlich war. Wir blieben stehen, bang und unbeweglich wie die hirten, die zum erstenmal diesen gesang hörten, bis das beben aufhörte und sie innehielten. Darauf nahmen wir unsern heiligen gang wieder auf, achtsam auf die schatten, die am boden lagen und zu ihrem gewohnten jammern zurückgekehrt waren. Keine unwissenheit hat mich je mit solchem widerstreit wissbegierig gemacht, mein gedächtnis müsste sich denn dabei irren, wie ich ihn damals, nachdenkend, in mir zu fühlen glaubte. Weder traute ich mich bei der eile zu fragen, noch konnte ich durch mich selber etwas erkennen. So ging ich denn dahin voller bängnis und gedanken.

21. Gesang

Der natürliche durst, den nichts stillt als jenes wasser, mit dem die kleine Samaritanerin begnadet zu werden wünschte

der urtrieb der wissbegierde zielt letztlich immer auf die göttliche wahrheit; Jesus (Johannes 4,7): wer das wasser trinkt, das ich gebe, wird ewig nicht mehr dürsten.

dieser durst quälte mich, mich spornte die hast auf dem belagerten weg hinter meinem führer her, und mitleid fühlte ich ob der gerechten rache; und siehe wie uns Lukas schreibt, dass den zweien, die unterwegs waren, Christus erschien, schon der grabeshöhle entstiegen, so erschien uns ein schatte, der hinter uns her kam, zu füssen auf die hingestreckte schar achtend, und wir gewahrten ihn nicht, bis er als erster sprach und sagte: „Meine brüder, Gott gebe euch frieden." Sogleich wandten wir uns um; Vergil erwiderte ihm mit der angemessenen gebärde und begann dann: „Nehme dich der unbestechliche gerichtshof in frieden auf in die selige versammlung - mich verweist er in ewige verbannung." - „Wie, sagte er, indem wir stark ausschritten, wenn ihr schatten seid, die Gott nicht des aufstiegs würdigt, wer hat euch auf seiner treppe so weit geleitet?" Und mein lehrmeister: „Betrachtest du die zeichen, die der da trägt und die der engel aufprägt, so siehst du gut, dass er dem reich der guten angehören muss. Aber weil sie, die tag und nacht spinnt, ihm noch nicht alles vom rocken herausgezogen hat, was Klotho für jeden zusammengreift und auflegt, konnte seine seele, deine und meine schwester, beim steigen nicht allein kommen, weil sie die dinge nicht auf unsre weise anschaut. Darum ward ich aus dem weiten schlund der hölle gezogen, ihn zu weisen, und werde ihn weiter weisen, soweit meine schule ihn führen kann. Aber sag uns, wenn du's weißt, woher kam vorhin dieses schütteln des berges und warum riefen sie alle zugleich, so scheint's, bis an seinen weichen fuss?" Mit dieser frage traf er so durchs nadelöhr meiner begierde, dass schon durch die blosse hoffnung mein durst mich weniger brannte. Jener begann: „Es gibt nichts, was der heiligen ordnung dieses berges wider die regel widerführe, nichts was ungebräuchlich wäre. Frei ist er hier von jeder veränderung. Nur wenn der himmel sein eigen wieder zu eigen nimmt, dies und nichts anderes kann der grund sein. Denn nicht regen, nicht schnee, nicht hagel, nicht tau, nicht reif fällt höher als bis zur treppe der drei stufen. Keine dichten wolken zeigen sich, auch keine lockeren, kein aufblitzen nach Thaumas' tochter, die drüben oft ihren ort wechselt *(Iris, der regenbogen. Nach Aristoteles entstehen die winde aus trockenem dunst.)*

Trockener dunst steigt nicht weiter als bis zur höhe der drei stufen, die ich nannte, auf die der stellvertreter Petri seine sohlen stellt. Tiefer unten mag es beben, weniger oder stark, aber hier oben hat es, ich weiss nicht wieso, nie wegen des windes, der sich in der erde verbirgt *(ursache des erdbebens)* gebebt. Hier bebt es, wenn irgend eine seele sich rein fühlt, so dass sie aufsteigt oder zum aufstieg ansetzt, und ein solches rufen begleitet sie. Der blosse wille erweist ihre reinheit; er überfällt die seele, die nun frei ist, in andere gemeinschaft überzutreten, und mit dem willen hilft er ihr. Vorher will sie wohl, aber den natürlichen hang, der sie einst zur sünde führte, lenkt die göttliche gerechtigkeit, diesem willen entgegen, zur marter. Und ich, der in diesem schmerz fünfhundert jahre und länger lag, fühlte grad eben den willen frei für eine bessere schwelle. Darum spürtest du das erdbeben und wie die frommen geister über den berg hin jenen Herrn priesen, der bald sie emporleiten möge." So sagte er uns, und weil man das trinken desto mehr geniesst, je grösser der durst ist, wüsste ich nicht zu sagen, wie wohl er mir tat. Und der weise führer: „Jetzt sehe ich das netz, das euch hier fängt, und wie man sich entwindet, warum es hier bebt und worüber ihr euch mitfreut.

Auch Vergil, der alte heide, kennt sich auf dem fegefeuerberg nicht aus und muss oft fragen.

Nun aber sei es dir gefällig mich wissen zu lassen wer du warst, dass mir aus deinen worten fasslich werde, warum du so manches jahrhundert hier lagst." - „Zur zeit da der gute Titus mit der hilfe des höchsten königs rache nahm für die risse, aus denen das von Judas verkaufte blut austrat, war ich drüben, antwortete jener geist, mit dem dauerhaftesten und ehrenvollsten namen, ziemlich berühmt, aber noch nicht gläubig. So süss klang der ton meines hauches, dass Rom mich, den Tolosaner, an sich zog, wo ich den myrtenschmuck um meine schläfen verdiente. Statius nennen mich die leute drüben immer noch. Ich sang von Theben und dann vom grossen Achilleus, aber unter der zweiten bürde stürzte ich auf dem wege.

Papinius Statius (46 - 96) aus Neapel (Toulouse beruht auf einer verwechslung) hinterliess eine Thebais und eine unvollendete Achilleis. Die eroberung von Jerusalem galt als vergeltung für die passion Christi. Der ehrenvollste name: der eines dichters. Eine legende machte Statius zum heimlichen christen, weshalb er hier büssen darf - Vergil empfand den unterschied.

Same meiner glut waren die wärmenden funken der göttlichen flamme, die schon tausende erleuchtet hat - ich rede von der Aeneis; die war meine mutter, war meine amme beim dichten; ohne sie hätte ich nicht das gewicht eines lotes gehoben, und um drüben gelebt zu haben als Vergil lebte, nähme ich's auf mich, eine sonne länger als ich muss im bann zu verbleiben." Auf dies wort hin drehte sich Vergil mir zu mit einer miene die schweigend sagte: schweige. Aber die kraft des wollens vermag nicht alles; denn lachen und weinen begleiten so eng das gefühl, das ein jedes auslöst, dass sie dem willen umso weniger folgen, je wahrhaftiger einer ist. Ich lächelte nur so wie einer der blinzelt, weshalb der schatte verstummte und mir in die augen sah, wo der ausdruck sich am stärksten zusammendrängt, und: „So wahr deine schwere mühe zu gutem ende führen möge, sagte er, warum hat mir dein gesicht grad eben das aufblitzen von einem lachen gezeigt?" Jetzt bin ich von der einen wie von der andern seite her gepackt: die eine heisst mich schweigen, die andre beschwört mich, dass ich rede, weshalb ich seufzte; mein meister verstand mich und „Fürchte dich nicht, sagte er, zu sprechen; sprich und sag ihm, was er so angelegentlich begehrt." Worauf ich: „Vielleicht wunderst du dich, du geist des altertums, dass ich lachen musste; aber noch grösseres staunen soll dich ergreifen: der hier, der meine augen zur höhe leitet, ist jener Vergil, von dem du die kraft nahmst, von den menschen und den göttern zu singen. Wenn du glaubtest, etwas anderes sei der grund für mein lachen, so lass es fahren, es ist nicht wahr, und glaube, es waren jene worte, die du über ihn sagtest.“ Schon bückte er sich, die füsse meines lehrers zu umfassen, aber der sprach: „Bruder, lass das, denn du bist ein schatten, und einen schatten siehst du.“ Und er, sich erhebend: „Jetzt kannst du die grösse meiner liebe ermessen, die mich für dich entflammt, wenn ich unsre leerheit vergesse und die schatten behandle wie etwas festes.“

Wie ein maler malt Dante innere vorgänge durch körperliche gebärden. Und gewiss legt er Statius seine eigene verehrung für Vergil in den mund; demut hält seinem stolz die waage; und nur liebe kann das gefühl von der eitelkeit aller dinge überwinden.

22. Gesang

Schon hatten wir den engel hinter uns gelassen, den engel der uns zum sechsten ring gewiesen hatte, nachdem er mir vom gesicht einen der streiche weggewischt und jene selig gepriesen hatte, deren sinn nach gerechtigkeit steht - seine worte mit sitiunt, sie dürsten, ergaben das auch ohne die folgenden.

„Selig sind, die da hungern und dürsten nach der gerechtigkeit, denn sie sollen gesättigt werden" - auch ohne die worte von „iustitiam" an ist der sinn jedem geläufig, und deutlich ist diesmal auch der bezug zum kreis der schlemmer und säufer.

Und ich, leichter als bei den andern schrunden, ging so, dass ich ohne jede mühe den raschen geistern zur höhe folgte, als Vergil begann: „Liebe, entzündet von hohem sinn, entzündet immer auch den andern, wenn nur ihre glut nach aussen sichtbar wird. So ist seit der stunde, da Juvenal in unsern kreis am saum der hölle herabstieg und mir deine grosse zuneigung kundtat, mein gefühl für dich derart, wie es stärker nie jemand überkam für einen menschen, den man nicht gesehen hat, so dass mir jetzt diese stufen kurz vorkommen werden.

Bei Juvenal, einem zeitgenossen und freund des Statius, konnte Dante lesen (Satire VII 82): „Man läuft zu der angenehmen stimme und zum gedicht der geliebten Thebais, wenn Statius einen tag ansagt und die stadt froh macht; mit solcher süssigkeit erfüllt er die ergriffenen seelen und mit solcher lust des volkes wird er angehört." So rühmend mag Juvenal auch in der hölle den dichterfreunden von Statius erzählt haben.

Aber sag mir, und verzeih mir wie ein freund, wenn zuviel sicherheit mir den zügel lockert, und rede von nun an wie ein freund mit mir: wie konnte habsucht in deinem busen raum finden inmitten all der hohen gedanken, von denen du durch dein eignes bemühn erfüllt warst?" Diese worte brachten Statius zuerst ein wenig zum lachen; dann antwortete er: „Alles was du sagst ist mir ein teures liebeszeichen. Jedoch, man sieht zuweilen dinge, die zum zweifel falschen anlass geben wegen der wahren gründe, die verborgen sind. Deine frage bezeugt mir, du seist des glaubens, dass ich im andern leben habgierig gewesen sei, vielleicht des kreises wegen, in dem ich war. So wisse denn, dass habgier mir nur allzu fern lag, und dieses fehlmaass haben jetzt tausende von monden gestraft. Und wäre es nicht, dass ich meine sorge ins lot stellte, als ich dich verstand, dort wo du, wie gequält von der menschlichen natur, ausrufst: 'Warum lenkst nicht du, o heiliger goldhunger, die begehrlichkeit der sterblichen?' so würde ich im ewigen her und hin die elenden turniere fühlen.

Dann wäre ich im vierten höllenkreis, wo in der einen hälfte die geizigen, in der andern die verschwender ihre lasten wälzen und sich gegenseitig beschimpfend aufeinanderprallen wie im buhurt der turniere, wo schar gegen schar anreitet. Vergil hatte über die untat Polymnestors (III 57) ausgerufen: 'Wozu zwingst du nicht die menschenherzen, verfluchter goldhunger?'. Dante wusste vielleicht nicht, dass das lateinische sacer alles ausserhalb der profanen sphäre bedeutet, also verflucht ebenso wie heilig, und verstand: Warum lenkst nicht du die menschenherzen, o heiliger, also gottgelenkter, maassvoller hunger nach gold? Dies missverständnis half dem verschwender Statius zur besinnung.

Da ward ich inne, dass die hände zum ausgeben auch ihre flügel zu weit öffnen können, und so bereute ich diesen wie auch die andern fehler. Wie viele werden mit gerauftem haar auferstehn

wie die verschwender im vierten höllenkreis. Es gab ein sprichwort: vergeuden bis zu den haaren!

aus unwissenheit, die ihnen die reue über diesen makel benimmt, im leben wie in der letzten stunde. Und wisse, dass eine schuld, die als ihr genaues gegenteil auf eine andere sünde zurückhaut, hier zusammen mit dieser ihr grün verdörrt. Wenn ich also zu meiner reinigung unter jenem volk war, das seine habgier beweint, so ist mir das wegen ihres gegenteils geschehen." - „Wenn du nun sangst von den grausamen waffen der doppeltrauer Iokastes,

dem gegenseitigen mord ihrer söhne Eteokles und Polyneikes, von Statius in der Thebais (XI) dargestellt,

so sprach der sänger der bukolischen lieder, scheint es nach allem wie Klio dort mit dir die tasten greift, dass der glaube dich noch nicht gläubig gemacht hat, ohne den das rechttun noch nicht genügt. Ist dem so, welche sonne oder welche kerzen haben dich so entfinstert, dass du danach im gefolge des Fischers deine segel setztest?" Und er zu ihm: „Du hast mich zuerst zum Parnass gewiesen, aus seinen grotten zu trinken, und dann hast du mich zu Gott hin erleuchtet. Wie einer der bei nacht geht und ein licht hinter sich trägt: sich selbst hilft er nicht, aber die leute hinter ihm macht er sichtig, so tatest du, als du sagtest: 'Die welt erneut sich, gerechtigkeit kehrt wieder und das erste menschenalter, und vom himmel herab steigt ein neues geschlecht.'

Das geht auf Vergils vierte Ekloge. Darin prophezeit der dichter, ein jahr nach der ermordung Caesars, in den wirren eines nun schon hundertjährigen bürgerkriegs, die geburt eines knaben, mit dessen wachstum sich allmählich unser eisernes zeitalter in das goldene zurückverwandeln werde. So war die sehnsucht nach einem heiland wie bei den Juden auch in Rom lebendig. In Rom wurde bald der friedebringer Augustus als „der geweissagte" gefeiert; die Christen lasen das gedicht als prophezeiung Christi. Daher Statius:

Durch dich war ich ein dichter, durch dich Christ. Doch damit du meine zeichnung besser verstehst, will ich meine hand ausstrecken sie zu färben: schon war alle welt schwanger von dem wahren glauben, den die boten des ewigen reiches gesät hatten, und dein wort, das ich eben berührte, stimmte so überein mit den neuen predigern, weshalb ich mich gewöhnte sie zu besuchen. Mit der zeit schienen sie mir so heilig, dass als Domitian sie verfolgte, ihre klagen von mir nicht unbeweint blieben. Solang ich drüben weilte, half ich ihnen, und ihr grader wandel liess mich alle andern sekten missachten, und ehe ich die Griechen dichtend an Thebens flüsse führte, hatte ich die taufe, nur hielt ich aus angst mein christentum verschlossen und gab mich die längste zeit als heide. Diese lauheit liess mich länger als das vierte hundertjahr den vierten kreis umkreisen.

Nun sag mir du, der mir den deckel hob über dem grossen gut von dem ich rede - wir haben ja beim steigen noch zeit übrig -: wo ist unser alter Terenz, Caecilius, Plautus und Varro? Wenn du's weißt, sag mir, ob sie verdammte sind und welchen ortes." - „Diese und Persius und ich und noch viele andere, antwortete mein führer, wir sind mit jenem Griechen, den die musen mehr als je einen andern säugten *(Homer)*, im ersten gürtel des lichtlosen kerkers. Oftmals reden wir von dem berg der immer unsere ammen beherbergt. *(Der Helikon ist der Musenberg. Also: wir reden von fragen der poesie).* Euripides ist dort mit uns und Antiphon, Simonides, Agathon und noch viele andere Griechen, die einst die stirn mit lorbeer schmückten.

Dante erweitert die begegnung der drei dichter mit einer gelehrten aufzählung antiker dichter, die er meistenteils nur dem namen nach kannte; sie stehen für den hohen rang der dichtkunst wie an den kathedralenwänden die auch nur dem namen nach bekannten vorfahren Christi. So geht das ganze wissen der zeit in die Commedia ein. Dante glaubt auch an die wirklichkeit der mythologischen heroinen: Zu sehen sind dort von deinen personen Antigone, Deiphile und Argeia und Ismene so traurig wie sie war. Man sieht jene, die die Langia*(-quelle)* zeigte, dort ist die tochter des Teiresias, auch Thetis und mit ihren schwestern Deidameia."

Nun schwiegen die beiden dichter und gaben wieder acht, sich rings umzuschauen, befreit vom steigen und von den wänden, und schon waren vier von den mägden des tages dahinten geblieben und die fünfte war an der deichsel, auch sie die glühende spitze aufwärts richtend,

Es ist also zwischen zehn und elf uhr am vormittag des dritten tages im fegefeuer.

als mein führer sagte: „Ich glaube, wir sollten unsre rechten schultern dem rande zukehren, um den berg zu umkreisen wie bisher." So wurde dort die gewohnheit zu unsrer fahne, und wir schlugen den weg umso unbedenklicher ein, als jene würdige seele zustimmte. Sie gingen voraus und ich ganz allein hinterdrein und lauschte ihren gesprächen, die mir fürs dichten viel einsicht gaben. Doch bald unterbrach diese erquicklichen reden ein baum, den wir mitten im weg fanden, mit süssduftenden und guten früchten. Und wie eine tanne nach oben hin von ast zu ast abnimmt, so dieser nach unten - ich glaube, damit niemand hinaufkommt. Von der seite, die unsern weg begrenzte, fiel vom hohen fels ein klares nass, das sich oben über die blätter ergoss. Die beiden dichter nahten dem baum, und eine stimme innerhalb des baumes rief: „Diese speise wird euch mangeln"; dann sagte sie: „Maria dachte mehr an die ehre und richtigkeit der hochzeit, als an ihren mund, der jetzt für euch einsteht,

Maria ist ja die grosse fürsprecherin. Wieder beginnen die beispiele der tugenden, die dem jeweiligen laster entgegengesetzt sind, hier der völlerei, mit dem leben der Maria. Wenn sie in Kana sagte: „Sie haben keinen wein", so ging es ihr nicht um den genuss, sondern um die richtigkeit der bewirtung. Früchte und wasser sind unerreichbar oben am baum: so leiden die sünder Tantalusqualen.

und die alten Römerinnen waren für ihr trinken mit wasser zufrieden, und Daniel verschmähte speise und gewann weisheit.

Daniel hatte sich am hofe Nebukadnezars ausbedungen, nicht von der tafel des königs essen zu müssen, sondern nährte sich von dem koscheren gemüse und wasser. Dante wendet es so, als ob die dürftige kost geistigkeit und vergeistigung befördere - eine klösterliche und asketische erfahrung. - Ovid erzählt von den vier weltaltern und der bedürfnislosigkeit des goldenen zeitalters:

Die erste weltzeit war so schön wie gold; mit hunger machte es die eicheln schmackhaft und mit durst jeden bach zu nektar. Honig und heuschrecken waren die speisen, die den Täufer in der wüste nährten. Dadurch wurde er ruhmreich und so gross, wie euch das evangelium kundtut."

Christus selbst sagte (Lukas VII 28): Unter allen, die vom weibe geboren sind, ist keiner ein grösserer prophet als Johannes.

23. Gesang

Indes ich meine augen in das grüne laub heftete, wie einer zu tun pflegt, der hinter den vögelchen her sein leben vertut, da sagte zu mir mein mehr als vater: „Sohn, nun aber komm! Die uns verliehene zeit will nützlicher verteilt sein." Ich wandte den blick und nicht minder schnell den schritt hinter den weisen her, die so redeten, dass dies wandern mich keine mühe kostete. Und siehe, ein klagen und ein singen liess sich da vernehmen: „Meine lippen, Herr," von solcher art, dass es lust und pein erweckte.

Aus dem psalm, mit dem David busse tut wegen seiner sünde mit Bathseba (51,17): „Herr, öffne meine lippen und mein mund wird dein lob künden". Der vers ist, mit voranstellung von „lippen", wohl darum herausgegriffen, weil er die reinere bestimmung von mund und lippen zeigt.

„Mein teurer meister, was ist das was ich höre?" begann ich, und er: „Schatten, die vielleicht im gehen den knoten ihrer verschuldung lösen." Wie gedankenvolle pilger tun, wenn sie auf ihrem weg unbekanntes volk einholen und sich ihm zuwenden ohne stehn zu bleiben, so kam hinter uns her, schneller als wir, und überholte uns eine schar von seelen, stumm und ergeben, und betrachtete uns. Dunkel und hohl war eine jede um die augen und bleich im gesicht und so ausgemergelt, dass durch die haut die knochen sich abzeichneten.

Ich glaube nicht, das Erysichthon so bis auf die äusserste haut austrocknete, als seine angst am grössten war. *Der hatte in einem heiligen hain der Demeter eine eiche gefällt und wurde von ihr mit solchem hunger gestraft, dass er all sein hab und gut verzehrte und schliesslich in sein eigenes fleisch biss.*

Ich sagte zu mir selbst in gedanken: „Da sieh das volk, das Jerusalem verlor, als Maria ihre zähne in den sohn schlug."

Das geht auf eine andere Maria, von der der historiker Josephus erzählt: als Titus Jerusalem belagerte, wurde der hunger in der stadt so arg, dass eine frau namens maria ihren kleinen sohn verzehrte, worauf die ältesten doch die stadt übergaben. - Zum folgenden ist zu bedenken, dass die Italiener kein H sprechen und dass in der unzialschrift das M nicht spitz aussieht, sondern wie zwei nebeneinandergestellte hufeisen; so hier der nasenrücken mit den brauen.

Ihre augenhöhlen sahen aus wie ringe ohne den edelstein; wer im menschengesicht OMO liest, hätte hier das M gut erkannt. Wer glaubte wohl, dass der duft einer frucht solches bewirken könne, gier erzeugend, und der eines wassers, wüsste er nicht das warum? Ich war schon verwundert, was sie so aushungert, weil mir der grund ihrer magerkeit und ihrer elenden schuppen noch nicht deutlich war, und sieh, aus der tiefe des kopfes richtete die augen auf mich ein schatte, schaute fest und rief dann laut: „Nein, welche gnade!" Nie hätte ich ihn dem gesicht nach erkannt, aber durch seine stimme wurde mir offenbar, was sein anblick überdeckt hatte. An diesem funken entglomm die ganze erinnerung an die so veränderten lippen, und ich erkannte das gesicht Foreses.

Forese Donati, Dantes jugendfreund, ein bruder oder verwandter von Dantes frau Gemma Donati, war 1296 gestorben, offenbar ein lebensgeniesser; es gibt sonette zwischen Dante und Forese voller übermut und spott, auch über

Foreses frau Nella - dinge die Dante bereut und hier im gedicht wiedergutzumachen sucht.

„Ach du, achte nicht auf die trockene krätze, die mir die haut entfärbt, bat er, und nicht auf mein fehlendes fleisch, sondern sag mir die wahrheit über dich und wer die beiden seelen sind, die dir dort geleit geben. Lass mich nicht ohne deine antwort.“ - „Dein gesicht, das ich schon als tot beweint habe, macht mir jetzt nicht weniger kummer bis zu tränen, antwortete ich ihm, da ich es so zerquält sehe. Darum rede mir du, bei Gott, der euch so entblättert, heisse mich nicht reden, solange ich noch so staune, denn der kann schlecht reden, den ein anderer wunsch erfüllt.“ Und er zu mir: „Nach dem ewigen ratschluss fällt eine kraft in das wasser und in die pflanze, die wir hinter uns liessen, wodurch ich mich so verdünne. All dies volk, das unter tränen singt, weil es dem gaumen übermässig gehorchte, hier heiligt es sich wieder mit hunger und mit durst. Zu trinken und zu essen ist unser begehr, entfacht vom duft der von der frucht ausgeht und von der sprühe, die sich oben über das grün ausbreitet. Und dies nicht nur einmal: das umkreisen dieses bodens bringt uns immer wieder frische pein - ich sage pein, und sollte sagen: trost, denn derselbe wunsch leitet uns zum baum, der Christus leitete, als er froh rief: Eli, und uns mit seinem blut befreite.“

Eli, Eli, lama sabachtani, Gott, mein Gott, warum hast du mich verlassen? Es ist der erschütterndste augenblick der passion Christi, den Dante hier herausgreift; aber er fühlt nicht die verzweiflung des gekreuzigten menschen - er läßt ja die eigentliche frage weg - sondern nur rein theologisch die freude des erlösers, durch sein leiden Gottes willen erfüllt zu haben. So bejahen die seelen im Fegefeuer ihre gottgewollten leiden und fühlen sich durch die erinnerung an Christi passion im höchsten bestätigt. Moderne psychologie kehrt das verhältnis um und versucht, aus der leidenslust das bussbedürfnis herzuleiten.

Und ich zu ihm: „Forese, seit dem tag da du welt mit besserem leben vertauschtest, sind es bis hier noch keine fünf jahresumläufe. Wenn in dir das vermögen länger zu sündigen, endete, ehe dich die stunde des guten schmerzes überkam, der uns wieder mit Gott vermählt - *Forese hat wohl erst in der todesstunde bereut* - wie bist du hier heraufgekommen? Ich erwartete, dich noch dort unten in der tiefe zu finden, wo man frist mit frist vergütet.“

Im vorgelände des fegefeuers, wo die seelen soviel jahre auf einlass warten, wie sie die reue aufschoben.

Und er zu mir: „Dass ich so bald den süssen wermut der martern trinken darf, dahin führte mich meine Nella mit ihren strömenden tränen. Mit ihren frommen gebeten und mit seufzern zog sie mich von der küste wo man wartet und befreite mich von den andern kreisen. Um so teurer ist sie Gott und geliebter, meine kleine witwe, die ich so gern gehabt habe, als sie im rechttun so ganz einsam dasteht. Denn Barbagia in Sardinien ist in seinen weibern weit schamhafter als die Barbagia, wo ich sie liess.

Die bewohner des berglandes hinter Cagliari, erst spät zum christentum bekehrt, galten als barbarische räuber, deren weiber halbnackt herumliefen. Aber die damalige Florentiner damenmode war auch recht frei!

Mein liebster bruder, was soll ich dir sagen? Schon steht mir vor augen eine künftige zeit, für die diese stunde nicht sehr vergangen sein wird, wo den ausverschämten Florentiner frauen von der kanzel herab verboten wird, mit entblössten brustwarzen daherzukommen. Was für barbarinnen gab es je, was für Sarazeninnen, für die es, damit sie bedeckt gingen, geistlicher oder anderer maassregeln bedurft hätte? Könnten diese schamlosen wissen, was für garben ihnen der rasche himmel bindet, sie würden schon die münder zum geheul aufreissen. Denn wenn die voraussicht mich hier nicht trügt, werden sie trauern, eh sich noch die wangen dem behaaren, den jetzt ein eiapopeia tröstet. Nun aber du, bruder, schau dass du dich nicht länger vor mir versteckst. Du siehst, dass nicht nur ich, sondern dies ganze volk hinschaut, wo du die sonne verhüllst." Weshalb ich zu ihm: „Wenn du dich zurückbesinnst, wie du mit mir warst und wie ich mit dir, wird dich die jetzige erinnerung immer noch beschweren. Aus jenem leben holte mich der hier, der vor mir geht, vorgestern, als dem da seine schwester (und ich zeigte auf die sonne) sich euch rund zeigte; der hat mich durch die tiefe nacht der wahrhaft toten geführt, mit diesem richtigen fleisch das ihm folgt. Von dort zog mich sein zuspruch empor, den berg zu ersteigen und zu umkreisen, der euch von der welt verbogene zurechtbiegt. Für so lange, sagt er, gäbe er mir geleit, bis ich dort bin wo Beatrice sein wird - dort muss ich dann ohne ihn bleiben. Vergil ist dieser, der mir so sagt (und ich wies auf ihn mit dem finger), und dieser andre ist jener schatte, um den vorhin der ganze hang bebte in euerm reich, das ihn jetzt ziehen lässt."

24. Gesang

Weder versäumten wir überm reden das gehen noch überm gehen das reden; im gespräch kamen wir stark voran wie ein von gutem wind gestossenes schiff, und die schatten, die wie doppelt gestorben schienen, sogen sich durch die augengruben das staunen über mich, den sie lebend sahen. Und ich in meinen worten fortfahrend sagte: „Sie steigt vielleicht langsamer empor als sie es tun würde, unsretwegen. Aber sag mir, wenn du es weißt, wo ist Piccarda? und sag mir, ob jemand bemerkenswert ist unter diesen leuten, die mich so anstarren?“ - „Meine schwester, ich weiss nicht, war sie mehr schön oder mehr gut, freut sich schon im hohen Olymp mit ihrer siegerkrone.“

Forese Donatis schwester Piccarda war ins Klarissinnenkloster eingetreten, aber ihr anderer bruder Corso, der als parteiführer der Schwarzen auch in Dantes leben eine unheilvolle rolle spielt, riss sie heraus, um sie mit einem freund zu verheiraten; sie wurde bald krank und starb früh. Dante versetzt sie in den mondhimmel zu den an erfüllung eines gelübdes gewaltsam verhinderten.

So sagte er zuerst, und dann: „Hier ist es nicht verboten, jeden mit namen zu nennen, da unser aussehn durch unsere diät so weggemolken ist. Der da (und er zeigte mit dem finger) ist Bonagiunta, Bonagiunta von Lucca; und jenes gesicht noch weiter weg, noch zerwirkter als die andern, der hielt die heilige kirche in seinen armen, er war aus Tours und reinigt sich hier fastend von den Bolsener aalen und dem Vernaccia. *Martin IV., papst 1281 - 1285, pflegte die besten aale, die aus dem Bolsener see, in besonderem weisswein zu sieden.*

Viele andere nannte er mir, einen um den andern, und alle schienen mit ihrer nennung zufrieden, so dass ich darob keine finstere miene sah. *Anders als in der untern hölle, wo die schatten sich am liebsten versteckt hätten.*

Ich sah sie vor hunger von ihren zähnen nichtigen gebrauch machen *(d. h. knirschen)*, Ubaldino della Pila und Bonifaz, der mit seinem turm viel volk weidete, *(den erzbischof von Ravenna, der sein hirtenamt ausübte, indem er grosse gelage gab. Der turm ist Ravennas sonderabzeichen auf dem krummstab).* Ich sah herrn Marchese, der einst in Forlì musse hatte, minder ausgedörrt zu trinken, und dies so, dass er sich nie gesättigt fühlte.

Aber wie einer tut, der schaut und dann das eine wichtiger nimmt als das andere, so tat ich mit dem von Lucca, der mich besser zu kennen schien. Er murmelte, und ein etwas wie „Gentucca“ vernahm ich dort, wo er den streich der gerechtigkeit verspürte, die sie dort so benagt.

Aus seinem munde also, wo er den hunger verspürte. Gentucca hiess eine edle dame in Lucca, die Dante, als er 1314 dort weilte, sehr geliebt hat.

„O seele, sprach ich, die so begierig scheint mit mir zu reden, mach dass ich dich verstehe und dein reden mich und dich befriedigt.“ - „Eine frau ist geboren, noch trägt sie kein kopftuch, begann er, (*das kopftuch der verheirateten),*

um deretwillen meine stadt dir gefallen wird, wie sehr man sie auch schelten mag. Du gehst nun deines wegs mit diesem vorblick. Wenn mein gemurmel dich verwirrt hat, wird die wirklichkeit dir noch klarheit schaffen. Aber sag, ob ich hier den sehe, der die neuartigen reime ans licht brachte mit dem beginn: ‘Ihr frauen, die ihr um liebe wisst’?“

Das ist ein offenbar berühmt gewordenes gedicht Dantes aus seiner jugend, da er mit dem etwas älteren Guido Cavalcanti den dolce stil nuovo begründete. Vielleicht ist hier der ort, etwas länger bei jenem gedicht zu verweilen, um die bahn zu ermessen, die der dichter vom hingerissenen überschwang seiner jugend bis zu dem schlichten, straffen, strengen ton der Commedia zurückgelegt hat. Es ist ein langes gedicht, bestehend aus fünf aneinandergereihten sonetten, die alle mit der gleichen, kunstvoll verschlungenen reimfolge gebaut sind. Dante hat es in seine Vita Nuova aufgenommen, wo er erzählt, er habe auf einem spaziergang aufs lob seiner herrin gesonnen, ohne sie doch selber anreden zu wollen, und da habe seine zunge, wie von selbst bewegt, diese zeile gesprochen; danach habe er das gedicht gemacht: „Ihr frauen, die ihr um liebe wisst, ich will mit euch von meiner herrin reden, nicht dass ich glaubte mit ihrem lob zu ende zu kommen, aber um meinem herzen luft zu schaffen. Ich sage, dass wenn ich ihren wert erwäge, so süsse liebe sich mir fühlbar macht, dass mein wort in allen liebe entfachen müsste. Ich suche nicht nach erhabenen worten; ich möchte in aller ehrerbietung nur leicht von ihrem adel reden, ihr lieberfüllten frauen und jungfrauen, mit euch, denn das ist nichts, wovon man mit andern reden könnte. Ein engel ruft voll göttlichen geistes: 'O Herr, auf erden zeigt sich eine seele, die bis hier herauf leuchtet. Der himmel, dem nichts fehlt als sie, bittet seinen herrn um sie'. Für unsre sache ficht nur das erbarmen. Gott spricht: 'Meine geliebten, ertragt's in frieden, dass eure hoffnung, solang es mir gefällt, dort unten bleibt, wo einer sie zu verlieren bangt und der in der hölle sagen wird: Ihr verlorenen, ich sah die hoffnung der erkorenen.' Ich sage: will eine als edle frau erscheinen, so gehe sie mit ihr. Wer es ertrüge, wenn sie des weges kommt, zu stehn und sie anzuschauen, der müsste edel werden oder sterben. Wenn sie jemand ihres anblicks würdigt, dem widerfährt, was ihm heil schenkt und ihn so demütig macht, dass er jedes erlittene unrecht vergisst. Der kann nicht übel enden, der mit ihr sprach. Von ihr spricht Amor: Wie kann ein sterblich ding so geziert sein und so rein? Mit ihr gedachte Gott etwas neues zu schaffen. Sie ist so, wie es natur am besten machen kann: an ihrem beispiel prüft man schönheit. Perlenfarbe ist die ihre; aus ihren augen gehen flammende liebesgeister aus, die bei jedem durch die augen den weg zum herzen finden. Ihr seht in ihrem antlitz liebe gemalt, so dass niemand sie fest anzublicken wagt. Mein lied, ich weiss, dass du mit vielen frauen reden gehst; drum mahn ich dich, mein junges, schlichtes kind Amors: wo du hinkommst, sprich bittend: 'zeigt mir den weg zu ihr, mit deren lob ich geziert bin', und bleib nicht stehn wo niederes volk ist, zeig dich nur frauen oder männern von feiner art, sie werden dich den raschen weg leiten. Du wirst Amor bei ihr finden, empfiehl mich ihm so wie du sollst." Natürlich ist die ganze musik der verse nur auf italienisch zu hören. „O mal nati, io vidi la speranza dei beati." „Tu troverai Amor con esso lei, raccomandami a lui come tu dei." Schon so früh also hört der dichter die engel reden und spricht zu den teufeln, und das gedicht geht auf dieselbe noch lebende Beatrice, die ihn als verklärte in den himmel geleiten darf. Es bedarf wohl eines stark fühlenden und reinen herzens, um so vom weiblichen hinangeführt zu werden. Der höfische minnesang war damals schon erstarrt; jede kunstübung wird in der zweiten oder dritten generation zur manier und nur ein neues starkes fühlen bringt einen durchbruch - denken wir an Klopstock, den jungen Goethe im Sturm und Drang, an die Impressionisten; sogar von der handwerklich lernbaren rhetorik sagt Quintilian: „Es ist das herz, was den grossen redner macht". Und so wieder beim dolce stil nuovo. Schlichter und inniger kann man es nicht sagen als Dante hier in seiner antwort an Bonagiunta:

Und ich zu ihm: „So einer bin ich, dass wenn liebe haucht, ich klinge und kundtue, was sie im innern mir vorspricht." - „Bruder, sagte er, jetzund erst sehe ich den knoten, der den notar und Guittone und mich zurückhielt noch diesseits des süssen neuen tones, den ich vernehme. Ich sehe wohl, wie eure flügel dicht hinter ihm *(Amor)*, der diktiert, herfliegen, was bei den unsern gewiss nicht geschah. Und wer sich vornähme noch tiefer zu blicken - mehr kann er nicht sehen, zwischen dem einen und dem andern stil." Und wie befriedigt verstummte er.

Jacopo da Lentini, notar Friedrichs II., verpflanzte die provenzalische dichtung der troubadours nach Sizilien, wie es heisst ein reiner nachahmer; auch Guittone von Arezzo und Bonagiunta selbst gehören der älteren generation an.

Wie die vögel, die längs des Nils überwintern, manchmal in der luft einen schwarm bilden, dann eiliger und in reihe fliegen, so wandte sich das ganze volk, das dort war, wieder um und beschleunigte seinen schritt, leicht durch die magerkeit und durch den willen. Und wie ein mensch, der sich müde getrabt hat, seine gesellen ziehen lässt und im schritt geht, bis die bedrängnis seiner brust sich entladen hat, so liess Forese die heilige herde vorüberziehn und ging mit mir hinterdrein. Er fragte: „Wann werd ich dich wiedersehn?" - „Ich weiss nicht, antwortete ich ihm, wielange ich zu leben habe. Aber nun wird meine rückkehr nicht so bald geschehn, dass ich nicht mit meinem wunsch noch schneller am ufer wäre; denn der ort, der mir zum leben angewiesen ist, entblösst sich alles guten von tag zu tage mehr und schickt sich an, jämmerlich unterzugehn." - „Geh nun, sagte er; denn den, der am meisten daran schuld ist, sehe ich am schweif eines tieres hingeschleift gegen das tal, wo es keine sühne gibt; das tier läuft mit jedem schritte schneller, immer zulegend, bis es ihn zerschmettert und den leib schmählich entstellt dahinten lässt. Nicht lange haben sich jene kreise zu drehen - und er richtete seine augen auf zum himmel - so wird dir klar werden, was mein reden dir nicht näher erklären kann.

Der hier in mythischem bild zur hölle geschleift werden soll, ist Foreses bruder Corso Donati - Dante nennt den namen nie - den Dante in seinem priorat als einen der heisssporne für einige monate verbannt hatte, der dann als anführer der Schwarzen für Dantes verbannung sorgte, 1308 sich der stadt ganz bemächtigen wollte, aber entdeckt wurde und auf der flucht vom pferde stürzte und von seinen verfolgern umgebracht wurde.

Du bleibe jetzt zurück, denn in diesem reiche ist die zeit kostbar, und ich verliere zuviel, wenn ich im gleichen schritt mit dir gehe." Wie wohl einmal ein reiter aus einer reitenden schwadron im galopp ausbricht, um die ehre des ersten einhiebs für sich zu holen, so trennte er sich von uns, stärker ausziehend, und ich blieb unterwegs mit den beiden, die so grosse marschälle der welt waren. Und als er in den raum vor uns so weit eingedrungen war, dass meine augen ihm nicht besser folgen konnten als mein geist seinen worten, da erblickte ich die fruchtbeschwerten und lebendigen zweige eines anderen baumes, nicht sehr entfernt, weil wir erst jetzt dort herumgebogen waren. Unter ihm sah ich leute ihre arme erheben und ich weiss nicht was gegen das laub hinaufschreien wie kinderlein, die begierig und vergebens bitten und der gebetene antwortet nicht sondern hält, um ihr verlangen recht zu schärfen, das begehrte hoch und versteckt es nicht. Dann, ihres irrtums innegeworden, entfernten sie sich und wir kamen jetzt zu dem hohen baum, der soviel bitten und tränen abweist. „Geht hier vorbei, ohne zu nahe zu kommen. Ein holz steht höher oben, von dem Eva ass, und diese pflanze erwuchs aus jenem."

Wie Gottes verbot im paradies. Wahre Erkenntnis ist dem menschen versagt.

So sprach ich weiss nicht wer zwischen den zweigen, weshalb Vergil, Statius und ich aneinander gedrückt bergwärts an ihm vorbeigingen.

Wie am eingang dieses kreises, im 22. gesang, aus einem baum die mahnenden erinnerungen der mässigkeit tönten, so aus diesem die warnenden beispiele des unmaasses, wieder ein heidnisches und ein biblisches. Die Kentauren zeugte Ixion, der es auf Hera abgesehen hatte, stattdessen mit einer wolke; über ihrer pferdebrust erhebt sich ihre menschenbrust. Bei der hochzeit des Peirithoos betranken sie sich, vergriffen sich an den frauen und es kam zu dem kampf, der auf dem giebel von Olympia dargestellt ist. - Gideon vor dem überfall auf die Midianiter entliess den haufen derer, die am wasser niederknieten, um aus der hohlen hand zu trinken, und behielt nur die dreihundert, die nur leckten.

„Gedenke es euch, sprach es, der verfluchten wolkengeborenen, die trunken Theseus bekämpften, die mit den doppelten brüsten und der Hebräer, die sich beim trinken weichlich zeigten, weshalb Gideon sie nicht zu begleitern wünschte, als er gegen Midian die hügel hinabstieg." So gingen wir vorbei, angelehnt an den einen der beiden säume, und vernahmen von der schuld der kehle, der so elender lohn folgt. Dann verteilten wir uns wieder auf der einsamen strasse; wohl tausend schritte und mehr trugen uns weiter, und wir waren jeder in betrachtung und schweigsam.

„Was geht ihr drei so nachdenklich allein?" sprach plötzlich eine stimme, weshalb ich auffuhr wie ein aus seiner ruhe aufgeschrecktes tier. Ich hob den kopf, zu sehen wer es wäre, und nie sah man im ofen glas oder metall so leuchtend rot, wie ich jetzt einen sah der sagte: „Wenn es euch gefällt aufwärts zu steigen, hier ist die wegbiege; von hier aus geht, wer um seinen frieden gehn will." Sein anblick hatte mir die sehkraft benommen, weshalb ich mich meinen lehrern nachbewegte wie ein mensch der nach dem gehör geht. Und wie ein mailüftchen als verkünder des morgenschimmers sich regt und duftet, ganz durchtränkt von kraut und blumen, so fühlte ich ein fächeln um meine stirn, und wohl fühlte ich die bewegung der federn, die den hauch von ambrosia verbreiteten. Und ich hörte sagen: „Selig die soviel gnade erleuchtet, dass im verlangen des schmeckens in ihrer brust nicht übermässige begierde raucht, so dass sie immer hungern nach soviel als recht ist."

Nach dem bedürfnis dieses gesangs biegt Dante hier die seligpreisung um: aus „die da hungern nach gerechtigkeit" macht er: „die im rechten maass hungern." Wieder ein P hatte ihm der engel getilgt.

25. Gesang

Es war die stunde, da das steigen keine lahmheit duldete, denn die sonne hatte den mittagskreis bereits dem Stier überlassen und die nacht dem Skorpion.

Sie war also um ein tierkreiszeichen über mittag weitergerückt, es ist 2 uhr.

Darum, wie ein mann, der nirgends haftet, sondern auf seinem weg fürbass schreitet, was ihm auch begegne, wenn ihn der stachel einer notdurft durchsticht, so schlüpften wir in den durchlass und betraten, einer vor dem andern, die treppe, die mit ihrer enge die steiger trennt. Und wie das störchlein den flügel hebt, begierig zu fliegen, aber sich doch nicht traut das nest zu verlassen und ihn wieder senkt, so war in mir die begier zu fragen entzündet und erloschen und kam bis zu der bewegung dessen der sich anschickt zu reden. So eilig unser gehen war, es hinderte meinen teuren vater nicht zu sagen: „Schnelle den bogen des redens ab, den du bis zum eisen gespannt hast."

Du hast die sehne so weit zurückgezogen, dass die eisenspitze des pfeils den bogen berührt.

So beruhigt öffnete ich den mund und begann: „Wie kann der abmagern, den kein bedürfnis nach nahrung anrührt?"

„Wolltest du dich erinnern, wie Meleager sich verzehrte, während ein scheit sich verzehrte, sagte er, wäre dir das nicht so sauer.

Meleagros' mutter hatte bei seiner geburt von den Parzen ein holzscheit bekommen, an das das leben ihres sohnes magisch gebunden war. Als er in einem streit um jagdtrophäen ihre beiden brüder erschlagen hatte, legte sie im zorn das scheit aufs feuer, und mit dessen verlodern erlosch Meleagros' leben.

Dächtest du daran, wie mit jedem zuck von euch euer bild im spiegel drinnen zuckt, so würde dir, was dir hart scheint, mürbe vorkommen.

Aber damit du in deinem verlangen innen zur ruhe kommst: hier ist ja Statius, ihn rufe und bitte ich jetzt, zum heiler deiner wunden zu werden." - „Wenn ich ihm den ewigen anschein erkläre, wo du doch zugegen bist, entschuldige mich dies, antwortete Statius, dass ich dir nicht nein sagen kann."

Um zu erklären, wieso die schatten der abgeschiedenen körperliche merkmale zeigen können, holt Dante hier aus zu einer ganzen seelenlehre. Die schon platonische dreiteilung der seelenkräfte hatte Thomas von Aquino christlich weitergedacht; darum übergibt der heide Vergil das wort jetzt dem christen Statius.

Dann begann er: „Wenn dein sinn, mein sohn, meine worte betrachtet und aufnimmt, werden sie dir zur leuchte werden für das Wie, nach dem du fragst. Gereiftes blut, das die durstigen adern nicht trinken und das übrig bleibt wie eine speise, die man vom tische wegträgt, empfängt im herzen die formkraft zu allen menschlichen gliedern wie jenes, das, um solche zu werden, durch die adern geht. Noch weiter verarbeitet sinkt es dorthin, wovon man besser schweigt als spricht, und von dort tropft es darauf in ein anderes blut in natürlichem gefäss. Dort vereinigen sich das eine und das andere miteinander, das eine angelegt aufs leiden, das andere aufs schaffen wegen des vollkommenen ortes *(des herzens)*, dem es entquoll. Mit jenem verbunden beginnt es zu wirken, erst durch gerinnung; dann belebt es das, was es durch seinen stoff verdichtet hat. *(Das stoffliche entstammt wohl dem weiblichen samen).* So ist die schaffende kraft zur seele geworden wie die einer pflanze, mit dem unterschied, dass sie noch unterwegs ist, während jene schon am ufer ist. *(Die pflanze besitzt schon die anima vegetativa, aber noch nicht die anima sensitiva, die schon quallen und seeanemonen regt).* Sie wirkt weiter so sehr, dass sie schon bewegung und gefühl hat wie ein meerschwamm; und darauf beginnt sie organe zu schaffen für die fähigkeiten, deren same sie ist. Jetzt entfaltet sie sich, jetzt verbreitet sich diese kraft, die aus dem herzen des zeugenden stammt, womit natur auf alle glieder hinzielt. *(Was wir gene nennen, ist aristotelisch die allen erscheinungen vorgegebene form, die potentia, die sich erst aktualisieren muss. So sind die sinneswerkzeuge geschaffen; aber in welchem organ sitzt die anima rationalis, der geist?)* Wie aber aus dem tier ein sprechendes wesen wird, siehst du noch nicht; das ist jener punkt, der schon einen weiseren als dich irren liess, so dass er in seiner lehre den geist als anlage einer möglichkeit von der seele trennte, weil er kein organ von ihm eingenommen sah.

Averroes nahm eine gleichmässig über die menschen verteilte geistige substanz an, wonach es dann keine individuelle seele mehr gäbe - anders als Thomas.

Öffne der wahrheit die nun kommt dein herz und wisse, dass, sobald im embryo die ausbildung des gehirns vollendet ist, der Erste Beweger sich ihm zuwendet, froh über so hohe kunst der natur, und ihm einen neuen, tugenderfüllten geist einhaucht, der das, was er an kraft vorfindet, in sein eigenes wesen zieht und zur einen seele wird, die lebt, fühlt und in sich selbst kreist.

Lebenskraft, die nach aussen gewendeten fünf sinne und der sein selbst bewusste geist bilden also zusammen - eine damals viel diskutierte frage - nur eine einzige seele, und diese ist neu, hat keine praeexistenz.

Und damit du dich über das wort weniger wunderst, sieh die wärme der sonne, die zu wein wird, wenn sie sich mit dem saft vereint, der aus der rebe tropft. Und wenn Lachesis keinen faden mehr hat, löst sich die seele vom fleisch und trägt sowohl das menschliche wie das göttliche als kräfte mit sich; die andern fähigkeiten bleiben allesamt stumm; aber gedächtnis, verstand und wille sind wirksam, und noch viel schärfer als vorher. Unverweilt fällt sie wundersam von selbst an eines der ufer *(zum Acheron die verdammten, zum Tiber die der läuterung gewürdigten)*; da erkennt sie zunächst ihren weg. Sobald dort eine stelle sie umschliesst, strahlt ihre formkraft rings umher, ebenso und so stark wie in den lebendigen gliedern; und wie die luft, wenn sie ganz regnerisch ist, durch einen strahl von aussen, den sie in sich zurückwirft, sich mit mancherlei farben ziert, so nimmt dort die umgebende luft jene gestalt an, die die überdauernde seele vermöge ihrer kraft in sie prägt; und gleich dem flämmchen, das dem feuer folgt, wohin auch immer es wechselt, so folgt dem geist seine neue gestalt; darum weil sie von dort ihre erscheinung hernimmt, heisst sie schatten und schafft dann eigene organe für jede empfindung bis zum gesichtssinn. Daher reden wir, daher lachen wir, daher kommen unsere tränen und unsere seufzer, die du über den berg hin hast wahrnehmen können. Jenachdem unsre wünsche und die andern gefühle uns erfüllen, so gestaltet sich der schatten, und das ist der grund für das worüber du staunst."

Wie schon Homer und Vergil, so muss auch Dante, um die begegnungen mit den verstorbenen im jenseits dichterisch darstellen zu können, den seelen körperliche gestalt geben, ein abbild ihrer erscheinung im leben. Aber als systematisch denkender theologe sucht Dante diese dichterische notwendigkeit wissenschaftlich zu begründen: dieselbe vorgegebene formende kraft, die den menschlichen leib gestaltet hatte - daher der ganze lange abschnitt über die zeugung - bleibt auch der abgeschiedenen einheitlichen seele erhalten, wirkt, und formt aus der umgebenden luft ein dem einstigen leib ähnliches, bewegungs- und empfindungsfähiges schattenbild.

Schon waren wir bei der letzten windung angelangt, hatten uns rechterhand gewandt und hatten auf andere sorgen acht. Hier schiesst der abhang eine flamme nach aussen, und der sims bläst einen hauch nach oben, der sie zurückwirft und einen weg von ihr ausspart. So mussten wir auf der freigegebenen seite gehen, einer hinter dem andern, und ich fürchtete das feuer hier, und dort fürchtete ich abzustürzen. Mein führer sprach: „An diesem ort muss man den augen den zügel straff anziehen, weil man leichtlich fehltreten könnte." „Du Gott der höchsten huld" hörte ich darauf im innern des heissen brandes singen, worob ich nicht minder darauf brannte mich hinzukehren. Und ich sah geister durch die flamme wandeln; darum schaute ich mit geteiltem blick bald auf sie, bald auf meine schritte.

„Summae Deus clementiae": der hymnus der samstagsmatutin fleht, diesem siebten kreise angemessen, um reinheit von körperlichen begierden. Dantes leser kannten den wortlaut: „O nimm mit unserm frommen lied du gütig unsre tränen auf, Dass unser herz, vom schmutze rein, dich reichlicher geniessen mag. Versenge mit dir eigner glut lenden und leber allzuweich, Dass sie befreit von übler lust zum aufbruch stets gegürtet sei'n."

Nach dem ende, mit dem jener hymnus schliesst, riefen sie laut: „Ich weiss von keinem manne" *(Marias antwort auf die verkündigung des engels)*. Darauf begannen sie leise den hymnus aufs neue, und wieder an seinem ende riefen sie: „Diana verblieb im gehölz und verjagte daraus Helike, die das gift der Venus gekostet hatte."

Kallisto war eine der begleiterinnen der jungfräulichen Diana und wurde von Jupiter verführt und schwanger. Als Diana es merkte, verjagte sie sie, und die eifersüchtige Juno verwandelte sie in eine bärin (griechisch: arktos), die Jupiter an den himmel versetzte; unter dem namen Helike, kreisende, umkreist sie dort den pol. Als jungfrau ist Diana das heidnische gegenstück zu Maria, und da sie auch mondgöttin ist, schwester des sonnengottes Apollon, mag ein zusammenhang bestehen mit der darstellung Marias auf der mondsichel. (Vgl. aber Apokalypse XII).

Danach kehrten sie zu ihrem gesang zurück, und dann riefen sie frauen und gatten an, die keusch waren wie tugend und ehestand es fordern. An dieser weise, denk ich, finden sie genüge für die ganze zeit da das feuer sie versengt. Solche pflege und solche nahrung muss ihre wunde endlich doch vernähen.

26. Gesang

Indes wir so auf dem rande hintereinander hergingen und mein guter meister öfters sagte: „Schau her und lass dich durch mich witzigen!“ traf mich die sonne auf die rechte schulter und hatte mit ihren strahlen schon den ganzen westen von himmelblau in weiss verwandelt; mit meinem schatten liess ich die flamme rotglühender erscheinen, und nur auf dieses zeichen sah ich im gehen viele seelen aufmerken. Dies war der grund, der ihnen anlass gab von mir zu sprechen, und sie begannen zu sagen: „Der da scheint kein scheinleib.“ Dann bewegten sich etliche auf mich zu, soweit sie es machen konnten, immer darauf bedacht, nicht herauszutreten dahin wo es sie nicht brennte. „Du der dort hinter den andern hergeht, nicht weil du langsamer wärst, sondern vielleicht aus ehrfurcht, antworte mir, der in durst und feuer brennt. Und nicht ich allein bedarf deiner antwort, denn alle diese dürsten danach mehr als Inder oder Aethiopier nach frischem wasser. Sag uns, wie kommt es, dass du aus dir einen schirm gegen die sonne machst, als wärst du noch dem tode nicht ins netz gegangen.“ So sprach einer von ihnen zu mir, und schon hätte ich mich erklärt, wäre ich nicht aufmerksam geworden auf etwas anderes, neues, das sich mir zeigte: denn mitten auf dem feuerpfad kamen leute, die diesen entgegenschauten, auf die ich gespannt hinblicken musste. Da sehe ich, wie von beiden seiten alle schatten eilen und einer mit einem sich küssen ohne stehn zu bleiben, mit kurzer feier zufrieden. So beschnuppern sich ameisen in ihrem dunklen zug, schnauze gegen schnauze, vielleicht um ihren weg und ihr ergehen zu erkunden. Sobald nun jene die liebreiche begrüssung trennen und bevor sie mit dem ersten schritt sich vorüberlaufen, bemüht sich jede die andere zu überschreien - die neuen leute: „Sodom und gomorra!“ und die andern: „Pasiphaë begibt sich in die kuh, damit der stier nach ihrer wollust rennt!“

Zwei arten von wollüstigen haben hier gelernt, sich mit dem friedenskuss zu begnügen: in Sodom sündigten sie mit dem gleichen geschlecht; und Pasiphaë, die gattin des Minos, war von so unersättlicher begier, dass sie sich von Dädalus eine hölzerne kuh zimmern liess und da hineinschlüpfte, um sich von einem stier bespringen zu lassen; danach gebar sie den stierköpfigen Minotaurus.

Dann, wie wenn kraniche ein teil zu den hyperboräischen bergen, ein teil zum sande flögen, die den frost und die die sonne scheuend, so kommt die eine schar, die andre geht, und weinend kehren sie zurück zu ihren ersten gesängen und zu den rufen, die am besten auf sie passen. Und dieselben, die mich gebeten hatten, hefteten sich wie zuvor an mich, in ihrem ausdruck voller spannung zu hören. Ich, der nun zweimal ihr verlangen gesehn hatte, begann: „Ihr seelen, denen der stand des friedens, wann es auch sei, gesichert ist, weder ungezeitigt noch reif blieben meine glieder drüben, sondern sie sind hier mit mir, mit ihrem blut und ihren gelenken. Von hier steige ich hinauf, um nicht mehr blind zu sein. Eine frau ist oben, die für mich die gnade erwirkt, deretwegen ich mein sterbliches durch eure welt trage. Aber sowahr euer grösster wunsch bald gesättigt werden soll, so dass jener himmel euch herberge, der voller liebe ist und sich am weitesten dehnt, so sagt mir, damit ich davon noch papiere streifig mache, wer seid ihr und wer ist jener haufe, der hinter euern rücken davongeht?“ Nicht anders verdutzt verwirrt sich der älpler und verstummt im schauen, wenn er, ein roher tölpel, in die stadt kommt, wie jetzt all die schatten anzuschauen waren. Doch als sie sich ausgewundert hatten - und in hohen herzen löst sich die starre bald - „Du glücklicher, begann wieder jener, der mich zuerst befragt hatte, dass du, um besser zu sterben, dein schiff mit der erfahrung unserer bezirke belädst. Die leute, die nicht mit uns kommen, sündigten mit dem, worum einst Caesar beim triumph sich 'königin' hatte rufen hören.

Eine gesuchte umschreibung für das, was Dante nicht aussprechen möchte. Beim triumph pflegten die soldaten spottlieder auf ihren feldherrn zu singen; hier spielen sie an auf ein verhältnis, das Caesar in seiner jugend mit dem könig Nikomedes von Bithynien gehabt haben soll: „Gallien unterlag dem Caesar, Caesar selbst dem Nikomed". Daher „königin".

Darum schreien sie beim abschied „Sodom" als selbstvorwurf, wie du ihn hörtest, und mit ihrer scham schüren sie den brand. Unsere sünde aber war zwitterhaft; aber weil wir nicht menschengesetz bewahrten und wie dem vieh dem gelüsten folgten, nennen wir zu unserm schimpf beim abschied den namen derer, die im geschnitzten tier vertierte. Nun weißt du, wie es um uns steht und wie wir schuldig wurden. Willst du vielleicht mit namen wissen, wer wir sind: es ist keine zeit sie zu nennen und ich wüsste sie nicht. Nur was mich angeht, will ich dein wünschen beschneiden: ich bin Guido Guinizelli und läutere mich jetzt schon, weil ich schon vor dem äussersten recht gelitten habe."

Guinizelli aus Bologna, gestorben 1276, war mit dem etwas jüngeren Guido Cavalcanti begründer des dolce stil nuovo, des neu beseelten minnesangs, von dem schon im 24. gesang die rede war. Non pò pensar lo core Altro ch'amore. Oder: Fu io per ciò sol nato Per stare innamorato? Kam ich zur welt nur um verliebt zu sein? Kein mensch, wenn er sie sieht, kann übles denken: das hat Dante in jener canzone aufgenommen.

Dante redet ihn als vater an wie vorher nur Vergil und Brunetto Latini und steht vor ihm so erstaunt und ehrfürchtig wie vorher Statius vor Vergil. - König Lykurg von Nemea war im begriff, die amme seines söhnleins hinzurichten, weil sie es hatte liegen lassen, um den Griechen den weg zu einer quelle zu weisen, und es starb an einem schlangebiss; im letzten augenblick eilten rettend ihre söhne herbei und hätten sie mit ihren umarmungen fast erdrückt. So Statius.

Wie es bei der trauer Lykurgs den beiden söhnen ging, als sie ihre mutter wiedersahen, so ging es mir, nur dass ich nicht so weit vordrang, als ich ihn sich selbst nennen hörte, meinen vater und vater der andern besseren als ich, die je die süssen und anmutigen liebesreime übten; und ohne zu hören und zu reden ging ich nachdenklich lange zeit und schaute ihn an, aber wegen des feuers wagte ich mich nicht näher hinüber.

Und als ich mich an seinem anblick geweidet hatte, anerbot ich mich ganz bereit zu seinem dienst mit der beteuerung, die glauben erweckt. Und er zu mir: „Nach dem, was ich höre, lässest du in mir so tiefe und so klare spur, dass Lethe sie nicht austilgen noch bleichen kann. Aber wenn deine worte soeben wahr geschworen haben, sag mir den grund, warum du mit deinem sprechen und schauen zeigst dass du mich liebst?" Und ich zu ihm: „Eure lieblichen verse, die solang der heutige gebrauch dauert, noch ihre tinte kostbar machen werden." -

„Bruder, sagte er, der den ich dir mit dem finger weise - und sein finger zeigte auf einen geist vor uns - war ein noch besserer schmied seiner muttersprache. Die liebesgedichte und romanprosa übertraf er alle - lass die toren reden, die den von Limoges über ihn stellen wollen. Die kehren ihre gesichter mehr nach dem, was man sagt, als nach der wahrheit, und so beharren sie auf ihrer meinung, eh sie auf kunst oder einsicht hören. So taten viele früheren mit Guittone, von schrei zu schrei nur immer ihm den preis gebend, bis die wahrheit mit mehreren andern ihn besiegte.

Guittone d'Arezzo, geboren um 1220, war schon im 24. gesang genannt; die andern: wohl die beiden Guido und Dante selbst, die vielleicht nur mühsam anerkennung fanden, so wie um 1200 in der Provence Arnaldo Daniello schwer aufkam gegen den beliebten Giraldo de Borneilh aus Limoges. Streit um literarisches urteil schon damals wie von je. - Muttersprache ist das thema. Bekanntlich gilt Dante als begründer der italienischen schriftsprache; denn noch war latein die allgemeine überall verstandene schriftsprache, und Dante selbst soll die Commedia ursprünglich auf lateinisch konzipiert haben. Die wahl der volkssprache war also ein bewusster und folgenreicher entschluss. Aber welcher volkssprache? Es gab schon vor Dante liebesdichtung auf provenzalisch, sizilianisch, bolognesisch; in einer eigenen, auf latein abgefassten ausführlichen schrift, de vulgari eloquentia, erörtert Dante die verschiedenheit der sprachen und der dialekte, die probleme der stilhöhe, und charakterisiert die früheren dichter, literarische fragen, die er, als dichter, in der Commedia umwandelt in persönliche begegnungen von besonderer höflichkeit und innigkeit.

Wenn du nun aber ein so hohes vorrecht geniessest, dass dir der weg zu dem kloster gestattet ist, wo Christus abt des kollegiums ist, so sprich vor ihm ein vaterunser für mich so weit als wir es brauchen in unserer welt, wo das sündigenkönnen nicht mehr unser teil ist. *(Ein vaterunser ohne das „Führe uns nicht in versuchung")*". Darauf, vielleicht um einem andern, zweiten, raum zu geben, der neben ihm stand, verschwand er durch das feuer wie im wasser ein fisch der abtaucht.

Ich trat ein wenig vor zu dem mir gezeigten und sagte, dass für seinen namen mein herz einen liebreichen ort bereithalte. Da begann er freimütig zu reden:

Arnauts wohlgeformte antwort gibt Dante in dessen muttersprache, auf provenzalisch, wobei er die terzinen in sein italienisches reimgeflecht einbezieht. George wich in seiner übersetzung in das dem deutschen so verwandte holländische aus.

„So sehr erfreut mich eure höfliche frage, dass ich mich vor euch nicht verbergen kann noch will. Ich bin Arnaut, der weint und singend wandert. Bedenklich seh ich auf die vergangene tollheit, und sehe freudig auf den erhofften tag vor mir. Nun bitte ich euch bei jener hohen kraft, die euch zur höhe der treppe leitet: gedenket zu rechter zeit meines leidens." Darauf verbarg er sich im feuer das sie läutert.

Es ist das erstemal, dass Dante selbst mit Ihr angeredet wird. Diese höflichkeit erwies er eben dem Guido Guinizelli, in der Hölle nur Farinata und Brunetto Latini.

27. Gesang

Wie wenn die sonne die ersten strahlen dorthin schleudert, wo ihr schöpfer sein blut vergoss, wenn der Ebro unter die hohe Waage fällt und sie die wogen im Ganges von der none an neu entflammt, so stand sie als der tag zur rüste ging und Gottes engel froh vor uns erschien.

Wenn auf dem Fegefeuerberg bei den antipoden abend wird, geht gegenüber in Jerusalem die sonne auf, im äussersten osten ist mittag vorbei, es geht auf die none zu und die sonne brennt, während im äussersten westen, Spanien, die Waage, dem Widder gegenüber, nicht mehr kulminiert. So genau hat Dante immer das ganze weltgebäude im auge.

Ausserhalb der flamme stand er am ufer und sang: „Selig die da reinen herzens" mit einer stimme, die sehr viel lebendiger klang als unsere.

Immer muß man bei Dantes zitaten die fortsetzung, die ja alle kannten, mithören, hier, vor der letzten prüfung: Denn sie werden Gott schauen.

Darauf: „Weiter kommt man nicht, ihr heiligen seelen, eh nicht das feuer euch beisst: tretet hinein und seid dem gesang von drüben nicht taub."

Die übersetzung kann nicht zeigen, wie Dante mit dem reim die tragenden begriffe verklammert: mundo corde - der engel sagt die seligpreisung auf lateinisch -, das feuer beisst, morde; seid nicht taub, sorde. Gewiss hat die suche nach dem dritten reim die letzte wendung hervorgerufen; man spricht von reimzwang; aber der zwang regt die phantasie an, macht kreativ, und nie sagt Dante etwas bloss um des reimes willen.

So sprach er, und ich, als ich das hörte, wurde wie einer, der kopfüber lebendig begraben werden soll. Über meinen verschränkten händen streckte ich mich vor,

Eine verzweiflungsgebärde, wie Giotto oder Michelangelo sie hätte malen können.

schaute auf das feuer und stellte mir lebhaft die menschenleiber vor, die ich schon hatte brennen sehen. Meine guten geleiter wandten sich mir zu und Vergil sagte mir: „Mein sohn, hier kann marter sein aber nicht tod. Erinnre dich, erinnre dich .. und wenn ich auf dem Geryones dich heil geleitet habe, was werde ich jetzt erst tun, wo ich Gott näher bin? Glaub mir und sei gewiss: stündest du auch gut tausend jahre im schoosse dieser flamme, sie könnte dich nicht um ein einziges haar kahler machen. Und wenn du vielleicht meinst, ich betröge dich, geh auf sie zu und lass dir's bestätigen mit deinen händen am saum deiner kleider. Tu endlich ab, tu jede furcht von dir ab, dreh dich hierher und geh getrost weiter." Und ich starr und steif, und gegen mein gewissen. Dass er mich nur unbeweglich und hart stehen sah, verwirrte ihn etwas, dann sagte er: „Nun sieh doch, sohn, zwischen Beatrice und dir ist nur diese mauer." Wie beim namen Thisbes Pyramus sterbend seine wimpern öffnete und sie anschaute, damals als die maulbeere rot wurde, so lockerte sich meine starre und ich wandte mich dem weisen führer zu, als ich den namen hörte, der in meinem sinn immerzu lebendig sprosst.

Die liebenden Pyramus und Thisbe hatten sich vor den toren Babylons verabredet; Thisbe kam zuerst, musste aber fliehen vor einem löwen, der frisch vom frass zur quelle kam; dabei verlor sie ihr kopftuch, der löwe mit seinem blutigen maul zerfetzte es, trank und ging wieder. Nun fand Pyramus das tuch, glaubte Thisbe von einem löwen gefressen, fühlte sich schuldig und erstach sich. Thisbe kehrte zurück, warf sich über den sterbenden, „Pyramus, ich bin's, deine Thisbe". Da schlug er die augen noch einmal auf und starb, worauf sie sich in dasselbe schwert stürzte. Aufspritzendes blut färbte die bisher weisse maulbeere rot. Dieser nebenzug verhalf der geschichte zum eingang in Ovids „Metamorphosen". Ein kapitell im Basler Münster stellt die sage dar; denn Thisbe ist die seele und Pyramus-Christus litt ihr zuliebe den tod, und sie bewährt ihre liebe zu ihm, indem sie ihm nachstirbt. Aus derselben geschichte machte Shakespeare im Sommernachtstraum eine burleske.

Der blosse name wirkt wunder auch in Dante, der bisher die qualen in der Hölle und im Fegefeuer nur mitfühlend erlebt hatte und sie nun im letzten busskreis am eigenen leibe spüren soll - eine dramatische steigerung am schluss - vielleicht nicht ohne grund! Die heilige liebe zu Beatrice hilft ihm gegen die sinneslust.

Darauf schüttelte er sein haupt und sagte: „Wie nun? Wollen wir stehn bleiben, diesseits?" Und dann lächelte er, wie man dem bübchen tut, das gefügig wurde für eine frucht. Danach begab er sich vor mir in das feuer hinein und bat Statius, der uns bisher auf weite strecke getrennt hatte, hinterher zu kommen. Wie ich drinnen war, hätte ich mich in kochendes glas geworfen, um mich zu erfrischen, so war die feuersbrunst hier ohne maass. Mein teurer vater, um mich zu bestärken, sprach im gehen immer nur von Beatrice und sagte: „Mich dünkt, ich sähe schon ihre augen." Uns leitete eine stimme, die von drüben sang, und wir, nur auf sie achtend, kamen dort heraus, wo der aufstieg war. „Kommt, ihr gesegneten meines vaters", tönte es innerhalb eines lichtes, das dort war und mir zu stark war - ich konnte es nicht anschauen.

Venite benedicti patris mei, so wird beim weltgericht (Matthäus 25,24) Christus zu den seligen sprechen. Dante las die worte schon als kind im mosaik des Florentiner Baptisteriums auf der fahne des engels, der die freigesprochenen zum tor führt. - Diesmal ist nicht davon die rede, dass ein flügelschlag das letzte P von Dantes stirn tilgt - er hat ja selbst im feuer gebüsst.

„Die sonne geht, fügte er bei, es kommt der abend, bleibt nicht stehn, sondern denkt auf euern weg, solang der westen sich noch nicht schwärzt."

Gradaus stieg der weg innerhalb des felsens in solcher richtung, dass die strahlen der sonne, die schon tiefer stand, vor mir wegblieben.

Die dichter hatten also immer rechtsherum aufsteigend den halben berg von ost nach west umkreist.

Wir hatten erst wenige stufen erprobt, als wir, ich und meine weisen, am schatten, der erlosch, merkten, dass hinter uns die sonne sich niederlegte, und bevor der horizont in all seinen ungemessenen weiten einerlei aussehen zeigte und die nacht alle ihre freiheiten besass, machte jeder von uns aus einer stufe sein bett, denn die natur des berges zerbrach uns weniger den wunsch als das vermögen zu steigen. Wie die ziegen, die so behend und übermütig auf den gipfeln gewesen waren, bevor sie gespiesen hatten, sich nun geruhsam wiederkäuend im schatten halten während der siedhitze der sonne, bewacht vom hirten, der sich auf seinen stab lehnt und so gelehnt ihrer achtet, und wie der senne, der draussen haust, zur seite seiner herde ruhig nächtigt, achtsam dass kein wildes tier sie zerstreut, so waren wir alle drei damals, ich als ziege und sie als hirten, hüben und drüben vom hohen gewände eingebunden. Vom draussen war hier nur wenig sichtbar, doch sah ich, so wenig es war, die sterne leuchtender und grösser als gewöhnlich.

So auf sie hinschauend und wiederkäuend verfiel ich in schlaf - schlaf der oft, bevor es geschah, das neue weiss. Zu der stunde, glaub ich, da von osten Venus zuerst den berg anstrahlte, die immer von liebesflammen zu glühen scheint, war mir im traum, ich sähe eine junge schöne frau durch eine flur gehen, blumen pflückend, und singend sprach sie: „Wisse jeder, der nach meinem namen fragt, dass ich Lea bin, und im gehen rege ich meine schönen hände, mir einen kranz zu winden. Um mir im spiegel zu gefallen, schmücke ich mich hier. Aber meine schwester Rahel wendet sich nie ab von ihrem spiegel und sitzt den ganzen tag. Ihre lust ist, ihre schönen augen anzuschauen, die meine, mich zu schmücken mit den händen. Sie befriedigt das schauen, mich das tun."

Schauen und tun: schon die antike unterschied vita activa und vita contemplativa, und die kirchenväter machten Rahel und Lea, Maria und Martha zu deren symbolfiguren. Kontemplativ ist im altertum das philosophische, im mittelalter das mönchische, heutzutage das gelehrte leben. Aber in wirklichkeit lässt sich die trennung nicht so genau durchführen. Viele gelehrte arbeiten mehr als mancher arbeiter; viele weise waren politiker, Benedictus lehrte Ora et labora, und Michelangelo stellte am Juliusgrab seinem Moses Rahel und Lea zu seite: zur schau des göttlichen gesetzes gehört die staatsmännische tat.

Dante erlebt diesen dritten, wiederum einen einschnitt markierenden traum am ende aller läuterungen, der nun auch von ihm selber geleisteten busse. Von nun an wird ihn die schau von stufe zu stufe führen bis zum anschaun Gottes. Träume gegen morgen gelten als wahrträume; die beiden frauen deuten voraus auf Matelda und Beatrice, denen er auf der höhe des berges begegnen wird. Dort ist das irdische paradies. Denn Luzifer bei seinem sturz vom himmel riss in die erde den ganzen höllentrichter, und die verdrängte masse stülpte sich gegenüber hoch als fegefeuerberg, auf dessen spitze die stelle der erde zu liegen kam, aus der Adam und Eva vertrieben wurden.

Schon flohen die finsternisse ringsumher vor den strahlen des vorlichts, die den pilgern umso willkommener aufsteigen, je minder fern sie heimkehrend eingekehrt sind, und mit ihnen floh mein schlaf. Ich stand auf und sah die grossen meister schon erhoben.

Die stimmung des pilgers ist hier nur als ausschmückender nebenzug gegeben, aber sie entspricht genau Dantes sehnsucht, seinem heimweh nach dem paradies, dem er sich so nahe fühlt.

„Jene süsse frucht, um die das bemühen der sterblichen soviel äste durchsucht, heut wird sie all deinem hunger frieden bringen." Diese hohen worte brauchte Vergil mir gegenüber, und nie gab es festgeschenke, die an beglückung diesen gleichkamen. Mir kam so starker wille über den willen, oben zu sein, dass ich von nun an bei jedem schritt mir zum flug die federn wachsen fühlte. Als die ganze treppe unter uns durchlaufen war und wir auf der obersten stufe standen, heftete Vergil seine augen auf mich und sprach: „Das feuer auf zeit und das ewige hast du gesehn, sohn, und bist an den ort gelangt, über den hinaus ich für mich allein keine erkenntnis mehr habe. Mit geist und kunst zog ich dich hierher; von nun an nimm dein eigenes belieben zum führer, du bist über die steilpfade hinaus, hinaus über die engpässe. Sieh die sonne, die deine stirne beglänzt, sieh all das kraut, die blumen und die büsche, die die erde hier von sich allein hervorbringt. Bis die schönen augen froh kommen, die weinend mich zu dir gehen hiessen, kannst du dich setzen oder kannst hier herumgehen. Warte nicht mehr auf mein wort noch auf meinen wink. Frei, aufrecht und gesund ist dein eigenes urteil; es wäre ein fehler, nicht nach seinem sinn zu handeln; drum empfange von mir über dich selbst die krone und die mitra."

Damit ist Dante im weltlichen wie im geistlichen bereich mündig gesprochen; bisher war er Vergil gegenüber hilfsbedürftig und gläubig wie ein kind - nun steht er selber auf der stufe der edeln weisen des altertums wie Vergil. Zu den höhern stufen des christentums kann Vergil nicht mehr führen, nur Beatrice, als inbegriff der christlichen theologie, religiösen wissens und aufschwungs der seele durch alle sphären bis zu Gott.

Sei hier einmal eine stelle in der Georgeschen übertragung eingefügt.

Er sprach: Das zeitliche und ewige feuer
Hast du geschaut o sohn und in dem kreise
Wohin du nun gehst bin ich selbst ein neuer.
Hier zog dich her der dichter und der weise.
Zum führer nimm nun einzig dein verlangen,
Denn du bist ausser schlucht und steilem gleise.
Die sonne, sieh! sie strahlt auf deinen wangen.
Das land gedeiht hier ohne vorbereiter,
Sieh! blumen gras und bäume fruchtbehangen!
Hier triffst du bald die schönen augen heiter
Die weinend mich entsandten beim beginne.
Ruh hier solange oder wandle weiter!
Nicht wirst du wort und wink von mir mehr inne.
Dein geist ist fest und heil und frei von frone.
Nun wäre fehl zu folgen andrem sinne!
Hier krön ich dich mit mitra und mit krone!

28. Gesang

Schon hatte ich lust, innen und ringsum den göttlichen wald zu erforschen, den dichten, üppigen, der für die augen den neuen tag dämpfte, und ohne mehr zu erwarten liess ich den uferrand und schlug mich ins gelände langsam langsam über den boden hin, der von allen seiten duftete. Ein süsses lüftchen traf mich unveränderlich an der stirn mit nicht stärkerem schlag als ein gelinder wind, wovor die blätter zu zittern stets bereit, sich allesamt der seite zuneigten, nach der der heilige berg den ersten schatten wirft. Doch waren sie nicht so vom graden stand zerstreut, dass die vögel in den wipfeln abgelassen hätten, all ihre künste zu üben; sondern mit freuden empfingen sie singend die morgenlüftchen im laub, das zu ihren reimen den grundbass abgab, grad so wie es von ast zu ast zusammenrauscht im pinienwald am strand von Classe, wenn Aeolus den scirocco herauslässt.

Schon hatten mich die langsamen schritte so weit in den uralten wald hineingetragen, dass ich nicht mehr sehen konnte, von wo ich hereingekommen war, siehe, da verwehrte mir das weitergehen ein bach, der mit seinen kleinen wellen das gras, das an seinem ufer hervorkam, nach links bog. Alle wasser, die diesseits am reinsten sind, würden doch irgendwie getrübt erscheinen gegen dieses, das nichts verbirgt, obgleich es doch dunkel, dunkel fliesst unter dem ewigen schatten, der dort weder sonne je noch mond durchstrahlen lässt. Mit den füssen blieb ich stehen und mit den augen überquerte ich das flüsschen, um all die buntheit der frischen blütenzweige zu betrachten, und da zeigte sich mir, so wie sich plötzlich etwas zeigt, das mit verwunderung jedes andere denken ablenkt, eine frau, die singend ging und blume um blume auswählte, mit denen ihr ganzer weg gesprenkelt war. „Du dort, schöne frau, die an den strahlen der liebe sich erwärmt, wenn ich dem aussehn glauben darf, das der zeuge des herzens zu sein pflegt, möchtest du lust bekommen, dich gegen dieses ufer weiter herzuziehen, so sagte ich zu ihr, so weit, dass ich verstehen kann, was du singst. Du erinnerst mich an Persephone, wo und wie sie war zur stunde, da ihre mutter sie und sie den frühling verlor."

Persephone, die tochter der Erdmutter Demeter, wurde beim blumenpflükken vom totengott Hades geraubt und in die unterwelt entführt, wo Demeter sie nicht finden konnte.

Wie eine frau im tanz, die sohlen dicht am boden, sich in sich selber dreht, kaum merklich fuss vor fuss setzend, so kehrte sie sich über den scharlachnen und über den gelben blümchen mir zu, nicht anders als eine jungfrau, die die augen ehrbar senkt, und befriedigte meine bitten, indem sie so nahe kam, dass der süsse klang mit seinem sinn mir verständlich wurde. Sobald sie dort war, wo die gräser schon von den wellen des schönen flusses genetzt wurden, machte sie mir den aufblick ihrer augen zum geschenk. Ich glaube nicht, dass solches leuchten unter den wimpern der Venus strahlte, als ihr sohn, ganz gegen seine art, ihr herz durchbohrte.

Als sie Amor umarmte, drang versehentlich sein pfeil in ihr herz, damals als sie für den schönen knaben Adonis entbrannte.

Vom andern rechten ufer herüber lachte sie und pflückte mit ihren händen noch mehr farben, die das hohe land samenlos hinschüttet. Drei schritte hielt uns der fluss entfernt; aber der Hellespont, wo Xerxes übersetzte (heut noch jedem menschlichen hochmut ein zaum), erfuhr ob seines flutens zwischen Sestos und Abydos von Leander nicht mehr hass als dieser fluss von mir, weil er damals keinen weg öffnete.

Xerxes hatte auf seinem zug gegen Griechenland über den Hellespont (die Dardanellen) brücken schlagen lassen, und als ein sturm diese zerstörte, liess er das meer peitschen. Auf dem rückweg war er ein geschlagener mann. - Leander schwamm allnächtlich von Abydos nach Sestos hinüber, um in ihrem turm Hero zu besuchen; aber einmal verlöschte ein sturm ihr licht, sodass er sich verirrte und ertrank. - Die sage von den zwei königskindern!

Es ist zwar nicht die gelehrsamkeit, durch die Dantes werk überdauert; aber um alles zu verstehn, muss man doch viel wissen. Mit allem, was er auch nur nebenbei erwähnt, gibt er ein ganzes kompendium des wissens seiner zeit. Schon die zeitgenossen brauchten kommentare - den ersten schrieb Dantes eigener sohn Piero. Man erzählte sich von einem Bologneser schuhmacher, der aus begeisterung für die Commedia lateinisch lernte, die klassiker las, theologie studierte und so ein hochgebildeter mann wurde!

„Ihr seid neu hier, begann sie, und wundert euch vielleicht und rätselt, warum ich lache an diesem orte, der der menschlichen natur zum nest erwählt war. Doch licht spendet der psalm Delectasti, der euren geist entnebeln mag."

Psalm 92,5: „Du hast mich froh gemacht, Gott, mit deinen werken, und über die taten deiner hand will ich jubeln. Wie erhaben sind deine taten, Gott, gar tief sind deine gedanken." - Wie jedem ring des läuterungsberges der engel der gegenteiligen tugend vorstand, so verkörpert die tanzende und lachende schöne frau die glückseligkeit des paradieses. Dass sie Matelda heisst, erfahren wir erst später und nur wie zufällig; es mag eine freundin Beatrices gewesen sein; blumenpflückend ist sie tätig wie die geträumte Lea und bereitet vor auf Beatrice, die reine schau. - Von Statius hatte Dante erfahren, dass der läuterungsberg keinem erdbeben und keiner irdischen witterung ausgesetzt ist und nur bebt aus mitfreude, wenn eine seele das läuterungswerk vollbracht hat - eine tiefgefühlte dichterische erfindung, die nun aber zu einer schwierigkeit führt; denn nach der Genesis ist das paradies ein garten, in dem flüsse fliessen und pflanzen spriessen, und Dante betont sogar das lüftchen, das ihn anweht und die blätter rauschen lässt. Mit der ihm eigenen genauigkeit, mit der er sein ganzes phantasiegebäude bis ins einzelne durchdenkt, holt er nun aus zu einer geradezu naturwissenschaftlichen erklärung.

„Und du, der zuvorderst steht und mich gebeten hast, sag, ob du noch andres hören willst; denn ich kam rasch zu jeder deiner fragen, um dir genüge zu tun." - „Das wasser, sprach ich, und das waldesrauschen widerstreiten in mir einer neuen überzeugung von dingen, die ich im widerspruch dazu vernahm." Worauf sie: „Ich will dir sagen, wie das was dich erstaunen lässt, aus gutem grund geschieht, und will den nebel lichten, der dich schlägt. Das höchste Gut, das allein sich in sich selbst gefällt, schuf den menschen gut und gab ihm diesen ort als unterpfand ewigen friedens. Durch eignen fehl verweilte er hier nur kurz.

Durch eignen fehl vertauschte er mit weinen und mühsal das sittsame lachen und die süsse kurzweil. Damit die störungen in der tiefe durch die ausdünstungen von wasser und erde, die, soweit sie können, der wärme folgen, dem menschen nichts anhaben könnten, darum stieg dieser berg so hoch gen himmel, und von der stelle an wo er verriegelt ist, ist er davon frei. Weil nun ringsum die gesamte luft mit dem ersten kreise kreist, wenn ihr umlauf nicht irgendwo unterbrochen wird, trifft in dieser höhe, die gänzlich frei in die lebendige luft ragt, eine solche bewegung den wald und bringt ihn, der ja dicht ist, zum rauschen.

Dass die turbulenzen der atmosphäre durch die einstrahlung der sonne bewirkt sind, wusste Dante aus Aristoteles. Nun verknüpft er seinen höhenwind mit dem umlauf der sphären, deren bewegung sich vom primum mobile abwärts bis in die luft der ruhenden erde fortpflanzt, genau wie wir seit dem meteorologen Coriolis umgekehrt aus der rotation der erde die ablenkungen der winde erklären.

Und die geschüttelte pflanze vermag so viel, dass sie mit ihren kräften die luft schwängert, und diese verstreut sie in ihrem kreisen rings umher und die andern länder erzeugen je nach der würdigkeit ihres bodens und ihres himmels aus solcher empfängnis allerlei hölzer von allerlei eigenschaften. Danach erschiene es drüben nicht als ein wunder, nachdem du das gehört, wenn irgend eine pflanze ohne sichtbaren samen wurzel schlägt. Und du musst wissen, dass das heilige feld, wo du bist, jeden samens voll ist und früchte birgt, die man drüben nie pflückt. Das wasser das du siehst, quillt nicht aus einer ader, die sich erneuert aus dem von der kälte umgewandelten dunst, wie ein fluss, der bald ausser atem, bald zu atem kommt, vielmehr entspringt es einer gleichmässigen und verlässlichen quelle, die aus Gottes willen soviel zurückbekommt, wie sie sich öffnend nach zwei seiten vergiesst. Nach dieser seite fällt es abwärts mit der kraft, die einem die erinnerung an die sünde auslöscht, nach der andern belebt es die an jede gute tat. Hier heisst es Lethe, drüben Eunoë, und es wirkt nicht, wenn man nicht zuvor das eine wie das andere gekostet hat. Kein anderer geschmack kommt dem seinen gleich.

Die antike vorstellung vom unterweltsstrom Lethe stammt aus der seelenwanderungslehre: vor ihrer wiedergeburt trinken die seelen „vergessenheit"; daher kommt es, dass wir uns an unser vorleben nicht erinnern können. Diese lehre ist nicht allgemein griechischer glaube gewesen; die orphische sekte glaubte daran, auch Pythagoras, und durch Platon wurde sie den gebildeten vertraut, wie ja die ganze lehre von der vom körper befreiten seele und ihren schicksalen nach dem tode bis zur seligkeit, die in der schau Gottes besteht, von Platon her und nicht aus dem ganz irdischen judentum ins christentum gelangt ist. Dante muss gewusst haben, dass „Lethe" griechisch „das Vergessen" heisst, deutet es um auf das vergessen der sünden und erfindet dazu als gegenstück ebenfalls griechisch „Eunoë", das „Wohlgedenken": auf unsre taten, die bösen wie die guten, kommt alles an, zur seligkeit müssen die sünden nicht nur abgebüsst sondern ganz vergessen sein.

Und obgleich dein durst jetzt zur genüge gelöscht sein kann, weshalb ich dir nicht noch mehr enthüllen muss, stifte ich dir noch einen nachsatz, dir zulieb, und denke, mein reden wird dir nicht minder lieb sein, wenn es sich über das versprochene hinaus mit dir ergeht:

Sie die im altertum vom goldenen zeitalter und seinem glücklichen zustand dichteten, träumten vielleicht auf ihrem Parnass von diesem ort. Hier war die wurzel der menschheit noch unschuldig, hier ist immer frühling und jede frucht, nektar ist dies, wovon ein jeder redet." Da drehte ich mich ganz um zu meinen dichtern und sah, wie sie mit lachen sich den letzten gedanken anhörten. Darauf wandte ich das gesicht der schönen frau zu.

29. Gesang

Das irdische paradies ist der biblische garten Eden, den Dante auf die spitze des fegefeuerberges versetzt, während er die antike vorstellung vom sternenraum als dem wohnort der reinen seelen seinem dritten teil, dem „Himmel" zugrundelegt. Dies irdische paradies ist der ort, wo himmlisches und irdisches sich berühren, wo Christus sich in seiner doppelnatur, als greif, zeigt, wo die gaben des heiligen geistes, die tugenden, die offenbarung in den biblischen büchern und schliesslich die triumphierende kirche sinnfällig werden in der gleichen form, in der die katholische kirche und schon vor ihr das antike heidentum dem volk die gegenwart und wirklichkeit des göttlichen vor augen führt: in der form der prozession: das gepränge der heiligen bilder und kostbaren geräte erhebt die gedanken, die musik der gesänge beglückt. - Als zeichen der versöhnung mit Gott, nach vollbrachtem bussgang, singt Mathilde den beginn von psalm 32:

Singend wie eine liebende frau fuhr sie am ende ihrer worte fort: Beati quorum tecta sunt peccata, Selig sind die, deren sünden zugedeckt sind. Und wie nymphen sich im waldesschatten ergehen, die eine im wunsch, die sonne zu sehen, die andre, sie zu meiden, so bewegte sie sich dem fluss entgegen, dem ufer entlang gehend, und ich mit ihr auf gleicher höhe, kurzen schritt mit kurzem begleitend. Ihrer und meiner schritte waren noch nicht hundert, als die beiden ufer gleicherweise umbogen, derart, dass ich mich nun ostwärts begab. Und noch nicht waren wir so nicht weit gegangen, als die frau sich ganz mir zukehrte und sagte: „Mein bruder, schau und horch!" Und siehe, plötzlich durchfuhr von allen seiten ein leuchten den weiten wald, so dass es mich zweifeln liess, ob es blitze; doch weil der blitz, wie er kommt, innehält und jenes dauerte und mehr und mehr erstrahlte, fragte ich mich in meinen gedanken: „Was ist das?" Und eine süsse melodie lief durch die lichte luft, weshalb gerechter zorn mich trieb, die verwegenheit Evas zu schelten. Denn da, wo erde und himmel gehorsam waren, konnte eine einzige frau, und eine eben erst geformte, es nicht ertragen, unter einem schleier zu stehn, unter dem ich, wäre sie fromm gewesen, jene unaussprechlichen wonnen schon früher empfunden hätte und für länger. Während ich unter solchen erstlingen der ewigen lust einherging, ganz entrückt und begierig nach noch mehr freuden, wurde vor uns die luft unter den grünen zweigen wie ein loderndes feuer und der süsse klang wurde schon als gesang deutlich.

O allerheiligste Jungfrauen, wenn ich je hunger, frost und wachen für euch ertrug, jetzt spornt mich der anlass, dafür dank zu fordern. Jetzt tut not, dass Helikon für mich sein wasser ergiesse, und Urania stehe mir bei mit ihrem chor, schwer zu denkende dinge in verse zu bringen.

Noch etwas weiterhin täuschte die lange zwischenstrecke zwischen uns und ihnen den anschein von sieben goldenen bäumen vor; aber als ich ihnen so nahe gekommen war, dass das gemeinsame, das den sinn betrügt, nicht mehr durch den abstand irgend einen einzelzug vermissen liess, da zeigte die kraft, die für die vernunft das urteil vorbereitet, was es wirklich war, nämlich sieben leuchter, und in den stimmen des gesanges: Hosianna. Oben flammte das schöne gerät noch viel heller als der mond bei klarem himmel in der mitte seines monats bei mitternacht. Ich wandte mich voller verwunderung dem guten Vergil zu, und er erwiderte mir mit einer miene nicht minder von staunen beladen. Ich richtete den blick wieder auf die hohen dinge, die sich so langsam uns entgegen bewegten, dass eine junge braut sie noch überholt hätte. Die frau rief mich an: „Warum glühst du nur so im anblick der lebendigen lichter, und schaust nicht, was hinter ihnen kommt?“ Leute sah ich da hinterher kommen, wie ihrem führer nach, weiss gewandet; solchen schimmer hat es hienieden nie gegeben. Das wasser leuchtete davon linkerhand und gab mir auch wie ein spiegel meine linke seite zurück, wenn ich hineinschaute. Als ich an meinem ufer einen solchen platz hatte, dass nur noch der fluss mein ganzer abstand war, liess ich, um besser zu sehen, meine schritte ruhen, und ich sah, wie die flämmchen vorwärts gingen und die luft hinter sich gefärbt liessen, gezogenen pinseln gleich, sodass sie darüber in sieben streifen unterschieden blieb, alle in jenen farben, aus denen die sonne den bogen und Delia ihren gurt macht.

Delia ist die auf Delos geborene zwillingsschwester Apollons. Da dieser mit der sonne gleichgesetzt wurde, ist Artemis, Diana, der mond; ihr gurt der mondhof. In sieben farben teilt die physik den regenbogen erst seit Newton, aber stärker ist die uralte zahlenmystik. Man deutet die sieben farben auf die sieben gaben des Heiligen Geistes: gottesfurcht, frömmigkeit, wissen, guter rat, tapferkeit, weisheit und verstand. Der abstand von zehn schritten mag auf die zehn gebote gehen. Die sieben leuchter stammen natürlich aus der Apokalypse (I 12), ebenso wie die im folgenden genannten 24 greise (IV 4), die nun aber die 24 bücher des Alten Testamentes bedeuten sollen, wie Hieronymus sie aufzählt: 5 bücher Mosis, Josua, Richter, Samuel, Könige; Jesaia, Jeremia, Ezechiel; in einem buch die zwölf kleineren propheten; Psalmen, Hiob, Sprüche, Prediger, Hohes Lied, Klagelieder, Esther, Ruth, Esra (mit Nehemia), Daniel, Chronik.

Diese wimpel waren nach hinten länger als mein blick reichte, und nach meiner schätzung war zwischen den äusseren ein abstand von zehn schritten. Unter so schönem himmel, wie ich es beschreibe, kamen vierundzwanzig greise, paarweise, mit lilien bekränzt. Alle sangen: „Gesegnet seist du unter den töchtern Adams, und gesegnet seien für ewig deine schönheiten.“

Nachdem die blumen und andern frischen kräuter mir gegenüber am andern ufer von diesen erlesenen gestalten wieder frei waren, so wie am himmel licht auf licht folgt, kamen hinter ihnen vier tiere, jedes mit grünem laub bekränzt. Jedes war mit sechs flügeln gefiedert, und die federn voller augen; die augen des Argos, wären sie lebendig, wären solcherart. Um ihre gestalt zu beschreiben, kann ich, leser, nicht mehr reime hinstreuen; denn der nötige aufwand für noch anderes beengt mich so, dass ich hier nicht freigebig sein darf. Aber lies Ezechiel, der sie abmalt, wie er sie aus der kälte im sturm kommen sah, mit wolke und feuer; und wie du sie in seinen blättern finden wirst, so waren sie hier, nur dass wegen der flügel Johannes bei mir steht und von ihm abweicht.

Die evangelistenzeichen stammen aus Ezechiel (I 4) und kehren wieder in der Apokalypse (IV 6). Dort haben sie menschenleiber und je viererlei köpfe, bei Johannes die tiergestalt, die dann den evangelisten zugeordnet wurde: der löwe dem Marcus, der stier dem Lukas, der adler dem Johannes, der engel dem Matthäus. Auf einem frühen fresco im kirchlein von Negrentino sind sie menschengestaltig mit tierköpfen. Sechs statt vier flügel haben sie bei Johannes. Die

Argus-augen gehören dem Argos, den Zeus als wächter für die in eine kuh verwandelte Io eingesetzt hatte; er schläft nie mit allen augen zugleich.

Die evangelien umgeben den triumphwagen der Kirche, den der greif zieht, ein mischwesen aus löwe und adler, entsprechend der göttlich-menschlichen doppelnatur Christi. Zu seiten tanzen rechts die geistlichen tugenden glaube, liebe, hoffnung, links die weltlichen tugenden gerechtigkeit, mut, zucht und die klugheit, die mit drei augen vergangenheit, gegenwart und zukunft schaut. Hinterher geht der arzt Lukas als verfasser der Apostelgeschichte, mit Paulus, dem briefschreiber; es folgen die verfasser der kleineren briefe: Jacobus, Petrus, Johannes, Judas, und am schluss hellsichtig visionär der Apokalyptiker.

Den zwischenraum zwischen ihnen nahm ein wagen ein, auf zwei rädern kam er, ein triumphwagen, gezogen am hals eines greifen. Dieser streckte den einen und den andern flügel nach oben zwischen dem mittleren und den drei und drei streifen, so dass er keinen durchstiess oder verletzte. Sie stiegen so hoch, dass man sie nicht mehr sah. Die glieder waren ihm golden, soweit er vogel war, die andern weiss vermischt mit scharlach. Geschweige dass Rom mit so schönem wagen Africanus oder gar Augustus erfreut hätte: auch der der sonne wäre arm gegen jenen, der sonnenwagen, der entgleist verbrannte nach dem gebet der Erdmutter, als Zeus unerforschlich gerecht war.

Phaethon hatte sich von seinem vater Helios die gunst erbeten, einen tag lang den sonnenwagen führen zu dürfen, verfehlte aber die bahn, versengte die Erde, und Zeus musste ihn mit seinem blitz niederschmettern. - Triumphzüge sind römisch; berühmt war der des Scipio Africanus, des siegers über Hannibal. Das motiv wurde in der renaissance beliebt: Petrarca dichtete seine Trionfi, Piero della Francesca malte Federigo und Battista auf triumphwagen; bekannt ist Caesars triumph auf den kartons von Mantegna in Hampton Court.

Drei frauen kamen beim rechten rad, reigen tanzend; die eine so rot, dass sie innerhalb eines feuers kaum bemerkt worden wäre; die andere war, wie wenn ihr fleisch und bein aus smaragd geschaffen wären; die dritte glich eben gefallenem schnee. Bald schienen sie von der weissen angeführt, bald von der roten, und nach deren gesang bemaassen die andern ihre schritte, langsamer oder schneller. Zur linken feierten ihrer vier das fest, purpurgewandet, nach dem takt der einen von ihnen, die drei augen im kopf hatte. Hinter dem ganzen so beschriebenen knäuel sah ich zwei greise in ungleicher kleidung, aber gleich in ehrbarem und gediegenem betragen. Der eine erwies sich als einer der angehörigen des grossen Hippokrates, den natur für die wesen schuf, die sie am liebsten hat. Der andere zeigte die gegenteilige sorge mit einem leuchtenden und scharfen schwert, so dass es mir diesseits des baches angst machte. Darauf sah ich vier in demütiger erscheinung kommen, und hinter allen einen greis für sich, schlafend und im ausdruck geisterfüllt. Und diese sieben waren gekleidet wie der erste zug, aber keine lilien wanden sie sich ums haupt, vielmehr rosen und andre rote blumen. Ein blick aus wenig entfernung hätte geschworen, dass sie alle oberhalb ihrer brauen brennen. Und als der wagen mir gegenüber stand, erscholl ein donnern, worauf die würdigen gestalten, als wäre ihnen das weiterschreiten untersagt, mit den vordersten zeichen anhielten.

30. Gesang

Als gaben des Heiligen Geistes gehören die sieben lichter, die die prozession eröffnen, dem empyreum, dem himmel Gottes, an; sie sind leitsterne, wie die sieben sterne des grossen oder des kleinen Wagens am tieferen fixsternhimmel dem steuermann die nordrichtung weisen. So deutet Dante selber an, dass sein ganzes gemälde allegorisch zu deuten ist und nur durch solche deutung sinn bekommt. Allegorie ist rationales, abstrahierendes denken, das sich noch der früheren sprache der götterbilder bedient.

Als das nordgestirn des höchsten himmels, das nie weder aufgang noch untergang kannte noch verschleierung durch andern nebel als den der sünde, und das dort jeden auf seine pflicht hinweist - gleichwie das tiefere dem tut, der das steuer dreht um zum hafen zu gelangen -, als dieses anhielt und fest stehen blieb, da wandte sich die wahrheitsliebende schar, die zuerst zwischen ihm und dem Greif gekommen war, dem wagen zu als zu ihrem heil.

Die vierundzwanzig greise, die verfasser des Alten Testaments (unter ihnen Salomon) wurden christlich als vorbereiter und hindeuter auf die Erlösung verstanden. So war das Hohelied ein gespräch zwischen Christus und seiner Kirche. Hier ist die „Braut vom Libanon" Beatrice, Dantes jugendliebe, die nun, verklärt, als inbegriff alles heiligen wissens und ziel aller geistigen sehnsucht, auf dem vom Greifen-Christus gezogenen wagen der Kirche steht.

Und einer von ihnen, als wäre er vom himmel gesandt, rief dreimal singend: „Komm, braut vom Libanon!" und alle andern stimmten ein. Wie die seligen bei der jüngsten vorladung jeder eilig aus seiner grube aufstehn werden, mit der neu bekleideten stimme halleluja singend, so erhoben sich auf dem göttlichen prunkwagen beim ruf eines so würdigen greises hundert diener und boten des ewigen lebens; alle sprachen: „Gesegnet der du kommst" und, indem sie von oben und ringsumher blumen streuten: „O spendet lilien mit vollen händen!"

Der segensruf, mit dem Christus beim einzug in Jerusalem begrüsst wurde - Benedictus qui venis in nomine Domini - ist lateinisch gegeben; auf venis reimt vorher senis, nachher plenis aus einem vers von Vergil. Das latein trägt bei zur feierlichkeit der stelle, wie der vergleich mit den auferstehenden und wie die blumenstreu. Gilt die hohe begrüssung Beatrice? Doch wohl eher dem neuankömmling, Dante selbst, der in diesem einzigen augenblick das ziel seiner ganzen bisherigen wanderung erreicht hat und sich begnadet weiss.

Ich sah schon bei tagesanbruch den osten ganz rosenfarb, den übrigen himmel in schöner heitere prangen und das angesicht der sonne verschattet aufgehn, so dass durch die dämpfung der dünste das auge sie ganz lange ertrug. So, in einer blumenwolke, die aus den engelshänden aufstieg und inner- wie ausserhalb immer wieder niederfiel, erschien mir, mit einem olivenkranz über schimmernd weissem schleier, eine frau, unter grünem mantel gekleidet in die farbe lebendiger flamme. Und mein geist, der schon seit so langer zeit nicht mehr bei ihrer gegenwart erzitternd und überwältigt zerbrochen war, fühlte, ohne dass die augen ihn genaueres erkennen liessen, nur durch geheime kraft die von ihr ausging, die ganze macht der frühen liebe. Als dann aber im vollen anblick mich die hohe kraft erschütterte, die schon eh ich aus den knabenjahren war mich durchzuckt hatte, wandte ich mich nach links mit all der bängnis, mit der ein bübchen zu seiner mamma läuft, wenn es angst oder wenn es kummer hat, um Vergil zu sagen: „Kaum ein tröpfchen blutes ist mir geblieben, das nicht zitterte; ich erkenne die zeichen der frühen flamme." Aber Vergil hatte sich von uns abgetrennt, Vergil mein geliebtester vater, Vergil dem ich mich für mein heil ergab.

Das letzte Vergil zugedachte wort ist ein vers aus Vergil (IV 23); so fühlt sich Dante im innersten von dem geliebten dichter geprägt. Ma Virgilio n'avea lasciati scemi Di sè, Virgilio, dolcissimo patre, Virgilio a cui per mia salute die' mi.

Und alle seligkeit, die die urmutter verscherzte, vermochte nicht, dass meine mit tau reingewaschenen wangen sich nicht wieder mit tränen verdunkelten.

„Dante, weine noch nicht, weil Vergil geht, weine noch nicht! Weinen musst du ob einer anderen wunde." Wie einen admiral, der bug und heck besteigt, um nach den leuten zu sehen, die auf den andern schiffen dienen, und sie zu ihrer pflicht spornt, so erschaute ich, als ich mich umwandte beim klang meines namens, der hier aus notwendigkeit verzeichnet wird, über dem linken rand des wagens die frau, die mir zuerst vom blumenschmuck der engel verhüllt erschienen war, wie sie über den bach hin ihre augen auf mich richtete. Zwar liess der schleier, der ihr, von Minervas laub umwunden, vom haupte niederfiel, sie nicht ganz offen sehen; aber in der gebärde königlich und immer noch stolz fuhr sie fort wie jemand, der spricht und das heissere wort noch zurückbehält: „Schau gut her! Ja, ich bin's, bin Beatrice. Wie konntest du dich würdig finden, dem berg zu nahen? Wusstest du denn nicht, dass hier der mensch glücklich ist?" Die augen sanken mir nieder zum klaren quell, doch wie ich mich darin sah, zog ich sie weg zum gras: solche scham beschwerte mir die stirne. So scheint die mutter dem sohn streng und gebieterisch, wie sie mir da erschien; denn bitter schmeckt der geschmack herber güte. Sie sprach nicht weiter, und alsbald sangen die engel: „Auf dich, Herr, habe ich gehofft", aber nicht weiter als bis zu „meine füsse".

Mit psalm 31 geben die engel Dantes antwort auf die frage, wie er es wagen konnte: „Auf dich, Herr, habe ich gehofft; lass mich nicht auf ewig in schande fallen. Sei meine fluchtburg, mich zu retten. In deine hände befehle ich meinen geist; du wusstest um die bedrängnisse meiner seele; du liessest mich nicht in die hand meiner feinde fallen und stelltest meine füsse in freien raum."

Wie schnee zwischen den lebendigen stämmen auf dem rücken Italiens, von den slowenischen winden angeblasen und verdichtet, zu eis wird, dann aber geschmolzen in sich selber durchsickert, sobald es haucht vom lande wo der schatten vergeht - so wie man feuer eine kerze verzehren sieht - so war ich ohne tränen und seufzer, bevor die sangen, die immer den klängen der ewigen sphären nachsingen. Als ich dann aber in den süssen weisen ihr mitleid mit mir spürte, mehr als wenn sie gesagt hätten: „Frau, warum zerknirscht du ihn so?", da wurde das eis, das sich rings um mein herz zusammengezogen hatte, zu hauch und wasser und trat mit beklemmung durch mund und augen aus der brust.

Sie, immer noch fest an der genannten flanke des wagens stehend, richtete danach ihre worte an die mitleidigen wesenheiten also: „Ihr wacht im ewigen tag, so ohne nacht und ohne schlaf, dass euch kein schritt entgeht, den die welt auf ihren wegen tut. Ich gebe euch daher meine antwort mit grössrer sorgfalt nur darum, damit der mich versteht, der dort drüben weint, und damit schuld und schmerz von einerlei maass seien.

Diese präambel wurde nötig, weil Beatrice den ersten teil ihrer strafrede nicht an Dante selbst richtet, sondern über ihn zu den engeln spricht, die ja an Gottes allwissenheit teilhaben. Aber warum die indirekte form? Vielleicht weil Dante nur ein beispiel ist, das auch für alle andern menschen gilt.

Nicht nur durch wirkung der mächtigen räder, die jeden samen auf irgend ein ziel hinlenken, jenachdem die sterne ihn geleiten, sondern durch den überfluss göttlicher gnaden, die aus so hohen dünsten niederregnen, dass unsre blicke nicht in ihre nähe reichen, war dieser in seinem jungen leben so veranlagt, dass jedes richtige verhalten in ihm wunderbare beweise erbracht hätte. Aber mit schlechter und ungepflegter saat verödet und verwildert ein gelände nur umso eher, je mehr es gute erdkraft enthält. Eine zeitlang stützte ich ihn mit meinem antlitz: solang ich ihm die jugendlichen augen zeigte, schlug er mit mir die rechte richtung ein. Sobald ich aber auf der schwelle zu meinem zweiten alter stand und mein leben vertauschte, hat dieser sich mir entzogen und ergab sich andern. Als ich von fleisch zu geist gestiegen und zu höherer schönheit und vollkommenheit gediehen war, da war ich ihm weniger lieb und weniger willkommen. Er lenkte seine schritte vom wahren wege ab und folgte falschen bildern des guten, die ihre versprechungen nie erfüllen. Nichts half es mir, eingebungen für ihn zu erflehen, mit denen ich ihn im traum oder sonstwie zurückrief: so wenig kümmerte er sich darum. Er fiel so tief, dass alle redekünste zu seiner rettung nicht mehr hinreichten, ausser ihm das verlorene volk zu zeigen. Deshalb besuchte ich die pforte der toten, und unter tränen trug ich meine bitten an den, der ihn hier heraufgeführt hat. Die hohe ordnung Gottes wäre durchbrochen, wenn einer Lethe überschritte und solchen trank kostete ohne irgend eine zahlung an reue, die tränen ausgiesst."

31. Gesang

„Du dort am andern ufer des heiligen flusses", so richtete sie die spitze ihrer rede gegen mich, dem schon die schneide scharf genug gewesen war, und unverweilt fuhr sie fort: „Sag, sag, ob das wahr ist; auf solche anklage gehört jetzt deine beichte." Meine kraft war in solcher verwirrung, dass die stimme ansetzte, aber schon erlosch, eh sie von ihren organen entlassen war. Kurz hielt Beatrice an sich, dann sagte sie: „Was denkst du? Antworte mir; denn die trüben erinnerungen sind ja noch nicht vom wasser angegriffen." Verstörung und angst zusammen vermischt pressten mir ein solches Ja aus dem mund, dass es der augen bedurfte, es zu verstehen. Wie eine armbrust, wenn der schuss mit übermässiger spannung losgeht, sehne und bogen zerbricht und der bolz mit minderer wucht das zeichen trifft, so brach ich unter dieser schweren last, seufzer und tränen entquollen mir und die stimme erschlaffte an ihrem durchgang. Darauf sie zu mir: „Inmitten all meiner wünsche, die dich leiteten, jenes gut zu lieben, jenseits dessen nichts mehr erstrebenswert ist, was fandest du für quergräben, was für ketten, dass du dich so um die hoffnung des vorankommens bringen musstest? Und was für gewinnste, was für vorteilchen zeigten sich auf der stirn der andern, dass du vor ihnen scharwenzen musstest?" Nach einem langgezogenen bittern seufzer hatte ich kaum die stimme zu einer antwort, und die lippen formten sie mit mühe; weinend sagte ich: „Die vor augen liegenden dinge mit ihrer falschen lust wendeten meine schritte, nachdem Euer antlitz sich verbarg." Und sie: „Wenn du schwiegest, oder wenn du leugnetest, was du bekennst, deine schuld wäre nicht weniger klar - so ein richter weiss sie. Aber wenn die anklage der sünde aus der eignen wange hervorbricht, wendet sich in unserm gerichtshof das schleifrad gegen die schneide. Jedoch, damit du dich jetzt deines irrtums schämst und ein andermal, wenn du die Sirenen hörst, stärker bist, tu ab den samen deiner tränen und hör zu; so wirst du vernehmen, wie mein begrabenes fleisch dich in die umgekehrte richtung hätte treiben sollen. Nie boten dir natur oder kunst ein solches entzücken wie die schönen glieder, in die ich eingeschlossen war und die nun in erde zerfallen sind. Und wenn diese höchste lust durch meinen tod dich so enttäuschte, welches sterbliche ding hätte dich danach locken sollen, es zu begehren? Wohl aber hättest du nach dem ersten pfeil der trügerischen dinge dich emporheben sollen, mir folgend, die ich nicht mehr solcherart war.

Sie kann ja nicht meinen, dass er ihr hätte nachsterben sollen; sondern ihr tod hätte ihn belehren sollen über die hinfälligkeit alles irdischen, dem sie nun enthoben ist. Durch ihren tod wird die einstige Beatrice Portinari von dem geistigen menschen Dante erhöht und verklärt zum inbegriff geläuterter geistigkeit, die sich nach erkenntnis Gottes sehnt.

Nichts hätte dir die flügel niederdrücken dürfen, um noch mehr schläge zu erwarten, keine süsse kleine noch andre eitelkeit, die nur so kurz dient. Ein junges vögelchen wartet aufs zweite oder dritte mal; aber vor den augen der flüggen ist netzespannen und pfeileschiessen vergebens." Wie die kinder stumm vor scham dastehen, die augen am boden, zuhörend, sich selbst erkennend und bereuend, so stand ich da, und sie sagte: „Wenn dich das hören schmerzt, heb den bart, so wird das schauen dich noch mehr schmerzen." Mit mindrem widerstand entwurzelt sich eine robuste eiche sei's durch einen unsrigen sturm sei's durch einen aus dem land des Iarbas *(Africa, vgl. Vergil IV)*, als ich auf ihr geheiss das kinn hob, und als sie mit dem bart aufs gesicht abzielte, spürte ich wohl das gift dieser wendung.

Mit dem bart (den Dante freilich nicht trug) wäre er erwachsen genug gewesen, seine fehler zu vermeiden.

Und als mein gesicht sich hinstreckte, erfasste mein blick, dass jene ersten geschöpfe von ihrer blumenstreu abliessen, und meine augen, noch etwas unsicher, sahen Beatrice dem tier zugewandt, das nur eine person ist in zwei naturen. Unter ihrem schleier und jenseits des gewässers war mir, sie überträfe ihre eigene frühere gestalt noch weit mehr, als sie hienieden die andern übertraf. Da brannte mich die nessel der reue so sehr, dass je mehr von allen andern dingen etwas mich zur liebe verführt hatte, es umso mehr mir jetzt verhasst wurde. Soviel erkenntnis zerbiss mir das herz, dass ich hinfiel, überwältigt, und was da aus mir wurde, weiss sie, die mir dazu anlass gab.

Die ohnmacht Dantes bezeichnet wie die vor dem Acheron den neuen, entscheidenden schritt in das andere reich; hier nimmt sie innerlich den trank aus dem Lethefluss, dem fluss des vergessens, vorweg.

Als danach das herz mir die kraft nach aussen wiedergab, sah ich über mir die frau, die mir zuerst allein erschienen war; sie sagte: „Halt mich, halt mich!" Sie hatte mich bis zur kehle in den fluss gebeugt, und indem sie mich hinter sich herzog, ging sie leicht wie ein weberschiffchen über das wasser. Als ich dem seligen ufer nahe war, hörte ich „Du besprengst mich" so süss erklingen, dass ich's nicht zu erinnern, geschweige zu schreiben vermag.

Psalm 50: „Du besprengst mich mit ysop und ich werde rein, du wäschst mich und ich werde weisser als schnee." Ysop-stengel dienten als weihwasserwedel.

Die schöne frau öffnete ihre arme, umfasste meinen kopf und tauchte mich unter, weshalb ich das wasser schlucken musste. Darauf hob sie mich heraus und nach diesem bad führte sie mich ein in den tanz der vier schönen, und jede legte den arm über mich.

Nachdem er die sünden hinter sich gelassen hat, ist er im umgang mit ihren gegenbildern, den weltlichen tugenden, vor anfechtungen gefeit. Als sterne hatte er die vier schon beim eintritt ins Fegefeuer (I 22) gesehn. Als tugenden schon des heidentums haben sie das christentum vorbereitet.

„Wir sind hier nymphen und am himmel sind wir sterne. Bevor Beatrice zur welt niederstieg, waren wir ihr als ihre mägde zugewiesen. Wir werden dich vor ihre augen führen; aber für das beglückende licht in ihnen werden erst die drei dort drüben, die tiefer schauen, die deinigen schärfen." So begannen sie zu singen, und dann führten sie mich mit sich vor die brust des Greifen, wo Beatrice stand, uns zugewandt. Sie sagten: „Nun spare deine blicke nicht. Wir haben dich vor die smaragde gestellt, aus denen einst Amor seine pfeile auf dich schoss." Tausend wünsche, heisser als flammen, hefteten meine augen eng an die leuchtenden augen, die immer fest auf dem Greifen ruhten. Wie im spiegel die sonne, nicht anders strahlte das doppeltier in ihnen, bald mit dem einen, bald mit dem andern gehaben. Denk, leser, ob ich staunte, als ich das ding in sich ruhig stehen sah und in seinem abbild veränderte es sich.

Das ewig gleichbleibende göttliche erscheint den menschen als schillerndes geheimnis. Christus wird bald mehr als mensch, bald mehr als Gott gesehen.

Während meine seele voller staunen und froh jene speise kostete, die, indem sie mit sich sättigt, den hunger nach sich weckt, bewegten sich die drei andern, in den gebärden ihre höhere artung erweisend, nach vorne, und tanzten zu ihrem himmlischen begleitlied. „Wende, Beatrice, wende deine heiligen augen, das war ihr gesang, auf deinen treuen, der, dich zu sehen, so viele schritte getan hat. Aus gnade tu uns die gnade, ihm deinen mund zu entschleiern, dass er die zweite schönheit schaut, die du verbirgst." O glanz des ewigen lebendigen lichtes! Wer wurde je so bleich im schatten des Parnass oder trank aus seinem bronnen, dass sein geist nicht hilflos schiene beim versuch, dich so darzustellen, wie du dich dort zeigtest, wo mit seinen harmonieen nur noch der himmel dich umschattet, als du in der offenen luft dich enthülltest.

32. Gesang

Mit dem vollen anschaun Beatrices hat Dante das ziel seiner wanderung erreicht, seine christliche sehnsucht ist gestillt. Im folgenden gesang beschäftigt ihn das schicksal des christentums auf erden, die anfechtungen der Kirche und ihre entartung zu seiner zeit, wo sich der triumphwagen in das ungeheuer der Johannes-apokalypse (XVII) verwandelt. Den gesang füllen lauter allegorieen und visionen, die zahllose deutungen hervorgerufen haben und sich doch auf keine festlegen lassen.

So fest und angespannt hafteten meine augen, dass die andern sinne mir alle ausgelöscht waren. Sie hatten zur rechten wie zur linken die wand des nichtbeachtens, so zog das heilige lächeln sie an sich mit dem früheren netz, als das gesicht mir gewaltsam zur linken gedreht wurde von jenen göttinnen; denn ich hörte von ihnen ein „Allzu starr!“ Und solche fähigkeit zu sehen, wie sie in grad eben erst von der sonne getroffenen augen ist, liess mich eine zeitlang ohne sicht. Aber nachdem das auge sich an das mindere angepasst hatte - ich sage „mindere“ im hinblick auf das wahrnehmbare viele, von dem ich mich gewaltsam losriss, sah ich das glorreiche heer sich rechterhand wenden und umkehren, die sonne und die sieben flammen vor augen.

Der zug war von osten gekommen und dreht sich nun im halbkreis rechts um Dante herum wieder nach osten.

Und wie unter ihren schilden eine schar umschwenkt, um sich zu retten, und zuerst sich mit ihren feldzeichen dreht, eh sie im ganzen sich in sich vertauschen kann, so kam jene truppe des himmelreichs, die voranschritt, ganz an uns vorbei, bevor der wagen sein vorderholz umbog. Darauf kehrten die frauen zu den rädern zurück und der Greif setzte die benedeite last in bewegung, so aber, dass keine seiner federn sich krümmte. Die schöne frau, die mich über die grenze gezogen hatte, und Statius und ich folgten dem rad, dessen spur den kleineren kreisbogen beschrieb. So im dahingehen durch den tiefen wald, der leer war aus schuld derer, die der schlange glaubte, bemaassen sich unsre schritte nach einem engelsgesang.

Vielleicht in drei flügen nimmt ein losgelassener pfeil eine solche strecke wie wir uns entfernt hatten, als Beatrice abstieg. Ich hörte alle murmeln „Adam!“. Dann umringten sie einen baum, der an allen ästen der blüten und allen laubes bar war. Sein wipfel, der je weiter oben desto breiter wird, würde noch von den Indern in ihren wäldern ob seiner höhe bestaunt. „Selig bist du, Greif, dass du mit deinem schnabel nichts abklaubst von diesem holz, das süss schmeckt und hernach windet sich der bauch in schmerzen.“ So riefen die andern rings um den starken baum. Und das doppeltier: „So erhält sich der same aller gerechtigkeit.“

Adam hatte von der verbotenen frucht gegessen und damit die ursünde begangen; seither leidet der mensch an der erkenntnis des guten und des bösen, also an seiner moralität, die ihn aus dem kreis der paradiesisch unschuldigen kreatur ausstösst. Der baum des natürlichen gottgewollten guten verdorrte. Christus, der neue Adam, war gehorsam, und indem er die deichsel seines kirchenwagens, die dasselbe ist wie das kreuz (das der legende nach aus demselben holz gemacht war), an diesen baum bindet, nachdem er die menschen von ihrer sündhaftigkeit erlöst hat, kann der baum des göttlichen guten wieder aufblühen. Christus braucht nicht zwischen gut und böse zu unterscheiden. Er IST das gute.

Er wandte sich zur deichsel, die er gezogen hatte, führte sie an den fuss der verwaisten pflanze und liess das ihrige an ihr angebunden. Wie unsere pflanzen, wenn das grosse licht im niederfallen sich mit dem vermischt, das hinter dem himmelsbarsch strahlt, zu schwellen beginnen und jede sich in ihrer farbe erneuert, bevor die sonne ihre renner unter einem andern stern anschirrt,

im frühling, wenn die sonne im Widder steht, zwischen den Fischen und dem Stier,

so erneuerte sich das erst so kahle gezweig der pflanze und tat eine farbe auf blasser als von rosen und tiefer als von veilchen. Ich verstand den hymnus nicht, und hier wird er nicht gesungen, den jenes volk jetzt anstimmte, und konnte auch der melodie nicht bis zum ende folgen.

Könnte ich darstellen, wie die herzlosen augen entschlummerten, als sie von Syrinx hörten, die augen, die das viele wachen so teuer zu stehen kam,

Argos, der nie mit all seinen hundert augen zugleich schlief, war von Hera zum wächter der Io bestellt worden, damit Zeus ihr nicht nahen könne; aber Hermes in Zeus' auftrag erzählte ihm die liebesgeschichte von Pan und Syrinx; darüber schlief er ein und Hermes konnte ihn umbringen (Ovid I 589).

dann würde ich wie ein maler, der nach vorlage malt, schildern, wie ich in schlaf verfiel. Doch soll, wer da mag, das einschlafen genau gestalten. Darum übergehe ich es bis dahin, wo ich aufwachte, und sage, dass ein glanz mir den schleier des schlafes zerriss und ein ruf: „Steh auf, was tust du?" Wie Petrus, Jacobus und Johannes mitgenommen wurden, um die blüten des apfelbaumes zu schauen, der die engel nach seiner frucht lüsten lässt und im himmel ein unaufhörliches hochzeitsfest bereitet, wie sie überwältigt waren und dann wieder zu sich kamen bei dem wort, das schon tiefere schlafe zerrissen hatte, und ihre schule sowohl des Moses wie des Elias beraubt und ihren meister in verändertem gewand sahen,

Dante erwachte von dem glanz, in dem der Greif Christus mit seinem gefolge gen himmel fuhr, und von demselben „Steh auf!" mit dem Jesus das töchterlein des Jairus auferweckt und nach der transfiguration die jünger zurückgerufen hatte.

so kam ich zu mir und sah jene fromme über mir stehn, die erst die führerin meiner schritte dem fluss entlang gewesen war. Noch ganz verwirrt sagte ich: „Wo ist Beatrice?" worauf sie: „Du siehst sie unter dem neuen laub sitzen über seiner wurzel. Du siehst die kleine schar die sie umgibt; die andern steigen dem Greifen nach empor mit noch süsserem und noch tieferem gesang." Ob ihr reden sich noch weiter verbreitete, weiss ich nicht, weil ich schon sie im auge hatte, die mich für jede andre wahrnehmung verschlossen hatte. Allein sass sie auf der wahren erde, als wache dagelassen für den karren, den ich das zwiegestalte tier hatte anbinden sehen. Im kreis bildeten die sieben nymphen aus sich eine schranke, in händen jene lichter, die sicher sind vor boreas und föhn. „Hier bist du für kurze zeit ein waldbewohner; aber ohne ende wirst du mit mir bürger sein in jenem Rom, wo Christus Römer ist *(im himmel)*. Jedoch zum wohl der welt, die übel lebt, hefte jetzt die augen auf den wagen, und wenn du nach drüben zurückgekehrt bist, gedenke aufzuschreiben was du siehst." Und ich, ganz ergeben zu füssen ihrer befehle, wandte sinn und augen wohin sie wünschte.

Nie fuhr mit so rascher bewegung feuer aus dichter wolke nieder, wenn sie aus jenem bezirk regnet, der am weitesten entfernt ist, wie ich den vogel Jupiters durch den baum niederstossen sah. Er zerfetzte die rinde, aber auch die blüten und jungen blätter und traf mit all seiner kraft den wagen, worauf der schwankte wie ein schiff in seenot, das die wogen bald luv-, bald leeseits überwältigen.

Dieser adler ist das römische kaisertum, das von Nero bis Diokletian das christentum verfolgte.

Dann sah ich, wie in die wiege des triumphgefährtes ein fuchs sich stürzte, der sich offenbar nie an guter speise gesättigt hatte. Aber meine herrin zieh ihn seiner scheusslichen schuld und trieb ihn in solche flucht wie nur sein markloses gebein es zuliess.

Die ketzereien der ersten jahrhunderte, gnostiker und Arianer, von der wahren theologie der kirchenväter besiegt.

Danach sah ich, wie der adler von dort, woher er zuerst gekommen war, in die truhe des wagens niederfuhr und sie ganz voll seiner eigenen federn liess. Und wie aus bekümmertem herzen aufsteigend kam aus dem himmel eine stimme und sagte so: „O mein schiffchen, wie übel bist zu beladen!"

Das geht auf die sogenannte konstantinische schenkung, mit der der kaiser einen teil seiner weltlichen gewalt an den papst abtrat.

Dann war mir, die erde täte sich auf zwischen den beiden rädern, und ich sah einen drachen hervorkommen, der seinen schwanz nach oben in den wagen schlug, und wie eine wespe den stachel zurückzieht, zog er den bösartigen schweif wieder an sich, riss vom wagenboden ab und schlängelte davon.

Man deutet diesen drachen auf Mohammed und den Islam, wohl richtiger als auf den Antichrist oder Satan selbst.

Was übrig blieb, bedeckte sich, wie lebendiges erdreich mit quecken, mit den federn, die vielleicht in vernünftiger und gütiger absicht gegeben waren, und zugedeckt waren davon das eine wie das andere rad und die deichsel in solcher zeit, dass ein seufzer den mund länger offen hält. So verwandelt liess das heilige gebäu an seinen teilen köpfe heraus, drei über der deichsel und einen an jeder ecke. Die ersten waren gehörnt wie ochsen, aber die vier hatten ein einziges horn an der stirne. Ein ähnliches monstrum ward noch nie gesehen. Sicher wie eine burg auf hohem berg, so schien mir, sass darauf eine lose dirne mit ringsherum schweifenden blicken. Und gleichsam damit sie ihm nicht weggenommen würde, sah ich ihr zur seite aufgerichtet einen riesen, und manchmal küssten sie einander.

Der könig von Frankreich, der die feile Kirche von Avignon entführt hatte.

Aber weil sie ihr begehrliches und zügelloses auge auf mich warf, peitschte sie jener wilde buhle vom kopf bis zu den sohlen. Dann, erfüllt von argwohn und grausam in seinem zorn band er das ungeheuer los und schleppte es durch den wald so weit, dass nur das mein schild war gegen die hure und das neue vieh.

33. Gesang

Dem im vorigen gesang so schwer gescholtenen niedergang der Kirche entspricht in jüdischer zeit die zerstörung des tempels durch die Babylonier. Darüber klagt psalm 79: „Gott, es kamen heiden in dein erbteil, sie haben deinen heiligen tempel besudelt und legten Jerusalem in trümmer ... Hilf uns, o Gott. ... Vergilt unsern nachbarn siebenfältig die lästerung, mit der sie dich gelästert haben ...“

„Gott, es kamen völker“ begannen die frauen abwechselnd, bald zu dritt, bald zu viert, eine sanfte psalmodie, unter tränen, und Beatrice hörte ihnen weinend und leidvoll zu, beinahe so verstört wie unterm kreuz Maria. Als aber die andern jungfrauen ihr raum gaben zu reden, hob sie sich aufrecht auf ihre füsse und antwortete in der farbe des feuers: „Ein weilchen, und ihr werdet mich nicht sehen, und aber über ein weilchen, meine geliebten schwestern, und ihr werdet mich sehen.“

Es sind die worte, mit denen Christus (Joh. XVI 16) seinen jüngern seinen tod und die auferstehung ankündigt, hier tröstlich bezogen auf niedergang und neugeburt der Kirche.

Dann schickte sie alle sieben vor sich voraus, und hinter ihr folgten, bloss auf ihr winken hin, ich und die frau und der weise, der geblieben war.

So ging sie und hatte, glaub ich, noch nicht ihren zehnten schritt auf den boden gesetzt, als sie mit den augen mir die augen erschütterte und mit beruhigtem ausdruck: „Komm schneller!“, sagte sie mir, „So dass du, wenn ich mit dir rede, wohl in der lage bist mir zuzuhören.“ Als ich so wie ich sollte bei ihr war, sagte sie mir: „Bruder, warum hast du nicht den mut mich zu fragen, jetzt da du mit mir kommst?“ Mir ging es wie denen, die redend vor ihren obern all zu ehrfürchtig stehn und die lebendige stimme nicht bis an die zähne vorziehen, und ohne vollen ton begann ich: „Meine Herrin, ihr wisst was mir not tut und was dafür gut ist.“ Und sie zu mir: „Aus angst und scheu möchte ich dass du dich von nun an herauswickelst, so dass du nicht mehr redest wie ein träumender ... Wisse, dass das gefäss, das der drache zerbrach, war und nicht ist; aber wer daran schuld ist, soll nur glauben, dass Gottes rache keine suppen scheut.

Es soll in Florenz brauch gewesen sein, dass ein mörder, wenn er binnen neun tagen über dem toten oder dem grab eine brot- und wein-suppe auszulöffeln vermochte, der verurteilung und der blutrache der verwandten entzogen war. - „War und nicht ist“ nach Apokalypse XVII.

Nicht für alle zeit bleibt der adler ohne erben, der seine federn dem wagen liess, worob der zum ungeheuer und dann zur beute wurde. Denn schon sehe ich mit gewissheit, und darum sag ich's, die sterne nahen, erhaben über jede abwehr oder sperre, die dafür die rechte stunde bringen: da wird ein gottgesandter fünfhundertfünfzehn die räuberin umbringen mitsamt jenem riesen, der mit ihr sündigt.

Orakelsprache muss dunkel und rätselhaft sein. In der Apokalypse (XIII) wird der Böse umschrieben mit der zahl 616, die sich aus dem zahlenwert der buchstaben errechnet. So ergeben die römischen zahlen D, X, V das wort DUX. Eine geradezu biblische messianische erwartung verdichtet sich zur hoffnung auf hier und bald. Mit der prophezeiung eines retters schliesst dieser letzte gesang des Fegefeuers an den ersten der Hölle an, aber genauer: der erbe des adlers, nachdem seit 1250, dem tod Friedrichs II., bis 1310 kein kaiser mehr in Italien erschienen war, ist der Luxemburger Heinrich VII.

Mag sein, dass meine dunkle rede wie Themis oder Sphinx dich weniger überzeugt, weil sie nach deren art den geist zustopft; aber bald werden die ereignisse zu den Najaden werden, die dieses harte rätsel lösen werden ohne schaden für vieh oder futterkraut.

Themis gab nach der sintflut Deukalion und Pyrrha den rat: „Werft die gebeine eurer mutter hinter euch", womit sie, zur erzeugung neuer menschen, die steine meinte. Und das rätsel der Sphinx: „Es ist am morgen vierfüssig, am mittag zweifüssig, am abend dreifüssig". Ödipus löste es, es ist der mensch, der als kind krabbelt und im alter den stab zu hilfe nimmt. Nach dem tod der Sphinx sandte eine erzürnte gottheit zur strafe für die lösung ins Thebanerland ein untier, vielleicht einen eber, der unter den herden wütete und die felder verwüstete. Ödipus heisst als sohn des Laios der Laiade; in einem fehlerhaften Ovidmanuskript las Dante stattdessen: Naiade - flussnymphen!

Du merke dir's, und zeichne diese worte, wie ich sie bot, genau so auf für die lebenden jenes lebens, das ein lauf zum tode ist. Und achte darauf, wenn du sie schreibst, dass du nicht verbirgst, wie du die pflanze sahst, die jetzt hier zum zweitenmal beraubt ist *(erst durch Adam, jetzt durch den riesen)*. Wer immer sie beraubt oder behackt, beleidigt mit tätlichen flüchen Gott, der sie nur zu eignem gebrauch heilig schuf. Wegen ihres hineinbeissens sehnte sich die erste seele in pein und begehr fünftausend Jahre und mehr nach dem, der diesen biss in sich sühnte.

Christus, der durch sein opfer die ursünde überwand, holte bei seiner höllenfahrt auch Adams seele in den himmel; da Adam 930 jahre alt wurde und nach seiner rechnung (Paradies XXVI) 4302 jahre in der vorhölle litt, waren seit dem sündenfall über fünftausend jahre vergangen. So schwer also wiegt die sünde des königs von Frankreich, der sich an der herrschaft des göttlichen geistes auf erden verging.

Dein geist ist schläfrig, wenn er nicht darauf kommt, dass diese pflanze aus besonderem grund so hoch und im wipfel so verdreht ist.

Oben breiter als unten, damit kein mensch zur weisheit Gottes hinaufsteigen kann.

Und wären die nichtigen gedanken in deinem sinn nicht Elsa-wasser und ihr vergnügen ein Pyramus unterm maulbeerbaum, so hättest du allein aus so bedeutenden Umständen in sittlicher deutung an dem baum in Gottes verbot seine gerechtigkeit erkannt.

Wieder die rätselrede: Das wasser der Elsa, die bei Empoli in den Arno mündet, ist so kalkhaltig, dass ein darin liegender gegenstand sich mit einer kruste überzieht; und das hochspritzende blut des Pyramus, wie schon im 27. gesang erwähnt, färbte die erst helle maulbeere dunkel.

Aber weil ich sehe, dass du im geiste aus stein bist, versteinert und verdunkelt, so dass das licht meines wortes dich blendet, so möchte ich noch, dass du es, wenn nicht geschrieben, doch wenigstens gemalt in dir trägst, aus dem grund, warum man den wanderstab bekränzt mit palme heimbringt."

Zur erinnerung an die vollbrachte pilgerschaft. All die geschauten allegorieen mögen als bilder haften, wenn auch ihre deutung unverstanden ist.

Und ich: „Wie von einem siegel das wachs, das das eingedrückte bild nicht verändert, ist jetzt mein hirn von Euch geprägt. Aber warum fliegt Euer ersehntes wort so hoch über meine sehkraft, dass sie es umso mehr verliert, je mehr sie sich bemüht?" - „Damit du, sagte sie, jene schule erkennst, der du folgtest, und siehst, wie ihre lehre meinem wort folgen kann, und siehst, wie euer weg sich von Gottes weg so weit entfernt, wie die erde abstand hält von dem himmel, der am höchsten läuft."

Jesaia 55: „Wie die himmel sich über die erde erheben, so erheben sich meine wege über eure wege und meine gedanken über eure gedanken." Beatrice lebt im anschaun der göttlichen wahrheit, an die alle menschliche erkenntnis nicht heranreicht. Wenn Dante bisher sich von den dichtern und philosophen leiten liess, so war das unzulänglich; Beatrices lehren stehn auf einer andern stufe als die bisherigen Vergils. Gleichzeitig bringt diese wendung des gesprächs ein sinnfälliges beispiel für die wirkung von Lethes wasser:

Worauf ich ihr antwortete: „Ich erinnere mich nicht, dass ich mich je von Euch entfremdet hätte und habe deswegen keine gewissensbisse." - „Und wenn du dich nicht daran erinnern kannst, antwortete sie lächelnd, so denk jetzt daran, wie du heute vom Lethe getrunken hast. Und wenn man vom rauch auf feuer schliesst, so beweist dies dein vergessen klar die schuld deines willens, der auf anderes gerichtet war.

Da Lethe nur das sündenbewusstsein auslöscht, beweist Dantes vergessen, dass sein bisheriges irdisches forschen schuldhaft war. Danach hätte er, eben in der mitte seines lebensweges, eine erleuchtung erfahren, die ihn bekehrte, den ewigen streit zwischen glauben und wissen.

Immerhin, von jetzt an werde ich mit nackten worten reden, soweit es angebracht ist, sie deinem ungeschulten geiste zu enthüllen."

Funkelnder und mit langsameren schritten stand die sonne im mittagskreis, der je nach dem blickpunkt hier oder dort ist, und wie einer stillsteht, der andern als geleiter vorangeht, wenn er in seinem pfad auf etwas neues stösst, so blieben die sieben frauen stehn am rand eines verblassenden schattens, wie ihn das gebirge unter grünem laub und schwarzen ästen über seine kalten bäche wirft. Vor ihnen war mir, ich sähe Euphrat und Tigris aus einer quelle sprudeln und sich wie freunde zögernd trennen. „Du licht, du ruhm des menschlichen geschlechts, was für ein wasser ist dies, das sich hier aus einem ursprung entfaltet und sich von sich selbst entfernt?" Auf diese bitte wurde mir gesagt: „Bitte Matelda, dass sie es dir sage."

Nur an dieser einzigen stelle wird der viel umrätselte name der schönen frau genannt. Vermutlich sind alle historischen und allegorischen deutungen abwegig.

Und hier antwortete, wie der tut, der sich gegen einen vorwurf verwahrt, die schöne frau: „Dies und andere dinge sind ihm von mir gesagt worden und ich bin gewiss, das Lethes wasser sie ihm nicht wieder verbargen." Und Beatrice:

„Mag sein, dass eine tiefere sorge, die oftmals die erinnerung raubt, die augen seines geistes verdunkelt. Aber sieh da Eunoë, der hier entspringt. Führe ihn dorthin und, wie du pflegst, belebe seine erstorbne kraft.“ Wie eine edle seele keine ausflüchte sucht, sondern eines andern willen zu ihrem eigenen macht, sobald er sich durch ein zeichen nach aussen eröffnet, so fasste mich die schöne frau, ging voran, und zu Statius sagte sie mit feinem anstand: „Komm mit ihm!“

Hätte ich, leser, noch breiteren raum zum schreiben, ich könnte nur teilweise den süssen trank besingen, von dem ich nie genug bekäme. Aber weil alle blätter, der zettel für das gewebe dieses zweiten teiles, gefüllt sind, lässt mich der zaum der kunst nicht weitergehn.

Der dichter hatte voraus für die Hölle 34, für Fegefeuer und Himmel je 33 gesänge geplant. Mit 4720, 4755 und 4758 versen sind die drei teile ziemlich genau gleich lang, füllen also eine vorgegebene zahl von manuskriptseiten.

Von der hochheiligen welle kehrte ich zurück so neugeschaffen, wie junge pflanzen sich mit jungem laub verjüngen, rein und bereit, emporzusteigen zu den sternen.

Das Paradies

Für das "Irdische Paradies" griff Dante zurück auf den biblischen bericht vom Garten Eden. Ihn zu schützen bedurfte er nicht des engels mit dem flammenden schwert: er verlegte ihn zu den antipoden, auf die höhe des Fegefeuerberges. Aber für seine dritte Cantica nimmt er die platonische, durch Cicero vermittelte vorstellung auf, dass die hervorragenden seelen nach vollendung ihres irdischen lebens, ihrer feurigen natur gemäss, zu den sternen heimkehren.

Nach der bis zu Copernicus gültigen theorie des Ptolemäus ruht die erdkugel unbewegt in der mitte; um sie kreisen in wachsenden geschwindigkeiten die sphären der sieben planeten: Mond, Merkur, Venus, Sonne, Mars, Jupiter, Saturn.

Darüber wölbt sich der fixsternhimmel. Dass der astronom Aristarch von Samos schon im dritten jahrhundert v. Chr. die tägliche umdrehung der erde und ihren jahreslauf um die sonne gelehrt hat, blieb vergessen. Stattdessen erklärte Ptolemäus die vor- und rückläufigen bewegungen der planeten mit einer lehre von "epizyklen": mit den jeweiligen sphären kreisen die mittelpunkte kleinerer kreisbahnen ("aufkreise") oder kugeln, in denen die planeten bald mit, bald gegen die himmelsbewegung laufen.

Ptolemäus als person verschwindet völlig hinter dem namen seines grossen "Almagest". Er lebte im zweiten jahrhundert nach Chr., wohl in Alexandria. Von seinem forscherglück spricht ein epigramm, das von ihm erhalten ist:

Weiss, ich bin sterblich, ein eintagswesen, doch wenn ich der sterne
Wirbelnde bahnen erforsch, wie sie sich drehen im ring,
Haftet nimmer mein fuss auf dem boden: dann bin ich beim höchsten
Zeus, und ambrosia nährt, speise der götter, auch mich.

Eigentümlich, wie nah sich das mit Dantes sternenseligkeit berührt.

Denn nach der vorstellung des Aristoteles ist der fixsternhimmel beschlossen in einer neunten sphäre, dem primum mobile, und diese vom empyreum, der feuersphäre, mit der Gott selber das all umfasst von so hinreissender schönheit, dass die nächst-untere sphäre ihn in leidenschaftlicher liebe so rasch umkreist, dass ja jeder teil jeden teiles ansichtig werde, und diese bewegung pflanzt sich abgeschwächt abwärts fort bis zum langsamen mond. Das ist Dantes überzeugung: es ist die liebe, die das all bewegt. Das geheimnis bleibt sich gleich, auch wenn wir, kalt und vorsichtig, lieber von gravitation reden.

Neben dem bild von der allüberwölbenden gottheit hat Dante das bild - er weiss dass es chiffern sind - von dem ausdehnungslosen punkt, der alle schönheit und alle liebeskraft ausstrahlt. Um ihn schweben die engel und sitzen in kreisen und stufen als tausendblättrige rose die seligen. Im anschaun Gottes besteht ihre seligkeit.

Mit der religion des alten testamentes hat all das überhaupt nichts zu tun; es ist das vom christentum übernommene vermächtnis des altertums. Es war Platons glühender erkenntnis- und vergeistigungsdrang, der als ziel die schau der Ideen, der jenseitigen urbilder aller vollkommenheiten vor sich sah, die reine ungetrübte gerechtigkeit an sich, die tapferkeit an sich, die schönheit an sich, und hinter diesen allen ahnte er eine idee der ideen, die idee des Guten. Die idee des Guten ist philosophisch gewendet nichts anderes, als was religiös gewendet Gott heisst. Es ist dieser glaube an einen letzten urgrund aller sinnstiftenden, liebenden, schöpferischen kräfte, was dem werk Dantes allen fragezeichen zum trotz bis heute seine unantastbare sicherheit gibt.

Mit dem bild der himmelsrose ergibt sich für den gestaltenden dichter eine poetologische schwierigkeit: Wie bevölkert er die von ihm durchflogenen planetensphären? Zum gespräch muss er die seelen vorübergehend als erscheinungen in stufen von oben herunterholen. Dabei geht es nicht mehr um ihre einstigen sünden - sie sind ja gereinigt. Dante ordnet sie in gruppen: im Mond begegnen ihm die, die einmal ein gelübde hatten brechen müssen, im Merkur tätige und staatsmänner, in der Venus liebende, in der Sonne die weisen, im Mars die krieger, im Jupiter die gerechten, im Saturn die kontemplativen. Weiter oben trifft er nur noch heilige und göttliche gestalten. Erst dort steht Petrus und übt seine schlüsselgewalt. Sein letztes ist die schau Gottes die auch ihn in die kreisende bewegung einbezieht.

1. Gesang

Die herrlichkeit dessen, der alles bewegt, durchdringt das all und widerstrahlt hier mehr und dort weniger. Im himmel, der am meisten von seinem licht bekommt, war ich und sah dinge, die wiederzugeben weder weiss noch vermag, wer von dort oben herabsteigt; denn wenn unser geist all seinem begehren nahekommt, vertieft er sich so sehr, dass die erinnerung nicht nachkommen kann. Jedoch so viel, wie ich von dem heiligen reich in meinem sinn horten konnte, wird jetzt der stoff meines gedichtes sein.

O guter Apollon, für diese letzte mühe mache mich zu einem solchen gefäss deiner kraft, wie du es verlangst, um den geliebten lorbeer zu spenden. Bis hierher genügte mir der eine gipfel des Parnass; aber jetzt bedarf ich ihrer beider, um zur verbliebenen runde anzutreten.

Der Parnass, an dessen fuss Delphi liegt, ist zweigipflig; damit spielt hier Dante, um für seinen dritten teil noch eine steigerung zu gewinnen; wie er hier ja auch nicht mehr die Musen anruft wie bisher, sondern Apollon selber.

Dring ein in meine brust und hauche du so wie damals, als du Marsyas aus der scheide seiner glieder zogst.

Der satyr Marsyas hatte es gewagt, mit der neugefundenen flöte den leierspieler Apollon zum wettkampf herauszufordern; er unterlag und Apollon, zur bestrafung der hybris, liess ihm die haut abziehen - im weiten bereich antiker kunst das einzige motiv, das an die kreuzigung erinnern kann.

O göttliche kraft, wenn du dich mir nur soweit gibst, dass ich den schatten des seligen reiches, wie er in meinem kopf gezeichnet ist, kundtue, so wirst du mich zu deinem geliebten baum kommen sehen und mich krönen mit jenen blättern, deren mein gegenstand und du mich würdig machen. So selten pflückt davon zu seinem triumph ein kaiser oder ein dichter - schuld und schmach des menschlichen kleinmuts! - dass freude in der frohen delphischen gottheit aufblühen müsste, wenn einen nach dem peneischen laube dürstet.

Die von Apollon geliebte Daphne, tochter des flussgottes Peneios, wurde, um sie seiner verfolgung zu entziehen, in einen lorbeerstrauch verwandelt. Seither liebt Apollon den lorbeer. Bei den Römern war lorbeer das siegeszeichen des triumphators; erst Horaz hat ihn in kühnem stolz auch für den dichter in anspruch genommen. Von den in der renaissance üblich gewordenen dichterkrönungen mit dem lorbeerkranz, der laurea, (Petrarca, Ulrich v. Hutten), hat Dante eine früheste, Padua 1315, noch erlebt - sie mag ihm hoffnungen erweckt haben. - Es fragt sich, ob mit dem folgenden wunsch Dante an einen späteren, noch grösseren dichter denkt, oder eher an ein gebet Beatrices und der seligen um gelingen des gedichtes:

Schwachem funken folgt starke flamme: vielleicht werden nach mir bessere stimmen beten, dass Delphi antworte.

Soweit das gebet um himmlischen beistand. Den beginn seiner eigentlichen himmelfahrt bezeichnet Dante feierlich ausführlich mit einer astronomischen zeitangabe. Es gehört ja zu Dantes daseinsgefühl, dass er sich am himmelsgewölbe vollkommen auskennt. Er bedurfte keiner merksprüche wie unser: Sunt Aries, Taurus, Gemini, Cancer, Leo, Virgo // Libraque Scorpius, Arcitenens (der bogenhalter, der Schütze), Caper, Amphora (der wasserkrug für den Wassermann), Pisces. Er sah die sommerliche wie die winterliche konstellation klar vor sich und kannte auch die himmelsmathematik. Seine reise hatte begonnen im frühlingspunkt, als die sonne im schnittpunkt von aequator und ekliptik aufging. Nun nimmt er noch den meridian des frühlingspunktes dazu, und alle diese drei kreise schneiden den horizont als vierten; ihre schnittpunkte ergeben drei kreuze. Um die mittagsstunde ist die jenseitige hemisphäre völlig hell; im osten wird es abend, im westen morgen.

Den sterblichen erhebt sich die leuchte der welt aus wechselnden schlünden; aber aus jenem, der vier kreise mit drei kreuzen verbindet, entsteigt sie mit besserem lauf und verbunden mit besserem gestirn, und prägt und siegelt das wachs der welt mehr auf ihre eigene art. Dieser schlund hatte ziemlich genau hier abend und dort morgen bewirkt, und jene hemisphäre war ganz weiss und die andere seite schwarz -

da sah ich Beatrice sich zur linken seite wenden und in die sonne schauen - kein adler heftete sich je so an sie. Und wie ein zweiter strahl aus dem ersten hervorzugehen und wieder hochzusteigen pflegt (ganz wie ein pilger der umkehren will), so wurde aus ihrer bewegung, die sich durch die augen in meine bildkraft ergoss, die meinige, und ich heftete die augen in die sonne weit über unsere gewohnheit. Vieles ist dort vergönnt, was hier unseren kräften nicht vergönnt ist, dank dem ort, der dem menschengeschlecht zu eigen gegeben war. Ich hielt sie nicht lange aus noch auch so kurz, dass ich sie nicht hätte ringsum funken sprühen sehen wie eisen, das kochend aus dem feuer kommt. Und plötzlich war mir, als ob der tag noch einmal tage, wie wenn Er, der die macht hat, den himmel mit einer zweiten sonne geschmückt hätte. Beatrice stand, die augen ganz auf die ewigen räder geheftet, und ich hatte die meinigen von dort oben abgezogen und heftete sie auf sie. In ihrem anblick wurde ich in mir selbst wie Glaukos wurde beim genuss des krautes, das ihn im meer zum genossen der andern götter machte.

Der böotische fischer Glaukos hatte beobachtet, dass die an den strand gelegten fische bei berührung mit einem bestimmten kraut wieder auflebten und ins meer sprangen (Ovid XIII). Er kostete selbst davon und wurde in den meergott Glaukos verwandelt.

"Sich übermenschen" liesse sich durch worte nicht ausdrücken; darum genüge dies beispiel dem, für den Gnade die erfahrung bereithält.

Das neue erlebnis verlangt nach einem neuen wort: trasumanar.

Vor Dante ist einzig Paulus in den himmel entrückt worden (II. Korinther 12): "Ich kenne einen menschen der, ich weiss nicht: im leib oder ausser dem leib, Gott weiss es, bis zum dritten himmel entrückt wurde. Und ich weiss von dem selben menschen, dass er - im leib oder ausser dem leib, das weiss ich nicht, Gott weiss es - in das paradies entrückt ward."

Ob ich von mir nur das war, was du zuletzt erschufest, o Liebe die den himmel lenkt, du weisst es; denn du hobest mich mit deinem licht.

Aus Cicero kannte Dante die harmonielehre des Pythagoras. Pythagoras hatte entdeckt, dass die grundakkorde auf ganzzahligen verhältnissen der sai-

tenlängen oder -spannungen beruhen: 2:1 ergibt die oktav, 3:2 die quint, 4:3 die quart.

Indem er nun die abstände der planetensphären nach diesen zahlen bemass, ergab sich, da jede sphäre wie ein grosser kreisel einen ton gibt, aus ihrem zusammenklang die sphärenharmonie. Da im griechischen eine geordnete aufstellung, z. b. eines heerhaufens, kosmos heisst, ist seither kosmos das wort für das weltall (und da eine solche aufstellung schön ist, heisst kosmein schönmachen, schmücken).

Als das rad, das du durch die begier nach dir verewigst, mich auf sich aufmerken liess durch die harmonie, die du aus bemessenen intervallen fügst, da schien mir von der flamme der sonne ein so weiter teil des himmels entzündet, dass kein regen und kein fluss je einen so ausgedehnten see machte. Der neue schall und das starke licht entfachten in mir ein verlangen nach dem grund, wie ich es nie in solcher schärfe empfunden hatte, worauf sie, die mich sah wie ich mich selbst, um mein erregtes herz zu stillen, eh ich zum fragen kam, ihren mund öffnete und begann: "Du selbst machst dich plump mit der falschen vorstellung, so dass du nicht siehst, was du sähest, hättest du sie abgeschüttelt. Du bist nicht auf der erde, wie du meinst; sondern ein blitz, der die ihm eigene stelle flieht, lief nie so schnell, wie du jetzt zu der deinigen heimkehrst." *Zur feuerregion.* Wenn ich des ersten zweifels enthoben war durch ihre gelächelten kurzen sätzchen, so geriet ich nun erst recht ins netz eines neuen und sagte: "Schon habe ich zufrieden mich von grossem staunen beruhigt. Aber jetzt staune ich, wie ich diese leichten körper durchsteigen kann." Worauf sie nach einem frommen seufzer ihre augen auf mich richtete mit dem ausdruck einer mutter über ihrem kind im delirium, und sie begann: "Die dinge allesamt haben eine ordnung untereinander, und das ist die form, die das all Gott ähnlich macht. Hier sehen die höheren geschöpfe die spur des ewigen guten, welches das ziel ist, woraufhin das genannte gesetz geschaffen ist. In der ordnung, von der ich rede, neigen sich alle naturen nach getrennten losen ihrem ursprung näher oder weniger nahe zu. Darum steuern sie im grossen meer des seins nach verschiedenen häfen, jedes mit dem ihm verliehenen instinkt, der es dahinträgt. Der treibt das feuer mondwärts, der ist der beweger in den menschenherzen, der drückt die erde in sich zusammen zu einer einheit. Und nicht nur die geistlosen kreaturen schiesst dieser bogen ab, nein auch die die einsicht und liebe haben. Die vorsehung, die so grosses ordnet, gibt mit ihrem licht jenem himmel ewige ruhe, innerhalb dessen sich der dreht, der die grösste eile hat. Dorthin als zum vorbestimmten sitz trägt uns jetzt die kraft jener sehne, die, was sie abschnellt, ins frohe ziel leitet. - Gewiss, wie die form oftmals mit der absicht des künstlers nicht übereinstimmt, weil die materie zu taub ist zur antwort, so entfernt sich die kreatur bisweilen von dieser bahn, weil sie die fähigkeit hat, nach solchem anstoss in andere richtung abzudrehen (wie man feuer aus wolke abwärts fallen sehen kann), wenn falsches ergötzen den ersten antrieb zur erde hinunter verbiegt. Du darfst, wenn ich recht sehe, über dein steigen nicht mehr staunen als über einen bach, wenn er von hohem berg zur tiefe niederfällt. Erstaunlich wäre an dir, wenn du aller hemmnisse ledig, unten sitzen bliebest, gleich als ob lebendiges feuer unten am boden still bliebe". Damit wandte sie den blick wieder gen himmel.

2. Gesang

O ihr in winziger barke, die ihr nur hörbegierig meinem schiff nachgefolgt seid, das singend daherfährt, kehrt um, um eure gestade wiederzusehen, wagt euch nicht aufs offene meer, denn vielleicht, wenn ihr mich verlöret, ihr bliebet verirrt. Das wasser, über das ich nun steure, wurde noch nie befahren. Minerva haucht, mich führt Apollon, und neun Musen weisen mir die Bären. Ihr wenigen andern, die ihr zeitig den hals nach dem brot der engel recktet, von dem man hier lebt aber nie satt wird: ihr könnt wohl euern kahn auf die hohe flut lassen; bleibt in meiner furche, eh sich das wasser wieder ebnet.

Jene ruhmreichen, die nach Kolchis übersetzten, staunten nicht so, wie ihr tun werdet, als sie Jason zum ackerknecht werden sahen.

Die Argonauten, die ersten seefahrer, waren nach Kolchis gefahren, um das goldene vliess zu gewinnen. Aber dort musste Jason erst feuerschnaubende stiere ins joch zwingen, pflügen und drachenzähne säen.

Der uns mitgeschaffene und unstillbare durst nach dem gottgestaltigen reich trug uns so rasch hinan, wie ihr den himmel kreisen seht. Beatrice schaute empor und ich auf sie, und vielleicht in der zeit, in der ein bolzen einschlägt, fliegt und von der nuss abschnellt, sah ich mich angelangt, wo etwas wundersames meine blicke auf sich hindrehte, worob sie, der mein anliegen nicht verborgen bleiben konnte, zu mir gewandt so froh wie schön sagte: "Richte deinen sinn dankbar zu Gott, sagte sie mir, der uns mit dem ersten stern verbunden hat." Mir war, uns umhülle eine wolke leuchtend, dicht, fest und blank wie diamant, den die sonne träfe. Die ewige perle nahm uns in sich auf wie wasser einen lichtstrahl in sich einlässt und doch ganz bleibt. Wenn ich leib war - und hier begreift man nicht, wie eine ausdehnung eine andere erträgt (was doch sein muss, wenn körper in körper schlüpft) so muss uns erst recht der wunsch entflammen, jene wesenheit zu schauen, in der unsere natur und Gott sich vereinigt zeigt. Dort wird man sehn, was wir hier nur glauben, nicht durch beweise, es wird durch sich selber kund in der art des ersten wahren, das der mensch annimmt.

In der art der axiome. Wie Dantes leib die mondsubstanz durchdringen kann, ist ein kleines rätsel gegenüber dem andern, wie gottnatur und menschennatur in Christus sich durchdringen.

Ich antwortete: "Herrin, so ergeben wie ich nur immer kann danke ich Ihm, der mich der sterblichen welt entrückt hat. Aber sagt mir, was sind die dunklen zeichen dieses körpers, derentwegen sie unten auf der erde von Kain fabulieren?"

Wo wir vom mann im mond reden, erzählt die toskanische legende, Gott habe zu Kain gesprochen: "Abel wird mit mir im paradies sein, du aber wirst auf den mond verbannt und musst ewig ein bündel dornigen reisigs auf dem rücken tragen."

Sie lächelte etwas und sagte mir dann: "Wenn die meinung der sterblichen irrt, wo der schlüssel des sinneneindrucks nicht aufschliesst, müssten gewiss die pfeile des staunens dich nicht mehr treffen, da du siehst, wie das denken im gefolge der sinne nur kurze flügel hat.

Aber sag mir, was du von dir aus darüber denkst." Und ich: "Was hier oben unterschieden scheint, das bewirken, glaube ich, die dichteren und lockereren körper." Und sie: "Wie tief dein glauben im irrtum versunken ist, wirst du gewiss einsehen, wenn du gut den beweisen zuhörst, die ich dagegen vorbringen werde. Die achte sphäre zeigt euch viele lichter, die sich nach eigenschaft und stärke als verschiedenartig erweisen. Wenn nur dicht und dünn dies bewirkte, so wäre eine einzige eigenschaft in allen, mehr oder weniger oder gleichmässig verteilt. Verschiedene eigenschaften müssen die frucht von urformen sein, von denen dein gedanke nur eine einzige übriglässt. Ferner: wäre das lockere der grund jenes dunklen, wonach du fragst, so müsste entweder dieser planet stellenweise durchgängig nach stoff hungern, oder aber, wie in einem körper feist und mager wechseln, enthielte sein buch verschiedene blätter. Wäre das erste, müsste es sich bei der sonnenfinsternis weisen, weil das licht wie in anderem dünnen, das es durchdringt, durchscheinen müsste. Das ist nicht der fall. Bleibt das andere zu prüfen, und wenn es so kommt, dass ich das andere zunichte mache, wäre deine meinung als falsch erwiesen. Ist es so, dass dieses lockere nicht durchgeht, muss es eine grenze geben, über die sein gegenteil es nicht weitergehen lässt, und dort wird irgend ein strahl zurückgeworfen, so wie farbe durch ein glas wiederkehrt, das hinter sich blei verbirgt. - Nun wirst du sagen, der strahl zeige sich hier trüber als an andern stellen, weil er von weiter hinten zurückgeworfen wird. Von diesem einwurf kann erfahrung dich befreien, wenn du sie je erprobst, sie ist die quelle, der die bäche eurer wissenschaft entströmen. Drei spiegel nimm, und die zwei entferne gleich weit von dir, und der andere, weiter entfernt, soll zwischen den beiden ersten deine augen treffen. Ihnen zugewandt lass hinter deinem rücken ein licht stehen, das die drei spiegel anleuchtet und von allen zurückgeworfen zu dir zurückkehrt. Obgleich das fernere bild in der grösse sich nicht so weit ausdehnt, wirst du dort sehen dass es, wie es sein muss, ebenso hell leuchtet. Jetzt, wie bei den stössen der heissen strahlen der boden entblösst scheint von schnee und von der ersten farbe und kälte, so bist du nun verblieben, und nun will ich deinen geist mit so lebendigem licht belehren, dass es dir vor den augen funkeln soll.

Innerhalb des himmels des göttlichen friedens kreist eine sphäre *(der kristallhimmel, das primum mobile),* in dessen kraft das wesen aller dinge beschlossen liegt. Der folgende himmel, so reich anzuschauen, verteilt dieses sein in gesonderte wesenheiten, die er unterscheidet und zusammenfasst. Die andern kreise in ihrer mannigfachen verschiedenheit, leiten diese unterschiede, die sie in sich haben, ihrem ziel und samen zu. Diese organe der welt gehn so, wie du jetzt siehst, von stufe zu stufe, dass sie von oben nehmen und nach unten wirken. Nun schau gut her, wie ich von hier aus weiterschreite zu der wahrheit, nach der du verlangst, so dass du hernach die furt allein zu halten vermagst. Bewegung und kraft der heiligen kreise muss, wie die kunst des hammers aus dem schmied, aus den seligen bewegern entströmen, und der himmel, den soviele lichter zieren, empfängt das bild des hohen geistes, der ihn regt, und macht sich zu seinem siegel.

Es sind die gottgeschaffenen intelligenzien, wesenheiten, urformen, engel, die dem fixsternhimmel, der noch alle umfaßt, wie jeder sphäre die eigene bewegung geben.

Und wie die eine seele innerhalb eures staubes durch die verschiedenen und den unterschiedlichen fähigkeiten zugeordneten glieder sich verteilt, so entfaltet der geist seine güte vervielfacht über die sterne hin und kreist selber über seiner einheit. Verschiedene kraft schafft verschiedene bindung mit dem kostbaren körper, den sie belebt und mit dem sie sich verbindet so wie in euch leben und leib. Wegen der frohen natur, der sie entfliesst, leuchtet die kraft, mit dem körper vermischt, wie freude in lebendiger pupille leuchtet. Daher kommt, was von licht zu licht verschieden scheint, nicht von dichter und lockerer; sie ist das formprinzip, das ihrer güte gemäss das trübe und das klare hervorbringt."

Aus der mischung der kräfte, in die das urwesen sich differenziert, stammen also die mondflecken. Von einer erörterung, in der Beatrice in wohldurchdachter disposition mit argumenten des Albertus Magnus die theorie des Aristotelikers Averroes widerlegt hatte, hatte sich die betrachtung erhoben zu einer lehre von den tausendfältigen wesenheiten, die, in Gott noch vereinigt, auf die sterne und planeten verteilt, die tausenderlei erscheinungen am himmel und daher auch auf erden bewirken.

3. Gesang

Jene sonne, die zuerst mein herz mit liebe wärmte, hatte mir mit beweis und widerlegung den holden anblick schöner wahrheit enthüllt, und ich, um mich bekehrt und überzeugt zu bekennen, hob, soweit es passend war, den kopf, um es aufgerichtet auszusprechen. Aber eine erscheinung zeigte sich, die mich so eng an sich zog, sie anzuschauen, dass ich darüber mein bekenntnis vergass. Wie durch durchsichtige und reingeriebene gläser, oder wie durch wasser, die klar und ruhig und nicht so tief sind, dass der grund finster würde, wie da die entsprechungen unserer gesichter so schwach zu uns wiederkehren, dass eine perle auf weisser stirn nicht minder schnell in unsere pupille kommt, so sah ich mehrere gesichter zu reden bereit, weshalb ich in den umgekehrten irrtum verfiel wie den, der zwischen mensch und quelle liebe entzündete.

Narzissus (Ovid III 417) sah im spiegel einer quelle ein liebliches antlitz, hielt es für ein wirkliches und verliebte sich - in sich selbst. In unerfüllbarer liebe verzehrte er sich und wurde zur blume. Umgekehrt glaubt Dante in den unscharfen konturen spiegelbilder vor sich zu haben.

Sobald ich sie bemerkte, in der meinung, es seien nur gespiegelte gestalten, wandte ich die augen, zu sehen, was sich da spiegle, und sah nichts; da wandte ich sie wieder nach vorn grad in das licht der teuren führerin, die lächelte, und ihre heiligen augen leuchteten. "Wundre dich nicht, sprach sie, dass ich über deine kindlichen gedanken lächle, weil sich dein fuss noch nicht der wahrheit anvertraut; du drehst dich wie meist ins leere. Wahre wesen sind, was du siehst, hier herversetzt wegen unerfüllten gelübdes. Drum sprich mit ihnen, höre und glaube; denn das wahrhaftige licht, das ihnen frieden schenkt, lässt sie ihre schritte nicht von sich weglenken." Ich richtete mich an den schatten, der am begierigsten schien zu reden, und ich begann wie einer, der sich in übermässiger begierde verzehrt: "Du wohlgeschaffner geist, der in den strahlen des ewigen lebens die süssigkeit schmeckt, die keiner begreift der sie nicht gekostet hat, mir geschähe es zu dank, wenn du mein verlangen stilltest mit deinem namen und euerm geschick", worauf sie bereitwillig und mit lachenden augen: "Unsere liebe versperrt keinem gerechten wunsch das tor, sowenig wie jene, die ihren ganzen hofstaat sich ähnlich wünscht. Ich war in der welt jungfräuliche nonne, und wenn dein geist sich wohl zurückbesinnt, so sollte dass ich schöner geworden bin mich dir nicht verhehlen, und du wirst erkennen, dass ich Piccarda bin, die mit diesen andern seligen hierher versetzt selig bin in der langsamsten sphäre.

Piccarda war die ebenso schöne wie herzensgute schwester der beiden brüder Forese und Corso Donati, von denen Forese Dantes freund war (wir sind ihm im sechsten Fegefeuerkreis begegnet) und Corso der brutale parteiführer der "Schwarzen", dem Dante seine verbannung verdankt. Corso riss seine schwester gewaltsam aus dem Kloster der heiligen Clara von Assisi, um sie einem parteifreund zur ehe zu geben. Trotz des gebrochenen gelübdes wurde Piccarda selig, aber in der niedersten sphäre - war ja der mond von je sinnbild des wankelmuts.

Unsere gefühle, die nur nach dem gefallen des Heiligen Geistes erglühen, geniessen ihr glück eingefügt in seine ordnung; und dies los, das so niedrig scheinen möchte, ist uns darum gegeben, weil unsre gelübde mißachtet und zu einem gewissen teil unerfüllt blieben." Worauf ich zu ihr: "In euerm wunderbaren anblick erglänzt ein ich weiss nicht was göttliches, das euch aus eurer früheren gestalt verwandelt; darum war ich nicht rasch in der erinnerung; aber jetzt hilft mir, was du mir sagst, so dass mir planes latein wird, mir dein bild vorzustellen. Doch sag mir: ihr, die ihr hier glücklich seid, sehnt ihr euch nach einem höheren ort, um mehr zu schauen oder mehr freude zu gewinnen?" Mit jenen andern schatten lächelte sie erst ein wenig, dann antwortete sie mir so froh, als brennte sie von einer liebe im ersten feuer: "Bruder, unsern wunsch stillt die kraft der liebe, die uns nur begehren lässt was wir haben und nach weiterem nicht dürsten lässt. Wenn wir uns höher hinauf wünschten, wären unsere wünsche nicht im einklang mit dem willen dessen, der uns hier einweist, was in diesen kreisen, wie du sehen wirst, nicht statt hat, wenn in der liebe sein hier unerlässlich ist und wenn du ihr wesen recht betrachtest. Vielmehr ist bestimmend für dieses selige sein, sich innerhalb des göttlichen willens zu halten, wodurch alle unsere willen von sich aus zu einem verschmelzen. Wie wir daher von schwelle zu schwelle in diesem reich verteilt sind, so gefällt es dem ganzen reich wie auch dem könig, der unsern willen seinem willen willig macht. In seinem willen ist unser friede, er ist das meer, dem alles zuströmt, was er selbst schafft und was natur bewirkt." Klar wurde mir da, wie jeder ort im himmel paradies ist, auch wenn die gnade des höchsten gutes nicht auf einerlei weise herabregnet.

Offenbar gibt es im himmel abgestufte grade der seligkeit. Im menschlichen bereich gibt es in jeder stufenordung unzufriedenheiten und neid. Von dieser erfahrung geht Dante aus, um zu zeigen, wie im himmel das problem wegfällt: durch den fraglosen gehorsam (Dein wille geschehe; Nicht wie ich will, vater, sondern wie du willst) und durch die liebe.

Aber wie es vorkommt, dass eine speise sättigt und einem doch der gaumen noch nach einer andern steht, dass man um dieses bittet und für jenes dankt, so tat ich mit wort und gebärde, um von ihr zu erfahren, wie der zettel war, durch den sie das schiffchen nicht bis zu ende warf. "Vollkommenes leben und hohes verdienst brachte weiter oben eine frau in den himmel, sagte sie mir, nach deren regel man unten in eurer welt sich kleidet und verschleiert, um bis zum tod mit jenem bräutigam zu wachen und zu schlafen, der jedes gelübde annimmt, das liebe nach seinem gefallen formt. Ihr zu folgen entfloh ich als junges mädchen der welt und verschloss mich in ihr kleid und versprach das leben ihrer gefolgschaft. Männer, an böses mehr als an gutes gewöhnt, rissen mich dann aus dem trauten kloster heraus, und gott weiss, wie danach mein leben war. - Und dieser andere glanz, der sich dir auf meiner rechten seite zeigt und sich am ganzen licht unserer sphäre entzündet: was ich von mir sagte, gilt auch von ihr: Schwester war sie und ebenso wurde ihr der schatten der heiligen haube vom kopf gerissen. Aber da sie nur gegen ihren willen und gegen guten brauch zur welt zurückkehrte, löste sich ihr nie der schleier des herzens. Dies ist das licht der grossen Konstanze, die dem zweiten sturm aus Schwaben den dritten gebar mit der letzten machtfülle."

Konstanze, die tochter Rogers II., des Normannenkönigs von Sizilien, soll nonne gewesen sein, ehe sie Heinrich VI., den sohn Barbarossas, heiratete und ihr normannisches blut mitsamt dem königreich Sizilien den Hohenstaufen zubrachte; der letzte machthaber war Friedrich II.

So sprach sie zu mir, dann begann sie Ave Maria zu singen und im singen verblasste sie wie in tiefem wasser ein schwerer gegenstand. Mein auge folgte ihr, solang es möglich war, und als es sie verlor, wandte es sich zum ziel stärkeren wunsches und drehte sich ganz Beatrice zu; sie aber funkelte in meinem blick so, dass das auge es zunächst nicht ertrug, und das liess mich zögern, mehr zu fragen.

4. Gesang

Zwischen zwei speisen, die gleich entfernt und gleich lockend wären, würde ein freier mensch hungers sterben, eh er die eine sich an die zähne führte. So stünde ein lamm zwischen zwei begierden wilder wölfe in gleicher furcht; so stünde ein hund zwischen zwei damhirschen. Darum kann ich mich nicht schelten, wenn ich schwieg, in gleicher schwebe zwischen meinen zweifeln, es konnte nicht anders sein, noch auch mich berühmen. Ich schwieg, aber mein wunsch war mir im gesicht gemalt und damit das fragen, sehr viel heisser als durch ausgesprochene worte. Beatrice tat wie Daniel tat, als er Nebukadnezar von der wut befreite, die ihn so ungerecht gemein gemacht hatte.

Nebukadnezar (Daniel 2) wollte alle wahrsager und traumdeuter seines landes hinrichten lassen, weil sie ihm nicht sagen konnten, was er geträumt hatte. Nur Daniel wusste durch Gottes eingebung den traum und gab auch seine deutung.

Sie sagte: „Ich sehe wohl wie der eine und der andere wunsch an dir zerrt, so dass deine sorge sich selber fesselt und nicht nach aussen haucht. Du überlegst: wenn der gute wille dauert, mit welchem recht beschneidet mir fremde gewalttat das maass meines verdienstes? Ferner gibt dir anlass zu zweifeln, dass die seelen nach der meinung Platos zu ihren sternen zurückzukehren scheinen. Das sind die fragen, die gleich schwer auf deinem willen lasten; darum will ich erst die erörtern, die mehr galle hat.

Dichterische darstellung versucht, das unsagbare sinnfällig zu machen; so muss Dante beim aufstieg durch die sphären immer wieder einzelnen seelen von seligen begegnen; aber sind diese in abgestufter seligkeit an die jeweilige sphäre gebunden? Nach Platon kreisen die seelen vor ihrer geburt im gefolge eines der götter am himmel, wo sie die ewigen reinen wahrheiten schauen; auf erden sind sie dann nach ihrem typ martialisch, aphrodisisch, jovial und kehren nach verschiedenen läuterungszeiten zu ihrem stern zurück. Aber diese vorstellung widerstreitet der theologischen lehre von der unteilbaren seligkeit, die alle seelen um Gott vereint, abgesehen von der ketzerei einer vorgeburtlichen existenz.

Jener Seraph, der sich am meisten vergottet, und Moses, Samuel, Johannes (nimm welchen du willst), zu schweigen von Maria, sie haben ihre schemel in keinem andern himmel als diese geister, die dir eben erschienen, sie haben auch nicht mehr oder weniger jahre für ihr sein, sondern alle zieren sie den ersten kreis und die süssigkeit ihres lebens ist nur danach verschieden, wie sie mehr oder weniger vom ewigen hauch fühlen. Hier haben sie sich gezeigt, nicht weil diese sphäre ihnen zugefallen wäre, sondern als ein zeichen des minder hohen aufstiegs im himmel. So muss man wohl zu eurem geist reden, weil er nur das mit den sinnen erfasste nachher der vergeistigung würdigt. Darum lässt sich die Schrift zu eurer fähigkeit herab und schreibt Gott hände und füsse zu, wo sie andres meint. Und die Heilige Kirche stellt euch Gabriel und Michael in menschlicher erscheinung dar und den andern der Tobias wieder gesund machte. Was (*Platos*) Timäus von den seelen behauptet, ist nicht dem ähnlich, was man hier sieht, obgleich es scheint, er meine es wie er es sagt. Er sagt, dass die seele zu ihrem stern heimkehre, wobei er glaubt, sie sei von ihm abgetrennt worden, als natur sie als bestimmende kraft einem körper gab. Aber vielleicht ist sein gedanke anderer art, als die blossen worte tönen, und könnte möglicherweise einen sinn haben, der nicht zum verlachen wäre. Wenn er der meinung ist, zu diesen kreisen kehre das ehrenvolle und tadelhafte ihres einflusses zurück, so trifft sein bogen vielleicht in etwas wahres. Dieses schlecht verstandene prinzip verdrehte schon fast die ganze welt, sodass sie Jupiter, Merkur und Mars als götter verehrten. *(Also nicht die seelen selbst kehren zu den sternen zurück sondern nur die sie beeinflussenden sternkräfte - eine brücke zur astrologie!)*

Der andere zweifel, der dich bewegt, hat weniger gift, weil seine bösartigkeit dich nicht von mir wegführen könnte. Dass unsere gerechtigkeit in den augen der sterblichen ungerecht scheinen könnte, ist ein gedanke des glaubens, nicht ketzerischer schlechtigkeit. Aber weil eure wahrnehmung sehr wohl in diese wahrheit eindringen kann, wie du es wünschest, will ich dich befriedigen. Ist es gewalt, wenn der, der sie leidet, dem der zwingt in gar nichts mithilft, so waren diese seelen ihretwegen nicht entschuldigt. Denn wille, der nicht will, erlischt nicht; er tut wie es natur beim feuer macht, wenn gewalt es tausendmal verbiegt. Wenn er sich also ganz oder nur wenig beugt, so willfahrt er der kraft - und so taten diese beiden; sie hätten zum heiligen ort zurückkehren können. Wäre ihr wille so ungebrochen geblieben, wie er Laurentius auf seinem rost festhielt und Mucius gegen seine eigene hand streng machte, so hätte er sie, sobald sie frei waren, auf die strasse zurückgetrieben, von der man sie weggezogen hatte. Aber so harter wille ist allzu selten.

Mucius sollte nach misslungenem attentat vom Etruskerkönig gezwungen werden, seine komplizen zu nennen. Zum beweis, dass er sich nicht zwingen liesse, hielt er seine rechte hand über ein offenes kohlenfeuer und liess sie verkohlen. (Daher sein beiname Scaevola „Linkshänder".) Medizinisch eine unmöglichkeit. Aber vom klostergelübde hebt sich die erörterung zur frage von kompromiss und kompromisslosigkeit. - Die erste frage nach der gerechtigkeit Gottes wäre damit beantwortet.

Mit diesen worten, wenn du sie gebührend aufgenommen hast, ist der einwurf widerlegt, der dir noch mehrmals mühe gemacht hätte.

Aber nun legt sich dir quer vor die augen ein anderer engpass, so dass du durch dich selber nicht herausfändest, du würdest eher ermüden: Ich habe dir als gewissheit in deinen sinn gegeben, dass eine selige seele nicht lügen könnte, weil sie immer der ersten wahrheit nahe ist. Und dann konntest du von Piccarda hören, dass Konstanze die liebe zum schleier bewahrte - so dass sie hier mir zu widersprechen scheint.

Beatrice hatte von Konstanzes nachgiebigkeit gesprochen; wie reimt sich das mit der von Piccarda behaupteten innerlich unbedingten treue zum gelübde?

Schon oftmals, bruder, kam es vor, dass man, um einer gefahr zu entgehen, gegen seinen willen etwas tat, was man nicht hätte tun sollen. Wie Alkmäon, der auf bitten seines vaters die eigene mutter umgebracht hatte, um kindespflicht nicht zu verletzen, voll erbarmen erbarmungslos wurde.

Amphiaraos, ein seher, wusste, dass er beim zug der Sieben gegen Theben umkommen würde und versteckte sich; aber seine frau liess sich durch ein kost-

bares halsband bestechen, sein versteck zu verraten. Bei der ausfahrt machte er es dem jungen sohn Alkmaion zur pflicht, seinen tod an der mutter zu rächen.

An diesem punkt möchte ich, dass du daran denkst, dass gewalt mit willen sich mischt und beide so wirken, dass die verfehlungen nicht zu entschuldigen sind. Absoluter wille ist mit dem bösen nie einverstanden; aber er stimmt zu, sofern er fürchtet durch widerstand in schwereres leid zu fallen. Wenn also Piccarda jenes ausdrückt, versteht sie es vom absoluten willen und ich vom andern; so dass wir miteinander wahr sprechen."

Mit dem Thema „dilemma" hatte schon der beginn des gesanges eingesetzt.

So war das wellenspiel des heiligen baches, der der quelle entsprang aus der jegliches wahre quillt; so schenkte es meinem einen und dem andern wunsche frieden. „O geliebteste des ersten liebenden, o göttliche, sagte ich danach, deren reden mich überströmt und so erwärmt, dass es mich mehr und mehr belebt: mein gefühl ist nicht tief genug, um Eurer gunst mit gunst erwidern zu können. Er der sieht und die macht hat, möge Euch dies vergelten. Ich sehe wohl, dass unser geist sich nie ersättigt, wenn ihn nicht die wahrheit erleuchtet, ausserhalb derer keine wahrheit schweift, und sobald er sie erreicht hat, ruht er in ihr wie ein tier in seinem nest; und erreichen kann er sie, sonst wäre jeder wunsch vergebens. Aus ihm entsteht nach art eines schösslings am fuss der wahrheit der zweifel, und es ist in der natur, dass er uns von joch zu joch bis zum gipfel stösst.

Der geist beruhigt sich, wenn er in der wahrheit des glaubens seinen frieden gefunden hat. Und doch entsteht - ein gesetz jedes geistigen lebens - aus jeder antwort eine neue frage.

Dies lädt mich ein und gibt mir die sicherheit, o Frau, in aller ehrerbietung Euch zu fragen nach einer andern wahrheit, die mir dunkel ist. Ich möchte wissen, ob der mensch wegen mangelhafter gelübde euch mit andern gütern so genüge tun kann, dass sie auf eurer waage nicht als gering gelten." Beatrice schaute mich an mit augen voller so göttlicher liebesfunken, dass meine kraft überwältigt flüchtete, und ich mich fast verlor mit gesenkten blicken.

5. Gesang

„Wenn ich dir lodere in der heissen liebe über das maass, das man auf erden sieht, so dass ich die kraft deines sehens überwältige, wundere dich nicht: es rührt her vom vollkommenen sehen, das, wie es das gute erfasst, so im erfassten weiterschreitet. Ich sehe wohl, wie in deinem geist schon das ewige licht aufleuchtet, das, einmal erblickt, allein und für immer liebe entzündet. Und wenn etwas anderes eure liebe verführt, dann nur, weil irgend eine spur davon, schlecht erkannt, dort durchleuchtet.

Du willst wissen, ob man durch anderen dienst für ein unerfülltes gelübde soviel gutmachen kann, was die seele vor einem rechtsbruch sichere." So begann Beatrice diesen gesang, und wie einer, der seine rede nicht zerstückelt, setzte sie so ihren heiligen gang fort: „Das grösste geschenk, das Gott in seiner freigebigkeit bei der schöpfung gab, das seiner güte am meisten entspricht und das er am höchsten schätzt, war die freiheit des willens, mit der die denkfähigen kreaturen, alle und nur sie, beschenkt wurden und sind. Daraus ersiehst du, wenn du von da aus weiterdenkst, den hohen wert des gelübdes, wenn es so gefasst ist, dass Gott zustimmt, wenn du zustimmst; denn um den vertrag zwischen Gott und dem menschen zu festigen, bringt man das opfer eben dieses schatzes, der so ist wie ich sage, und man bringt es mit freiem willen. Was also kann man zum ersatz geben? Wenn du meinst, du wendetest wohl an, was du angeboten hast, willst du mit raubgut gute werke tun. - Nun bist du dir über den hauptpunkt im klaren. Aber weil die heilige Kirche hier dispens gibt, was gegen die wahrheit scheint, die ich dir enthüllte, musst du noch etwas bei tische sitzen bleiben, weil die feste speise, die du zu dir nahmst, noch hilfe braucht zur rechten verteilung. Öffne deinen sinn dem was ich dir kund tue, und verschliesse es drinnen; denn begreifen ohne zu behalten macht noch keine wissenschaft. - Zwei dinge vereinigen sich im wesen dieses opfers; das eine ist, was man verspricht, und das andere das versprechen selbst. Dies letzte kann erst gestrichen werden, wenn erfüllt, und von diesem habe ich eben so genau gesprochen. Darum wurde den Hebräern nur das opfern zur pflicht gemacht, wenn auch das eine oder andere opfer vertauschbar war, wie du wissen musst.

So gehört alles erstgeborene dem Herrn, aber das opfer konnte abgelöst werden durch zwei tauben - wie im fall Christi.

Das andere, was dir als inhalt gezeigt wurde, kann wohl so sein, dass es ohne bruch des gelübdes mit andrem inhalt ausgewechselt werden darf. Aber keiner vertausche die last auf seiner schulter nach eignem gutdünken ohne drehung des weissen und des gelben schlüssels *(d. h. ohne zustimmung der Kirche).* Und jeden umtausch halte für töricht, wenn das aufgegebene im übernommenen nicht enthalten ist wie die vier in der sechs. Was also durch seinen wert so schwer wiegt, dass es jede waage niederzieht *(wie z. b. keuschheit),* kann nicht ersetzt werden durch andere zahlung. Es sollen die sterblichen das gelübde nicht als geschwätz nehmen; seid getreu und beim erfüllen nicht quersichtig wie Jephta war bei seinem ersten handgeld, der besser gesprochen hätte „ich habe übel getan" als durch erfüllung noch schlimmeres zu tun.

Jephta (Richter 12, 30) hatte gelobt, wenn er die Ammoniter besiege, Gott das erste zu opfern, was ihm aus seinem hause entgegenkäme; das war aber nicht sein hündchen sondern seine einzige tochter.

Und so verblendet kannst du den grossen führer der Griechen finden, dessetwegen Iphigenie ihr schönes gesicht beweinen musste und alle über sich weinen liess, weise und toren, die von solchem opferbrauch berichten hörten. Geht, ihr Christen, mit schwererem ernst zu jedem schritt, seid nicht wie eine feder bei jedem wind, und glaubt nicht, dass jedes wasser euch wasche. Ihr habt das Alte und das Neue Testament und habt den hirten der Kirche, euch zu führen; das genüge euch zu eurem heil. Wenn schlimme lust euch andres zuruft, seid menschen und nicht blödes vieh, damit der Jude unter euch eurer nicht lache. Tut es nicht dem lamm gleich, das die milch seiner mutter lässt und einfältig und ausgelassen nach seiner lust sich mit sich selber herumschlägt."

So Beatrice zu mir wie ich es schreibe; dann wandte sie sich voller sehnsucht in jene richtung, wo die welt am lebendigsten ist. Ihr schweigen und ihr verändertes aussehen geboten meinem begierigen geist schweigen, der schon neue fragen zuvorderst hatte. Und wie ein pfeil, der ins ziel stösst, eh noch die sehne sich beruhigt hat, so liefen wir ein in das zweite reich.

Hier sah ich meine herrin so froh, wie sie ins licht jenes himmels eintauchte, dass der planet davon noch leuchtender wurde. Und wenn schon der stern sich veränderte und lachte, wie geschah erst mir, der ich schon von natur auf jede weise veränderlich bin!

Wie in einem fischteich, der ruhig und rein ist, auf das was von aussen kommt die fische hinziehen, sofern sie es für ihr futter halten, so sah ich wohl mehr als tausend glänze gegen uns herziehen, und aus jedem vernahm man: „Seht den, der unser lieben mehren wird." Und wie jeder zu uns kam, sah man die volle freude des schattens an dem hellen strahlen, das von ihm ausging. Denk, leser, wenn das was hier beginnt, nicht weiterginge, wie beklommen du wärest vor begier, mehr zu erfahren, so wirst du an dir selber merken, wie sehr ich wünschte, von diesen ihre umstände zu vernehmen, so wie sie sich mir vor augen stellten. „Du glücklich geborener, dem Gnade vergönnt, die Thronen des ewigen triumphes zu schauen, eh noch der kriegsdienst abgeleistet ist: wir sind entglommen von dem licht, das sich durch den ganzen himmel ergiesst; drum, wenn du wünschest, dich über uns aufzuklären, sättige dich nach deinem gefallen." So wurde mir von einem dieser frommen geister gesagt, und von Beatrice: „Sprich, sprich getrost und glaube ihnen wie göttern." - „Ich sehe wohl, wie du dich einnistest in dein eigenes licht, und dass es dir aus den augen bricht, weshalb sie funkeln so wie du lachst. Aber ich weiss nicht, wer du bist noch warum dir, würdige seele, die stufe der sphäre eignet, die sich den sterblichen mit fremdem licht verhüllt."

Als sonnennächster planet ist Merkur meist im sonnenlicht verborgen und wird nur manchmal kurz vor sonnenaufgang oder kurz nach ihrem untergang sichtbar.

Dies sagte ich zu der leuchte hin, die zuerst zu mir geredet hatte, worauf sie noch sehr viel strahlender wurde als sie gewesen. So wie die sonne sich selbst verhehlt im übermaass des lichtes, wenn die hitze die dämpfungen der dichten dünste zernagt hat, so verbarg sich mir vor grösserer freude die heilige gestalt innerhalb ihrer strahlen, und so tief eingeschlossen antwortete sie mir in der art, wie der folgende gesang es singt. *(Wie zu beginn des gesanges die strahlkraft Beatrices.)*

6. Gesang

Die seele, die hier spricht, ist der oströmische kaiser Justinian (527 - 565), hier herausgehoben als verfasser des Corpus iuris, der grundlage aller weltlichen regierung, und damit symbolfigur für Rom und den reichsgedanken. Als christ war er zunächst monophysit, d. h. anhänger des Eutyches; dieser hielt eine passion Gottes für unannehmbar; der menschen-leib Christi könne nur ein scheinleib gewesen sein, in Christus war nur einerlei natur, die göttliche. Von dieser irrlehre bekehrte ihn papst Agapetus. Iustinian ist der erbauer der Hagia Sophia in Konstantinopel. Aber sein hauptwerk ist das Corpus iuris, in dem er alle noch gültigen rechtsnormen zusammenfasste und überholtes und wiederholungen ausschied. Dieses römische recht verdrängte in Europa die alten landrechte und blieb das maassgebende gesetzbuch bis zum Code Napoléon. Im Jahre 529 schloss Justinian die Platonische Akademie in Athen, die seit über neunhundert jahren das zentrum antiker philosophie gewesen war. Dieses datum bezeichnet für uns das ende des altertums. Aber Dante hatte ja nicht das gefühl, im mittelalter zu leben; für ihn gehn das kaisertum und das römische reich einfach weiter. Symbol dieser kontinuität ist der adler, ursprünglich ein orientalisches königszeichen, dann römischer legionsadler, als solcher der kaiseradler noch der Stauffer und der Habsburger, wappentier Deutschlands, Oesterreichs, aber auch des alten Russland und Polens. Mit Aeneas zog er westwärts, mit der gründung von Konstantinopel (326) flog er zurück.

„Nachdem Konstantin den adler dem lauf des himmels entgegengewendet hatte, der diesem gefolgt war im geleit des alten helden, der Lavinia für sich gewann, hielt sich der vogel Gottes hundert und hundert und mehr jahre am rand Europas, nah den bergen, von wo er erst ausflog, und unter dem schatten der heiligen federn beherrschte er dort die welt von hand zu hand, und so kam er im wechsel in die meine. Kaiser war ich, bin Justinian, der nach dem willen der Ersten Liebe, die ich fühle, aus den gesetzen das zuviel und das nichtige herauszog. Bevor ich mich diesem werk widmete, glaubte ich, nur Ein wesen sei in Christus, nicht mehr, und war in solchem glauben zufrieden; aber der gesegnete oberhirte Agapetus lenkte mich mit seinen worten hin zum reinen glauben. Ich glaubte ihm, und was damals sein reden war, sehe ich jetzt so klar, wie du siehst, dass bei jedem widerspruch das eine falsch, das andere wahr ist. Sobald ich mich auf den weg der kirche begab, gefiel es Gott in seiner gnade, mir das hohe werk einzuhauchen, und ich setzte alle meine kräfte daran. Meinem Belisar überliess ich die waffen, mit dem des himmels rechte so sichtbarlich verbündet war, dass ich mich ruhig verhalten durfte.

Damit hat Justinian Dantes erste frage, wer er sei, beantwortet. Bevor er auf die zweite eingeht, warum diese seelen gerade im Merkur begegnen, holt er weit aus zu einer geschichte des adlers, d. h. zu einer geschichte Roms von den ersten anfängen an, und gibt damit ein gefühl für die würde des weltlichen regiments gegenüber dem der kirche. Hatte doch gerade damals, 1302, papst Bonifaz VIII. in der bulle Unam sanctam die autorität der kirche einer jeden weltlichen herrschaft überordnen wollen! Vielleicht drohte auch von Frankreich her dem kaisertum gefahr.

Diese darstellung ist so voller anspielungen und umschreibungen, dass es gut sein wird, die erklärungen vorauszuschicken:

Mit Aeneas flog der adler von Troia westwärts nach Latium, wo Aeneas Lavinia, die tochter des Latinerkönigs heiratete; in seinen kämpfen gegen den rivalen Turnus, von denen die Aeneis berichtet, fiel sein junger verbündeter Pallas. Über dreihundert jahre herrschte sein geschlecht in Alba Longa, von wo aus dann Rom gegründet wurde. Die herrschaft Roms über Alba wurde entschieden durch einen zweikampf von beiderseitigen drillingen, der Horatier und der Curiatier. Die römische königszeit beginnt mit dem raub der Sabinerinnen und endet mit der schändung der Lucretia durch Sextus Tarquinius. Römische legionen verjagten die Gallier, die unter Brennus 387 v. Chr. beinahe das Capitol erobert hätten, und den aus Epirus eingefallenen Pyrrhus. Nur gestreift werden die helden der römischen frühzeit: der unnachsichtige Manlius Torquatus, Quinctius Cincinnatus mit seiner struppigen locke, die Decier, die Fabier. Der römische adler schlug Hannibal zurück, über den schliesslich Scipio triumphierte. Jung triumphierte auch Pompeius, der nebenbei Fiesole zerstörte und damit Florenz mitgründete. Caesar aber trug den adler nach Frankreich und über den Rubicon, siegte von Spanien bis Pharsalus - daraufhin wurde Pompeius in Aegypten ermordet - eroberte Kleinasien (die urheimat des adlers), Aegypten, besiegte schliesslich in Nordafrika Juba und die letzten Pompeianer. Seine mörder Brutus und Cassius bekamen die macht des Augustus zu spüren, ebenso Kleopatra. Unter Augustus hatte das ganze reich frieden - der Janustempel wurde geschlossen. Unter Tiberius aber erlitt Christus den erlösertod, womit die verfehlung Adams gesühnt war und Gott seine rache an den menschen hatte. Aber nun heischte der gottesmord seinerseits rache: darum wurden unter Titus mit der zerstörung Jerusalems die Juden gestraft. Mit der gründung von Konstantinopel als neuer residenz flog der adler wieder zurück nach osten. Unter Justinian befreite Belisar Italien von den Goten, und Kaiser Karl der Grosse befreite es von den Langobarden. - Dass heute die Anjou gegen das adlerzeichen ihre gelben lilien ausspielen, dass Guelfen und Ghibellinen es mit gleichem unrecht sich aneignen wollen, wird sich rächen.

Bis hierher nun schliesst sich meine antwort an deine erste frage an. Aber ihre besonderheit zwingt mich, noch weiterzugehen mit einer zufügung, damit du siehst, mit was für recht sich zum hochheiligen zeichen stellt, wer es sich aneignet und wer sich ihm widersetzt. Du siehst, wieviel heldentum den adler der verehrung würdig gemacht hat. Es begann schon in der stunde, da Pallas fiel, um ihm die herrschaft zu geben. Du weißt, dass er in Alba wohnsitz nahm für dreihundert jahre und mehr, bis am ende die drei noch gegen die drei für ihn fochten. Du weißt, was er tat seit dem unglück der Sabinerinnen bis zum schmerz der Lucretia unter sieben königen, da er ringsum die nachbarvölker besiegte. Du weißt, was er tat in der hand erlesener Römer gegen Brennus, gegen Pyrrhus, gegen die andern fürsten und regenten. Durch ihn kamen Torquatus und jener Quinctius, der nach der ungepflegten locke benannt wurde, und die Decier und die Fabier zu ihrem ruhm, dem ich gerne myrrhe räuchere. Er warf den hochmut der Araber zu boden, die hinter Hannibal her die Alpenfelsen durchstiegen, aus denen du, der Po, herströmst. Unter ihm triumphierten als junge männer Scipio und Pompeius, und für den hügel, unter dem du zur welt kamst, erwies er sich als bitter. Dann, beim nahen der zeit, da der ganze himmel die welt in seine heitere ordnung zurückführen wollte, erhob ihn Caesar nach dem willen Roms. Und was er tat vom Var bis zum Rhein, das sah die Isère und die Saône, sah die Seine und jedes tal, das die Rhône füllt. Was er tat, nachdem er Ravenna verliess und den Rubicon übersprang, hatte solchen schwung, dass keine zunge, keine feder ihm folgen könnte. Nach Spanien wandte er seinen zug zurück, dann nach Dyrrhachium, und Pharsalus durchbohrte er so, daß der heisse Nil davon den schmerz spürte. Antandros und den Simoeis, von wo er ausgeflogen war, sah er wieder und die ruhestätte Hektors; dann plusterte er sich zum unglück des Ptolemäus. Von da fuhr er als ein blitz auf Juba, dann wandte er sich zurück zu euerm westen, wo noch die tuben der Pompeianer dröhnten.

Was der adler mit dem nächsten träger vollbrachte, davon bellen Brutus und Cassius in der hölle, darunter leiden Modena und Perugia, das beklagt noch die traurige Kleopatra, die vor ihm herfliehend von der schlange den jähen schwarzen tod empfing. Mit diesem lief er bis ans Rote Meer, mit diesem versetzte er die welt in so tiefen frieden, dass der tempel des Janus zugeriegelt wurde.

Aber alles, was das zeichen, das mich reden heisst, für das menschengeschlecht zu seinen füssen vorher getan hatte und nachher noch tun sollte, nimmt sich gering und unscheinbar aus, wenn man es mit klarem blick und reinem gefühl in der hand des dritten Caesars schaut. Denn die lebendige gerechtigkeit, die mich beseelt, gönnte ihm in der hand dessen, von dem ich rede, den ruhm für die rache ihres zornes. Nun staune, über das, was ich dir darlege: nachher lief er mit Titus, um rache zu nehmen für diese rächung der ursünde. - Und als der Langobarde seinen zahn in die heilige kirche schlug, half ihr unter des adlers flügeln Karl der Grosse durch seinen sieg.

Nun kannst du urteilen über all jene, die ich vorhin rügte, und über ihre fehler, die die ursache all eures unglücks sind. Einer stellt dem staatlichen zeichen die gelben lilien entgegen, und der andere eignet es sich für sich selber an, so dass schwer zu sehen ist, wer ärger fehlt. Sollen doch die Ghibellinen, sollen sie ihre künste unter einem andern zeichen üben; denn immer folgt der adler ungern dem, der ihn von gerechtigkeit trennt. Auch dieser neue Karl soll ihn nicht mit seinen Guelfen niederschlagen; er fürchte die krallen, die schon stärkeren löwen das fell zerzausten. Oft schon klagten die söhne über die schuld des vaters - er glaube nicht, dass gegen seine lilien Gott sein wappen vertausche.

Dieser winzige stern bevölkert sich mit den guten geistern derer, die tätig waren, damit ehre und ruhm ihnen folge. Wenn die wünsche, also verirrt, hierher streben, so müssen die strahlen der wahren liebe weniger lebendig nach oben drängen. Aber im ebenmaass unsres lohnes mit unsrem verdienst liegt gerade ein teil unserer seligkeit, weil wir ihn nicht zu gross und nicht zu klein sehen. So versüsst die lebendige gerechtigkeit unsere gefühle, dass sie sich nie zu einer schlechtigkeit verbiegen. Verschiedene stimmen ergeben unten süssen klang; so bewirken in unserm leben verschieden gestellte schemel die süsse harmonie zwischen diesen sphären. Und innerhalb dieser perle leuchtet das licht Romeos, dessen grosses und schönes werk so übel geschätzt wurde. Aber die Provenzalen, die gegen ihn aufstanden, haben nichts zu lachen; darum geht einen schlimmen weg, wer eines andern wohltun sich zum schaden rechnet. Vier töchter hatte Raimund Beringhieri, und jede eine königin.

Am hofe Berengars von der Provence lebte als zugewanderter freund und uneigennütziger ratgeber Romieu von Villeneuve, der mit klugheit Berengars einkünfte vermehrte und mit geschick die töchter verheiratete: Margarete heiratete Ludwig den Heiligen von Frankreich, Eleonora Heinrich III. von England, Sancha Richard von Cornwall, deutschen König 1272, Beatrice Karl I. von Anjou. Als er verdächtigt wurde, wanderte er weiter; die Provenzalen aber fielen unter die herrschaft der Anjou.

Das bewirkte ihm Romeo, ein demütiger fremder. Und dann trieben ihn scheele worte an, von diesem gerechten rechenschaft zu fordern, der ihm für zehne sieben und fünf angewiesen hatte. Da nahm Romeo abschied, arm und alt. Kennte die welt sein herz, wie er sich sein leben brocken um brocken erbettelte, sie lobte ihn hoch und würde ihn noch höher loben.“

7. Gesang

Der siebte gesang beginnt mit einem hymnus, dessen latein mit hebräischen worten durchsetzt ist: Osanna sanctus deus Sabaoth, superillustrans claritate tua felices ignes horum malachoth. Hosia-nna heisst eigentlich „rette uns", wurde aber zu einem allgemeinen heilsruf. So wurde Christus beim einzug in Jerusalem begrüsst.

Die hellenistischen jahrhunderte waren auch in Palästina eine zeit der religionsvermischungen, sodass mancherlei orientalisches in den jüdischen volksglauben und von da ins christentum eingeflossen ist. Dass die mächte des lichtes in heerscharen gegen die mächte der finsternis kämpfen müssen, war ursprünglich persischer glaube. Bei den Babyloniern war die sonne, Schamasch, der oberste gott, und seine heerscharen sind die sterne, deren hellster der gestürzte Luzifer ist. Daran denken wir nicht mehr, wenn wir ausrufen „Potz tausend!" Heer heisst hebräisch zawa, mehrzahl zwaoth; Gott ist herr der zwaoth, Zebaot, König heisst hebräisch melech, die königreiche sind mamlachot. Die fehlerhafte form malachot fand Dante, der selbst wohl nicht hebräisch konnte, bei Hieronymus in der einleitung der vulgata.

„Heil, heiliger Gott der heerscharen, der du mit deiner helle die seligen flammen dieser reiche überglänzest." So schien mir diese wesenheit zu singen, über der doppeltes licht sich paarte, indem sie sich ihrer melodie zuwandte, und sie und die andern nahmen ihren tanz wieder auf, und wie davonsprühende funken verhüllten sie sich mir in plötzlicher entfernung.

Das doppelte licht: vermutlich das des irdischen ruhmes und der himmlischen seligkeit Justinians, oder das des gesetzgebers und des siegers.

Ich zögerte und sagte innerlich: „Sag's ihr, sag's ihr" und „sag es ihr, dachte ich, meiner herrin, die meinen durst mit den süssen tropfen stillt." Aber jene ehrfurcht die sich meiner ganz bemächtigt schon beim blossen B und ice, beugte mich wie einen der einschläft.

Schon die abkürzung ihres namens lässt ihn vor ehrfurcht stocken. Als mädchen hiess sie Bice Portinari. Damals kürzten die Italiener ihre namen um die mittelsilbe: Madonna wurde Monna, Gianotto Giotto, Martino Mino, Durante (d. h. der standhafte) Dante, Giovanni Gianni, Benedictus Benito, Maddalena Milena.

Nicht lange liess mich Beatrice in dieser lage. Sie strahlte mich an mit einem lächeln, das einen mann auch noch im feuer beseligen könnte, und begann: „Nach meiner untrüglichen meinung musst du darüber nachdenken, wieso gerechte rache gerechterweise gerächt werden konnte.

So hatte es ja Justinian ausgedrückt: mit Titus eilte der adler, um mit der zerstörung Jerusalems rache zu nehmen für die rächung der erbsünde durch Christi opfertod. War dieser tod gottgewollt, welche schuld trifft dann die Juden? Eine frage, die jahrhundertelang die kirche belastet hat, und die erst jüngst das zweite Vaticanum beantwortet hat. - Beatrices antwort geht aus von der doppelnatur Christi, die schon der Greif im irdischen paradies versinnbildlicht hatte. Eben hatte noch Justinian dem monophysitismus abgeschworen.

Aber ich will dir schnell die bande deines geistes lösen, und du hör zu, denn meine worte werden dich mit einem wichtigen wahrspruch beschenken. Weil er keinen heilsamen zügel seiner wollenden kraft ertrug, verurteilte der mensch, der nicht geboren wurde, sich selbst und verurteilte damit alle seine nachkommen. Seither lag das schwache menschliche geschlecht jahrhundertelang in schwerer irrnis darnieder, bis es dem Wort Gottes beliebte herabzusteigen, wo es die von ihrem schöpfer abgefallene natur mit sich in einer person vereinigte durch die eine tat ihrer ewigen liebe. Jetzt lenke dein auge auf das, wovon jetzt die rede ist: Jene mit ihrem schöpfer geeinte natur war, so wie sie geschaffen war, rein und gut. Sie selbst verbannte sich aus dem paradies, weil sie vom weg der wahrheit, von ihrem leben sich abkehrte. Misst man also an der (*von Christus*) angenommenen menschlichen natur, so züchtigte nie eine strafe so gerecht wie die mit dem kreuz vollzogene; und keine war so ungerecht, schaut man auf die person, die litt, in die eine solche natur einbezogen war. Daher ergaben sich aus einem und demselben vorgang zwei verschiedene dinge. Denn sowohl Gott wie den Juden gefiel derselbe tod, worob die erde bebte und der himmel sich auftat.

Die von Gott gnädig gewährte und angenommene sühne leistet Christus als mensch und für die menschen. Und die Juden wurden gestraft für den gottesmord.

So darf es dir hinfort nicht mehr unerträglich scheinen, wenn man sagt, dass gerechte rache nachher gerächt wurde durch gerechten gerichtshof.

Nun aber sehe ich deinen geist von gedanken zu gedanken eingeengt in einem knoten, aus dem er inbrünstig wünscht sich herauszulösen. Du sagst: ich erkenne wohl was ich höre; aber mir bleibt verborgen, warum Gott zu unserm freikauf gerade diesen weg wählte. Dieser entscheid, bruder, bleibt tief verborgen für die augen eines jeden, dessen geist sich nicht an der flamme der göttlichen Liebe genährt hat. Jedoch, weil so vielfach auf dies zeichen gezielt und so wenig erkannt wird, will ich sagen, warum dieser weg der angemessenste war.
Wieder hebt sich die erörterung von einer bestimmten frage ins allgemeinere. Christus hat als menschgewordener gott am kreuz für die erbsünde gebüsst. Aber wenn Gott vergeben wollte, warum wählte er gerade diesen weg? Die frage beschäftigte die scholastik der zeit; es gab eine schrift: Cur deus homo? Was konnte Gott dazu bewegen, mensch zu werden?

Die menschliche seele gehört wie die sphären und die geistigen wesenheiten, die intelligenzien (die invisibilia des Credo) zu den von Gott unmittelbar, also zuerst geschaffenen dingen; sie ist daher erstens unvergänglich, zweitens frei - denn nur kräfte sekundärer dinge, wie z. b. der planeten, hätten sie beeinflussen können - und ist drittens im einklang mit Gott. Erst die sünde nahm ihr ihre freiheit und zerstörte den einklang. Um ihn wiederherzustellen musste entweder Gottes gerechtigkeit sühne fordern (was die seele von sich aus nicht leisten konnte) oder Gottes güte von sich aus verzeihen - auf kosten der gerechtigkeit.

Die göttliche güte, die jegliche missgunst aus sich verbannt, lässt aus ihrer innern glut funken sprühen und entfaltet so die ewigen schönheiten. Was nun aus ihr unvermittelt abtropft, hat danach kein ende, weil, wenn sie siegelt, ihr abdruck unveränderlich ist. Was von ihr unvermittelt herabregnet, ist völlig frei, denn es unterliegt nicht den kräften der neueren dinge. Je genauer es ihr entspricht, umso höher ihr wohlgefallen; denn die heilige glut, die alle dinge ausstrahlen, ist in den ihr ähnlichsten am lebhaftesten. Alle diese vorzüge geniesst die menschliche natur, und wenn nur einer fehlt, muss sie von ihrem adel abstürzen. Die sünde ist das einzige, was sie zur freiheit nimmt und sie unfrei und dem höchsten gut unähnlich macht, weil sie von dessen licht weniger blinkt, und nie kehrt sie in ihre würde zurück, wenn sie nicht die lücke der schuld im gegensatz zu übler lust mit gerechter strafe auffüllt. Als eure natur in ihrem samen ganz sündig wurde, entfernte sie sich von diesen würden wie aus dem paradies; und sie konnten auf keinem wege wiedergewonnen werden, wenn du recht scharfsinnig achtgibst, ohne die eine dieser furten zu überqueren: entweder dass Gott, nur durch seine güte, vergeben hätte, oder dass der mensch durch sich selbst genugtuung geleistet hätte für seine verirrung. Hefte jetzt das auge tief in den abgrund des göttlichen ratschlusses, soweit du kannst aufs engste an meinen worten haftend. Niemals konnte der mensch in seinen eigenen grenzen genüge leisten, weil er mit nachträglichem gehorsam sich nicht so tief demütigen konnte, wie er durch seinen ungehorsam hochzusteigen meinte. Und das ist der grund, warum der mensch von der möglichkeit der sühneleistung durch sich selbst ausgeschlossen war. Darum musste Gott auf seinen eigenen wegen den menschen in die ganzheit seines lebens wiederherstellen, ich meine auf dem einen oder auch auf beiden (*gnade und gerechtigkeit*). Aber weil das werk des wirkenden umso willkommener ist, je mehr es die herzensgüte darstellt, der es entspringt, befriedigte es die göttliche güte, die die welt prägt, auf allen seinen wegen vorzugehen, um euch vom boden aufzuheben. Zwischen dem ersten tag und der jüngsten nacht gab es und gibt es keine höhere, keine grössere tat, sei es auf dem einen, sei es auf dem andern wege. Denn weit freigebiger war Gott, sich selber hinzugeben, um den menschen stark genug zu machen, sich zu erheben, als wenn er nur von sich aus vergeben hätte. Und alle andern arten liessen es fehlen an der gerechtigkeit, wenn der sohn Gottes sich nicht erniedrigt hätte, fleisch zu werden.

So sind nach Dante (und Thomas von Aquino) die gegensätze von gnade und gerechtigkeit im mysterium von Christi opfertod vereinigt. Adams verfehlung, sein ungehorsam, der biss in den apfel, durch den er die menschheit mit Gottes zorn belud, wurde dadurch gesühnt, dass die menschennatur als gefäss Gottes in Christus durch die passion und die kreuzigung sich zum opfer gab. Dantes grundgefühl, die entsprechung von schuld und sühne, prägt ihm auch den göttlichen heilsplan. Wie Justinian von der irdischen gerechtigkeit gesprochen hatte, so nun Beatrice von der himmlischen. Und ohne eine frage Dantes abzuwarten fährt sie fort:

Jetzt, um dir jeden wunsch zu erfüllen, kehre ich um, um dir noch eine stelle zu erklären, damit du hier gleich siehst wie ich. Du sagst: 'Ich sehe das wasser, ich sehe das feuer, die luft, die erde und all ihre mischungen zur auflösung kommen und nur kurz dauern, und doch wurden all diese dinge auch erschaffen; wenn also das was ich sagte wahr ist, müssten sie vor auflösung sicher sein.' - Die engel, bruder, und die reinen gefilde, wo du jetzt bist, die könnte man in ihrem ganzen sein geschaffen nennen, wie sie es sind; aber die elemente, die du genannt hast, und die dinge, die aus ihnen gemacht sind, sind erst von erschaffener kraft gebildet. Erschaffen ist der stoff, woraus sie sind; erschaffen ist die bildende kraft in diesen sternen, die sie umkreisen. Die seele jedes lebewesens und der pflanzen die sensitive und die vegetative seele wird nach den angelegten möglichkeiten heraufgezogen durch den strahl und die bewegung der heiligen lichter.

Primär geschaffen und darum unvergänglich sind die engel oder die intelligenzien der gestirne, die auf die erde herabwirken und dort alle formen hervorbringen.

Aber euer leben bläst euch die höchste güte unmittelbar ein und erfüllt es mit liebe zu sich so, dass es hernach sich immer nach ihr sehnt. - Daraus kannst du ferner auf eure auferstehung schliessen, wenn du bedenkst, wie das menschliche fleisch damals erschaffen wurde, als die beiden ureltern geschaffen wurden."

Die frage, die hier theologisch gelöst wird, hat schon die Vorsokratiker beschäftigt: alle dinge sind hinfällig, vergänglich; aber das seiende kann doch nicht einmal anfangen zu sein und auch nicht aufhören. Die antwort Demokrits ist auch noch die unsere: kleinste, unteilbare einheiten, atome, sind unvergänglich; vergänglich sind ihre vielfältigen zusammensetzungen.

8. Gesang

Nach dem höchst theologischen siebten gesang bringt der achte wieder mehr persönliches und historisches. Wir sind im Venushimmel, das ist, nach der zählung des Ptolemäus nach Mond- und Merkurhimmel der dritte. Diese himmel dachte sich Ptolemäus als sphären, hohlkugeln, die alle konzentrisch um die erde kreisen. Da aber die planeten sich gegenüber den fixsternen - der achten sphäre - bald vor- bald rückläufig bewegen, nahm er an, dass sie sich auf kleineren kreisbahnen bewegen, deren zentrum mit der zugehörigen sphäre mitwandert, so wie für uns der mond von der erde um die sonne mitgenommen wird und dazu seine eigene bewegung um die erde hat. Diese sekundären kreise heissen epizyklen, aufkreise. Ptolemäus, dem namen nach ein Alexandriner, lebte in Rom im zweiten jahrhundert n. Chr. Sein „Almagest" blieb als astronomisches lehrbuch maassgebend bis zu Kopernikus. Es gibt von ihm aber auch ein epigramm, durch das hinter dem blossen namen der wissenschaftsgeschichte ein lebendiger mensch sich zeigt und das sich mit Dantes sternenseligkeit und erkenntnisseligkeit so nah berührt, dass es wohl hier eingerückt werden darf:

Weiss, ich bin sterblich, ein eintagswesen; doch wenn ich der sterne
Wirbelnde bahnen erforsch, wie sie sich schwingen im ring,
Dann rührt nimmer mein fuss an den boden, dann bin ich beim höchsten
Zeus, und ambrosia nährt, speise der götter, auch mich.

Venus, die griechische Aphrodite, die „schaumgeborene", die in Zypern an land stieg, oder tochter einer sonst kaum bekannten göttin Dione, die mutter des Eros, des knaben Cupido (der in der Aeneis die königin Dido, auf ihrem schooss sitzend, mit leidenschaft für Aeneas erfüllte). Ihr planet ist je nach seinem stand zur sonne bald morgen- bald abendstern, Phosphoros Lucifer oder Hesperos Vesper. - Mit ihrem glauben an viele götter drohte der heidenwelt der verlust der ewigen seligkeit:

Einst pflegte die bedrohte welt zu meinen, die schöne Kypris, im dritten epizykel kreisend, strahle die tolle liebe aus, weshalb das alte volk im alten irrtum nicht nur ihr mit opfern, anruf und gelübden ehre erwies, es ehrte auch Dione und Cupido, jene als ihre mutter, diesen als ihren sohn, der, sagen sie, auf Didos schooss sass. Und von ihr, mit der ich hier den anfang mache, nahmen sie die bezeichnung des sterns, der die sonne bald am nacken, bald mit den brauen umschwärmt. Ich bemerkte nicht, wie ich zur Venus aufstieg,

Welcher kontrast zu der keuchenden kletterei am anfang des Fegefeuers!

aber dass ich darinnen war, dessen gab mir volle sicherheit meine herrin, die ich noch schöner werden sah. Und wie man in einer flamme einzelne funken sieht und wie man stimme von stimme unterscheidet, wenn die eine beharrt und die andere geht und wiederkehrt, so sah ich in diesem licht andere leuchten sich im kreis bewegen in schnellerem und langsamerem lauf je nach dem grad, glaube ich, ihres blicks ins ewige. Aus frostiger wolke brachen niemals winde, sichtbare oder nicht, so stürmisch, dass sie nicht gehemmt und langsam dem vorgekommen wären, der jene göttlichen lichter gesehen hätte, wie sie auf uns zukamen und die ausserhalb der kreisbahn verliessen die zuerst mit den hohen Seraphim begonnen hatte.

Nach damaliger auffassung entstehen sowohl blitze wie winde aus der kompression von wolken. - Mit den Seraphim zu oberst im primum mobile beginnt die bewegung, die sich in stufen durch die sphären abwärts bis zum Mond fortsetzt.

Und inmitten derer, die sich weiter vorne zeigten, erklang ein Hosianna so, dass ich seither nie ohne die sehnsucht war es wiederzuhören.

Darauf kam einer näher an uns heran und begann, er der eine: „Alle sind wir erbötig, dir gefällig zu sein, damit du dich unserer erfreust. In einem kreise, eines kreisens und eines durstes drehn wir uns mit den himmlischen fürsten, die du in der welt schon angerufen hast: 'Die ihr mit geist und sinn den dritten himmel reget'.

Wie von Casella und Buonconte da Lucca im Fegefeuer wird Dante hier mit einem eigenen vers begrüsst; es ist der erste vers einer Canzone, die Dante im Convito selbst kommentiert hat; sie redet vom kampf einer neu aufkeimenden liebe zu einer donna gentile gegen die alte liebe zur toten Beatrice; sie datiert sich auf den august 1293. Die im vers angerufenen „fürsten" sind die principatus, die nach der engelshierarchie des Dionysius Areopagita als dritte, nach den engeln im Mond und den erzengeln im Merkur, als intelligenzien die Venus bewegen. Nach oben folgen potestates, virtutes, dominationes, throni, Cherubim, Seraphim.

Wir sind so voller liebe, dass, um dir zu gefallen, uns ein weilchen rast nicht minder willkommen sein soll." Nachdem meine augen sich ehrfürchtig meiner herrin zugewandt hatten und diese sie befriedigt und vergewissert hatte, kehrten sie sich wieder zu dem licht, das so viel von sich versprochen hatte, und „Ach du, wer seid ihr?" kam mein wort, von grosser zuneigung erfüllt. Wie sah ich es nach art und grad aufleuchten durch neue freude, die während ich sprach, seinen freuden noch hinzuwuchs! In dieser gestalt sagte es mir: „Die welt unten hatte mich nur für kurze zeit, und wäre es länger gewesen, viel unglück, das geschehen wird, würde nicht geschehen. Meine freudigkeit hält mich dir verborgen, die mich umstrahlt und so verhüllt, wie die eigne seide ein tier umwindet. Du hast mich sehr geliebt und hattest wohl grund; denn wäre ich unten geblieben, ich hätte dir von meiner liebe mehr als das grüne laub gewiesen. Jenes linke ufer, das in der Rhône badet, nachdem sie sich mit der Sorgue vermischt hat, erwartete mich zu gegebener zeit als seinen herrn, ebenso jenes horn Italiens, das sich mit Bari, Gaeta und Catona verstädtert, von wo Tronto und Verde sich ins meer ergiessen. Schon funkelte mir auf der stirne die krone jenes landes, das die Donau bewässert, wenn sie die deutschen ufer verlassen hat. Und die schöne Trinacria, die zwischen Pachynus und Pelorus über dem golf, den der südost am heftigsten angreift, sich nicht wegen Typhoeus, sondern wegen aufsteigenden schwefels verdunkelt, *Sizilien*, würde heute noch auf seine könige warten, die durch mich von Karl und Rudolf abstammten, wenn nicht üble regierung, die immer die unterworfnen völker erbittert, Palermo zu dem ruf getrieben hätte: Tod, tod, er sterbe!

Der hier spricht, ist Dantes freund Carlo Martello, erstgeborener sohn des Anjoukönigs Karls II. von Neapel und einer Maria, der erbin des königreichs Ungarn, sodass er damals schon könig von Ungarn war und die anwartschaft auf die Provence und das königreich Neapel hatte. (Catona war eine einst wichtige hafenstadt an der südspitze von Calabrien.)

Die nordostecke von Sizilien ist Cap Pelorus, die südostecke Cap Pachynus. Die ostküste, der golf von Catania, leidet unter den südoststürmen und ist oft verdunkelt durch den aus dem Ätna aufsteigenden rauch. Diesen deutete die antike mythologie als schnauben des giganten Typhoeus, der im götterkampf unter der insel Sizilien begraben wurde; Dante zieht die naturwissenschaftliche erklärung vor.

Karl Martell war verheiratet mit Clementia, einer tochter Rudolfs von Habsburg, sodass sich in seinen kindern das blut Karls I. Anjou mit dem kaiserlichen mischte - welche hoffnung auf eine versöhnung von Guelfen und Ghibellinen! Im jahr 1294 war er für ein paar wochen in Florenz, von daher wohl die freundschaft mit Dante, aber schon im jahr darauf starb er, fünfundzwanzigjährig. Den anspruch auf Sizilien aber hatten sich die Anjou verscherzt durch die sizilianische Vesper: Karl I., der sieger über Manfred und Konradin, hatte sich in Sizilien durch die erpressungen seiner granden so verhasst gemacht, dass um die vesperzeit am ostermontag 1282, als das volk von Palermo zum fest nach Monreale hinaufpilgerte und ein Franzose sich an einer Palermitanerin vergriff, ein handgemenge entstand, in dessen verlauf viertausend Franzosen erschlagen wurden; Sizilien fiel danach an die Aragonesen. Auch in Neapel kam Karl Martell nicht zur regierung: sein schlimmer bruder Robert hatte den thron usurpiert. Karl sieht anlass, auch ihn zu warnen vor der habgier der überall von ihm eingesetzten Katalanen:

Würde mein bruder solches voraussehn, er würde jetzt schon die raffgierige armut seiner Katalanen vermeiden, dass sie ihm nicht schaden bringt. Es tut wahrlich not, dass er oder ein anderer vorsorgt, damit auf seine befrachtete barke nicht noch schwerere fracht geladen werde. Nach seiner natur, von freigebigem stamm geizig geboren, wäre eine gefolgschaft nötig, die nicht nur bedacht wäre, die eigene truhe zu füllen.“ -

„Weil ich glaube, mein lieber herr, dass die hohe freude, die deine worte in mich giessen, von dir dort gesehen wird, wo alles gute anhebt und endet, wie ich sie finde, ist sie mir nur umso willkommener. Und auch das ist mir lieb, dass du sie im spiegel Gottes erkennst.

Dante braucht seine freude nicht eigens auszusprechen, denn Karl erkennt sie in Gott, und dass er das kann, zeigt (eine zweite freude), dass er bei den seligen ist.

Du hast mich erfreut; nun erleuchte mich auch; denn bei deinen worten stieg mir die frage auf, wie aus süssem samen bitterer hervorgehn kann.“ So ich zu ihm. Und er zu mir: „Wenn ich dir eine wahrheit zeigen kann, wirst du dem was du wissen willst das gesicht zudrehn wie jetzt den rücken. Das höchste gut, das dies ganze reich das du ersteigst dreht und beglückt, lässt seine vorsehung in diesen sternkörpern zur einflusskraft werden. Und nicht nur die vorgesehenen wesenheiten sind schon in Gottes geist, der aus sich selbst vollendet ist, sondern zugleich mit ihnen auch das was zu ihrem wohl dient; denn alle pfeile die dieser bogen abschiesst, erreichen wohlgezielt ihre vorgesehene bestimmung wie ein ding das nach seinem ziel gelenkt ist.

Auch das was auf dem einfluss der sterne beruht, also nur mittelbare wirkungen Gottes sind von der vorsehung mitgeplant.

Wäre das nicht, so würde der himmel, den du durchwanderst, wirkungen hervorbringen, die nicht kunstwerke wären sondern trümmer; und das kann nicht sein, wenn die intelligenzien, die diese sphären bewegen, nicht mangelhaft sind und mangelhaft der urheber, der sie nicht vollkommen gemacht hat. Möchtest du diese wahrheit noch weiter erhellt haben?“ Und ich: „Nicht mehr; mir scheint unmöglich, dass die natur im notwendigen erlahmt.“ Worauf er fortfuhr: „So sag, wäre es für den menschen auf erden das schlimmste, wenn er nicht bürger eines staates wäre?“ - „Gewiss, antwortete ich, und hier frag ich nach keinem weiteren grund.“ - „Und kann er das sein, wenn man unten nicht verschieden lebt mit verschiedenen aufgaben? Nicht, wenn euer meister recht darüber schreibt.“

Nach Aristoteles ist der mensch ein zoon politikon; für das zusammenleben aber müssen die menschen nach anlage und tätigkeiten verschieden und so auf einander angewiesen sein.

Soweit kam er mit seinen deduktionen, dann zog er die schlussfolgerung: „Darum müssen die wurzeln eurer wirksamkeiten verschieden sein. Einer wird durch geburt ein Solon, ein anderer Xerxes, dieser Melchisedech, jener der, der beim flug durch die luft seinen sohn verlor.

Die namen stehn für menschliche grundtypen: der staatsmann, der eroberer, der priester, der künstler und erfinder.

Die kreisenden wesenheiten, die dem sterblichen wachs ihr siegel aufprägen, tun recht was ihres amtes ist, unterscheiden aber nicht die eine herberge von der andern. So kommt es, dass Esau sich schon von der zeugung her von Jakob trennt; und Romulus stammt von so niedrigem vater, das man ihn Marssohn nennt.

Nach dem sternenstand verteilen die intelligenzien ihre gaben, ohne zu achten, in welcher familie das kind zur welt kommt.

Erzeugte natur würde immer desselben weges gehen wie die erzeuger, wenn die göttliche vorsehung nicht stärker wäre.

Indem Dante die uralte astrologie mit dem weltplan Gottes in einklang bringt, löst er ein problem, das wir biologisch lösen mit den Mendelschen gesetzen und den mutationen. Wie aber, wenn diese mutationen auf kosmischer strahlung beruhen würden? - Aber wo wir zufall sehen, setzt Dante alle kräfte des wissens, fühlens und denkens ein zur rechtfertigung des grossen Sinnes. Demgegenüber ist Salomons „Alles ist eitel“ billig und oberflächlich. Sinn muss immer neu errungen werden.

Jetzt siehst du vor dir, was erst hinter dir war. Aber damit du wissest, wie ich mich deiner freue, will ich dich noch mit dem mantel einer anwendung umkleiden. Jedes wesen, wenn es umstände vorfindet, die ihm nicht gemäss sind, wie jeder andre same ausserhalb des entsprechenden bodens, bewährt sich schlecht. Wollte die welt dort unten auf die grundlage achten, die bei jedem die natur legt, so wäre sie von gutem volk bewohnt. Ihr aber zwingt zum geistlichen, der geboren ist, das schwert umzugürten, und macht den zum könig, der predigen sollte. Darum verläuft eure spur ausserhalb der strasse."

In dieser allgemeinen form (die auch die forderung der modernen pädagogik ist) spricht Karl Martell von seinen brüdern und kehrt so wieder zum persönlichen zurück, mit dem der gesang begonnen hatte.

9. Gesang

Nachdem dein Karl, schöne Clemenza, mich aufgeklärt hatte, erzählte er mir von dem betrug, den sein nachkomme erleiden musste. „Aber, sagte er, schweig und lass die jahre rollen“, sodass ich nicht mehr sagen kann, als dass gerechte klage euren schäden nachfolgen wird.

Gemäss einem abkommen Karls II. mit papst Bonifaz vom Jahre 1296 erbte 1309 nicht Karl Martells sohn sondern sein bruder Robert, der 1315 eine schlacht verlor, in der sein anderer bruder und sein neffe fielen.

Schon hatte sich das leben dieser heiligen leuchte wieder jener sonne zugekehrt, die es sättigt, als zu dem gut, das jedem ding genüge tut. Weh ihr betrognen seelen, gottlose geschöpfe, dass ihr von so hohem gut eure herzen wegbiegt und auf eitelkeiten eure köpfe ausrichtet!

Und sieh, ein andrer dieser glänze kam näher auf mich zu, und seinen wunsch, mir gefällig zu sein, offenbarte er nach aussen durch sein aufleuchten. Beatrices augen, die fest auf mir ruhten, versicherten mich wie vorher ihrer liebreichen zustimmung zu meinem wunsch. „Ach du, sagte ich, gib meinem wunsch rasche erfüllung, seliger geist, und gib mir den beweis, dass ich meine gedanken in dir spiegeln kann.“ *Dass er durch blick in Gott wissen muss was Dante wünscht.* Worauf das licht, das mir noch neu war, aus seiner tiefe, aus der es vorher sang, fortfuhr wie jemand, der mit freuden gutes tut: „In jenem teil des verderbten italischen landes, das zwischen dem Rialto und den quellen des Brenta und des Piave liegt, erhebt sich ein hügel - er steigt nicht sehr hoch - von wo einst eine fackel niederstieg, die die gegend schwer bestürmte. Einer wurzel entstammen ich und sie. Cunizza hiess ich, und hier erstrahle ich, weil mich das licht dieses sterns beherrschte.

Cunizzas bruder war Ezzelino III. da Romano, dessen mutter vor der geburt geträumt hatte, sie werde eine fackel gebären. Er war ein grausamer tyrann, der von Treviso bis Padua und Mantua herrschte. Es hiess, er sei der sohn Satans und einer hexe. Einmal liess er an einem tag 11 000 Paduaner verbrennen. In der hölle sah ihn Dante im blutstrom. - Cunizza ist recht ein beispiel für das im vorigen gesang gesagte, wie aus derselben abstammung so verschiedene charaktere kommen können. Dante kann diese Cunizza als knabe noch gekannt haben: sie starb achtzigjährig in Florenz als reuige büsserin. In ihrer jugend, als sie herrin von Verona war, liess sie sich von dem dichter Sordello entführen, der uns im blumental des Fegefeuers begegnet ist, und lebte einige jahre mit ihm; sie lebte auch mit andern männern, mit und ohne hochzeit immer verliebt, eine rechte tochter der Venus, war aber auch mit andern gaben freigebig und hilfsbereit; sie schenkte ihren leibeigenen die freiheit, war fromm, gütig, barmherzig, mitleidig mit den opfern ihres bruders. So war es dieselbe liebeskraft, der einfluss dieses gestirns, was sie erst verführte und dann ihr zur seligkeit verhalf, zwar erscheint sie nur in einer der unteren himmelssphären; aber wie weit ist das entfernt von der rigorosen verteufelung der sinnlichkeit und von prüderie.

Froh vergebe ich mir selbst die ursache meines loses, und es verdriesst mich nicht, dass es euerm volk vielleicht schwerverständlich vorkommen mag. - Dies blitzende und teure juwel unsres himmels, das mir am nächsten ist, hinterliess grossen ruhm, der nicht sterben wird, eh nicht dies hundertjahr sich noch verfünffacht. Nun sieh, ob nicht ein mensch sich auszeichnen soll, so dass nach seinem ersten leben noch ein anderes nachbleibt. Daran denkt die jetzige menge nicht, die von Etsch und Tagliamento umschlossen ist; wenn auch geschlagen bereut sie noch nicht.

Und nun prophezeit Cunizza dem land bevorstehende katastrophen, Gottes strafgericht. Wie Dante im Fegefeuer die Romagna, den Arnolauf, Lucca, Florenz, ganz Italien aufs korn genommen hatte, so ist jetzt die gemarkung von Treviso das ziel seiner invektive. Cunizza nennt drei beispiele: Die Guelfen von Padua in ihrem kampf gegen das ghibellinische Vicenza hatten sich aufgelehnt gegen den kaiserlichen vikar Cangrande von Verona und verloren 1314 eine schwere schlacht; ihr blut färbte den von Vicenza südwärts nach Padua fliessenden Bacchiglione. Rizzardo da Camino, der hochfahrende herr von Treviso, ghibellinisch gesinnt, wurde von guelfischen verschwörern 1312 beim schachspiel hinterrücks ermordet. Und der Trevisaner Alessandro Novello, bischof von Feltre, lieferte dreissig zu ihm geflüchtete Ghibellinen von Ferrara dem päpstlichen vikar von Ferrara zur hinrichtung aus, eine untat, die die der schwerverbrecher im gefängnis Malta noch übertrifft.

Aber bald wird es geschehen, dass Padua das wasser, das Vicenza badet, im sumpfe färben wird, weil das volk gegen seine pflicht aufmuckt. Und wo Sile und Cagnano einander das geleit geben, herrscht einer und geht erhobenen hauptes, für den schon das netz gespannt ist, ihn zu erhaschen. Beklagen wird Feltro noch den verrat seines gottlosen hirten, diesen schändlichen, dessengleichen noch keinen in die Malta brachte (*einen gefängnisturm bei Padua*); die bütte wäre gar gross, die das ferraresische blut fassen sollte, und müde würde, wer es unze für unze wöge, das dieser gütige priester verschenkte, um sich als parteigänger zu erweisen. Und solche geschenke werden gut passen zu den sitten des landes. Oben sind spiegel, ihr nennt sie Thronen, aus denen uns der richtende Gott widerstrahlt, sodass uns diese meine worte wohlangebracht scheinen."

Hier schwieg sie und liess mich merken, dass sie sich andrem zugewandt hatte, indem sie sich wieder in den reigen einflocht wie vorher.

Die andre freude, die mir schon als etwas berühmtes bekannt war, stellte sich mir vor augen gleich einem feinen rubin, auf den die sonne trifft. Vor freude leuchtet man dort oben wie man hier lacht; aber in der tiefe unten verfinstert sich der schatte auch äusserlich mit der trübe seines sinnes. „Gott sieht alles, sagte ich, und deine sicht ist so in ihm, seliger geist, dass kein begehren für sich sich dir verhehlen kann. Deine stimme also, die immer den himmel beglückt im einklang mit dem gesang jener frommen flammen, die aus sechs flügeln sich ihre kutte machen, warum befriedigt sie meine wünsche nicht? Ich würde deine frage nicht erst abwarten, wenn ich mich so in dich ein-duen könnte, wie du dich in mich ein-ichst."

Nach Jesaia haben die Seraphim sechs flügel, zwei sich das haupt, zwei sich die füsse zu decken, zwei zum fliegen, und sie singen: Heilig, heilig, heilig ist der Herr der Heerscharen. Als seliger geist kann der angeredete in Gott Dantes gedanken schauen, Dante aber die seinigen noch nicht. In hölle und fegefeuer begegneten Dante „schatten", in Mond und Merkur noch erkennbare gestalten, von der Venus an nur noch lichter.

Der von Cunizza vorerst nur als hochberühmt vorgestellte geist ist der provenzalische troubadour Folco oder Fouquet aus Marseille, der um 1200 dichtete. Als die von ihm leidenschaftlich besungene fürstin Adalasia von Marseille gestorben war, wurde er Zisterzienser mönch, bald bischof von Toulouse und bekämpfer der albigensischen ketzerei. In höchst kunstvoll gelehrter umschreibung - vielleicht in nachahmung seines stils - lässt Dante ihn seine herkunft nennen: Geschichtlich ist Marseille bekannt, weil Brutus im bürgerkrieg die stadt mit grossem blutvergiessen für Caesar eroberte. Es liegt am mittelländischen meer, dem grössten binnenmeer, er nennt es ein tal, dessen ost-westerstreckung Dante statt mit 40° zu 90° annimmt, sodass die sonne, wenn in Jerusalem mittag ist, in Gibraltar am horizont aufgeht. Es liegt auf demselben meridian wie Bougie in Algier, und zwischen den mündungen des Ebro und der Macra, die Ligurien von der Toskana trennt.

„Das grösste tal, begannen darauf seine worte, in dem sich das wasser ausserhalb jenes meeres dehnt, das wie eine guirlande das land umkränzt, geht zwischen entzweiten ufern so weit nach osten, dass es denselben kreis, den es erst als horizont nahm, zum meridian macht; dieses tales anwohner war ich zwischen dem Ebro und der Macra, die in kurzem lauf das Genuesische vom Toskanischen trennt. Einerlei aufgang und einerlei untergang haben Bougie und die stadt, aus der ich war, die einst mit ihrem blut den hafen erwärmte.

Folco nannten mich die leute, die meinen namen kannten, und dieser himmel trägt mein siegel, wie ich von ihm geprägt war. Denn Belos' tochter erglühte nicht heftiger - eine kränkung für Sychäus und Krëusa - als ich, solang es zu meinen haaren passte, noch jene Thrakerin, die von Demophoon betrogen wurde, noch Herakles, als er Iole in sein herz geschlossen hatte.

Mit ihrer leidenschaft für Aeneas hatte Dido, die tochter des Belos, die treue zu ihrem früheren gatten Sychäus verletzt und des Aeneas erinnerung an seine erste gattin Krëusa. Ovid hat in einem eigenen gedichtbuch, den Heroides, die liebe vieler mythischen frauen in briefform sich wortreich verströmen lassen; das zweite stück galt der thrakischen königstochter Phyllis, die den aus Troia heimkehrenden Demophoon gastlich aufgenommen hatte; er verführte sie, versprach bald wiederzukehren und liess sie im stich.

Aber deswegen wird hier nicht bereut, man freut sich - nicht der schuld (sie kehrt ja nicht mehr in die gedanken zurück) - sondern der hohen kraft, die es so geordnet und vorgesehen hat. Hier versenkt sich der blick in die kunst *Gottes* die so grosse wirkung *die schöpfung* verschönert, und man erkennt das höchste gut, durch welches die untere welt zur oberen heimkehrt.

Der Lethestrom hat ja die erinnerung an die sünden getilgt. Im paradies wird die von der Venus auf die erde niederwirkende liebeskraft aus ihrer sinnlichkeit geläutert, verschönert, zur gottesliebe; aber es ist ein und dieselbe kraft.

Aber damit du alle wünsche, die in dieser sphäre aufstiegen, gesättigt mit dir nimmst, muss ich noch einen schritt weitergehen. Du möchtest wissen, wer in dieser leuchte steckt, die hier neben mir so funkelt wie ein sonnenstrahl in purem wasser. So wisse denn, dass hier drinnen Rahab ihren frieden fand; sie ist in unsern stand eingereiht, der von ihr im höchsten grade geprägt ist.

Der schatten, den die sonne von der erdkugel bis in die sphären hinaufwirft, spitzt sich konisch zu bis zur Venus und bewirkt wie mond- so merkur- und venusfinsternisse. Astronomie aber allegorisch zu deuten: im mondhimmel spielen noch gebrochene gelübde herein, im Merkur irdischer ruhm, in der Venus sünden der liebe.

Von diesem himmel, bis wohin der schatten, den eure welt wirft, sich zuspitzt, wurde sie vor jeder andern seele des triumphes Christi aufgenommen. Es war wohl recht, sie in einen der himmel zu lassen, als palme des hohen sieges, der mit der einen und mit der andern hand erworben wurde.

Ein viel umrätselter vers. Vielleicht die durchbohrten hände Christi oder die beiden siege Josuas und Christi. Nach Cunizza und Folco, den grossen liebenden, gehört in die Venus sogar eine hure: Rahab hatte in Jericho Josuas kundschafter versteckt und gerettet und so die eroberung des Heiligen Landes eingeleitet. Sie ist im Venushimmel sogar eine der hellsten leuchten. Für Dante eine mahnung zum kreuzzug, um den sich der papst nicht kümmert.

Denn sie begünstigte den ersten ruhm Josuas über das Heilige Land, der das gedächtnis des papstes wenig berührt.

Deine stadt, gepflanzt von dem der zuerst seinem schöpfer die schultern wies und dessen böser wille so viele tränen erregt, sie erzeugt und verbreitet die verfluchte blume, die schafe und lämmer irregeleitet hat, weil sie den hirten zum wolf gemacht hat.

Florenz, eine wahre tochter Luzifers, prägte seine goldgulden, die fiorinen, mit seinem wappenbild, der lilie.

Ihretwegen bleiben das Evangelium und die grossen lehrer liegen; studiert werden nur die dekretalen - man sieht es an ihren rändern.

Die grundlagen des kanonischen rechtes, die raum boten für mancherlei interpretationen und listen; daher die vollgekritzelten ränder der seiten.

Darauf richtet sich das bemühen des papstes und der kardinäle; ihre gedanken gehen nicht nach Nazaret, wo Gabriel die flügel aufschlug. Aber der Vatikan und die andern erlesenen teile Roms, die zum friedhof wurden für das heer das Petrus nachfolgte, werden bald befreit von dieser unzucht."

10. Gesang

Die drei unteren sphären hatten eine gruppe für sich gebildet; den aufstieg zur Sonne beginnt Dante mit einem neuen vorwort, das den leser ermahnt, seinen blick zum wunder der sternenwelt zu erheben. Also wieder eine astronomische einleitung; sie konkretisiert in abstufungen Dantes wanderung, aber mehr als das: solche betrachtung ist für Dante ein weg zu Gott. Als im jahre 1315 die Florentiner ihren verbannten die heimkehr anboten, aber unter entwürdigenden bedingungen, lehnte Dante ab: „Kann ich die spiegel der sonne und der gestirne nicht überall erblicken? Kann ich die köstlichen wahrheiten nicht überall unter dem himmel betrachten?"

Mit dem blick auf seinen sohn und auf den geist der liebe, in der der eine wie der andere ewig atmen, hat der erste und unaussagbare wert aller werte alles was geistig und räumlich kreist mit solcher ordnung geschaffen, dass keiner das schauen kann ohne sich seiner zu freuen. So hebe denn, leser, mit mir den blick zu den hohen ringen gerade auf die stelle, wo die eine und die andere bewegung sich durchdringen

Der tageslauf im aequator und der jahreslauf in der ekliptik, in der die erde wie auch die andern planeten kreisen.

und beginne dort dich zu begeistern für die kunst jenes meisters, der sie im innersten so sehr liebt, dass er sein auge nie von ihr verwendet.

Man darf also nicht glauben, dass Gott die einmal geschaffene welt nun sich selbst überliesse.

Sieh wie von dort der schräge kreis abzweigt, der die planeten trägt, um der welt, die nach ihnen ruft, genüge zu tun. Denn wäre ihre strasse nicht abgebogen, so bliebe manche kraft im himmel ungenutzt und fast jede auf erden angelegte möglichkeit bliebe tot.

Weil erst durch den einfluss der gestirne, aristotelisch gesprochen, potentialität aktualisiert wird.

Und wäre die abweichung vom geraden grösser oder kleiner, so wäre oben und unten in der weltordnung gar vieles mangelhaft. So bleib denn, leser, auf deiner bank sitzen und sinne dem nach, was dir kredenzt ist, wenn du sehr viel eher froh sein willst als müde. Ich habe dir aufgetischt, nun speise für dich; denn all meine sorge muss sich dem gegenstand zukehren, zu dessen schreiber ich geworden bin.

Die oberste dienerin der natur, die die welt mit der vollkommenheit des himmels prägt und mit ihrem licht uns die zeit misst, verbunden mit der oben genannten stelle (*also die Sonne*), kreiste auf der spirale, auf der sie sich täglich früher zeigt. Und ich war bei ihr; aber des aufstiegs war ich nicht anders inne geworden als wie ein mensch eines neuen gedankens eher inne wird als seines kommens. Es ist Beatrice, die so plötzlich von gut zu besser findet, dass ihre bewegung keine ausdehnung in der zeit hat. Was innerhalb der sonne war, die ich jetzt betrat, wie musste es aus sich heraus leuchten, da es sich nicht durch farbe, sondern durch helligkeit heraushob. Mag ich auch geist und kunst und übung zu hilfe rufen, ich könnte es nicht so sagen, dass man es sich je vorstellen könnte; aber man darf es glauben und möge sich sehnen, es zu schauen. Wenn unsre phantasie zu niedrig ist für solche höhe, ist's nicht zu verwundern; denn kein auge war, das über die sonne hinaus reichte. Solcherart war die vierte familie des hohen Vaters, der sie ewig sättigt, indem er zeigt, wie er geistet und wie er sohnt.

In der helligkeit der sonne befinden sich die weisen, die um das geheimnis der dreieinigkeit wissen. Die uns sichtbare sonne ist ein gleichnis Gottes, des urhebers aller geistigen wesenheiten, der engel, platonisch gesprochen der idee des guten, der alle andern ideen entspringen. Leider ist im deutschen die sonne weiblich.

Und Beatrice begann: „Danke, danke du der sonne der engel, dass sie, dass Gott dich zu dieser wahrnehmbaren erhoben hat durch seine gnade." Nie war ein menschenherz so bereitet zur andacht und sich so rasch aus vollem herzen Gott hinzugeben, wie ich bei diesen worten wurde. Und so senkte sich all meine liebe in ihn, dass Beatrice in den schatten des vergessens trat. Ihr missfiel das nicht; so lächelte sie darob, dass das leuchten ihrer lachenden augen meinen gesammelten geist wieder auf mehreres verteilte: Ich sah mehrere lebendige und überstrahlende leuchten aus uns ihre mitte und aus sich eine korona machen, noch süsser im klang ihrer stimmen als anzuschauen hell. So sehen wir dann und wann Luna umschlungen, wenn die luft so geschwängert ist, dass sie den faden zurückhält, der ihr den gürtel webt. Im hofstaat des himmels, von wo ich zurück bin, finden sich viele juwelen so köstlich und schön, dass man sie nicht aus ihrem reich losbrechen kann.

Dass kein bericht sie auf erden herabbringen kann.

Dazu gehörte der gesang jener lichter. Wer sich nicht befiedert, dort hinauf zu fliegen, der mag nachricht von dort von einem stummen erwarten. Als jene glühenden sonnen also singend sich dreimal um uns gedreht hatten, wie sterne nah dem festen pol, waren sie wie frauen, die den reigen noch nicht aufgelöst haben, sondern schweigend stehn bleiben, hinhörend, bis sie die nächste strophe vernommen haben.

Und aus einer von ihnen heraus hörte ich beginnen: „Da ja der strahl der gnade, der wahre liebe entfacht und dann liebend um ein vielfaches wächst, in dir so sehr aufleuchtet, dass er dich jene leiter hinaufführt, auf der keiner niedersteigt, ohne wieder aufzusteigen, so wäre, wer dir für deinen durst den wein aus seiner schale weigerte, unfrei und nur wie wasser, das nicht zum meere abflösse.

Der sprechende kennt Dantes wunsch und ist aus natürlicher liebe, der er frei folgt, bereit ihn zu erfüllen. Wer in der liebe zu Gott aufsteigt, in dem wächst diese liebe im aufsteigen, und er wird sein leben so führen, dass er nach dem tode wieder ins paradies gelangen wird.

Du willst wissen, von welchen pflanzen die guirlande hier blüht, die ringsher liebesblicke sendet auf die schöne frau, die dich zum himmel kräftigt. Ich war eines der lämmer aus der heiligen herde die Dominikus auf dem wege leitet, auf dem man sich wohl ernährt, wenn man nicht herumschweift. Der mir zur rechten am nächsten steht, war mir bruder und meister, er war Albert von Köln, und ich Thomas von Aquino.

Wenn du über alle andern berichtet sein willst, so folge meinen worten nach, und mit dem auge kreise aufwärts durch den seligen kranz. Jenes andre lodern geht aus dem lächeln Gratians hervor, der dem einen wie dem andern forum so zu hilfe kam, dass er im paradies wohlgelitten ist.

Ein Benediktiner, der um 1140 eine Concordantia discordantium canonum verfasste, worin er die widersprüche zwischen zivil- und kirchenrecht (oder zwischen bibel, dogmen und dekretalen) zum einklang brachte, ein grundbuch der juristen.

Der andere, der zunächst unsern chor ziert, war jener Pietro, der mit der armen frau der heiligen kirche seinen schatz darbot.

Piero Lombardo aus Novara verfasste um 1150 seine „Sentenzen", eine zusammenfassung der dogmen. Auf seine ärmliche herkunft spielt er an in seiner vorrede: „Wir wünschten, aus unserer armut und dürftigkeit mit der armen witwe etwas in den schatz des herrn zu spenden." Diese stelle (nach Lukas 21) zitiert Dante, um ihn damit genauer zu bezeichnen.

Das fünfte licht, unter uns das schönste, haucht mit solcher liebe, dass alle welt dort unten danach lechzt, nachricht von ihm zu haben. Darin befindet sich der hohe geist, in den so tiefe weisheit eingesenkt wurde, dass, wenn wahres wahr ist, so viel zu sehen kein zweiter erstand.

Damit ist Salomo gemeint. Seine bitte um ein gelehriges herz (Könige I 3) erfüllte Gott: „Ich gab dir ein weises und kluges herz, dass deinesgleichen keiner vor dir war noch nach dir aufstehen wird." Man fragte sich, ob er nach seinem leben mit tausend frauen in den himmel kam; aber sein Hohes Lied, gedeutet als gespräch Christi mit seiner braut, der kirche, rechtfertigt ihn. Wenn wahres wahr ist: die bibel.

Nach ihm sieh das licht jener hohen kerze, die unten im fleisch am genauesten das wesen und das amt der engel schaute.

Als Paulus auf dem Areopag in Athen predigte, liess sich ein mann namens Dionysius taufen und wurde nachmals der erste bischof von Athen. Unter seinem namen geht die schrift eines neuplatonikers aus dem fünften jahrhundert, die von stufe zu stufe die hierarchie der engel festlegt.

Im andern kleinen lichtlein lacht jener verteidiger der christlichen zeiten, dessen latein Augustinus zu statten kam.

Der Spanier Paulus Orosius, der um 400 auf anregung Augustins eine weltgeschichte verfasste, Historiae contra paganos, in der er nachwies, dass es mit dem christentum besser geworden sei in der welt.

Wenn du nun das auge deines geistes, meinen lobsprüchen folgend, von licht zu licht weiterziehst, bleibst du nun schon durstig nach dem achten. Mit dem blick auf das höchste gut freut sich darin die heilige seele, die dem, der wohl auf sie hört, den trug der welt offenbart. Der leib, aus dem sie verjagt wurde, liegt unten in Cieldauro, und sie selbst gelangte aus martyrium und verbannung in diesen frieden.

Boethius (480 - 526) schrieb seine Consolatio Philosophiae, die Tröstung der Philosophie, im gefängnis, worein ihn, den römischen senator, der gotenkönig Theoderich geworfen hatte. Er wurde enthauptet und in Pavia in der basilica San Pietro in Ciel d'oro beigesetzt. Seine gedanken berühren sich so nah mit christlichen, dass man ihn für einen christen hielt.

Weiterhin, sieh, flammt die glühende seele Isidors, die Bedas und die Richards, der in der schau übermenschlich war.

Isidor (560 - 636), bischof von Sevilla, verfasste unter dem titel Etymologiae eine enzyklopädie fast aller wissenschaften, eine quelle mittelalterlichen wissens. Seinen platz im paradies verdankt er eher seinen „Sententiae", einer dogmatik und ethik. - Beda Venerabilis (673 - 735), ein gelehrter angelsächsischer Benediktiner. (Schon er versuchte den Julianischen kalender zu reformieren). - Der Schotte Richard (um 1150), prior im kloster Saint Victor bei Paris, bekam als grosser mystiker den namen Magnus Contemplator.

Dieser, von dem dein blick zu mir zurückkehrt, ist das licht eines geistes, der in schweren gedanken viel zu spät zum tod zu gelangen meinte. Es ist das ewige licht Sighers, der in seinen vorlesungen in der Strohstrasse angefochtene wahrheiten erschloss."

Sigher von Brabant (um 1235) lehrte an der Pariser universität, in der Strohstrasse, dass es eine doppelte wahrheit gebe, die philosophische und die des glaubens. Auf erden hat Thomas ihn heftig bekämpft, jetzt ehrt er ihn. Die erleuchteten geister sieht Dante nur noch als flammende lichter. In flammen stecken aber auch die tückischen ratgeber, die das licht des geistes missbraucht haben, im achten höllenkreis. Möglich, dass Dante hier einen bezug beabsichtigt hat. - Zu Dantes zeit waren uhren etwas neues; schlaguhren gab es erst in wenigen klöstern.

Darauf, wie eine uhr, die uns ruft zur stunde, da die braut Gottes sich erhebt, ihrem bräutigam zum morgengruss, damit er sie liebe, wie darin jeder teil den andern zieht und schiebt und tin tin tönt mit so süssem klang, dass der wohlgestimmte geist von liebe schwillt, so sah ich jenes hochberühmte rad in bewegung, und eine stimme antwortete der andern mit solchem ton und solcher süssigkeit wie sie nirgends vernommen werden als dort, wo die freude sich ewigt.

11. Gesang

Ach die unbedachte sorge der sterblichen! Wie unzulänglich sind jene logischen schlüsse, die dich die flügel nach unten schlagen lassen! Der ging den rechten nach und der den Aphorismen, der war auf eine pfründe aus, der aufs regieren mit gewalt oder sophistereien, der auf raub, der auf ein bürgerliches amt, der mühte sich ab verstrickt in die lust des fleisches, der gab sich dem müssiggang hin, während ich, all dieser dinge ledig, mit Beatrice oben im himmel also glorreich empfangen ward.

So vielerlei anwendungen der intelligenz, die dem bereich der sonne zugehört, stehen der zuwendung zu Gott entgegen - ein kontrapost zur religiösen inbrunst der nachgenannten beiden orden. Die Aphorismen sind die des Hippokrates.

Als jeder an den punkt des kreises zurückgekehrt war, wo er vorher gewesen, blieb er stehen wie eine kerze auf ihrem ständer. Und ich hörte, wie es innerhalb jenes lichtes, das mir vorher gesprochen hatte, lächelnd anhub und dabei noch reiner wurde: „So wie ich von seinem glanze widerstrahle, so erkenne ich im blick auf das ewige licht, was für gründe du hast. Du bist ratlos und möchtest, dass mein reden sich in so offener und so ausführlicher sprache verdeutlicht, dass es sich deinem begreifen darbreitet, wo ich vorhin sagte „auf dem man sich wohl ernährt“ und wo ich sagte „so erstand kein zweiter“. Und hier bedarf es scharfer unterscheidung. Damit die braut dessen, der sie sich laut schreiend mit seinem geweihten blute anverlobte, innerlich sicher und mit grösserer treue ihrem geliebten entgegenginge, darum hat die Vorsehung, die die welt mit jener weisheit regiert, vor der jeder erschaffene blick versagt, ehe er auf den grund dringt, zu ihren gunsten zwei fürsten bestellt, die von hüben und von drüben ihre führer sein sollten.

Von zwei seiten ist die Kirche, die braut Christi, bedroht: von innen durch ihre verweltlichung, den abfall von ihrem urgrund, der christlichen liebe, und von aussen durch ketzerei. Franziskus wollte liebend sie zu ihrem ursprung zurückrufen - die Gott am nächsten stehenden Seraphim preisen Gottes liebe - und die Dominikaner bekämpften mit gelehrsamkeit besonders die Albigenser - die Cherubim preisen Gottes weisheit. Aber zu Dantes zeit waren beide orden in sich zerstritten und untereinander verfeindet. Die Franziskaner stritten, mit wieviel strenge sie dem gebot absoluter armut nachleben könnten oder wollten, die Dominikaner strebten nach kirchlichen würden und betrieben auch profane wissenschaft. In genauem parallelismus lässt Dante nach einer volltonigen einleitung den Dominikaner Thomas das lob des Franziskus singen, den Franziskaner Bonaventura das des Dominikus, und jeden die missstände des eigenen ordens rügen.

Der eine war ganz seraphisch in seiner glut, der andere durch seine weisheit auf erden ein glanz cherubischen lichtes. Vom einen will ich reden, denn von beiden spricht, wer den einen preist, gleichviel welchen man nimmt, weil ihre werke einerlei ziel hatten.

Der hymnus auf Franziskus beginnt mit einer ausführlichen bestimmung der lage von Assisi. Es liegt zwischen Perugia im westen und Nocera und Gual-

do im osten, am westhang des Monte Subasio, den im osten der Topino, im westen der Chiascio umfliesst. Der Chiascio kommt vom nördlich gelegenen Gubbio her, dessen bischof, der selige Ubaldo Baldassini (1129 - 1160) sich auf einem der benachbarten hügel in eine einsiedelei zurückzog. Vom Subasio her empfängt Perugia winterfrost und sommerhitze, während die östlichen städte unter seinem schatten leiden (wenn nicht politisch an die harte herrschaft Perugias gedacht ist).

Zwischen dem Tupino und dem wasser, das niederfällt von dem hügel, den sich der selige Ubaldo erlas, senkt sich von hohem berg ein fruchtbarer abhang, von wo Perugia am sonnentor frost und hitze verspürt, und rückwärtig klagen Nocera und Gualdo über dessen schweres joch.

Von diesem abhang, dort wo er seine grösste steilheit bricht, ging der welt eine sonne auf, wie diese unsere hier zuzeiten am Ganges tut. Wer daher von diesem orte redet, sage nicht Ascesi, das wäre zu wenig, sondern Oriente, wenn er sich richtig ausdrücken will. Sie war noch nicht weit von ihrem aufgang entfernt, als sie die erde von ihrer kraft einigen trost verspüren zu lassen begann.

Als sein vater ihm vorwürfe machte, dass er für einen kirchenbau geld ausgab, gab er in gegenwart des bischofs von Assisi ihm alles zurück, was er hatte, sogar seine kleider, und lebte in gewollter armut. Armut war seine geliebte frau.

Denn ganz jung geriet er mit seinem vater in streit wegen einer solchen frau, für die, wie für den tod, niemand seine pforte freundlich entriegelt, und vor dem geistlichen hof, in gegenwart des vaters, vereinigte er sich mit ihr, und nachher liebte er sie von tag zu tag heftiger.

Diese, ihres ersten gatten beraubt, blieb tausendeinhundert und noch mehr jahre verachtet und von niemand eingeladen im dunkeln sitzen, bis Er kam.

Wieder ein antikes beispiel: in den Pharsalia erzählt Lucan: Caesar pocht nachts an die tür eines armen fischers, weil er einen kahn zur überfahrt über die Adria braucht. Es ist mitten in den wirren des bürgerkriegs, aber Amyklas erschrickt nicht - wer wollte dort etwas holen, wo nichts zu holen ist! Lucan ruft aus (V 527): O über die sicherheit eines armen lebens, über ein enges heim! O unbegriffene gaben der götter!

Nichts half es ihr, zu vernehmen, wie der, der die ganze welt in schrecken versetzte, sie beim klang seiner stimme bei Amyklas sorglos fand.

Nichts half ihr ihr standhafter und unerschrockener sinn, dass sie, wo Maria unten blieb, mit Christus auf das kreuz stieg. Aber dass ich nicht allzu rätselhaft fortfahre, nimm von jetzt an Franziskus und Armut als jene liebenden, über die ich mich verbreite. Ihre eintracht und frohen mienen erregten liebe, bewunderung und sanfte blicke, die zum grund wurden für heilige gedanken, so sehr, dass der ehrwürdige Bernhard sich zuerst entschuhte und solchem frieden nacheilte und eilend sich noch langsam dünkte. O unbekannter reichtum, o fruchtbares gut! Es entschuht sich Aegidius, es entschuht sich Silvester im gefolge des bräutigams, so wohl gefällt ihnen die braut. Darauf geht jener vater, jener meister hin mit seiner herrin und mit jener familie, die schon die demütige kordel umwand, und kein kleinmut des herzens drückte auf seine brauen, dass er, der sohn von Pietro Bernardone, zu aller verwunderung so verächtlich aussah, sondern königlich eröffnete er Innozenz seinen harten plan und erhielt von ihm das erste siegel für seine regel.

Innozenz gab 1210 nur eine mündliche zustimmung; erst Honorius bestätigte 1223 den orden in einer bulle.

Nachdem das ärmliche volk zugenommen hatte, ihm folgend, dessen wunderbares leben besser in der glorie des himmels besungen würde, wurde der heilige wille dieses oberhirten nach dem willen des vom Ewigen Geist durch Honorius mit dem zweiten kranz umwunden. Und nachdem er, nach dem martyrium dürstend, in der stolzen gegenwart des sultans von Christus und den andern, die ihm folgten, gepredigt hatte, aber für eine bekehrung das volk allzu unreif fand, begab er sich, um nicht vergebens zu bleiben, wieder zurück zu den früchten italischen gewächses. Im rauhen fels zwischen tiber und Arno empfing er von Christus das letzte siegel (*die stigmata*), das seine glieder zwei jahre lang trugen. Als es dem, der ihn zu solchem gut erwählt hatte, beliebte ihn hinaufzuziehen zu dem lohn, den er mit seiner selbsterniedrigung verdiente, empfahl er seinen brüdern als seinen echten erben seine liebste herrin und gebot ihnen, dass sie sie in treuen lieben sollten, und aus ihrem schooss wollte seine herrliche seele sich erheben, in ihr reich heimkehrend, und für seinen leib wünschte er keine andere bahre.

Denk nun, wie derjenige war, der sein würdiger genosse wurde, die barke Sankt Peters auf hohem meer geraden kurs zu steuern. Der war unser patriarch. Du kannst darum wohl erkennen, dass wer ihm folgt wie er gebot, gute fracht geladen hat. Aber seine herde wurde lüstern nach neuer speise, sodass sie sich notwendig auf entlegene weiden zerstreuen muss, und je weiter seine schafe von ihm entfernt schweifen, desto leerer von milch kehren sie zum stall heim. Gewiss gibt es auch solche, die den schaden fürchten und sich an den hirten anklammern, doch sind ihrer so wenige, dass für ihre kutten wenig tuch genügt. Nun, wenn meine worte nicht matt sind, wenn dein zuhören aufmerksam war, wenn du dir das gesagte ins gedächtnis zurückrufst, wird ein teil deines wunsches befriedigt sein; denn du siehst, weshalb die pflanze sich zerfasert, und siehst die zurechtweisung, die besagte: 'Wo man sich wohl ernährt, wenn man nicht herumschweift.'"

12. Gesang

Kaum hatte die geweihte flamme zum letzten worte angesetzt, als das heilige mühlrad wieder zu kreisen begann. Es hatte sich in seinem kreis noch nicht einmal ganz gedreht, als ein anderes es im ring umschloss, das stimmte schritt zu schritt und sang zu sang, sang der unsere musen, unsere sirenen mit seinen süssen tuben so übertrifft, wie ein erster glanz seinen abglanz. Wie sich in zarter wolke zwei bogen gleichläufig und gleichfarbig biegen, wenn Juno ihrer magd einen befehl gibt, und wie aus dem inneren der äussere entsteht in der art jener einen verliebten, die die liebe so aufzehrte wie die sonne einen dunst,

Junos dienerin ist Iris, der regenbogen. Die nymphe Echo verzehrte sich in unglücklicher liebe zu Narcissus so, dass nur die stimme von ihr übrig blieb.

und wie durch sie das volk hier unten vorausweiss, wegen des paktes, den Gott mit Noah schloss, dass die welt nie wieder zum see wird, so bogen sich die beiden ghirlanden aus jenen ewigen rosen (*die seligen geister*) um uns, und so antwortete die äussere der inneren.

Nachdem der reigen und die andere hohe feier des gesanges sowohl wie des freudevollen und liebevollen anstrahlens von licht zu licht im gleichen augenblick und gleichen willen zur ruhe gekommen, ganz wie einer seine augen, die er nach belieben bewegt, zugleich schliessen und zugleich aufschlagen muss, da erhob sich aus dem herzen des einen der neuen lichter eine stimme, die mich der nadel (*des kompass*) zum stern gleichen liess, wie ich mich ihrem Woher zukehrte. Sie begann: „Die liebe, die mich verschönt, reisst mich hin, von dem andern führer zu reden, um dessentwillen man hier so gut über den meinen redet. Wohl geziemt es, wo der eine ist, auch den andern einzuführen, damit so wie sie den gleichen kampf kämpften, auch ihr ruhm ihnen gemeinsam leuchte. Das heer Christi, dessen neubewaffnung so teuer zu stehen kam,

Nach dem fehl Adams durch Christi opfertod.

folgte seiner fahne nur langsam, spärlich und voller zweifel, als der kaiser, der ewig herrscht, für sein gefährdetes kriegsvolk sorgte, durch reine gnade, nicht weil es würdig war; und wie gesagt wurde, half er seiner braut mit zwei kämpen, durch deren tun, durch deren wort das verirrte volk zur besinnung kam.

Wie Assisi Oriente heissen sollte, so ist Dominicus im äussersten westen geboren, von wo der zephyr im frühling die erneuerung bringt und wo die sonne am längsten tag untergeht und nicht mehr zu weiteren menschen weiterwandert. Das viergeteilte wappen von Kastilien zeigt zwei türme für Kastilien und zwei löwen für Leon, sodass der löwe einmal unter dem turm, einmal über ihm steht.

In jener gegend, wo der süsse zephyr sich erhebt, um das junge laub zu erschliessen, mit dem man Europa neu umkleidet sieht, nicht weit vom anschlag der wellen, hinter denen die sonne nach langem siegeslauf sich für jedermann verbirgt, sitzt das beglückte Calaroga unter dem schutz des grossen schildes, in dem der löwe unterliegt und unterjocht.

Dort kam zur welt der liebevolle buhle der christlichen religion, der heilige wettkämpfer, gütig gegen die seinigen und gegen die feinde hart. Kaum war sein geist geschaffen, so ward er, noch in der mutter, von lebendiger kraft erfüllt, sodass er sie zur prophetin machte.

Sie träumte, sie gebäre einen schwarz und weissen hund mit einer fackel im maul, mit der er die welt in brand setze. Die Dominikaner tragen weisse kutte und schwarzen mantel, und das volk deutete ihren namen als domini cani, hunde des Herrn. Getauft wurde er freilich als Dominicus, eigentum des Herrn. Und seine patin, die für das kind das ja-wort gab bei der taufe, diesem eheschluss zwischen ihm und dem glauben, hatte im traum das kind mit einem stern auf der stirn gesehen.

Nachdem am heiligen brunnen die ehe geschlossen war zwischen ihm und dem glauben, in die sie ihr wechselseitiges heil einbrachten, da sah die frau, die für ihn das ja-wort sprach, im schlaf die wunderfrucht, die von ihm und seinen erben ausgehen sollte. Und damit das, was er war, er auch sprachlich sei, erging von hier der geist, ihn mit dem possessivum nach dem zu benennen, dessen er ganz eigen war. Dominicus ward er geheissen, und ich spreche von ihm wie von dem bauersmann, den Christus zu seinem helfer für seinen garten erwählte. Wohl schien er Christi gesandter und freund; denn die erste liebe, die sich in ihm zeigte, galt dem ersten rat, den Christus gab. Oft fand ihn seine amme stumm und wach auf dem blossen boden, als sagte er: dazu bin ich gekommen.

Mit dem ersten rat Christi ist wahrscheinlich die erste seligpreisung gemeint: Selig sind die armen im geiste, denn ihrer ist das himmelreich, was damals als gebot der demut gedeutet wurde, humilitas. Das wort humilis kommt ja von humi, am boden. Das passt zu der episode mit der amme. (Übrigens ergibt der satz, wenn man ihn ins aramäische Christi zurückübersetzt den sinn: selig sind, die da verlangen nach dem geiste). Andere deuten den „ersten rat" als die weisung an den jüngling: Verkaufe was du hast und gib es den armen - auch dieses gebot hat Dominicus befolgt. - Den namen Christi, der hier dreimal vorkommt, reimt Dante nie mit einem andern wort, sondern nur mit sich selbst. - Der name Felix bedeutet „der Glückliche" und Giovanna, Johanna, Johannes, hebräisch Jochanan: „Gott ist huldvoll".

O sein vater, wahrhaft ein Felix, o seine mutter, wahrhaft eine Giovanna, wenn sie, übersetzt, das bedeutet, wie man sie nennt. Nicht für die welt, deretwegen man sich heute abplagt im gefolge des Ostiensers und des Taddeo,

Zweier gelehrter des 13. jahrhunderts; Enrico di Susa, kardinal und bischof von Ostia, verfasste eine Summa decretalium, ein lehrbuch des kanonischen rechtes; Taddeo d'Alterotto war ein bedeutender mediziner in Bologna.

sondern aus liebe zum echten manna wurde er in kürzester zeit zum grossen gelehrten; als solcher begann er den weinberg zu umschreiten, der so rasch bleicht, wenn der winzer versagt. Und vom thron, der voreinst, nicht an sich sondern aus schuld dessen, der thront und der entartet, gütiger war gegen die armen gerechten (*Papst*), verlangte er nicht, zwei oder drei für sechs auszubezahlen, nicht die erste vakanz als pfründe, nicht die zehnten, die den armen Gottes zukommen, sondern die erlaubnis, die irrende welt zu bekämpfen für den samen, aus dem hier die vierundzwanzig pflanzen dich umschlingen.

Die hier in der Sonne Dante umringenden zweimal zwölf rechtgläubigen geister. Im jahre 1205 erlangte Dominicus das recht des geistigen feldzugs gegen die albigensische ketzerei, 1216 erteilte Honorius III. die approbation für den orden.

Dann brach er auf mit gelehrsamkeit und starkem willen und seinem apostolischen amt wie ein sturzbach, den eine hohe wasserader speist, und in das ketzerische gestrüpp stiess sein angriff, stürmischer dort wo die widerstände zäher waren. Daraus entstanden dann verschiedene bäche, die den katholischen garten bewässern, so dass seine büsche lebhafter grünen.

Man kann an die dreiheit der prediger, dominikanerinnen und des dritten ordens denken oder an die rasche ausbreitung: als Dominicus 1221 starb, bestanden schon sechzig klöster, und zehn jahre später wurde dem orden das amt der inquisition übertragen.

War so das eine rad des heiligen zweigespannes, mit dem die heilige kirche sich verteidigte und im feld die aufrührer besiegte, so kann dir sehr wohl die vortrefflichkeit des andern offenbar werden, dessen vor meinem kommen Thomas mit so feiner sitte gedachte. Aber die radspur, die seine felge grub, ist jetzt aufgegeben, so dass schimmel ist, wo erst weinstein war. Seine brüderschaft, die gradaus aufgebrochen war, läuft so verkehrt, dass sie den vordern fuss gegen den hintern schiebt. Bald wird man es sehen an der ernte des schlecht gepflegten ackers, wenn der lolch sich beklagen wird, dass ihm die truhe versagt wird.

Wie Thomas nach dem lob des Franziskus die missstände in seinem eigenen orden beklagt hatte, so jetzt Bonaventura nach dem lob des Dominicus die des Franziskanerordens. Dieser war zerrissen zwischen den überstrengen spiritualisten und den lässigeren conventualen, jene angeführt von Ubertino da Casale (1259 - 1338), diese von Matteo d'Acquasparta, der kardinal und 1287 ordensgeneral war. Papst Johannes XXII. entschied 1317 gegen die spiritualisten und Casale wurde aus dem orden ausgestossen. Dante verwirft beide extreme - der eine befolgt die regel zu eng, der andere gar nicht. Nicht eine der richtungen, sondern allgemein die schlechten mönche sind gemeint mit dem unkraut, das (nach Matthäus XIII 24) erst bei der ernte herausgelesen und verbrannt wird.

Gewiss sage ich, wer blatt um blatt unser buch durchsucht, der fände seiten wo er läse: „Ich bin, der ich immer war“. Aber so wäre das nicht bei Casale noch bei Acquasparta, von denen solche an die schrift treten, dass der eine sie meidet und der andere sie einengt.

Wie der dominikaner Thomas zu beginn seiner rede die geister des inneren ringes genannt hatte, so der Franziskaner, gegengleich, am ende die des äusseren. Zuerst nennt er sich selbst, und erst jetzt erfahren wir, dass es Bonaventura ist, der doctor seraphicus (1221 - 1274), kardinal, verfasser der maassgebenden biographie des Franziskus, seit 1257 general des ordens, bemüht um ausgleich zwischen den streitenden parteien, mystiker. Seine „linke sorge“ ist die um weltliche angelegenheiten. Neben ihm leuchten die frühsten folger des Franziskus, Illuminato und Augustino, dieser der erste ordensmeister. Es schliessen sich an Hugo von St. Victor († 1141) aus Flandern, ein theologe mystischer richtung, kanonikus des klosters St. Victor bei Paris, dann Petrus Comestor aus Troyes († 1179), kanzler der Pariser universität, gestorben auch in St. Victor (was er „verzehrte“, waren die vielen bücher), Petrus der Spanier (1226 - 1276) aus Lissabon, er ist der papst Johannes XXI.; in seinen Summulae logicales bekämpft er die Aristoteliker Albertus und Thomas. Dem Salomo des innern ringes entspricht hier Nathan, der prophet, der David seine sünde mit Bathseba vor-

rückte. Ihm folgt der griechische kirchenvater Johannes Chrysostomos (der „Goldmund“), metropolit von Konstantinopel seit 1298, Anselm von Canterbury (1033 - 1109) erbrachte den ontologischen gottesbeweis und verfasste die früher erwähnte schrift Cur Deus homo. Donatus verfasste im vierten jahrhundert in Rom die für lang maassgebende lateinische grammatik; grammatik war das erste schulfach im trivium grammatik, rhetorik, dialektik. Bleiben noch Rhabanus Maurus (776 - 856), bibelerklärer, bischof von Fulda, erzbischof von Mainz, und Joachim, abt des von ihm gegründeten klosters Fiore in der Sila, der die apokalypse kommentiert hatte und mit seiner prophezeiung eines dritten reiches vom heiligen geiste und reformerischen ideen unruhe in die kirche brachte und viel angefeindet wurde; aber im paradies schweigt der erdenstreit.

Ich bin das leben des Bonaventura von Bagnoregio, der in den hohen ämtern immer die linke sorge hintansetzte. Illuminato und Augustino sind hier, die unter den ersten unbeschuhten armen waren und mit der kordel zu freunden Gottes wurden. Mit ihnen ist Hugo von Saint Victor hier und Pietro der Esser und Pietro der Spanier, der unten leuchtet in zwölf büchern, der prophet Natan, der metropolit Chrysostomos, Anselm und jener Donatus, der geruhte, an die erste kunst hand anzulegen. Rhabanus ist hier, und mir zur seite leuchtet der Calabreser abt Joachim, der mit prophetischem geist begabte. Zu meinem hymnus auf einen solchen glaubensstreiter bewog mich bruder Thomas mit seiner aufflammenden herzensgüte und seinem wohlgesetzten latein, und mit mir holte er diese schar heran.“

13. Gesang

Wer wohl zu begreifen wünscht, was ich damals sah, stelle sich vor - und halte, während ich rede, das bild fest wie einen festen fels - fünfzehn sterne, die in verschiedenen gegenden den himmel mit soviel helle beleben, dass sie jede verdichtung der luft durchdringt; er stelle sich jenen Wagen vor, dem der schooss unseres himmels tags und nachts genügt, so dass er sich beim umbiegen der deichsel nicht verkleinert (*nicht untergeht*); er stelle sich vor die mündung jenes horns, das ansetzt an der spitze jener achse, um die das äusserste rad kreist

Um den polarstern kreist die höchste himmelssphäre; er ist die deichselspitze des kleinen Wagens, den Dante mit einem horn vergleicht und dessen beide endsterne heller leuchten als die übrigen; mit diesen und den sieben des grossen Wagens kommt Dante auf vierundzwanzig sterne. So sammelt er das hellste, was der himmel bietet, zur verklärung der verehrten geister. Kreisförmig ist am himmel das sternbild der Krone, die krone der Ariadne. Diese, die tochter des Minos, hatte Theseus entführt, musste sie aber auf Naxos verlassen, weil Dionysos sie für sich beanspruchte; Dionysos versetzte ihre krone - Dante meint: sie selbst - als sternbild an den himmel. - Die nachher genannte Chiana ist ein versumpfter bach bei Arezzo.

und dass sie am himmel zwei zeichen gebildet hätten, wie die tochter des Minos sie bildete, als sie den frost des todes fühlte, und das eine hätte seine strahlen innerhalb des andern gehabt, und beide kreisten in der art, dass das eine voranging und das andere folgte. Dann wird er gleichsam den schatten der wahren konstellation und des doppelten tanzes haben, der den punkt umkreiste, wo ich war, da er ja so weit jenseits unserer erfahrung ist wie ohne vergleich mit der bewegung der Chiana sich *der* himmel bewegt, der allen andern vorangeht. Besungen wurde da nicht Bacchus noch Päan, sondern drei personen in göttlicher natur und in einer person sie und die menschliche.

Das singen und kreisen hatte sein maass erfüllt, und jene heiligen lichter merkten wieder auf uns, ihr glück geniessend von einem tun zum nächsten. Das schweigen unter den einträchtigen göttlichen wesen brach darauf jenes licht, *Thomas*, von dem aus mir das wunderbare leben von Gottes armem mann erzählt worden war. Es sprach: „Da das eine korn gedroschen und sein same eingebracht ist, lädt mich süsse begierde, das andere zu dreschen. Du glaubst, dass der brust, aus der die rippe gezogen wurde, um die schöne wange zu formen, deren gaumen aller welt so teuer zu stehen kam, *Adam, Christus,* und jener brust, die, von der lanze durchbohrt, vorwelt und nachwelt so genüge tat, dass die waage jede schuld überwiegt, von jener höchsten macht, die die eine wie die andere schuf, alles licht eingeflösst wurde, das der menschlichen natur vergönnt ist, und darum wunderst du dich über das was ich oben sagte, als ich erzählte, dass das gut, das im fünften licht eingeschlossen ist, nicht seinesgleichen hatte.

Adam und Christus müssen, weil von Gott unmittelbar geschaffen, so vollkommen und im besitz aller weisheit sein, dass schwer zu verstehen ist, wie Gott zu Salomo sagen konnte, dass an weisheit keiner seinesgleichen gewesen sei, noch in zukunft sein werde. Der glaube verlangt, dass widersprüche in der Heiligen Schrift aufgelöst werden.

So öffne denn die augen zu dem, was ich dir antworte, und du wirst sehen, dass dein glauben und das was ich sagte, so in der wahrheit sind, wie der mittelpunkt im runden.

Zunächst die erklärung, warum es überhaupt unterschiede gibt. Gott, in liebender betrachtung seiner vollkommenheit, entlässt aus sich „lumen de lumine", den logos, das Wort, Christus, und die liebe zwischen ihnen, der heilige Geist, vollendet die dreieinigkeit, deren einheit Dante mit den reimen dis-una, ad-una, una heraushebt. Sie schafft selbst und unmittelbar die neun engelschöre, die also auch ewig sind, die beweger der sphären und vermittelnden bewirker alles belebten und unbelebten irdischen.

Was nicht stirbt und was sterben kann ist nur der abglanz jenes gedanken, den unser Herr liebend aus sich gebiert. Denn jenes lebendige licht, das so von seinem leuchtenden ausgeht, dass es sich nicht von ihm ent-eint und auch nicht von der liebe, die sich mit ihnen eindrittet, es vereint durch seine güte sein strahlen gleichsam gespiegelt in neun wesenheiten und bleibt doch ewiglich eines; von da steigt es nieder zu den letzten wirkkräften, abwärts von wirkung zu wirkung so abnehmend, dass es nur noch kurzlebige zufälligkeiten schafft. Unter diesen zufälligkeiten verstehe ich die erzeugten dinge, die der himmel durch seine bewegungen mit samen und ohne samen hervorbringt. Deren wachs und der es prägt verhalten sich nicht immer gleich, und darum widerstrahlt es mehr oder weniger von dem urbild. So kommt es, dass ein und dasselbe holz nach seiner art bessere und schlechtere frucht trägt, und ihr kommt mit unterschiedlichen anlagen zur welt. Wäre das wachs aufs äusserste prägsam, und wäre der himmel in seiner höchsten kraft, so wäre das licht des siegels voll sichtbar; aber die natur bietet es immer verkümmert, ähnlich schaffend wie der künstler, der wohl vertraut ist mit seiner kunst, aber seine hand zittert. Wenn daher die heisse liebe, die klare schau der höchsten kraft (*die dreieinigkeit selbst unmittelbar*) anordnet und ausprägt, so wird die letzte vollkommenheit erreicht. So wurde einst die erde des vollkommensten lebewesens würdig, so wurde die Jungfrau schwanger, so dass ich deiner meinung beipflichte, dass die menschliche natur niemals war noch wird wie sie in jenen beiden personen war.

Diese ganze schöpfungslehre, die mit Platons ideenlehre mehr zu tun hat als mit dem sechstagewerk der Genesis - davon blieb nur gerade die erschaffung von Adam und Eva - dient mit ihrer unterscheidung von primärer und sekundärer schöpfung als basis für den nachweis, dass beide superlative, der eine absolut, der andere relativ, nebeneinander bestehen können.

Wenn ich nun nicht weiter voranginge, würden deine worte beginnen: „Warum also hatte jener nicht seinesgleichen?" Damit nun recht deutlich werde, was nicht deutlich ist, denk, wer er war, und welcher grund ihn bewog zu bitten, als ihm gesagt wurde: „Wünsche dir." Ich habe nicht so gesprochen, dass du nicht gut hättest sehen können, dass er könig war und sich verstand wünschte, damit er als könig genüge; nicht um die zahl der himmlischen beweger hier oben zu wissen, oder ob notwendig plus zufällig je notwendig ergibt, nicht ob ein ursprung aller bewegung anzunehmen sei, oder ob man aus dem halbkreis ein dreieck ohne rechten winkel machen kann (*Thales*). Wenn du also meine vorigen und jetzigen worte beachtest, so begreifst du, es ist königsklugheit und jene art zu sehen, worein der pfeil meiner absicht trifft, und wenn du die klaren augen richtest auf das „kein zweiter ersteht“, wirst du sehen, dass es sich nur auf die könige bezieht, deren es so viele gibt, aber die guten sind selten. Mit dieser unterscheidung nimm also mein wort, und so kann es bestehen mit dem was du glaubst vom ersten vater und von unserer wonne.

Ein scheinbarer widerspruch in der bibel hatte Dantes zweifel erregt; darum beschliesst Thomas seine erklärung mit einer warnung vor übereilten urteilen; sie ist recht am ort in der Sonne, dem planeten der gelehrten und weisen:

Und dies sei dir immer blei an den füssen, dass du dich wie ein ermüdeter mensch langsam bewegen musst sowohl zum ja wie zum nein, wo du nicht klar siehst. Denn der ist ganz tief unter den toren, der ohne unterscheidungen behauptet oder leugnet ebenso beim einen wie beim andern schritt. Denn es kommt vor, dass die hurtige meinung mehrfach sich in falsche richtung biegt und dann das gefühl den verstand fesselt. Weit mehr als vergebens stösst vom ufer ab - denn bei der rückkehr ist er nicht mehr derselbe wie beim aufbruch - wer nach der wahrheit fischt und die kunst nicht hat.

Im folgenden nennt er beispiele von irrlehrern, zunächst griechische philosophen des fünften jahrhunderts v. Chr.: Parmenides von Elea, der die einheit und ewigkeit alles seienden behauptete und die bewegung leugnete, sein schüler und verteidiger Melissos von Samos, und Bryson aus Megara, dessen versuch, die quadratur des kreises zu lösen, von Aristoteles abgelehnt wurde. Christliche theologen waren Sabellios, der die trinität leugnete; sein Monarchianismus wurde im konzil von Alexandria 261 verworfen; und Arius, der in Christus nur die reine menschennatur sah; seine lehre verwarf das konzil von Nicäa 325. - In der gewölbten klinge eines degens spiegeln sich die dinge verzerrt.

Dafür sind in der welt offenkundige beweise Parmenides, Melissos, Bryson und viele, die gingen und nicht wussten wohin. So tat Sabellios und Arius und all die toren, die vor den schriften waren wie degen, die die geraden gesichter verzerren.

Die leute sollen sich auch nicht allzu sicher fühlen im urteil, wie jener der auf dem feld das getreide überschlägt eh es reif ist. Denn ich habe gesehen, wie der dornstrauch erst den ganzen winter über sich starr und unwirtlich zeigte und nachher auf seiner spitze die rose trug; und ein schiff sah ich schon grad und rasch auf seiner ganzen bahn das meer befahren und schliesslich bei der einfahrt in die mündung untergehen. Glaube doch frau Berta oder meister Martin nicht, wenn sie einen stehlen und einen andern opfern sehen, dass sie hineinschauten in den göttlichen ratschluss; denn jener kann steigen und jener kann fallen.“

14. Gesang

Vom zentrum zum kreis oder vom kreis zum zentrum bewegt sich das wasser in einem runden gefäss, jenachdem es von aussen oder von innen angestossen wird. Mir kam, was ich da sage, gleich in den sinn, sobald die glorreiche seele des Thomas schwieg, wegen der ähnlichkeit, die sich ergab aus seinem reden und dem Beatrices, der es gefiel, nach ihm so anzuheben: „Diesem tut not, doch sagt er es euch nicht, weder mit der stimme, ja noch kaum in gedanken, noch einer andern wahrheit an die wurzel zu gehen. Sagt ihm, ob das licht, in dem euer wesen erblüht, ewiglich mit euch so bleiben wird wie es jetzt ist, und wenn es bleibt, sagt ihm, wenn ihr wieder sichtbar geworden seid, wie es sein kann, dass es euren augen nicht weh tut.“

Es ist schon lange her, das Dante selbst eine frage gestellt hat; im himmel wissen sie schon voraus, was er wissen will, und liebevoll stillen sie seinen durst, bevor er bittet. Auch Beatrice überlässt diesmal andern die theologischen erörterungen. Jetzt geht es um die auferstehung des leibes.

Wie reigentänzer manchmal, von hellerer freude gestossen und gezogen, ihre stimme heben und sich lebhafter bewegen, so zeigten nach dieser hilfsbereiten und ehrfürchtigen rede die heiligen ringe neue freude im rundtanz und in ihren wunderbaren stimmen. Wer jammert, dass man hier sterben muss, um dort oben zu leben, sah nicht dort den regen ewiger erquickung. Jener eins und zwei und drei, der immer lebt und immer herrscht in drei und zwei und einem, alles umfassend, selber nicht umfasst, war dreimal von jedem jener geister besungen worden in solcher melodie, dass sie für jedes verdienst lohnes genug wäre, und ich vernahm in dem göttlichsten licht des kleineren kreises eine stimme, die vielleicht wie die des engels zu Maria war, die bescheiden antwortete: „Solang das fest des paradieses währt, solang wird unsre liebe uns rings mit solchem kleid umstrahlen. Seine helligkeit folgt aus unserer glut, die glut aus der schau, und diese ist so rein, wie sie über verdienst gnade empfängt. Wenn dann das gloriose und geheiligte fleisch uns neu umkleidet, wird unsere person, weil sie wieder ganz vollständig ist, der gnade noch würdiger. Darum wird das gnadenlicht, das das höchste Gut uns schenkt, zunehmen, licht, das uns instand setzt, Ihn zu schauen, so muss die schau wachsen, wachsen die glut, die sich aus ihr entzündet, wachsen das strahlen, das von dieser ausgeht. Aber wie flammende kohle an lebendiger leuchtkraft die flamme übertrifft, so dass ihre sichtbarkeit erhalten bleibt, so wird dieser glanz, der uns jetzt umstrahlt, übertroffen von dem fleisch, das zurzeit von der erde überdeckt ist. Auch wird soviel licht uns nicht überanstrengen; denn die organe des körpers werden stark genug sein für alles, was unsere lust erhöhen kann.“ So rasch und aufmerksam hörte ich darauf den einen und den andern chor amen sprechen, dass sie damit wohl zeigten, wie sie nach ihren toten leibern verlangten - vielleicht nicht nur für sich selbst sondern für die mama, den vater und die andern, die ihnen teuer waren, bevor sie zu immerwährenden flammen wurden.

Schon griechisch, ursprünglich wohl orientalisch, aber nicht jüdisch, ist eine feindschaft gegen den leib; die Orphiker lehrten: „soma sema“ der leib ist ein grabmal, das hiesige leben ist tod. Platon gibt diesem gefühl starken aus-

druck, es findet sich auch bei Cicero und ist als ein wesentliches element ins christentum eingegangen, wo es bis zur askese führt. Andere, zumal die Aegypter, wollen den tod nicht wahrhaben, glauben an körperliches weiterleben und bringen totenopfer. Das führt im christentum, als ein kompromiss zwischen diesen beiden gefühlsschichten, zur lehre von der auferstehung der leiber. Dieses „ja" zum leib musste für Dante, den mit allen sinnen lebenden künstler, besonders bedeutsam werden. Wie ihm nach dem Jüngsten Tag die höllenpeinen schmerzhafter werden, so die himmlische seligkeit seliger. Dahinter steht auch das dilemma, dass er himmel und hölle jetzt schon erlebt, wo doch eigentlich erst der weltenrichter am Jüngsten Tag entscheidet.

Und sieh, ringsum in gleichmässiger helligkeit erhob sich ein schimmer über dem, der dort schon war, nach art eines sich erhellenden horizontes, und wie beim aufsteigen des frühsten abends neue erscheinungen am himmel beginnen, so, dass der anblick wahr und nicht wahr scheint, so war mir, ich begänne dort neue wesenheiten zu sehen, die einen kreis bildeten ausserhalb der beiden andern ringe. O wahres funkensprühen des Heiligen Geistes, wie trat es plötzlich und gleissend vor meine augen, die, überwältigt, es nicht ertrugen. Aber Beatrice zeigte sich mir so schön und lächelnd, dass mir der anblick bei jenen bildern bleiben muss, die mein geist nicht festhalten konnte. Aber darauf gewannen meine augen neue kraft sich zu erheben, und ich sah mich allein mit meiner herrin zu noch höherem heil enthoben. Wohl bemerkte ich, dass ich höher gestiegen war an dem feurigen lachen des sterns, der mir ungewöhnlich rot schien. Mit meinem ganzen herzen und in jener sprache, die für alle dieselbe ist, brachte ich Gott mein ganzopfer dar, wie es sich bei dieser neuen gunst gebührte. Und noch war in meinem herzen die glut des opferns nicht erschöpft, als ich fühlte, dass diese darbringung genehm und glückbringend war. Dann erschienen mir innerhalb zweier strahlen glänze mit solcher lichtfülle und solcher röte, dass ich sprach: O Elios, dass du sie so aufschönst!

Dante wusste, das Helios griechisch der sonnengott ist, hielt das wort aber für identisch mit dem hebräischen El, Gott. Es ist Gott, der den seelen im Mars noch höhere strahlungskraft verleiht.

So wie von kleineren oder grösseren lichtern getupft zwischen den polen der welt die milchstrasse weiss blinkt, die auch den hochgelehrten rätsel aufgibt, in solcher konstellation bildeten im tiefen Mars jene strahlen das ehrwürdige zeichen wie die gemeinsamen linien der quadranten im kreis. Hier übersteigt meine erinnerung meinen geist, denn an jenem kreuze blitzte Christus, sodass ich keinen angemessenen vergleich zu finden weiss; aber wer sein kreuz auf sich nimmt und Christus folgt, wird mich dereinst entschuldigen für diese unterlassung, wenn er in jenem schimmer Christus funkeln sieht.

Im Mars bewegen sich auf den armen eines griechischen kreuzes die glaubensstreiter; zu ihnen gehören die märtyrer, und als deren erster erscheint hier auch Christus.

Von horn zu horn und zwischen gipfel und fuss bewegten sich lichter, die stark aufblitzten wenn sie sich begegneten und kreuzten. So sieht man hienieden die winzigen staubteilchen, grade und gekrümmte, schnelle und langsame, lange und kurze, immer wieder neu anzusehn, einherschweben auf einem strahl, mit dem sich manchmal der schatten streift, den leute zu ihrer verteidigung mit geist und kunst sich schaffen. Und wie geige und harfe abgestimmt in der spannung vieler saiten ein klingklang machen, süss auch für den, der die weise noch nicht erfasst hat, so war von den lichtern, die mir dort erschienen, dem kreuze entlang eine melodie zu vernehmen, die mich hinriss, ohne dass ich den hymnus verstand. Wohl bemerkte ich, dass es ein hohes loblieb war, denn wie „auferstehe" und „siege" drang es zu mir wie zu einem, der hört aber nicht versteht. Davon erfüllte mich liebe so sehr, dass es bis dahin nichts gab, was mich mit so süssen banden gefesselt hätte. Vielleicht erscheint mein wort als zu gewagt, wenn ich sogar die lust an den schönen augen hintanstelle, in deren anblick mein wunsch zur ruhe kommt. Aber wer bedenkt, dass diese lebendigen siegel aller schönheit mehr macht haben je weiter oben, und dass ich mich hier noch nicht ihnen zugewandt hatte, wird mir verzeihen können, wessen ich mich nur zeihe um mich zu entschuldigen, und wird sehen, dass ich wahr rede; denn die heilige lust ist hier nicht beiseitegeschoben, da sie ja immer reiner wird im steigen.

Hätte Dante die im Marshimmel noch einmal gesteigerte schönheit Beatrices schon wahrgenommen, so hätte er nicht sagen können, dass ihn nie etwas so entflammt hätte wie hier das passionskreuz.

15. Gesang

Gütiger wille, in dem sich aufrichtig atmende liebe ebenso klar zeigt wie begehrlichkeit in bösem, gebot jener süssen leier schweigen und liess die heiligen saiten ausschwirren, die die hand des himmels selber anzieht und lockert. Wie sollten jene wesenheiten für gerechte bitten taub sein, da sie, um in mir den wunsch zum bitten zu erwecken, so einträchtig verstummten? Es ist wohl recht, dass der ohne ende leide, der aus liebe zu dingen ohne dauer sich auf ewig der andern liebe beraubt.

Wie durch die stille, reine himmelsheitre plötzlich quer ein funke läuft und die augen, die ruhig standen, auf sich zieht, als wär's ein stern, der seine stelle vertauschte, nur dass dort wo er erglimmt nichts verloren geht und er selbst kurz dauert, so lief vom horn, das sich nach rechts erstreckt zum fuss jenes kreuzes ein stern aus der konstellation, die dort erstrahlt. Das kleinod sprang nicht aus seiner fassung, sondern durchlief den radialen streifen und war wie feuer hinter alabaster.

Durchscheinende alabasterscheiben sah Dante, und sehen wir heute noch in Santa Sabina in Rom und im grab der Galla Placidia in Ravenna. - Noch ehe jenes licht sich als Dantes ahn zu erkennen gibt, erinnert die szene an die begegnung des Anchises mit seinem sohn Aeneas in der unterwelt (Aeneis VI 624).

So liebreich erzeigte sich der schatten des Anchises, wenn unser grösster dichter glauben verdient, als er im Elysium seines sohnes ansichtig wurde. „Du mein blut, überströmende gnade Gottes, wem ward je wie dir des himmels pforte zweimal aufgetan?“

Diese anrede gibt Dante in reinem latein, das erhöht die würde des sprechenden. Mit der jetzigen himmelsreise ist dem dichter auch die ewige seligkeit verbürgt.

So jenes licht, worob ich mich ihm zuwandte; dann drehte ich den blick zu meiner herrin, und diese wie jenes setzte mich in erstaunen. Denn in ihren augen erglühte ein solches lächeln, dass ich dachte, mit den meinigen auf den grund der mir gewährten gnade und meiner seligkeit zu dringen. Und der geist, anzusehn und anzuhören gleich beglückend, fügte seinen ersten worten dinge bei, die ich nicht verstand; so tief sprach er. Nicht willentlich verbarg er sich mir, sondern notwendigerweise; denn sein gedanke überstieg das den sterblichen gesetzte ziel. Als aber der bogen seines glühenden gefühls sich seiner spannung soweit erleichtert hatte, dass sein reden sich zum ziel unseres begreifens niedersenkte, war das erste, was ich verstand: „Gesegnet seist du, dreifach einer, dass du gegen meinen samen so gütig warst.“ Und er fuhr fort: „Willkommenes und langes darben, das ich mir lesend aus dem grossen buch zog, wo sich weiss und braun nie verändern, hast du, sohn, mir innerhalb dieses lichtes, in dem ich zu dir spreche, gelöst, dank ihr, die dich zum hohen fluge befiedert hat.

Im schicksalsbuch, in dem nie radiert wird, hatte Cacciaguida gelesen, dass sein erbe hier heraufkommen werde.

Du glaubst, dass dein gedanke von ihm, der aller ursprung ist, zu mir gelange, wie aus der eins, wenn man sie kennt, die fünf und die sechs ausstrahlt, und darum fragst du mich nicht, wer ich denn bin und warum ich mich dir freudenvoller zeige als irgend ein anderer in dieser frohen schar. Und du glaubst recht; denn die geringen und die grossen in diesem leben schauen in den spiegel, in dem der gedanke, ehe du ihn denkst, offen liegt. Aber damit die heilige liebe sich noch schöner erfülle, in der ich mit unablässiger schau wache und in süssem verlangen dürste, so lass deine stimme sicher, kühn und froh deinen willen verlauten, dein begehr verlauten, worauf meine antwort schon beschlossen ist." Ich wandte mich zu Beatrice, und sie vernahm, bevor ich sprach, und lächelte mir einen wink zu, der meinem wunsch die flügel wachsen liess. Darauf begann ich so: „Das fühlen und die einsicht traten in jedem von euch, sobald ihr der ersten ausgewogenheit ansichtig wurdet, ins gleichgewicht, weil die sonne, die euch mit ihrer wärme und ihrem licht erleuchtete und durchglühte, in solchem ebenmaass ist, dass alle vergleiche dürftig sind. Aber in den sterblichen sind wollen und geistesklarheit aus dem euch ersichtlichen grunde mit unterschiedenen federn beflügelt, weshalb ich, der ich sterblich bin, mich in dieser ungleichheit befangen fühle, und darum danke ich für die väterlich festliche begrüssung nur mit dem herzen.

Für die fülle des gefühls kann Dante das wort nicht finden. Nur in Gott sind liebe, geist und gerechtigkeit im gleichgewicht, weil alle unendlich.

Inständig flehe ich dich an, du lebendiger topas, der in diesem kostbaren kleinod das juwel ist, dass du mich mit deinem namen sättigest." - „Du mein grünes laub, an dem ich wohlgefallen fand schon beim blossen warten, ich war deine wurzel." Damit machte er den anfang seiner antwort. Dann sagte er mir: „Der, nach dem deine familie heisst und der jetzt hundert und mehr jahre den berg auf seinem ersten bord umkreist hat, war mein sohn und war dein urgrossvater. Wohl ziemt es sich, dass du ihm die lange pein kürzest mit deinen werken.

Damals lebte Fiorenza innerhalb des alten mauerringes, von wo sie heut noch terz und non aufnimmt, in frieden, nüchtern und keusch. Noch trug sie keine kettchen, keine krönchen, keine schmucken röcke, keine gürtel, die sehenswerter waren als die frau selbst. Noch machte die tochter bei der geburt schon dem vater angst, denn zeit und mitgift überschritten und unterschritten nicht das maass.

Heute nämlich heiraten die mädchen viel zu früh, schon vor zwanzig, und es wird eine unsinnig hohe mitgift erwartet. Die neuen häuser sind viel zu gross für den bedarf der familie. - Sardanapal war ein sprichwörtlich ausschweifender Assyrerkönig des siebten jahrhunderts v. Chr.

Noch waren häuser nicht leer von familie, noch war Sardanapal nicht eingetroffen, um zu zeigen, was man in der kammer alles kann. Noch war Montemario nicht übertroffen vom Ucellatoio, der, wie er ihn beim aufstieg überflügelte, so ihn im niedergang überholen wird.

Der Montemario gewährt dem wandernden den ersten anblick von Rom, wie der „Voglerberg" den von Florenz. Florenz entwickelte sich zu grösserer pracht als Rom, wird aber bald von Rom überholt werden. - Schlicht waren die ledergürtel mit schnallen aus horn oder bein.

Ich sah, wie Bellincion Berti mit leder und bein gegürtet einherging, und seine frau trat vom spiegel ohne gemaltes gesicht; und ich sah del Nerlo und del Vecchio zufrieden mit ungefüttertem pelz und ihre damen mit haspel und rokken. Glückliche frauen! Jede konnte ihres grabes sicher sein, und noch lag keine Frankreichs wegen allein im bett (*weil die männer auf geschäftsreisen abwesend waren*).

Die eine mühte sich um die wiege, wachte und brauchte zum trösten die sprechweise, an der sich vater und mutter zuerst ergötzen, die andre zog am schopf der kunkel und plauderte dabei mit ihrem gesinde von den Troianern, von Fiesole und Rom. Damals hätte man eine Cianghella, einen Lapo Salterello für ein solches wunder gehalten wie heute Cincinnatus wäre oder Cornelia.

Die berühmten beispiele von Römertugend, die heute so auffallen würden wie damals eine eitle mondäne oder ein gewissenloser politiker.

So geruhsamem, so schönem bürgerlichem leben, so treuer nachbarschaft, so trauter herberge, schenkte mich Maria, angerufen mit lauten schreien (*in den geburtswehen*),

und in euerem alten baptisterium wurde ich gleichzeitig christ und Cacciaguida. Moronto und Eliseo waren meine brüder. Meine herrin kam zu mir aus dem tal des Po, und von ihr stammt dein geschlechtsname.

Sie war eine Aldighieri, wohl aus Ferrara, und nannte einen ihrer söhne darum Alighieri. Dieser, Dantes urgrossvater, hatte einen sohn Bellincione, und dieser nannte einen seiner söhne wieder Alighieri. Die Elisei leiteten sich ab von den ältesten römischen besiedlern von Florenz. - Cacciaguida, geboren 1091, wurde 1128 gefolgsmann kaiser Konrads III., nahm mit diesem 1148 an dem von Bernhard gepredigten zweiten kreuzzug teil und kam dabei um. Die im glaubenskrieg gefallenen gelten als märtyrer.

Dann folgte ich dem kaiser Konrad, und er umgürtete mich mit dem ritterschwert, so sehr gewann ich durch treue dienste seine gunst. In seinem gefolge zog ich gegen die verderbtheit jenes gesetzes, dessen volk aus schuld eures hirten eure gerechtsame usurpiert. Dort ward ich von jenem schändlichen volk der hüllen der trügerischen welt entkleidet, zu der die liebe so viele seelen entstellt, und vom martyrium kam ich in diesen frieden."

16. Gesang

Ach unsre kleine vornehmheit des blutes! Wenn deinetwegen die leute hier unten sich rühmen, wo unser gefühl kraftlos ist, will ich mich nie mehr darüber wundern; denn dort, wo das verlangen sich nicht verbiegt, im himmel sag ich, rühmte ich mich deiner! Du bist recht ein mantel, der bald zu kurz wird, so dass, wenn man nicht tag für tag anstückt, die zeit um ihn herumgeht mit der schere. Mit dem „Ihr“, das zuerst Rom aufkommen liess, bei dem aber seine bewohner weniger verharren, begannen meine worte,

Dass sein ahn den ritterschlag empfangen hatte und märtyrer war, macht Dante geradezu adelsstolz; nun redet er ihn mit „Ihr“ an wie sonst nur hochverehrte, Farinata, Brunetto Latini, Beatrice. Dies „Ihr“ kam in Rom auf - Dante meint: für Julius Caesar - hat aber gerade in Rom sich weniger durchgesetzt.

worauf Beatrice, die etwas abseits stand, es mit einem lächeln jener gleichtat, die, wie wir lesen, beim ersten fehltritt Ginevras hustete.

In dem schon früher zitierten liebesroman von Lanzelot gab eine hofdame, als die königin Ginevra ihren liebhaber küssen wollte, hüstelnd zu erkennen, dass sie anwesend war und es missbilligte. So hatte Beatrice Dante durchschaut und lächelte über seine schwäche.

Ich begann: „Ihr seid mein vater, Ihr gebt mir alle kühnheit zum reden, Ihr erhebt mich so, dass ich mehr bin als ich bin. Aus so viel bächen füllt sich mein herz mit jubel, dass es sich selbst zur freude wird, weil es das aushält ohne zu zerspringen. So sagt mir denn, mein teurer stammvater, welches Eure vorfahren waren und was das für jahre waren, die man in Eurer kindheit zählte. Sprecht mir vom pferch des heiligen Johannes, wie gross er damals war, und wer die leute waren, die darin der höheren schemel würdig waren.“

Johannes der Täufer war der patron von Florenz. Dante fragt nach den namhaften familien.

Wie sich eine flammende kohle im windeshauch belebt, so sah ich jenes licht bei meinen schmeichelworten aufleuchten, und wie es vor meinen augen sich verschönte, so sprach es mit sanfterer und lieblicherer stimme, aber nicht in dieser heutigen redeweise. Er sagte mir: „Seit jenem tag, an dem das erste Ave gesprochen wurde, bis zu der geburt, mit der meine mutter, die jetzt heilig ist, sich von mir, mit dem sie schwanger war, entlastete, kam dieses feuer hier fünfhundertachtzig mal zu seinem Löwen zurück, um sich unter seiner tatze neu zu entflammen.

Wir sind im Mars, und Cacciaguida rechnet die zeit nach Marsjahren. 580 Marsjahre, zu 687 tagen gerechnet, führen auf ein geburtsjahr 1091 v. Chr. Dann wäre er freilich mit 57 jahren zum kreuzzug aufgebrochen. Man hat darum auch angenommen, Dante habe das Marsjahr zu rund zwei sonnenjahren gerechnet, und wenn man in der zahlangabe statt 550 + 30 konjiziert 550 + 3, so kommt man auf ein geburtsjahr 1106. Sei dem wie ihm wolle. - Wenn sein geburtshaus innerhalb des alten mauerrings lag (den am Palio, am Johannistag, die reiter durchritten), so beweist das, dass die familie alteingesessen war. Seither sind zum quartier von Porta San Piero neue quartiere dazugekommen.

Meine ahnen und ich wurden dort geboren, wo sich einst das letzte der quartiere befand, die euer jährliches spiel durchläuft. Es genüge, von meinen vorfahren soviel zu sagen; wer sie waren und woher sie hierher kamen, geziemt sich eher zu beschweigen als zu bereden.

Wenn sie alteingesessen waren, muss hier nichts vertuscht werden; aber im himmel spielt familientradition und ahnenstolz keine rolle mehr. Was aber Cacciaguida immer noch beschäftigt, ist der wandel der Florentiner bevölkerung in den verflossenen zweihundert jahren. Dabei geht es nur um auf- und abstieg der namhaften geschlechter, deren kämpfe ja die stadtgeschichte bestimmen. Das kleine volk tritt noch kaum in Dantes gesichtskreis.

Alle, die zu jener zeit waffenfähig waren zwischen Mars und dem Täufer, waren ein fünftel derer, die jetzt leben.

Zwischen dem Baptisterium am nordrand der alten stadt und einer verstümmelten Marsstatue am Ponte Vecchio. Ein chronist zählt zu Dantes zeit 30 000 waffenfähige; das führt auf eine einwohnerzahl von rund 120 000 - das ist die grössenordnung, die wir auch etwa vom klassischen Athen kennen: für Dante gilt es schon als ungesunde aufblähung.

Die folgende aufzählung der alten geschlechter hat man mit der heldenschau in Vergils sechstem buch verglichen; aber während es dort um den ruhm der künftigen Römer geht, steht hier alles unter dem gedanken von niedergang und vergänglichkeit. Da hier fast jeder einzelne satz erklärungsbedürftig ist, schieben wir unsern kommentar gleich in den text ein; der leser vergleiche die simplen fakten mit der art, wie Dante den stoff durch anspielungen, die die zeitgenossen verstanden, durch vergleiche und umschreibungen, durch raffen und dehnen dichterisch gestaltet. Kaum eine andere partie der Commedia ist so bis in die einzelheiten zeitgebunden.

Aber die bürgerschaft, die jetzt vermischt ist mit leuten aus Campi, aus Certaldo und Figghine *(ortschaften im Bisenzio-, Elsa- und Arnotal)*, sah man damals rein bis zum letzten handwerker. O wieviel besser wäre es gewesen, jene leute, die ich nenne, wären eure nachbarn geblieben und ihr hättet bei Galluzzo und Trespiano *(nahgelegenen orten an den strassen nach Siena und Bologna)* eure grenzen, statt sie drinnen zu haben und den gestank auszuhalten des bauern von Aguglione und dessen von Signa, der schon auf unterschleif das auge spitzt. *(Aus Aguglione im tal der Pesa und aus Signa, an der strasse nach Empoli, stammten zwei üble Politiker.)* Wäre das volk, das in der welt am schlimmsten aus der art schlägt *(die kurie)* dem kaiser nicht stiefmutter gewesen sondern gütig wie eine mutter ihrem sohn, so wäre einer, der Florentiner geworden ist, ein wechsler und händler, nach Simifonte zurückgekehrt, wo sein grossvater hausierte.

Auf den streit zwischen kaiser und papst, auf den rückzug der kaiser aus Italien, führt Dante den verfall der ordnung in Italien zurück. Aber das aufkommen und wachstum der städte, das die feudalistische und bischöfliche ordnung abgelöst hat, war ja eine gesamt-europäische erscheinung.

Noch würde Montemurlo den grafen gehören - *die grafen Guidi konnten die zwischen Florenz und Pistoja gelegene burg nicht mehr gegen die Pistojesen halten und verkauften sie 1254 an die Florentiner* - und noch wären die Cerchi im sprengel von Aco - *aus Aco am Sieve kamen um 1150 die Cerchi in die stadt und wurden bald reich und häupter der partei der Weissen* - und vielleicht die Buondalmonti im Grevetal - *deren burg die Florentiner 1135 eroberten. So griff Florenz im 12. jahrhundert um sich, und die entmachteten feudalherren zogen in die stadt, wo sie in gegensatz traten zu den alteingesessenen bürgerlichen.*

Immer war die vermischung der personen der anfang des unglücks der stadt, wie im körper speise, die zuviel ist; und ein blinder stier stürzt eher als das blinde lamm - *das geht auf das einsichtslose grössenwachstum* - und oftmals schneidet ein degen besser als ihrer fünf. Schaust du auf Luni und Urbisaglia, wie sie dahin sind, und wie nach ihnen Chiusi und Sinigaglia vergehen - *Luni an der Magra, Urbisaglia in den Marche, schon im altertum zerstört, Chiusi im niedergang, Sinigaglia an der Adria 1264 von Sarazenen verwüstet* - so wird es dir keine neuigkeit, nichts unerhörtes scheinen, wenn du hörst, wie die sippen untergehn, nachdem doch ganze städte ihr ende finden. All eure dinge haben ihren tod so wie ihr selbst, aber bei einigen die länger bestehen, bleibt er unbemerkt, und die leben sind kurz, und wie die umdrehung des mondhimmels die gestade ohne unterlass bedeckt und freilegt, so tut das schicksal mit Florenz. Darum darf dir nicht verwunderlich erscheinen, was ich von den hohen Florentinern sagen werde, deren ruf mit der zeit verloren ging. Ich sah die Ughi, sah die Catellini, Filippi, Greci, Ormanni, Alberichi schon im niedergang, angesehene bürger - *zu Dantes zeit ausgestorbene geschlechter* - und ich sah in der alten grösse mit denen von Sannella, denen von Acra die Soldanieri und Ardinghi und Bostichi - *zu Dantes zeit heruntergekommene geschlechter.* Oberhalb des tores, das gegenwärtig beladen ist mit neuer verräterei von solcher schwere, dass die barke bald sinken wird, wohnten die Ravignani, von denen graf Guido stammte und alle, die ihre namen vom hohen Bellincione herleiteten. - *An der Porta San Piero wohnen jetzt die zugewanderten, neureichen Cerchi, deren streitereien mit den Donati zum ruin von Florenz führten. Sie erwarben diese häuser 1280 von den grafen Guidi, und diese hatten sie geerbt von den alteingesessenen Ravignani. Deren haupt war zu Cacciaguidas zeit der im vorigen gesang wegen seiner schlichten tracht genannte Bellincione Berti, der mehrere töchter hatte; von Gualdrada stammte der in der Hölle (XVI) genannte Guido Guerra, andere enkel hiessen wieder Bellincione. Und nun die Cerchi - welcher abstieg!* - Der von Pressa wusste schon, was regieren heisst, und Galigaio hatte schon in seinem haus den degen mit goldenem griff und knauf. - *Zwei ghibellinische familien, durch ihre verbannung 1251 entmachtet, die eine in ämtern erfahren, die andere mit dem ritterschwert geadelt.* Gross war schon damals die säule aus feh - *ein senkrechter strich aus pelzwerk in rotem feld, das wappen der Pigli* -, die Sacchetti, Giuochi, Fifanti, Barucci und Galli und jene, die wegen des scheffels erröten - *die Chiaramontesi, deren einer als salzmeister das salz mit betrügerisch verkleinertem scheffel austeilte,* - der stamm, dem die Calfucci entsprossten, war dazumal gross - *ein inzwischen abgestorbener zweig des stammes Donati* - und schon waren die Sizii und Arrigucci zu hohen ämtern berufen. O in welchem glanz sah ich die, die wegen ihres hochmutes herunterkamen - *die Uberti, zu denen jener Buondelmonte gehörte, der seine verlobte sitzen liess* - und die goldenen kugeln waren der flor von Florenz bei all dessen grosstaten, - *goldkugeln im blauen feld waren das wappen der Lamberti* - desgleichen die väter derer, die, sooft eure kirche verwaist ist, mit sitz im konsistorium fett werden. - *Die Visdomini und die Tosinghi hatten bei jeder sedisvacanz die bischöflichen güter zu verwalten.* - Die verwegene sippschaft, die hinter dem fliehenden sich verdracht und gegen den der seine zähne, oder seine börse, zeigt, sich wie ein lamm sänftigt, kam schon damals hoch, sie waren aber kleine leute gewesen, sodass es Ubertin Donato missfiel, als sein schwäher sich zu ihrem verwandten machte. - *Der schon genannte Bellinicione Berti hatte eine seiner töchter dem vornehmen Ubertino Donati gegeben, aber eine andere einem Adimari. Ein Adimari hatte sich den besitz des verbannten Dante angeeignet.* - Damals war der Caponsacco von Fiesole herabgestiegen an den markt und waren Giuda und Infangato angesehene bürger - *lauter ghibellinische familien, die 1251 als verbannte ihr ansehen verloren.* - Ich sage dir, was unglaublich klingt, aber wahr ist: in den kleinen mauerring trat man ein durch ein tor, das nach den edeln Pera hiess. - *Die familie Pera war ausgestorben, aber es gab noch die Porta Peruzza.* - Jeder der etwa vom schönen wappen des grossen barons trägt, dessen namen und lobpreis das Thomasfest auffrischt, hatte von ihm rittertum und vorrechte empfangen, ausser dass heute einer sich zum volk schlägt, der es mit einem fries umwindet. - *Der Marchese Hugo von Toscana starb am Thomastage 1001 und wurde in der von ihm gegründeten Badia beigesetzt. Er hatte mehrere Florentiner geschlechter geadelt, sein wappen zeigte sieben rote und weisse querstreifen; ein abtrünniger war Gian della Bella, anführer eines volksaufstandes 1293; der hatte sein wappen mit einem goldband umwunden.* - Damals gab es die Gualterotti und die Importuni, und noch hätte der Borgo - *Borgo Santi Apostoli, nicht weit vom Ponte Vecchio, wo sie wohnten* - mehr ruhe, wenn sie neuer nachbarn ledig geblieben wären. - *Die oben genannten Buondelmonte waren zugezogen. Im jahre 1215 hatte ein Buondelmonte eine ihm verlobte Amidei sitzen lassen, um nach dem wunsch einer Donati deren tochter zu heiraten, und die beleidigten Amidei lauerten ihm mit andern am ostertag am Ponte Vecchio auf und erschlugen ihn. Der üble ratgeber Mosca Lamberti (aus Hölle XXVIII) hatte dazu geraten, statt dass man ihn nur verprügle. „Getanes ding hat ein gesicht". Dieser mord spaltete die bürgerschaft in eine guelfische und eine ghibellinische partei, und seither war des blutvergiessens und der vertreibungen kein ende. Aber begonnen hatte es mit den Amidei.* -

Das haus, das eure tränen hervorrief wegen der gerechten empörung, die euch tote brachte und euerm frohen leben ein ende setzte, damals stand es in ehren, es selbst und die befreundeten. O Buondelmonte, wie übel bist du auf den rat von andern der hochzeit mit ihnen ausgewichen! Viele wären froh, die traurig sind, wenn Gott dich der Ema überlassen hätte, als du das erste mal in die stadt kamst! - *Als wäre Buondelmonte ein gattungsname, sosehr empfand man familien als einheit, bezieht sich dies du auf den urgrossvater, der 1135 einwanderte und beim ritt in die stadt, heisst es, beinahe in der Ema ertrunken wäre.* Es passte wohl zu jenem verstümmelten stein, der die brücke bewacht, dass Florenz in seinem frieden ihm opfer brachte. *Die zerbrochene Marsstatue wollte ein opfer - eben den dort erschlagenen Buondelmonte.* - Mit jenen leuten und mit andern zusammen sah ich Florenz in solcher ruhe, dass es keinen anlass hatte zu klagen. Mit jenen leuten sah ich sein volk ruhmreich und gerecht so sehr, dass die lilie nie verkehrt auf die stange gesetzt wurde noch wegen der spaltung rot wurde.“ *An umgedrehter fahnenstange pflegten die sieger die fahne der besiegten über den boden zu schleifen. Die weisse lilie im roten feld nahmen 1251 die vertriebenen Ghibellinen als ihr wahrzeichen, worauf die Guelfen in der stadt die farben vertauschten.*

17. Gesang

Der gesang beginnt mit einem mythologischen vergleich: Phaethon war der sohn des sonnengottes Helios, aber redensarten seiner gefährten erregten in ihm zweifel. Er stellte seine mutter Klymene zur rede, sie wies ihm den weg zu Helios, und dieser stellte ihm zur bestätigung einen wunsch frei. Da bat er, einen tag lang den sonnenwagen führen zu dürfen. Umsonst flehte Helios ihn an, zu verzichten - Phaethon bestieg den wagen, konnte die rosse nicht meistern und kam in den flammen der brennenden erde um. Kein wunder, wenn nun väter ihren söhnen gegenüber zurückhaltender sind. Worüber Dante sich vergewissern will, das sind die anspielungen auf seine bevorstehende verbannung in den gesprächen mit Farinata, Brunetto Latini, Vanni Fucci, Oderisi.

Wie vor Klymene, um sich zu vergewissern über das, was er gegen sich vernommen hatte, der trat, der heut noch väter ihren söhnen gegenüber kargen lässt, so war ich, und so wurde ich verstanden von Beatrice und von der heiligen leuchte, die vorher meinetwegen ihren platz vertauscht hatte, weswegen meine herrin: „Lass die lohe deines wunsches heraus, sagte sie mir, sodass sie vom innern stempel klar geprägt hervorkommt; nicht damit unsere kenntnis durch dein reden zunehme, aber dass du dich gewöhnst, deinen durst zu sagen, sodass man dir einschenkt." - „Mein teurer wurzelgrund, der du dich so aufhöhst, dass du so klar, wie die sterblichen sinne sehen, dass ein dreieck nicht zwei stumpfe winkel fasst, alle begebnisse siehst noch bevor sie eintreten, weil du den punkt schaust, in dem alle zeiten gegenwart sind: solang ich mit Vergil verbunden war, den berg hinan, der die seelen heilt, und beim abstieg in die tote welt, wurden mir über mein künftiges leben bedenkliche worte gesagt - wenn ich mich auch vor den schlägen des schicksals recht wie ein würfel fühle. Darum würde mein wunsch befriedigt, zu vernehmen, was für ein geschick auf mich zukommt; denn der voraus erblickte pfeil kommt langsamer." So sprach ich zu jenem selben licht, das mir erst geredet hatte, und so war, wie Beatrice wollte, mein wunsch gestanden. Ohne die umschweife, denen einst das verblendete volk auf den leim ging, als noch das lamm Gottes nicht getötet war, das die sünden aufhebt, sondern in klaren worten und genauem latein antwortete mir jene väterliche liebe, in ihrem eignen lächeln eingeschlossen und durchscheinend: „Die welt der zufälle, die sich nicht über das buch eurer materie hinaus erstreckt, ist vollkommen im ewigen auge abgemalt. Notwendigkeit entnimmt sie aber daraus nicht, so wenig wie aus dem auge, in dem es sich spiegelt, ein schiff, das in der strömung niederfährt.

Wo bleibt die willensfreiheit, die Dante so viel, ja alles bedeutet, wenn der mensch doch nur vollzieht, was längst vorausbestimmt ist? Mit dem bild vom zuschauer rettet Dante den freien willen gegen die prädestination. Die frage stellt sich gerade hier am richtigen ort, wo prophezeit werden soll.

Von dort her, wie die süsse harmonie einer orgel zu den ohren kommt, so kommt mir zu augen die zeit, die sich für dich vorbereitet. Wie Hippolytos Athen verliess wegen der gottlosen und heimtückischen stiefmutter, so musst du Florenz verlassen.

Phädra, die junge zweite gemahlin des alternden Theseus, liebte ihren stiefsohn, und als er keusch ihre anträge zurückwies, verleumdete sie ihn beim vater, er habe ihr nachgestellt - die ewige Potifargeschichte. So ohne jede schuld wie Hippolytos wurde Dante aus Florenz verbannt. Er gehörte zur partei der Weissen, an deren spitze die Cerchi standen; guelfisch waren beide parteien, aber der papst hielt zu den Schwarzen und ihrem anführer Corso Donati. Wohl schon 1300 spann er die fäden, die zum eingreifen Karls von Valois führten und im herbst 1301 zum sturz der Weissen. Dante hatte schon als prior 1300 sich diesen machenschaften widersetzt; 1302 war er zu vergeblichen verhandlungen in Rom und empfing dort im januar ein buss-dekret, im mai die nachricht von seiner verbannung, weshalb er nicht mehr nach Florenz zurückkehrte. So kann schon ostern 1300 Cacciaguida sagen:

Dies will man, dies sucht man jetzt schon, und bald wird es getan sein von dem, der darauf sinnt dort, wo Christus tagtäglich verschachert wird. Die schuld wird im allgemeinen geschrei dem geschlagenen teil folgen, wie gewöhnlich; aber die wahrheit wird eine rache gewähren, die für sie zeugt.

Vermutlich geht das auf den späteren sturz des Corso Donati.

Du wirst jedes ding hinter dir lassen, das du am innigsten liebtest, und das ist der erste pfeil, den der bogen des exils abschnellt. Du wirst erfahren, wie salzig fremdes brot schmeckt, und wie harte wege aufstieg und abstieg sind auf fremden treppen. Was dir aber am schwersten die schultern drücken wird, ist die böswillige und alberne gesellschaft, mit der du in dies tal abstürzen wirst; ganz undankbar, verrückt und gottlos wird sie sich gegen dich betragen; aber nicht lang, wird sie, nicht du, davon rote schläfen bekommen. Der erfolg wird ihre dummheit beweisen, so dass es für dich schön und recht sein wird, dass du für dich selbst eine eigne partei wurdest.

An den ersten versuchen der Fuorusciti, ihre heimkehr zu erzwingen, war Dante noch beteiligt; aber als ein übereilter, von ihm widerratener anschlag blutig niedergeschlagen wurde und es spannungen gab, trennte er sich, wohl schon 1303, von seinen schicksalsgenossen.

Deine erste zuflucht, deine erste herberge wird dir die höflich feine art des grossen Lombarden sein, der auf der leiter den heiligen vogel trägt, der so gütig deiner achten wird, dass zwischen euch beiden das was von bitten und gewähren bei andern das spätere ist, zum ersten wird.

Danach scheint es, dass Dante schon 1304 ein erstes mal in Verona zuflucht fand. Dort herrschten die Scaliger, deren wappen eine leiter war, auf der der kaiserliche adler sass; denn Bartolomeo della Scala hatte eine urenkelin Friedrichs II. zur frau. Aber Dantes eigentlicher wohltäter wurde erst später der jüngste der drei brüder, Cangrande, der, 1291 geboren, seit 1311 vikar des kaisers Heinrichs VII. war, kriegerisch, grossmütig, treu, auf den Dante die allergrössten hoffnungen setzte. Man hat die rätselhafte prophezeiung vom jagdhund (hund!), Inferno I, der die wölfin aus Italien vertreiben wird, auf diesen Cangrande bezogen. - Jener kaiser Heinrich VII. war von papst Clemens V. nach Italien gelockt, dann aber im stich gelassen worden.

Bei ihm wirst du den sehen, der bei seiner geburt von diesem starken stern so geprägt wurde, dass seine taten denkwürdig werden. Noch wurden die leute dessen nicht gewahr wegen seiner jungen jahre; denn erst neun jahre haben sich diese kreise um ihn gedreht. Aber bevor der Baske den hohen Heinrich betrügt, werden die funken seiner grösse sichtbar in seiner verachtung des geldes und der mühen. Sein fürstliches wirken wird noch so bekannt, dass auch die zungen seiner feinde davon nicht stumm bleiben können. Auf ihn und seine wohltaten darfst du hoffen, durch ihn werden viele leute ihren stand vertauschen, reiche und bettler, und von ihm wirst du in deinem geiste aufschreiben und bewahren, aber nicht sagen." Und er sprach dinge, die unglaubhaft scheinen werden auch denen, die sie miterleben. Dann fuhr er fort: „Sohn, nun hast du den kommentar zu dem, was dir gesagt wurde, das sind die ränke, die hinter wenig umläufen noch verborgen sind. Ich möchte aber doch nicht, dass du deine nachbarn beneidest, weil ja dein leben weit über die bestrafung ihrer tücken sich zukünftigt." Als nun die heilige seele verstummend zeigte, dass sie zu ende war und in dem webstück, zu dem ich ihr den zettel bot, den einschlag eingeschossen hatte, da begann ich wie einer, der in seinen zweifeln lechzt nach dem rat eines menschen, der die dinge sieht und der aufrichtig und liebevoll ist: „Wohl sehe ich, mein vater, die zeit gegen mich heransprengen, um mir den streich zu versetzen, der desto härter trifft, je mehr einer sich preisgibt. Darum ist's gut, wenn ich mich mit umsicht wappne, damit ich, wenn mir der liebste ort genommen wird, nicht auch noch die andern verliere durch meine lieder. Unten in der ewig bittern welt und auf dem berg, von dessen schöner kuppe die augen meiner herrin mich emporhoben, und nachher durch den himmel von licht zu licht vernahm ich dinge, die, wenn ich sie wiedersage, vielen leuten schmecken werden wie saure zitronen. Und wenn ich der wahrheit nur ein ängstlicher freund bin, fürchte ich, das leben unter jenen zu verlieren, die diese zeit die alte nennen werden."

Wahrheit ist gefährlich, und besonders für den propheten. Dante hatte ja harte urteile genugsam ausgesprochen. In Genua durfte er sich wegen der Doria nicht blicken lassen.

Das licht, in dem mein dort gefundenes kleinod lächelte, ward erst funkelnd wie ein goldspiegel im sonnenstrahl, dann antwortete es: „Ein finsteres gewissen wegen eigner oder eines nächsten schande wird gewiss dein wort als herb empfinden. Aber dessen ungeachtet schieb jede lüge beiseite und tu alles kund, was du gesehen hast; lass nur die räude, wo sie ist, sich kratzen. Denn mag auch dein wort beim ersten kosten beschwerlich sein, so bleibt doch, wenn es verdaut ist, von ihm lebendige nahrung. Dieses dein schreien wird tun wie der sturm, der die höchsten gipfel am heftigsten schüttelt, und das ist kein geringer grund zur ehre. Darum wurden dir in diesen ringen, auf dem berg und im schmerzenstal nur die seelen gezeigt, die allbekannt sind. Denn des hörers geist haftet nicht und gewinnt nicht festen glauben bei beispielen, die nur im unbekannten und verborgenen wurzeln, und bei gründen, die nicht im vollen licht stehn."

18. Gesang

Schon genoss jener selige spiegel für sich selbst seine gedanken und ich die meinen, in denen sich süss und bitter mischten, und jene frau, die mich zu Gott hinleitete, sprach: „Weg mit diesen gedanken! Denk, dass ich dem nahe bin, der aller unbill die schwere nimmt."

Erlittenes unrecht wird leichter im anschaun Gottes - oder in der gewissheit des göttlichen strafgerichtes - mein ist die rache, spricht der Herr.

Ich drehte mich um zu den liebreichen tönen meines trostes, und welche liebe ich damals in den heiligen augen sah, lass ich hier beiseite - nicht weil ich nur meinem wort misstraute, sondern weil mein geist nicht so hoch über sich zurücksteigen kann ohne fremde führung. Soviel kann ich von jenem augenblikke wiedergeben, dass im blick auf sie mein gefühl von jedem andern wunsche frei war, solange die ewige Freude, die gradaus auf Beatrice strahlte, von ihrem schönen antlitz aus mit dem gebrochenen strahl mich voll befriedigte. Mit dem leuchten eines lächelns, das mich überwältigte, sprach sie: „Dreh dich um und lausche; denn nicht nur in meinen augen ist paradies!" Wie man hier manchmal das gefühl im gesicht lesen kann, wenn es stark genug ist, die ganze seele zu ergreifen, so erkannte ich am flammen des heiligen gefunkels, dem ich mich zudrehte, in ihm das verlangen, noch weiter mit mir zu reden. Er begann: „In dieser fünften stufe des baumes, der sein leben aus seinem wipfel zieht und ewig fruchtet und nie seine blätter abstösst, sind selige geister, die unten, bevor sie in den himmel kamen, grossen namens waren, so dass jede Muse davon wohlgenährt würde. Schau drum auf die hörner dieses kreuzes: wen ich nenne, der wird dort so tun, wie in der wolke ihr zuckendes feuer tut." Ich sah über das kreuz hin ein licht ziehen bei der nennung Josuas, kaum war er genannt; und das aussprechen ward mir nicht schneller kund als das geschehen. Und beim namen des hohen Makkabäus sah ich ein anderes in wirbelnder bewegung, und freude war die peitsche dieses kreisels. So bei „Karl der Grosse" und bei „Roland" folgte mein aufmerksamer blick zweien, wie das auge dem flug seines falken folgt. Dann zogen Wilhelm und Rainard und der herzog Gottfried mein schauen dem kreuz entlang, und Robert Guiscard. Darauf bewegte und mischte sich unter den andern lichtern die seele, die mir gesprochen hatte und zeigte mir ihre ganze kunst unter den himmlischen sängern.

Der kreuzfahrer Cacciaguida als neunter unter den glaubensstreitern: nach Josua, der das heilige land eroberte und Judas Makkabäus, der es dem Syrerkönig Antiochos wieder abgewann, die kämpfer gegen die Sarazenen, Karl der Grosse und Roland und, ebenfalls in helden-epen verherrlicht, ihre zeitgenossen Wilhelm von Orange und der mohr Rainard, der als sklave nach Frankreich kam und ein tapferer ritter wurde; Gottfried von Bouillon hat mit dem ersten kreuzzug Jerusalem erobert, der Normanne Robert Guiscard Sizilien von den Sarazenen befreit.

Ich wandte mich zu meiner rechten seite, zu sehen, ob Beatrice mir durch ein wort oder einen wink bedeute, was ich sollte, und sah ihre augen von solcher reinheit, solcher süssigkeit, dass ihr ausdruck alle früher gewohnten, auch den vom letztenmal, übertraf. Und wie ein mensch bei guten werken von tag zu tag tiefere lust empfindet und daran merkt, wie er in der tugend fortschreitet, so merkte ich, indem ich jenes wunderbild noch verschönert sah, dass der bogen, in dem ich zusammen mit dem himmel ringsum kreiste, sich vergrössert hatte. Und wie im übergang eines kurzen augenblicks das antlitz einer blassen frau wechselt, wenn sie sich der bürde der scham entledigt, so bot es sich meinen augen, als ich mich umsah, wegen der reinen helle des ausgeglichenen sechsten sternes, der mich in sich aufgenommen hatte.

Rot ist der Mars, weiss der Jupiter, der die mitte hält zwischen dem heissen Mars und dem kalten Saturn. Ausgeglichen heiter sind die „jovialen".

Ich sah in jener Jovis-fackel das funkensprühen der liebe, die dort war, wie es vor meinen augen zeichen unserer sprache bildete. Und wie vögel von einer au auffliegen und, um ihrer weide gleichsam dank zu sagen, aus sich bald eine runde, bald eine gestreckte schar bilden, so sangen innerhalb der lichter heilige geschöpfe im flug und formten in ihren figuren bald ein D, bald ein I, bald ein L. Erst tanzten sie singend zu ihrer musik; wenn sie dann eins dieser zeichen geworden waren, hielten sie ein weilchen inne und schwiegen. O göttliche Muse, die du den geistern ruhm und lange dauer verleihst, wie sie mit dir den staaten und den königreichen, erleuchte mich mit dir, so dass ich ihre gestalten herausstellen kann, wie ich sie aufgenommen habe - es zeige sich dein können in diesen kurzen versen. Es zeigten sich also fünf mal sieben vokale und konsonanten, und ich merkte mir die teile so wie sie mir gesagt erschienen. DILIGITE IUSTITIAM waren verb und nomen am beginn des ganzen gemäldes; QUI IUDICATIS TERRAM waren die letzten.

„Liebt die gerechtigkeit, die ihr das land richtet". Es ist der erste spruch im apokryphen buch der „Weisheit Salomonis" als motto für diesen ganzen stern der gerechten könige. Das schliessende M ist zugleich die initiale der für Dante so bedeutsamen Monarchia.

Darauf verblieben sie im M des fünften wortes geordnet, so dass Jupiter dort anzuschaun war wie mit gold eingelegtes silber. Und ich sah andere lichter niedersteigen, wo die höhe des M war, und da zur ruhe kommen, wobei sie, denk ich, das gut besangen, das sie an sich zieht. Dann, wie beim schlag auf brennende klötze ungezählte funken aufsteigen, woraus die toren sich glück zu verheissen pflegen

Wieviel funken, soviel lämmlein, oder ferkel, oder dukaten!

so schaute ich von dort über tausend lichter wieder aufsteigen und die einen hoch, die andern weniger sich heben, wie es die sonne, die sie entflammt, ihnen zuweist. Und als jedes seinen ort gefunden hatte, sah ich kopf und hals eines aares, dargestellt von jenen sich heraushebenden flämmchen. Er, der dort malt, hat nicht, der ihn leite, sondern Er leitet, und auf ihn achtet jene schöpferkraft, die die urform gibt von nest zu nest. Die übrige seligschaft, die zunächst zufrieden schien, sich der lilie des M einzufügen, folgte mit kleiner bewegung dem gepräge.

Die seitlichen abstriche eines grossen gotischen M sind hufeisenförmig und leicht eingeknickt wie die seitenblätter der heraldischen lilie und lassen sich unschwer in die hängenden flügel eines adlers umformen. Wie eine Ovidische metamorphose schildert Dante, wie allmählich aus dem M die figur des kai-

seradlers wird - eine steigerung gegenüber den unbewegten skulpturen an der wand des Fegefeuerberges.

O köstlicher stern, wie herrliche, wie viele juwelen zeigten mir, dass unsere gerechtigkeit die wirkung des himmels ist, den du besternst! Darum flehe ich zu dem geist, mit dem deine bewegung und deine kraft beginnt, er möge herblicken, woher der rauch ausgeht, der deinen strahl erstickt, so dass er nunmehr ein weiteres mal ergrimme über kauf und verkauf innerhalb des tempels, den wunderzeichen und martyrien auferbauten. O heerschar des himmels, den ich betrachte, bete du für die, die auf erden alle verirrt sind, vom üblen beispiel verführt. Einst pflegte man mit dem schwert krieg zu führen, aber jetzt dadurch, dass man bald hier bald dort das brot entzieht, das der gütige vater keinem verschliesst.

Indem die päpste leichthin den kirchenbann verhängten, den sie sich dann wieder abkaufen liessen. So Johannes XXII., der 1317 auch Cangrande bannte.

Aber du, der nur schreibt um durchzustreichen, bedenk, dass Petrus und Paulus, die starben für den weinberg, den du verwüstest, immer noch leben. Du magst wohl sagen: „So fest heftet sich mein wunsch an den, der einsam leben wollte und um eines tanzes willen zum martyrium geschleppt wurde, dass ich weder den Fischer kenne noch Paul.“

Johannes der Täufer lebte in der wüste und wurde enthauptet, weil Salome, die tanzende tochter der Herodias, seinen kopf wollte. Als schutzpatron von Florenz war sein bild auf die florentiner goldgulden geprägt.

19. Gesang

Mit offnen flügeln bot sich mir das schöne bild, zu dem, ihres süssen geniessens froh, die seelen sich geordnet hatten. Jede war wie ein kleiner rubin, in dem ein strahl der sonne so strahlend brännte, dass er sie in meinen augen widerspiegelte. Und was ich nun gleich berichten muss, hat keine stimme je ausgesprochen, keine tinte je geschrieben, und keine phantasie hat es je sich vorgestellt. Denn ich sah und hörte sogar den schnabel sprechen, und in seiner stimme klang ein „ich" und „mein", wo der sinn war „wir" und „unser". Und er begann: „Durch gerechtigkeit und frömmigkeit bin ich hier erhöht zu jener glorie, die sich nicht nach wunsch erringen lässt, und auf erden liess ich von mir ein gedächtnis solcher art zurück, dass dort die boshaften menschen es anpreisen, ohne doch der erzählung nachzueifern." So fühlt man aus der glut vieler kohlen nur Eine hitze, wie hier aus vielen liebenden nur eine einzige stimme aus jenem bilde drang. Darauf ich: „Ihr unverwelkten blumen der ewigen freude, deren düfte ihr mir alle zu einem einzigen werden lasst, befreit mich mit eurem hauch von dem schweren fasten, das mich die längste zeit hungrig hielt, da ich auf erden keinerlei nahrung dafür fand. Wohl weiss ich, dass die göttliche gerechtigkeit ein andres reich des himmels zu ihrem spiegel macht,

Unter den neun engelschören sind es die Thronen, die im besonderen Gottes gerechtigkeit besingen. Diese sind dem Saturnhimmel zugeordnet.

aber auch das eurige begreift sie unverschleiert. Ihr wisst, wie aufmerksam ich mich bereite, zuzuhören; ihr wisst, was es für ein zweifel ist, der in mir ungesättigt schon zu jahren kam." Wie ein falke, von seiner haube befreit, mit dem kopf ruckt und mit den flügeln schlägt, beutegierig und sein gefieder ordnend, so sah ich jenes aus dem lob der göttlichen gnade gewirkte zeichen tun, mit gesängen, wie sie der kennt, der dort oben selig ist. Dann begann es: „Er, der den zirkel um den rand des alls schlug und darinnen so sehr verborgenes wie offenbares unterschied, konnte seine höchste kraft der ganzen welt nicht so aufprägen, dass sein Wort ihr maass nicht unendlich überstiege. Des ist gewähr, daß der stolze erstling, der gipfel der ganzen schöpfung, weil er das licht nicht erwarten mochte, noch unreif niederfiel; daraus erhellt, dass jedes mindere wesen ein zu enges gefäss ist für jenes gut, das kein ende hat und sich nur mit sich selbst misst. Also kann euer sehen, das einer der strahlen jenes geistes sein muss, der alle dinge erfüllt, seinem wesen nach nicht so mächtig sein, dass es einen ursprung erkennte jenseits dessen, was ihm erkennbar ist. Darum dringt der blick, der eure welt in sich aufnimmt, ins innere der ewigen gerechtigkeit nicht anders ein als das auge ins meer: mag es auch vom ufersaum aus den grund sehen, in der offnen weite sieht es ihn nicht, aber er ist deswegen doch da, nur seine tiefe verbirgt ihn. Es ist kein licht, es käme denn aus der ewig ungetrübten helle; ausser ihm ist finsternis oder verschattung durch das fleisch oder dessen gift.

Zur genüge ist dir nun das versteck erschlossen, das dir die lebendige gerechtigkeit verbarg, die du so oft in frage stelltest. Denn du sagtest: 'Ein mensch kommt am ufer des Indus zur welt, dort ist niemand, der ihm von Christus redete oder läse oder schriebe, und alle seine absichten und guten taten sind, soweit menschliche vernunft sieht, ohne sünde im leben wie in seinem reden. Er stirbt ungetauft und ungläubig: was ist das für eine gerechtigkeit, die ihn verwirft? Wo ist seine schuld, wenn er nicht glaubt?' - Wer aber bist du, dass du auf hohem stuhl sitzen willst, um über tausend meilen weit zu urteilen, du mit deinem spannenlangen blick? Gewiss, stünde nicht die Schrift über euch, es fände wunders viel zu zweifeln, wer sich mit mir vergrübelt. O ihr irdischen wesen, o ihr plumpen geister! Der erste wille, der aus sich selber gut ist, kann sich von sich selbst, dem höchsten gute, nie entfernen. All das und nur das ist gerecht, was mit ihm einstimmt; kein erschaffenes gut zieht ihn zu sich herab, es ist ja selbst von seinem strahl bewirkt." Wie der storch, der seine jungen gefüttert hat, über seinem neste kreist, und wie das, das er gefüttert hat, ihn anschaut, so tat - und so hob ich die wimpern - das benedeite bild und hob die von so vielen gleichdenkenden geregten schwingen. Kreisend sang es und sagte: „Wie für dich mein gesang ist, den du nicht verstehst, so ist das ewige gericht für euch sterbliche."

Damit ist Dantes aufbegehren ab und zur ruhe verwiesen; Gottes ratschluss ist unergründlich. Aber ganz kann er sich damit nicht abfinden. Alles in der Commedia dreht sich ja um strafe, sühne und lohn. Tief im christentum angelegt ist die polarität zwischen den guten werken und der erlösung durch die gnade, durch die taufe und den glauben an Christus. (Durch die verheissung der propheten gab es Christusglauben sogar schon vor Christus.). Bibelstellen gibt es für alles. Paulus (Hebräer 11,6): „Ohne glauben aber ist es unmöglich, Gott zu gefallen." Dagegen die bergpredigt (Matth. 7,21): „Nicht jeder, der zu mir sagt, Herr, Herr, wird in das reich der himmel eingehn, sondern der den willen meines vaters in den himmeln tut." Und wiederum (Matth. 8,11): „Ich sage euch aber, es werden viele kommen von morgen und abend und zu tische sitzen mit Abraham, Isaac und Jacob im reich der himmel; die söhne des reiches aber werden hinausgeworfen werden in die finsternis draussen, da wird sein heulen und zähneknirschen." Und so hebt denn der adler zu einer zweiten antwort an. Seit der Römerzeit ist der adler symbol des imperiums und mithin, für Dante, der gerechtigkeit. Wie in der mosaikkunst der zeit besteht er aus ungezählten lichtpunkten, den seelen der gerechten, und mit deren einstimmigkeit spricht aus ihm die göttliche gerechtigkeit selbst, die am Jüngsten Tag auch den frommen heiden gerecht werden kann, während auch gläubige, wenn sie sündig sind, verdammt werden.

Als dann die leuchtenden brände des Heiligen Geistes zur ruhe kamen, immer noch im selben zeichen, das die Römer der welt verehrungswürdig machte, begann es wieder: „In dieses reich stieg nie jemand, der nicht an Christus glaubte, sei's bevor, sei's nachdem er ans holz genagelt wurde. Aber sieh: viele rufen „Christus, Christus", die beim gericht ihm weit weniger nah sein werden als mancher, der Christus nicht kennt. Solche Christen wird der Aethiopier verdammen, wenn die beiden scharen sich scheiden, die einen in ewigkeit reich, die andern arm. Was werden die Perser zu euren königen einst sagen, wenn sie jenes buch aufgeschlagen sehen, in dem alle eure missetaten verzeichnet sind?

Und nun verliest der adler aus dem buch des Jüngsten Gerichtes das sündenregister der zeitgenössischen könige von ost und west. Vom jahre 1300 aus prophezeit er, was Dante in den folgenden jahren selbst erlebt hat. Sein orakelton macht wieder viel kommentar nötig:

Kaiser Albrecht verwüstete Böhmen 1304 und zog es nach dem tode des ausschweifenden Wenzel IV. als erledigtes reichslehen ein. In Frankreich finanzierte Philipp der Schöne seinen Flandernkrieg zum schaden seiner untertanen mit verringertem feingehalt seiner münzen; er starb 1314 auf der jagd, als ein eber sein pferd zu fall brachte. In England bekämpften sich Eduard II. und Robert Bruce, der 1305 könig von Schottland wurde und seinem land die unabhängigkeit erstritt. In Spanien herrschte Ferdinand IV., seit 1295 könig von Kastilien, ebenso berüchtigt wie jener Wenzel IV. von Böhmen. In Neapel regierte der üble Karl II. von Anjou, ein lahmer und titularkönig von Jerusalem, der vater von Dantes freund Karl Martell. Sizilien war ihm 1282 durch die Sizilianische Vesper verloren gegangen. Dort herrschte von da bis 1285 der hochgerühmte Peter III. von Aragon. Dieser hatte einen weniger rühmlichen bruder Jacob, der könig von Maiorca war, und von Konstanze, der tochter des Staufers Manfred, hatte er drei söhne, von denen der edle Alfons früh starb; dass die beiden andern entartet waren, war schon im tal der könige (Fegefeuer VII) zu erfahren: Jacob II. war zunächst könig von Sizilien, als er aber 1291 Aragon übernahm (so dass die beiden kronen, Maiorca und Aragon, „Hahnrei wurden"), überliess er Sizilien (wo Aeneas' vater Anchises gestorben war) seinem bruder Friedrich II., dessen gute taten sich zu den schlechten verhalten wie eins zu tausend. Über Dionysius von Portugal und Haakon VII. von Norwegen war wenig zu sagen; aber Stefan II. könig in Serbien, das die Rasca durchfliesst, Kroatien und Dalmatien, imitierte mit seinen „blüten" den venezianischen silbergroschen. In Ungarn wurde ein Anjou könig, ein sohn Karl Martells. Novarra, südlich der Pyrenäen, kam leider durch die hochzeit der königin Johanna mit Philipp dem Schönen an Frankreich. Den schlusspunkt in dieser trüben liste bildet Zypern, wo der Franzose Heinrich II. von Lusignan wütete, ein wahres vieh. - Kunstvoll hat Dante hier drei aufeinander folgende terzinen mit einem L beginnen lassen, drei weitere mit V = U, die nächsten drei mit E: LUE, die seuche, die pest.

Dort sieht man dann unter Albrechts taten die eine, die bald die feder in bewegung setzen wird, die das königreich von Prag verwüsten wird. Dort sieht man dann, wieviel leid über die Seine durch fälschung der münze der bringen wird, der durch den stoss einer schweineschwarte umkommen wird. Dort sieht man dann den ewig durstigen hochmut, der den Schotten und den Engländer verrückt macht, so dass keiner es innerhalb seiner grenze aushält. Sehen wird man die ausschweifung und das weichliche leben dessen von Spanien und dessen von Böhmen, der rechtschaffenheit nie kannte noch wünschte. Sehen wird man, wie beim Hinker von Jerusalem die guten taten ein I bezeichnen wird, während für das gegenteil ein M stehen wird. Sehen wird man die habgier und feigheit dessen, der die feuerinsel verwaltet, wo Anchises sein langes leben beschloss; und dass man verstehe, wie wenig er wert ist, werden bei ihm gestutzte buchstaben die schrift bilden, die viel auf wenig raum bezeichnen werden. Und offenbar werden einem jeden die wüsten taten seines oheims und seines bruders, die eine so vortreffliche sippe und zwei kronen verschimpfieren. Und den von Portugal und den von Norwegen wird man dort kennen lernen und den von der Rasca - schlimm, dass er den stempel von Venedig gesehen hatte. O selig Ungarn, wenn es sich nicht länger missleiten lässt, und selig Navarra, wenn es sich wappnen würde mit dem berg, der es umschliesst. Und jedermann soll glauben, dass als handgeld dafür heute schon Nikosia und Famagusta ach und weh kreischen über ihre bestie, die den übrigen nicht von der flanke weicht.“

20. Gesang

Wenn sie, die die ganze welt erleuchtet, von unserer hemisphäre niedersinkt, sodass der tag allenthalben sich verzehrt, glänzt der himmel, der erst nur von ihr entbrennt, plötzlich wieder auf durch viele lichter, in denen das eine widerstrahlt. Dieser vorgang am himmel kam mir in den sinn, als das wappenbild der welt und ihrer fürsten mit seinem geweihten schnabel verstummte, weil jetzt alle jene lebendigen lichter, weit heller aufleuchtend, gesänge begannen, die meinem gedächtnis entglitten und entfielen. O süsse liebe, du ummantelt von seligkeit, wie glühend zeigtest du dich in jenen flöten, die nur von heiligen gedanken angeblasen waren!

Als die kostbaren und lichten steinchen, mit denen ich die sechste leuchte besternt sah, die engelstöne verklingen liessen, war mir, ich hörte ein gewässer rauschen, das hell von stein zu stein niederfiele und anzeigte, mit wie reicher fülle es oben entquoll. Und wie sich am hals der gitarre der ton formt, und wie am blasloch des dudelsacks der hauch eindringt, so stieg ohne jeden weiteren aufschub jenes rauschen des aares empor durch den hals, als wäre er hohles rohr; dort ward er stimme, und von dort kam es durch seinen schnabel heraus in gestalt von worten, wie sie das herz sich wünschte, wo ich sie aufschrieb.

Wie bei den früheren planeten müssen nun auch einzelne herausragende gestalten genannt werden. Es sind könig David, kaiser Trajan, dessen tat wir schon aus dem relief an der wand des Fegefeuerberges kennen, könig Hiskia, der durch frommes gebet aufschub seines todes erlangte, kaiser Konstantin, dessen schenkung so viel unheil schuf, könig Wilhelm der Gute, der um 1170 Sizilien und apulien regierte und der von Vergil nur kurz erwähnte Trojaner Rhipeus.

„Der teil in mir, der in sterblichen adlern schaut und die sonne erträgt, so begann er, will nun fest betrachtet sein, weil von allen feuern, aus denen ich mich gestalte, und von all ihren stufen diejenigen, von denen mir das auge im kopf funkelt, die höchsten sind. Der, der in der mitte als pupille schimmert, war der sänger des Heiligen Geistes, der die lade von stadt zu stadt führte. Nun erkennt er das verdienst seines sanges, soweit sein eigenes planen ihn hervorbrachte, an der genau entsprechenden belohnung. - Von den fünfen, die meinen brauenkreis bilden, hat der, der sich an meinen schnabel am nächsten anlehnt, die witwe wegen ihres sohnes getröstet. Jetzt erkennt er, wie teuer es zu stehen kommt, Christus nicht zu folgen, an der erfahrung dieses süssen lebens und des gegenteils. - Und der der folgt in der peripherie des bogens, von dem ich rede, schob durch wahre reue den tod hinaus. Jetzt erkennt er, dass der ewige urteilsspruch unwandelbar bleibt, wenn würdiges gebet dort unten morgiges macht aus heutigem. - Der nächste, der folgt, wurde, mit bester absicht, die so üble frucht trug, um dem hirten zu weichen, mitsamt den gesetzen und mit mir zum Griechen.

Weil Konstantin Rom dem papst Silvester I. überliess, als er das ganze imperium in das griechisch sprechende Byzanz, Konstantinopel, übertrug.

Jetzt erkennt er, dass das unglück, das seinem guten werk entsprang, ihm nicht abträglich ist, obgleich dadurch die welt zugrundeging. - Der, den du im absteigenden bogen siehst, war Wilhelm, dem heute noch das land nachweint, das unter Karl und dem lebenden Friedrich seufzt.

Die schon im vorigen gesang gescholtenen fürsten, Karl II. Anjou als herr Süditaliens, Friedrich II. von Aragon in Sizilien.

Jetzt erkennt er, mit welcher liebe der himmel den gerechten könig liebt, und noch zeigt er es mit dem schein seines strahlens. - Wer glaubte es wohl unten in der irrenden welt, dass der Trojaner Rhipeus in diesem rund das fünfte der heiligen lichter ist? Jetzt erkennt er zur genüge, was die welt von der göttlichen gnade nicht sehen kann - obgleich auch sein blick nicht zum grunde dringt."

Während Trajan schon von der legende in den himmel erhoben wurde, hat erst Dante selbst den Trojaner Rhipeus als beispiel gewählt, zu zeigen, wie gnade und gerechtigkeit stärker sind als das dogma von der alleinseligmachenden taufe. Er muss in seinem gerechtigkeitseifer tief beeindruckt gewesen sein von einem rühmenden vers Vergils: Rhipeus, gerecht wie nur einer in Troja, der treuste bewahrer des rechten maasses", et servantissimus aequi.

Wie sich die lerche erst singend in die luft schwingt und dann schweigt, befriedigt von der letzten süssigkeit, die sie sättigt, so dünkte mich das bild zufrieden mit dem ausdruck des ewigen wohlgefallens, nach dessen wunsch jedes ding wird, was es ist.

Der adler, scheint es, ist glücklich, dass er von den beiden ungewöhnlichen gnadenakten Gottes reden konnte, die auch in Dante erstaunten zweifel auslösen.

Und obgleich ich für meinen zweifel dort war wie glas für die farbe, die es verkleidet, ertrug er es nicht, schweigsam abzuwarten, sondern „was sind das für dinge?" stiess er mit der ganzen gewalt seines gewichtes mir aus dem mund. Darauf sah ich ein helles freudenleuchten, und dann antwortete mir das gebenedeite tier mit noch funkelnderem auge, um mich nicht länger in der schwebe des staunens zu lassen: „Ich sehe, du glaubst diese dinge, weil ich sie sage, aber siehst nicht das Wie, sodass sie dir, wenn auch geglaubt, doch verborgen sind. Du tust wie der, der die sache gut mit namen zu benennen weiss, aber ihre Washeit kann er nicht sehen, wenn ein anderer sie nicht hervorholt. Himmelreich leidet gewalt von heisser liebe und lebendiger hoffnung, die den göttlichen willen besiegt - nicht in der weise, wie mensch den menschen überwältigt; es siegt, weil es besiegt werden will, und besiegt siegt es mit seiner huld. Die erste seele der braue und die fünfte erregen dein staunen, weil du die region der engel mit ihnen ausgeschmückt siehst. Sie verliessen ihre leiber nicht, wie du glaubst, als heiden, sondern als christen im festen glauben, dieser an die vergangenen und jener an die künftigen leiden der füsse (*an die kreuzigung Christi*).

Der eine durfte aus der hölle, wo man nie zum guten wollen zurückfindet, in fleisch und bein zurückkehren. Das war der lohn für lebendige hoffnung - lebendige hoffnung, die den gebeten macht gab, die Gott baten ihn aufzuerwekken, so dass sie seinen willen zu rühren vermochten. Die herrliche seele, von der die rede ist, für kurz ins fleisch zurückgekehrt, glaubte an ihn, der ihr helfen konnte, und gläubig entzündete sie sich in solcher glut wahrer liebe, dass sie beim zweiten tode würdig war, zu unsern tänzen aufzusteigen. Die andere, aus der gnade, die aus so tiefer quelle tropft, dass kein geschöpf je das auge zu ihrer ersten welle dringen liess, verwandte dort unten all seine liebe auf redlichkeit, weshalb ihm gott von huld zu huld das auge öffnete für unsere künftige erlösung. Er glaubte daran, und von da an ertrug er nicht länger den stank des heidentums und schalt darum das irregeleitete volk. Statt taufe dienten ihm jene drei frauen, die du am rechten rade sahst, über ein jahrtausend vor der taufe.

Glaube, liebe und hoffnung, die drei tanzenden am rechten rad des wagens der kirche im Irdischen Paradies.

O vorbestimmung wie weit ab liegt deine wurzel von jenen blicken, die den ganzen urgrund nicht sehen können! Und ihr, ihr sterblichen, haltet euch ja zurück im urteilen; denn auch wir, die wir Gott schauen, kennen noch nicht alle erwählten; und ein solcher mangel ist uns köstlich, weil unser heil sich zu jenem heil läutert, da das was Gott will, auch wir wollen." So wurde mir von jenem göttlichen bild, um mein kurzes sehen zu erhellen, liebliche medizin gereicht. Und wie ein guter lautenspieler seine saite schwirren lässt im einklang mit einem guten sänger, wodurch der gesang noch mehr gefallen erregt, so erinnere ich mich gesehen zu haben, dass die beiden gebenedeiten lichter, während er sprach, im gleichen takt, so wie der schlag der augenlider, ihre flämmchen bewegten.

21. Gesang

Schon hafteten meine augen wieder auf dem antlitz meiner herrin und mein geist mit ihnen, und hatte sich von jeder andern absicht gelöst. Sie lächelte nicht. „Wenn ich lächelte, begann sie, würde es dir gehen wie es Semele ging, als sie zu asche wurde.

Die thebanische königin Semele wurde von Zeus geliebt. Er versprach ihr, sie dürfe sich wünschen, was sie wolle, er werde ihren wunsch erfüllen; da bat sie, er möge sich ihr in seiner ganzen himmlischen glorie zeigen. Er versuchte, sie davon abzubringen, denn menschen können den unverhüllten anblick des göttlichen nicht ertragen. (So sagt es Gott zu Moses, Exodus 33,20: Darum fürchteten sich die hirten auf dem felde; Moses fürchtete sich, auf den brennenden dornbusch hinzublicken und verhüllte sein antlitz). Aber Semele bestand auf ihrer bitte. Hölderlin: „So fiel, wie dichter sagen, da sie sichtbar den gott zu sehen begehrte, sein blitz auf semeles haus, und die göttlich getroffne gebar die frucht des gewitters, den heiligen Bacchus". So weiss Dante seine Beatrice von stern zu stern immer weiter ins göttliche zu erhöhen, dass der anblick ihres lächelns für den noch sterblichen tödlich wäre. Sie spricht es aus:

Denn meine schönheit, die, wie du gesehn hast, über die stufen des ewigen palastes empor, je höher sie steigt, desto leuchtender erglüht, würde, wenn ich sie nicht mässigte, so hell strahlen, dass dein sterbliches vermögen vor ihrem gleiss wie laub wäre, das der blitz abrisse. Wir haben uns zum siebten glanz gehoben, der jetzt unter der brust des glühenden Löwen mit dessen kraft vereinigt niederstrahlt. Klemme deinen geist hinter deine augen und mach aus ihnen spiegel der figur, die dir in diesem spiegel offenbar wird."

Der Saturn, jetzt im sternbild des Löwen ist der planet der kontemplativen; in ihm spiegelt sich das göttliche, wie unsre augen spiegel der erscheinungen sind. In der antiken mythologie war Saturn, der griechische Kronos, nicht nur der, der seine kinder auffrass, sondern auch, bevor Zeus sein hartes regiment antrat, der weltherrscher des sündelosen goldenen zeitalters.

Wer wüsste, wie meine blicke sich am seligen anblick weideten, als ich mich zu andrer sorge wandelte, würde erkennen, wie lieb es mir war, meinem himmlischen geleit zu gehorchen, eins gegen das andre abwägend.

Innerhalb des kristalls, der die welt umkreisend, den namen seines geliebten führers trägt, unter dem alle bosheit tot lag, sah ich in der farbe des goldes, das einen strahl zurückwirft, eine leiter so hoch aufgerichtet, dass meine augen nicht zu folgen vermochten. Ich sah auch über ihre stufen soviel geflimmer niedersteigen, dass ich dachte, es müsse jedes licht, das man am himmel sieht, von dort entfliessen. Und wie nach ihrer natürlichen gewohnheit bei tages beginn die dohlen alle miteinander sich regen, um ihr kaltes gefieder zu erwärmen - manche entfliegen ohne rückkehr, manche drehen sich zurück, von wo sie aufflogen, und wieder andere bleiben kreisend am ort, so kam mir dort jenes funkensprühen vor, das gemeinsam herabkam, sobald es an eine bestimmte stufe anstiess.

Allegorisch: Manche mönche leben ganz im aussendienst der seelsorge, andere kehren zeitweilig in ihr kloster zurück, wieder andere bleiben ganz darinnen.

Und der, der am nächsten bei uns hielt, leuchtete so auf, dass ich innerlich sagte: „Ich sehe wohl die liebe, die du mir zuwinkst." Aber sie, von der ich das wie und wann des redens wie des schweigens erwarte, steht ruhig, weshalb ich gegen meinen wunsch gut daran tue, nicht zu fragen. Sie aber, die im sehen dessen, der alles sieht, mein schweigen sah, sagte zu mir: „Befreie dein heisses begehren!" Und ich begann: „Mein verdienst macht mich deiner antwort nicht würdig; aber um ihretwillen, die mir das fragen erlaubt, du seliges leben, das verhüllt in seiner wonne steht, lass mich den grund wissen, warum du dich mir so nahe gestellt hast. Und sag, warum in diesem rade die süsse symphonie des paradieses schweigt, die unten in den andern so fromm erklingt." - „Du hast das sterbliche gehör gleich wie das auge, erwiderte er mir; darum singt man hier nicht, aus dem gleichen grund, warum Beatrice nicht lächelt. Die stufen der heiligen leiter bin ich so weit herabgestiegen nur um dich willkommen zu heissen mit meinem wort und mit dem licht, das mich ummantelt. Nicht grössere liebe macht mir grössere eile; denn grössere oder gleiche liebe loht von hier aufwärts, wie es das flammen dir kundtut. Aber die hohe güte macht uns zu dienstwilligen mägden des ratschlusses, der die welt regiert; er bestimmt hier unser los, wie du bemerkst." - „Ich sehe wohl, sagte ich, du heilige lampe, wie an diesem hofe freie liebe genügt, der ewigen vorsehung zu gehorchen; aber grade das ist's, was für mein erkennen zu stark ist, warum du allein unter deinen genossinnen zu diesem amt vorherbestimmt warst." Noch hatte ich mein letztes wort nicht ausgesprochen, da machte das licht aus seiner mitte das zentrum, um das es kreiste wie ein rascher mühlstein. Dann antwortete die darin verborgene liebe: „Göttliches licht lenkt sich von oben auf mich und durchdringt dieses hier, dem ich einverleibt bin. Seine kraft, mit meinem sehen verbunden, hebt mich so weit über mich, dass ich die höchste wesenheit schaue, von der sie abfliesst. Daher kommt die freude, von der ich flamme; denn meinem schauen, so klar wie es ist, gleiche ich die klarheit meiner flamme an. Aber auch jene seele im himmel, die am erleuchtetsten ist, der Seraph, der sein auge am nächsten auf Gott heftet, könnte deiner frage nicht genüge tun; denn was du fragst, vertieft sich so weit in den abgrund der ewigen ordnung, dass es von jedem erschaffenen blick abgeschnitten ist. Und das berichte der sterblichen welt, wenn du zurückkehrst, sodass sie sich nicht mehr erdreistet, zu so hohem ziel den fuss zu setzen. Der geist, der hier hell leuchtet, auf erden raucht er. Ersieh daraus, wie er dort unten können soll, was er hier nicht kann, wo doch der himmel ihn aufnimmt."

Es ist, als hätte Dante diese frage nur vorgebracht, um noch einmal von der unergründlichkeit des göttlichen ratschlusses zu reden. Auch der ungläubige stösst an dieselbe grenze, wenn er nach dem sinn des schicksals fragt.

Solche grenze zogen mir seine worte, dass ich die frage sein liess und mich darauf beschränkte, ihn bescheidentlich zu fragen, wer er war. „Zwischen den beiden gestaden Italiens und nicht weit von deiner heimat steigen felsen so hoch, dass selbst die gewitter viel tiefer dröhnen; sie bilden einen buckel der Catria heisst, unterhalb dessen eine einsiedelei geweiht ist, einzig zum gottesdienst bestimmt."

Der Appenin überragt die wolkenregion. Am Catria liegt das Camaldulenserkloster Santa Croce di Fonte Avellana, nicht weit von Gubbio. Der im zehnten jahrhundert von Romuald gegründete „orden der armen" befleissigte sich der askese.

So begann er mir wieder seine dritte rede; dann fortfahrend: „Dort ergab ich mich dem dienst gottes so festen sinnes, dass ich nur mit speisen im saft der oliven hitzen und fröste überstand, zufrieden in betrachtenden gedanken. Jenes kloster war einst reich an ertrag für diesen himmel; jetzt ist es entleert, wie sich bald enthüllen muss. An jenem orte war ich Peter Damian, und Petrus Peccator war ich im hause unsrer Herrin am adriatischen ufer.

Petrus Damianus aus Ravenna, aus armen verhältnissen aufgestiegen als anerkannter gelehrter, entsagte mit dreissig jahren allen ehren und wurde mönch in Camaldoli, bald abt und 1058 gegen seinen wunsch bischof von Ostia und kardinal. Seine zahlreichen theologischen schriften und invektiven gegen die missbräuche der kirche unterschrieb er als Petrus Peccator („der Sünder"). Zuletzt lebte er im kloster Santa Maria in Portu bei Ravenna. - Dante soll eine zeitlang herberge in Camaldoli gefunden haben.

Wenig sterbliches leben war mir übrig, als ich gebeten, ja geschleppt wurde zu dem hut, der sich immer nur von schlecht zu schlimmerem vertauscht. Es kam Kephas, es kam das grosse Gefäss des Heiligen Geistes, mager und barfuss, vorlieb nehmend mit der kost in jeder beliebigen herberge. Jetzt wollen die heutigen hirten von rechts und von links gestützt sein, und müssen geführt werden, so schwer sind sie, und einer muss hinten ihre schleppe heben. Mit ihren mänteln decken sie noch die zelter, sodass zwei viecher unter einem fell gehen. O langmut, dass du so viel aushältst!"

Ein alter kommentator merkt hier an: „Heute würde Dante schreiben: drei viecher, denn heute pflegt der kardinal auch noch seine konkubine aufsitzen zu lassen!"

Auf dieses wort hin sah ich vielerlei flämmchen von stufe zu stufe niedersteigen und sich drehen, und jede drehung verschönte sie noch. Sie umringten ihn, blieben stehen und brachen in einen schrei aus von so lautem ton, dass er mit nichts hienieden vergleichbar wäre, noch verstand ich ihn, so überwältigte mich der donner.

22. Gesang

Ganz erschlagen und betäubt drehte ich mich meiner führerin zu wie ein kleines, das immer dort seine zuflucht sucht, wo es am meisten zutrauen hat. Und sie, wie eine mutter, die alsbald ihrem bleichen und atemlosen kind zu hilfe kommt mit ihrer stimme, die es immer wieder beruhigt, sie sagte mir: „Weißt du nicht, dass du im himmel bist? Und weißt du nicht, dass der himmel ganz heilig ist und alles, was darin geschieht, aus reinem eifer kommt? Wie erst der gesang und mein lächeln dich verstört hätten, kannst du dir jetzt denken, nachdem dich der schrei so erschüttert hat. Hättest du darin ihre bitten verstanden, so wäre dir auch schon die rache bekannt, die du erleben wirst, bevor du stirbst. Der degen des himmels schneidet nicht hastig und nicht spät - so scheint es nur dem, der ihn mit sehnsucht oder furcht erwartet. Aber nun kehr dich anderen zu; denn du wirst hochberühmte geister sehn, wenn du, wie ich sage, den blick zurücklenkst."

Wie sie es wünschte, richtete ich die augen und erblickte hundert kügelchen, die sich miteinander noch verschönten durch die gegenseitige bestrahlung. Ich stand wie einer, der den stich des begehrens in sich unterdrückt und sich nicht zu fragen erkühnt, so fürchtet er sich vor dem „zuviel". Und die grösste und schimmerndste jener perlen trat vor, um mit sich meinen wunsch zu befriedigen. Dann vernahm ich aus ihrem innern: „Sähest du wie ich die liebe, die zwischen uns loht, so würden deine gefühle sich auch ausdrücken. Aber damit du nicht wartend dein hohes ziel versäumst, will ich deinem blossen gedanken die antwort geben, da du ihn zu sagen scheust. Jener berg, an dessen flanke Cassino liegt, ward einst auf seiner höhe von dem betrogenen und übel unterwiesenen volke besucht

Dort stand ums jahr 500, als Benedikt hinkam, ein Apollontempel.

und ich bin der, der zuerst dorthin den namen dessen trug, der auf die erde die wahrheit brachte, die uns so erhöht. Und soviel gnade leuchtete über mir, dass ich die umliegenden dörfer von dem gottlosen kult abbrachte, der die welt verführte. Diese anderen feuer waren lauter menschen der betrachtung, entzündet von jener glut, die die heiligen blüten und früchte hervorlockt. Hier ist Macarius, hier ist Romuald,

Macarius, ein schüler des heiligen Antonius in Aegypten im vierten jahrhundert begründer des östlichen klosterwesens wie Benedikt des westlichen, vielfach, wohl auch von Dante, verwechselt mit dem gleichnamigen und gleichzeitigen wüstenheiligen. Romuald gründete im zehnten jahrhundert das asketische kloster Camaldoli.

hier sind meine brüder, die ihre füsse innerhalb der klöster liessen und ihr herz unversehrt erhielten." Und ich zu ihm: „Die liebe, die du mir beweisest durch dein reden mit mir, und der gütige ausdruck, den ich in all euren bränden sehe und bemerke, hat mein vertrauen so erweitert, wie die sonne mit der rose tut, wenn sie sich so weit öffnet, wie in ihrer macht steht. Darum bitte ich dich, und du, vater, lass mich wissen, ob ich so grosse gnade empfangen darf, dass ich dich in unverhülltem bilde schaue." Worauf er: „Bruder, dein hoher wunsch wird dir über der letzten sphäre erfüllt, wo auch alle andern und auch meiner erfüllt werden. Dort ist jegliches verlangen vollendet, gereift und ergänzt; dort allein ist jeder teil dort, wo er immer war, weil er nicht im raum ist und nicht um pole kreist,

Im empyreum gibt es keine bewegung und keine sehnsucht mehr.

und unsere leiter reicht bis zu ihr dort hinüber, wo sie dir so dem blick entschwindet. Bis dorthin sah sie der patriarch Jakob ihren obern teil strecken, als sie, von engeln ganz beladen, sich ihm zeigte. Aber sie zu ersteigen hebt heut keiner den fuss von der erde, und meine regel ist dort unten nur noch da, das papier zu verderben. Die mauern, als abtei gebaut, wurden zu lasterhöhlen und die kapuzen säcke voll verdorbenem mehl. Aber nicht einmal wucher erhebt sich so hoch gegen den willen Gottes wie jene böse frucht, die das herz der mönche so betört. Denn was die kirche in ihrer obhut hat, das gehört alles dem volk, das um Gottes lohnes willen bittet, und nicht anverwandten oder noch ärgerem. Das fleisch der sterblichen ist so verführerisch, dass ein guter beginn dort unten nicht ausreicht vom keimen der eiche bis sie eicheln trägt.

So kurz - Botaniker sagen: zwanzig jahre - dauert ein guter vorsatz in einem menschenleben, so rasch entarten heilig gedachte institutionen wie die kirche oder die geistlichen orden. Gab es doch geistliche, die kirchengut ihren lustmädchen oder ihren - unerlaubten - kindern zuwandten.

Petrus begann ohne gold und ohne silber seine gemeinde, und ich mit gebeten und fasten und Franziskus demütig. Betrachtest du eines jeden anfang und schaust dann hin, wohin er geraten ist, so wirst du das weisse geschwärzt sehen. Der Jordan wandte sich wirklich rückwärts; und das meer fliehen zu sehen, als Gott das wollte, war ein grösseres wunder als hier die hilfe.“

Dass beim durchzug der Israeliten das schilfmeer zurückwich und (Josua 3) der Jordan stillstand, das waren grössere wundertaten Gottes, als hier zur abhilfe nötig wären - aber eines wunders würde es bedürfen.

So sprach er mir; dann schloss er sich wieder seinem verein an, und dieser verein zog sich zusammen: darauf wirbelten sie wie ein sturmwind miteinander nach oben.

Die süsse herrin stiess mich mit einem blossen wink ihnen nach, jene leiter empor, soviel war ihre kraft stärker als meine natur. Nie gab es hienieden, wo man auf natürliche weise auf- und niedersteigt, eine bewegung so rasend, dass sie meinem flügel gleichgekommen wäre. So wahr ich, leser, zu jenem frommen triumph zurückkehren möchte, dessetwegen ich oft meine sünden beweine und mir die brust zerschlage, du hättest nicht in so kurzer zeit den finger ins feuer hineingesteckt und herausgezogen, wie ich das zeichen, das dem Stier folgt, sah und darinnen war.

Während wir in Hölle und Fegefeuer tag und stunde genau nachrechnen konnten, gibt es hier keine zeitangaben mehr: in der ewigkeit hört die zeit auf. Dante ist im fixsternhimmel angelangt, und zwar gerade in seinem eigenen sternbild (er ist ende mai geboren, wo die sonne in den Zwillingen steht), astrologisch dem sternbild der gelehrten studien, der dichter und schriftsteller.

O ruhmreiche sterne, o licht trächtig von hoher kraft, denen ich all meinen geist, er sei wie er wolle, verdanke, mit euch erstand und mit euch verbarg sich er, der der vater allen sterblichen lebens ist, als ich zuerst die toskanische luft spürte; und dann, als mir die verschwenderische gnade ward, das hohe rad zu betreten, das euch dreht, wurde euer ort mir zugeteilt. Zu euch seufzt jetzt meine seele ganz ergeben, um kraft zu erlangen für das schwere wagnis, auf das ich jetzt zugehn muss. „Du bist dem letzten heil so nah, begann Beatrice, dass deine augen nun klar und scharf sein müssen. Drum, eh du dich noch mehr in es versenkst, schau noch einmal abwärts und sieh, wieviel welt du schon unter deine füsse brachtest, sodass dein herz, so freudig es kann, sich der triumphierenden schar darstellen darf, die froh durch dieses aetherrund daherkommt.“ Mit dem blick kehrte ich zurück zu allen diesen sieben sphären, und sah unsern globus so, dass ich lächelte über sein unscheinbares aussehn; und jenes urteil anerkenne ich als das beste, das ihn gering achtet; und wer an ganz andere dinge denkt, den kann man wahrlich einen löblichen mann nennen. Ich sah Letos tochter entflammt ohne jenen schatten, der für mich einst der grund war zu glauben, sie sei teils dicht teils locker. Den anblick deines sohnes, Hyperion, ertrug ich dort, und sah, wie es sich um ihn und nahe ihm bewegt.

Leto, Latona, ist die mutter Apollons und der Artemis, diese, lateinisch Diana, wurde gleichgesetzt mit dem mond, über dessen konsistenz sich Dante dort belehrt hatte. Dann war Apollon die sonne, aber nach anderer mythologie war Helios der sohn eines Hyperion (hiess auch manchmal selbst Hyperion). Nach ihren müttern heissen in diesem, im wörtlichsten sinn „rückblick“ die beiden folgenden: Hermes, Mercurius, ist sohn der Maia, Aphrodite, Venus, tochter der Dione. Der ausgeglichene Jupiter ist sohn des kalten Saturnus und vater des hitzigen Mars.

Darauf zeigte sich mir das gleichmaass Jupiters zwischen dem vater und dem sohn, und danach wurde mir deutlich, wie sie ihre örter verändern. Und alle sieben stellten sich mir dar in ihrer grösse und in ihrer schnelligkeit und in den abständen ihrer häuser. Indem ich mich mit den ewigen Zwillingen herumdrehte, überblickte ich ganz das kleine gartenbeet, das uns so kriegerisch macht, von den bergspitzen bis zu den mündungen. Dann kehrte ich meine augen wieder zu den schönen augen.

23. Gesang

Gleich wie der vogel, der im geliebten laub sich ausgeruht hat im nest seiner süssen jungen während der nacht, die uns die dinge verbirgt, und der nun, um ihren ersehnten anblick zu schauen und die speise zu finden, sie zu füttern (wobei schwere mühen ihm eine freude sind), wie der auf einem offnen zweig der stunde vorauseilt und mit glühendem verlangen die sonne erwartet mit festem blick, dass nur das morgenrot aufscheine, so stand meine herrin aufgerichtet und aufmerksam der zone zugedreht, unter der die sonne mindere eile zeigt

In der mittagshöhe scheint die sonne langsamer vorzurücken.

und da ich sie in so sehnsüchtiger erwartung sah, ging es mir wie einem, der etwas anderes zu haben wünscht und sich mit der hoffnung zufrieden gibt. Aber nur wenig war zwischen dem einen und dem andern augenblick, dem meines wartens, meine ich, und dem da ich den himmel heller und heller werden sah. Und Beatrice sprach: „Sieh da die scharen von Christi triumphzug und die ganze ernte, die das kreisen dieser sterne einbrachte.

Die seelen, die Christus dem teufel entriss und die unter dem einfluss der sterne den himmel gewannen.

Mir war, als ob ihr gesicht ganz brennte, und die augen hatte sie so voller freude, dass ich wortlos darüber weggehn muss. Wie in den heitern vollmondnächten Diana lacht zwischen den ewigen nymphen, die den himmel in all seinen buchten sprenkeln, so sah ich über den tausenden von leuchten eine sonne, die sie allesamt entzündete wie die unsrige tut mit den himmelsaugen.

Dante glaubte ja, dass alle sterne, nicht nur der mond, sonnenlicht widerstrahlten; ebenso ist das liebesfeuer aller seelen nur ein abglanz von Christus.

Und durch das lebendige licht schien ihr leuchtendes wesen so klar hindurch in mein auge, dass ich es nicht ertrug. O Beatrice, süsse führerin, liebe! Sie sagte mir: „Was dich überwältigt, ist eine kraft, gegen die es keine wehr gibt. Hier ist die weisheit und die macht, die die strassen eröffnete zwischen dem himmel und der erde, worauf einst sehnsucht so lange warten musste.“ Wie feuer einer wolke entfährt, weil es sich so ausdehnt, dass sie es nicht mehr fasst, und gegen seine natur zur erde schlägt, so hatte sich bei jener mahlzeit mein geist geweitet und trat aus sich heraus, und was aus ihm ward, weiss er sich nicht mehr zu erinnern.

Die rauschhafte ekstase, die der ganzen vision Dantes zugrundeliegt, bei der erscheinung Christi.

„Öffne deine augen und schau, wie ich bin! Du hast dinge gesehn, durch die du mächtig wurdest, mein lächeln zu ertragen.“ Ich war wie einer, der im nachgefühl einer vergessenen erscheinung sich vergebens abmüht, sie sich in den sinn zurückzurufen, als ich dies angebot vernahm, das soviel dank verdient, dass es nie verlischt im buch, das die vergangenheit offenlegt. Erklängen jetzt all jene stimmen, die Polyhymnia und ihre schwestern mit ihrer süssesten milch am üppigsten nährten, und wollten mir helfen, es käme nicht an ein tausendstel der wahrheit heran, das heilige lächeln zu besingen, und wie der heilige anblick es verklärte, und so muss mein weihgedicht beim darstellen des paradieses manches überspringen, wie einer, der in seiner strasse risse findet. Aber wer das ganze gewicht des gegenstandes bedächte und die sterbliche schulter, die sich damit belädt, der würde sie nicht schelten, wenn sie darunter zittert. Das ist keine überfahrt für eine kleine barke, auf der jetzt der kühne bug die flut durchschneidet, und nicht für einen fergen, der sich selber schont. „Warum reisst mein gesicht dich zu solcher liebe hin, dass du dich nicht dem schönen garten zukehrst, der unter Christi strahlen sich beblümt? Hier ist die rose, in der das göttliche Wort fleisch wurde, hier sind die lilien, bei deren duft der gute pfad ergriffen wurde." So Beatrice

Maria, die apostel und heiligen; Christus selbst, dessen strahlkraft Dante nicht ertragen hatte, war inzwischen ins empyreum entschwebt.

und ich, zu jedem rat von ihr rasch bereit, wagte mich abermals in den kampf der schwachen augen. Wie meine augen, selber schattenbedeckt, schon einmal im strahl der sonne, der rein durch einen wolkenriss brach, ein blumenfeld sahen, so sah ich mehrere scharen von lichtern, aus der höhe von strahlen überblitzt, ohne den ursprung dieser blitze zu sehen. O gütige kraft, die du dies siegel ihnen aufdrückst, du stiegst zur höhe empor, um hier meinen augen raum zu schenken, die für dich unvermögend waren. Der name der schönen blume, die ich immer anrufe, morgens und abends, versammelte meinen ganzen geist, um genau hinzublicken auf die grösste dieser flammen. Und kaum malte sich in meinen beiden augen art und maass des lebendigen sterns, der dort oben alles übertrifft, wie er alles hienieden übertraf, da senkte sich mitten durch den himmel eine fackel nieder in kreisgestalt nach art einer krone, die sie umwand und rings umschwang. Die süsseste melodie, die hienieden erklingt und am meisten die seele gefangen nimmt, wäre nur donner einer berstenden wolke, verglichen mit dem klang jener lyra, die den safir krönte, der den hellsten himmel safirn färbt. „Ich bin die engelsliebe, ich umschwinge die hohe freude, die der schooss atmet, der die herberge unsrer wonne war, und schwingen will ich, bis du, himmelsherrin, deinem sohne folgst und die höchste sphäre göttlicher machst durch deinen eintritt." Dies war das siegel auf der kreisenden melodie, und alle andern lichter erklangen vom namen der Maria.

So erlebt Dante in diesem augenblick das ewige bild der krönung Mariä. Sie wird gekrönt vom verkündigungsengel Gabriel, der sie mit seinem licht umkreist und singend preist. Der name Maria, von Beatrice nur umschrieben als „rose", steht mit besonders inniger verehrung am schluss, reimend auf melodia, und trägt bei zur musikalität dieser verse.

Der herrscherliche mantel aller gewölbe der welt, der am heissesten glüht und am lebendigsten lebt durch Gottes atmen und walten,

Die äusserste sphäre, das primum mobile, das in leidenschaftlicher liebe zu Gott sich am schnellsten dreht innerhalb von Gottes sitz im empyreum.

er hatte über uns sein inneres ufer in solcher ferne, dass sein aussehn dort, wo ich stand, mir noch nicht sichtbar war. Darum hatten meine augen nicht die kraft, der gekrönten flamme zu folgen, die sich ihrem abkömmling nach zur höhe hob. Und wie ein kindchen, wenn es die milch bekommen, die arme zu seiner mama streckt aus dem gefühl, das nach aussen aufflammt, so streckte sich jeder dieser schimmer empor, woraus mir die leidenschaft kund ward, mit der sie

Maria liebten. Dann blieben sie dort, in meinem blickfeld, und sangen „Regina coeli“ in so süssem ton, dass mir die lust daran nie verloren ging.

Die österliche antiphon: Himmelskönigin, freu dich, halleluja: den du zu tragen würdig warst, er auferstand, wie er gesagt. Bete zu gott für uns, freu dich und juble, jungfrau Maria, weil der Herr in wahrheit auferstand. Halleluja.

Wie üppige ernte häuft sich in jenen überreichen truhen, die hienieden gute saat ausstreuten!

Die himmlische seligkeit ist die ernte, die in truhen verwahrt wird. Aber diese truhen sind ja dieselben seelen, die auf erden gute säerinnen waren. Unvereinbare bilder können sich überlagern, weil sie sofort als bilder gedeutet werden.

Hier lebt und geniesst man von dem schatz, den man weinend im babylonischen exil erwarb , wo man das gold beiseiteliess. Hier unter dem hohen sohn Gottes und Marias und zusammen mit dem alten und dem neuen vereine triumphiert nach seinem sieg er, der zu solcher glorie die schlüssel besitzt. *Petrus mit den heiligen des alten und des neuen bundes.*

24. Gesang

„Ihr tischgenossen, erlesen zum grossen mahl des benedeiten Lammes, das euch so speist, dass euer begehren immer erfüllt ist: wenn dieser hier durch gnade Gottes von dem, was von eurem tische fällt, vorauskostet, bevor tod ihm die zeit vorschreibt, so bedenkt seine maasslose liebe und spendet ihm von eurem tau - ihr trinkt allzeit aus der quelle, der seine gedanken entfliessen.“ Also Beatrice, und jene frohen seelen wurden zu kugeln mit festen polen und flammten so stark wie kometen.

In den unteren himmeln hatten die seelen noch in verschwommener verklärung ihr menschengesicht gezeigt; in den oberen verzichtet Dante ganz auf jeden anthropomorphismus und hält sich ganz an den gedanken der heidnischen philosophen, dass die natur der seele feurig sei. Wie sterne reden sie ihm aus lichtscheinen. Auch seine engel sind blitzende funken und keine engelein.

Und wie räder in der anordnung einer uhr sich so drehen, dass das erste dem der hinsieht zu ruhen und das letzte zu fliegen scheint, so liess mich der unterschiedliche tanz dieser reigen, der schnellen und der langsamen, ihren reichtum erahnen. Aus jenem, an dem ich die grösste schönheit wahrnahm, sah ich ein feuer von solcher seligkeit heraustreten, dass es keines von grösserer helle hinter sich liess.

Es ist Petrus, der aus dem reigentanz der Christus-nächsten apostel vortritt.

Dreimal umkreiste es Beatrice mit so göttlichem gesang, dass meine vorstellungskraft ihn mir nicht wiederbringt. Darum springt meine feder und ich schreibe nichts davon, denn unsre phantasie, und erst recht unsere sprache, hat zu lebhafte farben für solche falten.

Um die abtönungen von falten zu malen, muss der künstler die hellen farben des gewandes etwas abschwächen. Jedes ausgesprochene wort wäre zu laut.

„Du meine heilige schwester, die so fromm bittet, mit deiner glühenden liebe lösest du mich aus diesem schönen ring heraus.“ Damit war die geweihte flamme stehen geblieben, und ihr hauch, auf meine herrin gerichtet, sprach so, wie ich gesagt habe. Und sie: „Du ewiges licht des heros, dem unser herr zu diesen freudenwundern die schlüssel liess, die er herunterbrachte, prüfe diesen nach deinem gefallen über leichte und schwere punkte zur frage des glaubens, mit dem du über die wasser gingest. Ob er recht liebt und recht hofft und glaubt, ist dir nicht verborgen, weil dein auge dorthin schaut, wo jedes ding sich abgemalt zeigt; aber weil dieses reich seine bürger gewinnt durch den wahren glauben, so ist es gut, wenn er zu dessen ruhm zu reden anlass findet.“ So wie der baccalaureus sich rüstet und nicht spricht, bis der magister ihm die frage vorlegt, die er begründen, nicht abschliessen soll, so rüstete ich mich mit allen gründen, solang sie sprach, um für solch einen prüfer und für solch ein bekenntnis bereit zu sein.

Dante macht ernst mit der schlüsselgewalt Petri; nun folgt in scholastischer form ein richtiges examen.

„Sag, guter christ, offenbare dich, glaube, was ist das?“ Da hob ich die stirn zu dem licht, aus dem das hauchte; darauf wandte ich mich zu Beatrice, und sie bedeutete mich rasch, das wasser meiner innern quelle auszugiessen. „Gnade, die mir verleiht, mich vor dem hohen fähnrich zu bekennen, möge meinen gedanken guten ausdruck geben." Und ich fuhr fort: „Wie uns der untrügliche griffel, vater, deines lieben bruders schrieb, der mit dir Rom nach der guten richtschnur gelenkt hat, ist glaube der seinsgrund der gehofften dinge und beweis der nicht offenbaren, und dies scheint mir seine wesenheit."

Das ist wörtliches zitat aus dem Hebräerbrief des Paulus (XI 1).

Darauf hörte ich: „Du fühlst es ganz richtig, wenn du wohl begreifst, warum er ihn erst unter die seinsgründe rechnet und dann unter die beweise." Und ich darauf: „Die tiefen dinge, die mir hier ihre sichtbarkeit gewähren, sind den augen dort unten so verborgen, dass ihr sein dort nur im glauben besteht, auf den die hohe hoffnung sich gründet, und darum erhält er das prädikat wesenheit. Aus diesem glauben muss man schlüsse ziehen, ohne anderen einblick zu haben, und darum bekommt er das prädikat beweis." Danach hörte ich: „Wenn alles, was sich dort unten durch lehre erwirbt, so klar verstanden wäre, so gäbe es dort keinen raum für sophistereien." So hauchte es aus jenem liebesfeuer. Darauf fügte er bei: „Recht gut hast du legierung und gewicht dieser münze durchgangen, doch sag mir, ob du sie auch in deinem beutel hast?" Worauf ich: „Ja, ich habe, so blank und so rund, dass nichts in ihrem gepräge mir zweifel erregt." Darauf kam's aus dem tiefen licht, das dort glänzte: „Jene teure freude, auf die sich jede tugend gründet, woher kam sie dir?" Und ich: „Der reichliche regen des Heiligen Geistes, der auf die alten und die neuen pergamente ergossen ist, ist eine beweiskette, die sie mir so scharf erschlossen hat, dass ihr gegenüber jede andere darlegung mir stumpf scheint." Ich hörte darauf: „Die alte und die neue prämisse, aus der du solchen schluss ziehst, warum hältst du sie für sprache Gottes?" Und ich: „Der beweis, der mir die wahrheit erschliesst, sind die taten, die daraus folgten, zu denen die blosse natur niemals eisen erhitzt noch auf dem amboss schlägt."

Das heisst: die in den beiden testamenten berichteten wunder verbürgen den glauben.

Mir ward geantwortet: „Sag, wer versichert dir, dass jene taten wirklich waren? Gerade dasselbe, das bewiesen werden soll, nichts anderes, beschwört sie dir."

Sie stehen ja alle auch in derselben bibel. Mit keinem teufel in der hölle hat Dante so über die grundlagen seines glaubens, die grundlagen seines ganzen werkes diskutiert; aber im guten gespräch zwischen gläubigen darf jeder zweifel geäussert werden, und Dante weicht dem zweifel nicht aus.

„Wenn die welt sich dem christentum zuwandte, sprach ich, ohne wunder, so ist dies eine ein solches, dass die andern kein hundertstel davon ausmachen. Arm und nüchtern tratst du auf den plan, um die gute pflanze zu säen, die einst weinstock war und nun zum dornbusch wurde."

Die ausbreitung des christentums ist selbst das grösste und beweisende wunder.

Als das vorbei war, intonierte der hohe heilige hof durch die sphären hin ein „Gott loben wir" in der melodie, die man dort oben singt. Und jener hohe herr, der mich examinierend schon von ast zu ast hochgezogen hatte, dass wir uns schon dem obersten laub näherten, begann wieder: „Die gnade, die mit deinem geiste in solcher minne lebt, öffnete bis hierher deinen mund, wie er sich öffnen sollte, und was daraus emportauchte, heisse ich gut. Jetzt aber sollst du vorbringen, was du glaubst und von woher es sich deinem glauben anbot." - „O heiliger vater, o geist, der du jetzt schaust, was du so glaubtest, dass du zum grabe hin jüngere füsse besiegtest,

Johannes erzählt (XX 3), dass er mit Petrus zum grabe Christi eilte und selbst zwar früher dort war, aber am eingang zögerte, während Petrus eintrat und sich von der auferstehung überzeugte.

so begann ich, du möchtest, dass ich die substanz meines spontanen glaubens dartue, und auch nach ihrer begründung fragtest du. So antworte ich: ich glaube an einen einzigen, ewigen Gott, der, selbst unbewegt, mit liebe und verlangen den ganzen himmel bewegt. Und für solchen glauben habe ich nicht nur gründe aus physik und metaphysik, mir gibt ihn auch die wahrheit, die vom himmel hier herabregnet durch Moses, durch propheten und durch psalmen, durch das evangelium und durch euch, die ihr schriebt, als der glühende geist euch zu segenspendern machte.

Hier ist jeder der fünf teile der bibel mit je einem beispiel vertreten. Also die offenbarung.

Ich glaube an drei ewige personen und halte sie für eine wesenheit, so eine und so dreifach, dass sich sowohl „sie sind" damit verbinden lässt wie „sie ist". Von der tiefen göttlichen beschaffenheit, die ich eben berühre, drückt meinem geist die lehre des evangeliums das siegel auf. Dies ist der urgrund, dies ist der funke, der sich dann zu lebendiger flamme ausweitet und wie ein stern am himmel in mir funkelt." Wie ein herr, der vernimmt, was ihn freut, darauf seinen knecht umarmt, sobald der schweigt, und sich mit ihm über die nachricht freut, so gab mir das apostolische licht, auf dessen geheiss ich geredet hatte, sobald ich schwieg, singend seinen segen, und dreimal umkreiste es mich - so gut gefiel ihm, was ich sagte.

25. Gesang

Gelänge es je, dass das heilige gedicht, zu dem himmel und erde hand anlegten sodass ich seit manchen jahren dafür abmagere, die grausamkeit besiegte, die mich aus der schönen hürde aussperrt, wo ich als lämmchen schlief, verhasst den wölfen, die es bekriegen, dann kehre ich heim mit anderer stimme und mit anderem schopf, ein dichter, und am brunnen meiner taufe empfange ich die kappe; denn dort trat ich ein in den glauben, der die seelen Gott bekannt macht und dessetwegen Petrus mir so die stirn umkreiste.

Als einleitung zu diesem gesang, der von der hoffnung handeln soll, des alternden dichters eigene hoffnung auf heimkehr und auf eine dichterkrönung (wie schon im ersten gesang).

Nun bewegte sich ein licht auf uns zu aus jenem kreise, aus dem der hervorgetreten war, den Christus als erstling seiner stellvertreter hinterlassen hatte, und meine herrin sagte mir voller freude: „Schau, schau, das ist der hohe herr, dessetwegen man unten nach Galizien pilgert."

Die heute noch beliebte und wichtige wallfahrt nach dem nordspanischen Santiago di Compostella, zum grab des apostels Jacobus des Älteren, des bruders des Johannes.

Wie wenn eine taube sich neben ihrer gesellin niederlässt und sie sich gegenseitig ruckend und umkreisend ihre liebe kundtun, so sah ich, wie von dem einen ruhmreichen grossen fürsten der andere empfangen wurde, voller lobes für die speise, die sie dort oben nährt. Aber nachdem die begrüssung so abgetan war, stand jeder schweigend vor mir still, so feurig, dass es für mein gesicht zu viel war. Lächelnd sagte darauf Beatrice: „Hochgepriesenes leben, das die freigebigkeit unserer basilica beschrieb, lass in dieser höhe den namen der hoffnung erklingen. Du verstehst das, denn jedesmal stellst du sie dar, wenn Jesus den dreien die meiste liebe bezeigte."

Petrus, Johannes und Jacobus waren die drei lieblingsjünger, die Christus als einzige bei sich hatte bei der erweckung der tochter des Jaïrus, bei der transfiguration und in Gethsemane. Gern machte man sie zu trägern der drei theologischen tugenden; dann war Petrus der glaube und Johannes, der an der brust des herrn ruhte, die liebe; blieb für Jacobus die hoffnung, für die zwar sonst hier oben kein raum ist, wo alle sehnsucht gestillt ist. Dante schreibt wohl zu unrecht den Jacobus-brief diesem Jacobus, dem sohn des Zebedäus zu, nicht dem jüngeren, dem sohn des Alphäus; dort wird eingangs Gottes gnadenfülle gepriesen.

„Heb das haupt und hab vertrauen; denn was aus der sterblichen welt hier heraufkommt, muß an unsern strahlen reifen." Solche bestärkung kam mir aus dem zweiten licht. Darum hob ich meine blicke zu den bergen, die sie erst mit ihrer überlast gekrümmt hatten.

Psalm 121: „Ich hob meine augen zu den bergen, von denen mir hilfe kommen wird" hier bezogen auf die überhelle der beiden Apostel.

„Da unser kaiser aus gnade will, dass du vor dem tod in seiner geheimsten halle seinen granden gegenüberstehst, sodass du in wahrer kenntnis dieses hofstaates die hoffnung auf ihn, die dort unten zur guten liebe führt, in dir und andern belebst, so sag, was sie ist und wie dein herz von ihr erblüht, und sag, von woher sie dir kam“. So hob das zweite licht nochmals an. Und jene fromme, die die federn meiner flügel zu so hohem flug leitete, kam mir mit der antwort also zuvor: „Die kämpfende kirche hat keinen sohn, der inbrünstiger hoffte, wie geschrieben steht in der sonne, die unsre ganze schar bestrahlt; darum ist ihm vergönnt, aus Ägypten nach Jerusalem zu kommen, um zu schauen, bevor sein kriegsdienst am vorgeschriebenen ende ist. Die andern beiden punkte, nach denen du fragtest, nicht um zu wissen, sondern damit er unten melde, wieviel dir an dieser tugend liegt, überlasse ich ihm; sie werden ihm nicht allzu schwer fallen und ihn nicht zur prahlerei verleiten; darauf soll er antworten, und Gottes gnade möge ihm das gestatten.“

Wie ein schüler seinem lehrer rasch und gern willfahrt, wo er beschlagen ist, damit seine tüchtigkeit offenbar werde, „Hoffnung, sagte ich, ist ein sicheres erwarten der künftigen verklärung, das auf göttlicher gnade und vorgängigem verdienst beruht. Aus vielen sternen kommt mir dieses licht, aber zuerst tropfte es mir ins herz der erhabenste sänger des erhabensten herrn. ‘Hoffen sollen auf dich, sagt er in seinem gottgesang, alle die deinen namen wissen.’ Und wer wüsste ihn nicht, wenn er meinen glauben hat? Und nach diesen tropfen hast du sie mir eingetropft in deinem brief, sodass ich erfüllt bin und euren regen auf andere weiterregne.“

Die hoffnung beruht also auf dem glauben. Dafür nennt Dante zwei bibelstellen, Psalm 9,11, und im Jacobusbrief 1,12, heisst es: Selig, wer der versuchung widersteht, denn wenn er besteht, wird er die krone des lebens empfangen, die Gott denen versprochen hat, die ihn lieben.

Während ich sprach, zuckte im lebendigen busen jenes brandes ein plötzliches und dichtes aufleuchten wie von blitzen. Darauf hauchte es: „Die liebe, von der ich immer noch lodere, liebe zu der tugend, die mich begleitete bis zur märtyrerpalme, bis ich das feld verliess, sie will, dass ich dir nochmals zuhauche, da du dich ihrer freust; mir wäre es lieb, du sprächest aus, was die hoffnung dir verspricht.“ Und ich: „Das wird mir gewiesen von dem ziel, das die alten und die neuen schriften den seelen setzen, die Gott sich befreundet hat. Jesaia spricht, dass eine jede in ihrem land mit doppeltem kleid bekleidet sein wird - und ihr land, das ist eben dieses süsse leben. Und dein bruder erläutert es noch viel deutlicher, wo er von den weissen gewändern handelt und diese offenbarung uns bestätigt.“ Und erst nach dem ende dieser worte liess sich über uns ein „Sperent in te“ vernehmen, worauf alle tanzenden reigen respondierten.

Der Deuterojesaja tröstet die von Nebukadnezar nach Babylon verschleppten mit der verheissung glorreicher rückführung und wiederherstellung des gedemütigten volkes in seinem land (61,7): „Dann werden fremde für euch ackern und euer vieh hüten, ihr aber werdet priester Gottes heissen. Für eure doppelte beschämung und schmach (so die vulgata) werden sie (die Juden) ihr teil loben (statt: dafür dass schmach ihr teil war), dafür werden sie in ihrem lande doppeltes (los) besitzen und ewige freude geniessen.“ Nach der weise mittelalterlichen bibelglaubens darf Dante diesen spruch aus seinem historischen zusammenhang lösen und „ihr land“ auf das himmelreich, das doppelte los auf die seele und den bei der auferstehung verklärten leib beziehen, und da es bei Jesaja weiterhin heisst: „Meine seele jubelt in meinem Gott, denn er bekleidete mich mit dem gewand des heils und umgab mich mit der hülle der gerechtigkeit", mag er dies gewand verbunden haben mit den weissen gewändern der zahllosen scharen, die in der Apokalypse (7,9) vor Gottes thron stehen. Philologisch ist das alles unhaltbar, aber es ist glaubenshilfe und gibt damit lebenssicherheit.

Darauf leuchtete zwischen ihnen ein licht so hell auf - hätte der Krebs einen solchen kristall, so hätte der winter einen monat lang nur einen einzigen tag.

In den Krebs tritt die sonne mit der sommersonnenwende, er beherrscht also den winterlichen nachthimmel. Wäre einer seiner sterne so hell wie das licht, das jetzt auf Dante zukommt, er würde die nacht erhellen wie eine zweite sonne, es gäbe einen monat lang keine dunkelheit.

Und wie eine frohe maid aufsteht, geht und sich in den rundtanz verflicht, nur der neuvermählten zu ehren, nicht wegen irgend einer schwachheit, so sah ich den aufleuchtenden glanz auf die zweie zukommen, die sich im takte drehten, wie es ihrer glühenden liebe entsprach. Er fiel ein in den gesang und in das rad, und meine herrin hielt den blick auf sie geheftet ganz wie eine braut, stumm und unverwandt. Sie sprach: „Das ist der, der an der brust unsres pelikans lag, der, der unter dem kreuz zur hohen pflicht erwählt ward."

Christus ist der pelikan, der nach mittelalterlichem glauben sich mit dem schnabel die brust aufreisst, um mit dem blut seine jungen zu nähren, wie Christus sein blut für die seinen hingab. - Beim mahl, wo sie nach antiker sitte nebeneinander zu tische lagen, kam Johannes mit dem kopf an Christi brust zu liegen, und ihm hatte Christus am kreuz die sorge für seine mutter anbefohlen.

So meine herrin; aber ihre worte hinderten ihren blick nicht, aufmerksam zu bleiben so nachher wie vorher.

Am schluss des Johannesevangeliums heisst es, Petrus fragt im blick auf Johannes: „Was ist's mit dem?" und erhält zur antwort: „Wenn ich will, dass er bleibt, bis ich komme, was geht's dich an?" Daher ging die rede unter den brüdern, Johannes werde nicht sterben. So kam das mittelalter zur auffassung, Johannes sei lebendigen leibes in den himmel entrückt worden. Darum sucht Dante zu erspähen, ob in dem licht Johannes leibhaft sich verberge.

Wie einer ist, der scharf blickt und sich abmüht, ein wenig von der sonnenfinsternis zu sehen, und, um zu sehen, unsehend wird, so ging es mir bei jenem letzten brand, bis mir gesagt wurde: „Warum schaust du dich blind, um etwas zu sehen, was hier nicht statt hat? Mein leib ist erde auf erden und wird dort mit den andern solang bleiben, bis unsere zahl dem ewigen plane gleichkommt.

Das Jüngste Gericht, so glaubte man, werde stattfinden, wenn soviel menschen selig geworden sind, dass ihre zahl der zahl der gestürzten engel gleichkommt und so die lücke ausfüllt. - Gen himmel fuhren, wie Dante vorher erlebt hat, nur Christus und Maria - die Assunta; also weder Johannes noch Henoch oder Elias.

Mit den b e i d e n gewändern sind im seligen kloster nur die beiden lichter die aufgestiegen sind. Diesen bericht wirst du in eure welt hinabbringen." Mit diesem wort stand der flammenkreis still zugleich mit der süssen harmonie, die aus den klängen des dreifachen hauches entstand, gleich wie, zur minderung der müdigkeit oder einer gefahr, die ruder, erst ins wasser geschlagen, beim pfiff einer pfeife alle zugleich stillstehn. Ach wie erregt war ich im herzen, als ich mich umdrehte, um Beatrice zu sehen, und nicht sehen konnte, obgleich ich ihr nahe war und in der seligen welt war.

26. Gesang

Ich war noch ratlos wegen der erloschnen sehkraft, aber von der funkelnden flamme, die sie ausgelöscht hatte, ging ein hauch aus, der mich aufmerken liess. Er sprach: „Solang bis du dein augenlicht wieder fühlst, das du für mich verzehrst hast, wär's gut, dass du mit reden ersatz schaffst. Beginne denn und sag, nach welchem ziel deine seele strebt, und sei überzeugt, dass dein augenlicht verirrt ist, nicht erstorben; denn die herrin, die dich durch dies göttliche licht führt, hat im blick dieselbe kraft wie die hand des Ananias."

Ananias war der mann, der in Damaskus (Apostelgeschichte 9,10) dem unterwegs erblindeten Paulus durch handauflegen die sehkraft wiedergab.

Ich sprach: „Nach ihrem gefallen mag, bald oder spät, den augen heilung werden, diesen pforten, durch die sie eintrat mit der glut, von der ich stetsfort lodere. Das gut, das in diesem hofstaat jeden wunsch befriedigt, ist das alpha und das O jeder schrift, die Amor, leichthin oder laut, mir liest."

Jede mit grosser oder kleiner liebe geliebte schönheit ist nur ein abglanz der göttlichen schönheit. So ist letztlich Gott der gegenstand jeder liebe.

Dieselbe stimme, die mir wegen meiner plötzlichen blendung die angst genommen hatte, belud mich mit der sorge weiteren redens und sagte: „Du musst das in noch feinerem sieb klären; sagen musst du, wer deinen bogen auf diese scheibe richtete." Und ich: „Aus gründen der philosophie und der autorität, die von hier herabstieg, musste solche liebe ihr siegel auf mich drücken.

Denn das gute, insofern es als gutes begriffen ist, entfacht liebe, und umso grössere, je mehr es gutheit in sich fasst. Der wesenheit also, die so sehr alles überragt, dass jedes gute, das sich ausser ihr befindet, nichts anderes ist als ein strahl von ihrem licht, ihr muss sich jeder geist in liebe zuwenden, der die wahrheit erkennt, auf die sich dieser beweis gründet.

Schon Platon lehrte im Symposion den aufstieg unserer liebe vom sinnlich schönen zum geistig schönen, zum schönen an sich, zur idee des guten, durch deren teilhabe in abgestuften graden alles gute erst gut sein kann. Und für Aristoteles sind die bewegungen der planetensphären abgestufte wirkungen der schnellsten bewegung des primum mobile, das sich, noch oberhalb des fixsternhimmels, in leidenschaftlicher liebe um den unbewegten beweger im empyreum dreht, begierig, seine göttliche schönheit von allen seiten zu beschauen. So ist für Dante auch die sinnliche liebe nicht des teufels. Uns sinnlicheren menschen will es nicht gelingen, mit solcher leidenschaft eine abstraktion zu lieben; Dante gelingt es, indem er den philosophischen begriff der idee des guten gleichsetzt mit dem jüdischen schöpfergott, und also zur person macht.

Solche wahrheit wird meinem geiste dargetan von dem, der mir die erste liebe aller ewigen wesenheiten zeigt. Und dartut sie mir die stimme des wahrsten urhebers, der, von sich sprechend, zu Moses sagte: 'Ich werde dich alle vollkommenheit schauen lassen.'

Exodus 33,19, Gott zu Moses: „Ich werde mein ganzes gute (meine ganze vollkommenheit, die vulgata: omne bonum) an dir vorüberziehn lassen.

Und auch du tust sie mir dar beim beginn der hohen verkündigung, die, über jeden andern erlass, das hiesige geheimnis dort unten ausruft."

Gemeint ist der anfang des Johannes-evangeliums oder Apokalypse I 8: Ich bin das alpha und das O, der da ist und der da war und der da kommt.

Und ich vernahm: „Nach menschlicher vernunft und den dazu stimmenden autoritäten bewahrst du die höchste deiner lieben für Gott. Aber sag noch: fühlst du dich noch von andern bändern zu ihm hingezogen, dass du aussprechen kannst, mit wie vielen zähnen diese liebe in dich beisst?" Mir war die heilige absicht des adlers Christi nicht verborgen; vielmehr merkte ich wohl, wohin er mein bekenntnis führen wollte. Daher begann ich wieder: „Alle diese bisse, die das herz Gott zuwenden können, haben zu meiner liebe zusammengewirkt. Das sein der welt, mein eignes sein, der tod, den er ertrug, damit ich lebe, und das, was jeder gläubige erhofft wie ich, dies mit der vorgenannten lebendigen erkenntnis zog mich aus dem meer der krummen liebe und stellte mich auf das ufer der wahren. Das laub, mit dem sich der ganze garten des ewigen gärtners belaubt, lieb ich nach dem maasse des guten, das er ihm von sich gewährt."

Der gärtner ist Gott als spender des guten, das laub die guten seelen geliebter menschen. So hat auch irdische liebe ihr recht, ein sekundäres recht.

Sobald ich schwieg, erklang durch den himmel hin ein lieblichster gesang, und mit den andern sprach meine herrin: „Heilig, heilig, heilig." Und wie scharfes licht uns dem schlaf entreisst durch den sehgeist, der dem hülle um hülle durchdringenden glanz zueilt, durch die lider und die membranen des auges und wie der geweckte vor dem, was er sieht, zurückschreckt, so wirr ist seine plötzliche wache, bis die urteilskraft ihm zu hilfe eilt, ebenso jagte Beatrice mit dem strahl ihrer augen, der über tausend meilen weg leuchtet, allen krimskrams aus den meinigen, weshalb ich danach besser sah als zuvor, und fast starr vor staunen fragte ich nach einem vierten licht, das ich bei uns sah. Und meine herrin: „Innerhalb dieser strahlen schwärmt für ihren erzeuger die erste seele, die die erste kraft je schuf." Wie ein blatt seine spitze beugt, wenn der wind vorbeistreicht, und sich dann durch die eigene kraft hebt, die es emporrichtet, so ging es mir vor staunen, solang sie sprach, und dann gewann ich meine sicherheit wieder durch den glühenden wunsch zu sprechen, und ich begann: „Du einzige reif erzeugte frucht, du urvater, dem jede braut zugleich tochter und sohnsfrau ist, so ergeben ich kann, flehe ich dich an, dass du mir redest. Du siehst ja meine begier, und um dich rasch zu hören, spreche ich sie nicht aus." Manchmal zappelt ein zugedecktes tier so, dass seine erregung durch die blache, die ihr folgt, zu erkennen ist, und ähnlich liess mir die erstlingsseele durch ihre decke durchscheinen, wie freudig sie mir willfahren wollte. (*Sie ist ja verdeckt von ihrem licht.*) Darauf hauchte sie: „Ohne dass du ihn mir vorgebracht hättest, erkenne ich deinen wunsch genauer als du irgendetwas, das dir am sichersten scheint; denn ich erblicke ihn in dem wahrhaftigen spiegel, der aus sich ein abbild für alle andern dinge macht - und keines macht aus sich ein abbild für ihn. Du willst hören, wie lang es her ist, dass Gott mich in den hochgelegenen garten versetzte, in welchem diese hier (*Beatrice*) dich zu so weitem staffelweg vorbereitete, und wie lange meine augen seine lust genossen, und den eigentlichen grund des grossen zornes, und welche sprache ich brauchte und schuf. Nun, mein sohn, die ursache der langen verbannung war nicht das kosten von dem baume an sich, sondern einzig das überschreiten der grenze.

Also nur wegen seines ungehorsams wurde Adam aus dem paradies vertrieben; denn die mit dem apfel verliehene unterscheidung von gut und böse, die kann Dante ja nicht verdammen, wenn er in seinem gedicht das Jüngste Gericht vorwegnimmt.

An jenem orte, von wo deine herrin Vergil aufbrechen hiess, sehnte ich mich nach dieser ratsversammlung viertausend dreihundert und zwei umläufe der sonne, und sah sie, solange ich auf erden war, zu allen sternen ihrer strasse neunhundertdreissig mal wiederkehren.

So waren es also von der erschaffung der welt, bis Christus im jahre 34 Adam aus der vorhölle befreite, 5232 jahre, und bis zu Dantes vision im jahre 1300 weitere 1266, also insgesamt 6498 jahre. Das ist mehr, als der jüdische kalender zählt, stimmt aber zur chronik des Eusebios, die Dante in der bearbeitung des Hieronymus kannte. - Die frage nach der ursprache hatte schon den kaiser Friedrich II. beschäftigt, und Dante hatte in einer früheren schrift angenommen, Adam habe hebräisch gesprochen. Inzwischen hat er erkannt, dass sprachen etwas historisch gewordenes sind.

Die sprache, die ich sprach, war schon ganz erloschen, eh noch Nimrods leute sich zu dem unvollendbaren werk anschickten. Kein werk der vernunft war je für immer dauerhaft, weil das menschliche belieben sich mit dem lauf der sterne immer wieder erneuert. Es ist werk der natur, dass der mensch redet, aber so oder so, da lässt sie euch machen nach euerm gefallen. Bevor ich zur bängnis der hölle niederstieg, war I auf erden der name des höchsten gutes, von dem die freude kommt, die mich umwindet, und EL hiess es danach. Das muss so sein, denn der gebrauch der sterblichen ist wie laub am ast, das welkt und andres spriesst. - Auf dem berg, der sich am höchsten aus den wellen hebt, war ich mit dem reinen und mit dem unehrbaren leben von der ersten stunde bis zu der, die, wie die sonne den quadranten wechselt, auf die sechste folgt.“

27. Gesang

„Gloria dem Vater, dem Sohn, dem Heiligen Geist" begann das ganze paradies so, dass der süsse gesang mich ganz berauschte. Was ich sah, kam mir vor, wie wenn das weltall lachte; denn meine trunkenheit überkam mich durchs hören und durchs auge. O freude, o unaussprechliche lust, o leben ganz erfüllt von liebe und frieden, o begierdelos gesicherter reichtum!

So erlebt Dante nach den drei bestandenen examina die ganze seligkeit des paradieses als genauen gegensatz zur verderbtheit alles irdischen:

Vor meinen augen standen die vier fackeln entflammt, und die, die zuerst gekommen war, begann sich zu beleben, und in ihrem aussehn wurde sie, wie Jupiter würde, wenn er und Mars vögel wären und ihr gefieder vertauschten. Die Vorsehung, die hier den wechsel der dienste bestimmt, hatte allüberall dem seligen chor schweigen geboten, als ich vernahm: „Wenn ich mich verfärbe, wundere dich nicht; denn indes ich rede, wirst du alle hier sich verfärben sehen. Er, der auf erden meine stelle an sich reisst, meine, meine stelle, die im angesicht des Sohnes Gottes leer steht, hat aus meinem friedhof eine kloake von blut und dreck gemacht, was den verworfenen, der von hier oben herunterstürzte, höchlich befriedigt."

In Rom, wo Petrus begraben ist, treiben es seine nachfolger so, dass Satan daran seine lust hat, und Petrus rot vor zorn wird.

Mit der farbe, mit der die abgewandte sonne abends und morgens die wolken bemalt, sah ich darauf den ganzen himmel besprengt. Und wie eine ehrbare frau, die sicher in sich selbst ruht, beim blossen anhören des fehls einer andern ängstlich erbleicht, so veränderte Beatrice ihr aussehn; ein solches erlöschen, glaube ich, war am himmel bei der passion der höchsten macht. Darauf ging seine rede weiter, und seine stimme war nicht weniger verändert als sein aussehen: „Nie und nimmer wurde die braut Christi grossgezogen mit meinem blut, mit dem des Linus, dem des Anakletus, um zum erwerb von gold gebraucht zu werden; nein, zum erwerb dieses seligen lebens hier haben Sixtus, Pius, Kalixtus und Urban mit viel tränen ihr blut vergossen.

Lauter märtyrer-päpste der ersten drei jahrhunderte.

Nie und nimmer war das unsere meinung, dass ein teil des christenvolks zur rechten unserer nachfolger sässe, ein teil zur linken,

Erst beim Jüngsten Gericht (Matthäus 25,31) wird Christus die böcke von den schafen scheiden; es ist anmaassung, wenn die päpste partei nehmen für die Guelfen.

noch auch, dass die mir anvertrauten schlüssel zum wappen würden auf einer fahne im kampf gegen getaufte, noch auch, dass ich zur siegelfigur würde für verkaufte und ertrogene privilegien, worob ich oft erröte und funken sprühe. Im hirtenkleid zeigen sich von hier oben auf allen weiden reissende wölfe! O schutzmacht Gottes, warum erhebst du dich nicht? Von unserm blut zu trinken bereiten sich Cahorsiner und Basken.

Cahors war berüchtigt für seinen wucher; von dort stammte Johannes XXII., aus der Guascogne Clemens V., der den sitz des papsttums nach Avignon verlegte. Scipio aber war durch den sieg über Hannibal der retter Roms.

O herrlicher beginn, in welch niedriges ende musst du stürzen! Aber die hohe Vorsehung, die mit Scipio in Rom den ruhm der welt verteidigte, wird bald zu hilfe eilen, wie ich es erfasse. Und du, mein sohn, du wirst ja wegen des sterblichen gewichtes noch zur tiefe zurückkehren, öffne deinen mund und verbirg nicht, was ich nicht verberge.“ Wie aus gefrorenen dünsten unsere luft abwärts flockt, wenn sich das horn der Himmelsziege mit der sonne berührt,

Wie es schneit, wenn um neujahr die sonne im Steinbock steht,

so sah ich den äther sich schmücken und emporflocken mit den sieghaften dünsten, die sich hier mit uns verweilt hatten. Mein blick suchte ihren erscheinungen zu folgen und folgte ihnen, bis der zwischenraum durch seine weite ihm das weitere vordringen benahm, worauf die herrin, die mich vom emporspähen befreit sah, mir sagte: „Schau zur tiefe und sieh, wie weit du dich gedreht hast!“ Seit der stunde, da ich zuerst geschaut hatte, sah ich mich über den ganzen bogen vorgerückt, den die erste zone von der mitte bis zum rand beschreibt, so dass ich über Cadix hinaus die tolle weiterfahrt des Odysseus sah und diesseits beinahe das gestade, wo Europa zur süssen last wurde.

Hatte Dante vom sternbild der Zwillinge aus zuerst über Jerusalem stehend die wie er meint 180° des bogens vom Ganges bis Cadix überschaut, so sah er jetzt, über Cadix stehend, den bogen nur von Phönizien (wo einst die jungfrau Europa den verliebten stier bestieg) bis weit in den Atlantik hinaus, in dem Odysseus umkam; es waren also sechs stunden vergangen.

Ich hätte von den gegenden dieses unsres gartenbeetes noch mehr wahrgenommen; aber die sonne rückte unter meinen füssen vor im abstand von einem sternbild und mehr. *Zwischen ihm in den Zwillingen und der sonne im Widder steht noch der Stier. Die sonne steht also schon weiter westlich und der orient liegt im schatten, für Dante unsichtbar.* Der verliebte sinn, der immer meine herrin umschwärmt, brannte mehr als je darauf, die augen wieder auf sie zu lenken, und wenn natur oder kunst je eine augenweide schuf, um durch sie auch das herz zu gewinnen, sei's im menschenleib oder in der malerei, sie würden, alle vereinigt, wie nichts erscheinen gegen die göttliche schönheit, die mir widerstrahlte, als ich mich ihrem lächelnden gesicht zuwandte. Und die kraft, die der blick mir gewährte, riss mich aus dem schönen nest Ledas und stiess mich in den schnellsten himmel.

Die spartanische königin Leda war während des badens von Zeus als schwan geschwängert worden und gebar ein ei, dem Kastor und Pollux entschlüpften, die am himmel zum sternbild der Zwillinge wurden.

Wieder wird Dante durch den blick in Beatrices augen in die nächsthöhere sphäre entrückt. Von der achten, dem fixsternhimmel, gelangt er nun in die neunte, den kristallhimmel, das primum mobile, von wo alle bewegung sich nach unten fortpflanzt, das selber seine bewegung aus der liebe zu Gott empfängt, und jenseits dessen, in Gottes empyreum, es keine bewegung, keinen raum und keine zeit mehr gibt. Nach Aristoteles ist zeit nichts anderes als das maass, der numerus der bewegung. Vorbereitend hatte Dante von seiner bewegung im fixsternhimmel gesprochen.

Seine urlebendigen und erhabenen teile sind so gleichförmig, dass ich nicht zu sagen wüsste, welchen Beatrice als ort für mich aussuchte. Aber sie, die meinen wunsch sah, begann mit so frohem lachen, dass Gottes seligkeit sich in ihrem antlitz zeigte. „Der bau der welt, der die mitte stillstellt und alles andere darum kreisen läßt, beginnt von hier aus als von seiner grenze. Und dieser himmel hat kein anderes Wo als den geist Gottes; an diesem entzündet sich die liebe, die ihn dreht, und die kraft, die von ihm niederregnet. Licht und Liebe umfasst ihn ringsum, wie er die andern, und diese gürtung begreift einzig der, der sie gürtete.

Eine endlichkeit des raumes ist unbegreifbar. Schon antik ist die frage: Wenn der raum etwas ist, müsste man doch immer noch einen stecken über seinen rand halten können. So ist auch die urbewegung an keiner andern messbar.

Seine bewegung ist nicht durch etwas anderes bestimmt, sondern die andern messen sich an ihr sowie die zehn an hälfte und fünftel. Und wie die zeit in solcher schale ihre wurzeln hat und in den andern ihr laub, kann dir von nun an auch klar sein. Ach begehrlichkeit, dass du die sterblichen so tief in deinen abgrund versenkst, dass keiner kraft hat, die augen über deine wellen zu heben! Wohl blüht in den menschen das wollen; aber der unablässige regen verwandelt die echten herlinge in schrumpelbeeren. Treue und unschuld finden sich nur bei den kinderlein, und jede flieht, eh noch die wangen sich beflaumen. Manch einer fastet, solang er noch stammelt, und mit gelöster zunge verschlingt er jegliche speise in jeglichem mond;

Er kümmert sich also nicht mehr um die fastenzeiten und fleischlosen tage.

manch einer liebt seine mutter und gehorcht, solang er noch stammelt, und redet er dann richtig, wünscht er sie begraben. So bräunt sich die helle haut beim ersten anblick der schönen tochter dessen, der den morgen bringt und den abend hinterlässt.

Eine der vielen deutungen dieses rätselverses sieht in der tochter der sonne das licht, das bei direkter strahlung unsre ursprüngliche helligkeit verfärbt.

Damit du dich nicht wunderst, denk du daran, dass auf erden keiner ist, der regiere, sodass die menschenfamilie in die irre geht. Aber bevor der januar sich ganz entwintert wegen des hundertstels, das dort unten vernachlässigt wird,

Dante kannte den fehler des julianischen kalenders, der in hundert jahren einen tag zuviel schaltet (also jährlich einen hundertstel tag zuviel). Ginge das so weiter, würde schließlich 1. januar geschrieben, wenn in wirklichkeit schon frühling ist. Erst Gregor XIII. liess 1582 auf den 5. oktober den 14. folgen und strich drei von vier jahrhundert-schalttagen.

werden diese hohen kreise derart strahlen, dass das so ersehnte schicksal jedes heck zum bug hindreht, sodass die flotte den richtigen kurs fährt und auf die blüte die echte frucht folgt."

28. Gesang

So hatte sie, die meinen geist einparadiest, im gegensatz zum gegenwärtigen leben der unglücklichen sterblichen mir die wahrheit eröffnet. Und wie einer im spiegel die flamme eines armleuchters erblickt, die sich hinter seinem rücken entzündet, bevor er sie selbst sieht oder von ihr weiss, und wie er sich umdreht, um zu schauen, ob das glas ihm die wahrheit sagt, und bemerkt, dass es mit ihr übereinstimmt wie ein gesang mit seinem takt, so erinnert sich mein gedächtnis, dass ich tat beim blick in die schönen augen, aus denen Amor, um mich zu treffen, seine sehne gemacht hatte. Und als ich mich umdrehte und die meinen von dem berührt waren, was in jener wölbung sichtbar wird, wenn man es einmal in seinem kreis recht ins auge fasst, sah ich einen punkt, der licht austrahlte, ein so scharfes, dass der blick, den es anglüht, ob der überschärfe sich schliessen muss. Und was von hier aus als der kleinste stern erscheint, würde, daneben gestellt, so wie stern neben stern steht, sich ausnehmen wie der mond.

Die erscheinung Gottes an ihrem ort im empyreum, wahrnehmbar zunächst nur in seiner spiegelung in Beatrices augen, ist ein ausdehnungsloser punkt von unfassbarer leuchtkraft. Das ist kein bärtiger lieber Gott mehr, eher eine vorwegnahme unsres atommodells oder der kraft, die zum universum explodierte.

Vielleicht so nah, wie ein mondhof das licht, das ihn anmalt, eng zu umgürten scheint, wenn der dunst, der ihn trägt, am dichtesten ist, in solchem abstand drehte sich rings um den punkt ein feuerkreis so reissend schnell, dass er jene bewegung, die die welt am geschwindesten umgürtet, noch übertroffen hätte.

Noch schneller als das primum mobile, der kristallhimmel. Wie dieser seine drehkraft aus dem raum- und zeitlosen Sein Gottes empfängt und durch die sphären nach unten weitergibt, so der innerste der engelschöre, die ihnen entsprechen.

Und dieser war von einem andern umgürtet und der vom dritten und der dritte dann vom vierten, vom fünften der vierte und dann vom sechsten der fünfte. Darüber folgte der siebte, so ausladend in seiner weite, dass Junos bote, auch vollgerundet, zu eng wäre, ihn zu umfassen. So der achte und der neunte, und ein jeder bewegte sich um so langsamer, je weiter seine ordnungszahl von der eins abstand. Und die lauterste flamme hatte der, von dem der reine funke den geringsten abstand hatte, darum, denke ich, weil er sich in dessen wahrheit am ehesten einwahrt. Meine herrin, die mich von dem rätsel schwer beunruhigt sah, sprach: „Von jenem punkt ist der himmel und die ganze natur abhängig. Betrachte jenen kreis, der ihm am nächsten verbunden ist, und wisse, dass seine bewegung so rasch ist wegen der glühenden liebe, die ihn spornt.“ Und ich zu ihr: „Wäre die welt aufgebaut mit der ordnung, die ich in jenen rädern sehe, so wäre ich gesättigt von dem, was mir dargeboten wurde. Aber in der wahrnehmbaren welt kann man sehen, dass die sphären um so viel göttlicher sind, je weiter sie vom zentrum entfernt sind. Soll daher mein verlangen zur ruhe kommen in diesem wunderbaren engelstempel, der nur noch an reine liebe und licht grenzt, so muss ich noch hören, warum vorbild und abbild nicht gleichen weges gehen; denn ich für mich betrachte das vergebens.“ „Wenn deine finger einem solchen knoten nicht beikommen, ist's kein wunder; weil es niemand versucht hat, ist er so zäh geworden."

Die scholastik hatte die frage nicht behandelt, denn der ganze gedanke, die engelschöre des Dionysius Areopagita mit den intelligenzien der himmelssphären in eins zu setzen, scheint Dantes eigene erfindung. Beatrice löst die antinomie, indem sie nicht rein räumlich die erde, sondern geistig die göttliche kraft als zentrum der bewegung setzt; daher ist die entsprechung nur spiegelbildlich, die gottnächsten Seraphim bilden den innersten, das primum mobile den äussersten kreis.

So meine herrin; dann sagte sie: „Nimm, was ich dir sagen werde, und zerkleinere es dann noch in dir selbst. Die körperlichen kreise sind weit oder eng je nach dem mehr oder weniger der kraft, die sie in all ihren teilen ausdehnt. Grössere güte will grösseres heil bewirken; grösseres heil fasst ein grösserer körper, wenn er in seinen teilen gleichmässig vollkommen ist. Darum entspricht der, der das gesamte übrige weltall mit sich reisst, dem liebendsten und wissendsten kreis *(dem der Seraphim)*. Darum, wenn du dein maass an die kraft anlegst und nicht an den schein der wesenheiten, die dir als runde erscheinen, so wirst du bei allen himmeln die wunderbare entsprechung zu ihren intelligenzien bemerken, vom grösseren zur grösseren und vom kleineren zur minderen." Wie die halbkugel der luft leuchtend und heiter verbleibt, wenn boreas mit der backe bläst, mit der er sanfter ist, womit die kruste sich reinigt und auflöst, die erst störte, sodass der himmel nun lacht mit den schönheiten all seiner quartiere, so ging es mir, als meine herrin mich mit ihrer klaren antwort versorgte und wie ein stern am himmel sich die wahrheit zeigte. Nachdem ihre worte innehielten, nicht anders sprüht kochendes eisen funken, wie nun die kreise funken sprühten, und jeder funke folgte der bewegung ihrer feuersglut, und waren ihrer so viele, dass ihre zahl noch weiter als beim schachbrett in die tausende geht.

Dante kennt also die erzählung, dass der erfinder des schachspiels sich als lohn nur weizenkörner erbat, und zwar auf jedes der aufeinander folgenden 64 felder doppelt so viele wie auf das vorhergehende, die summe beläuft sich auf eine zwanzigstellige zahl!

Ich vernahm ein hosianna von chor zu chor hin zu dem festen punkt, der jeden an sein Wo bindet und ewig binden wird, wo sie ewig waren. Und sie, die die rätselnden gedanken in meinem geiste sah, sprach: „Die ersten kreise haben dir Seraphim und Cherubim gezeigt; so rasch folgen sie ihrem geflecht, um sich dem punkt anzuähneln so weit sie können, und sie können es so weit, als sie zur schau erhoben sind. Jene andern liebesgeister, die sie umringen, heissen Throne des gottesbildes, weil sie die erste dreiheit abschliessen.

Die dreiheit von Gottes güte, wahrheit und gerechtigkeit.

Und du musst wissen, dass sie alle soviel wonne geniessen, als ihr schauen sich in die wahrheit vertieft, in der jedes begreifen zur ruhe kommt.

„Begreifen", intelletto; darum vielleicht heissen die geister, die die sphären leiten, intelligenzien, begriffe, begreifungen. Auch für Platon ist das höchste die schau.

Daraus lässt sich ersehen, wie sich das seligsein auf den vorgang des schauens gründet und nicht auf den des liebens, der darauf als zweites folgt.

Damit entscheidet sich Dante für die lehre des Thomas gegen seinen zeitgenossen Duns Scotus, der den willen (und damit die liebe) dem verstand vorangehn liess. Schon für Platon ist das höchste die schau, der anblick der urformen, der ideen, und der idee der idee.

Und die schau bemisst sich am verdienst, das sich aus gnade und gutem willen gebiert. So schreitet man von stufe zu stufe vor.

Die erste gnade schenkt den guten willen, der die guten taten bewirkt, diese erlauben die schau Gottes, aus der die liebe zu Gott folgt und damit die seligkeit.

Die nächste dreiheit, die in diesem ewigen lenz spriesst, den der nächtliche Widder nicht entblättert,

Der Widder ist im frühling von der sonne verborgen, am nachthimmel sichtbar ist er vom herbst an. Aber der himmel kennt keinen herbst.

sie tiriliert unablässig ihr hosianna mit drei melodien, die in den drei ordnungen der freude erklingen, wo sie sich eindrittelt. In dieser hierarchie sind die andern göttinnen: erst die Gewalten, dann die Kräfte; die dritte reihe ist die der Mächte. Darauf in den beiden vorletzten reigen kreisen die Fürstentümer und die Erzengel; der letzte gehört ganz dem spiel der Engel. Alle diese ordnungen sind nach oben voller bewunderung und nach unten so siegreich, dass zu Gott hin alle gezogen werden und alle ziehen. Und Dionysius versenkte sich mit soviel verlangen in die betrachtung dieser ordnungen, dass er sie so benannte und unterschied wie ich. Aber Gregor trennte sich danach von ihm, weshalb er, sobald er in diesem himmel die augen auftat, über sich selbst lachte.

In der reihenfolge Dominationes, Virtutes, Potestates, Principatus hatte der grosse papst Gregor I. die stellen von Principes und Virtutes vertauscht. - Der angebliche Dionysius Areopagita aber wusste die wahrheit als schüler des Paulus, der seinerseits ja im dritten himmel gewesen war.

Wenn ein sterblicher eine solche geheime wahrheit auf erden kundtat, so möchte ich, dass du dich nicht wunderst; denn einer der sie hier oben schaute, enthüllte sie ihm mit noch mancher andern wahrheit dieser kreise."

29. Gesang

Wiederum ein feierlicher astronomischer einsatz bezeichnet einen kurzen augenblick des schweigens, der in Beatrices langer rede die nennung der verschiedenen engelschöre trennt von der frage nach der erschaffung der engel und der sich noch darüber hebenden frage nach der schöpfung überhaupt. - Die kinder Leto's sind Apollon und Artemis/Diana, also sonne und mond, die, wenn in den tagen der tag-und-nacht-gleiche vollmond ist, sich um 6 uhr am horizont genau gegenüberstehen, eins auf- und eins untergehend.

Wenn die beiden kinder Leto's, bedeckt vom Widder und von der Waage, aus dem horizont gemeinsam ihren gürtel machen, soweit wie es von dem augenblick ist, da der zenit sie gleichgewichtet, bis zu dem, da der eine und die andere, die hemisphäre vertauschend, aus dem gleichgewicht kommen, solange schwieg Beatrice, in deren angesicht sich ein lächeln malte, und schaute fest auf den punkt, der mich überwältigt hatte. Dann begann sie: „Ich sage, und frage nicht, was du hören willst; denn ich sah es in dem einen punkt, in den jedes Wo und jedes Wann zusammenläuft. Nicht um für sich ein gut hinzuzugewinnen, was nicht sein kann, sondern damit sein glanz rückglänzend sagen könne: Ich bestehe, darum hat in ihrer ewigkeit ausser aller zeit und ausser allem andern erfassen nach ihrem gefallen in neue liebeswesen die ewige liebe sich erschlossen.

Indem sich Gott in den engeln spiegelt, wird er sich seiner selbst bewusst und kann sagen: Ich bin, wie er Moses gegenüber seinen namen Jahwe erklärt (2. Mose. 3,14).

Nicht, dass er vorher gleichsam in starre gelegen hätte, denn ohne vorher und nachher begab sich das hinfahren Gottes über diesen wassern.

Vor der schöpfung gab es ja weder raum noch zeit. Genesis 1: Und der geist Gottes brütete (Luther: schwebte, die Vulgata: ferebatur, Buber: spreitete) über den wassern. Und: Und Gott trennte das wasser unter der feste von dem wasser über der feste. Dieses deutete man wegen seiner transparenz auf den kristallhimmel, indem sich ja Dante jetzt befindet.

Form und stoff, verbunden und ganz rein für sich, traten ins makellose dasein wie drei pfeile von einem dreisträngigen bogen. Und wie in glas, in bernstein oder in kristall ein strahl so aufglänzt, dass zwischen seinem auftreffen und seinem ganz-dasein kein intervall ist, so strahlte die dreifache bewirkung ihres Herrn in ihr dasein ganz zugleich, ohne unterschiedlichen beginn.

Dreifach, vielleicht in analogie zur göttlichen dreieinigkeit, umschreibt Dante die dreiheit, platonisch gesprochen von idee, materie und erscheinung, aristotelisch von actus, die wirkungsmacht, potentia, die rezeptive möglichkeit, und die aktualisierung, christlich die der himmlischen engel oder intelligenzien, des irdischen stoffes und ihrer verbindung in den sphären. Wir unterscheiden heute noch die „abgezogenen, abstrakten" begriffe und vorstellungen von ihrer „zusammengewachsenen, konkreten" erscheinung. Dieselbe gleichzeitigkeit wie Dante meint die moderne wissenschaft mit der behauptung, es gäbe in der welt nichts, was nicht strukturiert wäre. Jesus Sirach 18,1: Er der in ewigkeit ist, hat alles zugleich geschaffen.

Zusammen geschaffen wurden ordnung und bau mit den substanzen, und jene wurden zum gipfel der welt, in denen reine wirkkraft geschaffen wurde; reine möglichkeit erhielt den untersten teil; in der mitte schnürte ein solcher knoten möglichkeit und wirkungsmacht zusammen, dass er sich niemals entknotet. Hieronymus schrieb euch von einem langen zug der jahrhunderte der erschaffenen engel ehe die übrige welt gemacht war.

Damit folgte er Platon, der seinen ideen, den urbildern, in einem himmlischen reich eine eigene, reale existenz zuschreibt, während Aristoteles sie den dingen immanent sieht. Danach stritten sich im mittelalter „realisten" und „nominalisten". Raffael stellt in seiner Schule von Athen die beiden philosophen in die mitte und lässt Platon mit blick und hand zur höhe weisen, Aristoteles zu boden.

Aber die wahrheit steht manchenorts aufgeschrieben von den schriftstellern des Heiligen Geistes, und du wirst es bemerken, wenn du gut hinschaust.

Heisst es doch: Am a n f a n g schuf Gott himmel und erde!

Und auch die vernunft sieht es ein stückweit, die nicht zugeben würde, dass die beweger so lange ohne ihre erfüllung blieben.

Wozu bewegende kräfte, wenn es noch nichts zu bewegen gibt?

Nun weißt du, wo und wann diese liebesgeister geschaffen wurden, und wie, so dass in deinem begehren nun schon drei flammen gelöscht sind.

Zur lehre von den engeln gehört nun aber noch der sturz Luzifers in den mittelpunkt der erde, das zentrum aller schwerkraft.

Schwerlich käme man beim zählen bis auf zwanzig so schnell, wie ein teil der engel die unterlage eurer elemente in verwirrung brachte. Der andere blieb und begann seine künste, wie du sie hier siehst, mit solcher lust, dass er von seinem kreislauf niemals ablässt. Ursprung des falls war der verdammte hochmut dessen, den du von allen gewichten der welt niedergezwungen sahst. Die, die du hier siehst, erkannten sich demütig als ausfluss der güte, die sie geschaffen hatte mit der bereitschaft, so hohes zu begreifen. Darum wurde ihre sehkraft erhöht durch die erleuchtende gnade und durch ihr eignes verdienst, sodass sie nun starken und vollen willen besitzen.

In voller willensfreiheit können engel nur das gute wollen und nicht sündigen.

Und ich möchte, dass du nicht zweifelst, sondern gewiss seist, dass der empfang der gnade verdienstlich ist nach dem maass des gefühls, das sich ihr öffnet. Von nun an hast du über diese ratsversammlung einsicht genug, wenn du meine worte aufgenommen hast, ohne weitere hilfe. Weil man aber auf erden in euren schulen liest, die engelsnatur sei so, dass sie verstand, erinnerung und willen habe, will ich noch mehr sagen, damit du die wahrheit rein siehst, die dort unten in sogearteten vorlesungen durch missdeutete worte getrübt ist. Seit diese wesen des antlitzes Gottes froh wurden, verwandten sie kein auge von ihm, vor dem nichts verborgen ist. Darum ist ihr schauen von keinem neuen gegenstand unterbrochen, und darum brauchen sie sich nichts, weil eine vorstellung sich verloren hätte, ins gedächtnis zurückzurufen.

Das wort memoria ist zweideutig: es heisst im gedächtnis behalten - so bei den engeln, weil in Gott alles gleichzeitig und gegenwärtig ist - und es heisst: ins gedächtnis zurückrufen.

Und so träumt man dort unten - und nicht im schlaf -, indem man glaubt, oder selber nicht glaubt, die wahrheit zu sagen; aber beim einen ist grössere schuld und grössere schande. Ihr geht unten nicht einen und des gleichen weges philosophierend, so sehr lasst ihr euch hinreissen von der begier und sorge um den eignen glanz. Und auch das erträgt man hier oben mit weniger empörung, als wenn die göttliche Schrift hintangesetzt wird oder verdreht. Man denkt nicht daran, wieviel blut es kostet, sie in der welt auszusäen, und wie der wohlgefällig ist, der sich demütig an sie anschmiegt. Um zu glänzen strengt jeder seinen geist an und ergeht sich in erfindungen, und die werden dann von den predigern erörtert und das evangelium schweigt. Einer sagt, dass der mond sich umdrehte bei der passion Christi und dazwischenschob, weshalb das sonnenlicht nicht bis unten durchdrang - er lügt, denn das licht verbarg sich von selbst, weshalb eine solche finsternis nicht nur den Juden antwort gab, sondern auch den Spaniern und den Indern.

Aus Beatrices letzter invektive spricht die empörung über die eitlen futilitäten des (nicht nur damaligen?) theologischen betriebs, nachdem der glaube mit ganz anderem ernste, dem blut der märtyrer, gegründet wurde - quanto sangue costa. Sie gibt ein beispiel, wie in hochschulen und auf kanzeln rein rationale subtilitäten wetteifern. Bei der kreuzigung brach eine finsternis aus über das ganze land - super universam oder super totam terram. Da bemühen sie sich nun um eine „natürliche" erklärung: der mond (der beim jüdischen passahfest immer vollmond ist) sei rückwärts gelaufen und habe eine sonnenfinsternis bewirkt. Aber finsternisse sind ja immer nur partiell sichtbar. Nein, obscuratus est sol: die sonne hielt sich selbst zurück, sodass ihr licht von Spanien bis Indien erlosch.

Florenz hat nicht so viele Hansen und Fritzen, wie jährlich fabeleien solcher güte auf den kanzeln allenthalben ausgeschrieen werden, so dass die unwissenden schäflein von der weide mit wind gefüttert heimkehren, und es entschuldigt sie nicht, dass sie den schaden nicht bemerken. Christus sagte zu seiner ersten gemeinde nicht: „Geht und predigt der welt possen!", sondern stellte sie auf den boden der wahrheit. Und diese allein tönte aus ihren wangen, sodass sie im kampf, um den glauben zu entzünden, aus dem evangelium ihren schild und ihre lanze machten. Jetzt geht man ans predigen mit witzen und spässchen, und wenn nur recht gelacht wird, bläht sich die kapuze, und mehr verlangt man nicht. Aber im zipfel nistet ein solcher vogel, dass das volk, wenn es ihn sähe, schon merken würde, auf welchen ablass es vertraut, wodurch auf erden solche torheit wuchs, dass man ohne beweis irgend eines zeugnisses auf jedes ablassversprechen rennen würde. Damit mästet sich das schwein des heiligen Antonius und gar viele andern, die noch schweinischer sind, und zahlen mit münze ohne prägung.

Der vogel, der in der kapuze nistet, ist wie das schwein, das in den darstellungen dem heiligen Antonius beigesellt wird, der teufel. Nach dem ägyptischen Antonius, dem begründer des klosterwesens, nannten sich die Antoniter, die seit dem 13. jahrhundert zahlreiche spitäler führten, aber auch unautorisierte ablässe verkauften und mit dem erlös nicht nur ihre privilegierte schweinezucht bestritten, sondern noch viele andern gar nicht heiligen ausgaben. - In dieser letzten zornigen invektive ist Dante, auch mit ihrem populären ton, ganz vom engelsthema abgekommen; durch Beatrices mund mahnt er, zum evangelium zurückzukehren, schon ganz reformatorisch, ebenso wie dann die schelte auf das ablasswesen.

Aber weil wir so weit abgeschweift sind, lenke jetzt deine augen wieder auf die grade strasse, so dass sich unser weg im maasse mit unsrer zeit verkürzt. Diese wesen stufen sich so hoch in der zahl, dass nie eine sprache, ja auch nur ein sterblicher gedanke so weit gelangt. Und wenn du schaust, was durch Daniel offenbart ist, wirst du sehen, dass in seinen tausenden sich eine bestimmte zahl verbirgt.

Daniel 7,10: Tausende von tausenden dienten ihm, und zehntausend mal hunderttausend warteten ihm auf. Und Matthäus 26,53 Christus zum teufel: er könne den Vater um zwölf legionen von engeln bitten.

Das ERSTE LICHT, das sie ganz bestrahlt, wird von ihnen auf so viele weisen aufgenommen, wie es glänze gibt, mit denen es sich paart. Und weil auf den vorgang des erfassens das gefühl folgt, muss daher die süssigkeit des liebens in ihnen in unterschiedlicher weise erglühen und erlauen. Sieh von nun an die erhabenheit und die weite des EWIGEN GUTES, nachdem es so viele spiegel schuf, in die es sich zerteilt, und doch in sich eines bleibt wie anfangs."

Diese lange erörterung der erschaffung und zahl der engel mutet uns fremd an, reine theologische spekulation; und doch rührt sie an letzte fragen. Die engel sind ja für Dante die urkräfte und formen, in denen alles irdische vorgebildet ist. Nun beginnt jede geistige erfassung von welt und leben zunächst mit dem abstandnehmen dessen, der sich nicht nur unreflektiert im getümmel tummelt; der künstler fasst das einzelne ins komponierte bild, der dichter ins geprägte wort, der denker abstrahiert; alle suchen das gesetz, das über allem einzelnen ist. Am ende des langen weges steht das Eine, in dem die vielheit untergeht und bedeutungslos wird, der eine Gott, das eins und alles (hen kai pan), die idee des guten, brahma, das nirvana. Aber die seele auch des mystikers kann nur auf augenblikke mit dem alleinen verschmelzen, und auch der denker muss den weg wieder zurückfinden vom einen zur vielfältigkeit unsrer welt. So redet auch unsere wissenschaft von einer eins, einer ausdehnungslosen masse oder besser urenergie, die vor einer berechenbaren zahl von jahrmilliarden in einem urknall explodierte und sich ins universum entfaltete. Weiter darüber hinaus zu fragen versagt sie sich und lässt uns stehn an der grenze der erkenntnis, im staunen vor dem letzten rätsel. Die antwort des glaubens gibt Dante, ohne vor der letzten frage auszuweichen, mit seiner vorstellung von dem geballten lichtpunkt Gottes und seiner abstrahlung in den engeln.

30. Gesang

Der 30. gesang setzt wieder mit einer astronomischen erscheinung ein: wie in der morgendämmerung die sterne ganz allmählich erlöschen, so allmählich entziehen sich die engelschöre beim aufstieg ins empyreum dem blick. Wenn es um etwas mehr als ein viertel des erdumfangs weiter östlich von uns mittag ist, die sechste stunde, neigt sich bei uns der erdschatten, die nacht, zum horizont, es ist kurz vor sonnenaufgang, bald erscheint Aurora, die morgenröte.

Vielleicht sechstausend meilen von uns entfernt glüht die sechste stunde und diese welt neigt schon gleichsam ihren schatten auf das ebene bett, wenn die himmelsmitte, für uns tief, so zu werden beginnt, dass mancher stern sein scheinen bis zu unsrem grunde verliert, und wie die hellste magd der sonne vorankommt, so verschliesst sich der himmel von stern zu stern bis zum schönsten - nicht anders der siegestanz, der immer den punkt umspielt, der mich überwältigte und umschlossen zu sein scheint von dem, was er doch umschliesst: ganz allmählich erlosch er für mein schauen. Dies nichts-sehen und die liebe zwangen mich, mit meinen augen zu Beatrice zurückzukehren. Wäre alles, was bisher über sie gesagt ist, in einem einzigen loblied zusammengeschlossen, es wäre zu gering, ihr so wie sie nun wurde genüge zu tun. Die schönheit, die ich sah, übersteigt nicht nur unser maass, ich glaube gewiss, nur ihr schöpfer geniesst sie ganz. Von diesem punkt gestehe ich mich überfordert, mehr als je ein komischer oder tragischer dichter vor einer stelle seines themas versagte. Denn wie die sonne dem auge tut, das ihr am meisten ausweicht, so beraubt die erinnerung an ihr süsses lächeln meinen geist seiner selbst. Vom ersten tag, da ich ihr antlitz in diesem leben sah, bis zu dem jetzigen anblick, war meinem sang noch nie verwehrt, schritt zu halten, jetzt aber muss ich abstehn vom versuch, ihrer schönheit nachzukommen, dichtend, wie jeder künstler vor seinem äussersten.

In einer solchen gestalt, wie ich sie einer stärkeren verkündung überlasse als der meiner tuba, die ihren steilen stoff dem ende entgegenführt, begann sie wieder mit gebärde und stimme eines führers, der sich seiner pflicht entledigt sieht: „Wir sind aus dem grössten körper herausgetreten in den himmel, der reines licht ist, geistiges licht voller liebe, liebe zum wahren guten voller freude, freude die jede süssigkeit übersteigt. Hier wirst du die beiden paradiesesscharen schauen, und die eine in den gestalten, wie du sie bei der letzten gerechtigkeit sehen wirst.“

Die schar der engel und die der selig gewordenen menschen, diese nicht mehr wie bisher als lichtpunkte, sondern wie sie sich nach der auferstehung des fleisches zeigen werden.

Wie ein plötzlicher blitz die sehgeister zersprengt, so dass er das auge der wirkung auch stärkster gegenstände beraubt, so umleuchtete mich lebendiges licht und liess mich mit seinem leuchten in solchen schleier eingehüllt, dass nichts mir sichtbar wurde. „Das ist der gruss, mit dem immer die liebe, die diesem himmel seine ruhe gibt, einlass zu sich gewährt, um für ihre flamme die kerze zu bereiten.“ Nicht so bald waren diese kurzen worte in mich eingedrungen, als ich fühlte, wie ich über meine kraft hinauswuchs, und ich entzündete mich mit neuem sehen, einem solchen, dass kein licht so pur ist, dass meine augen nicht dafür gewappnet wären. Ich sah licht in gestalt eines baches von flüssigem glanz, zwischen zwei ufern, die ein wunderbarer frühling malte. Diesem strömen entsprühten lebendige funken und setzten sich allenthalben in die blumen wie in gold gefasste rubine; dann, wie berauscht von den düften, vertieften sie sich wieder in den wunderstrudel, und wenn einer einsank, entstieg ein anderer. „Das tiefe sehnen, das dich jetzt entflammt und bedrängt, kenntnis zu erlangen von dem was du siehst, gefällt mir je besser je mehr es schwillt; aber erst musst du von diesem wasser trinken, eh sich solcher durst in dir stillt." So sprach mir die sonne meiner augen. Noch fügte sie bei: „Der fluss und die topase, die hineingehn und hervorkommen, und das lachen des krauts, sind nur andeutende vorreden der wahrheit. Nicht dass diese dinge an sich herbe wären; es ist ein mangel nur von deiner seite, weil deine augen noch nicht so herrlich sind." Kein säugling dreht sein gesicht so rasch zur milch, wenn er gegen seine gewohnheit arg verspätet aufwacht, wie ich tat, um aus meinen augen noch bessere spiegel zu machen, indem ich mich zur welle beugte, die entspringt, damit die guten kräfte zunehmen. Und sobald die dachtraufe meiner lider davon getrunken, bemerkte ich, wie aus seiner länge ein rund geworden war. Dann, wie leute, die sich unter masken anders gezeigt hatten als zuvor, wenn sie das uneigene aussehn ablegen, in dem sie verschwunden waren, so verwandelten sich mir die blumen und die funken in noch grössere festlichkeit, so dass ich die beiden höfe des himmels in aller deutlichkeit schaute. O glanz Gottes, durch den ich den hohen triumph des wahren reiches schaute, gib mir kraft, zu sagen, wie ich es schaute.

Traumhaft verwandeln sich die bilder für die aus Gottes gnade ausströmenden engel und für die selig gewordenen seelen - die beiden teile des himmlischen hofstaates; so steigert sich die deutlichkeit, und das im reim dreimal wiederholte Vidi, ich schaute, deutet auf das visionäre.

Licht ist dort oben, das den schöpfer jenen geschöpfen sichtbar macht, die nur in seinem anschaun ihren frieden finden. Es dehnt sich in kreisform so weit aus, dass sein umfang für die sonne ein zu weiter gürtel wäre. Aus strahl besteht seine ganze erscheinung, der sich bricht am aussenrand des primum mobile, das von ihm leben und kraft empfängt. Und wie ein abhang in einem wasser zu seinen füssen sich spiegelt, gleichsam um sich geschmückt zu schauen, wenn er in grün und blumen prangt, so sah ich auf mehr als tausend schwellen rings um das licht herum alles sich spiegeln, was von uns nach dort oben heimkehr fand. Und wenn die unterste stufe so breites licht in sich umfasst, wie ist dann erst die weite dieser rose in ihren äussersten blättern! Mein blick ging unbeirrt in die weite und in die höhe und erfasste das ganze Wie und Wieviel jener seligkeit. Nähe und ferne können dort nichts mehren und nichts mindern; denn wo Gott unmittelbar herrscht, ist das naturgesetz bedeutungslos. Zum gelb der ewigen rose, die sich stuft und weitet und lobesduft verströmt zu der sonne, die einen ewigen frühling schafft, dorthin zog mich Beatrice wie einen der schweigt und sprechen will, und sagte: „Staune, so gross ist die brüderschaft der weissen gewänder! Sieh unsre stadt, wie weit sie ihren kreis zieht! Sieh unsre schemel so besetzt, dass es nicht mehr vielen volkes bedarf.

Dies in erwartung des nahen weltuntergangs; auch gab es eine theorie, dass mit Luzifer ein zehntel der engel abtrünnig wurde, und deren zahl müsse durch selig gewordene menschenseelen ersetzt werden, dann sei das ende der zeiten.

Und auf jenem grossen sessel, auf den du deinen blick heftest wegen der krone, die schon darauf gelegt ist, sitzt dereinst, bevor du zu diesem hochzeitsmahle kommst, die seele, die unten erlaucht sein wird, die des hohen Heinrich, der kommen wird, Italien aufzurichten, eh es dafür bereit ist. In der blinden gier, die euch verhext, seid ihr dem kindlein ähnlich geworden, das hungers stirbt und die amme wegjagt. Und vorsteher im heiligen gerichtshof wird dannzumal einer sein, der offen und verdeckt nicht den gleichen weg mit ihm geht.

Clemens V., der nach aussen den kaiser unterstützt, aber insgeheim gegen ihn arbeitet. Dafür wird er in der hölle in die röhre der simonisten gesteckt werden, wo schon (Hölle XVII) Bonifaz VIII. steckt.

Aber nur kurz wird Gott ihn im heiligen amt dulden; denn er wird hinabgestossen dort, wo verdientermaassen Simon Magus ist, und lässt den von Anagni noch tiefer hinabsinken.“

31. Gesang

In gestalt also einer blendend weissen rose zeigte sich mir die heilige heerschar, die Christus mit seinem blute sich antraute; aber die andere schaut und besingt fliegend die glorie dessen, der sie mit liebe erfüllt, und die güte, die sie so gross machte. Wie ein bienenschwarm, der einmal in den blumen versinkt und dann wieder dorthin zurückkehrt, wo seine mühe zu süssigkeit wird, so stieg sie nieder in die grosse blume, die sich mit so viel blättern schmückte, und hob sich wieder dorthin, wo ihre liebe ewig weilt. Die gesichter waren ihnen allen wie von lebendiger flamme, die flügel golden und das übrige so weiss, dass kein schnee es so weit bringt. Wenn sie sich in die blume versenkten, spendeten sie von bank zu bank etwas von dem frieden und der glut, die sie, sich die seite fächelnd, immer neu erwarben.

Gott erscheint auch den seelen nicht unmittelbar. Wie im vorigen bild die zwischen bach und blumen springenden funken, vermitteln auch hier die engel. „Engel" heisst „bote", angelos.

Aber dass sich zwischen das oben und die blume eine solche fliegende menge dazwischenschob, hinderte weder blick noch glanz; denn das göttliche licht durchdringt das all je nach dessen würdigkeit, sodass ihm nichts entgegenstehen kann. Dies friedvolle und freudvolle reich, bevölkert von altem und neuerem volk (*des alten und des neuen bundes*),

kehrte blick und liebe ganz auf dasselbe ziel. O dreifaches licht, das in einem einzigen stern vor ihren augen funkelnd alle sehnsucht stillt, schau doch hier herab auf unsere stürme! - Wenn die barbaren aus den gegenden, die Helike täglich überdeckt, kreisend mit ihrem sohn, den sie so liebt,

Nach Ovid (II 401) wurde die nymphe Helike mit ihrem sohn als Bärin und Arktur an den himmel versetzt, nördliche sterne, die nie unter den horizont sinken.

wenn die kamen und beim anblick Roms und seiner steilen bauten staunten, als der Lateran noch alle sterblichen werke übertraf, von welchem staunen musste da erst ich erfüllt sein, der ins göttliche vom menschlichen, zur ewigkeit aus der zeit, aus Florenz zu gerechtem und heilem volk gekommen war! Gewiss, zwischen staunen und wonne war es mir willkommen, nichts zu hören und stumm zu stehen. Und wie ein pilger in der kirche seines gelübdes sich schauend erquickt und schon zu erzählen hofft, wie sie dasteht, so führte ich durch das lebendige licht hinschweifend die augen über die stufen hin bald auf- bald abwärts, bald wieder im kreis. Ich sah gesichter, die zur liebe luden, verbrämt von oberm licht und eignem lächeln, und schöne gebärden voll aller würde.

Nun hatte mein blick die gesamtform des paradieses schon ganz ergriffen, ohne noch auf irgend einem teile fest zu ruhen, und mit neu entfachter begierde wandte ich mich, um meine herrin nach dingen zu fragen, über die mein sinn im ungewissen war. Eins war mein ziel, ein andres gab mir antwort. Ich glaubte Beatrice zu sehen, und sah einen greis, gekleidet wie die ganze ruhmesschar. Über augen und wangen war ihm gütige freude ergossen, und seine gebärde war liebevoll, wie sie einem zärtlichen vater zukommt. Und „Wo ist sie?" fragte ich sofort, worauf er: „Um deinen wunsch ans ziel zu führen, liess Beatrice mich meine stelle verlassen, und wenn du hinaufschaust zum dritten ring von der obersten stufe, wirst du sie wiedersehn in dem thron, den ihre verdienste ihr erlosten." Ohne zu antworten hob ich die augen und sah sie, wie sie sich kränzte mit dem widerschein der ewigen strahlen. Von jener gegend, aus der es am höchsten donnert, ist kein sterbliches auge so weit entfernt, mag es sich auch noch so tief ins meer hinablassen, wie dort von Beatrice mein auge. Aber das machte mir nichts aus, weil ihr bild nicht gemischt mit etwas dazwischen zu mir herabkam. „O herrin, in der meine hoffnung blüht, und die es auf sich nahm, für mein heil in der hölle ihre spuren zu hinterlassen, deiner macht und deiner güte verdanke ich die gnade und die kraft zu all den vielen dingen, die ich sah. Aus der knechtschaft zogst du mich zur freiheit auf all jenen wegen, auf alle arten, die, dies zu tun, in deiner macht standen. Bewahre in mir dein überreiches geschenk, so dass meine seele, die du gesund gemacht hast, dir gefalle, wenn sie sich des leibes entknüpft." So betete ich; und sie, so fern sie zu sehen war, lächelte und sah mich an; darauf kehrte sie sich der ewigen quelle zu.

Und der heilige greis: „Auf dass du vollkommen deinen pfad vollendest, sagte er, zu dem bitte und heilige liebe mich aussandten, durchfliege mit den augen diesen garten. Sein anschaun wird deinen blick befähigen, durch den göttlichen strahl weiter aufzusteigen. Und die himmelskönigin, zu der ich in liebe ganz erglühe, wird uns jede huld erweisen; denn ich bin ihr treuer Bernhard." Wie einer, der vielleicht aus Kroazien kommt, um unsere Veronica zu sehen,

Das schweisstuch der heiligen Veronica, in das Christus sein antlitz abgedrückt hatte, und das als reliquie in der Peterskirche in Rom bewahrt wird.

der wegen seines langen hungerns sich daran nicht satt sehen kann und, solang es gezeigt wird, in seinen gedanken sagt: „Mein Herr, Jesus Christus, wahrer Gott, so also habt Ihr ausgesehen!", so ging es mir im betrachten der lebendigen liebeskraft dessen, der schon in dieser welt durch versunkene schau jenen frieden kostete.

Bernhard von Clairvaux, 1090 - 1153, der neugründer des Zisterzienserordens, kreuzzug-prediger, der doctor mellifluus, mystiker, ein besonders inniger verehrer der Maria. Als Dantes führer löst er Beatrice ab, denn von nun an bedarf es keiner belehrung mehr, nur der schau.

„Sohn der Gnade, begann er, dieses freudige dasein wirst du nicht erkennen, wenn du die augen nur hier unten am grunde hältst; sondern sieh auf die kreise bis zum entferntesten, so weit, dass du die königin thronen siehst, der dieses reich untertan und ergeben ist." Ich hob die augen, und wie des morgens der östliche horizont den übertrifft, zu dem die sonne sich abwärts neigt, so sah ich, mit den augen gleichsam vom tal zu berge steigend, einen teil zu äusserst mit licht alles andere, was mir gegenüber stand, überstrahlen. Und wie es dort, wo man die von Phaethon so unglücklich geführte deichsel erwartet, heller aufflammt, während das licht nach hüben und nach drüben verblasst, so belebte sich jene friedfertige oriflamme in der mitte, während zu beiden seiten die flamme sich gleichmässig sänftigte.

Phaethon, der sohn des Helios, der (Ovid II 167) von seinem vater den sonnenwagen erbat, aber dann nicht lenken konnte; die deichsel wäre der punkt, wo jetzt gleich die sonne aufgehn muss. - Oriflamme („goldflamme") heisst die rote kriegsfahne der könige von Frankreich, die nach der legende Christus Karl dem Grossen verlieh; aber als bild für die zentrale gestalt Marias ist sie friedlich.

Und zu jener mitte hin sah ich über tausend engel mit gebreiteten flügeln schwärmen, jeder wieder anders an glanz und an kunst. Ich sah ihren spielen und ihren gesängen eine schönheit zulächeln, die allen andern heiligen eine reine augenfreude war. Und hätte ich solchen reichtum in der sprache wie in der vorstellungskraft, ich wäre nicht so kühn, es auch nur mit dem geringsten ihrer kostbarkeit zu versuchen. Als Bernhard meine augen fest auf seine flammende flamme geheftet sah, wandte er die seinen mit solcher leidenschaft ihr zu, dass er die meinen noch glühender schauen liess.

32. Gesang

Seiner hohen lust hingegeben übernahm jener betrachtende von sich aus das amt eines lehrers und begann diese heiligen worte: „Die wunde, die Maria schloss und salbte, die hat die so sehr schöne hier zu ihren füssen aufgetan und geschlagen.

Eva war vollkommen schön, weil von Gott unmittelbar geschaffen; aber sie beging die sünde, die erst Marias sohn sühnte.

In der reihe, die die dritten sessel bilden, sitzt unter ihr Rahel mit Beatrice, wie du ja siehst. Sarah, Rebekka, Judith und jene, die die urgrossmutter des sängers wurde, der aus kummer über seinen fehl sagte: Miserere mei, erbarm dich meiner,

Rahel war schon in Dantes traum (Fegefeuer XXVII) symbolfigur für die vita contemplativa; darum sitzt Beatrice, inbegriff des wissens, neben ihr; von Ruth stammt David ab, der dichter von psalm 51.

kannst du so von schwelle zu schwelle sich abwärts stufen sehen gleich mir, der ich mit ihren namen durch die rose von blatt zu blatt heraufsteige. Und von der siebten stufe abwärts, so wie bis zu derselben, folgen Hebräerinnen und zerteilen alle locken der blume. Denn je nach dem blick des glaubens an Christus sind sie die wand, an der die heiligen treppen sich scheiden: auf dieser seite, wo die blume mit all ihren blättern voll gereift ist, sitzen die, die an den künftigen Christus glaubten; auf der andern seite, wo lücken sie unterbrechen, befinden sich in den halbkreisen jene, die ihre blicke auf den gekommenen Christus richteten. Und wie herwärts der hochgerühmte schemel der himmelsherrin und die andern schemel unter ihr eine solche trennlinie bilden, so gegenüber der grosse Johannes, der, von je heilig, die wüste und das martyrium und dann die zweijährige hölle ertrug, und unter ihm wurden ebenso zur abtrennung erlost Franziskus, Benedikt und Augustin und andere von kreis zu kreis bis hier herunter.

Das rund der rose zerfällt in zwei halbkreise, die durch zwei radien getrennt sind; auf dem einen sitzen die jüdischen frauen, auf dem andern die heiligen. In der einen hälfte sitzen die, die an die prophezeiungen glaubten; deren zahl ist voll; in der andern die selig gewordenen Christen - da ist noch raum für weitere. - Johannes war (Lukas 1,15) schon im mutterleibe vom Heiligen Geiste erfüllt; enthauptet wurde er zwei jahre bevor Christus die ungetauften frommen aus der vorhölle befreite. - Die untersten stufen füllen die kindlein, für Dante ein besonderes problem: sein bild der rose bedeutet ja stufen der seligkeit, je nach verdienst; aber die kinder sind ja noch ohne verdienst; warum also abgestufte seligkeit? Wieder ein anlass, vom unerforschlichen ratschluss Gottes zu reden, und von der prädestination.

Nun sieh die hohe göttliche vorsehung, dass die eine so gut wie die andere art des glaubens in gleicher weise diesen garten füllen wird. Und wisse, dass man unterhalb der stufe, die die beiden scheidelinien mittendurch spaltet, ohne irgend ein eigenes verdienst sitzt, vielmehr durch fremdes und unter gewissen bedingungen; denn alle die sind geister, die erlöst wurden, ehe sie wahre wahl treffen konnten. Das kannst du gut bemerken an ihren mienen und auch an den kinderstimmen, wenn du sie wohl anschaust und ihnen zuhörst. Nun fragst du dich oder schweigst voller fragens; aber ich werde dir die festen bande lösen, in die dich deine bohrenden gedanken einschnüren. In der ganzen weite dieses königreiches kann kein zufallspunkt raum finden, so wenig wie trauer oder durst oder hunger, denn durch ewiges gesetz ist alles bestimmt, was immer du siehst, sodass vom ring dem finger hier aufs genaueste entsprochen wird. Und darum ist dies verfrühte volk für das wahre leben nicht grundlos in sich von höherem oder minderem rang. Der könig, durch den dieses reich in so viel liebe und so viel wonne ruht, dass kein wunsch sich höher wagt, begabt heiteren anblicks alle geister bei ihrer erschaffung nach seinem belieben mit gnade verschiedenen grades, und hier genüge dir, dass es so ist. Und das bemerkt man ausdrücklich und klar in der Heiligen Schrift bei jenen zwillingen, die schon in der mutter einander zürnten.

Jakob und Esau stiessen sich schon im mutterleib, wurden stammväter zweier völker, und, so verhiess Gott, „der ältere wird dem jüngeren dienstbar werden." Esau kam zur welt ganz rot behaart, daraus schliesst Dante, das Jakob schwarz war und dass dieser unterschied schon bei der geburt der zwillinge Gottes gnade und ungnade anzeigte.

Darum musste entsprechend ihrer haarfarbe das höchste licht solcher gnade zu dem ihnen gebührenden kranz werden. Sie sind also ohne verdienste ihres betragens auf verschiedene stufen gesetzt, nur unterschieden in ihrer anfänglichen sehkraft. In den jungen jahrhunderten genügte zur erlangung des heils ausser der unschuld der blosse glaube der eltern. Nachdem die ersten zeiten erfüllt waren, bedurfte es für die männlichen der beschneidung, um kraft zu gewinnen für ihr unschuldiges gefieder. Aber als dann die zeit der gnade kam, musste ohne die volle taufe Christi solche unschuld dort unten bleiben.

In der vorhölle. Nach Thomas wurde die beschneidung eingeführt als glaubenszeichen Abrahams, als eine gleichsam unvollständige taufe.

Nun weist Bernhard auf Maria, die als mutter ihrem sohn ähnlich sehn muss: Schau nunmehr in das antlitz, das Christus am meisten gleicht; denn seine klarheit allein kann dich vorbereiten auf den anblick Christi." Soviel seligkeit sah ich auf sie herabregnen, getragen von den heiligen geistern, die geschaffen wurden, solche höhe zu durchfliegen, dass alles, was immer ich zuvor gesehen hatte, mich nicht in solche bewunderung enthob noch mir solche gottähnlichkeit zeigte. Und jener liebesgeist, der zuerst dort hinabgestiegen war, breitete vor ihr seine flügel und sang „Ave Maria gratia plena". Von allen seiten antwortete der glückselige hofstaat, sodass jedes antlitz sich erhellte. „O heiliger vater, der du meinethalben erträgst, hier unten zu weilen, und die teure stätte verliessest, wo du nach dem ewigen lose sitzest, wer ist jener engel, der mit solchem jubel in den augen unsre königin anschaut, so lieberfüllt, dass er aussieht wie von feuer?" So nahm ich noch einmal meine zuflucht zu dem wissen dessen, der sich durch Maria so verschönte, wie der morgenstern von der sonne. Und er zu mir: „Was immer an kühnheit und frohlocken in einem engel oder in einer seele sein kann, das ist ganz in ihm, und so wünschen wir, dass es sei; denn er ist der, der zu Maria die palme herabtrug, als Gottes sohn sich mit unserm körper beladen wollte.

Aber folge mir jetzt mit deinen augen so wie ich im reden weitergehe und bemerke die grossen patrizier dieses gerechtesten und frommen reiches. Jene beiden, die dort oben im grössten glück sitzen, weil sie der kaiserin die nächsten sind, die sind gleichsam zwei wurzeln dieser rose. Jener, der sich ihr zur linken anfügt, ist der vater, durch dessen verwegenes kosten die menschenart so viel bitternis schmeckt. Zur rechten sieh jenen urvater der Heiligen Kirche, dem Christus die schlüssel dieser lieblichen blume anvertraute. Und jener, der neben ihm sitzt, sah, bevor er starb, alle schweren zeiten der braut, die mit der lanze und den nägeln gewonnen wurde. Und neben dem andern ruht der herzog, unter dem das undankbare, wankelmütige und widerspenstige volk von manna lebte. Petrus gegenüber sieh Anna sitzen, so befriedigt im anschaun ihrer tochter, dass sie über dem hosiannasingen kein auge von ihr verwendet. Und dem grössten familienvater gegenüber sitzt Lucia, die deine herrin aufbrechen liess, als du deine brauen zu deinem verfall neigtest.

Also zur linken Marias Adam und Moses, zur rechten Petrus und der Apokalyptiker Johannes. Mit Lucia gegenüber bricht Bernhard die aufzählung ab, die dürr zu werden droht. Es scheint, dass die zeit für Dantes reise bemessen ist. Dante redet von seinem schlaf, wie im irdischen paradies der apokalyptiker Johannes in der prozession wandelt wie ein schlafender greis mit scharfsinnigem gesicht (Fegefeuer XXIX 144). Eine vision wird wie ein traum oder im schlafwandel erlebt.

Aber weil die zeit flieht, die dich in schlaf versenkt, wollen wir hier einen punkt setzen, wie ein guter schneider den rock bemisst nach dem tuch, das er hat, und wollen die augen zur Ersten Liebe richten, sodass du beim blick auf sie, soweit es möglich ist, ihren glanz durchdringst. Jedoch, damit du nicht mit deinem flügelschlag zurückbleibst, wo du meinst voranzukommen, muss gebet uns gnade erwirken, gnade von ihr, die dir helfen kann, und du wirst mit deiner inbrunst mir folgen, so dass sich dein herz nicht von meinem wort fernhält.“ Und er begann dies heilige gebet:

33. Gesang

„Jungfrau und mutter, tochter deines sohnes, demütig und erhaben mehr als irgend ein geschöpf, vorbestimmtes ziel des ewigen rates, du bist sie, die die menschliche natur so geadelt hat, dass ihr schöpfer nicht verschmähte, zu ihrem geschöpf zu werden. In deinem leib entzündete sich aufs neue die liebe, an deren wärme im ewigen frieden diese blume so entsprosste. Hier oben bist du für uns die mittägliche liebesfackel, und unten bei den sterblichen bist du die lebendige hoffnungsquelle. Herrin, du bist so gross und hast solche macht: wer gnade sucht und sich nicht an dich wendet, dessen wunsch will fliegen ohne flügel. Deine huld eilt nicht nur dem bittenden zu hilfe, manchmal läuft sie freigebig der bitte voraus. In dir ist erbarmen, in dir mitgefühl, in dir grossmut, in dir vereint sich, was nur immer die schöpfung birgt an güte. Nun schau diesen hier, der vom tiefsten schlund des alls bis hierher die geisterleben eines ums andere sah, er fleht zu dir, bei deiner huld, um soviel kraft, dass er sich mit den augen zum letzten heil erheben kann. Und ich, der um mein schauen nie mehr erglühte als jetzt um das seine, all meine bitten bringe ich vor dich und bitte, sie möchten nicht dürftig sein, dass du mit deinen bitten ihn jeder wolke seiner sterblichkeit entbindest, auf dass sich die höchste wonne ihm entfalte. Noch bitte ich dich, königin, denn du kannst was du willst, dass du nach solcher schau sein gefühl rein bewahrst. Deine obhut besiege die menschlichen regungen. Sieh Beatrice mit wieviel seligen für meine bitten die hände zusammenlegen.“ Ihre von Gott geliebten und verehrten augen, auf den beter geheftet, zeigten uns, wie willkommen ihr die ergebenen bitten sind. Darauf richteten sie sich auf das ewige licht, man glaube nicht, dass noch ein anderes geschöpf mit ebenso klaren augen sich dort hineinversenke. Und ich, schon nah dem ziel aller wünsche, kam, wie ich sollte, an die letze grenze meiner glühenden sehnsucht.

Bernhard bedeutete mich lächelnd, emporzuschauen; aber ich war schon durch mich selbst so wie er mich wünschte. Denn mein gereinigter blick drang mehr und mehr durch den strahl des hohen lichtes, das aus sich selber wahrheit ist. Von hier an weiterhin war mein sehen gesteigert, mehr als die sprache zeigt, die vor solchem anblick versagt, und das gedächtnis versagt vor solchem übermaass. Wie einer ein traumgesicht hat und nach dem traum bleibt nur der eindruck des erlebnisses übrig, aber das andere kehrt nicht in den sinn zurück, so geht es mir; denn meine schauung hat sich beinahe ganz verloren, aber noch tropft mir ins herz die süssigkeit, die aus ihr hervorging. So entformt sich der schnee in der sonne, so verlor sich Sibyllas spruch beim windstoss in den leichten blättern.

Die Kumäische Sibylle (Aeneis III 443) schrieb ihre orakel - auch das göttliche offenbarungen - auf lose blätter; aber wenn der wind in ihre höhle hineinstiess, wirbelten die blätter durcheinander.

O höchstes licht, das sich so hoch über sterbliche begriffe erhebt, leih meinem sinn noch einmal ein wenig von dem, was du mir zeigtest, und gib meiner zunge soviel macht, dass sie nur einen funken deiner glorie dem künftigen volk hinterlassen kann. Denn kehrt nur einiges in mein gedächtnis wieder, und ertönt ein weniges in diesen versen, wird man von deinem triumph mehr begreifen. Ich glaube, wegen der schärfe des lebendigen strahles, die ich ertrug, wäre ich verwirrt gewesen, hätte ich meine augen von ihm abgewandt.

Umgekehrt als das sonnenlicht steigert das göttliche licht die kraft des auges und macht es unfähig, mindere dinge zu erkennen. Ebenso beschreibt Platon im höhlengleichnis das schicksal der philosophen, die die schau der ideen untauglich macht für das irdische getriebe.

Und mir gedenkt, dass ich deswegen kühner wurde, es auszuhalten, so sehr, dass ich mein schauen mit dem unendlichen gut aller güter verband. O überschwängliche gnade, durch die ich mich getraute, meinen blick ins ewige licht zu heften, so sehr, dass ich meine sehkraft darin erschöpfte. In seiner tiefe sah ich, dass alles, was heftweis durch die welt hin zerflattert, sich mit liebe in einem festen einband verinnert, die wesenheiten und das zustossende und ihre zustände gleichsam in eins geschmolzen, dergestalt, dass, was ich ausspreche, nur ein sehr schlichtes licht ist. Die urform der welt glaube ich in dieser verknüpfung gesehen zu haben, denn indem ich dies ausspreche, fühle ich mir immer noch das herz weit werden vor freude. Ein einziger augenblick betäubte mich zu tieferer vergessenheit, als fünfundzwanzig jahrhunderte jenes unternehmen, das Poseidon über den schatten der Argo staunen liess.

Das schiff der Argonauten war das erste, das je das meer befuhr, und blieb seither unvergessen, während in Dante der höchste augenblick der schau jede erinnerung übersteigt.

So schaute mein sinn, ganz enthoben, fest, unbeweglich und angespannt, und entbrannte zu immer heisserer glut des schauens. Vor jenem licht wird man so, dass man sich nie dazu verstehen kann, um eines andern anblicks willen sich von ihm wegzuwenden. Denn alles gut, das gegenstand des willens ist, ist ja ganz in ihm versammelt, und ausser ihm ist mangelhaft, was in ihm vollkommen ist.

So ist das göttliche licht das reine gegenbild der schwerkraft, die alle gewichte zur tiefe zieht.

Von nun an wird meine rede auch nur gegenüber dem, was ich noch weiss, knapper sein als die eines kindleins, das seine zunge noch an der mutterbrust netzt. Nicht, dass das lebendige licht, das ich betrachtete, anders als ganz einheitlich erschienen wäre - es ist immer so wie es vorher war - aber weil mein sehen beim schauen in mir erstarkte, wandelte sich mit meiner veränderung in mir die eine einheitliche erscheinung. In der tiefen und klaren wesenheit des hohen lichtes erschienen mir drei kreise von drei farben und von gleicher breite, und der eine schien widerschein des andern zu sein, wie ein regenbogen des andern, und der dritte schien feuer, das gleicherweise von hüben und von drüben hergeistete.

Gott vater und Gott sohn, lumen de lumine, und das liebesfeuer des Heiligen geistes.

Ach wie unzulänglich ist mein reden und gleichsam stimmlos gegen meine vorstellung, und diese ist gegen das, was ich sah, so, dass es nicht genügt zu sagen „wenig“. O ewiges licht, das du allein in dir selber ruhst, allein dich verstehst und von dir begriffen und begreifend dich liebst und dir zulachst. Jene kreisform, die in dir so erzeugt schien wie widerstrahlendes licht, zeigte sich mir, als mein auge sie eine zeitlang rings betrachtete, in sich selbst und in der eignen farbe bemalt mit unserm abbild, weshalb mein auge sich ganz darein versenkte. Wie der geometer, ganz hingegeben an die messung des kreises, mit allem nachdenken jenes prinzip nicht findet, dessen er bedürfte, so ging es mir bei jenem neuen anblick; ich wollte sehen, wie das bild zum kreise passte und wie es sich dort einortet; aber dafür war mein eigenes gefieder nicht geschaffen, nur dass mein geist von einem glanz durchfahren wurde, in dem mein wünschen angelangt war. Der hohen bildkraft fehlte es hier an können. Aber schon ward mein wünschen und wollen wie ein gleichmässig bewegtes rad herumgetrieben von der liebe, die die sonne regt und die andern sterne.

Georg Peter Landmann (1905-1994)

1932 Interpretation einer Rede des Thukydides. Die Friedensmahnung des Hermokrates. Tübingen 1932: Laupp. 81 S. Basel, Phil-hist. Diss. 1930
auch im Buchhandel u.d.T.:

Eine Rede des Thukydides. Die Friedensmahnung des Hermokrates. Interpretiert von Georg Peter Landmann. Kiel: Lipsius & Tischer 1932. 81 S.

1941 Griechische Fibel. Originalsätze zum Einüben der Formenlehre. Zusammengestellt von Georg Peter Landmann. Basel: Lehrmittelverlag des Erziehungsdepartements Basel-Stadt 1941. 79 S.

1944 P. Vergilius Maro. Aeneis. Ed. G.P.Landmann. Libri 1-6. [Zürich:] Orell Füßli [1944]. 160 S. (Editiones Helveticae. Series Latina 10) – 3. Aufl. [1959].

1945 Mörike. Gedichte. Mit einer Einleitung hrsg. von G.P. Landmann. Zürich: Hofmann 1945. 67 S. (Hofmann-Bibliothek. 113)

Thukydides. Die Totenrede des Perikles. Übertr. von Georg Peter Landmann. Mit e. Geleitw. von Ernesto Grassi. Bern: Franke 1945. 39 S. (Sammlung und Auftrag. Reihe Texte. 1)

Xenophon. Das Gastmahl des Kallias. Übers. von G.P. Landmann. Aarau: Verlag der AZ-Presse [1945]. 62 S.

1957 Thukydides' Melier-Dialog. Übers. von G.P. Landmann. In: Robert Boehringer, eine Freundesgabe. Tübingen: Mohr 1957. S. 389-396.

Xenophon. Das Gastmahl. Übers., Nachw., Anm. u. Bibliographie von Georg Peter Landmann. Hamburg: Rowohlt 1957. 131 S. (Rowohlts Klassiker der Literatur und der Wissenschaft. 7)

1960 Stefan George und sein Kreis. Eine Bibliographie. Hamburg: Hauswedell 1960. 314 S. – 2. Aufl. s. 1976

Rez.: Hölderlin. Sämtliche Werke. <Große Stuttgarter Ausgabe> Bd. 5. Übersetzungen. Hrsg. von Friedrich Beißner. Stuttgart: Kohlhammer 1952. In: Hölderlin-Jahrbuch 1958/60 (1962). S. 218-222.

Thukydides. Geschichte des Peloponnesischen Krieges. Eingel. u. übertr. von G.P. Landmann. Zürich & Stuttgart: Artemis-Verlag 1960. 729 S. (Bibliothek der Alten Welt. Griechische Reihe) – 2., überarb. Aufl. 1976. 731 S.

1961 Stefan George. Geschrieben beim Erscheinen der neuen Gesamtausgabe in zwei Bänden, Oktober 1958. Zum 12. Juli 1961 versandt von Robert Boehringer. 7 Bl. Masch.schr.

Vergils erstes Hirtengedicht. Übertr. von G.P. Landmann [1933]. In: Gedenkschrift für Georg Rohde. Tübingen: Niemeyer 1961. S. 169-171.

1962 Gymnasium und Bildung. In: Antidoron. Edgar Salin zum 70. Geburtstag. Tübingen: Mohr 1962. S. 182-193.

Stefan George, Friedrich Gundolf: Briefwechsel. Hrsg. von Robert Boehringer mit Georg Peter Landmann. München/Düsseldorf: Küpper 1962. 400 S.

1963 Edith Landmann. Gespräche mit Stefan George. Hrsg. von G.P. Landmann. Düsseldorf/München: Küpper 1963. 216 S.

Thukydides. Die Heerfahrt der Athener nach Sizilien. Hrsg. u. übertr. von G.P. Landmann. Zürich: Artemis-Verlag 1963. 134 S. (Lebendige Antike)

1964 Einleitungen und Merksprüche der Blätter für die Kunst. Hrsg. von G.P. Landmann. Düsseldorf/München: Küpper 1964. 63 S. (Drucke der Stefan George Stiftung)

Saladin Schmitt. Die so gegangen sind. Seine Gedichte und sein Verhältnis zu Stefan George. Hrsg. u. erzählt von Robert Boehringer mit Georg Peter Landmann. Düsseldorf/München: Küpper 1964. 120 S. (Drucke der Stefan George Stiftung)

1965 Der George-Kreis. Eine Auswahl aus seinen Schriften. Hrsg. von Georg Peter Landmann. Köln, Berlin: Kiepenheuer & Witsch 1965. 502 S. (Neue wissenschaftliche Bibliothek. 8. Literaturwissenschaft) – 2. Aufl. s. 1980

1967 Unsere Gymnasien sind krank. Eine Diagnose und Versuch einer Therapie. Zürich: EVZ-Verlag 1967. 96 S. (Polis. 35)

1968 Stefan George. Vorläufer und Warner. In: Basler Nachrichten, 13./14.7.1968.

1969 Rez.: Manfred Durzak. Der junge Stefan George. München: Fink 1968. In: Die Tat, 15.3.1969.

Kurt Singer, Hans Brasch. Antithule. Deutsche Gedichte aus Australien. Hrsg. von G.P. Landmann. Düsseldorf/München: Küpper 1969. 53 S. (Drucke der Stefan George Stiftung)

1970 Hans Brasch. Bewahrte Heimat. Die Liparischen Inseln, Griechische Vasenbilder, Erinnerungen an George, Von geistiger Stiftung, Die Lehre Hölderlins, Deutscher Traum, Gedichte. Aus dem Nachlaß hrsg. von Georg Peter Landmann. Düsseldorf/München: Küpper 1970. 169 S. (Drucke der Stefan George Stiftung) – 2. Aufl. 1971.

1971 Rez.: Robert Boehringer. Der Herr Vetter. 2. Aufl. Basel: Verlag Erasmushaus 1971. In: Basler Nachrichten, 17.11.1971.

1973 Stefan George in fremden Sprachen. Übersetzungen seiner Gedichte in die europäischen Sprachen außer den slawischen. Zsgest. von Georg Peter Landmann. Düsseldorf/München: Küpper 1973. 768 S. (Drucke der Stefan George Stiftung)

Ansprache anläßlich der Verleihung des Wissenschaftspreises der Stadt Basel an Georg Peter Landmann am 16. November 1973. Privatdr. 1 Faltbl.

1974 Vorträge über Stefan George. Eine biographische Einführung in sein Werk. Düsseldorf/München: Küpper 1974. 231 S.

Das Lob Athens in der Grabrede des Perikles (Thukydides II 34-41). In: Museum Helveticum, Basel. 31.1974. S. 65-95.

Robert Boehringer zum 90. Geburtstag. In: Basler Nachrichten, 29.7.1974.

1975 Stefan George. Phraortes. Graf Bothwell. Zwei dramatische Fragmente aus der Schulzeit. Hrsg. von Georg Peter Landmann. Düsseldorf/München: Küpper 1975. 56 S. (Drucke der Stefan George Stiftung)

1976 Stefan George und sein Kreis. Eine Bibliographie. Mit der Hilfe von Gunhild Günther ergänzte und nachgeführte 2. Aufl. Hamburg: Hauswedell 1976. 452 S.

Homer. Ilias. Ende des sechsten Gesanges, Vers 494-529. Leseprobe aus der Übersetzung von Georg Peter Landmann. In: Antike Kunst. 19.1976. S. 29.

Rez.: Robert Boehringer. 1. Homer, Platon. Neudr. Düsseldorf/München: Küpper 1974. 2. Der Genius des Abendlandes. 3. Aufl. Ebenda 1972. In: Gnomon. 1976. S. 91-94.

Stefan George auf soziologisch. [Rez.:] Klaus Landfried. Stefan George. Politik des Unpolitischen. Heidelberg: Stiehm 1976. In: Frankfurter Allgemeine Zeitung, 2.10.1976.

1977 Wie jeder ihn erlebte. Zum Gedenken an Robert Boehringer. Privatdr. Hrsg. u. mit einem Beitrag von Georg Peter Landmann. Basel [1977]. 144 S. mit 12 Abb.

Stefan George. Nachlaß und Nachleben. In: Neue deutsche Hefte. H. 153.1977. S. 109-112.

1978 Johannes Oeschger zum Gedenken. In: Basler Zeitung, 9.6.1978.

1979 Eine Auswahl aus Homers Ilias. Mit Überleitungen und Anmerkungen neu übersetzt von Georg Peter Landmann. Stuttgart: Klett-Cotta 1979. 252 S. (Drucke der Stefan George Stiftung)

1980 Der George-Kreis. Eine Auswahl aus seinen Schriften. Hrsg. von Georg Peter Landmann. 2., um einen Text von Ludwig Klages u. ein Nachw. des Hrsg. erw. Aufl. Stuttgart: Klett-Cotta 1980. 540 S.

Paul Gérardy und Stefan George. In: Belgische Tage, Ingelheim am Rhein 1980. S. 89.

1981 Robert Boehringer. Kleine Schriften. Hrsg. von Georg Peter Landmann. Stuttgart: Klett-Cotta 1981. 112 S. (Drucke der Stefan George Stiftung)

Nachruf auf Friedrich Gundolf. Von Panajotis Kanellopoulos. Übers. von Georg Peter Landmann. In: Rhein-Neckar-Zeitung, Heidelberg, 12.7.1981. Wieder abgedr. in: Ruperto-Carola. 67/68.1982. S. 106-107.

Heidelberg von einem Griechen erlebt. Bericht über den Beitrag „Heidelberg" von Panajotis Kanellopoulos in Festschrift Konstantin Tsato, Athen 1980. In: Rhein-Neckar-Zeitung, Heidelberg 22.2.1981. Wieder abgedr. in: Ruperto-Carola. 33.1981, Sept. S. 228-229 u. 34.1982. S. 107-108.

Georges zweites Zeitgedicht. Ein Interpretations-Versuch. Basel 1981. 2 Bl. Masch.schr.

1982 Stefan George. Sämtliche Werke in 18 Bänden. Bd. 4. Das Jahr der Seele. (Anhang: Georg Peter Landmann). Stuttgart: Klett-Cotta 1982. 147 S.

Dazu Beil.: Zur neuen Edition von Stefan Georges sämtlichen Werken. Stuttgart: Klett 1982. 1 Doppelbl.

1983 Stefan George. Sämtliche Werke in 18 Bänden. Bd. 13/14. Baudelaire. Die Blumen des Bösen. Umdichtungen. (Anhang: Georg Peter Landmann). Stuttgart: Klett-Cotta 1983. 188 S.

Stefan George – Ida Coblenz. Briefwechsel. Hrsg. von Georg Peter Landmann und Elisabeth Höpker-Herberg. Stuttgart: Klett-Cotta 1983. 107 S.

Remigius Mettauer [d.i. Johannes Oeschger]. Manuel. Gedichte und Fragmente. Übertragungen von Schlaf und Schwermut, Campanella, Michelangelo. Hrsg. von Georg Peter Landmann. Stuttgart: Klett-Cotta 1983. 121 S. (Drucke der Stefan George Stiftung)

Johannes Oeschger. Hundert griechische Kurzgedichte. Griechisch und deutsch. Hrsg. von Georg Peter Landmann. Stuttgart: Klett-Cotta 1983. 65 S. (Drucke der Stefan George Stiftung)

Erwiderung auf Rolf Vollmann: „Ein Wörtersarg". In: Die Zeit. 1983, Nr. 39 v. 23. Sept.

Stefan George und die Moderne. Zum 50. Todestag des Dichters am 4. Dezember. In: Neue Zürcher Zeitung. 1983, Nr. 282 v. 2. Dezember.

1984 Stefan George. Ausgabe in zwei Bänden. 4. Aufl. Bd. 1.2. Stuttgart: Klett-Cotta 1984. Vorwort: Georg Peter Landmann.

Zusammengestellt im Stefan George-Archiv in Stuttgart von Lore Frank im Januar 1985. In: Georg Peter Landmann zum 80. Geburtstag am 11. März 1985. Privatdr. Basel 1985. S. 363-369. Hier mit freundlicher Zustimmung von L. Frank.

1985 Stefan George als moderner Dichter. In: Die Wirkung Stefan Georges auf die Wissenschaft. Ein Symposium. Hrsg. von Hans-Joachim Zimmermann. Heidelberg: Carl Winter, Universitätsverlag 1985. S. 9-37 (Supplemente zu den Sitzungsberichten der Heidelberger Akademie der Wissenschaften. Philosophisch-Historische Klasse Bd. 4, Jahrgang 1984)

Anmerkungen eines Augenzeugen. Ebenda S. 95.

1995 Auszüge aus dem Manuskript WIR LESEN DANTE. DIE DIVINA COMMEDIA. In deutsche Prosa übersetzt und erläutert von Georg Peter Landmann. In: Gedenken an Georg Peter Landmann. Zum 90. Geburtstag. Erinnerungsgabe der Stefan George-Stiftung Stuttgart. Privatdr. 1995. S. 7-37.

Dante Alighieri, Die Divina Commedia

Die Hölle

Das Fegefeuer

Das Paradies